1934年《妄谈》单行本再版时书影

疯言乱语

王晓枫 整理
◎ 宣永光 著

民国年间洛阳纸贵的老宣名著，经典再现。

《妄谈》《疯话》全盘托出，再度警醒你的耳朵。

女子嫣然一笑，男子的主意就摇动了。女子眉目传情，男子的主意就瓦解了。

真正大英雄的胆最大，是勇于为善。真正大英雄的胆最小，最怯于为恶。

山西出版传媒集团
三晋出版社

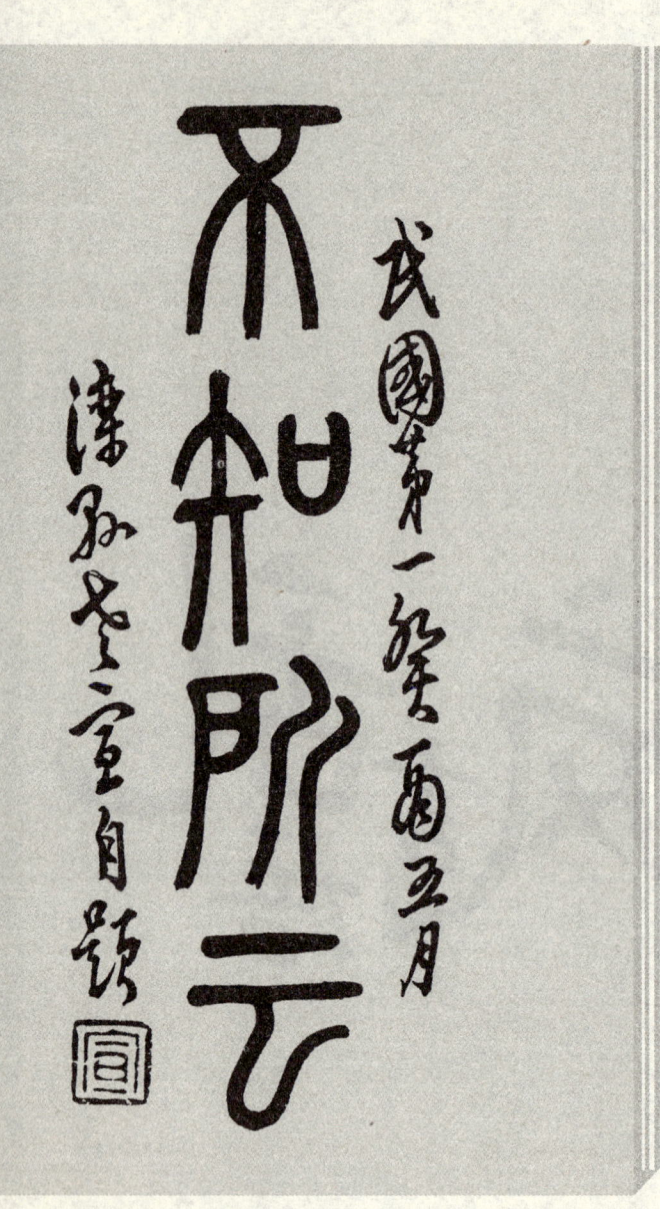

老宣题词

前　言

民国年间，社会的大变革激荡着思想界、学术界，朝野上下，激情涌动，大解放的程度直追先秦诸子百家的争鸣，步武魏晋南北朝的清谈，加之西学东渐，中西融合，从政治到经济，从学术到生活，如何选择中国人自己的处世方式，一时沸沸扬扬，莫衷一是。

在这期间，有一位叫宣永光的人，以《图画世界》、《北洋画报》、《实报》为阵地，定期发表杂文性的小文章，针砭时弊，痛陈流俗，语言之犀利，有似于鲁迅；救世之热忱，不减于胡适。冷嘲热讽之下，涌动的是爱国爱民，守卫传统的情怀；嬉笑怒骂之中，流淌的是体恤下层的热血。其对男女两性，洞若观火，条分缕析，无不切中肯綮，可谓婚姻之秘笈、恋爱之宝典。

作者虽自称"乱语"，"疯言"，"妄语"，然统观全书，行文雅洁，对仗工整，一承明清小品文之风格，可谓《菜根谭》、《幽梦影》之余响。细读全书，犹如吃罢川菜再品香茗，麻辣有之，清香有之，余味无穷。

此次整理，基本依照民国年间原版本，删去重复之段落，加通行之标点符号。为保留原貌，一些不合现今规范的字词，未敢径改，一仍其旧。

关于书名，民国年间曾以《妄谈》、《疯话》、《疯话第二部》刊行，此次冠名《疯言乱语》，目的是更准确地体现作者的匠心，望读者细察。

当然，老宣遗著中绝大部分论述仍不过时，但是有些许不当之处，相信读者自能去芜取精，存良弃莠。

整理者
2011 年 12 月

同时代读者题词

所发言论无不是全国同胞堕落之真病及实弊。

——滦县邓毓莲

老宣疯话,可称人类格言,社会警钟,医世针砭,照妖犀火。不佞每日读罢疯话后,不独郁结之气顿觉舒畅,即乏味不开之食量,亦增白饭两碗。尝闻少陵诗可愈疟疾,陈琳檄能驱头风,美哉斯言,信不我欺。

——唐山顶寒

不慑当道之忌,不阿流俗之好。

——北平林东湖

每读快论,有如多年积痒为之一搔。

——滦县朱意防

句句切中时弊,段段纠正人心,对症下药,扎针见血。

——效忍斋主人

疯话好处在哪里?就在能为人泄忿。

——罗秉南

本来,人们说话,必须要有分际。领导民众的,要说空话说大话;攒挤门路的,要说好话说软话；为人师表的，要说废话；受人教训的，要说狂话；对于朋友，要说假话；对于尊亲，要说瞎话；事关利害，要说模棱话；事不干己，要说风凉话——这才是识时务的俊杰。老宣先生，舍此类有用话不说，一定要说些实话与直话，又什么天理话良心话，自己受了人家的厌恶，还居然自喜地以为自己很会说话，由此看来，老宣先生确也有些半疯儿。

——马镜澄

书斋有奇宝，长坐四维中；敢秉春秋笔，何殊夏禹功。所谈无一妄（指《妄谈》一书），其话不曾疯。为问宣南客，伤心几辈同。

——万南溪

愤世如刘骂，变时似贾吞。针针皆见血，语语痛惊魂。泪洒斯民涕，文崇吾道尊。滔滔何处是，予欲噤无言。

——李邃庐

疯话一书，可称为治国治家治身之良剂。

——王锡满

举世皆浊，凡事无不令人发指，独一阅我公伟论，积年痒疥，得之一搔，殊令人拍案称快。

——张熹光

参合新旧之说，不偏不倚，适得乎中。

——马倚衡

牖民觉世，能使民日迁善而不自知者，疯话一段庶几斯人。

——新城无名氏

盼望先生将来成一个有力的宣道者。

——烟台文评君

示全国以正路,不啻暮鼓晨钟。

——正定何子居

理有真诠,意无虚构,有益世道人心,洵为深切。

——马头沟马仁涛

我想老宣在说疯话那时,一定是咬着牙,瞪着眼,心里燃烧着,全身血管涨着,在那一刹那间就承认他是真疯也不为过。

——天君

俾闻足戒而言无罪,虽由笔妙,然亦悉从困心衡虑出,先生之志苦矣。

——廖葆尼

独具只眼卓见卓识,良知良能之血性语。

——李退厂

以舆论改良社会。

——涿鹿李促颖

国病只要有魂即有救方,疯话是拘魂的大神咒。当道能采纳,则是大明咒。国民能奉行,则是无上咒。家庭能采为训,则是无等咒。

——广权

降邪说,济时乱,继六经之绝响,述孔孟之独唱。

——古渝李华仁

寸有所长尺有短,优劣本不分明;假作真时真作假,是非原可变更。考史经,三人言成虎,众口可铄金。马瞎人盲,且鹿可为马,犬可名羊,疯否无定衡。忆昔日纲常名教大伸,孰敢稍涉暴横?倘或一言犯忌讳,目为邪说横行,近百春,时殊而势异。伦理极贱轻,老宣虽疯,行确未疯,谁醉究谁醒?

——徐沟殷仲良

宣永光(1886—1960)

目 录

前　言 ······································· 001

同时代读者题词 ······························· 001

序（管翼贤） ································· 001

自序（老宣） ································· 003

写在前面 ····································· 004

老宣供词 ····································· 005

跳加官 ······································· 007

妄谈 ··· 001

疯话 ··· 105

疯话第二部 ··································· 182

附录一 ······································· 347

附录二 ······································· 349

序

管翼贤

当代大文学家郑振铎先生,在他着手编辑的《世界文库》的发刊缘起上说:"伟大的文人们,对于人群的贡献,是不能以言语形容之的,他们是以热切的同情,悲怜的心怀,将他们自己的遭遇,将他们自己所见的社会和人生,乃至将他们自己的叹息、微笑、悲哀、愤怒、欢悦,一点也不隐匿,一点也不做作,他们并不在说教、在教训,他们只是在倾吐他们的情怀。但其深邃的思想,婉曲动人的情绪,弘丽隽妙的谈吐,却鼓励了慰藉了激发了一切时代一切地域的读者们……"

这是说一个文学家,怎样把他婉曲动人的情怀,从弘丽隽妙的谈吐中,发为伟大的作品,而鼓励了慰藉了激发了一切时代一切地域的人们,成为了对人群的贡献;这个贡献是由美的方面,通到真的方面和善的方面。

科学家的贡献,是由真的方面通到善的方面和美的方面的,但是他的情怀并不婉曲动人,谈吐也并不弘丽隽妙。

哲学家的贡献,是由善的方面通到真的方面和美的方面的,但是他的情怀甚至于冷得骇人,谈吐甚至于使人莫明其妙。

人,人生,是希望其同向真、美、善的地方走去,承受科学家哲学家的启示和文学家的感动,这些都很必要,但这些又都很费劲,因为我们对科学家须理解,对哲学家须思考,对文学家须体验,并不是任何人只要听到他们一语一句,或者一个原理,一个解说,一首诗以及一篇小说,便能通了七窍。他必须有理解、思考、体验的能力,才能够懂得。任你文学家对人类贡献如何的伟大,要不是你的读者,读者要没有哲学的能力,那伟大从哪里成立?

文学家之所以比较的容易使人鼓励、慰藉、激发,正是他将某一段人生,在理解了,思考了,体验了,把它真、善的地方,用正面或反面的方式,再加上一件美的外衣,显示给你,我们不必多费劲,也便能体验出来,只要我们太不是白痴,太不是文盲。

如果我们将人生的某段,缩成某点,索性再将那件美的外衣也脱掉,便是赤裸裸地将那一点体验得来的真、美、善,用三言两句很平凡的话语叫喊出来,这个,我想只要有灵性,有耳朵,感受了便能理解,能思考,能体验,一点也不费劲吧?

在实效方面说,我们要理解一点什么,看一本书,不如听一篇演讲;听一篇演讲,不如听一段格言;听一段格言,又不如学两句俗谚。这就因为俗谚只是用一两句最干脆的话,便把一个人生法则,正面或反面的启示给你了。

过去几十年,读一部《四书》,知道了做人,读一本《增广》,也一样知道了做人。

现在,从小学念《公民教科书》,一直念到《人生哲学》,知道做人了。不能这样,你最好还是去读《增广》,虽然这是几十年前的人生法则,但没法子,因为现在通俗一点完全一点的代替这本书的书,还没有出世!

《增广》上说:"同君一席话,胜读十年书。"这便是我说的听格言俗谚胜过读书的注脚,假如你不能再多读书了,那么,你最好多听人说关于人情世故道德文章的话。

只是用一两句最干脆的话,嚷出来他对于人生和社会的某一点体验,这又是最天真的。因为他只凭他的热情,一感到某点的叹息、的微笑、的悲哀、的愤怒、的欢悦,便是一点也不隐匿,一点也不做作,更不用深邃的思想,婉曲动人的情绪,弘丽隽妙的谈吐,他只是如实地,赤裸裸地,吐出为快。就是说,他所体验得来的真、美、善,他不十分要经过科学的分析,哲学的论证,以至于如文学作品加上美的外衣,他的话使我们一听就懂,一懂就开窍,就搔着痒处,于是得了个启示。

当他要嚷出他的话,他也不是在说教、在教训,虽然有时人们觉得他似乎穿着教衣。他也不是在冷嘲,在热骂,虽然有时人们觉得他似乎有点红着脖子,竖着眉毛。他听是抓着他所遭遇的事物,凭他热烈的同情,悲悯的心怀,给一个批判或认识,如实地,赤裸裸地再倾吐出来,丝毫不加妆点,而且很干脆就是这两句,不管它的美丑,所以,它常常是对社会反动的,是有点像疯疯癫癫的。

非难他的,说他在穷发牢骚,只要不是非难他的,一定说:"干吗老说在我心坎上?"因此,这说话,是更能鼓励了慰藉了激发了一切时代一切地域的读者们!

老宣的疯话,现在催促快出单行本,这原因上面完全说了,就把它当做序文吧!

自序

老 宣

　　《实报》社社长管翼贤先生请我每天作一篇文字,登在《实报》上,补一补空白。他这种提议,简直是令老鼠耕田,使鸭子上架。因为我原是一个滥竽充数的教书匠儿,只能用之乎者也或 A、B、C、D 欺骗年幼的学生,若对各级的阅者,张牙舞爪地大开话匣子,不但没有这种天才,更没有这种经验与学识。并且我正在努力奋斗,为我自己谋幸福的当儿,也没有这种闲心。然而老管既诚心拉我跳火坑,我若屡屡执拗,未免就要得罪朋友。我暂时只好勉强硬凑几句"疯话",搪塞一下子!

　　以上几句话,是去年十月我在《实报》第一天与读者相见的开场白。到现在,已经六个月了,疯话倒也说了不少。管先生又来向我提议说:有许多读者,要求将已登的疯话,印成单行本,问我意下如何?我说:只要你不怕赔钱费力,我当然不怕丢脸招羞。至于疯话是否配印成书,那是"活该"!任谁说什么,我满不在乎。

　　是为序。

　　中华民国第一甲戌阳历三月二十五日老宣识于北平东城寄庐之"宝四维斋"

写在前面

老 宣

宣永光（1886—1960）

　　我一生的大毛病，就是模模糊糊。说话，语无伦次；作文，八倒七颠。并且我的笔迹，更是奇形怪状，写完简直连我自己也认不清楚。因此稿子一交到"手民"手里，他们就皱眉瞪眼，以致生出错中之错，误中之误；第二日登出报来，有时竟在一条之中，漏去数十个字之多。这次既要将我的东西印成单行本，我只好再校改填补，并请我的朋友梁思孝，重校一遍，以辨鲁鱼而免读者生气。不过，老梁也是一位模糊先生，他校了之后，是否还有错谬，我不负责任！

　　至于管张二位，捧我不合事实之处，预先并未征求我的同意，我誓死不能承认！要知香臭，好歹，邪正，上下，是要由实际而断，不能强加硬改！譬如她们每月的必需品，虽经药房尊呼为"妇女之友"，名称是冠冕堂皇了，然而终不能代替摩登人士所戴的卫生口罩用。到底，"妇女之友"还是月经带；心清似水吐气如虹的老宣，还是不学无术昏天黑地的疯子！

老宣供词

拙作《疯话》问世以来,承读者不弃,屡以不佞之真实姓名年龄籍贯及现状见问。不佞愈不答复,问者愈催促不已,几有法吏讯盗"若不从实招来,难免老爷生气"之势。不佞狡展无术,只好自将丑史,全盘托出于左。

不佞氏宣名永光。今河北省滦县城内南街人。乳名和尚,学名金寿。民元十月投考陆军预备学校时,始改今名。朋辈屡以老宣呼之,因以为号。祖籍鲁之青州,迁于浙之馀姚。明末,在浙之一支已传到八世。八世中有洞出公者,宦游北上,入籍滦州(今改县)。及不佞之身,已十一世矣。故不佞为绍兴师爷之后。先父字若眉,居名笃斋,人称笃斋先生。系廪贡生,候选州同,曾佐张腾蛟军门戎幕。以耽于理学,不合时尚,穷老授徒以终。先母氏吴,同籍滦州。生先长次两姊及不佞三人。不佞九龄入塾,受业于家庭专馆教员石杏村先生。前清光绪二十四年,入本县教会学校成美学馆,习英语与科学。二十七年,入北京汇文书院为"洋学生"。在校时,以读书为桎梏,以欺骗师长为能事。屡屡攀墙越屋私出游玩。永不与诸同学合群为伍。入礼拜堂即暗读小说。有时亦喃喃颂祷,假冒信徒。进自习室即滥写情书,兼习绘事。尤精于某种图画。幸天相"恶"人,不佞虽不务正,而各科除算术外,无不及格。算学虽为不佞所深恶痛绝,然以巧弄计谋之故,亦可勉强够分。三十二年冬,即步入社会与书本绝缘。且以父殁乏资,未能出洋"镀金"。彼时人材缺乏,事浮于人,不佞遂自命为先知先觉,目空一切。朝辞一职,夕即有人约聘。五年之中,所改职业至七种之多,仅以邮政一事而言,不佞若肯耐守至今,位置已可超出邮政务官以上。入民国后,历充第一第二陆军预备学校,汇文学校,民大,华大,朝大,北大,铁大,平大农学院等校之教员讲师,以历史地理英文三项,误人子弟。其中以A、B、C、D骗人之时最多。且又滥竽于政军二界,为中下两级官佐。现年五九加四,身高四尺八寸,体重百十八磅。面黄瘦无发，状如鸦片烟鬼。天性刚愎顽劣，易喜易怒。贪食而无量。好色而无欲。三餐无肉则哭。半日无妻则弗。元配本县龚氏。断娶北平赵氏。均旗籍人。此即不佞幼年好谈排满之果报也。不佞因罪孽深重，不自殒灭，祸延子嗣。龚氏仅遗一女，嫁已三年。去冬，赵氏流产一男，形体未全，即赴修文。今仍奉祀于某大医院中，可谓典型犹在。龚氏于民廿二驾返瑶池，享年七七有二。生时暴烈善怒，不佞畏之如虎。赵氏系民廿二迎娶过门。芳龄四八又四。天性刚猛多疑，不佞怕之如神。不佞奔驰南北东西二十余年，既未从事革命运动，又未为国为民谋求幸福。蹉跎到今，不但将祖产变作挥霍之资，至此时衰力竭之年，一旦失业，即有断炊之虞。不佞现居东城某巷，赁舍八间。日以吃饭睡觉浇花养鱼弄猫戏狗为事。每日食米饭二小碗，用菜二大盘，吸纸烟两盒，饮浓茶六壶。大便二次，小便二十余次。饭饱水足，即倒身一睡。日夜共睡十二小时。且好洁成癖，将大好光阴，多耗于洒扫斋浴刷牙濯足之间。虽有藏书之癖，苦无读书之心。喜集碑帖，而无观摩之志。近三年来，学校中若有校长，肯为保镳，不佞即"倒"执教鞭，对付些时。否则即勉强撰稿，售之报社。造谣惑世，骗取金钱。合计平津两处稿费，月入百元左右，足敷生活购书浪费与还债之需。决不为未来之少爷小姐，遗下分文资产。至愚夫妇养老之资，惟托诸于上帝老天爷而已。所供是实。再有问者，恕不答复。

民国二十四年乙亥七月初七日草于北平东城寄庐之"宝四维斋"

跳加官

我这本东西,十之八九是我的鄙见,十之一二是洋人的唾余。我原是来自田间的人。虽在学政军三界混了二十余年,只因幼不好学,长而懒惰,奔走衣食,更无暇读书。至于什么叫"文坛""武坛",我全不知道。什么为"前提""后蹄",我更不晓得。什么是"唯物论""辩证法",我更不了然。哲学、心理学、伦理学、理论学,我更不明白,"旧圈点""新符号",我更是模糊。那么,我说的话,当然语无伦次;作的文,必定文白混淆!所以我这本东西,既以我的成分多,洋人的成分少,我只好用强奸包办的恶例,本着我自己的见解,笼统称之为妄谈!我这本东西的内容,在《图画世界》及《北洋画报》,断断续续的,登了七年之久。三四年前就有嗜痂的读者,请我合拢起来,印成单行本。那时我的脸皮还薄,屡屡不敢灾梨祸枣。现今又苟活几年,脸皮又厚了许多;又因失业甚久,穷极无聊,将已披露的,略加整理,印成书的样子,骗些钱花用!我所说的,颇有拗理悖情之处,也不过是"姑妄言之",读者可姑妄阅之!认为讲经说法亦可;当作鸡鸣犬吠亦可!反正论我这若存若亡的良心(?),我是对两性任何一方,决无恶意的;所以骂我也好,打我也好,抄我的家,灭我的门也好;任听尊便,我毫不抵抗!不过,若不将全部阅完,细加思考,就请"免开尊口,免动尊笔"。

我本想为我这本东西请几位朋友题字,烦几位"社会之花"作序。可惜我的朋友,全不是圣人,又不是要人且不是学者。他们的大名,既未见经传,报上也未给他们作过起居注。纵然他们对我有求必应,也不能提高我的价值,也不能替我辩护,说我的妄谈不妄。譬如一块烂铁镀上金,一团狗屎擦上粉,不但不能增光,且是糟蹋材料。至于社会之花,我既穷而且丑,讲不起社交,更不肯拜倒旗袍之下,摇尾乞怜,而劳她们的玉手;所以序文与题字,只好由我一人大包大揽,自拉自唱。

　　民国二十三年五月二十五日

　　滦县老宣自叙于北平东城之寄寓

宣永光（1886—1960）

妄 谈

说女子是卑贱的男子，是卑贱他自己。因为他不敢不承认是女子所生的。

无男不能有女，无女岂能有男。男女两性，叠为因果，互相化合。父精母血，构成人类，缺一不可。若说男尊，男由何生？若说女卑，女由何来？卑的岂能产尊的？尊的又焉能生卑的？凡主张男尊女卑的，全是忘了身所来处！

男女的分别，无异于狗之与猫，各有各的用处。无论怎样改造，也不能失去了原性。用女子做男子做的事，如同用猫做狗做的事。以狗捕鼠，以猫守户，非但不能胜任愉快，反要生灾惹祸。

博尔克 E.Burke 说："恋爱如同麻疹。患之者天龄愈高，愈不易治。"

比达哥拉斯 Pythagoras 说："女子有两副眼泪。一种是悲泪，一种是诈泪。"

美人是眼中的极乐世界，是心灵的模范监狱，是财产的消化机器。

嚣俄 Victor Hugo 说："男子是女人的玩物。女人是魔鬼的玩物。"

有一点事全告知女人的男子，多半是新结婚的！

妇女所最痛恨的男子，多半是她当初最喜爱的。

在未开化的国里，男子争夺女人；在文明的国里，女子争夺丈夫。

深通书理的男子，决胜不过深知男子的女子。

英国俗语说："蔷薇花全有刺。更可惜的是那刺永不凋谢。"（美人多半有恶性）

美人类似蜘蛛，能用巧妙难防的法术，使不加谨慎的男子，在不知不觉之间，就能投入她的罗网里！

世人对于妇女，皆存一份宽恕的心。假若她是一个美人，更无不可宽恕了。

好颂扬妇女的男子，是不明白她们的；好讥评妇女的男子，是一点不明白她们的！

凡是一个妇女，就应当有一个丈夫。否则如同不装裱的图画，不镶镜框的图片。

日本古语说："天下最难处的，就是妇女。你若谄媚她，她就自骄。你若打骂她，她就哭泣。你若杀害她，她的鬼魂就要作祟。——最好的法子就是爱她。"

男子能为别人守秘密，多半不能为自己守秘密，女子则是反的。她虽能泄别人的秘密，更能保自己的秘密。

若男子能使他的女人看他如神圣，自然是精巧极了。然而女人若能使她的丈夫，自信她看他如神圣，更非机巧出群聪明绝顶的女人办不到。

某有名的哲学家说："远观妇女，多属可爱。然若近观，每多令人失望。假若再细加近观，你就知道她们真是可爱！"

女人用胭脂，是遮掩她们含羞的。

对于新彩画的墙壁与好涂脂抹粉的妇女，要加谨慎！

妇女对于增加美丽一事，能受种种不堪的痛苦。

最注意她的容颜的妇女，多半是没有好容颜的。

旧派的女子，在结婚以前，在家里等候相当的人；新派的女子，先结婚，然后等待相当的人，然后再离婚。

有些女人对于她的丈夫的话，多半不肯留心听。然而在她的丈夫说梦话的时候，反倒非常注意！

女子穿美丽的衣服，不是使男子喜悦的，是使别的女子烦恼的。

男子说："知识是权力。"女子说："衣服是权力。"

使丑妇人忘了她丑，使美妇人忘了她美，那是不容易的！

注意修饰身体的妇女，多是不注意整理家政的。

使妇女爱全国易；使妇女爱一人难！

遇着婚丧或宴会的事，男子都是想我当说什么？妇女都是想我当穿什么？

英国俗语说："监视一筐跳蚤易，监视一个女子难！"

妇女对于衣服，今日所能穿的，决不肯等到明天。

恶妇如脚上的刺,若不经一番痛苦,是拔不掉的!

人不能按一个女人所穿的衣服,断她丈夫的贫富。

男子穿衣服多是为防御自己身体的;女子穿衣服多是为攻击别的女子的。

妇女生来是胆怯的,假若使她穿上好的衣服,她就自信她有了武器了!

妇女们穿美丽的衣服,与孔雀开屏是一样的心理。

妇女的容貌,全以被人爱的程度而论!

恋爱中的障碍,如同烹调所必有的油盐酱醋;毫无障碍的恋爱,是毫无价值的,亦可以说不是真诚的。

恋爱是玄妙的,是不可思议的,是世间的音乐。独可惜这种音乐,多不是能永久谐和的。

情人们的口角,有一样缺点。因为口角一次,反增十倍的爱情。恋爱是愚人的知识,是智者的愚行!

恋爱如同风吹来的种子,是自生自长的,不是人力所致的。

恋爱如同传染病,愈是怕的人,愈容易受传染!

男子发誓永不爱妇人,与发誓永爱一个妇人,是相同的!

丑妇人愈妆饰愈丑;美妇人愈不妆饰愈美。

妇女的一切情书,不抵她嫣然一笑。

恋爱较结婚多有快乐,犹如看小说较看历史有趣味。

男子以刚胜,女子以柔胜,是万国古今不变的真理。女人对待男子,笑一笑的力量,比吵骂千万次的效力还大。任凭他是威加海内的英雄,声名盖世的豪杰,杀人的强盗,越狱的凶犯,也担不住她这种天赋的特长。可惜有一类妇女,不明白以柔克刚甚于刀剑的道理,偏要以刚制服男子;所以闹得家庭之间,天翻地覆,鸡犬不宁。世间许多的悲剧,多是由此而起。

恋爱如同饮食,贪之者常因不消化而死,故当俭约用之。

恋爱如同菜蔬,如同鲜果。若是充分发育到了极点,就毫无价值了!

恋爱之在男子,不过如同书中之一章,然而在妇女,则为书之全部。

阿拉伯有一句俗话说:"妇女的发长而知识短。"土耳其同欧洲数国,也有类此的俗语。但是到了现在这时代,女子多已剪发,这句话就有些讲不通了。

恋爱的人不能无痛苦——恋爱是痛苦,不是快乐。这话非过来人不明白。

两性间最大的反对性——男子多在口腹上注意,妇女多在身体上注意。

为金钱而结婚,就是出卖自由!

世界愈文明,道德愈坠落,妇女愈苦恼;世界文明到了极点,妇女的苦恼亦就到了极点,将来婚姻制一废除,妇女就完全成了男子的泄欲器了!

在结婚前,女子是饵;在结婚后,女子是钩。

假若一个女人,自知比她邻居的女人生的美丽,她就如同武士穿起盔甲来一样。

人说,中国旧式的婚姻,由父母媒妁配合,是"牛马式的"。我说,今日结婚,明日离婚,任意配合的最新式的婚姻,是"猫狗式的"!

世间最可宝的是爱情,最可贵的是友谊。

由女人的衣饰,常常可以发现她丈夫的性格。

若说恋爱胜过富贵,那是在富贵以后说的;无论男女,若是腹中无食,将要饿死之时,反能向人求婚,那才是真爱情呢!

希腊神话说:"上帝开辟天地,造了万物之后,就团土合泥造人。先造成一个男子,名叫亚当,后来看他太寂寞,就在他睡的时候,取下他一根肋骨,合泥造了一个女人陪伴他,给她起名叫夏娃。"欧美的学者说:"当日上帝因造夏娃,必定是把亚当身上的好的部分全取去了,所以,女人们多是玲珑活泼,柔媚动人;男子们多是粗手笨脚,态度可厌。"这话与《红楼梦》上贾宝玉说的"女子是水做的,男子是泥做的"颇有些相同之处。

恋爱如同一种极娇弱的植物,是应小心维护的。

初次的恋爱,是一点愚行同许多好奇的心,组合而成的。

人能使女子嫁她所应嫁的,然而不能使她爱她所不爱的。

女儿与死鱼,是不可久留的,留一天落一天行市。

爱情之施于妇女,如太阳之对于花:能使她们增加美丽,增添光泽;假若太激烈了,必定使她们枯萎,使她们凋谢。

英国俗语说："狮子决不如描画的那样凶。"我再加一句说："妇女决不像打扮的那么美。"

恋爱是一种良知，无须人教导而自能的。也不必竭力地解释，更不必在字典里求明白的定义，因为在文字未发明以前的男女，早就能恋爱了。

恋爱是妇女一生的历史。在男子的历史中，不过是一段插文而已。

妇女一生的苦乐，全以被人爱的期限与程度而论。

好奇的心，是从夏娃到而今，使妇女们堕落的最大原因。

夏娃真是一个模范女人，她用不着今天使她丈夫给她买这样衣服，明天买那样衣服。

爱情不生即死，永不变更之情操，惟性格贫弱者有之。

握住一个鳝鱼尾巴容易，把住一个妇女难。

两性间纯洁的友谊，是永不能维护到底的，迟早二人之中，必有一人侵越了范围，那就不是友谊了。所以"男友"与"女友"这种名称，是决无价值的！

世上最易变换无常的是女人，其次就是命运。

学问是男子的无形财产；容貌是女子的有形财产。

在结婚前，要睁开眼。在结婚后，要闭上眼！

无钱的男子，因恋爱结婚，夜间快乐，日间苦恼！

结婚而和乐，即是世上的天堂；结婚而不和，即是人间的地狱。

富人无过，美人亦无过。富人之过，多以富掩了；美人之过，多以色掩了！

满口谈道德的男子，必是伪君子；满口讲贞节的女子，多是丑妇人。

当一个女子告诉你，不准同她接吻，那意思是说，不准你在大庭广众之中，同她接吻。

若是一个女子，不对你说谎了，那就是不再爱你了。

男女生殖的机关不变，想要化除两性间的界限，是不行的！

拿破仑说："美妇使眼中快乐，贤妇使心中快乐。"

你若常听人夸赞某女子有学问，她必是不美的；假若她美，人就要先将美说在头里了。

情人们的口角，如同夏天的暴雨，是决不能耐久的，且要发生更强烈的热度！

男子虽胸存伟大的志向，必得女子的同情，始能达到实现的地步。自古成大事的人，多是得妻赞助的。

萧伯纳 G.B Shaw 说："家庭是处女的监狱，是妇人的养老院。"

德本普替 H.Davenporn 说："上帝造处女；男子造寡妇；魔鬼造离婚。"

自由结婚之风行，夫妇之道苦；自由离婚之说行，夫妇之道尤苦！

世上的女子有两种，一种是不纳忠告的，一种是不听良言的！

恶妇人可厌；愚妇人更可厌；最可厌的妇人，是那种没准性情，没准主意的！

每个女子，全以为她现在的恋爱，是她一生的头一次，也是末一次；男子多以为，这不是他一生的头一次；也不盼望是末一次，这是男子们情欲的表示。

普通的男子，想他的女人是最可靠的。普通的女人，想她丈夫是最不可靠的。这两种思想，是最不合事实的。

妇女的实在年龄，只有在她未加修饰的时候，可以断得出来！

德国俗语说："妇女面上的缺点，只有镜子知道。"

波斯俗语说："妇女在二十最动人，在三十最可人，在四十最缠人。"

抱孤身主义的男子结了婚，不但他的朋友对他莫名其妙，他自己对他自己更是莫名其妙。

世界愈进化，女子愈坠落。世界进化到了极点，女子就成了野母狗了！

爱情固然可以战胜困难，但是金钱更可以战胜爱情！

世间最苦的男子，是被他的女人将他当做铸钱机看的。那种男子决得不着夫妇间的真正快乐！

康冠底斯 S.Concordes 说："何物轻于羽毛——尘埃／何物轻于尘埃——风／何物轻于风——妇女／何物轻于妇女——无。"是说，妇女的习性，喜怒无常，容易更变。

妇人听见别人讥骂她的丈夫的时候，是极恨怒的。那是侵害了她的特权。她的讥骂是合理的，所以只许她讥骂！

法国俗语说："听信女子的话，如同捏住鳝鱼的尾巴。"

金阿莱 Arabella Kerrealy 女士说：女子的生命，落在强横的恶人手里，较落在懦弱的善人手里，反可以多得幸福！

世间有三样事是女子不易明了的——自由，平等，与纯洁的友爱。

支配世界有三样情欲——野心，报复，恋爱。女子总出不了恋爱的范围。

女子常对男子说："你若爱我，你不要性急。"若男子真不性急了，她又说："你不爱我了·。"哈，女子真难对付！

当女子发言的时候，男子看她的眼睛，当她停止发言的时候，男子看她的嘴唇。

当无事可做的时候，男子们谈论妇女；妇女们谈论男子们如何谈论妇女。

女子在未嫁之前，要耗去半生的光阴，等候丈夫；既嫁之后，要费去一生四分之三的光阴，等候丈夫。

女子总忘不了她初次恋爱的滋味，男子则反是。

天下最有趣的是女子；天下最无趣的也是女子；使男子得无上快乐的是女子；使男子生无穷烦恼的也是女子。

恋爱是一种病，须用结婚治。结婚是一种病，须用离婚治。离婚是一种病，须用死亡治。

除非你的妻对别的妇女说，你是一个好丈夫的时候，她对你决不能断了爱情！

名誉不佳，是一生最可痛心的事，然而决没有一个女子，愿嫁一个真正的君子。

愚鲁的妇人，对他丈夫所告诉她的话全信；聪明的妇女，假装着信。

愚昧的女子，显露她的聪明；聪明的女子，隐藏她的伶俐！

女子嫣然一笑，男子的主意就摇动了。女子眉目传情，男子的主意就瓦解了。

许多女子，虽然不是美人，然而她们的美丽，是不能一见就看得出来的，须要细加端详，才能发见的！

对女子，夸赞她的容貌，是无往不利的。

世间的女子，未必全愿嫁她们所爱的人。

若是一个男子告诉他的女人说，他爱她，她决不信；若是不告诉她，她又奇怪，为什么不这样告诉她!

女子修饰打扮,不是使男子爱她,是使别的女子恨她。

法国俗语说:"男子灵魂的明镜中,时时有一个涂脂抹粉的颜面。"是说男子心里,总有一个妇女的影子。

世界上有两种不能用钱财购买的:一是爱情,一是长生。

蜜月就是钱月。没有金钱,决无蜜月!

女子是像猫一类的,你若太亲近她,她就要抓你,你若不注意她,她就要围着你转。

时时提倡独身主义,或日日研究妇女问题的女子,多半是貌丑的。

女子没有丈夫,如同房屋没有基础!

Whiz Bang 杂志说永不敢结婚的男子,是胆小的。

妇女是虚荣的奴隶;男子是女子的奴隶。

女子因好奢侈,而失身丧节的多;因求生活,而失身丧节的少!

奢侈二字,能引诱一个女子到了坠落而不可救药的地步;能使一个男子犯了人所不敢犯的罪。

男子的偏见,是由脑里生出来的,还可医治;女子的偏见,是由心中生出来的,决不能医治。

萧伯纳 G.B.Shaw 说:"结了婚的女子,全明白哲学。她知道每种问题,全有反正两面。一面是她丈夫的,一面是正的。"

善人看不出女子有坏处;恶人看不出女子有好处。

德国格言说:"一个人若有七个女儿,在一星期中,决没有安闲的日子。"

男子无论如何讥评一个妇女(妻),到底还是更爱她。

世间最少有的事,是两个美妇人能彼此相爱且不因容貌彼此相妒!

何者使女子更愉快? 是听人夸赞她呢? 是听人毁谤别的女子呢?

德国格言说:"凡是女子,全爱镜子里头的那个女子。"

女子虽然是好买便宜的,然而男子若是太贱了,她也是看不到眼里。

古时的武士们,因为争一个女子,各拔随身的刀剑;现今的男子,为争一个女子，各抽银行的支票。

美妇人多能使男子流眼泪。娶美妻未必是福！

裴瑞克理斯 Pericles 说："男子口里所不常谈论的妇女，不论是善是恶，全是好的。"

女子对于事务，向来不加意考究，所以常被几句空话诱到陷阱里。

男子选择女人，如同选择果品：当知最好看的，未必是最好吃的！

若是男子们能够明白女子们心中所想的，他们对她们，必要再加二十倍的谨慎。

矛盾性是女子的特点。愈是美妇人，矛盾性愈大！

有一种妇人，只在要失去她丈夫的时候，才知道爱她的丈夫。

裴特挪斯特 S.Paternoster 说："女子的美目一盼，就能打破一切哲学。"

杰路得 D.Jerrold 说："女子全是一样的：她们当姑娘的时候，都是柔和得像乳脂一般；她们当了人妻之后，她们就要将脊背靠在结婚的证书上，反抗你的。"

两性间的引力，是神秘不可测的，假若我们真能明白了这个问题，我们就是得着人生的关键了。

马可欧 Mark Over 说："女子的舌仅长三寸，但是能杀六尺的男子。"

女子的心，比男子的心，跳动的速快；她的舌也是如此。

男子与女子，全是说谎的。最大的分别就是，女子说谎，容易使人信！

一个妇人，可以不记得她的丈夫同她结婚的时候所说的话；但是，那时她丈夫穿着什么衣服，她总是记得清清楚楚！

假若一个女子，准知道男子爱上她了；她的爱就减缩了，或是不爱了！

德本普替 H.Daverrpcrt 说："世间有两种多而不厌的东西——钱财与爱情。"

莱顿 B.Lytton 说："妇女们选丈夫，如同她们买书：专在外皮的装潢上注意，多不肯用心观察内容。"

阿瑞斯替波 Aristiopp 说："富女蔑视丈夫；贫女毁败丈夫；丑女嫌恶丈夫；美女对丈夫不贞。"

女子有美色，就容易有幸福；男子有大志，就容易有幸福。

英国古语说:"有时可将钱财托付一个女子;有时可将一个男子托付一个女子,但不可将这两样一齐托付她。"

世间并无丑女子,只有那种不知如何表显美丽的!

有九种方法,能使女子爱你。这九种方法,无一种不以谎言为要素。因为信假不信真是女子的习性。

多数的女子,喜美男子,爱富男子,嫁丑而贫的男子。

最美丽的一双配偶,未必是快乐的良缘。

男子所最喜爱的,是女性的女子;最不喜爱的,是男性的女子!

男子大笑而无节制的时候,必是醉了;女子笑得有节制的时候,必是醉了。

任什么衣服全肯穿的女子,是最快乐的女子!

男子所愿娶的女子共有两种:一是貌美有才的,一是貌美无才的!

常爱妇女的男子,不是真爱妇女的;不常爱妇女的男子,才是真爱妇女的。

西班牙格言说:"灯下不买衣,灯下不选妻。"

女子嫁夫,是要得一个能使她快乐的人;男子娶妻,是要得一个能帮助他忘了艰苦的人。两人的原意既然不同,所以夫妻间少有满意的。

法国俗语说:"恋爱是感情浓厚的小说,结婚是枯燥无味的文章。"

结婚如同被包围的城:在外面的人,总愿意进去看一看;在里面的人,总想逃出来。

再婚的男子,娶再婚的妇人,如同名将遇名将;初婚的男子,娶初婚的女子,如同新兵遇新兵;初婚的男子,娶再婚的妇人,如同新兵遇名将;再婚的男子,娶初婚的女子,如同名将遇新兵。

女性的丈夫,男性的妻,决不能白首偕老!

妇女若是肯嫁爱她们的,不嫁她们所爱的,世上的婚姻,就快乐多了!

善处朋友的男子,决不是善处妇人的丈夫。

男子若不是善于听话的人,结婚之后,就少有安宁的日子。

韩特 G.H.Hunter 说:"婚姻毕竟是制度。假若没有这种制度,当小学教员的饭碗,就要保持不住了。"

美妇人如同猛兽,是世间不可多有的。假若世间的妇人全是美人,世上的人类,早就要断绝了。

现今的男子爱女子,多半是个欲字,哪里有个情字呢?许多女子竟将欲字看作情字,所以就生出无限的苦恼来!

妇女如同最动人的小说,凡是一个男子,全愿意得几本。若是借来的,觉得更有趣。

女子只要容颜不退,就有快乐。男子只要自重之心不失,就有快乐。

妇女若想得幸福,第一,须有宽宏的肚量;第二,须有一个相当的容貌;第三,须有一个有情的丈夫。第一样有了,第二样就不为难,第三样就随之而来。

妇女的本分,是静候丈夫的成功。能善于静候,且能以快活自处的妇女,才是得着了人生之术。

妇女是上帝的代表,就是第二上帝。获罪于天,无所恕也。然而获罪于妻,较获罪于天,格外的无所恕也!

男子纵能统率百万健儿,出入于枪林弹雨之间,然而落在他所爱的妇女手里,就能像一团软泥,任凭她玩弄而已!

愈被别的女子所嫉妒的女子,愈是快乐的女子!

女子失去情人,有两种原因:一是与他结婚,一是仍然拿他当朋友。

男子无论如何,全能得女子的宽恕;只有一件事,是不能宽恕的。就是对她不忠实。

许多的男子,是不得不爱他们的女人;因为知道若不爱,就要增添无穷的苦恼!

有一些妇人,提起了结婚的苦恼来,能对一个未婚的女子痛哭流涕;第二日若再与那女子见面,就能问那女子,为什么不快快嫁人。这足证妇女们的矛盾性。

法国某学者说:"有三样事妇女不应注意——烟酒,赌博,别人的丈夫。"

妇女愿意男子照她爱男子的样子爱她;男子愿意女人照他爱女人的样子爱他。这两件事,全是不可能的。所以夫妻间少有和谐的时候。

女子出嫁,如同白布入染缸;出来以后,决不能回复洁白的原色。所以嫁了红的,只好是红的;嫁了绿的,只好是绿的。假若出了红的,又入绿的,出了蓝的,又入紫的,归终,必成七乱八糟无人肯要的颜色,岂不可惜!

古语说:"秀才遇见兵,有理说不清。"男子遇见妇女,何当不是如此!

认命二字,可以解化夫妇间无限的烦恼。认命并非迷信。我国从古至今的夫妇,因这两个字,不知保全了多少万万,少出了多少丑事!

妇女多是绵性的;男子多是刚性的。以刚碰绵,刚的反多受损折。

男子对待妇女,最好是以绵来,以绵应。以刚来,也以绵应。她们的技俩,就无处可施了!

存钱最好的方法,是存在女银行(妻的钱囊里)。但是若想提用,可就不易了;或者还有没收的危险!

江南有一句笑话说:"你的就是我的,我的还是我的。"为人妻的,多能认真施行那句话!

朋友的钱,可以借用;妻的钱,一文也不可借用。你若用她一文,纵然还她一串,你一生对她,也有短处!

对女人算帐,是愚昧的举动。这种帐一生也算不清;归终还是欠债的。同妻分辩理,是没有思想的。要知你决没有理;你最大的无理,就是娶了她了!

古语说:"不痴不聋,作不得阿家翁。"我看为人夫的,也当如是。

世间动物之中,以雄的对雌的最卑贱。人为动物之一,又为万物之灵,所以男子对女子,格外的卑贱。

自己的子女,尚不能事事合自己的心意,何况是别人生养的儿子,来做你的丈夫,或你的妻?夫妻间若肯想到这层,也可以消除无限的烦恼!你若想得家庭的快乐,千万不可娶比你年长的妻。妇女的天性,较人年长几岁,就惯将人当作小孩子看,既然如此,她就不能将你当丈夫看待了!俗语说"女大五,赛老母",就是这个道理。

不知足是十个女人九个犯的毛病。

男子是女子生的,所以一离了女子,就觉得不自然。那种毅然决然远避女子的男子,不是被女子缠磨透了的,就是怕受女子缠磨的。

聪明的女子,对男子装糊涂;糊涂的女子,对男子显聪明!

最可怕的女人,是对丈夫求全责备的。大凡男子,从幼小就有执拗的脾气;所以女人愈求全,他愈不全;愈责备,他愈不备。这种女人,只能讨丈夫的厌弃,决不能增进自己的快乐!

德国某学者说:"女子生来是为人母的,所以她们为妻则不足,为母则有余。"

我国古语说:"以爱妻之心爱父母,是最大的孝子。"我可以加一句:"以爱儿女之心爱丈夫,是最大的贤妻。"

男子怨恨女子的心,是不能持久的,女子最能利用这个弱点!

嫉妒(吃醋)是女子最大的美德。愈是有情的女子,嫉妒性愈大。不知吃醋的女子,是最无情的,是最要不得的!

我国人称不嫉妒的女子为贤德。要知道这贤德二字,是一般喜纳妾、好外遇的男子们造出来的;是专门束缚女人的;是最不合人道。我国自古以来的妇女,因为贪图贤德二字的美名,不知流了几百万缸眼泪!

若要废止纳妾嫖娼的恶俗,非竭力提倡妇人的妒性不可!

女子在未嫁以前的命运,是父母造的;以后的命运,是她的丈夫或别个男子造的。

对男子肯隐藏自己才能的女子,总是聪明贤德的。

世上的男子,若多是有情的,世上就没有新妇女运动,更没有妇女职业问题。

男子再婚,多不念前妻;妇人再嫁,多不忘前夫。这是男子寡情的表示,也是妇女多情的表示。

与性质虚伪的女子相处,总要以真诚之道待她!

无钱的男子,不用说不能治国,就是想齐家,也是作不到!

欲得女人的喜爱,第一先学有钱,学问品行,尚在其次。

夫妻之间的维系,就是一个情字。夫之情,仅可施之于妻;妻之情,仅可施之于夫;其间不应加入第三者;所以纳妾是破坏夫妻之情的毒药。

英国格言说:"二猫一鼠,二犬一骨,二女一夫,终难和睦。"

湖北俗语说:"要想家不和,讨个小老婆。"这句话足可以打消男子纳妾的野心。

世间许多的烦恼,是因为妇女的爱太甚,男子的爱太滥,生出来的。

《杀狗劝妻》那一出戏,焦氏对她的丈夫曹壮说:"你没有钱,就能管教老婆么?"一句话,仅仅十一个字,可以作丈夫的暮鼓晨钟;凡为人夫者,总要三复斯言!

惟思想高超的女子,才肯嫁有德无财的丈夫。

我国有一些为父母的,贪图金钱,将幼女嫁老头子,是轻视女儿的人格。欧美有一些新式的女子,贪图金钱,情愿嫁老丈夫,是自己轻视自己的人格。出于被动的是可怜,出于自动的是无耻。

被水溺死的男子少,被女子的眼泪溺死的男子多!

牙齿皎洁的女子,用不着你说什么滑稽的故事,她就能发笑。

没有牙齿或牙齿不好的妇女,看不出世上有什么可笑的事。

许多妇女如同法国人做的菜,仅仅是外面美观,细尝并不好吃!

世上的生物,是一物制一物。男子是生物中最利害的,所以上帝特造女子,专门制服男子!

某新式的妇女说:"我国古语'男正位乎外,女正位乎内',是最轻蔑妇女的。所以一般臭男子们,竟将妇女当作玩物,视为奴隶;应当趁机改为,'女正位乎外,男正位乎内',以雪此耻!"我看这倒是我们臭男子们时来运转的福音。我们臭男子们,应当感激她的栽培;我们臭男子们,正好趁机坐在家里,穿红挂绿,涂脂抹粉,一心一意地给她们当玩物,当奴隶!

按寻常骂人无耻,总是说:"不要脸。"据我想,骂缠足的妇女,应当说:"不要脚。"骂新式的妇女应当说:"不要腿。"

妇女耳中最爱听的,就是夸她的貌美。她生的纵然比嫫母、无盐还丑,她发觉你所说的话,并非言过其实。

威鲁士 H.G.Wells 说:"没有一个男子配受一个女子的爱,没有一个女子配受一个男子的爱。"

哲路德 D.Jerrold 说:"妇女的爱情,如同胡须,愈刮得干净,愈生得坚实。"

使女子最动气的,没有比她所爱的男子又被别的女子爱了。

你不对一个女子说,你爱她,较比你对她说了,她还容易看得出来!

妇女打扮得花枝招展,原意是为叫人看的;假若你不看她,她就疑惑你是瞎子;

假若你注目地看她,她就疑惑你不存好心!

女子的心思善变,如同她们所穿的衣服。

巴伯喀克 James Babcock 说:"男子注意的是吃什么,女子注意的是穿什么。"

妇女所穿的美丽衣服且有是用她的父亲、她有丈夫、或别的男子的眼泪做成的!

妇女的好看,全赖修饰。一个四十岁工于修饰的妇女,较一个二十岁不善修饰的妇女,还显着年青。

美丽的妇女,不过是如同一个金漆彩画的棺材,无论如何光艳照人,里面也不过是一把骨头。

你无论如何爱你的妻,她也疑你不是诚心诚意的!

恋爱虽然是盲目的,结了婚之后,眼目就睁开了。

在小说文学里,第一次的接吻,是种种困难的结尾;在事实上,是种种困难的起头。

最好的吻,是永不接的吻。

伦敦邮报 London Mail 说:"一个男子可以有两个欲,决没有两个爱。"

恋爱过两次的男子,是不知恋爱的。

又说:"婴孩的吻有乳味,儿童的吻有糖味,青年的吻有烟味,丈夫的吻有酒味。"

一个妇女,宁愿她所不喜欢的男子想她年青,对她献媚,也不愿她所喜欢的男子,想她年老,对她表示恭敬。

在结婚以前,女子喜欢听你说话。结婚以后,她喜欢你听她说话。

法国俗语说:"妇女的舌尖,就是她的刀;那把刀永远也不生锈,因为用得勤。"

又说:"妇女的舌,永不守星期日。"(永不休息)

最可爱的妇女,是那种有许多要说的话,偏说不出来的!

英国格言说:"两个女子,生一个舌尖就够了。"

又说:"通地狱的大路,是用妇女舌尖砌成的。"与《诗经》所说"妇有长舌,维厉之阶"和《女小儿语》所说"妇人口大舌长,男子家败人亡"均相等。

摩尔丹替 E.Mordant 说："堵女人的口妙法，是用接吻。"

世上最好看的，是情人的面貌；最好听的，是情人的声音。

成功的男子，是能利用机会的；成功的女子，是能使她的丈夫，成了她自己的丈夫的！

男子信一个妇人（妻），疑惑别的妇人；女子疑惑一个男子（夫），信别的男子。

妇女的衣饰，件件全能引动男子的心。古今中外的男子，甚至因为一只绣履，或是一只高跟鞋，招辱丧命的很多。

若是你同时爱上两女子，对她们中的一个说："两个全爱。"她信你。假若说："不爱那一个。"她决不信你。

一个男子，信服妇女的心消灭了的时候，他的智识，必是增高了。

挪威的格言说："不要信妇女的心，妇女的心，如同旋转不停的车轮。"

有些男子们，因为将妇女的回答，当作她们的决心，因此就生出许多的错误。

马克欧 Mark Over 说："妇女的心，如同小儿的裤子，须要时常修补。"

妇女说话，除了说到自己的年龄，全好张大其辞！

矛盾是女子的天性。她生得愈美，矛盾性愈大！

天下决没有真惧内的男子。所谓怕老婆的，全是爱老婆的。所以我说："怕得愈甚，是爱得愈甚；不惧内的男子，是无情的男子，是不知女人可爱的男子。"

女子到底是男子的劲敌。男子的力量，固然不是女子所能抵御的，但是她们的美色，足能征服男子的心灵。

项羽、拿破仑二人，平生不肯落眼泪；然而项王被困垓下，在虞姬的面前，竟泣不成声。拿皇被囚孤岛，想起约瑟芬 Josephine 来，竟落泪如雨。可见美人的魔力，就是英雄豪杰，也摆脱不开。

古语说："生儿防备老。"我以为，女子出嫁，也是防备老。

容颜不是常存不变的。一般朝秦暮楚没有准丈夫的女子，要及早打定主意。

英国某学者说："死于战场的人少，死于裙下的人多。"

男子全怕张牙舞爪的老虎，不怕涂脂抹粉的老虎；见了兽中之虎，避之惟恐不速，见了人中之虎，亲之惟恐不近！

古语说："伴君如伴虎。"因为不知何时，就有性命的危险。我以为，接近美人也是如此。逢群主之怒可怕，被美人所爱更可怕。

明陆道威先生说："昔人云见利思义，见色亦当思义，则恶念自息。"据我看，见不应好之色，要思义。见可好之色，要惜命。

又说："色之迷人，如水荡舟，当牢着舵，自不迷所向。"可见著名的理学家，也未尝不知色之可爱，不过贤者能"牢着舵"，众人见了色，便"把不着舵"，所以被色波所摧荡，而遭灭顶之祸的，前仆后继。

刘邦善能将将，把一个战必胜、攻必取的韩信，玩弄得像一团棉花；然而竟不能驾驭一个吕后；他能对狼虎之秦革命，竟不能防他女人的淫行。以帝王之尊，居然戴上一顶绿头巾，他也无可奈何，可见妇女是最难对付的！

杰摩曼 H.Zimmerman 博士说："多数的男子，全愿娶生得好的女子，不愿娶教得好的女子。"是表明男子多注重女子容貌而忽视女子之才德。

有人说："我国重男轻女。"其实，我国只是在法律上，在礼俗上，在口头上，重男轻女；在事实上，还是重女轻男。在家庭里，在政治上，明操大权的，固然是男子；但是暗操实权的，还是女子！

愈是有学识的男子，愈富于爱情，愈知异性之可爱。目不识丁的男女，对于两性的关系，不过是个"欲"字，或是以两性相合，是尽职分。

男子入戏园，多是注意舞台上女优，及园中妇女的面貌；女子入戏园，多是注意台上女优及园中别的妇女所穿的衣服。

世上鲜艳美丽的颜色，全被妇女穿了。芳芬馥郁的东西，全被妇女用了。她们面貌，若是黑暗或有缺点，可以用脂粉遮盖；男子就不能加以掩饰。她们对男子亲近，男子多表欢迎；男子对她们亲近，她们反说男子轻薄。男子对她们，多是诚心原谅；她们对男子，多是吹毛求疵。男子供养女子，人皆视为应当；女子供养男子，人多视为非礼。谁说男女平等？

马克欧 Mark Over 说："女子不过是大孩子，她们得着玩物（丈夫）之后，不久就厌倦了，将玩物撕毁了。"我看这话不合理。世上的男子，多是喜新厌故；女子对男子，少有这样不道德的毛病。马克欧的话，大概是专指欧美女子说的。

宣永光（1886—1960）

英国格兰斯顿 Wm.E.Gladston 说："保持妇女的原性，是妇女最大的美点。"近来男子日趋女化，女子日趋男化，未免是将两性相异的美点全毁了！

世界愈文明，愈与貌丑的女子不利，愈与貌美的女子危险！

讲社交公开与讲男女同学之先，须先讲道德。蔑弃道德的人，不配谈社交与同学的好处！

两性间，互相尊重，互相辅助，是男女平等；互相利用，以达个人欲望，那就谈不到平等！

女子一生最大的需要，是被人"要"！

"父母之命，媒妁之言"以成夫妇的办法，是蹂躏人权的，不能容于文明时代。然而桑间濮上，钻穴跃墙，以成同居的行为，也不是重视人格的，更不能容于文明社会。

世上的野禽野兽，多守一夫一妻的制度。惟有与人类接近的家禽家兽，类如鸡鸭猫狗马牛羊等物，全是一夫多妻，或是雌雄乱配，牝牡滥交。大概这种恶行是同人学来的。可叹！

人类发明婚姻的制度，是人类进化的第一步；打破婚姻制度，是人类退化的第一步！

现今我国最文明的女子，多是衣必洋衣，食必洋食，读必洋书，说必洋话，行止动静，竭力模仿洋人，日趋洋化。可喜她们的程度，还未达到非洋人不嫁的地步。假若她们再进化到那种程度，我们中国男子，想娶一位国妻也办不到了！

什么是征求男友？就是寻野汉子！什么是征求女友？无非是招"干老婆"！

异性的朋友，按老话说，就是情人；按新话说，就是恋人；按英文说，就是 Sweet-hean。这种结合，在外国也是不为正人所公认的，岂有大吹大擂登在报上征求之理？

有人指教我征男友征女友，就是征婚。我说：既是这样，何不痛痛快快的："征夫征妻。"天下那有同床共枕，颠鸾倒凤的朋友？

我见征求女友的告白，多是用留学生，在某机关供职，有若干收入为吸引女性的媒介。同时对她们，必以容貌端丽为条件。我敢断定，应征者必是苏秦他嫂嫂一类的女人；登告白者，必是吴起一类的男子！

选妻不可选善扑粉，善烫发，善著衣，善穿高跟鞋的；这种女子，只合作阔人玩物，替他们败毁家产！

在政治未上轨道的国里，男子愈是人格破产，愈能升官发财；在淫邪的社会中，女子愈是成了烂桃，滥得一榻糊涂，她的声价，愈是高大。然而他们与她们的前途，是不卜可知的。

选妻不可选善跳舞，善唱歌，善交际的：这种女子，虽然能替丈夫巴结阔人，谋求差事；然而绿帽子，就能将头压得抬不起来。并且因沾妻的光，得了富贵，一生就是她的奴隶！

选夫要在品格学识上注意。固然不可以嫁书呆子、拆白党或绣花枕头。然而也不可仅注意于打网球的能手，踢足球的健将，跳高的领袖，或赛跑的魁首。这种男子若胸无点墨，难有光明的前途。

黄河以北，多注重早婚。在那些父母的口头上，固然是为儿娶妇；究其实，不过是为自己增添一个只吃饭不领工钱的女仆而已！

名士嫁不得；明星娶不得。名士的穷酸架子可怕；明星的浪漫行为可怕。然而名士对妻，并不十分酸；明星对别人，可是十分可荡！

中国早婚的恶俗，正与印度相反，多是女大男小。以我的本县（滦县）而论，有十八九岁到二十以上的女子，嫁一个十几岁的乳臭小儿。妻正当春情旺盛的时候，夫还不能尽丈夫之道。到丈夫成丁的日子，妻已成了残花衰柳；夫妻之间，焉有快乐可言。终不过是误了别人的女儿，害了自己的儿子。

在这是非难断的日子，妇女若愿为一人的专利品，从一而终，就有人说她是腐化分子！假若她大开门户，人尽可夫，博施济众，为众人的玩弄品，反有人尊她为交际明星或社会之花。

善写情书的男女，未必是有情的：真正有情的男女，决不买《言情尺牍》。

能节俭，能不慕虚荣的女子，才是女中的英雄。

二八月中，正是母狗们大出风头的日子，不分昼夜，到处招摇；跳舞追逐，滥施恋爱；任意向公狗们眦牙瞪目，喜怒无常，狂吠低狺，流波送媚。公狗们为性欲所驱，无不大献温存;摇尾乞怜,俯首帖耳。母狗!母狗!可谓狗运亨通了!

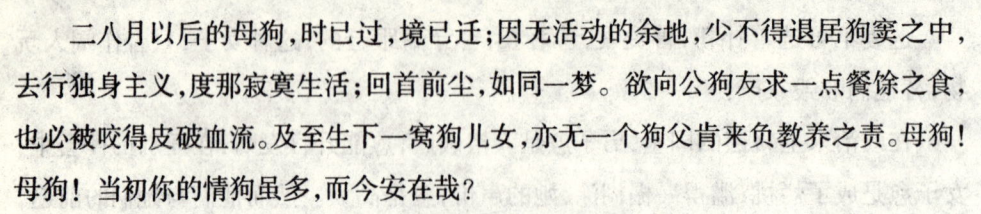

二八月以后的母狗,时已过,境已迁;因无活动的余地,少不得退居狗窦之中,去行独身主义,度那寂寞生活;回首前尘,如同一梦。欲向公狗友求一点餐馀之食,也必被咬得皮破血流。及至生下一窝狗儿女,亦无一个狗父肯来负教养之责。母狗!母狗!当初你的情狗虽多,而今安在哉?

我每逢看见二八月以后的母狗,就替滥交男友的浪漫女子抱无限的悲悯。然而年年有个二八月,人过青春无少年;可是母狗还有恢复往日的威权的时候!

公狗们决没有审美的观念,也决不会用金钱或势力,引诱异性。它们所发的情欲,是真诚的,是尽生命不绝的天识,并非为是取乐,或有所贪图!母狗虽是浪荡,它的结局——因为没有过去与未来两种的思想——所以也比人类中没有正式丈夫的浪漫女子,好受得多!

欲讲真恋爱,须重真道德!

不临财,全是廉士;不遇色,全是正人;不见危难,全是英雄;不见骨头,全是好狗。

妇女如同磁石,都有吸引力。所不同的,只是她们的吸力,有大小强弱之分。

有些美妇人,竟吸不住男子;有些不美的妇人,竟能将男子吸得头晕眼迷,摆脱不开!

缠足的女子,穿上弓鞋,用脚跟走路;时髦的女子,穿上高跟鞋,用脚指行路。前者用后,后者用前,全是要使身体失其平衡,以便左摇右摆,前后颤动,作出楚楚可怜之态,引逗男子们的好奇心!

旧式的女子,摧残两双脚,时髦的女子,苦待两条腿(两双脚在内),全是有心诱惑人,同为不自然的现象。

对待美而贫的妇女,要加一倍的谨慎;因为她的美色,能引诱别人,她的穷困,能引诱她自己。

纯正的情,发于两性之间,互相牢吸,不容有第三者(不论男女)加入,不纳任何戒劝,不受任何诱惑,贫富不足夺其志,生死不足易其心,海枯石烂,始终如一,始可谓之为恋爱;否则即是恋奸。

男子因妻年老色衰而休弃；妇人因夫困穷失势而下堂，全是有愧于禽兽的举动。禽兽间，少有这种的恶行。我观察多年，仅在蒙古时，见马群里有此类的现象！

英谚说："不会歌舞的女子中，多有良妻。"足证善歌舞的女子，多不能调理家政，只可为"交际明星"！

有人问我，对于三角恋爱有什么意见？我回答说：恋爱只有两面的，并无三角的；既然成了三角，那就是两情不坚，二心不定；不坚不定，还称得起什么恋爱？

所谓三角恋爱者，不是二男一妇，成一个嬲字，就是二女一男，成一个嫐字。（注："嬲"尼了切，是戏弄相扰的意思。"嫐"奴好切，是柔弱无勇的意义。）全是不良的现象！可见一男一女的恋爱，才是正当。

英国罗斯钦 John Ruskin 说："莎士比亚 Shakespeare 的作品中，只有英雌，并无英雄。他所能永久不失文坛上的地位，也是在此。假若他一味的描写英雄，他早被打倒了。"罗斯钦本是文学家兼美术家；我由他的评论推察，他更是心理学家。

湖南俗语说："小娘爱俏，冻得狗斗！"

这句话是否可以成立，先要问问冬天的摩登女子！

好色者应以蜂蝶为师，它们能得花之益而无害于花。

在野蛮的古时，男子以多妻为快乐；在文明的今日，男子以一妻为满足；在文明过火的将来，男子以一妻也不要为幸福！到那时，并非男子甘愿守独身，是因为女子太"进化"，而不能为人妻了！

我常听人提起他的妻来，多加上"我们"二字。类如"我们内人"、"我们贱内"。我以为在这文明的"公妻制"尚未普及，打倒"婚姻制"尚未成功以前，最好是免去"我们"二字。

我对人谈到我的她，总是用我"的"内人，或单用"内人"；决不肯妄加"我们"二字。因为我认定天下可"公"，妻是永不可"公"的。并且也永不用"贱内"二字，因为"妻者齐也"。她若是"贱"的，我就大受影响了！

男子一生多为妇女用心；妇女一生多为衣饰用心。

文墨人提起他的儿子，往往称"小犬"或"豚儿"。犬者狗也，豚者猪也。如此自谦,未免是自居为老犬老豚;然而说起他的女儿来,则用"小女"。决不比之为猪狗(有时称儿子也用"小儿")。外人尊称人的女儿,则有"令爱"或"令千金"。于此可见我国是尊女轻男!

中外男子的衣饰,数十年一变。纵然变,也不过是宽窄长短之别;妇女的衣饰,一年数十变,甚至大变特变。妇女可谓衣饰革命者!

假革命,是革命者牺牲人民,自寻安乐,使人们苦恼。妇女的衣饰革命,是革命者牺牲自己身体上的安适,自寻苦恼;并且连累同类者,起而盲从,同寻苦恼。仅以寒冬穿长筒的丝袜与断梁的高跟鞋而论,就是例证。然而她们先牺牲自己,较任何革命者,还有伟大之精神!

俗语说:"莫看新娘子上轿,要看老太太收成。"是说人生命运无常,富贵与容貌是靠不着的!我可改句话说:"莫看风流女子们吃穿玩乐,要看她年老色衰时的收场结果!"

浪漫的女子,在年青时快乐;贞静的女子,到年老时安逸。二者既不可得兼;女子们,还是在青春貌美时,守一点范围,少一点自由好!要知老年的苦,全是少年时种下的。少年时要多受些罪,老年时必少流些泪!

贞静的女子,到老年,虽不能尽得安逸;然而浪漫女子,决不能得良好结果。现在的因果报应太快,恐不到暮年,就要追悔不及了! 这话不是迷信,也非老生常谈。每日报上所登的,就是前车之鉴!

面丑的女子,也有一件利益——她可以避免男子们的扰乱。

男子如猛兽;女子如绳索。一入了圈套,休想跳脱;纵有大力,也无所施用。能远避女子的,总能不被她所束缚。

女子如粘胶;男子如鹅毛。粘胶不用寻鹅毛,鹅毛就能于不知不觉间,飘到粘胶上!

我最喜闻花的香气。有一次见了一朵极娇艳的花,连忙去闻;岂知被花里藏着的一个蜜蜂,螫了鼻子。自得那教训之后,我看见美人,也惊心动魄了!

美人如同好书,应当落在学人才子手里;学人才子,知道书之所以可爱,知道如何去读,并且爱书如命;决不将书视为装饰品,决不将书认作玩物或救急物。他们对待美人,尤甚于爱书。

女子是世上的盐:世上若没有这种盐,人生就毫无滋味了!盐固然是提味不可少的,然而用时,要有节制!

在妇女的心目中,只有衣服的美恶,并无面貌的丑俊。

多数的妇女,对于人格的坠落,不如对衣饰的破旧为可耻。衣饰!衣饰!是引诱妇女的恶魔!古今中外无量数的妇女,全为衣饰毁了!

嫫母无盐,若有美好的衣饰,也敢见王嫱西子;王嫱西子,若无美好的衣饰,反不敢见嫫母无盐!

妇女!妇女!不要妒羡某妇女所穿戴的衣饰!你们先要详查那衣饰,是用什么条件换来的。你们若真明白了来历,不但不嫉羡她,反要替她流眼泪了!

一百个姑爷中,难寻一个能敬爱岳母的;但是一百个岳母中,倒有九十九个半喜爱姑爷的。古今中外,无不如此,真令人莫名其妙!

世人说起丈岳父来,多含有一份讥笑的态度。岂知人不娶妻则已,娶妻则有为丈人的可能。纵然一生不养女儿,难保上辈或下辈,不为人的丈人。这又何必视为稀奇,又何必生出不敬的感想!

整个的爱谓之情;破碎的爱谓之欲。情有永久性;欲是一时的。可惜多数的摩登女子,专喜接受人的欲!

世人对于大舅(妻兄)小舅(妻弟),大姨小姨(尤其是小舅小姨),多存有轻蔑之意。大概是因为从古以来的小舅,多依仗姐姐的势力,对姐丈生出许多的不便。至于小姨,大概是因为她爱嬉嬉笑笑,又不肯大大方方的原故。可见全是:"夫人必自侮,而后人侮之!"

中国习俗,全以女婿为"上帮亲",尊之"姑爷",称之"娇客"。女婿也竟居之不疑,实属可恨。我不知女婿有何可尊敬的必要;我更不知生女儿的人,有何可以自卑的理由。

自社交公开之风起,成衣匠,洋裁缝,绸缎铺,绒呢庄,同卖化装品的,增了无穷的收入;自女子职业之说起,这几项工商,无不嬉笑颜开;自跳舞之风兴起,这几种工商(尤其是洋裁缝同绒呢庄),全大烧高香!

有人问我:"现在无论什么事物,全无'耐久性',是什么原因?"我说:"婚姻是万事万物的基础,现今夫妇全无耐久性,旁的事物还用问么?"

提倡妇女职业问题,应按照做事的才能,为先决的问题,不当以年貌为取舍的标准;否则即是以色用人,以色媚人!我见某处的女职员,与一切茶楼酒肆的女招待,我才知道,女子若愿谋职业,须先要请教"镜子"老先生;它是忠实的老同志,它能告诉你是否能谋到职业!

自人权之说兴,良善之人,成了鱼肉;自女权之说兴,妇女之身体,失了尊严;自女子财产问题出,男子们多增了一分欲念;自女子职业问题出,老丑的女子,化为无业游民。古语说"有一利,即有一害",实在是人生哲学!

未成婚以前,要慎加选择,要细加考虑;既成婚之后,要死心踏地,随遇而安。不可怨对方之不合式;只可怨自己之心眼瞎。如此可保心神之安宁,家庭之幸福,以至于社会之道德!

美国称人尽可夫的女子为"理发馆的椅子 Barber's Chair";称好涂脂抹粉的女子为"招租的房子 House to Let"。这两个称呼,实在是贴切有味!

女子与女子相交,较男子与男子相交,格外亲厚,可是决没有常性。出嫁之后,更不能继续交往,否则就要有一方受了嫌疑,成了仇人!

女子访已嫁的女友,最好是少加修饰;否则交谊就要维持不住了!

女子的天性,多半狭小,只能同一个人(丈夫)可以继续久长;因为那个人不肯同她"认真"。

同女子交往,你若不同她发生深切的关系,她终觉得对你有短处;你若同她有了某种关系,她终觉得你对她有短处。你的短处,纵然将身上的肉全割下来,也填补不满!

只要你的女人,时时说你不好,时时对你吹毛求疵,你正好大放宽心,自庆自慰;因为她那种举动,正是爱你。假若她对你歌功颂德赞不绝口,你倒应当早加预防!

旧派的女子,涂脂抹粉;新派的女子,抹粉涂脂。旧派的女子出阁;新派的女子结婚;旧派的新娘子坐花轿或骡车;新派的新娘子坐马车或汽车;旧派的第一夜与男子接触,称洞房花烛;新派的称开始同居。旧派的女子妊娠,叫生男生女;新派的叫恋爱结晶。说来说去,也不过是那们一回事。何者为野蛮,何者为文明,我实在看不出来!

男子的权,是财;女子的权,是色。男无财,女无色,不但没有人权,简直的说,就算没有人格。这种的不平,随着文明而增进!

有些男子,不禁他的妻妾打扮得花枝招展。却不喜他的女儿加意修饰;只许他自己眠花宿柳,却不能容他儿子狎妓嫖娼。岂知这正是上行下效。自己果能入规入矩,子女必能履正行端!

从前的摩登少年,受了性欲的冲动,去寻娼妓解决;现今的摩登少年,却找女友解决。可见女友的效用,与娼妓名异实同,全是救急品,全是供浪子临时的消遣物。我虽恨这种招女友的男子,我更恨这种甘心作女友的女子!

旧派的女子,讲"三从四德";摩登女子,讲"三纵四得"。三纵者:纵性,纵欲,纵身;四得者:得财,得势,得名,得男友。

女子是"极端主义"者;她们或善或恶,总要超过男子!

北平某报上,发现征求"石女"为友的广告。我认为是名实相符,是最纯洁的。其中决无黄鼠狼与鸡拜年的心理;至于那种口口声声招请女友,彼此研究学术的广告,充其量也不过是研究"性学"!

某报登载,某君欲征女仆一人,并且须能裁衣炊饭,与某君同食同"宿"。这种女仆,即北方所谓之上炕的"老妈",江南所谓之"脚凳子"。大概某君是上了"女友"的当了!

女子欲提高女子的人格,只有四样办法:第一,须设法严禁纳妾,第二,须废除娼妓,第三,加重重婚罪,第四,禁止男子交女友。至于从政,从军,与男子争位置,全是不争之务!

在当初离婚不时兴的时候,娶妻如同搬来一座大山;她无论如何不如你的意,再也运不出去。你若想将她搬出去,不但是白费气力,社会也对你大说闲话。

在这离婚盛行的日子,娶妻如同搬进一块石头;只要你喜欢够了,你就可将她掷出去。社会不但不责骂你无情,反说你富有家庭革命的勇气,善于改造环境!至于以后她的环境如何，你不必管她！

在这文明进化的时代，生儿子的好处，就是到临终时候，有所交托；生女儿的好处，就是在活着的日子，多一门亲戚来往！

穷人多儿女，是多受罪；富人多儿女，是多操心！

俗语说："多儿多女多冤家，无儿无女活菩萨。"又说："男是冤家，女是债。"又说："养子过学堂，养女过家娘。"话虽如此，然而既娶妻，就免不了受这种拖累，并且是尽人类生生不已的义务！

夫妻果能相亲相爱，和谐到老，要儿女何用？夫妻若势同冰炭，不相和谐，要儿女何用？儿女小的时候，不过是开心解闷的东西而已！

俗语说："……闺女哭，真心实意；女婿哭，黑驴放屁。"我愿专痛爱女婿的岳母，三复斯言。

湖北俗语说："辫子三寸长，娘，老娘；辫子三尺长，只有娘子，没有娘！"这话与北平俗语"前院拜天地，后院写过子单"是一样的。在这小家庭制度倡兴的日子，为父母更无意味了！

天下最不可解最糊涂的事，就是岳母痛爱女婿。要知女婿，多是永远喂不熟的！我是我岳母的女婿，我的朋友也全是他们岳母的女婿，所以我敢下断语。

旧派的男女，闭上门，讲爱情；摩登男女，在大庭广众之间，表爱情。前者是动于内；后者是形于外。内藏者多真诚，外露者多虚伪。真诚者可久；虚伪者不常。并且热得激烈，冷得速快！

女儿到了及笄之年，就是到了"母性"要发展的时候。（她们的乳房增大，就是证凭。）父母为她们升学打算，不如为她们婚姻用心。误了她们的学业事小，弄出笑话事大！

男子中，有书呆子；女子中，决无书呆子。女子若非有神经病或生理上有缺点，决不肯向故纸堆里求生活。

女儿到了岁数，欲嫁的心胜于男子欲娶的心。然而女儿的习性好羞，不肯公然表示。为父母的，应当顾念她们的苦情，万不可因为她们没有表示，就不注意；要知女子变心是一时的，是无法预防的！

为女儿设一座大图书馆，不如为她买几件好衣饰。真正有"妇性"的女子，决不喜爱书！

据我教书的经验，女子注意科学的少，注意文学的多；就中专注意于诗词歌赋的，又占四分之三。

"妈妈好糊涂"那个曲调，是能替普天下的女儿诉说衷肠的。假若父母们，能将那妈妈好糊涂的悲声，牢记在心，非但可以避免"糊涂"的憾怨，也可以使报纸里少些好材料！

向女子求爱，要时近时远，不可一味的热烈；女子向男子求爱，要似迎似拒，不可一味的容纳。不即不离，半推半就，是两性间吸引的途径。成婚以后，更当如是，似免发生破裂的悲剧！

男子若非看遍天下美人，我决不信他，能永远爱定一个女人。至于立志终生不二色的男子，他必是还未遇着更美的女子！

自交女友之风兴，男子可用少数金钱，而享家室之乐，并可免家室之累；真可谓一本万利。

有道德的女子，嫁了丈夫（不论他好坏），全有从一而终的心；普通的女子，若嫁了如意的人，也全有从一而终的心；惟男子，不论有道德无道德，对于女子，多是吃一，看二，眼观三。吃着肥的，想着瘦的，吃着湿的，想着干的。人说女子是水性杨花，我看男子是浮萍柳絮。自交男友之风兴，女子眼前固然增了许多假快乐，以后自己的身体，就失了真保障，真可谓得不偿失！

男子有财有势的日子，不愁无高朋满座；女子年青貌美的时候，不愁无男友如云。前者，一朝财尽势衰，必致求为一普通小民，而不可能；后者，一旦年老色衰，必致求为一花子老婆，而不可得！

一般贪心无厌的男子，全以为世上皆有死，惟我永不死。一般狂交男友的女子，以为世人皆有老，惟我永不老。归终，前者害了别人，苦了自己，祸及子孙；后者便宜了别人，苦了自己，累及家庭。

惯离婚的男子嫁不得；惯离婚的女子娶不得。这两种劣男女，习与性成，如同盗贼；不得机会则已，苟遇机会，就要施其伎俩！

女子是没有准主意的，可是打定主意之后，比男子格外坚决。

欲生儿养女，须要夫妇和睦、身体强健；并要专心于某件事，不可稍存生儿育女之心，且要常服"独睡丸"！至于看《房中术》《玉女篇》《性史》，淫书以及服春药，全是有百害而无一利。非但不能种子，反要自促天年！

和奸容易生子，是因两性一意取乐，并无立后之心；生子之道，是神密的，越是鞠躬尽瘁，他越不肯光降！

夫妻间的某事，要顺乎自然，不可如某书上所说的"科学化"。别的事可以拿科学化三字骗人；某件事，决不可立异标奇！

现今某种书，对于男女间某种事，大谈背逆阴阳，乾坤颠倒的举动；假使此种邪说畅行，将来的小国民，必多哑吧与瞎子。至于如何必生哑子，如何必生瞎子，我不便细谈。

有些人娶妻专为娱乐；有些人娶妻专为生子。这全是各有所偏。前者是以女人为"泄欲器"；后者是以女人为"孵卵器"。

"优生学"与"善种学"，全是无聊的外国学者所妄想而得的成绩，只可施之于家畜，不可施之于人类。提倡的人，还不能躬行实践，别人又岂肯容你试验？

欲求良善儿女，夫妻须先存心良善；欲求儿女精神活泼，须父母不昏天黑地；欲求儿女聪明伶俐，夫妻须在天气清和的时候才行某种事，也就可以了。

我的朋友某君，四十无子，由某医院抱了一个私生子，专用科学方法养育；无论饮食衣服，甚至拉撒睡，也本乎科学。现今这孩子已十余岁，其笨如牛，其蠢如猪，一天不能读两个字。我对某君说："私生子多是聪明的，无奈你用科学的方法，将他毁了！"

女人为"醋"而与男子争吵，是世上最有趣味的；为"钱"争吵，是世间最可厌的。

美人嫁于伧夫，才子老死牖下，是天下最不平的事！

女子常对所爱的男子，假装冷淡；男子常对所不爱的女子，假装亲热。

求高超的知识或从事于职业，误了许多女子出嫁的相宜年龄；可谓有一利，就有一害。

丈夫出门的时候，若是将门关得太响了，女人就疑他是发了脾气；丈夫出门的时候,若轻轻将门关上,女人就疑他不存好心。

一个男子永不肯将疑他女人的事,诉与别的男子;一个女子少有不将她疑她丈夫的事,诉于别的女子。

女子有美色,如同人有巨财。这两样,也可以说是福,也可以说是祸。财巨,则招小人垂涎;色美,则无论君子小人,全要垂涎。英谚说:"美色引盗甚于黄金。"财多了虽然是祸,人人全愿发大财,并且求而不厌其多。色美了虽能引盗,女子全愿有丽色,并且竭力进益其美。这两样思想既然去不掉,世上焉有安宁的日子!

《易经》上说:"冶容诲淫。"英谚云:"女子与樱桃因色而得祸。"古今中外的女子,因好修饰而失节丧命的,难以数计。

近来有一些文明的男子,若有人称他为某某先生,他就以为不受听;必得呼他"密斯特(Mr.)某某",他才觉得痛快。近来有一些维新的女子,若有人呼她为某某小姐或某某太太,她也以为不入耳,必得呼她"密斯(Miss)某某"或"密斯(Mrs.)某某",她才觉得舒服。假如他们或她们,有外国名字,若再用那外国名字称呼他们或她们,更是乐得手舞足蹈、欣喜欲狂。

我常在电影院遇见许多新式的男子,彼此交谈,全用洋文,甚至有些中国妇女,对她的小孩子儿,也不说中国话。她们这种文明的举动,愈是座旁有洋人的时候,卖弄得愈欢。那种洋洋得意的丑态,纵然将唐朝的吴道子请出坟墓来,也难描画万一。此种恶风不改,中国不亡是无天理,因为国未亡,国语先亡了。会中国话的外国人,决没有这种亡国的恶习。

世上若无女子,男子的生活,实在是干燥乏味;世上若无男子,女子的生活,也是寂寞无聊。所以上天生了男,又生了女。男女并生,是调解干燥,慰藉无聊。禽兽之牝牡相偶,雌雄互配,也是如此。

有些女子只知爱金钱,并不知爱丈夫;丈夫有钱的时候,她就尊他为地为天;丈夫无钱的时候,她就轻他如狗如猪。夫妻的关系,纯以金钱有无为标准。男子若不幸遇见这种女子,实在不如抱守独身主义。因为娶了这种女财迷,你纵然要同她离婚,她的条件也是三个字——拿钱来!

我国俗语说:"嫁汉嫁汉,穿衣吃饭。"这两句话,将女子的依赖性就养成了。将女子的人格,也就污辱尽了。女子抱着这个目的嫁人,夫妻之间,焉能得真正的快乐!

　　夫妇是人类的始基,是国民之义务。《礼记》上说:"昏礼者,将合二性之好;上以事宗庙,而下以继后世也,故君子重之。"孟子说:"男女居室,人之大伦。"可知女子出嫁,是应尽的责任,并非是谋求饭碗,必得本着"是一个女子,就得配一个男子,互助互爱,共同生活",才是正当的打算。英国古语 说:"为谋生而嫁,不如不生。"也是这个道德。若为求衣觅食,才为人妻,那么,富家小姐,全应守独身主义了!朋友不投缘,可以绝交游;亲戚不合适,可以断往来。男娶恶妇,女配恶夫,如同附骨之疽,纵然刮骨疗毒,也去不净祸根,时时也有余痛,终生受其影响。这种灾患,除死方休。若说离婚可以一了百了,那是片面之谈;我常说:"婚姻为男女生死关头,一朝不慎,遗恨千古!"

　　青年的男子爱财,多是送给女子。(或有穿在身上,或吃在肚里的。)青年的女子爱财,是穿在身上;老年的男子爱财,是孝敬女子,或遗给儿孙;老年的女子爱财,是锁在柜里。实在说起来,还是年老的女子有阅历!

　　妇女们的衣饰打扮,全是为迎合一时男子们的喜好而起的。当初的穿耳缠足,与现在的光腿,露臂,烫发,束胸,都是一理。至于是否合乎卫生,她们决不注意。假若男子们,非瘸腿的不娶,非驼背的不要,我不知她们又当如何对付? 我不恨盲从的,我独恨作俑的!

　　我国人,称丈夫喜听女人的话,为喜听枕边之言。英国称喜听帐中说法。枕上与帐中,原没有什么秘密。但是添上一个女人,尤其是美貌的女人,立刻就增了无边的魔力。任凭你是天大的英雄,到了这个所在,也无法称雄。任凭你尊为一个国的首领,到了这个地方,也是胸无主见。因为这是女人的势力范围,你决难反客为主。你纵能恃强叫横于一时,也不过如同外族的势力侵入中国领土的一般,不久也被同化了!

　　我听说某机关,有四位女办事员;其中有一位极能办事。可是因面貌不美,竟被开除了! 某当局既不是要娶妻,何必如此认真,我不禁为有才无貌而欲求职业的女子们痛哭!

美丽的妇女,到处能受欢迎,到处能占便宜。在电车上,或娱乐场所,得男子让给座位的,多是青年貌美的!就是女丐,若面貌可爱,更能得意外的施舍。并且我的游踪几遍全国,就未曾遇到一个美妇人讨饭的!

英国王家杂志 Royal Magazine 登了一段小品文字,说:"某大学校,通伦敦城有一条铁路,来往的多是那大学的学员,有一天人数众多,非常拥挤。有一位老者上车,费了许多好话,竟得不着半个座位,遂蹒蹒跚跚地下去了。少时上来一个青春貌美的女子,车中人,全都争先让座,惟恐她不赏光。她得着之后,立时向车窗外喊了一声'祖父!'方才失败的老者,就上来赶紧坐下了。那女子对车中人,嫣然一笑,道了一声谢谢,立时下车而去!那些大学员们,全都悔恨交加,然而也不好再说别的了。"我不怪那些大学员们,我独佩服那位老者,善能利用青年人的心理。

世上可怕的,不是拥兵百万的军阀,也不是狼心虎性的土匪,乃是千娇百媚,工颦善笑,弱不胜衣的女子。军匪盗匪,只能害人的性命。荡妇娇娃,则能灭人的灵魂!死于军阀盗匪,尚觉九泉抱恨,有所不甘。死于美人,则觉死有余幸,死亦甘心!

法谚云:"男子一生最大之福,或最大之祸,即是妻。"

欧洲俗语说:"老夫娶少妻,如同买书让朋友读一样。"

英国查特顿 G.G.Chatterton 说:"世上最快乐国家,是那没有历史的,也可以说是那没有妇女的。"我看他那第二句话,有点过激。没有妇人,焉有人类?没有人类,焉有国家?可以改一句说:"最快乐的国家,是那少有恶妇的。"

男子对别人能守秘密,对他的女人则不能。女子能对她的丈夫守秘密,对别的女子则不能。

纵然是容貌绝世的女子,也不愿听人夸赞别的女子容貌。所以你当着你的妻,若犯了这毛病,就是自讨没趣,自寻苦恼!

穷人娶妻,是没有病想药吃,是没有罪寻枷扛,是望乡台上打莲花落!若是一个女子对你说:她爱你,那算不了什么。假若你换了一个纽扣,她能立时看出来;或是当她贴近你时,她时时为你掸去你的衣服上一点的尘土,那才是真爱你呢!

唐武后当国二十一年,能驾驭群臣,能慑服人心,能纳人忠谏,能对外用兵,能登用贤才,能罢免庸吏,能使百姓安居乐业,能使国家不失寸土。她的才能,较英国女王依丽沙白 Elizabeth,更有过之无不及。至于那宋朝的宣仁太后等等的好妇人,更不必谈了。谁说我中国妇女,无治国之才？

我国记载男女的数目,总是写男多少名,女多少口。我不知是什么来源？我国的惯例,称马之多少匹,牛为头,犬为条,鸡为只,惟独对猪称口,妇女之多少也称口,与猪一样的计算,未免是污她们了！按《孟子》上说：（八口之家）口字并不分男女。为何现今,偏用在妇女的身上呢？

有人说："我国旧式的妇女,没有知识,不知爱国。"我驳他说："无论新式旧式的女子,全知爱国,不过她们所爱的目不同；旧式的女子爱本国,新式的女子爱外国。你若不信,就请注意她们的装饰,究竟哪一派的女子,替外国人销货多！

法国 Figaro 报上说："男子到四十,多悔他结了婚。六十岁的鳏夫,多悔他未曾娶妻！"

假若一个男子对他朋友说："女子在德不在貌。"不是他朋友的女人丑陋,就是他的女人不美！

有人说："男子爱女子,怎能忍得着不娶呢？"我说："一个人爱花,就必须当花匠（园丁）么？"

我国女子,不能享受遗产权的原因,是因女子终久要属于外人。自家的财产,变姓易主,心中就有些不甘。这全是因家长的私念同妒嫉心生出来的；相沿已久,遂成惯例,并非起于轻视女子。

明陈继儒先生说："男子有德便是才,女子无才便是德。"那才字不作学问讲。我国一般腐儒,竟以为不使女子读书,便是养德的良法,实在是错误了！不读书的女子,未必有德；读书的,未必无德。德之有无,在天性,在习染,不在读书与不读书。要知"善人读书愈善,恶人读书愈恶"；俗谚说："沿街跑的贞节女,柜里锁的养汉精。"也是这个道德！

妇女注意衣饰的多,留心国事的少。欧美妇女,阅报的仅居百分之一。并且多是注意报上所登卖衣履或化装品的告白；看地方新闻的,也是凤毛麟角。

汉高祖虽能,于五年之间,取得天下；然而数十年间,竟不能制一女人（吕后）。可见驾驭一些雄威猛将,较对付一个荏弱女子,还容易！

夫死妇嫁，是天理人情。那立志守节的，须要发于诚心，不可贪图一时的虚名，遗留无穷的后悔；更不可处于被动的地位，作人的傀儡，乃我国竟有一些糊涂家长，因为门第的关系强使青年寡妇矢志柏舟，实在可恨已极。要知讲起门第来，再没有高过皇室的了，然而唐朝有几位公主，不但一嫁二嫁，甚至三嫁四嫁，并不以为辱门楣。为什么寻常的百姓，反不知自量呢？这也是"礼失求诸野"么？

寡妇失节可耻；老妓从良可敬。若待失节之后，再讲门第，那就来不及了！有某家长说：这是风俗，这是礼教，不能不遵守的。我说：国法尚不能背天理，风俗礼教，更不能逆人情。这种不讲理的风俗礼教，应当首先打倒！

自己冰清玉洁，纵然坐在娼妓群里，若不卖淫，也不失为烈女贞妇，何必怕人议论？自己行端履正，纵然处在贼盗群中，若不偷窃，也不失为正人君子，何必怕人指摘？假若卖淫还要防娼妓的名字，偷窃还要避盗贼的称呼，那就是欲盖弥彰，心劳日拙了！

自从欧风东渐，我国的维新，就如同《后汉书》所说的："城中好高髻，四方高一尺；城中好广眉，四方且半额；城中好大袖，四方全匹帛。"仿效的程度，总要超过原来的范围。试以文字而论，就有一点过了火，譬如他字，英文分 he him, she, her. 原是为表出两性来，使听者读者，易于明了。我国新文学家，造出一个她字，表明所说的人，是一个女人。用在白话文里，尚觉有趣。至于"你"字，英文中只有 you 字，并无阴阳之别，男女之分。因为彼此谈话，或互相通信，谁也知谁是男的，谁是女的，不必再把性的区别，表示出来。想不到，我国一些维新改良的男子，与他的女人或情人通信（白话信），居然将"你"字，改为"妳"字。未免是画蛇添足；假若依此类推，将来的男子自称，必要用"俄"字，或"倍"字；女子自称，必当用"娥"字，或"婠"字了！

《女国漫游记》Rambles in Woman Land 上说："上帝造出美人来，是要使男子们相信他'上帝'是万能的！"

又说："男子生来无论如何完美，也不过是如同一块未琢磨的宝石；非经妇女的柔荑之手琢磨一番，不能达到完善的地步。"

有人向我说："对待妇女最好是用'兵法'。"我回答说："兵法不外抚士贵诚，制敌尚诈与虚者实之，实者虚之；虚虚实实，神而明之，存乎其人等等的印板话。然而对待她们，比应付强顽的敌人还要难上加难。用诚用诈，用实用虚，有时全不中用。结果还要'弃甲曳兵'而走，成了她们手下的败将。最好是利用孔子那句话：'敬鬼神而远之！'"

男子听了人的话，多由左耳入，右耳出；女子听了人的话，'多由两耳入，一口出。

交际场不过是一个赛衣饰赛容貌的展览会！有财无貌的妇女，不必去；无财无貌的妇女，更不必去；有貌无财的妇女，尤不可去！

一切的娱乐场所，全是为少数的人设备的，是贵族式的，与多数的平民，无少益而有大害！贫苦的男女进去，招人讥笑事小，习染奢侈事大！习染奢侈，即是堕落的第一步！

她（妻）若是用你百万元，她转眼就忘；你若用她半文钱，她就能存记一生！

世界上动物之中，最不讲恋爱的，当以蜘蛛居第一位；我们永远也不能看见两个蜘蛛在一个蛛网上！

书呆子是世上最无用的人！交友不可交书呆子；用人不可用书呆子；嫁人尤不可嫁书呆子！女子若不幸而为书呆子之妻，一生决不能达到自己的欲望。我国妇女的俗语说："秀才娘子，饿断肠子。"与欧美的妇女不愿嫁大学教授，同是一样的道理。

娘家的人，全是好人；夫家的人，全是坏种。这是普通的妇女的心理。所以丈夫对于岳父，舅爷，妻侄等等，无论他们这些人如何卑鄙，也当尊之如圣，敬之如贤！

多数的妇女，说起她娘家的人来，全都喜欢张大其辞，代为吹牛。纵然她的父兄是人力车夫，是倒马桶的，她也必说："他们还拉过大总统"、"伺候过主席的姨太太！"

世界愈文明，人格愈堕落，拜金主义与拜色主义愈发达。将来贫穷的男子，与丑陋的女子，必归天然淘汰！此之谓胜败优劣，这就是文明进化！

夫虽良，万不可容他交女友；妻虽贤，切不可任她结男朋！

男子有财有势，到处能受欢迎；女子有美色，也是如此，至于学问道德，也不过是附属品，有无均可。然而财势，是可以用人力谋求的；美色是天生长就的；可见女子生活一世，较比男子更难些！

现在的许多的青年男子，不结婚则已，一结婚，必要组小家庭。一些为父母的，恐怕到老年无人侍奉，为此大着其急，大伤其心。我看这原无伤心与着急的必要。反正，天下的事，是一还一报，如英文所谓之 Tit for tat！不过最苦的，是在这过渡时代的，为父母的。

丈夫升了官，或发了财，女人多认为是她自己的功劳；最小的限度，也必说是沾了她的光；丈夫破了产，或失了业，女人多认为是她丈夫自己的过错！反正是好了，她居功，坏了，她不但过。

在丈夫失败的时候，能说几句安慰他的话，就是贤良的妇人！

夫妇间有了儿女，就如同将他们两人外面，箍上一道铁圈；夫妇间有了小老婆，就如在他们两人中间，筑了一段高墙。

英谚说："有钱的丈夫，少有缺点。"这句话与西班牙古谚"有钱之夫无丑貌"是一样的意思。

福莱坦 Theodore Flatan 说："男子若不经妇女的帮助，也升不了天堂，也下不了地狱。"这句话与我国俗语"妻贤夫祸少"相差不多。这并非轻蔑她们。是因为男子一生的成败，女子也负一半的责任；然而遇着顽梗不化，刚愎自用的男子，则又当别论！

懒惰的男子，耳最软；懒惰的妇女，舌最长；换一句话说，懒惰的女子的舌头，决不懒；懒惰的男子的耳朵，最无用！

某某报上，有一件征求女友的广告，上面有："欲征求年在二十内外的女士，只以高尚娱乐，谈论文艺为限。"可见现在的"柳下惠"与"贞节女"，真是不可胜数！

我不是正人君子，我惯以小人之心，度君子之腹。我相信男女，只能成夫妇，不能交朋友，果能纯洁相交，那么，饥猫也可以不吃老鼠了！

儿女到了成熟的时候，为父母最好是，赶快让他们娶女妻，嫁男夫，千万不可容他们滥交异性的朋友！这并非家庭专制，也不是束缚他们天赋的自由，这正是为他们前途的打算。

我奉劝爱交女友的男子，对女友千万不可存"黄鼠狼与鸡拜年"的心理，你若不

想同她结婚,最好是不与她相交。否则即是背叛道德。道德到现在,固然是不值半文钱,然而良心上,总要过得去!

女儿如同"水果子",到了将要成熟之时,就当赶紧离树(出嫁)。若等到她熟透了,自己坠落下来,就要成一团烂泥,无人肯要,还是小事;那种臭味,实在难闻!不但野蛮的中国如此;欧美各文明国,也不以女儿滥交男友为光荣!

妇人中百分之九十九,全认定她丈夫所娶的妻,是世间独一无二的贤良女子!

俗语说:"怕你不嫁你,嫁你不怕你。"是各个妇人对待丈夫的心理!

自从将女人娶进门来,她就以为你对不住她。你这种罪案,一直带到坟墓为止。假若她死在你前,你再娶一个,也是如此!至于如何才可以对得住她?她自己也没有彻底的答复。你纵然依从她的条件去作,归终还是对不住!这是什么原故,恐怕将孔丘、庄周、苏格拉底等等的大学者请出坟墓来,也是答解不清。问他们自己,当日也是对不住他们的她们!

分家产时,少有孝子;要嫁妆时,少有孝女!

妇女羞耻的观念,高于一切男子;然而若到了不要面皮的时候,她的言语动作,比较任何卑污的男子,还要下流十倍!

英国格言说:"爱笑的女子,容易下手;贪便宜的女子,容易上钩。"

女子若不愿入男子的圈套,最好是对于他们冷若冰霜,一芥不取!

怕老婆与怕神,怕鬼,怕强盗,怕流氓,怕毒蛇,怕猛兽不同。——对这几种东西,你虽怕,然而不爱;怕老婆是又怕又爱,愈爱愈怕!

怕老婆的程度,是随着知识与学问增进的。古今中外的通儒名将与大政治家,大学教授,口中虽说不怕,心里怕得更利害!

尘俗的人,少有怕老婆的。因为他们既看不出,老婆之所以可爱,与所以可怕之处。纵然爱,必是糊糊涂涂的爱,不过是将她认作泄欲生子做饭缝衣的机器;纵然怕,也是蒙蒙昧昧的怕,也不过是如同老鼠之遇狸猫。爱得既不正当,怕得也无趣味。

婚姻不只是四条腿,睡在一张床上;是要两个心,变成一个心,填在两个腔子里。

因为妒嫉与丈夫离婚的女子,是最有情的,是最能感化纳妾或交女友的恶俗的;应当竭力的褒奖,宣示全国。因为恋爱别的男子,与丈夫离婚的,是最无羞耻心的淫妇,应当罚充官妓,永远不准她从良。因为金钱与丈夫离婚的,是不阴不阳的贪财奴,应当判为无期徒刑,送她到"造币厂"内当苦工,永远不许赦出来!

到远方去娶妻,不是要骗人,就是要被骗!在这自由结婚的文明时代,要想择偶,不可不严防"拆白党"与"打虎匠"!

中国俗语说:"媳妇是人家的好。"英国俗语说:"邻人之妻,美而贤。"十个男子中,有八个犯这种病!

英国俗语说:"宁娶水鼠,不娶绵羊。"是说悍妇虽恶,多能治理家务。(注——水鼠英文名 Sherw,产于沿河之地,大者仅三寸许,能游行水中,吸食鱼脑。盈丈之鱼,往往为其所毙,英人多用之以比恶妇。)

美妇人多愚昧;黑妇人多骄傲;高妇人多懒惰;矮妇人多吵闹。

英国俗语说:"宁作老人的爱物,不作青年的玩物。"与我国俗语"宁嫁老头儿,不嫁小猴儿"是一样的偏激之论。青年丈夫,固然是心志不定,爱憎无常;然而丈夫的年龄,也不可相差太多!

少年娶老妻,与少女嫁老夫,全是年少的受亏损,年老的得补益。总而言之,丈夫较妻稍大两三岁,是最好的。

英国瑞诺 John L. Rayner 所集的格言,有一条说:"妇人在礼拜堂里是神圣;在街上是天使;在厨房是妖怪;在床上是猴儿。"第一句的意义,是心身清洁,念可通天;第二句是威风凛凛,严正可畏;第三句是神工鬼手,善于烹调;第四句的意义,我猜想不出。

女子对于恋爱,比男子加倍的诚恳;对于报仇,也较男子加倍的狠毒。

金钱能买真美人,而不能买真爱情;真爱情是无价之宝。

求真正良妻,不可求之于跳舞场;求真正志士,不可求之于讲演台。在跳舞场所得良妻,多是吊膀能手;在讲演台所得的志士,多是骗术大家!

旧式女子的一生,仅仅对付一个法定的丈夫,多是受尽种种的冤屈;新式女子的半生(老了就没人要了),须要对付若干非法的丈夫,更有说不出的苦恼;前者是无可奈何,后者是自作自受!

一方慕色,一方贪财,所成的配偶,与买淫卖淫相等;只可名之为"混淫",不当称之为婚姻。

爱情虽非金钱可买,无金钱,也不能使爱情坚固!

英谚说:"嘴唇虽红,不能枵腹。"是说有养她的能力,始可娶她。这话可作不求技能而一味讲恋爱的青年的一句座右铭。

俗语说:"宁与穷人补破衣,不与富人做偏妻。"慕虚荣女子,要慎加考虑!

除了强奸以外,男女若发生深切关系,追源祸始,女子是主犯的多。

俗语说:"好儿不用多,一个当十个。"对于女人,也应存这种思想。三妻四妾,左拥右抱,人多以为是无上乐趣,我则以为是无边苦恼。生前既无安闲,死后更觉可虑。要知世上多而不厌的,只有好书与益友!

女子吸引男子的能力大,男子引动女子的能力小;女子若端重沉静,男子决不敢放肆轻薄!

美花未必全有好的气味,并且多半有毒,是不可轻于尝试的;美人也是如此,是不可轻于亲近的!

以爱花的心爱美人,才是真爱美人;爱美人专为发泄性欲,如同爱花专要吃花一般。

真美人无须调脂弄粉;真名士决不故意矫情!

恶妇可怕;淫妇可怕;贪妇更可怕。恶妇能逼死你;淫妇能迷死你;贪妇能气死你。恶妇淫妇,有时还有爱情可言。贪妇只喜金钱,并不知爱情是什么东西!

同一汗也,出在女子身上,就称之为香汗;出在男子身上,就称之为臭汗。我国恭维女子,惯能锦上添花。假若依此类推,凡女子身体里排泄出来的一切东西,当无一不香了! 我国何尝重男轻女!

俗语说:"男看女,先看头,慢看脚;女看男,先看脚,慢看头。"不但中国如此,外国也是这样。

妇女在二十到三十岁之间最有趣。二十岁以前,她竭力充老;三十岁以后,**她竭力充少**。

英国 Smart Set 杂志说:"一个女子若在众女子中间失去了威权,必是在某一个男子身上,得着威权了。"

美国是唯一自由结婚自由离婚的国家;然而离婚的,多是女子主动,我国近来也有美国化的倾向;但是离婚的,多是女子被动。我为我国老式的女子痛哭。我替姿色日就衰残的新式女子害怕!

夫妻们争吵,尤其是青年的夫妻争吵,外人最好严守中立;他们自有和解的办法。

人说:现在是我国女子解放时代。我看:现在是我国女子最危险时代。不信请你到关外与各处租界调查调查去,究竟她们是为什么,入了人间地狱?

日本古语说:"美人之精神在镜;武士之精神在刀。"我极怕这两样人有精神。他们一长精神,就与人命不利。欲保人生与社会的安宁,最好是取消镜与刀这两种东西。

处女的胆量最小,然而她与某男子发生了恋爱,她的胆比天还大。

男子分三种——大胆的,怯懦的,顽梗的。女子愿嫁大胆的,厌恶怯懦的,可是多半嫁了顽梗的。你可以任意大胆,任性顽梗,但是千万不可怯懦。不但中国女子不爱怯懦之夫,外国女子更甚!

恋爱是不可思议的,是不可理解的。只要双方冲动,任何贫富,老少,美丑,尊卑等的阶级,全能打得破。

明明是流娼,偏说是交际明星;明明是活春宫,偏说是曲线美;明明是打爹骂娘,偏说是家庭革命;许多恶劣的行为,全被好的名目掩护住了!

女子天生的毛病,多是喜欢奉承,贪小便宜。中外的男子,多是利用拍马屁、灌米汤、装老实、献殷勤四种虚伪的手段,以达他们的欲望!

中外有以性命或金钱交朋友的,决无以身体交朋友的。我劝特别时髦的女子,要珍重玉体,不可任意布施。

西国社交,早已公开;世代相传,男子们的诡诈手段早已被女子们阅历过了,所以上当的少。我国妇女,乍得解放,初入社会,所以受骗的多。要知男子对妇女接近,有几个不是存着欲望的心理!

有人说："西国女子，对待求婚的男子，手段太硬。"我看并不是她们全生成铁石心肠，是因为得了乃母乃姑的前车之鉴了！

旧式的婚姻，是"彩票式的"，是凭终生命运的；新式婚姻，是"拍卖式的"，是凭一时眼力的。前者固然是受骗的多，后者上当的也不少。打破婚姻制度之后，社会上有几种最发达的生意：第一，卖花柳药的；第二，卖化胎断产药的；第三，设产科医院的；第四，当律师的；第五，卖手枪炸弹的；第六，当仵作的；第七，开棺材铺的；然而最发达的，是开旅馆的与卖春药的！

女人无论何等糊涂，她的丈夫每月入款的实在数目，她总是能查得出来。她的算术纵不高明，她的丈夫若不吸烟，每月可以省下多少钱，她总能算得清清楚楚！

有人对我说："有女招待的饭馆，饭菜多半不堪入口。"我回答说："古人曾说过，'秀色可餐'，又说，'秀色疗饥'。秀色既然可餐，又可疗饥，菜饭的好坏，又有什么关系？你没听平津的下流的人说'吃女招待'么？"

人生最可怜的，是用皮肉换钱；人生最可恨的，是用钱解决淫欲。欲谋女子的解放，应当首先废止娼妓这一种营生！

现在的饭馆子，无不争先恐后地增添女招待，据说是提倡妇女职业。我国买生卖熟的商人，全能有了这种思想，岂不可贺！经我详加调查之后，我才恍然大悟，所谓提倡妇女职业那句冠冕堂皇的话，是专指美丽的妇女而言！

法国俗语说："你若不时时向你妻表示爱情，就要有别的男子来替你代劳。"这句话非常可怕！

古今中外的妇女，是一样的心理。纵有不同之处，也不过是毫厘之别。你若将一位妇女（妻）研究明白了，天下的妇女，就不问可知了！

在腐化时代的人，多能注重道德，多肯为别人设想；所以有富贵不易妻的，有肯娶瞀女的；在这进化时代，人多注重利己，那种愚呆的行为，决无人肯作了。这是文明呢？这是野蛮呢？

青年妇女，喜爱活泼的男子；中年妇女，喜爱有权势的男子；老年妇女，喜爱能赚钱的男子；无论何种妇女，决不喜爱终日埋头书案，不事生产的书呆子！

世上有两种怪物——不爱女性的男子，不爱男性的女人。

男子幼小的时候,是母亲的玩物;长大了的时候,是女人的玩物。一生也脱不出妇女的势力范围。

人生原是苦恼,所以一出母胎,无不张口大哭。由幼至老,苦恼日增,至死方休。只有得着一位相亲相爱的终生配偶,还算是苦中的乐趣。

女子最好是嫁一位有姊妹的丈夫;因为这男子,从小就明白妇女的习性,自幼就养成容让妇女的习惯。

多数的女人心中,认定丈夫为她"摩顶放踵"是应当的;"拔一毛而利天下"是无理的。

怕老婆的固然是懦夫;不怕老婆的,也不是好汉。最好是似怕而不怕;似不怕而实怕!

我国女子事事不如男子。就以"洋花"一事而论,她们中最时髦的,也不过是:穿洋衣,吃洋饭,用洋物,说洋话,跳洋舞,唱洋歌而已。然而敢实行嫁洋人,千万中少有一人,若与我国敢娶洋太太的男子相较,未免是不进步,不彻底!

近来报上常有变相的求婚广告;不说求婚,偏说是征求女友,将终身的配偶,百年偕老的夫妻,竟降归朋友之列! 夫妻之道,不可问了!

天下最难受的是鳏夫寡妇。由这种人看来,我极端反对行围打猎。我们人类图一时的游戏,贪一时的口腹,害得它们雌雄死别生离,是何忍心! 可恨现在我国有一些洋化的男女,也竟追随洋人而学了这种残酷的嗜好!

最时髦的妇女,骂旧式的女人为玩物;旧式的骂新式的为玩物。究竟她们两派中,那一派名符其实,真令人不敢断语。

使女人最恼怒的,是丈夫对她夸赞别的女子;使丈夫最恨恶的,是女人对他颂扬别的男子。

女子是世上的可怜人。无论世界文明到了什么地步,她们也不像男子行动自如;加以生育乳养的苦楚,更是一言难尽。不但人类如此,就是禽兽虫鱼,也是以雌的为最可怜!

有用强制的行为加于女子,以饱他的欲望的男子;决无用强制行为,加于男子,以饱她的欲望的女子。可见女子是弱者,可见男子最无礼。至于某英雌所言,她曾经

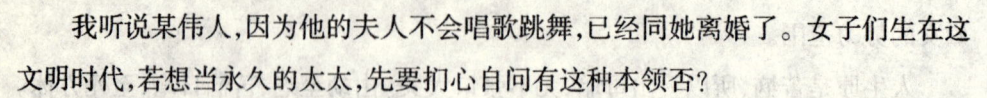

强奸了七十几个童男子，也不过是反面的宣传。

我听说某伟人，因为他的夫人不会唱歌跳舞，已经同她离婚了。女子们生在这文明时代，若想当永久的太太，先要扪心自问有这种本领否？

旧式的新娘子，全盖头巾，新式的全加蒙头纱。这两种东西，全是替新娘子遮羞的。新式的既不害羞，偏要这种东西，实在是瞎子戴眼镜——大可不必！

禽兽虫鱼，全是雄的有美色或美声，用以引动雌的。除了天然的色与声而外，再无能为。在人类中，这两种特点全被女的占去了！何况再加上一分人工修饰呢？又何怪男子们，被她们引动得神魂颠倒呢？

伦敦邮报 London Mail 说："女人是图画，你只可以看，不可以听。"

与女人双宿双飞，不是结婚，你若没有她，你就不愿生活，那才是结婚呢。

妇女的悲哀，如同夏天的暴雨：来得猛，散得快。

没有不含肉欲的爱情；但是常有不含爱情的肉欲。

英国威德 J.R.Woods 说："妇人在青年的时候，爱丈夫；中年的时候，爱成衣匠（即好穿衣服）；老年的时候，爱她自己。"

男子有两种快乐：一是心中时时刻刻存着一个妇女；一个是心中毫无一个妇女！

伦敦邮报 London Mail 说："恋爱对于妇女，是一幕悲剧；对于男子，也不过是一个短篇小说。"又说："没有嫌恶妇女的男子，不喜爱妇女的男子，必不是男子。"

女人所喜欢的丈夫，是对外要威若猛虎，对她要柔如绵羊！

品那楼 Sir Arthur Pinero 说："假若一个男子，能使六个女子，对他注意五分钟；他那能力，足可使全院的议员，对他注意一小时。"

凭项羽那种性质，那种相貌，真令人不敢亲近；然而竟有虞姬，作他的知己。古语说："得一知己，死而无憾。"男子中的知己本不易得，何况女人中的美人呢？老项真是千古的幸运儿。刘邦虽能享九五之尊，也不过是一个苦小子！

美人如河豚鱼：男子虽然知道，吃多了或不会吃必死；然而全是死也甘心，拼命争食！

骨瘦如柴的穷公狗，决没有别的狗讥笑它；缺皮无毛的老母狗，也是有公狗和它讲恋爱。可见狗的社会，比人的社会容易对付！

中外各国记述美人，多是如同神龙见首不见尾；因为若说出她们年年的情形来，实在能减人精神，未免是同嚼蜡。我国史书中，惟独对于武则天，还说她到七十岁，重生新牙，不觉衰老。对夏姬，还说她年逾七十，而鸡皮少三。且能与巫臣苟合，再生一女。她们两人到老，纵然还能以色惑人，也不过是回光反照而已。书中叙述得虽好，也不足动阅者的兴味。古人说"好花看到半开时"，也是这个道理。

美国小说月报 Snaply Stories 说："一个女人到有人称她祖母的时候，那才是老了；一个男子到了有青年妇女称她'冤大头'Sugar Papa 的时候，那才是老了。"注——按 Sugar Papa 尚无相当的译名，译以'冤大头'三字，还觉合乎事实。

穷女嫁富夫，如同花子拾金；穷夫娶富女，如同卖身为奴。

真能得女人喜悦的男子，是那种虽然不在她面前，也能使她时刻不忘的。

无论什么样的丈夫，决瞒不过他的妻；因为一个女人，对她丈夫的一切行为动作，全是福尔摩斯 Holmes。我的朋友说："那么，用她们充当侦探好不好？"我说："不行，她们只能侦察一个人——丈夫。"

又问："那么，母亲可以侦察儿子了？"我回答说："也不行；那是儿媳的专长。"

女子一生的光阴与心血，全是为别人耗费了；到了及笄之年，时时想望丈夫；既嫁丈夫之后，时时须监视丈夫；生了儿女，不但时时要看顾小孩子，还得时时监视丈夫。

对待丈夫如同对待孩子。你须时时对他注意，设法引起他的兴味。否则他必脱开你，出去淘气！

夫对妻，多是认假不认真，仅顾外表不察内心。妻对夫，若能使他眼中快乐，精神舒畅，他就不容易起邪念。果如此，你纵然将他卖了，将他害了，他还不知是谁的主谋。

有些女人，只能哄孩子，不善处丈夫。其实若肯利用哄孩子的手段待遇丈夫，必是多成功而少失败！

十个男子，有九个半对女子是贱骨头。女人对他们，万不可视如神圣。要知他们，不论多有权威，多有学问，见了女人，也不过是要变成一个大孩子。古今中外，能操纵男子的女子，全是利用他们这种缺点。女人若是对他们，必恭必敬，假充道学，就是自掘坟墓！

妻若向丈夫要钱要物，或为别人托人情，千万不可说别家男子对待女人如何如何。否则即是自寻苦恼！

丈夫多是喜欢喝米汤，不喜欢纳忠告。女人若反其道而行，必遭失败！

你若愿知你丈夫的任何秘密，或入款的确实数目，你万不可横眉立目，大喊大闹地审问他！你若肯引得他快乐，他必须不打自招。他一喜欢，虽能将他的姓全忘了；然而也能将你所欲知的，清清楚楚合盘托出。

在丈夫喜欢的时候，所应许你的什么事物，你最好是设法使他登时施行，否则时机过了，他就容易变卦；丈夫对妻，多半不讲信用！

操纵丈夫，固然以容貌为第一要素，但是也不尽然。常有肥如牛黑如炭的女人，将丈夫玩弄得妇唱夫随。女人若肯用心揣摩，足可操必胜之权！

美貌的女子能吸引男子，惟独有手段的女子，始能吸住男子。

美人着破衣，必招人怜惜；男子着破衣，必被人轻视。

夫妇的真意义，就是疾病相扶持，遇事相扶助，互相怜爱，彼此安慰。然而现今离婚者，竟有以对方患肺病为理由的。人对于有病的猫狗，还不忍遗弃，还要设法医治。夫妻竟如此无情，我为人道主义一哭！

英国喀罗芬 Priscilla Craven 女士说："结婚是女子的养老方案。"可惜我国的摩登女子，多将结婚看做是一种消遣方式。但是老了，就没有人肯收养了！

巴来则 Balzac 说："结婚是一种科学。"据我想，这种科学，无数的科学家，一生一世也研究不清。

戴假面具的人，最当严防。然而个个男子，全喜欢戴面具的女子；她愈失了真面目，愈能使男子们如疯如狂。

女子增加一种修饰或一种能力，男子对女子，就增一份要求。当初育娘缠足，以后男子选妻，就注重小脚。今日女子，谋求职业；此后男子选妻，就注重女子的技能。名目上是提高女子的人格，实际上是给女子多添了一份苦恼！

女子极端主义者：她们守旧比男子顽固；维新较男子盲从！

自从物质文明,汽车出现,马全失了业了!自精神文明,婚姻改良,离婚自由,许多老式的太太,也失了业了!将来马的用途,只好入屠户铺;老式的太太的出路,只好入疯人院!我写到这里,我的妻问我说:"假若太太们不疯,当怎样呢?"我说:"老爷停妻另娶,太太会不疯吗?假若我有势力,偏说你疯,疯人院也肯替我看管。欲加之罪,何患无辞。法子多着呢!"

英谚说:"男子固然不以衣服为重,但千万不可穿破衣去谋事。"可见男子穿好衣服,可以增高身价;女子穿好衣服,不过徒增美丽而已。

美女子要想独立,必办不到,因为要扶助她的人太多;丑女子要想独立,更办不到,因为肯用她的人太少!

数年前,我在北平某教会学校教英文的时候,某次由美国教会派来五位立志教书的洋密司,到校教书;教了不到半年,仅剩下一貌丑密司,其中四位,全都各教一个人(丈夫)去了。可见俗语说"好货剩不下"是不错的。外国女子,有了如意的丈夫,也是不愿谋求职业。

由专制婚姻而成的夫妻,无论何方,若失了贞操,还有情可原,有理可讲;凭自由结婚而成的夫妻,无论何方,若失了贞操,实在无情可恕,无理可辩!

有人说:"文明进步,自由结婚,始能美的配美的;丑的配丑的;老的配老的;少的配少的。"说:"文明无论到了什么地步,自由无论到了什么程度,反正有钱有势的老男子,决不要老丑的女子!"

人类中有美丑之分,有贫富之别,有强弱之殊,有贵贱之差,人类永远不能平等。若果人人在法律上能平等,那就是真平等了。何必口是心非,高谈阔论!

有人问我:"为什么现在一些贵族化的摩登男女,全大喊到民间去?"我说:"因为他们如同败家子,如同微生物。他们既将城市中的愚人,传染坏了;若不再去传染乡间的愚民,他们怎能甘心?"

男子不守贞操,必致染受恶疾,累及妻子,传及子孙;女子不守贞操,必致破毁家庭的幸福,扰乱社会的安宁!

你若嫌你的妻不喜出风头,你最好是多为她置买几件好衣服!

我见人养鸽子,全是一公一母,互相唱和,度它们甜蜜的生活,牢守贞操的义务，决不同第三者发生性欲问题。我不禁长叹一口气说："何以人而不如鸟乎？"

女子的普通性：若有一千件好衣服，恨不能一天全穿出去！

女子的心是静的，她们所以终日东跑西遛，不过是被几件好衣服驱使的！

女子最好是嫁瞎子，因为可以省去许多修饰的苦心。

世上若无男子，女子决不擦胭抹粉；女子之所爱美，是因为男子爱美！

人类对于性的问题，男子则重好看；女子则重好吃。换一句话说：男子多重色，女子多重欲。

旧式婚姻与家庭，利于年老；新式婚姻与家庭，利于年青。

有貌无学的女子，虽然日居深闺，求婚的人，也必争先恐后；有学无貌的女子，虽然当街露罕，也必少人问津。野蛮时代如此，文明时代更甚！

男子纵然同一千个女子发生了某种问题，对他的妻决没有生命的危害。女子若同一个别的男子，有了苟且，则必将她的丈夫视为眼中之钉，肉中之刺，非除灭了，不能甘心。她的丈夫纵然不加干涉，也恐有生命的危险！

从来谋害亲夫的案子，多是女子主谋。

中国古语说："女子失贞，天翻地覆。"希腊大贤苏格拉底 Socrates 说："失了贞操的女子，无罪不敢犯。"全是一个道理。

你若想娶寡妇离婚的妇人，你必须自问你是否胜于她的前夫，否则即是自寻烦恼！

有人问我："为什么古今中外，全主张女子守贞操？"我回答说："这是生理的关系，天下的女子，都是千篇一律，殊少差异；男子的，则人各不同，千差万别。"

对女人要温存，不可太温存；要痛爱，不可太痛爱；要亲近，不可太亲近。

花柳病是一种天然的法律，专为限制男女滥交而生出来的！

贫苦的夫妇打架，多是为钱，富贵的夫妇打架，多是为醋。为钱打架，其原因多起于女人；为醋打架，其原因多起于男子。

你的妻若是续弦的，你在她面前，不可骂前妻，更不可夸前妻；也不可永不提前妻，更不可屡屡提前妻！

从来男"著作家"中，少有官吏；女"著作家"中，决无美人；他们决没有余暇，作这种无聊的傻事!

将来实行自由性交之后,只有身强力大的男子,可以达到目的;身弱力小的男子,只好望梅止渴!

在野蛮时代,美人操纵英雄;在文明时代,英雄被美人操纵!

封建时代,最轻视女子,然而竟有女皇帝;民主国中,最尊重女子,反无女总统!

男子对他的妻,喜说别家的男子不好;女子对她的丈夫,喜说别家的女子不贤。这并不是对别人的夫,对别人的妻,有何深仇大恨;不过是要提高自己而已。

现今有钱的人,有儿女,不易教养;无钱的人,有儿女,不能教养。将来不论贫富,谁也是无法教养儿女。

外国的经济制度虽良,也不能由人任性浪费;外国的社会组织虽良,也不容男女随便苟合!

男子在未结婚以前,恨不能社会公开,达于极点;及至结婚以后,恨不能将妻锁在铁柜里,加上一百张封条!

男子见了美人,不愿看的,必是瞎子;屡屡看的,必是愚人;看了之后,不动妄念的,才是智者。

千万不可娶众男子所喜爱的女子,千万不可嫁众女子所喜爱的男子。

爱情固然可以打破种种的障碍;然而金钱更能打破种种的爱情!

男子欲得女子的欢喜,第一,须要养成赚钱的本领;至于穿洋装,擦雪花膏,点红唇,留背头,打球,赛跑,跳舞,溜冰,全不是根本的办法。

男子欲引动女子的爱情,必须力趋男化;女子欲引动男子的爱情,必须力趋女化。喜爱涂脂抹粉的男子的女子,多是窑变的姨太太;喜爱作男装的女子的男子,必是土混混一流的人物。

男作女装,必遭官方的干涉,说他伤风败俗,现在竟有些女子,日作男装,反无人指正。

打倒贞操的问题,也有一种好处;因为养了女儿,在她未嫁之前,可以省去许多的恐惧。

腐化的妻,固然使丈夫没有大快乐,然而也少有大烦恼!

英雄与美人的声名,以所害的人数为断;害的人愈多,声名愈大!

女子遇患难而哭,能动人的怜惜;男子遇患难而哭,必招人讥笑。因为哭是女子的专利品。

男子失恋,较女子失恋更苦,因为他不敢哭。

女子比男子有自知之明,比男子格外的要脸;所以老妇人,决没有肯向青年男子求爱的。

我一见交际明星,我就替她的老境大抱悲观;我一见强横的要人,就替他的前途大生恐惧!

女人的性欲至长的期限只到四十岁;至于俗语所说:"四十如虎,五十赛过金钱豹"全然不合事实。

年老的美人,与失败的伟人,有同样的感想——恨不能再回复往日的威权。但是伟人遇机,还可死灰复燃;美人一老,便是一完到底!

男子骗女子,十个骗半个;女子骗男子,十个骗十个!

许多的女子,全不信任她们的丈夫;许多的丈夫,决不疑惑他们的女人。

女人是男子的照妖镜;无论如何善于装模做样的男子,经她们美目一照,立时就神经错乱,现了原形! 历史中这种前例,书不胜书,记不胜记!

女子是烈火,男子是干柴;女子是肥鼠,男子是馋猫!

女子如同吗啡鸦片,是安神止痛兴奋的药品,只可偶然一用;若不知节制,轻则败家,重则丧命!

女子生得愈美,修饰得愈快。打扮半日,才离妆台的,必不是真美人。

我以为,男子的爱情,应当专用于一个女子(妻)。女子的爱情,应当专用一个男子(夫)。两人结成一个永久团体,始有真乐;一加入第三者,这团体就被破毁了。古人严男女之防,并非束缚人权,实在是维持世界。

古人重子嗣,以无后为不孝;他们纳妾还有借口。今人既不重子嗣,不讲孝道,纳妾不过是为寻乐,以女子为寻乐之品,还说什么提倡女权! 广东某要人有五妾之多;他死了,还有成队的女学生为他送殡,我不知是什么道理!

明娼的恶制,始于管子刳肉补疮的政策;管子实在是人道的蟊贼。

古语说:"知子者莫如父。"应当再加上一句:"知夫者莫如妻!"

娼妓的制度,不但污辱女性,并且招起男子轻视妇女的恶心;此外更能提倡奢侈。俗语说:"贫学富,富学娼。"欲劝女子俭朴,不可不扫除娼妓!

男女间的某件事,是一种极大的事;若将这件事看小了,必致人道灭绝,狗道大兴,天翻地覆,世界沦亡!

我最痛恨龟鸨,她们能将好女子的天性,教练没了,而变为娼妓;我最痛恨军阀,他们能将好乡民的天性,教练没了,而化成土匪。欲除娼妓,先诛龟鸨;欲灭土匪,先灭军阀!

有人说:"兴娼与城市的繁荣有关。"我看只能与城市增加危险,正是饮鸩止渴。曾国藩平定南京,利用娼妓,兴复市面,实在是他的大罪!

有人说:禁止明娼,必增暗娼。我说暗娼决不敢明目张胆,招蜂引蝶;逛暗娼的,也不敢呼朋引类,任意放纵!

夫对妻,多是睁着一只眼,闭着一只眼;妻对夫,多是两眼齐睁,五官并用。

上帝当初造了男子之后,用他的神意一断,知道男子是不易管教的一种东西;所以上帝又用尽心力,细加工造,造了女子;造成一看,就说:"有替我行使职权的人了!"

什么叫环境所迫?好女子饿死,决不为娼;什么叫环境不良?好男儿饿死,决不为贼!

有人说:"禁娼须先提倡女子职业。"我说:"娼妓多是由幼小被龟鸨教练坏了的一些女子;如同当了土匪,纵有职业,也少有能安心去做的!人的习性,全是好逸恶劳。既然作惯了容易的生活,养成奢侈的心理,谁肯舍易趋难?"

为吃饭而为娼为盗的少;为奢侈而为娼为盗的多!

解放与放荡的分别,如同狗与狼的分别;形式略同,性质大异。一则与人有益,一则与人有害;要当细加考究,不可误认!

解放二字,要有分寸;合理的解放,足可提高女子的人权;任"性"的解放,反致低减女子的人格。要知有人格始能保人权!

男子的学问愈大,愈易遭女子的玩弄,愈易被女子所轻视。女子的学问愈大,愈不能驾驭男子，并且男子愈不敢亲近。

解放者，是解除无理的束缚，开放固有的人权。可惜一些摩登女子，以为"解"者，是解除裤带；"放"者，是开放门户！因此反使多数苦恼的妇女，不得解放了，岂不可叹！

有人说："现在无论什么，全是'商业化'。甚至婚姻，也变成商业化了！"我说："不错，旧式的婚姻，是先行开张，然后交易；新式的婚姻，是先行交易，然后开张！"

无钱而谈恋爱，如饥渴而饮盐卤！

只要女子有不用劳力，而能生财的特点，女权永不能提高！只要女子修饰容貌的心，胜过追求学问的心，女权永不能提高！

女子的头，多是用"磁石"作的；男子的头，多是用"铁"作的。她们的头愈美，吸力愈大。一个美人走过之后，男子多回头观看，就是证据。

脂粉，眼泪，是女子的武器；金钱，势力，是男子的武器；男女间的战争，不可缺乏这四种东西。

钓美人，以金钱为饵；钓英雄，以美人为饵。然而有不爱金钱的美人，决无不爱美人的英雄！

朱熹说："闺门之内，须肃若朝廷。"实在是强人所难；张敞说："闺门之内，夫妻之私，有甚于画眉者。"才是实话实说。

清初，大理学家某甲，每夜安寝之前，必同他的夫人互拜三拜，连说："请！请！请！"清早起床之后，又必各拜三拜，连说："多谢！多谢！多谢！"这种酸而且腐的举动，不知是本于那位圣贤。可见他对于《易经》与《孟子》的某某句，全未读清楚！

陆道威先生说："闺门之中，最难是敬字。"敬是不敢放肆的意思，可见他这话是极有阅历。

有人说："你以为夫妻之间，应当怎样？"我说："要敬而爱，敬而不爱，即觉呆板；爱而不敬，便入淫邪！"

夫妻之间的敬爱，要有应守的范围；互相尊重，彼此体贴，就是敬；互相温存，彼此专一，就是爱；并非一天互相大拜六十四拜，也非每日彼此大吻七百二十吻。

俗语说："上床夫妻下床客。"是说：在某时要发挥彼此的性能；在某时要各尽个人的本分；到什么时候，说什么话；在什么时候，做什么事！

老式女子，以为出嫁就是"嫁汉，嫁汉，穿衣吃饭！"摩登女子，以为出嫁就是"嫁夫，嫁夫，享乐无束。"全是误认了嫁娶的原义！

女子滥交男友，固然是个人的自由；然而须防备始乱终弃的苦恼！

嫁娶，是填补两性的缺乏，减除独阴孤阳的苦闷，度互助的生活，尽传种延宗的义务。禽兽牝牡，度共同生活，并不为穿衣吃饭，也不为寻欢取乐；它们也有夫妻的制度！

现在有某摩登女子，与某报写信询问：既嫁之后，她是否可以仍同别的男子继续交友？这种吃一看二眼观三的办法，在欧美也是少有；可见我国所谓改良维新，全是矫枉过正！

女子若有长生不老之术，一天连嫁五个丈夫，未尝不可；否则，应及早打定主意，以免后来多流眼泪！

女子出嫁一夫的制度的起原，是古时的圣贤，看见二八月以后的母狗的结局，而创出一种救剂办法！

女子不动心而能应酬男子；男子不动心决不能应酬女子。女子既有这种良能，莫怪男子受女子的欺骗！

主张打破妇女贞操的男子们，是主张打破别人家的妇女的贞操，以使他们任意发泄性欲！至于他们家里的妇女，他们恨不能在她们的某处，加上一万张封条！

这几年来，有许多有钱阶级的青年学生，大交女友，大征女友，并不是起于结婚的念头，不过是为解决一时的欲火。他们混了文凭得志之日，多是再寻一个更如意的女子，再正式结婚！

肯为自己前途想的女子，决不滥交男友；肯重视妇女的人权的女子，决不为男子的临时夫人！

所谓征女友者，不过是包暗娼的别名，既可防花柳病的传染，又可避免寻花问柳的声名。这种的人反以文明自居，反说尊重妇女，我只以为是"大爷有钱，女子肉贱"！

据我调查，现今在街上，揽腕抱腰，招摇而过的青年男女，仅有二十分之一，是正式夫妻;并且这种正式的夫妻,也多是有时间性的!

有些被人始乱终弃的女子,在报上撰稿,骂中国社会不良,环境恶劣;岂知全是咎由自取,自作自受!

郑氏易注说:"夫妇同心而成家,久长之道也。"现今的摩登男女,被邪说所惑,彼此尔诈我虞;甚至在结婚时,预先立下离婚的条件。他们的连合,也不过是起于一时的同欲,焉有久长的可能?家既不能稳定,社会与国焉得不乱?

按《诗经》上说"刑于"之化;《礼记》上说"夫也者,以知帅人者也";《白虎通》上说"夫者扶也,以道扶接也"等等的话,全是丈夫所不可忽略的。要知夫正,妇贤;夫义,妇顺。丈夫若不能修身正己,妻决不能四德无亏。

外国男女在车站码头,迎送亲属,虽有接吻的礼俗,但是在公共娱乐场所,决少任意接吻的举动。近来我在公园等处,屡次见中国的青年男女,有这种的行为。人说:这是进步;我说:这是兽化! 人说:这是恋爱神圣;我说:这是扰乱人心!

儒说"食色"。佛说"财色"。两说相同,全将色列在第二位。然而还是食字,比财字更彻底。因为有时,用财竟换不出食来。

食色也罢,财色也罢,反正是食欲先发,色欲后起,食欲是无休止的;色欲是有期限的。

色欲即性的本能;知识一开,虽起性的冲动,然而须先得急其所急,满足了食欲。

身体如同机器;肚子是发动的机关。食料就是燃料。食料断绝肚子立刻停止工作,性欲一都化为乌有。

恋爱生于性欲;性欲生于热;热生于血液激荡,血之所以激荡,是生于食的推动。

恋爱固然神圣,肚子的神圣,更高于一切;恋爱固然万能,肚子更是法力无边。它的威权,专能打倒恋爱!

肚子一空,万事皆空。肚子若"失业"三天,谁也不能高谈恋爱了!佛说:色即是空;空即是色。我说:食即是宝;宝即是食!

青年男女,固然有因恋爱断食的;然而发生恋爱之初,是因肚里有食。

天下最易的是恋爱；天下最难的是谋食！有食,狗也会恋爱；无食,神也肚子疼！

恋爱是人类吃足了以后的消遣,是有钱阶级的一种游戏,也是有闲阶级的一种趋向！

裸体的大姑娘,不能治饿；干硬的小窝头,可以充饥！（注——窝头是北平土语,即玉米面馒头而中空者。）

好色者,必多情；好欲者,必寡义！

现今一些高谈恋爱的青年男女,全因有了孝顺的父兄,先替他们或（她们）填饱了肚子；万不可错看他们是多情的先知先觉！

有一个笑话说：有夫妻二人同居,家境极贫。一天他忽然要施行某种恋爱的举动。她说：明天柴米全没有了！他登时垂头丧气,如同败军之将。少刻,她寻出半块干饼说：这可以对付我们明早吃的！他立时精神复振,如同得了十万援军。这就是食重于色的凭证。

食欲与性欲,全是天生的好嗜。一是要向内填补；一是求对外发泄；第一样若办不来；第二样就办不到了,身体与国家,全是一理。

性欲若不能发泄,至大不过扰乱社会的安宁；食欲若不能填补,必致摇动国家的基础。我对现今的摩登男女的恋爱狂并不深忧；独对于失业者的求食欲大生惶惧！

有一天,群狗们在我住的胡同里,开了社交大会。可称是少长咸集爪尾交错；毛形耳影十色五光；歌舞之声惊天动地。我开门一看,竟发现一句"饱暖思淫欲"的现象；因为穷邻舍所豢养的那只骨瘦如柴的狗,竟卧在一旁放弃狗权,并未参加！

好色是对异性的美而生的一种爱慕的感想；好欲是对异性的某部而生的一种强烈的激动。

欲虽因美而生,然而真好色者,未必在乎欲；真好欲者,未必在乎色。换言之,好色者有选择的心理；好欲者则不加辨别,美的固好,丑的亦可,且无阶级观念。

禽兽中的雌者,所以愿接近雄者,不是为美色所诱,是出于求保护的心；因为雄的,性质威猛,躯体强大,能抗拒仇敌。至于雄者的美声,也与男子唱小曲,弄音乐,引逗妇女的春心不同；不过是对雌者发的一种爱慕的声音,或招请的口号。

宣永光（1886—1960）

十个男人，九个有"肝气病"。一过四十五，就是肝气最盛的时候。女人若愿求和平安宁，必须忍而又忍！

禽兽昆虫，没有审美的观念，所以它们只有欲，而不知好色；并且它们的欲，也多是各有一定时期的。

真好色，必如美人惜花；真好欲，必如饥驴之嗜草。

好色者，多不失为君子；好欲者，每多流为小人。

好色之念，是随生命而来的，是随生命而灭的，好欲之念，是随年龄而长消的，是随体格而加减的。

女子男化，是自绝于正人；男子女化，是自绝于贤女。

好色是由眼起的，是由外而达于内的；好欲是由心生的，是由内欲施于外的。

中国以男子喜亲近妇女为好色；妇女喜亲近男子为好淫（淫是过度的意义）。这两字全不完备，还以近几年来，所译的新名词"性欲"最好。人类之男女，禽类之雄雌，兽类之牡牝，以到昆虫之公母，全可通用。

妇女对于光阴，多是不知爱惜的。有时她们因为出门半小时，竟肯费三小时打扮。因为接见亲友五分钟，竟肯费六十分钟修饰。至于在修饰打扮之前，所耗于计划如何修饰打扮的光阴，尚不在内！

乡间的男女对物质的享用，万不如城市中的男女；然而精神的安乐多，堕落的机会少，并且夫妻的爱情也更坚实；城市的男女则反是。

无情的女子，是世间的怪物，必为家庭的祸水；因为女子是最富于情的！

无情的男子，是世间的恶物，必为人道之蟊贼；因为情即是不忍之心！

与其娶一贪妇，不如娶一淫妇。前者能使丈夫死于气愤；后者能使丈夫死于欢乐。换一句话说：宁可死于骚狐，不可死于财奴！

好性欲的妻可怕，她能使你骨枯精尽；好钱财的妻更可怕，她能使你肝崩肺裂！

猫一生的光阴，睡眠要占去四分之二；修容要占去四分之一，其余的四分之一，是它清醒与活动的时间。

都市中的妇女一生的光阴，平均合计：睡眠占去四分之一；修饰打扮占去四分之一；思虑、哭笑、争吵占去四分之一；其余的四分之一的光阴，是害病与活动的时间。

只要有钱财有势力,男子全是贤夫;只要有美色有嫩皮,女子全是良妻。

情的发端,始于夫妇,达于社会,展于邦国,终于世界。若夫妻之间尚不肯用情,反高谈爱国爱民,爱人类,爱世界,即是舍本逐末,纵或略有表现,也不过等于无源之水,无根之木,决无耐久性!

情如同吸力,虽然也是无形的,但是维系力极大,宇宙间赖吸力维系;生物(人也在内)间,仗情联属。无吸力,三光不能定位;无情,则生物不能绵延。人类之有家庭,社会,邦国;禽兽之有团体,家庭;蜂蚁之有群族,全是情的表现。

家庭革命,是打倒不良礼俗,并非打倒父母,而不念他们的伤心,亦非凭私欲离婚,而不顾对方的死活!

小家庭制度,是不与弟兄同居,以免彼此受女人的挑拨,伤手足的爱情;并非遗弃或铲除父母,使两个老东西独立门户,而不顾他们的老境!

朱子说:"肯为别人想,是第一等学问。"若男不肯为女想,女不肯为男想,子女不肯为父母想,官不肯为民想,只谋自己的幸福,而使他们陷于悲惨的境遇,纵然留学八百国,读尽五车书,深通马克思 H.Karl Marx,熟习易卜生 HenridIbsen,也是一个不通的人!

不义的夫与不良的妻,如同身上的病疽;纵然费尽心力,除掉之后,也要留下极大的伤痕,有时还隐隐作痛。

选妻择夫,与买马票相类,徒看马的外表,徒听马的声名,徒认马的出处,是靠不住的。

包办的婚姻,若娶妻不淑或遇人不良,还有父母或媒妁担过,自由结婚,若遇不着满意的,只好有泪向肚里流,如同哑子吃黄连,有苦说不出!

摩登女子时常说:"受男子的压迫。"这"压""迫"二字,实在不妥!

据现状推断,与其说"提倡妇女职业",不如改为"提倡年青美貌的妇女的职业",方觉名实相符。

女子愿得男子的亲爱;不愿得男子的恭敬;男子对女子的心愿,也是如此;因为亲爱是实惠;恭敬是虚荣。

有些男子，一月耗尽心思所得的代价，不足供太太一日的随意挥霍；有些女子，终日忙断手指，所得的收入，不足供丈夫一次的吃喝嫖赌！这全是不肯为别人想的表现。

有人说："现在时髦女子，露得肉多，可以减省衣料。"我说："露出的肉多，擦得粉多；露臂擦臂，露腿擦腿；露到何处，粉就擦到何处。结果，粉的消耗，将与衣价相等，或高过几倍！"

老式的妇女，每日擦粉一次，其中爱美的，到黄昏再擦一次；摩登妇女，一日扑粉几十次，然而她们偏说，老式妇女甘作玩物。

女子"奢侈"化，男子也不能不随着前进。我读元明末年的历史，再看目下我国摩登妇女的现状，常存亡国的恐惧！

最好的"避孕术"就是不交合，最好的"优生学"就是节性欲！

嫁娶是第二生命，是哀乐的基础，应预先千酌万斟，施行"先小人后君子"的办法；假若预先模模糊糊，成婚之后，又施行"先君子后小人"的行为，悲剧即由此开始。

住在城市的人，虽不能如古时的男耕女织；也不当像今日的男游女荡！

在二十年前我国妇女，不论贫富，不论天足缠足，鞋袜全是自做，并且无处可买。现今城市的妇女，一双丝袜，有时竟值二十余元，为双洋鞋，有时竟费四十余元，一瓶香水，有时竟用一百余元，互相研究比赛，上下竭力效仿。家境焉能不困，社会焉能不乱？

我国人民现状，实在可笑。有些乡间的男女，还度十五世纪的生活；有些摩登的男女，已经超过二十三世纪了！可谓"新的太新，旧的太旧"。

离婚法中，有夫妻之间，一方久病不愈可以作为离婚的理由一条，我不知是那一位狠心的人定出来的。夫妻本是以互助为原则，应助之时不助，何必有婚嫁制度？

旁听离婚案件的人，以摩登男女占十之八九。他们或她们，并不是由于好奇或看热闹，也不是对双方任何一方表同情；不过是为得些诉讼的知识，看些离婚的手续，以备将来作自己用的资料。

阻男子进步的是钱；阻女子进步的是色！

男子不讲人格,亡国灭种;女子不重贞操,天翻地覆!

我想天下有三种物,以老的为好——老妻,老友,老书。老妻能保命;老友能安心;老书能定神。

男子中有十分之九,喜爱能理家政的妻;不喜爱能操国政的妻;喜欢富有女性美的妻;不喜欢纠纠武夫式的妻。

真爱国的伟人,必不容外力侵入;真自爱的女子,必不容外势侵入。

金圣叹先生,认定与他同时的蜂蚁,全是有缘的;可见与我们同时的人类更是有缘的。那么,同床共枕的夫妻,尤其是缘中之缘了!既是缘中之缘,岂可为求自己的一时幸福,忍令对方受无穷的悲苦!

有些青年男女,经家长代定了婚姻,自己并不深加可否;先存下娶过来看一看,嫁过去试一试的心理。岂知这正是误己祸人!

现今某报上,征女友的告白中,有一句说:"合则结婚。"那用意就是:我们先试一试:我用钱,行我之试;你用肉,受我之试。

女子应征而为女友,若不以结婚为目的,莫如痛痛快快,竖起艳帜而为明娼!

人尽可夫,不是提高女权;朝秦暮楚,不是真正解放。

大开门户,任人交通的邦国,必是弱国;大行布施,送往迎来的女子,必是贱货!

日日不离乡房,坐吃闲饭的女子,可怜;天天串饭店,寻求野食的女子,可恨!

据我误人子弟多年的经验:凡天天上堂听讲,时时追求学术的学生,是男必穷,是女必丑;因为这两种人,全是没有仗恃的。

男对女,筋疲力竭,是他当尽的义务;女对男,若稍加体贴,就是她格外的恩典。

先试后婚,是北平俗语"先尝后买";试而不婚,也是北平俗语"坏了您别要"。

提倡女子职业的男子,若肯用老而且丑的女子,总是名符其实。若以年龄面貌为取舍的标准,莫如打倒提倡女子职业的口号!

不说结婚,偏说同居;不说征婚,偏说征友;此中藏着无限的恶意!他们(或她们)既然预先摆脱夫妻的名义,所以后来更可任意离合!

贤妇是内助;悍妇是内患;得内助的男子,对外也易成功;得内患的男子,对外也必失败。前者是升天之梯;后者是附骨之疽。所以英谚说:"埋葬一个悍妻,是快乐的悲伤。"

英国俗语说："贤德之妻，是丈夫的皇冠。"皇冠本不易得，贤妇较皇冠尤不易得。

良家的妇女，多骂娼妓引诱男子；但是她们的衣饰，多是以娼妓的衣饰为模范！

男子万不可向家里招引比自己有财有势的男子；女人万不可向家里招引比自己有貌有才的女人；否则家庭的爱情，就易摇动了！

处妇女之道，若敬而远之，她对你更亲更热；若亲而近之，她对你必冷必疏。

妻对夫说话，全是不肯直接了当，全好绕大圈，"加小注"。

对待丈夫，每日向他大拜三拜，不如轻轻打他两拳；尊他几声老爷，不如骂他几声兔子；因为男子对于女子，多是贱骨头！

女子与女子，不易结团体；其中若加上一个男子，则更不能结团体。

女子对你发言，圈子愈绕得大，小注愈加得多，愈是对你有情意。假若她对你直接了当，斩钢截铁，你须多加小心！

丑女与丑女，可以相交；富女与贫女，可以相交；丑女与美女，有时也可以相交；惟美女与美女，永不能相交！

丑女子如同无产的男子，容易养成暴烈的习性；美女子如同富家的子弟，容易养成放荡的嗜好。

丑女虽无人愿娶，然而有钱的丑女，一个也剩不下；因为她们的钱并不丑。

男子对惯离婚的女子，多不敢娶；女子对惯离婚的男子，多是敢嫁；因为个个女子，全有自信力。

社会公开，易使妇女多置几件衣服，多费些脂粉，多用些香水，多耗些精神，多增些烦恼，多生些闷气，多招些灾病，多受些议论，多得些批评！

小孩子全喜欢受妇女的戏弄，不喜欢得她们的恭敬，男子不过是长大了的孩子，妇女若想得男子的欢喜，就拿他们当孩子待！

妻对夫有什么要求，按中外妇女的公例，多是用哭闹的手段；其实用嬉笑的方法，更能发生效力。用哭闹固然多能使丈夫百依百随，然而用嬉笑，更能使他忘了东西南北！

妻对夫有何要求,多是先用别家的夫妻,做引子,做比方,这种习性,最易得丈夫的厌恶。

男子变心,还挽得回来;女子变心,则无术可治。

面貌是妻权;金钱是夫权。

现今的美人,始有女权;现今的要人,始有人权。

俗语说:"少年新妇年年有,就怕铜钱不凑手。"这句话不但古时是如此,现在是如此,将来也是如此!

古时的婚姻是认命的;现今的婚姻是任意的。认命的,必能牺牲自己;任意的,必忍牺牲别人;认命能化忧伤为安宁;任意,则化安宁为忧伤!

色与欲早有连带关系,不可并为一谈;色是由眼界生的;欲是由心里起的。

妻的安慰,是最大的安慰;妻的刺激,是最大的刺激。

被妻安慰的丈夫,多成功;遭妻刺激的丈夫,多失败!

得罪了朋友,还有复交的日子;得罪了朋友的妻,你同你朋友的交谊,就到了尽头了!

新式的婚姻,同居之后,如嚼蜡;旧式的婚姻,娶嫁之后,如开斋(或开荤)。

有人问我说:"为什么自由结婚,也多是不能和乐?"我说:"因为在未结婚前,双方彼此竭力地克己,讨对方的欢喜,全含着许多客气;结婚之后,名分一定,就要免除客气,发挥个性,悲剧就由此开始!英谚说'结婚是恋爱的坟墓',就是指自由结婚说的!"

男女之事,愈不易接近,愈有趣味;社交极端公开之后,男女引吸之力,必日渐缩减。

俗语说"远看女人,近看花",是指着看别人的女人说的,若自己的女人,愈近看,愈美!

英谚说:"邻人之妻美而贤。"其实,你若是邻人,你就要知道,她也是不美不贤的!

据我的观察,所谓尊重女权者,不过是尊重女人的貌而已!

打破家族制,是女人做成男子的义务玩物的第一步;也是男女"狗化"的第一步。

打破婚姻制，女子前途与老妓相等。青年时，珠围翠绕；老年时啼饥号寒。青年时，高朋满座；老年时，无人问津。

自从社交公开，与男女增添了许多方便，与旅馆饭店，增添了许多特别的收入；然而妓院，实受了极大的影响。人说这是废娼的先兆，我以为这是"娼化"的流行！

男子爱女人，仅注意外表（面貌），不注意内容（学问）。所以由大学毕业或留过学的女子，操纵男子，反不敌一个目不识丁的乡下姑娘！

面貌是女子的选举权与被选举权。

英谚说："选妻之道，多用耳，少用目。"我看用耳用目，全靠不住；只可靠命运！

在娼寮中寻贤良的女子，难于在山林里找驯良的豺狼！

男女之间，愈神秘愈好。愈神秘，愈能动人的幻想；愈能增加兴味。假若打倒衣服，赤裸往来，白身相对，反要减少了两性间的吸力！

罗马兴亡史上说，妇德坏而罗马亡，自古以来，国家兴灭，少有不以女子的人格堕落与否为断。

千万莫娶交际明星或社会之花。这种女子，只能使你多生烦恼。因为她的心念中，还有若干备取的丈夫呢！

法谚说："是肉就被人吃；是女就被人娶。"与我国所说"有剩男，无剩女"是一样的。

惯听女人的话，是太糊涂；轻视女人的话，也不聪明。

女子的话，有时你当从反面听：她说恨你，正是爱你；她说不愿再见你，那是离不开你了。

有"名"的男子，多是骗子；有"名"的女子，多是荡妇。

近来报上常登载女子来函。有人说，那全是报社的编辑先生们伪造的。其实真伪极容易看出来；假若是女子写的，前后必有许多不必说的客气话！

姑娘较妇人多客气，因为是少阅历；妇人较姑娘少客气，因为她吃过客气的亏。

丈夫少有肯将自己的苦恼向妻说的，并且竭力的遮盖，惟恐被她知道了；妻有何苦恼，不但要向丈夫倾筐倒篋而出，并且要放大十倍！

你对妻诉说苦楚,她不但不用心听,并且以为你没有骨头。她若向你诉说苦楚,你当洗耳恭听,否则他说你没有人心。

近来报上登载妇女在街上乘人力车翻倒的新闻,必要加上"两脚朝天"的四字。男子翻车则不加这样点缀。实在是一种不道德的记述,里边隐含着许多恶意!

对妻发脾气,就等于捅马蜂窝;捅一下并不费力,捅了之后,祸就惹起来;你要想避免一针一针的螫刺,那就费了力了!

妻对夫,总是有情有理;夫对妻,总是无情无理的。男子一生,娶妻愈多,听到这种的话愈多。

社交公开,给男子们增了许多泄欲的机会;给妇女增了许多坠落的祸根!

男子一生最大的目的,就是要一个如心如意的妻;女子一生最大的目的,就是要一个如心如意的夫。至于爱国爱民爱世界,不过是好听的名词。

男子是他所喜爱的女人的奴隶,是他所不喜爱的女人的主人。

许多妇女对于衣饰,不顾她丈夫的身分同经济能力。

女人多知道这句老话:"满堂儿女,不如半路夫妻。"可惜他们对待丈夫,反不如对待儿女那样亲切。

英谚说:"若想致富,须向汝妻讨教。"与我国"听信老婆的话发财"相等,不过你心里不要失了自主!

聪明的男子,全知道女人不易对付,可是全要娶一个对付对付!聪明的女子,全知道男子不易对付,可是全要嫁一个对付对付!

对待女人,如同哄小孩子,你须耐烦,不要急躁;不可发脾气;可是有时你须假装发脾气。女人对待丈夫,也是如此;若再稍微加上一点眼泪,更有美满的功效!

某医生说,接吻有种种的害处,最容易传染疾病。有人问他为什么他常同女子接吻?他说她们的口,全是经他消过毒的!

处在这时代,有钱的人,必要心惊胆跳;有美妻的人,也是胆跳心惊!

好嫖的人,不是喜爱妓女;他们是以为妓女喜爱他们,他们若在未嫖以前,引镜自照,妓女就立刻大受影响。

因恋爱而结成的婚姻,实在是可爱;但是你若有钱,更能使你的妻,增加可爱的程度。

女人最不信任她们的丈夫，这并不是她们好起疑心，是因丈夫最喜欢对妻说谎。丈夫们所以喜欢对她们说谎，是因为求安宁起见，不得不如此！

天下的乌鸦一般黑；天下的妇女是一个心理。你若明白了中国妇女的心理，外国妇女的心理，就不问可知。你若能得中国妇女的欢喜，你应付外国妇女，也必能得她们的欢心。

男女间，爱情是容易发生而难维持的。婚姻制，是于不易维持之中，所定出的一种勉力维持的最为妥善的办法。

妻是夫的私产；夫是妻的私产。夫妻能将对方视同私产，才是真正的夫妻的原则。

你当怕你的夫人；然而却千万不可令她知道你真怕她！

个个女人，全自认为是最美丽的，只是缺乏好的装饰。

女人肯对她的儿女认错，然而对她的丈夫，她总是自居为无错可认的；并且是永无过错的；而且纵然有过错，也是丈夫招起来的！

你千万不可随着某妇人，骂她的丈夫，因为骂她的丈夫，是她天赋的特权；并且她骂完了，还是喜爱他！你不过是空骂而已，所以只许她骂，你万不可妄加材料。

你的朋友若因受了他夫人的气对你诉苦，你最好是不赞一词。假若你对他表同情，随声附和，将来你的朋友必于不知不觉之间，将你供出来！她对丈夫可以暂行宽赦；对你必要设法报复！

凡是一个女人，全以为她自己是又美又聪明的完全人，独可恨她的丈夫，竟认不出来。

有人问我："对女招待改称女店员，有什么意见？"我回答说："先要正实不必正名。否则，即改称女祖宗，也提高不了她们的身分。"

女子讲社交，最得利益的是绸缎商、成衣匠与卖化妆品的人！至于"互换知识"一句话，不过是好听。

主张社交公开的男子，必是富而淫的；主张社交公开的女子，必是美丽而荡的！

苗族的跳舞（俗称跳月）最有价值，最为纯洁；因为他们是为使青年男女，因此结成婚姻,并不纯为男女互相摩擦着取乐。

男子主张打破家庭制,是要施行不负责任的纵欲;女子主张打破家庭制,是愿施行白尽义务的卖淫。

我所最痛心的是,甘愿应征而为"女友"为"伴侣"的女子,多是受过教育的!

我问朋友说:"为什么摩登男女,将结婚改为同居?"朋友说:"结婚的名词,含有封建意味;并且若用娶字,未免重男;若用嫁字,又觉轻女;所以改为同居,彼此两不吃亏。"我说:"同居!同居!好多的男女,被这个不封建的名词毁了!"

在不开化的时代,男子追求女子;在开化的时代,女子追求男子。世界愈进化,女子愈失了尊严,男子愈得其所哉!

非有狠心的男子,不肯嫖娼妓;非有狠心男子,不肯征女友。征"女友"征"女伴"的恶风,是主张解放妇女,提高女权以后,才由中国人发明的。在洋报上,我只见有征妻或征夫的。可见中国人,若文明起来总要过度。

女子虽能加入社会的活动,然而期限是短促的;女子一过四十,只有丈夫肯喜欢她,肯疼爱她!

男女之爱,是人间大道理,虽圣贤也不能抑制;然而须闭上房门才可施行。若在稠人广众之间,就携手揽腕,抱腰搂臂,接吻并头,未免是不知羞耻,且含有诱惑性。

美人的妆台,实在比文人的书案有价值;美人的一笑,实在较文人费一斗心血所作的文章更有价值。

在从前,男子以女子为玩物,是在家里玩;现在以女人为神圣,反在街上玩了!

美人的专制,甚于暴君的专制。人对于暴君,是不敢不服从;对于美人,是不忍不服从。不敢不服从或有反抗的可能;不忍不服从,只有鞠躬尽瘁。

日事游荡的妇女,见着村女乡妇,惯加讥笑;我不知究竟她们谁可笑!

以先妇女若姘戏子、车夫、马夫、奴仆,是谓之下贱;现今则谓之破除阶级!

妇女善能哄小孩子,而独不善于哄大孩子(丈夫)。其实若肯以哄小孩子的耐性与手段,施之于大孩子,更能引得他眉开眼笑,欢天喜地,较哄小孩子还特别容易!

男女之间,不可一味的顺从;无论什么事,有时用一些反抗的表示,才能格外发生兴趣。

女子若没有固定的丈夫,不过如道旁的花草;虽能得人的欢喜,然而不能得人的爱护。

女人最讲理,不过对丈夫所讲的理,多是她自己的一面之理。

恋爱当以道德为基础;无道德的恋爱,决无持久性。

你若愿使你的妻如何修饰,你不可公然劝她;你最好是对作那种修饰的女子,多加注意。你若劝她,她决不肯听;你若对某种修饰注意,她必加意仿效。

旧式的女子,脚愈小,愈是聪明的;摩登的女子,鞋跟愈高,愈是聪明的;愈是聪明的女子,愈肯苦害自己的肢体。

美而且贤的女子,是世上的无价之宝;只可惜太少;更可惜个个女子,全自以为是又贤又美。

对待丈夫,有时须端起真节烈女的架子,有时须摆出放荡不羁的言行。

女子若能将《聊斋》里那篇"恒娘"熟读一遍检练揣摩,神而明之,必能将男子玩弄得神魂颠倒,心服口服;较比熟读几大本《男子心理学》还能得实效。

男子为使女人欢喜,固然应当惧内,然而你若怕得太甚,她不但不认为满意,反要说你没有出息,没有男子骨头!

男子人人好色,未必人人好欲。真好欲的男子,容易对付;真好色的男子,不易吸引。

十个女子,九个矛盾;所以她们最不喜爱矛盾性的男子。换一句话说,男子若没有坚决的意志,决不能战胜女子的心。

唯真好色的人,始能怜香惜玉;唯真好欲的人,才忍摧柳残花。

女子的记忆力,较男子的格外坚强。只可惜她们专能牢记男子的坏处,易忘男子的好处。在十年前,你若骂过她一句,她也忘不掉;在十分钟前,你虽对她磕了一千个头,她也不记得。

愈是美丽的女子,疑念愈大;她们总以为男子们对她们不安好心;有钱的男子对人交往也是如此。

世上惟中国人最能利用好听的话装饰门面。明明是斗不过女子,反要说:"好男不同女斗,好鸡不同狗斗!"

凭男子的智力,决不致被女子征服。所谓怕老婆者,不过是顾脸面、求安宁而已!

"柔媚"是女子的美点;"刚勇"是男子的美点。刚勇的女子与柔媚的男子,是反乎自然的可厌之物。

男子怎样才可以不被女子所愚?不迷!女子怎样才可以不受男子之骗?不荡!

两性所以能互相吸引,就是因为所赋的天性不同。人若竭力同化这两种天性,即是与自然背道而驰;不但减少男女的爱情,必致劳而无功,两败俱伤。

有人问我,进化到了极点,女子要达到一个什么结局?我说:进化而为不阴不阳,不男不女,似人非人,像兽非兽,类似母狗的两足动物。男子进化到了极点,他们无情无义的程度,还不如公狗。

女子较男子,多有道德,多知节俭。并且虑后之念,也比男子周到。

男子提倡打倒婚姻制是脱卸家累;女子提倡打倒婚姻制是自入网罗!

过了二八月,母狗见了公狗,垂头丧气,夹着尾巴,贴着墙根走;正当二八月,母狗见了公狗,趾高气扬,竖起尾巴,横着街心走。我为二八月后的母狗伤心;我对二八月中的母狗痛恨。

二八月中,狗道大兴;公狗母狗,霸占街衢,填塞巷口;猖猖之声,聒耳欲聋;吃醋争风,乱成一片;跳舞抱腰,出尽风头。社会的翻译,虽然大受影响,幸而一年之中,仅有两次。假若男女,实行狗化,社会间欲求片刻的安宁,也不可得了!

有人说,打破家族观念,打倒婚姻制度,施行自由社交的时候,政府必为年老的男女,设立华美的养老院,必为幼小的儿童,设立完备的育婴堂;我说还是不如有一个贫苦的家庭,还是不如有一个真正的父亲。

对娼妓施爱情,如同用水浇鸭背;对妻妾施爱情,如同用水润枯苗。

搭姘头,偷汉子,钻狗洞子,就觉得刺耳难听。交男女,开房间,实行同居,就觉得名正言顺。其实也不过是八两,半斤,A+B,B+A!

从前的女子,以交男子为莫大的羞耻,现今摩登女子,以交接男子为莫大之光荣。甚至结交的男子愈多,愈可得一个交际明星或社会之花的美誉!

现今社会所尊崇的社会之花就是古时社会所讥骂的"烂桃"。我为古时的浪漫女子哀悼；我更为现今的摩登女子庆贺！

无论如何吝啬的男子，对于女子，无不慷慨好施。

女子若抱定"人尽可夫"的心，女子人格永不能提高；女子求美之心，若甚于求学，女子的人权也永不能提高。

将男子练成流氓化不是进步；将女子练成流娼化不是文明。可惜现在竟有一班自命为先知先觉的人，假藉解放之名，竭力诱导无知的青年男女，赶快往这自杀杀人的途径上走！

古时的女子，对身体的某部，多是认为禁地；现今摩登过度的女子，对身体的某部，多是认为公园。

妻，多是类似滚刀肉。丈夫应付她们，最不容易；因为是，横割不行，竖切不得。温火煮不烂，猛火要爆锅；最好是模模糊糊，半生半熟的囫囵吞下，不必认真，终有一些滋味。吃这样的肉，终胜于无肉。

我的亡妻龚氏贞慧说："男子是耙子，女子是匣子，男子虽能搂钱，须要交入匣子里，才能保得住。"可惜我一生没有耙子的本领，她空负了匣子的名目！女子若不愿为"空匣子"，最好在选夫之前，多加注意！

妻对你发了脾气，最好是不加分辨；要竭力对她施展爱的举动，她虽更怒而打你、骂你、咬你、抓你，你也不可动气。

旧式婚姻，多是先娶后奸；新式婚姻，多是先奸后娶；摩登的同居，多是先奸后不娶。这三个比较级 Degrces of Comparison 是一能比一能文明，一步较一步进化！

有女子只知爱美，并不知卫生；你若规谏她们，说某种修饰，不合卫生，那简直是白费唇舌。在她们的心目中，全认定"朝为美，夕死可矣"！

美国电影明星匪来伯 D.Fairbanks 与玛利必克福 Mary Pickford 的婚配，据说是纯以爱情结合的。各国人对他们夫妇无不艳羡赞颂，并且呼他的住宅为"爱宫"Love Palace。他们结婚已十三年之久；现今又将实行离婚了！模范的自由婚姻，尚有如此的归宿，其他苟合的自由婚姻，更不可问了。我为文明痛哭！

你的妻若修饰完毕，走到你的面前，你无论有什么紧要的事缠身，你也当细细看她几眼；只可点头说好，不可擅下正确的批评。

你用钱买好吃的或你所爱的东西,是你出乎情理;你的妻用钱买好的装饰,是她分所应当。

中外的男子,是一样的心理;中外的女子,也是一样的心理。中外的狗是一样的天性;中外的猫也是一样的天性。

狗之性,宜于卸外;猫之性,宜于安内。所以狗利于防盗;猫利于捕鼠。若弃其所长,用其所短,必致内外不安,多生扰乱;归终,将狗害了,猫也毁了。这不是敬狗尊猫,正是害猫毁狗。

男子多是嘴馋;女子多是眼馋;换一句话说,男子多贪吃;女子多贪穿。

狗猫受了训练,练不去狗性猫性;男女受了教育,教不去男性女性。因为教育与训练,是人为的;性是天生的。

非打倒羞耻,不能人尽可夫;非人尽可夫,不能男友如云;非男友如云,不能实行狗化;非实行狗化之后,不能打倒羞耻的束缚!

不听母亲的话的人多,不听老婆的话的人少;女子生十个孝子,不如有一个贤夫!

羞耻是女子的美点,也是最能引动男子的威力。

无羞耻的女子,虽能勾起男子一时的欲念,然而得不到男子长久的爱情。

大学问的女子,不善为妻;大学问的男子,不善为夫;学问愈大,愈难通人情,难达事理!

有固定的婚姻,女子始有固定的人权;有固定的丈夫,女子始有固定的保障!

丈夫对妻,无论如何疼爱,妻也不以为满意。她若果说出满意的话来,丈夫且莫欢喜;因为那是她的回光反照,或是不祥之兆!

俗语说:"光棍打三年,见了母猪当貂蝉。"人非丧了妻,不知道这是经验之谈。

男子爱看女子,是因她们可爱;女子也爱看女子,是因为她愿知道,她们为什么可爱。

得天下人的同情易;得一个妻的同情难。

多数的女人,全好追问丈夫的口供。这种审讯的举动,较官吏审讯盗贼,还要严酷可怕。盗贼可以忍刑不招,而丈夫多当不起他的太太的一审!

活泼的女子可怕；呆板的女子可厌；惟有时呆板有时活泼的女子最可爱。

娶女学生为妻，是一件极应审慎的事；因为她有时集了众女之长，有时集了众女之短。

中国摩登男女，诸事力求洋化。惟写情书，还是泥古不化，仍是哥哥、妹妹，连篇累牍。我读外国情书，还没有遇见这种乱伦的称呼。

某交际明星对某女子说："多擦一次粉，少读几篇书。"她这句话，实在是从阅历得来的！

女子得男子的崇拜，学富五车，不若有艳皮一张。

英国格言说："有学问无阅历，不如有阅历无学问。"若以女子而言，我可改一句话说："有学问无美貌，不如有美貌无学问。"

大学问的女子，只能得人敬，不易得人爱；大学问的男子，也是如此。

多数的妇女的贞操，不是失之于淫荡或金钱，而失之于男子的马屁！

有些摩登女子，讥评旧式妇女的生活为"监狱式"的。岂知监狱式的生活固不自由，然较"野狗式"的生活，还有一个长久的饭碗，到老也不致变成一个无人要的母业障。

假若男女可以滥交，世上又何必有花柳病？假若女子可以打倒贞操，身上又何必生处女膜？假若男女姘靠可以得到真正的幸福，各国又何必有婚姻制？

有许多摩登妇女，以养孩子为污辱自己的人格，可是她们偏不肯废止预备养孩子的工作。

中国的男女不平等，只是在旧礼俗与旧法律上的分别。其实哪一个男子家里没有一个涂脂抹粉的活菩萨？有几个男子不是崇拜这活菩萨的？

男女的真平等，是各尽天赋的特长，分工合作，并非男尽女职，或女夺男工。

古礼所说"男正位乎外，女正位乎内"，并不是重男女。外也不尊，内也不卑，正如外交总长与内务总长，职任虽殊，名目各判，不过是各以所长，尽其专责。

由父精母血而成胎；由精血化合的不同而判男女；由男女的生理殊异而良能各别；因良能各别而分任人生的职务。既同是出于一源，有什么贵贱尊卑的可分？

按《圣经》，上帝当初造人，只造了一男一女，并未造一男两女，也未造两男一妇；足证一夫一妻，是最合宜。

某教教徒，自夸他的教里有专心归主而守童贞的女子数百人。我说她们是反天理，逆人情；因为上帝当初造人何必造一男一女，又何必将他们配为夫妻！

子女为尽孝而不肯娶嫁，有人心的父母，决不忍使他们不遂他们的性欲。果然真有上帝，上帝也不能因得男女长久的跪拜他，而不令他们尽人性！

犯大罪的男子，多是有才的；犯大罪的女子，多是貌美的！才与貌，善用之，则为福源；不善用之，则为祸根。

淫女邪男，多出于仕宦之家；贞女义士，多生出蓬门小户。

对别人家的女子，竭力鼓吹女权，竭力倡说解放；对自己家的女子，竭力摧残女权，竭力施行锁闭；这是现在我国提倡男女平等者的现象！

"你的女人应当公诸同好；我的妻是神圣不可侵犯"，这是现今的"公妻主义"。

打倒家庭制，是人类退化的起点；打倒夫妻制，是人类退化的极点。

修貌而不修心，是女子的大病；顾财而不顾名，是男子的大病！

有人问我："怎样才可以打倒离婚的恶行？"我说："男子不娶离婚的女子；女子不嫁离婚的男子。"

非狠心肠的男子，不肯征女友。非贱骨头的女子，不肯做男子所征求的女友。

男女生殖器官，既有向外向内的不同，所以宜内宜外的分别，也可以由此而断。

旧式夫妻的爱，是以为命中造定的，是义务的，故不敢不爱，不能不爱；新式夫妻间的爱，是以为个人自造的，是任意的，故可爱可不爱。

宁为贫人之妻，不可为富人之妾；贫人之妻是丈夫的心肝；富人之妾是老爷的鞋袜！

聪明的女子出嫁，是要寻一个能疼爱解温存的伴侣；糊涂的女子出嫁，是要找一个供挥霍同玩乐的情人。一个是求精神的爱；一个是谋物的欲。岂知，精神无尽，物质有穷！

人除非生理上有缺陷或精神衰弱，没有不起性欲的。为贪虚伪社会的称颂而守寡守鳏，是背天理逆人情，是自找苦吃！

见美色而动色欲，见美食而动食欲，是物理是人情；所以圣贤也不避讳食色二字。

我极端主张,夫死妻嫁,妻死夫娶;我极端反对任意的离婚。重婚的男女,多可再得快乐的生活;离婚的男女,少有美满的结果。因为已死去的易忘;尚活着的,是不易忘的!

女子应付男子,有三要素:或有貌,或有钱,或有手段;最不可少的是手段。貌有衰老;钱有尽时;惟手段,则愈用愈精。

好说好笑,固然是女子的缺点,可是最易对付;沉默寡言的女子,固然是少有的,可是最难相处。男子也是这样。

无钱而娶妻,如无罪找枷扛。枷与家,二字同音;家累之难负荷,尤甚于扛枷!

合两性之姓易,合二人之心难;结婚易,离婚难;正如跳井易,爬出来难。

父母生我,是第一个生命;结婚是第二个生命。第一个是天造的;第二个是人为的。第二个生命,若是不良,第一个生命,也无价值。

中国习俗,在"放小定"之后,无论发现双方有何不相宜之处,也必要模模糊糊,将二人牵到一起,否则就认为大逆不道。这种恶习,葬送了不知多少男女,造成了不知若干不良的婚姻!

宁可生不逢时,不可嫁娶不如意。宁可在婚娶前,大大方方,慎加选择,招人议论,惹人笑骂;万不可在婚娶后,委委曲曲,勉强对付。

婚姻门当户对,不如二人志同道合!

宁可在结婚前,违抗父母之命,不纳媒妁之言,不可于结婚后,违抗自己的本心,不如个人的志愿;否则迁就一时,将来难免自坏心术。

迁就的婚姻,难期美满;任意的婚姻,决不久长。

嫁娶专看门第,如只看鸟笼而买鸟。

有人说:肥硕的妻,是丈夫绝对的"补品",其实是极凶的"泻药"!

嫁夫娶妻如同买表,是碰运气,价钱高,式样美,来头大,未必用得住!

有些父母,对子女的婚姻,只注意对方的门第,只知对嫁娶的礼俗斤斤地考求,而忽略双方的性情,体格,志趣;这种轻重颠倒恶习,理应根本铲除!

俗语说:"朋友面前莫说假;夫妻面前莫说真。"若不以这话为然,请你将你一切的行为,据实奏明你的夫人,告诉你的丈夫,看看有什么结果?

选妻如同买鸟,要知羽毛美丽态度敏活的,未必就能悦耳怡心,未必不是吃货;选夫如同买马,要知体格壮健精神充足的,未必就能任重致远,未必不是草包!

男子年龄愈高,看女子愈美。

对女子没有狠心的男子,才是真正有男性的男子。男子若对一个女子,能施展阴毒手段,世界上任何残酷的事,也能作得出来!

有些女人,专好搜寻她丈夫的过失,以定她丈夫的罪案,无论什么男子,娶了这种女子,决没快乐的可能。

男子对任何事,全容易有主意。惟独对一个女子(妻)最没有主意;女子对任何事全没有主意,惟独对一个男子(夫),最有主意。

在恋爱的过程中,男子的心念,多是集中在他所爱的一个女子身上。在结婚以后,女子的心念,多是集中在一个男子(丈夫)身上。换一句话说,在恋爱期间,男子的情意是专诚的;在结婚以后,女子的情意是专诚的,所以女子宜于为人妻,不宜于供人恋爱。

女子是天生玩弄男子的"怪物"。男子在小的时候,离不了她们,愿受她们的玩弄。到了中年,更离不了她们,愿受她们的玩弄。到了老年仍是离不了她们,愿受她们的玩弄。被一个女子玩弄得厌倦了,又必定愿重新投到一个别的女子的手里,再受她的玩弄。

丈夫若对妻忽然竭力表示爱情,妻须用心侦察;因为他若不是真爱她,就是他又同一个别的女子,发生关系了!

男子无论打定什么主意,他那主意,一见了女子,就会变了!

好色,是一种审美念;好欲,是一种侵占吞食或蹂躏的行为。

英雄与美人,是世上的点缀品。世上没有他们,就觉干燥无味;有了他们又能使人类多增纷扰,所以上天不使这两种人多生。

英雄应有公心,因为英雄是为群众生的。英雄是应为群众谋幸福保权利的。美人应有私心,因为美人是为一个人生的。美人若以色相布施众生,就要使群众闹得天翻地覆。

失恋的痛苦,甚于刀剑的刺割。刀剑的伤痕,可以容易遗忘;失恋的隐痛,永世不能休止。

古今中外的圣贤豪杰,多得力于妻的赞助;古今中外的奸雄巨盗,贪污土劣,也多得力于妻的促成。乐羊子,若无良妻,不能成学;拿破仑无约瑟芬 Josephine 不能成霸业。秦桧无王氏,不能卖国;军阀政客若有良妻,总可减少祸国殃民之罪行。

女子最不喜欢优柔寡断的男子,惟有英明果敢的男子,始能得她们的爱敬。

什么地方,人多爱去?有女人的地方。什么故事,人多爱听?有女人的故事。什么戏,人多爱看?有女人的戏。什么书,人多爱读?有女人的书。什么新闻,人多爱闻?有女人的新闻。

女子的一颗"诚心"是男子的最大的财宝。这种财宝是以全世界,所不能换得来的。

女子们并非爱说谎话,是因男子们多不信她们的实话。

女子在恋爱的时期,格外的姣媚可爱。男子在恋爱的时期,格外的凶野可厌。正在恋爱狂热中的男子,若肯引镜自照,就可知道自己的丑态。

北平俗语说:"小时候爱妈;大了爱媳妇。"实在是一句不可推翻的名言;因为混蛋是如此,圣人也是如此。古今中外的男子,全是如此。

再续的恋爱,如同再蒸一次的肉馒头;无论如何决不如原来的滋味。

英国某杂志说:"恋爱如同披着纱衣跳舞;结婚如同裹着湿被睡觉。"这两句话,正与"结婚是恋爱的坟墓"相同。据我看,只有自由的新式婚姻是如此的;旧式的婚姻,结婚愈久,爱情愈深。

恋爱是一种人人愿受的苦恼。这种苦恼,非过来人,不能明白!

恋爱如同观景,如同读文。必须曲曲折折,起起伏伏,才能使人发生兴味。譬如作言情小说,若表一男一女,遇见了,爱上了,结婚了,非但无话可叙,就令出版,也必无人肯阅。

女子选夫,须注意对方的学问品行。嫁循规蹈矩的书虫儿固然不好。若嫁胸无点墨的"乡花枕",也不高明。

有婚姻制,女子可以永远挟制一个男子(夫);废除婚姻制,女子可以操纵几个男子（男友）。然而挟制一个男子，则心逸日休；操纵几个男子，由心劳日拙。

十个女人，有九个是永远不知认过的。那第十个是永远不知有过的。

男子的习性，多是厌故喜新，见异思迁。男子所以肯屈服于一个黄脸老婆之下，是因为受了婚姻制的束缚无法跳出，交女友，既可得娶妻的快乐，又没有老婆的牵累；男子既不疯不癫，谁还肯钻入婚姻的羁绊而永受制于一个女人？

婚书是男子的卖身契；家庭是男子的"拘留所"。

世界无论如何文明进化，社交无论如何彻底公开，也没有穷男丑女，可以出风头的机会。

结婚能分我们的忧，增我们的乐；也能分我们的乐，增我们的忧。

我自幼就爱猫成癖，至今不改。有人说："它们叫春的声音，实在难听；它们登屋爬墙的行为，实在可厌；顶好是不要它们，以免吵乱人心！"我说："它们那种怪声，正是它们唱的'恋歌'，正等于它们所写的情书；它们跳跃，正是它们的'交际舞'。并且它们的社交每年仅仅举行两次，有何可厌呢？"

婚姻真是一个难解之迷！古时听凭父母之命而成的夫妻，未曾不乐；现今专凭自己的心意而成的夫妻，也未尝真乐！

女子学问愈大，眼孔愈高；识人愈多，选夫愈苛；年龄愈增，机会愈少。如同货品，愈候行市，愈得不到善价。结果，虽忍疼大打折扣，减价出手，而顾主还不以为是占了便宜！

世上若没有脂粉，女子必格外的老实。

愈是受过高等教育的女子，愈难选得同心如意的高等丈夫。

有人问我："为什么天津最有名的交际明星某女士，竟肯委身下嫁于一个穷记者某甲？"我说："她还算是一个能见机而作的女子；否则，再过几年，她虽然愿嫁一个穷车夫，也恐怕不能了！"

外国的妇女，并非个个像中国的摩登女子。我见北平两个工人所娶的法国女人与我的朋友所娶的俄国太太，对于料理家政，全胜于中国女子，对于衣饰的俭朴，用费的节省，更过于中国普通的乡妇。

女子与男子奋斗，仅求打倒主内主外的分别，正如水栖动物与陆栖动物，争求水陆的不同。纵然因竞争而达到目的,也不适合天性的生活!

独身主义,是自由而不好受;婚姻制度,是好受而不自由。

古语说:"莫恃倾城貌,嫁个有情郎。"又说:"容颜易衰老。"这两句话,可以做社会之花与交际明星的座右铭。

"打倒婚姻制,实行自由性交"等等的邪说,全是与女子有百害而无一利的;是一些坏男子创造出来的;是要利用好听的名词,不费辛苦而能泄欲的方法。

既要度独身生活,就不当偷偷摸摸,寻求异性的调解,而施行零碎式的结婚。其避名趋实,莫如痛痛快快,实行光明正大的结婚仪式,取得夫妻的名分。

俗语说:"三十好过,四十难熬。"我愿一些妄谈独身主义的人——尤其是女人——要趁早打量打量,以免追悔不及!

北平某女著作家,时时在报上作文,痛骂高跟鞋并一切不合卫生的衣饰。我近来常在街上遇着她。她的鞋跟,据我观察,竟高于一切(妇女的鞋跟)!这大约是鞋跟愈高,愈合乎卫生的原则。

中外古今一切的贤德妇女,都不是完全人;惟有你的夫人,对你,是一个完完全全的人。不但她时时这样想,你有时也要同她想到一条路上去!

现今,有知识的女子,全主张男女平等;然而又为什么,她们选夫的标准,都愿意嫁一个家产、年龄、学问,全高于她们的呢?

女子爱美而喜修饰,并不是她们所以易受男子征服的弱点,正是她们天赋的一种征服男子的武力。

夫妻之间,无论任何一方,若能毫无对付、勉强或认命的感想,才是美满的良缘。

同一个年貌相当的异性交往,若能不起性的冲动,那除非是一块铁石;所以古礼不得不限制男女的接近。

我以为,男女只可为夫妻,不可为朋友。女结男朋,或男交女友,若目的不在婚姻,未免就是浪子淫妇,是人道中的害物!

世间的配偶,知己或知心的少;不知己或不知心的多。男子应娶一个女中知己;女子应嫁一个男中知己。只可惜,不论旧式与新式的婚姻中,全不易达到这种目的!

现今,多数的青年,对女子若能接近,则只有欲,没有情。他们若遭女子的拒绝,则只知恨而不知恕。

女子的天性,多是仁慈悯恻,优柔寡断。对求爱者不肯下果决的表示。因此,就发生许多三角或多角式的恋爱,而引起许多的烦恼。假若她们对求爱者,能痛痛快快给人一个坚定的迎拒,不但自己可以灭除许多的麻烦,也可以使求爱的人,早早消灭痴心妄想的企图!

自由恋爱与自由通奸,万不可胡扯强拉,并为一谈。前者是从一而终,是纯洁的,是神圣的,是不当阻止的;后者是三心二意的,是芜杂的,是卑鄙的,是理当重惩的!

我的旧同事,美国某女士,前年竟嫁了她的一个中国学生。有人问她嫁中国人的理由她说:"在本国觅一个如意的丈夫,比进天国还难。"

旧式婚姻,如食橄榄果;新式的婚姻,如嚼橡皮糖。一个是甜美在后,一个是甜美在前!

交际花(或交际明星)是公共的耍物,是惑乱人心的害虫,是导引女子堕落的媒介,是社会中分利的能手,是成衣匠的傀儡,是化妆品商店的游行广告。

近几年来,报纸上登载名闺小照,每每加入善歌舞,精洋文,擅交际等等表扬的辞句。我不知是将她们视为何等人物?

个个女子,全有一种天赋的玩弄男子的手段。女子一生的成败,全靠她运用手段的巧拙。

无诚心的女子,到终必遭男子的厌弃;专以容貌维系男子,到底必归失败。

男子的爱情,是不易持久与专诚的。女子若能使他对她恒久不变,始终不移;那才是成功的女子,才能得到真实的幸福。

自由的婚姻,多起于一时的感情冲动,所以不易持久;旧式的婚姻,男女多认定是应当牢守的义务,所以不易分离。

有财有势的男子,并非没有爱情;只可惜他放纵的机会多,所遭女性的诱惑大。无财无势的男子,并非富有爱情;不过他是缺乏放纵的机会,更遇不着亲近他的妇女。要知世界上的男子,有几个是老实的呢?

食欲求吸收；色欲求泄。这二欲若不能顺遂，轻则生愤恨，重则动杀机。古圣前贤所以著书立说，舌敝唇焦，全是要用正当的方法，使这二欲达到解决地步。

现今，我国女子，受得教育愈高，受得"洋化"愈深。所谓洋化，乃是贵族派的洋化与洋口式的洋化。摩登二字，在中国辞典里寻不到；不过是英文 Modern 的译音，是"合于时代"意义，然而在英在美，若将 Modern 加于姑娘 girl 之上，就含着讥刺或嘲笑的意味。我中国女子，切不可误将摩登姑娘奉为典范，认为光荣！

自由结婚，是破斧沉舟的举动，不是可以儿戏苟且的！在结婚之前，要熟察审虑，知己知彼；既决定后，要聚精会神，立志不移。只可前进，不可退缩，始有好的希望。

女人万不可因丈夫能养家，就谄媚他或畏惧他；这样只能增长他的骄气，低灭自己的人格。

女人对丈夫的希望要求，须按他的学识能力；不可贪求不止，过了可能的范围，总要鼓励他，万不可激刺他。要知被妻鼓励的丈夫多成功，受妻激刺的丈夫多失败！

性情和善的男子，被妻激刺了必灰心；性情暴躁的丈夫，被妻激刺了，必惹祸。古今中外，许多的惨剧，多是起于妻的激刺！

俗语说："妻贤夫祸少。"所谓"贤"者，不只是夫唱妇随；最要紧的是用宽解，慰藉，温柔，和谐的方法，化除丈夫的苦闷与烦恼。

丈夫所求于妻的，不仅是一张艳皮，要求的是一颗诚心。美貌固然是增加丈夫的爱情的媒介，然而也不过是一时的。

男子与"难子"同音。他们一生，历尽种种艰难辛苦，十之七八也不过是为讨女人们的喜悦！

"美目盼兮"与"虎视眈眈"，据我看，全隐藏着杀人的能力，全是一样的可怕。无论什么心刚胆壮的英雄豪杰，经"美目盼兮"之下，也要骨软筋酥。

人生是苦闷，不是快乐。结婚是人造的一种调解苦闷的制度。两性合在一起，将彼此的苦闷，分开担负，互相慰藉，使对方减少苦闷，才是良好的婚姻。

据你的太太讲，天下的人，你全对得住，只是对不住她；她对你的好处，你一生也报答不完。你为她累得筋疲力尽而病而死，她当着你的面，也绝不能说你待她好！

夫妻间某种的行为,是尽"传种"的职责,并不是专为取乐的一种举动。其所以令人生起美感的原因,是为赔偿将来生产教养的痛苦与艰难。

人类将男女间的某种行为,认做一种消遣,已经是失了本义;至于或用金钱或用物品而达这种目的,更是去题万里,不合自然,与手淫相等。

我听某娼妇对人说:"我们这也是买卖生意!"我不禁对买卖生意四字毛骨悚然;我听某舞女说:"我们这是谋女子职业。"我不禁为女子职业四字痛哭流涕!

有"非孝主义"就必引出"不生养主义",非孝主义畅行之后,人类即渐归渐灭!

报纸上所登男女苟合的新闻,其中的女主角的名字内,多是有一个淑字或是有一个贞字。假若她们能顾名思义,社会间就可以减少许多笑话!

据我所知的交际明星或社会之花,引人倾家荡产的程度,尤甚于名妓淫娼。更可恨的是,她们没有直接担负的"花捐"!

盗贼与娼妓,是人类的兽性的表现。这两害不除,社会与家庭,永不能得享安宁。尤当剪除的是,无盗贼娼妓这名,而有盗贼娼妓之实者!

俗语说:"贫学富;富学娼。"是专指妇女说的。娼妓是污辱妇女的恶魔,是引诱妇女堕落的媒介!

猴类与人类最相近,它们性的冲动的次数,多于其他的生物;但是因为不知好色,所以仍不如人类冲动的次数频繁。

儒家将食色列在一齐,极有道理。因为食欲满足了,才能动色欲;无食欲且不能养生命。但是生命的起源,是由于色欲;无色欲更不能造生命。可见二者,互为因果,有同等的重要。

俗语说"色胆包天,饥不顾命",这二种欲,不是用道德法律就可完全抑制的;欲使人群安宁,为父母的,当使儿女及时嫁娶,为官吏的,应使小民减少捐税,万不可以徒唱高调!

管子说:"仓廪实则知礼节;衣食足则知荣辱。"我再加上一段狗尾,添上一条蛇足:"性欲遂则顾廉耻!"

英文"色"是 Beauty;"欲"是 Lust。Beauty 就是"美";Lust 含有强嗜、贪求、热望的意思。所以除了对"性"的问题以外,也可以用,正与我国相同。

妻若死在你前，她觉得难过，并非专因舍不得你；她是怕你将你对她那种鞠躬尽瘁的余力，又转移到一个别的女人身上！

有些男子以为娶妻，是得一个"泄欲器"以供自己愉快；有些女子以为嫁夫，是得一个"铸钱机"以供自己挥霍。这全是不知结婚原义，忘了各人应尽的职分。

现今的人多咒骂一般贪得无厌的要人，不知咒骂他们的太太。岂知她们若不穿三十元一双的丝袜，不用五十元一瓶的香水，她们的丈夫也不能拼命刮搂！

雄才美色是人群里的点缀品，这两样虽能增加人类的不安，然而能使单调的人生，增加波澜变动；否则人生就如广漠的平原，毫无起伏的现象；简直就如禽兽，没有历史。

现今良家妇女，终日忙断了十指，不能得一饱；摩登女子，半夜伸缩两条腿（如跳舞之类）就能鲜衣华服。美而贫的女子，如何能不受激动！

女子是钢锉，男子是顽铁，顽铁虽坚硬，终抵不住钢锉的磨擦！与女子接近，永远是受损失的。接近愈甚，损失愈大！

恋爱须以怜惜为要素，否则即是滥爱；所以英国维廉杰因斯 Wm.Jones 说："恋爱有一孪生姊妹，名曰怜惜。"

不要轻视老派的顽固女子；要知她们的人格与对人生所尽的义务，高于一切交际明星、社会之花或某地小姐。前者是牺牲个人的精神，增加别人的幸福；后者是销耗别人的精神与物质，供自己的堕落，并且引人堕落！

男子在外，谋求经济，应付社会，苦恼甚多；女子在家，操持内政，对付长幼，苦恼也不在少。然而全是人生应尽的义务。正如是狗，就当守户；是猫，凡当捕鼠；并无功德可言，更不当彼此羡怨！

女子职业固然应当提倡，然而为迎合男子的俗心，含有诱惑性的职业，不但不应提倡，且当绝对禁止，因为这种职业，不但不能提高女子的地位，且足以低灭女子的人格。

男子中百分之九十九所要求于妻的，并不在乎她有挣钱的本领，而在乎她有治家的能力，希望妻挣钱养家的男子，非但是没有男子骨头，并且妻也决不肯尽这种义务。

男子若不能养家或失了业，对于妻必生惭愧的表示。因为他将养家认作为本分。自从女子职业问题发生，男子对妻增加了一种的要求，灭除了一半的责任，我为男子庆贺，我为女子悲哀！

现在某国诱惑妇女遗弃家庭钻入工厂，美其名曰"提高女子的地位，与男子在社会里争求平等，不再为家奴"。其实，也不过是将家奴变成公仆。家奴还能得丈夫的爱惜，公仆只能受社会之督催！

据我个人的愚见，现在研究妇女问题的人，多是要使温柔安善的女子，离开和平静肃的坦途，走入狂风暴雨的歧路，使她们渐次失了自然的保障，而度不合天性的生活。

有人问我："破除婚姻制之后，女子要得到什么结果？"我说："美丽女子'爱'她的人太多；'疼'她的人太少。丑陋的女子'爱'她的人太少；'疼'她的人没有！"

禽兽中的母的，无论如何弱小，在哺乳时期，无不以性命保护自己的所生。像蛇鱼龟鳖，那种凉血动物，在受人宰割烹煮的时候，若腹中怀着子，还能到死护着自己的肚腹。可惜摩登女子，竟忍抛弃弱小的子女而实行离婚！

我在一幅漫画上，见一个鸟笼。用一个粉盒替代食罐；用一瓶香精替代水罐。那笼上的挂钩，是一个$。笼里所养的是一个摩登女子。题词是"美丽的小鸟"！摩登女子，不入这种樊笼的，能有几人！

又见一幅漫画，题为"摩登女子全愿作的椅子"。可是那椅子，不过是将一个"大腹贾"画成一张椅子的形式。摩登女子，若真不肯坐，那才可以高谈女权。

妇女唯一的心理，是愿使男子看她可爱。人说"这是女性示弱的劣点"。我以为这正是天赋的"绵里藏针"的手段。

任何刚强的男子，至终被女子软化了。任何暴横的女子，到底被孩子软化了。这就是"能人之后有能人，恶人必有恶人磨"。

"健美"二字，是表示躯体的强健，并非是露得肉多寡。若以为现出来的肉愈多，愈是健美，那就是大错特错；非但不是健美，简直就是"贱美"了！

俗语说："男笑是刀；女笑是俏。"所以对未语先笑或连说带笑的男女，总以远避为是。一则防害；一则免惑。

无道德的人，阅新闻，专注意奸拐自杀与离婚的消息，以备谈话的资料；有道德的人，看见这类消息，只为人道痛哭。

先解决"食"的问题，然后再研究"性"的问题。假若自己还未曾养成换饭吃的本领，而先讲求恋爱的方法，即是舍本逐末，倒行逆施。

近几年来，"离婚"与"遗弃"案中的被告，多是留过洋的学者，大学的教授与社会的闻人。可见现在愈是受过高等教育的人，利己的心愈大。正应了俗语所说"体面人不办体面事"！

用男子，能不分亲疏；用女子，能不论美丑；然后才配谈论天下为公，才配提倡女子职业。

古语说："莫用三爷（爷读牙），破国亡家。"自古以来，因三爷以致身败名裂的人，前仆后继。追本溯源，女子还是主犯；因为男子除了爱少爷之外，对于姑爷舅爷，向来是"敬鬼神而远之"。

士风不良，国命不保；女德不修，人种难存。

丈夫对妻，无论如何疼爱，妻也不能认为满足。假若她说出满意的话来，不是她要玉殒香消，就是有不祥之兆！

凡事加入一个"女"字就能令人发生一种幽美的感想。法官，县长，警察，侦探，固然是令人不愿接近的；可是女法官，女县长，女警察，女侦探，就能使人生起爱慕的意念。

现今高谈恋爱的青年男女，全是当初不懂恋爱的男女所生。

英国俗语说："狮子决不是像画的那样凶。"我以为，可以加附一句："妇女决不是像打扮的那样美"。

世上先有人类，后有道德；道德达到完成的地步，才生出婚姻制度。正如先有语言，后有文字，最后才有文法。有文法，语言文字才能整齐一律；有婚姻男女老幼，才有系统人伦。

在恋爱的过程中，悲多而乐少，祸多而福少。

印度俗语说："能得丈夫疼爱的女人，才算是出了嫁的。"那意思是说，出嫁若不能得丈夫的疼爱，莫如丫角终身。

不爱孩子的妇女是世间的怪物。美国有些女明星,在与人定婚时,先以不生养为条件;可是她们竟将天性爱孩子的心理转移到爱狗爱猫上去。我国的摩登女子中,也露了这种苗头。岂知这不是文明进化,正是反逆自然。

能逃出恋爱的,才是能战胜恋爱的。换一句话说,能跳出恋爱的范围,才能不为恋爱的牺牲。

女人,是填不满的"坑"。她们向丈夫的要求,少有知足的时候。这坑的浅深,是随她们美丑而定。

古语说:"娶妻,如以雪填井。"实在是至理名言。可叹男子们,全愿意寻求一眼井去填。甚至以井多为乐。

有些丈夫,终日在外劳心劳力,为养妻子奔忙。回到家庭,还得洗耳静听他们太太"诉苦"的闲话,或"柴米油盐酱醋茶"的琐务。丈夫听得意懒心烦;太太还说得津津有味。有这种家庭,莫如痛痛快快去当和尚!

结婚,是牺牲自己的快乐,使对方增加快乐,不是由对方搜求快乐。双方若抑定这种心理,才有真正快乐可言。

结婚以前,可以独寻快乐;结婚之后,无论男女,必须顾及对方的快乐;结婚以前,有个人的自由;结婚之后,万不容再有各人的自由!

有些男女,以为嫁娶之后,必有快乐;岂知反倒多增了许多苦恼。这是因为将增快乐的责任,全都推到对方的身上。

夫妻,如同一个身体。一边,若感受痛苦;别的一边,决不能舒服。

男女,天性不同。当然各有所长;各有所短。结婚是以长续短;以短接长。正如跛子之引导瞎子;瞎子之背负跛子。必须互相爱助,彼此体贴,始能径行于人生不平的路上。

夫妻反目,如同半身不遂。半身不遂的人,决不能有发达的希望;夫妻不和,也决不能有兴家的可能!

凡是一个女子,全有改造男子的良能;只看她善用与不善用。妻的责任,不仅是教养儿女;更要紧的是设法感化丈夫,引他日进于改良的途径。男子虽然执拗,不能不受妻的影响。

金钱,能动人心。重视男子面貌的妇女,全是有钱的!

美国某哲学家说:"有些妇女爱笑,不是因为欢喜;是因为她们有一口好牙齿。我们男子也时常笑,是因为我们是不敢哭。"

英人麦克毛顿 Macmanghton 说:女子没有愿看人的;她们是愿意被人看的。

以先,女学校全有烹调缝纫两门功课。近来有人说是污辱女性,全被取消了。可是对于唱歌跳舞大加提倡。我不明白,衣裳破了,唱一唱就能补上吗?肚子饿了,跳一跳就能充饥吗?做饭缝衣,是污辱女性;那末给人唱着听,被人搂着跳,就是尊重女性吗?

女子可婚的年龄,最大的限度,是二十三四岁。大学教育的年限,已将她们青春的光阴销磨尽了。受了高等教育,反不易出嫁,是最普遍的事实。再者,女子结婚,当与她们的职业发生冲突;二者与她们似乎是不能并立的。

男子如金钱,女子如钱炉。不投入则已。一经投入,即能化为流质。融化的期限,虽有迟速之不同,然而只看钱炉力量之大小。

男子如飞蛾,女子如灯火;被引诱的多寡,是恁光的强弱。灯火,固然能引飞蛾;飞蛾若不喜亲近之,焉有焦头烂额之灾;若不奋勇争先,焉有焚身丧命之祸!

女子对于修饰,只求新奇,不懂卫生,不顾痛苦;这固然是为讨男子的喜悦;可是最大目的,是要藉此打倒别的女子;别的女子,因为不甘落后,就起而盲从;而且更变本加厉,以求"后来居上"。

恋爱自由,须以结婚为目的。不以结婚为目的,只为解决一时的性欲,即是"胡闹"。向好里说,也不过是"通奸"。其中若再以金钱为引线,即是卖淫。可惜,现在的"恋爱大家们",能以结婚为"目的"的太少!

法国著名小说家摩赛 A.A.Musct 说:"恋爱,是甜蜜的苦恼。"因为恋爱使人废寝忘食,神经失常。观察春初的猫狗的情形,可以知识他这话是极有阅历的。

年青而不美,不利于女子;美而不年青,也不利于女子。

老实的男子,与丑陋的女人:你们不必费心费力,追求新学说,或新主义,要知无论什么新学说或新主义实现之后,也没有你们活动或得志的一日。

丹国俗谚说:"聋夫瞽妻,是最好的夫妻。"

女子，有天赋的特长。她心中虽存着要杀某男子的心；她也能将那男子，应付得心满意足。男子对女子，决没有这种天赋的本领。

在恋爱的期间，女子应有决断的狠心。若同时有几个男子对你求婚；你愿委身于谁，就应当痛痛快快的说出来；以免一些傻小子们昏头呆脑的，对你暴露丑态，大献殷勤。这时若存不忍之心，将来必致发生意外的不幸。

女人的笑容，如同黑暗中的一线明光；女人的笑容，有提人精神的魔力！

色，是由外而达于内所起的一种美感。欲，是由内欲施于外的一种行动。

好色的期限长；好欲的期限短。也可以说好色没有"时间性"。

饥寒交迫，心神不宁，血向上行，所起一种强烈的行动是食欲。衣食满足，身体舒适，血向下行，所起一种强烈的行动是色欲。

女子的心思，较男子格外精强，敏捷，圆通，周到。她们研究学识的热心，若抵得住她们追求衣饰那样的诚恳，恐怕"学士"、"博士"的荣衔，永远临不到男子的头上！

我常遇见，类似学生的青年男女，购买"离婚法"。我不禁为他们或她们的对象，发生无限的慌恐。我更不禁为将来的人道，大哭特哭！

男女未婚前，如同各撑一只小船；可以任性进退，随意西东。结婚之后，好似二人同撑一只小船；若施己见，必不能得到船的用处；甚至将船弄翻了。我以为，妻应坐稳了专管掌舵；丈夫专管用力摇桨，才能到达任何方向。

古时好事者"圣贤"，因恐男子对女子，如飞蛾之贪恋灯火，设法创出礼教来以隔离之；如灯火上加以罩子。然而仍免不了逞能的飞蛾，要往里边钻。何况现今，竟有人故意免除罩子呢！

人恨女子，以色惑人；我独恨男子，为色所惑！

去年摩登女子的丝袜的后跟上，多是织成一个红色的山尖。红，是表明他们正走红运；山，是表示已经他们达到天然所成的高度。然而据我想，在未登山以前，应先找一个下来的路径！

今年摩登女子的丝袜的后跟上，多是织一座塔。那是表明她们又站在人工所成的高度之上了。然而须知塔顶比山尖还危险。想站稳了，实在不易。

克林斯 L.Collins 说："自由结婚所以不易美满，是因为两个当事人在神经错乱的时候做成的"！

最迷恋人的小说是未完结的；最牵挂人心的恋爱是未成功的。

征女友的恶风盛行的时候，男子可以得着脱掉"家累"的自由。女子必改成为"招之即来，挥之即去"的活玩物。

不善于讨丈夫快乐的女人，未必不是贤妻；专门使丈夫快乐的妻，未必不是别有用意。

皮地森 L. Petit Senn 说："婚姻是狂风暴雨中的避难所；然而也常是避难所中的狂风暴雨。"

但赫德 Don Herold 说："婚姻是男子对女人所定的一种有礼貌的合同；并且是女人所发明的。"

嫁有财有势的男子，只能得物质上的享用；嫁无财无势的男子，才能得精神上的快活。

自从我国维新改良以后，不但公务员，对于职务，全存着"五日京兆"的心思；甚至夫妻相处，也怀着五日京兆的意念。

妇女们不要轻信文明男子们所说的"提高女权"。你们若是既老且丑，他们不但不承认你们有人权，简直就不承认你们是人类。

我只听见男子强奸妇女，或强吻妇女。我总未听见妇女对男子，有这样野蛮行为。妇女中虽有人有时被性欲所临，而欲达到某种目的，她也不过是施用劝诱的手段。可见妇女，终是平和柔弱的。

女子年少，则修饰自己；年老，则修饰自己的女儿。因为唯女子，始知女子如何才可以战胜男子；如何才能打倒别的女子。

什么叫文明时代的恋爱？不过是男子"猎色"；女子"追钱"而已。

因恋爱，而结婚；不如因结婚，而恋爱。

你的妻，若说你没有良心，没有爱情。你愈辩解，她愈争论。你最好是勉强招认，或默不发言；她反无话可说。你要耐着性，忍着气；她就能对你甘拜下风。

中国的礼节繁多，固然是令人头疼。可是我对于婚礼，极端主张繁琐隆重。男女二人，合为一家，共度永久的生活，实在是一件非常的大事。假若三言两语，就实行同居。自由，固然是自由；但是未免将大事看同儿戏了，焉有好结果。

衣饰多的女子，决然在家里"坐不住"。

英国约翰逊说："上天给予女子许多的权柄。然而法律很聪明的，给予她们极少。"那意思是说，在法律上，虽未规定她们有大权，可是她们那天赋的威权，在事实上，非常的强大。

老派的女子，有种种说得出的苦恼；新派的女子，有种种说不出的苦恼；老派的女子的苦恼，生于家庭之内；新派的女子的苦恼，起于社交之间。

在机关的男职员，对女职员，多是存着嫉妒的心。假若有愿对她们加以帮助维护的，必是别有用意。

女子加入社会的工作，如同鱼登了岸；男子操持家庭的工作，如同鸟入了笼。

某女士说："男子如同狗，给不得脸。"我以为她这话，实在是至理名言。

欧洲的格言说："婚姻是上天所定的。"与我国所说的"天作之合"或"天定良缘"是相同的。佳偶或怨偶，只好碰运气。人力的研究，无论如何周到，也不能使个个配偶，全成了美满的良缘。

世人多认定女子是怯懦的。其实，遇着祸患临头的时候，女子反比男子格外有不屈不挠，坚定不移的精神；这种现象，在中外的历史里，有许多的实例。

后妻，总以为她待她的丈夫，好于前妻；男子总以为他的后妻待他，好于前妻。其实，世上的女子，对待丈夫，全是大同小异；无所谓好坏。反正，在男子的眼中，年青貌美的女子，多是贤妻。

有人问我，现今名人的太太，全是青年貌美的；并且年龄较她们的丈夫，小得太多；请问全是什么原因？我说：其中并无什么相当的原因，只有一段凄惨的黑幕；因为年老的太太，多被"给资遣散"了！

古语说："女为悦己者容。"这句话，有些太偏；因为男子若与一个女子，发生了恋爱，他也是对自己的面容和衣服，力加修饰。

两个男子，若同时向一个女子求爱，一个表示殷勤；一个态度冷淡。得最后胜利者，决不是那个表示殷勤的。因为女子虽喜欢殷勤的男子，但是若能向她表示一点强硬的性格，更能使她心悦诚服。

北京这次举行"飞机命名典礼",并未约请名人的太太小姐,学校校花,或社会之花,行"剪绳掷瓶"的大典。这种破例的举动,未免使理发匠,成衣匠,与售化妆品的商人,受了许多的损失。

社交,太自由了,男女就不易保持纯洁耐久的爱情;男女之间,若失去纯洁耐久的爱情,家庭之基础,就不能稳固。社会的秩序,就不能安全。

社交公开,是为无配偶的人设的;有配偶之后,再无谈论社交公开之余地。

送旧迎新,恋新弃旧,只顾自己喜乐,不管对方死活。仅可谓之为"狗交公开"!

现在有些妄谈女权的人,竟以远古那"只知有母,而不知有父"的时代,为女权最盛的时代。那时代中的女子的威权,与所享的幸福,究竟如何,我们虽不得而知,然而我们观察二八月前后的母猫母狗,就可知道十之八九。

女子生乳,是为喂养婴孩用的;不是为增加"曲线美"的。正如女子生脚,是为自己行路用的;不是为取悦于男子用的。

古时的圣贤,并不比今人糊涂,他们将男女的界限,划得很严,将婚姻的礼节,定得极重,全是为保护妇女而起的,全是由千百年的经验而生的。

依现今的情形推断,社会愈进化,妇女愈失了真正的尊严。

名画家王石之的讽画中,有一张画着一个摩登女子,怀抱一个婴孩,上面题了"那天究竟是谁呢?" 足可预表将来废除"婚姻制"以后的现象。

将来文明到达极点,类如"爹爹","父亲","爸爸"各种含有封建意味的字,在字典里面,就寻不着了;到那时,小孩子们决不知"爹爹","父亲","爸爸"是些什么东西!

女子是专能开启男子的心门的钥匙,她收效的迟速,全以容貌与年龄而断。

老太婆们说起话来,好说"现在的姑娘们,实在不如我们当姑娘的时候了"。可是在她们当姑娘的日子,何尝没有受过这种批评。如此向古远里追溯,全是上一代,批评下一代。我恨不能将四千年前的妇女,请出坟墓来,问一问,她们在青春的时代,究竟好到什么样子!

老年的男女,骂青年的男女"胡闹",青年的男女,骂老年的男女"讨厌"。其实胡闹的时期一过,就入了讨厌的阶段。人之一生,也不过是胡闹与讨厌而已!

女子好修饰,正是上帝当初造人的时候,所传授给她们一种征服男子的秘诀,她们世世代代,世袭不改。所以世世代代的男子,永远成为她们的俘虏。假如她们真把这遗传性失掉了,世界上决没有她们争胜之地。要知上帝就是自然之理,是不可以人力变更的。

女人对待丈夫,正如讲求衣饰,求全责备的多,模模糊糊的少。

遇"横逆"能忍,少招灾祸;遇"美色"能忍,少生疾病!

男女的界限愈清,夫妇的关系愈严,社交愈不公开,夫妇的爱情愈能稳固。

买东西,愈挑选,愈得不到好的,选妻择夫,何尝不是如此。假若"挑花了眼",反要"大上其当"。

丈夫好野跑,不肯着家,女人若愿挽回他,最好是将家中整理得井井有条,将身子修饰得必净必洁,他一还家,要以和悦的态度应付他。他若认明家庭的乐趣,纵然赶他出去,他也不肯了。女人若能忍住一时之气,天下决没有不受女人感化的男子!

夫妻之间,若肯彼此"为对方想",就是美满良缘,假若"独为自己想",终必到仳离惹祸的结果。

有人问我:"为什么男子多喜欢唱花旦或唱青衣的坤伶?"我说:"坤伶本是女子,她们又扮演女子,成了双料的女子。单料的女子,已足令男子神魂颠倒,何况双料的女子呢?"

女人怕丈夫,'是一时的,丈夫怕女人,是恒久的。换一句话说,丈夫怕女人的时候多,女人怕丈夫的时候少。

无论谁的夫人,据她自己说,全是"苦命"的!

以前要人的太太的功用,是生孩子,哄老爷,掌官印,现今要人的太太的功用,是举行"掷瓶礼"、"剪绳礼",接待外宾。

以前的官太太,只利于老爷一家,所以为私。现今官太太,并利于邦国大典,所以为公。只利于私,所以被人讥为野蛮退化,并利于公,所以被人捧为文明进步。

以前阔人的太太,宜于"隐匿"。所以丑俊、老少、贤愚,与老爷的面子,并没有什么关系,现今阔人的太太,宜于"展览"。丑俊、老少、贤愚,不但关系老爷的面子,简直真能关系老爷的穷通升降。所以阔人略一走运,多要先由太太问题上,彻底研究。

愈是做"受过高等教育"的阔人的太太,愈当存着"朝不保夕"的心,因为不得何时,太太的名分,就要被老爷给撤销了。

夫妻间的说话,不宜涉及别人家的夫妻,这种话材,最易发生争辩。

妇女们,不要羡慕阔人的太太,要知到了你的丈夫大阔特阔之日,你的命运,还不知是福是祸呢。

中国小说与戏剧,十有八九是佳人嫁才子,外国小说,十有八九是美人嫁英雄,中国多注重最后的团圆,外国多注重最后的一吻。我真看不出何者为陈腐,何者为进步?

婚姻自由,更使女子对于修饰加倍的用心,女子职业问题,更使女子对于生活加倍的苦恼。这两种问题,说起来,固然动听,实做去,并不是那么容易。

女子一得清闲,就必感觉无聊,所以上帝特将生儿养女那件麻烦事,令她们包办。

某妇人对她的女友说,你不要盼望你的丈夫发财,他若发了财,就能对你改脾气,他不发财,守着你的眼珠转,他发了财,你须守着他的眼珠转,他不发财,他总感觉对不住你,他发了财,他必觉你配不上他。我以为某夫人是得着女人生活的秘诀。如此,可以多快乐,而少烦恼。

现今的邪说,对男女大加挑拨,弄得男猜女疑。娶则忐忑的娶,嫁则忐忑的嫁。互相测度,彼此防备。朋友如此还不能维持久远,何况异性的男女呢?

拿破仑说:"贤妇之温柔,是男子之避难所,是暴雨后之虹"。自古以来,男子无论遭受了什么祸患,只要得到女人的安慰,无不忘了忧伤痛苦,正如舟子在狂风暴雨的海中,望见稳定的灯光,达到安全的海口。

男子如同火,女子如同油。女子能助起烈火的凶焰。女子也仿佛水,能消止烈火的狂势。男子在愤怒的时候,女子若甘愿为油,无穷之祸,就由此而生。女子若甘心为水,无限之福,就由此而积。

在种种制度之中,以婚姻制度最为庄严。婚姻制度,是人类由禽兽群中,进化而为"万物之灵"的第一阶段。假若将这件大事,视同儿戏,就是向禽兽群中倒退着走。

有良好的家庭,才有良好的社会,有良好的社会,才有良好的政治。现今竟有人主张打破家庭制,才能为人类谋幸福,正如说以利刃刺入人心,是为被刺者求安乐!

肉体的结合,固然能提高爱情的度数,然而真正的爱情,并不是能由肉体的结合而生的!

西班牙国的格言说:"能驮你的驴,胜过能踢你的马。"可知婚姻问题,不可仅在表面上追求。无论什么样的夫,什么样的妻,能使你得"益"的,才是你的夫,或是你的妻。

妻的营业,专在搜寻夫的过错,夫若变成天字第一号的正人君子,妻反感觉无聊,无话可废了。

英国某哲学家说:"做饭的手(女子的手)是管理世界的手。"因为管理世界的男子,全是被妇女造就薰淘起来的。

麦克斯欧 Max O'Rell 说:"好羽毛,未必造成好雀鸟,可是好衣服,可以造成好女人。"他这话极有阅历。然而这种秘诀,从夏娃以来,早就被妇女们晓得了,所以妇女全都在衣饰上用心。

投票选举,不过形式上的女权,乳养,教诲,是天赋女子的特权,可惜有些有学识的妇女,偏要拼命的将这特权放弃!

当初女子没有职业,经济不独立,女子非嫁男子不可,现今与将来,女子经济独立,女子有了职业,女子按生理的关系,还是非嫁男子不可。反正男子总不至于找不到女子为妻。可知这两个进化的新法,对男子没有什么大影响,且可以使男子不担负养家的责任。男子若为这两个问题发生恐惧,未免是太无思想!

夏令,因女子显露的曲线美多,最易引动男子的视觉,冬令,因夫妻惯于接近,最易触动男子的感觉。所以男子最易受病的时候,就是这两季。至于病的发作,是在春与秋!

提倡女权,不是打倒男子,也不是将男子的位置夺过来,而付之女子,更不是男子能做什么,女子也要做什么。

隋福特 Swift 说:"婚姻,所以少有快乐,是因为妇人多是肯费精神织网,而不肯用方法编笼。"

金钱虽然万能,不能买动纯正的爱情,科学虽然万能,不能混合男女的性别。

中国男子,向来不谈女权,而最怕太太;外国男子,时常谈论女权,而最不怕太太。外国男子,是敬女人而不怕;中国男子,是不敬女人而怕。归终,还是中国女人得实惠。

中国夫妻的根基,建筑在"认命"二字上,外国夫妻的根基,建筑在"法律"二字上。"认命",则遇有不如意,可以忍受过去;"认法",则遇有不和睦,专凭法律解决。认命,则无事不可融化;认法,则一毫不可宽容。

现今,愈是知识阶级的配偶,愈不能白首偕老;愈是无知无识的夫妇,愈能如胶似漆;若说这是文明进化的现象,我实在不敢承认。

女子能使聪明的男子,入了迷网,变成混蛋;也能使混蛋男子,豁然觉悟,化为聪明!

愈是不贞洁的妇女,愈好谈论别家的妇女的短长。

以前男女之间的关系,以"郎才女貌"为标准;现今以"郎财女貌"为标准。"进"到如今,"化"到现在,女子还得重貌,男子不过须在"才"字一旁,加上一个"贝"字而已。

孟母仉氏,并未留过外洋,也未争过参政,可是她能善用母权,能为中国造就出一位提倡民权的贤哲,使万世的人民全受她的益处。

婚姻问题是人类生活中最紧要的一段,男人不娶,女人不嫁,只可说是等于一个动物,只有头有尾而缺少中间的一段。

男子,重"理",女子,重"情",所以男子不宜于办家务,女子不宜于办公事。

八十岁的夫,还有孩气;十六岁的妻,已有母性。

若世界上的男女,全是好人,不但报纸上无事可登,历史家也无法着笔。可知,坏的男女,苦费心机,也不过给人做批评谈论的材料!

我国女子,以先常处于闺门之中,如同久闭于笼中的小鸟,羽翅是早已失了效用。争求解放,固然是寻觅自由,但是在飞翔之力尚未养成之前,不可远离笼门,以免入了鹰鹞之口!

男子的脾气,与他们生理上的某种感应相同,先刚后柔,先硬后软,女子则反是。

现今为好人，则到处大遭白眼，为恶人，则遇机升官发财。男子又何苦必做好人。为贞女，则烂衣破裳，为荡妇，则珠围翠绕。女人又何苦必为贞女。国中若使好人与贞女没有出路，社会自然要进入邪淫之途，国势也只有踏入灭亡之路。

欲求夫妻团结稳固，须要以情胜欲，不可以欲夺情。

什么叫"经济独立"与不独立。反正，女子无论用什么法子得来的金钱，也多是抹在脸上，穿在身上！

女子经济独立问题解决了之后，她们打扮起来，若还存着吸引男性的心理，还是不能提高女子的地位！

男子与男子相交，若常问到他的夫人，他觉着是亲厚的表示。女子与女子相交，若常问到她的丈夫，她必以为是别有用意。

女子在丈夫前表示学问，不如修饰容貌；男子在女子前夸示学问，不如夸示财力。以前是如此，现在与将来也必然是这样！

近来报纸，屡屡有因几角恋爱而发生的斗殴，或谋杀的记载。人多以为希奇。其实，照现今男女进化的情形推断，这种惨案，几年之后就要变成家常便饭。到那时报纸对这种消息，如同对野狗咬架一般，不屑记载了。

卖淫与盗窃的恶风，多是因受"奢侈的压迫"而成的，因饥寒而为盗的，实在太少。与其说"受经济压迫"，不如说因受"奢侈的诱惑"。政府若欲禁娼弭盗，最好是严厉的提倡俭朴。

陕甘连年荒旱，人民九死一生，现今竟有无数穷得没裤子穿的女子，报上并没人为她们叫苦。可是因为几个滥污的舞女失业，却有许多的人为她们大鸣不平。这种反常的心理，是进化呢，还是退化呢？

现今许多的女子，事事要与男子争平等，事事要争一律；可是对于"生发的药"，她们竟不肯购买。

有志的男子，最怕有人呼他"老先生"，爱美的女子，最怕听人称她"老太太"。到了老先生，老太太的时代，男女就完了！

卓恩士 H.A.Jones 说："女子是一大束'矛盾'，而以一个大'神经系'为中心。"我看摩登女子，冬日的衣服，和她们以前穿紧小的背心，紧束两乳，今日又增添伪乳的情形，实在信服卓恩士的话。

马克斯欧 Max O'Rell 说："惟女子始能察见女子之美；男子不过能感觉女子之美。男子并不知女子之所以美丽，女子则知之甚详。"他这话足可证明男子对女子的观察点，和女子对女子的观察点不同。

老太婆讥骂摩登女子，并不是出于正义，多是生于嫉羡。正如穷小子骂资本家，心里何尝甘于穷困呢？

现在求学与职业问题，在形式上仿佛提高了女子的地位；可是在内幕中，实在增多了女子们的苦恼。女子真是世上的可怜人。究竟当用什么法子，使她们不流泪呢？

有人说："男子爱看女子。"其实，女子更爱看女子。男子不过是瞎看，女子看女子，是真看。看了之后，对于衣饰的方法，总能得点研究的资料。

天下若没有女子，个个男子，全是圣人，只因天下有了女子，个个男子，全变了凡人！

你纵然将你的心肺掏出来，献给你的妻，她也说是狼心狗肺！

只要是个妇人，就是一位文章能手。可惜她们的拿手"题"，只有一个，就是"丈夫的罪过"。她们作这个题，能由一言，以至于千万言，万万言，作一分钟，作几十年，也离不了题。无论正说，反说，全能将罪过归到丈夫身上！

在个个妇人的心目中，最对不住她的人，就是她的丈夫，最不会爱她的人，也是她的丈夫，所以妇人少有肯对丈夫说满意话的时候！

现今女子和男子，在法律上已经得到平等了，这就是自有人类以来，女子们最大的收获，除此之外，若图求不合天性的地位，纵然达到目的，终久还是得不偿失。

古语说："匹夫无罪，怀璧已是其罪。"如果改一句说，"男子无罪，娶妻以证其罪"，也很确当。

世上的男子，若全变成了瞎子，"女权"就必一落千丈。只要男子们不瞎，女子们不用争权，而自然有权。

现今这时候，是"只见新人笑，不显旧人哭"。岂知再过些年，所谓新人者，也要受了淘汰,而跑到一旁大哭去呢!

一切外洋的新学说,传入中国以来,仅仅使少数的人增了"一时"的利益,使多数的人增了无穷的苦恼。仅以女子而言,就是极好的证据!

自己已是不被对方所爱了而仍以为被对方所爱,是多数青年男女的错误!

争"女权",是专为老丑的妇女们而起的一种运动,与青春貌美的女子,没有什么关系。

现今某国,正在努力改造女子的特长,使她们与男子们同化。名之为提高女权,其实,正是减少她们"征服男子"的威力!

"现代的女子"这个新名词,是个个摩登女子所愿得的荣衔。不过,须知在现代中,能分得清正邪,辨得明是非,才配称现代的女子,否则,就成了"现代的牺牲"!

将猫赶到街上去,合狗做一样的工作,是不是提高猫权?

女子果然要提高在社会间的地位,第一要点,就是"守身如玉",否则,不但不能提高,且是自赴下贱!

用男子,试验新的学说,是惨无人道,用女子,试验新的学说,是别具兽心。

摩登女子们,若不轻视自己的人格,在与某男子发生某种关系之间,就当取得法律上的地位,万不可不经结婚的手续,就实行同居之爱!

先须有"人格",然后才可讲"人权",先须有"女格",然后才可讲"女权"。所谓格者,是自己应守的范围,所谓权者,是在范围中应有的势力。

水,是鱼的范围,也是鱼格所在。鱼在水中生活运动,就是鱼权行使之处。鱼若自己窜出水外,就是放弃鱼格,再无行使鱼权之可能了。我以为妇女弃了家庭,在社会中争地位,就如同鱼,要在陆地上争生存。

古人"别男女分内外"的言论,是顺应自然之道,并不是重男轻女的表示。今人同化男女,混合内外,是违反自然之理,至终使男女两败俱伤,谁也得不到利益。

男女若能先以本来面目,坦坦白白的,对待女子,女子若能先以本来面目,坦坦白白的对待男子,我就赞成社交公开,我就拥护自由结婚!

旧式婚姻也罢,新式婚姻也罢,反正各有优点,各有缺点。世上绝无百利而无一害的事。万不可赴于极端。青年男女,迷于新说,不知详细考察,所以容易上当。

什么是"宣布同居"？就是"实行姘度"的现象；什么是"解除婚约"？就是"不顾信义"的表示。

取消婚姻的礼仪，就是人类实行禽兽化的初步！

两性的秘密，愈不明了，愈增想慕的兴味。夫妻在结婚以前，见面愈少，愈有新奇的美感。我听几个老妇人谈话说，"还是当初的结婚有趣"。她们的见解实在合理。

旧式的婚姻，成礼之后，实感趣味浓厚，新式的配偶，同居之后，反觉平淡无奇。

"社交公开"，不是为男女放纵情欲，是为使未婚的男女，于交际之间，觅得如意的配偶。

男女在结婚以前，最好是彼此没有异性的朋友，否则成婚以后，友谊亦当立时停断。正式结婚以后，若还同异性的朋友往来，就是破坏夫妻的亲密。

女友众多的男子，决不可嫁，男友众多的女子，万不可娶！

你若没有唾面自干的耐性，没有甘戴绿头巾的脑袋，你万不可同社会之花或交际明星，结成配偶。

现今，据一些摩登妇女的意见，以为她们的丈夫，将她们视为私产，是不合情理的。这是极大的错误。我以为不但夫应将妻视为私产，妻也当将夫认作私产。非如此，不能巩固夫妻的关系。

女子若以为"作一个男子的私产"是污辱女性，必至放荡堕落而成路柳墙花，受众人的攀折，而得不到一人的护惜！

传闻北京某女校的女训导主任对学生说："一个女子，至少须有两个丈夫，一个是供给快乐的，一个是供给金钱的。"她这种高见，若能施行，到了年老色衰的时候，决抓不住半个丈夫！

有些妇人，生了儿女之后，慢慢的就将丈夫，视为可有可无。这种妇人，等到丈夫死后，落到儿女手里的时候，才能看出自己的谬误！

"老伴"胜于新婚。新婚的爱只是欲，老伴之爱，才是情。新婚的爱，如同火焰高烧的状况，老伴的爱，才是到了炉火纯青的时候。

慈母，胜过良妻，良夫，胜过孝子。

妻的疼爱，无论如何专诚，不如母亲的疼爱，切实周到；儿女的孝顺，无论如何恭谨,不如丈夫的怜惜,意厚情深。

俗语说:"满堂儿女,不如半路夫妻。"以儿女为重,以丈夫为轻的妇人,须细加斟酌。俗语说:"铺稻草,盖稻草,还是有一个老头子好。"抱独身主人的女子,须细加考虑!

百个儿女,不如一双父母;一个丈夫,胜过二十个儿子。

"始乱终弃",在古时是为人情所不容,在现今,能为法律所许可!

浪子,对娼妓施爱情,是假的;娼妓,对浪子施爱情,也是伪的;他们所以不肯真诚,因为有临时苟合的性质,没有长久相依的打算。将来所谓文明进化之后,男女之间,恐怕就要有这种的趋势。

"交女友,为调解苦闷",本不足深责,因为是实话实说。"交女友,为研究学问",须大加痛斥,因为是自欺欺人!

只因摩登女子,高喊独立自由,现在居然有些男子主张"多交友,少结婚"。将来必有许多男子主张"多交友,不结婚"。这种趋势,与男子增了"终生的便利",与女子增了"一时的快乐"!

凡是一个男子,就须有一个女人管着。男子在小时离了母亲的眼目,就要淘气,大了离了妻子的监视,就要撒野。

替旧派的妇女呼喊,如同救焚拯溺,是分所当然的。为新派的妇女助威,好比锦上添花,是大可不必的。

"解放"(Emanoipation)是解除无理的束缚,使各人归于自由平等,不是打倒男女间的一切限度,更不是解除"裤腰带"!

"解放",是有尺寸的,不是毫无限度的。要知现今因为有些妇女,解放得太过,反使多数的妇女,受了影响。

古语说:"美人相妒,文人相轻。"其实,真有美色的人,决不妒人;真有学问的人,决不轻人。

古时的妇女,多如瓶花园卉;将来的妇女,恐如路柳墙花。前者供私人宠爱,而禁人攀折,后者得众人观赏,而无人怜惜!

俗语说:"头房臭;二房香;三房是个活娘娘。"这并不是男子喜新厌旧;也不是一房比一房美；更不是因为死太太死怕了，是因为男子，明白了她们全是一个样的心理，只好甘败下风，不敢叛逆了。

你若以为你的太太，不易对付，你等她死了，或是同她离断了，再娶一位试一试；管保你试到十个百个，还是不易对付。

我以为婚姻，如同在木板上钉钉子。处女如同完美无疵的木板，男子如同铁钉。钉上之后，不可再向外拔，拔去之后，也再无法消除钉眼的痕迹！

你若能明白了猫性，就能了解女性，你若明白了狗性，就能了解男性。这话并不是骂人，因为猫狗，终是猫狗，人，终是人。你若不反对外国人所说"猴是人的远祖"，那么，也不必反对我的话！

自由婚姻，在结婚前，可以自由，在结婚后，便不可自由。

自由式的婚姻，男子欲达到目的，必须迁就女人，成婚之后，女子欲求安乐，就得造就男子，否则，必发生裂痕。

离婚，是人间最狠毒，最惨痛的事，出于双方情愿已经是彼此全无人情，假若出于一面，更是毫无心肝，若再有子女，抛弃不顾，尤其是不懂人理，不如禽兽！

离婚就如同由木板上，向外拔已经钉进去的钉子，强拔之后，最受损害的是木板（女）。然而钉子也不能毫无损伤。所以离婚与女子最是不利。

妻死夫娶，如同那块木板（女）自己裂开了，钉子虽是用过一回，还未失了完整的故态。夫死妻嫁，如同钉子自己脱落了的木板，已是有了残疾，因此，多不受人欢迎。

女友多的男子，情不专，男友多的女子，心不静。由这种男女中选对象，就如同嫁浪子，娶浪娼！

无知识的妇女，若不知爱护同类，还有情可原，堂堂受过高等教育的女子中，竟有竭力向有妇之夫大施手段，而欲"鹊巢鸠居"者。我惟愿这种女子，全遇见刘景桂那种人，给她们一个彻底的教训！

自从"运动会"时兴，选手大出风头以来，许多受过教育的女子，多以嫁一个全国知名的选手为光荣。这种虚荣的心理，与专制时代的女子愿嫁状元，是一样的可怜可鄙。

状元,因读过一些书,还有一些道德,选手中多是胸无点墨的蛮汉,多不知道德是什么东西。所以为状元夫人,或有幸福可言,做选手的太太,多无好的结果。

满清末年,某亲王出使欧洲,有一个某国女子,一定要同某亲王结婚。有人劝她说:"中国大员,全是妻妾满前,万不可嫁。"她回答说:"我能使他专心爱我,而不爱他的妻妾。"我看现今我国的女子,也多存了这种的自信心,否则,她们决不敢同有妇之夫,发生恋爱。

有人说:"我想,几件三角恋爱的凶杀案中的男主角,恐再无人敢嫁他们了,为什么还有几个女子向狱中写信,向他们大送秋波?"我说:"那几个男子,因凶杀案,已经名传四海,成了名人。嫁一个名人,总胜于嫁一个无名小辈。一则是为"虚荣心"所趋;一则是因"自信力"太大。

乞丐,恨世界上的富人,不全成了乞丐;丑妇恐世界上的美人,不全变为丑妇。假若自己是富人,是美人,就不愿世上的众生,全变为富人,美人了!

夫妻,若互相将自己认作对方的"私有物",将对方认作自己的"私有物",才是入了婚姻的正轨。

美人若全夭亡了,实在能动人追恋惦念的悲感,美人若老而不死,反招人嫌厌轻蔑的待遇。

要人被小人包围,必得失败的归宿,女子被男友包围,必陷堕落的途径!

有人说:"现在是妇女脱离家庭的压迫的时代。"其实,是妇女们走入了社会的陷阱的日子。

妇女们,不要轻信提倡"妇女独立"的人为你们的恩主,要知这种人,才是破坏你们幸福的蟊贼!

五伦之中,全是表明互助的关系,而度相爱的生活的。其中最密切的,就是夫妇一伦。在这一伦中,万不应有"独立问题"发生,否则,人类就要由根本上解体!

男女间的关系,据说是如同战争,妇女若不安于家庭的生活,就如轻弃自己的阵地。

现今的新人物,口口声声,高唱为人类牺牲,然而任意离弃对方或抛弃子女的,竟多出在这种人里头!

夫妻之间的爱情，生于互相牺牲自己的偏见，夫妻之间的隔膜，起于彼此发展个人的私心。

男子对于选择对象，多是"买椟还珠"，只知在装潢上注意，女子若想由内容上引动他们，无往而不失败。（内容指学问而言）

妇女的心门，纵然闭锁得严紧，你若用"虚荣"的钥匙去开，不"投簧"的太少。

天下只有两种女子：一是喜欢管人的，一是喜欢被人管的。男子若能分辨清楚，就有家庭幸福可享。

古时多数的女子，拘束得太可怜，现今少数的女子，放纵得太可恨！

现今一些无耻的女子，包围"体育健将"的狂热，正如清末上海娼妓，姘靠武生马夫的风气相同。究竟，何者为文明，何者为野蛮，我不得而知。

妇女若想用"武"，用"力"，制服男子，正是自趋绝路。

妇女教养起来一个良好的儿子，社会受益，较比她躬亲加入社会工作，还大。

美国 Bosten Transcrip 报上说："三角恋爱，最易变为无边的苦恼。"三角恋爱，据我所知，任何一边也没有真快乐的结局。

女子职业问题，最大的障碍，就是因为她们常常被人利用，做为吸引主顾的幌子，或装饰门面的陈设。

有些丈夫，能使他们的女人，日日在被欺骗中度生活，以求安宁，可是这种男子，必要早早的急白了头发。

喜出风头且为众人所爱的女子，千万不可出嫁，否则，不但如同入了樊笼，并且毁谤的言语，必如潮水怒发。

喀木弗替 Nicolas de Chamfort 说："妇女的心，决不如她们的外表那样好，明白了这个，就是求得世上的知识的第一步。其次，就是要知道男子的内心，决不像他们的外表那样坏。"我以为他这话，有些太偏。

又说："在情场中的男子，惯对有道理的人冷笑。据我想，这正如读神话的人讥笑读历史的人。"喀氏是一个不重视恋爱的人，所以有这种口吻，其实他在恋爱的时期，又何尝肯听纳别人的忠告。

女人的记忆力最好——善能记住丈夫的坏处，女子的记忆力最坏——专能忘了丈夫的好处！

喀木弗替 Chamfort 说："结婚与独身，各有缺点。二者既不可得兼，聪明人只取其较容易避免者。"他这意思，颇使榜徨于恋爱途中的人，加增了许多榜徨。

又说："强者的压制，被弱者的压制替代了，后者的压制，较前者的压制，尤为可畏"，他是说，女人的压制，是男子所无法抵抗，且甘心忍受的。

"一个独身女子的回忆"（Reflections of a Bachelor Girl）那本书上说："你若欲吻一个女子而先求她的许可，未免是一件拙笨的举动，并且是将责任全归在她的身上。"这句话，可以证明女子的心理。

迪思拉里 Disraeli 说："我以为妇女被男人所爱的程度，过于她们所意料之外，并且妇人若已经得着一个男子的爱，就当知足满意，因为那就是妇女一生所应追求的要点"。可惜，有些妇人，不知得着"一个男子"的爱，才是最大的快乐。

伦敦邮报 London Mail 说："世界上共有两种女人：一是你所必须吻的，一是你所不敢吻的。"这话颇有深切的意味。

博若恩 Vincent Brown 说："极大的恋爱，崩裂之后，能使一个妇人变成大神圣，也能使她变成大罪人。"这是因为妇人于用情失败之后，不是循入空门，便是起意谋杀。由这几年的三角恋爱的惨案中，就可以证明这话是真确的。

苏格拉底 Socrates 说："男子总须结婚。你若能得一位贤妻，你就能得极大的快乐，你若得着一位悍妇，就能将你造成一个哲学家。"苏格拉底被人称为"智慧之泉源"和"欧洲的儿子"。他的夫人克散西佩 Xanthippe，就是一个最有名的悍妇。

《史记》引谚说："以贫求富，农不如工，工不如商。刺绣文，不如倚市门。"这种话最容易使男女堕落！

《汉书·陈蕃传》引谚说："盗不过五女之门。"俗语说："家有五女，贼不偷。"可见古今女儿，全有爱美而耗财的习性。

有人说："现今婚姻的结合，也实行'科学化'了；你有什么意见？"我说，我并不反对科学，然而我只知科学化可以施之于死物，而不可施之于活人。人不是按科学方法造成的。用科学的方法，支配人类的结合，是以方法为重，以人类为轻。

自由结婚，既是由男女双方的心意所成的配偶，就不当有离婚或遗弃的归宿,自选自择,若还不能相依到老,那么,婚姻当用什么方法,才能有圆满的结果呢?

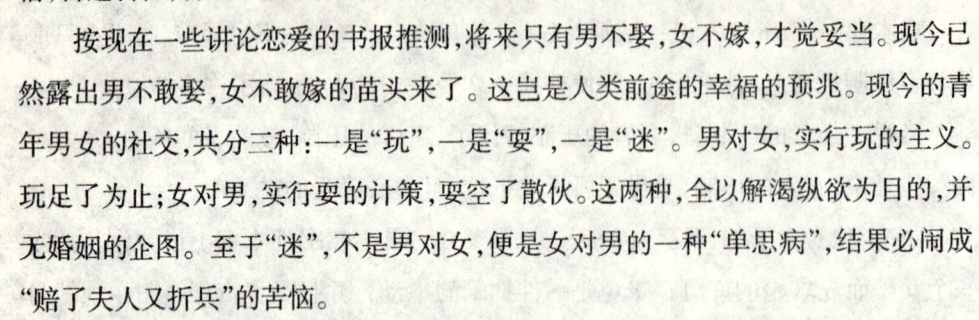

按现在一些讲论恋爱的书报推测,将来只有男不娶,女不嫁,才觉妥当。现今已然露出男不敢娶,女不敢嫁的苗头来了。这岂是人类前途的幸福的预兆。现今的青年男女的社交,共分三种:一是"玩",一是"耍",一是"迷"。男对女,实行玩的主义。玩足了为止;女对男,实行耍的计策,耍空了散伙。这两种,全以解渴纵欲为目的,并无婚姻的企图。至于"迷",不是男对女,便是女对男的一种"单思病",结果必闹成"赔了夫人又折兵"的苦恼。

女子的妆台,是用男子的钱柜改造的。

"茶花女"Camiellia 的结果,是穷饿而死于一座楼顶的小房里,民国初年最有名的社交明星沈某的结果,是穷饿而死于一个贫民窟里。她们若早知"容貌不是长久的财产",何至得到凄惨的结局。

古今有美色的女子,和有家产的子弟,能不遭穷困而死的太少。他们所以不能得良好的结局,只是因为有所仗恃。貌美,只有十余年的支持;财多,也抵不住一时的挥霍。

婚姻自由,女子更须对修饰上用心;男子更须在谋财上注意。双方比较起来,男方为引逗女子,或能养成向上的心理,造成有用的人才,女子为挑动男方,必至专对美的方面研究,养成卑鄙轻浮的态度,降低妇女的身分。

有些文明过火的女子,既不甘为妻,又不甘为母,但甘愿为男子之友。我不知这"友"的资格,果能支持几年。

婚姻的执照,在以前称为"庚贴",在现今叫做"婚书",在最新式的男女间,呼为契约。庚贴也罢,婚书也罢,契约也罢,不过全是证明男女二人共同生活的凭单,全是换汤而不换药的办法。至于野蛮与文明的特点,我实在分辨不出。

庚贴,只载男女的生时年月,婚书则增入结婚,主婚,证婚与介绍人的姓名。契约则专重男女双方的条件(愈多愈文明)。庚贴太简略,婚书较详细,契约太麻烦。以法律作比方,条文愈繁,犯罪的愈多。那么婚书愈详,夫妇之道愈苦。

婚姻应重精神,不当重条件。依条件而成的配偶,迟早定要受了条件的拘束,而发生破裂的结果。某电影明星,在结婚前,曾同她的丈夫,订下三十八个条件,不到两月,就赋了仳离,还不如无条件的愚夫愚妇,能始能终。

有人问我:"处治好游荡,好修饰的女人,当用什么方法?"我说:"最好是劝她吸鸦片!她若成了瘾,她连床还不愿起,脸还不愿洗,她岂能有游荡与修饰的精神!"又问:"吸鸦片不是犯法吗?"我说:"那比犯淫还体面呢!"

英国古语说:"爱不能买,不能卖,爱的代价,就是爱。"

男子除非在结婚以后,不能实在明白一个女子的性质,到那时,纵然明白了,已经晚了。

女子沉默无言时,最能使她的丈夫注意,如同一架钟表,忽然停了摆一般。

波斯古语说:"女人是祸,家家必须有一个。"

有人说:"唐武后,任用私人,将她娘家的人,全都置诸高位,眼光太小。"这话,固然不错,然而男子当权的时候,又何尝不以亲戚同乡为重。并且古时的女子,又不许讲"社交"。她们所接触的男子,只限于娘家的人,所以一朝当权,自然要用那些人,为她们的心腹,以免处于孤立无援的地位。至于堂堂男子,一朝当权,也效法古时女子的行为,那就有愧于汉吕后与唐武后了!

唐武后登极那年,正在高兴时候,骆宾王作了一篇讨武氏的檄文,直骂得她不成人类。她见了仍然面不改色,谈笑自然,不但不说骆宾王叛逆,反盛夸那篇文章作的优美。并且说:"有这样才学的人,竟致流落,不得位置,实在是宰相不知举荐的过错。"有人说,武后无羞无耻,她说那话,未必发于本心。我看她实在是气度宽宏,远过须眉。一切掌权的男子,若有武后的那等度量,那等的镇定,世上就没有"文字狱"了。报馆的编辑,也容易当了。

友人某君,曾问我说:"你既是喜读理学,凡研究这种学问的,都是规行矩步,目不视恶色,耳不闻淫声,口不出稽言。你为什么作'妄谈',并且多涉及闺阁呢?"我回答说:"我研究的是'天理人情之理',与俗语说'讲理不讲理'之理。简直我就不晓得'理学'是什么。并且你要知道,'吃荤的,未必不是真和尚,真道士';大门不出,二门不迈,见了男子就躲藏的,未必是真烈女,是真节妇。我所以常谈闺阁的原故,是因为我不是妇女,不明白妇女,我若是妇女,我就专喜欢谈论男子了,天下的知者,不言,言者,不知。人性的习惯,愈对所不知道的事,愈喜高谈阔论。"

朋友,不可轻交,夫妇,不可轻结。富贵无常,容颜易老,因什么结合的,必因什么破裂,慎之终始,必无后悔。

近来更有以"兼桃的资格",并以"生活不成问题"的话语,向女友进攻的。女同胞,若愿为夫子妾,可即前往接洽,我管保你们终日要为生活以外的问题争吵,使你无法生活。

男子一生的成败,妻也负一半的责任。妻"贤",则为"内助","不贤",则为"内患"。

"欲"的嗜好随年龄而增减,"色"的嗜好与生俱来,随寿而尽。

三寸金莲,是苦害身体,五寸的高跟鞋,何尝是爱护身体。

赫鲁白 L. Halevey 说:"爱情是家庭中最大的经济来源。"意思是说:家庭和乐,以爱情为要素,并不在乎金钱之多寡。

弗列替 Octave Feullet 说:"婚姻是一种有极大利益的事务,然而其中更有种种'担负'与'责任'为构成利益的条件。"

萧伯纳 Bernerd Shaw 说:"今日之下,结了婚的男子,多像鳏夫,而鳏夫反像结了婚的。"

又说:"最美的妇人的丈夫,多是罪犯一流的人物。"因为在"拜金主义"盛兴的今日,绝色的女子,决不肯嫁安分守己的穷人。

安往斯 F.Andrews 说:"世界上的接吻虽多,而发于真爱情者,甚少。"

廉克娄 Ninon de Lenclos 说:"假装着爱的人,比真爱的人,容易成功。"主张自由结婚的男女,必须有识别真假的才能!

社会的组织,无论怎么改革,吃亏的,还是妇女。愈是高谈妇女问题的时候,妇女愈上大当!

兰德尔 Landor 说:"处女与处女的友谊,是最和美或最甜蜜的,妇女与妇女的仇恨,是最深切的或最不可解的。"

美而无德的妇女的晚年,就是她们的地狱!

伯拉图 Plato 说:"恋爱是危险的神经病。"

英谚说:"恋爱能销磨岁月,岁月能销磨恋爱。"

欧美只有"主持恋爱"之神,并无"主持婚姻"之神。这正与我国相反,所以,我国讲婚姻,不重恋爱,欧美讲恋爱,不重婚姻。

中国主持婚姻之神,是个老者,称为"月下老人"(又简称月老)。欧美主持恋爱之神,是个小孩,名叫"求必得"(Cupid)。

月老联结男女为夫妇,是用赤绳,拴住他们两人的脚,求必得拉扯男女为恋,是用弓箭射穿两人的心。

中国的月老,是富有经验阅历的象征,他决不任意滥拴。欧美的爱神,是轻浮躁妄的表示。月老,先察婚姻簿,而后用绳拴,是慎重的行为。爱神,并不加思考,任性用箭射,是儿戏的举动!

纳露斯 R.G.Knowles 说:"爱神所以常是用小孩表示,因为恋爱永远是长不大的。那意思就是:恋爱没有耐久性!

被"爱情"所害的妇女少,被"虚荣"所害的妇女多!

男女间的"欲"与"爱"仿佛相似,其实,大有分别。欲,有时间性,爱,则无尽期。所以"色衰爱驰"那句成语,我以为,正是"色衰欲驰"!

许多的女子,不知嫁了所爱的男子,是快乐少而烦恼多,男子娶了所爱的女子,还少有这样的不幸。

女子嫁了男友就是失去了对她最"大量"的朋友,因为她成了他的妻之后,他就不再装大量了!

人类所以能从野蛮状态,进化到现在,实由于智识的发达,而不是由于"性"的活动!

《书经》上引古谚说:牝鸡无晨。"牝鸡之晨,惟家之索"。英称惧内的人为"被母鸡咬了的丈夫(Hen—Pecked husband)"。称妇女会为"母鸡会(Hen—Party)"。欧洲古语说:"牝鸡叫鸣,雄鸡无声,迟早祸生。"又说:"长舌的妇人,与叫鸣的母鸡,是天下二种极不祥的东西。"中外全将妇人比作"母鸡"。其中定有道理。实在大可研究。

绵肯 Henry Louis Meneken 说:"厌恶男子的女人,是少有的,有也是会尽竭力拉拢男子,而归失败的。"

英国"生命杂志"(Life)上说:"有胆量比有妻更好。一个男子不能同时有这两样。"

哲纳待 Paul Geraldy 说:"青年男女的志愿——爱情,金钱,康健。将来,他们的志愿—康健,金钱,爱情!"

宣永光(1886—1960)

疯　话

现在我国的"要人",全是傻子,全害单思病。因为小民全怕他们爱,他们偏要爱。全怕他们救,他们偏要救。全厌恨他们替谋幸福,他们偏要替谋幸福。

人饥已饥,国怎能不强,只顾一家饱暖,不顾千万人饥寒,国焉得不乱。

对学识不知足,是成名立业的基础。对财势不知足,是亡身丧家的根由。

有许多人以为我国若施行了某国的主义,小民就可以家给人足,不愁衣食了。其实,我国现在不缺好主义,只是缺好人。没有好人,纵使某种主义,普遍全国,小民也不过以为是去狼进虎,以暴易暴,出了火坑,掉入油锅,躲了一刀,挨了一枪,吐出黄连,吞了苦胆。

圣人是大盗,现在圣人满街走。荡妇是祸水,现在祸水沿街流。国事焉得不糟,社会岂能不乱。

以前,我在教会读洋书,我最怕听牧师讲道,我更怕听"为主工作"。现在,我最怕听要人演说,我更怕听"为国奋斗"。

至诚可以动鬼神,何况活人。虚伪不能欺禽犬,何况活人。

古圣人的学说,是一愚民政策。新圣人的学说,是一政策愚民。古时是少数的强者,治多数的愚民,现在是多数的愚民,被少数的强者所治。正如《翠屏山》那出戏里,英儿所说的人心大变,就是大变人心,说法虽然不同,其实还是一档子事。

小禽小犬,全欢天喜地,快乐无忧,是因为少经事故。老禽老犬全愁眉不展,丧气垂头,是因为饱经阅历。人类也是如此。

老猫老狗,责骂小猫小狗轻浮躁妄,小猫小狗,讥笑老猫老狗萎顿颓唐。其实,老猫老狗,正在小的时候,何尝不轻浮躁妄。小猫小狗,到了老的日子,又何尝不萎顿颓唐。可见小猫小狗的并不是识时务的俊杰,老猫老狗也不是不识时务的浑虫。

当进而不进，是自暴自弃。应退而不退，是不知自量。我中国目下，使真守旧的人治理，亡得慢。使假维新的人治理，亡得快。真守旧，人必起而亡我。假维新，我必趋于自亡。

"用夏变夷"是妄自尊大。"用夷变夏"是自趋灭亡。图强，要学赵武灵王的胡服骑射，切莫学魏孝文帝的移风易俗。国民性一失，就入了亡国灭种的路途。我见一些青年男女，穿必洋服，说必洋话，吃必洋饭，动必洋习，爱必洋物，我不禁为中国民族的前途，抱无限的哀痛。

人，失了个性不能挺立于人群。国，失了国民性，不能争存于世界。

有人问我说："中国人事事仿学外国人，若变成洋人，不好吗？"我说："将中国变成洋国，将中国人变成洋人，固然是文明进化，但是世上若再找中国与中国人，就找不着。"

有人问我："你既读过英文，教过英文，为什么不爱说英语，不喜穿西服？"我说："我读英文是为得知识，教英文是为骗饭吃。中国虽弱，中国话还能表达思想，衣服也能遮盖身体，假若中国亡了，非说英语非穿西服不可，我自然不敢不努力效颦。"

人穷了，他说的话全是不合理的，办的事全是不合法的，他生的儿女，全不是人养的。国弱了，她的语言，是不合逻辑的，她的文字，是不利于传播文化的，她的文化，是野蛮落后的，她的国民是排外的，是应当严惩的，是不会亲善的，是无视条约的。总而言之，人穷了，无处可以伸冤。国弱了，无处可以讲理。

许多好人，被穷字毁了。许多好人，被富字毁了。我以为不穷不富，才容易养成完善人格。

现今我国中，要人也罢，小民也罢，提起国事来，全说没有办法，其实小民的没有办法，是真无办法。"要人"的没有办法，是有法而不办。

中国的国事之坏，坏于小官僚随声附和，大官僚则刚愎自用。

办公事不可存私见。办私事不可无公心。办公事存私见，必致祸国，办私事无公心，必致害人。

非英雄不肯认过。非大英雄不能改过。不知自己有过的是混蛋，知过而不肯改的，是大混蛋。专以为别人有过的，是最大的混蛋。

青年人须多受压迫,方能灭除许多骄妄的毛病。老年人须多得安慰,才可振起衰颓的心情。青年人不遇压迫,如同树木未经修剪。老年人不得安慰,如枯根再受霜侵。

古圣人所以能得多数的好人崇拜,是因古圣人的学说,能使人减少兽性,使人入了正轨。新圣人所以能得少数的混蛋崇拜,是因新圣人的学说,能使人发展兽欲,使人走入歧途。

男子的学问思想,须如指南针,有一定所指的方向,不可如时髦妇女的衣饰,永没有一定的标准。妇女的衣饰,只知趋新,只知盲从,不辨美恶,不顾卫生。闹得终日惶惶,无所适从。

泥古是顽固。趋新是轻浮。大丈夫要择善而从,不为古人所愚,不受今人之骗。天下虽乱,我心不乱。天地可变,我心不变。如此方能挺然立于天地间。

我国的志士,自古以来,没有今日之多,而国事之乱,没有今日之甚。

我在朋友家,见一双鹦鹉,狂叫"打倒帝国主义"。我对它说:"你这个东西,知道什么是帝国主义么?"我愈追问,它愈喊叫。我说:"叫吧,你也不过是空叫。"

良好的教育,是降龙伏虎,化解恶性,使之与人有益。不良的教育,是为虎增翼,是教猱升木,不但不能化解恶性,反使之增加害人的能力。

为已死的伟人,铸千百铜像,不如为未死的小民,筹一线生机。使人在眼里,时时瞻仰伟人的铜像,不如使人在心里,时时记念伟人的大德。否则,愈多铸铜像,愈使将来的小民,在砸毁的时候,多费一些气力。看一看魏忠贤的"生祠",一千七百多座,全到何处去了。

我不读带"老头票"气味的文章。我不读带"金卢布"气味的文章。我不读"不自度量而空喊打倒帝国主义"的文章。我不读"乳臭未干而高谈恋爱的文章"。我更不读"新诗圣所作的白话诗"。

在古时将亡的国里,权臣挟天子以令诸侯。在将亡的共和国里,"要人"假借民意以骗人民。

我中国人,不做官(或失了势)全是好人,正如大姑娘不入娼寮,全是贞女。

听我中国的名人说话,中国若亡,是无天理。看我中国的名人作事,中国若不亡，是无天理。

你若果真确从了良，改变了卖淫的念头，才可以提倡贞节。否则，你纵然舌敝唇焦，人也要嗤之以鼻。

我中国多数的要人，虽然日日发表通电宣言，仍是被人民视同狼嚎虎啸。其所以得这种结果，就因为他们那些好话，全是一边卖着淫，一边喊出来的。人人全喜欢受人恭维，可惜配受恭维的人太少。人人全不愿挨骂，可叹应当挨骂的人太多。由自己起，自己就是第一个该当痛骂的人。

现今我中国，将出洋二字，认作超凡入圣的大事。非出过洋，不能做大官，不能当大学的教授，不能娶有学问的女人，不能显亲扬名，不能到处受人欢迎。依此推测，将来当厨子老妈，必须先出洋。倒马桶的，拉人力车的，也非先出洋不可。甚至不出洋，就不配娶媳妇，不配造孩子，不配为中国国民，不配在中国生活。简直不出洋，就不是人类。果能达到这种文明进化的地步，我中国就真要"出殃"了。

我听说，某学校，有一位国文教员，他的国文程度，实在是稀松平常，屡被学生攻击，大为同人鄙视。然而他善能施行革命，努力改造环境，立即跑到美国住了几个月。回国之后，立时被校长另眼看待，举为国文主任。同人对他，居然自惭形秽，侧目而视。学生对他，居然敬若天神，唯命是听。于是他的文名大噪。每有著作，全校无不争先传观，叹为前无古人，后无来者。由此可见，我中国连水土也须改良。

否则不但在中国不能研究科学，甚至研究中国的文字，也非远涉重洋，去向洋圣人领教不可。

有人问我说："枕戈待旦怎么讲？"我回答说："那戈字原是胳臂之胳，经一般秘书先生们用错了，枕戈者，是枕着姨太太的胳臂。待旦者，是等待所捧的花旦。"

文字，电报，本是表达思想的东西，也是我国的名人借以骗人的法宝。所以我常说，不但仓颉是中国的罪魁祸首，连沫尔斯 Mores 也是中国的祸首罪魁。我中国的要人通电，好说许多不说的废话，然而独对于发电的日期，偏要用陈腐的韵目替代，以图省一个字的电费。这就应了俗语："大处不计，小处算。大篓撒油，车辙里寻芝麻。"

某洋报讥讽我国为电报国。我乍一见非常愤恨。细一想实在佩服，因为我国许多救国救民的大事,发几个电报,就算办到了。

文字,电报,毕竟是沟通上下联络感情的东西。假若没有这种利器,那么,政客们爱国爱民的好心,与军阀们保国为民的勇气,小百姓们怎么能知道呢?

迷信是人类自然而然养成的一种心理。迷信与人有利,也与人有害。一味的迷信,固然不可,一点不迷信,实在可怕。

一味的迷信,容易害误自己,一点不迷信,容易损害别人。道德多是由迷信养成的。若要打倒迷信,必须先提倡道德。欲提倡道德,须先禁止诱人为恶的书报。真迷信的人,决不敢为恶。法律是阻人为恶的,迷信也是一种不成文法。它的功用,有时超过法律。古时的野心人,屡屡利用神鬼骗人,并且屡屡成功。因为鬼神是无形无像,渺渺茫茫的,不能被人察出真凭实据。现在的野心人,每每利用伟人或刚死几年的伟人骗人,并且每每失败。因为活伟人或死伟人的言行动作,好坏全是人所共知的。

你不迷信,是你的自由,你不可禁止人迷信。你不奉宗教,任你的便,你不可干涉人奉宗教。强人信仰,是最大的虐政。阻人信仰,是最大的专制。世界上许多大战,多是因此而起的。蒙回藏三族的人,近几年来,对中国所以渐渐失了凝结性,最大的原因,就是因为有一些混蛋们,要干涉或污辱他们的信仰与宗教。

我们不应当反对任何宗教。我们应当反对那些假借宗教之名而欺骗民众的人。我们不必反对任何学说(或主义),我们必须反对那些为谋私利而创造学说(或主义)的人,以及贩卖学说(或主义)的人。

无论什么政体,全是以少数的要人(官吏)统治多数的"非要人"(小民)。甚至无政府主义,往实里说,也不过如此。所以我总不凭信"民治"那个好听的名词。因为无论在哪一国里,正安分守己的人民,决没有得操政权的日子。已往如此,现在如此,将来也不能不如此。官吏也罢,委员也罢,代表也罢,统统是优秀分子,是天生的俊杰。小民也罢,国民也罢,民众也罢,统统是愚笨之材,是天生的混虫。

在打倒一切之先,先须打倒自己的私心。在建设一切之先,先须建设自己的人格,私心如重担,重担不除,不能实行打的举动。人格如精神,没有精神,不能行建的工作。

当官僚,若穿西服,上司与属员,必另眼看待。当学生,若穿西服,职教员与同学,必另眼看待。处家庭若穿西服,父母兄弟老婆姊妹嫂子媳妇与厨子老妈,必另眼看待。处社会,若穿西服,亲戚朋友与男女同志,必另眼看待。当教员若穿西服,校长同事学生与堂役,必另眼看待。打官司若穿西服,问官与警察,必另眼看待。逛胡同,若穿西服,娼妓与龟鸨必另眼看待。买东西,若穿西服,商店的老板与伙计,必另眼看待。讨饭吃,若穿西服,慈善的老爷太太与少爷小姐,必另眼看待。当外勤记者,若穿西服,卫兵门岗与要人秘书,必另眼看待。甚至当扒手,若穿西服,侦探与失主,也必另眼看待。并且自己,若穿上西服,也就觉得立刻变成非凡出众的高等国民。你若不信,你可到天桥的估衣摊上,用三块钱买一套旧西服,穿上试一试。这种情形,我不敢说是亡国的预兆,我只可说是文明进化的现象。

信仰宗教或信仰已死的伟人,要在内心,不在外表。只要内心坚定,不在表面随合。我在教会读书九年,因为不能牢守宗教的仪式,曾经记过二次。我对外国牧师说:"我心里还没有尊崇上帝的心,我若瞒心昧己,做出种种仪式来,专为人看,与娼妓的行为,有什么分别。"宗教所以不能发达,何尝不是仅仅在仪式上追求。

信仰宗教或信仰主义,全是一种清高纯洁的行为,万不可演成饭碗化。湖北某处,称奉教为吃教,他们所信仰的宗教,就可想而知了。现在,人称研究主义的吃主义,他们所研究的主义,也就可想而知了。

某牧师说:"中国若想图强,若想真正统一,非全国的人,信耶稣基督不可。"我说:"真照耶稣基督的道理实行,中国当然要统一,要强盛。否则,口传耶稣之道,而行撒旦之行,非但不能统一,且要分裂。非但不能盛强,且要灭亡。你们若自命为耶稣的信徒,请你作出一个异于魔鬼的榜样,让人见识见识。"某牧师说:"你怎么样呢?"我说:"我还未离开撒旦的势力范围,我是一个魔鬼。"

人类有过去,现在,未来三个思想。禽兽只有现在一个思想,思想愈多愈苦恼。所以禽兽比人类快活。人类有衣食住三样担负。禽兽只有食住两样担负。担负愈多愈劳累,所以禽兽比人类清闲。

人对于已过的最系恋,对现在的最忽略,对未来的最注意。其实,对过去的追想无益,对现在的须聚精会神,对未来的不必打算。若将现在的,尽力而为,不作害人的事,将来自有好的结果。

为善如登山,一步一步地走去,终必达到极高的境地,便觉神清气爽。为恶如掘井,一铲一铲地挖去,终必达到极深所在,立觉眼迷神昏。并且登山,用力小。掘井,用力大。结果,登山者容易下来,掘井者不易爬出。

孙中山先生说:"革命须先革心。"我再补充一句:"革心须先肯说实话。"

中国现今,若还要给伟人铸铜像,我主张先多铸齐宣王的像。因齐宣王敢对大贤(孟子)说良心话。试问亘古以来有几个。有人说:"齐宣王不顾廉耻。"我说:"顾谦耻,就当言行一致,不可向脸上'贴金'假充神圣。悬节孝牌而开'暗门纵',那才实在是不顾廉耻呢。"

有人问我:"若给中国的女伟人铸铜像,当铸谁?"我说:"当铸苏秦的嫂子。因为她肯当面对苏秦说:'季子位尊而多金。'她那意思就是说:老三,我尊敬你,是因为你做了高官,发了大财。试问现在能有几个女人,敢像她那样肯说良心话。"

现今,不使儿女入学校读书是误儿女。使儿女入学校读书是毁儿女。若是要不误不毁,必须将他们送入肯教书,能念书的学校。

救国不忘读书是诚心诚意,实地实行,当前的职务,一面抽暇寻隙,以读书培养真正的学识,以免被不良的外务所诱,而减少救国的志愿。

读书不忘救国是将救国的志愿,牢牢地存在心里,埋头苦读,养成真正有益于国的学识,以备遇机实行真正的救国工作。

国民各凭天理良心,殚精竭力,尽他当前应尽的职责,就是爱国。爱国是行为,不是空言。是牺牲自己,不是牺牲别人。是尽义务,不是图富贵。是尽国民天职,不是滥出风头。是个人良心的表现,不是夸张自己的功勋。

人人以行为爱国,国不求强而必强。人人以言语爱国,国不求亡而必亡。

现今我国,百业停顿,四民破产。只有"爱国","救民","抗日"三种生意,无不一本万利,财运大来。不过他们发了财升了官之后,国也亡了,民也绝了,日本也来了。我对他们,无以名之。只好呼之曰"爱国贼","救国盗","抗日匪"而已。

宗教中的流氓,假借死后的天堂,骗取资财。政界中的匪徒,利用将来的幸福,攫取政权。名目虽殊,手段虽异,其损人利己的心志,则无不同。不过所生之祸害,有大小轻重之别而已。

某学生对我说:"我国如同老房屋,全体腐烂了。非经大破坏,不能大建设。"我说:"若破坏,须将大家的一齐破坏。若建设须将大家的一齐建设。不能先破坏我的,也不能先建设你的。更不可为建设你的而破坏我的。"

对贫苦的人,说一句好话,胜如对富贵人献千句谀言。一句好话可以叫开贫苦人的心门。千句谀言不能激得富贵人的一顾。

穷人为富人尽十分力,富人尤以为少。富人为穷人尽一分心,穷人则以为多。所以俗语说:"宁给穷人一口,不赠富人一斗。"

人生,快乐是短促的,烦恼是长久的。生活的年数愈多,所认为快乐的事愈少。世上没有真快乐。我们所认为快乐的事,若达到目的,未尝不是以为是真烦恼。

拉人力车的羡慕坐汽车的。其实坐汽车的人,心中有时不如拉人力车的安逸。坐汽车的横行直冲于街市中,仿佛是逍遥自在。其实未尝不是去奔走权门,屈膝献媚。未尝不是去追妾捉奸,畏罪潜逃。

女子以为男子快乐,男子又以为女子快乐。小儿以为大人快乐,大人又以为小儿快乐。贫人以为富人快乐,富人以为贫人快乐。女羡男,男羡女。小愿大,大愿小。贫慕富,富慕贫。人生不过是这山望着那山高而已。

有人问我:"我国危乱到这般地步,为什么还不亡?"我说:"因为四万万五千万国民中,四分之三的农民,还没有'改良'。我国的农民若'改良'了,我国立刻就亡。你不知他们一辈学者们,正在努力'改良'农村么。"

某官僚对我说:"官场如戏场,我也不过是随班唱戏而已。"我说:"你说得太言过其实了。戏子无论名角次角,无论生旦净末丑,只要登台,无不怕观众叫倒好,无不大卖气力,大显精神。所以扮演的君臣父子夫妇朋友以及将相卒仆,全能尽其所能。真是装什么,像什么。扮什么角,尽什么职。

我国当权的人,若能以戏子为师,我中国这出《大保国》还不致于愈唱愈糟啊。"

我国自古是"三爷主义"(舅爷姑爷少爷)的国。这种主义去不了,任何主义行不开。名誉如同人的影子。影子的大小曲直,只看你的身体形式如何。名誉的好坏忠奸,全以你的品行邪正为断。

宣永光(1886—1960)

前美国驻华公使克伦(Frank Crane)先生,在某处对中国学生演讲说:"……不必竭力救中国,只要诸君诚实不欺,心口皆同,言行一致,中国自能盛强。"他这几句话,正搔着我中国人的痒处,正探着我中国人的病根。我中国人——尤其是青年的中国人——苟能如此,终可以使中国得着真正实在的利益。

将自己看做圣人,必将旁人看成混蛋。达到这种程度之后,天良就真闭了,两眼就真瞎了,双耳就真聋了。如此,任什么良言善行,就全打不开他的心门,触不着他的耳目。久而久之,就养成一个实实在在、的的确确的混蛋。这种人若再遇着别的混蛋拍他捧他,他的前途就可想而知了。

天下只有两种人,第一种是自知为混蛋的。第二种是不知自己为混蛋的。天下的坏事,全是这第二种人做出来的。天下的扰乱,也是这第二种人酿出来的。欲求天下太平,人民安宁,必须首先打倒这第二种人。

人若肯说良心话,开口第一句,当说自己不是好人。人若为自己作传,首章第一句,当说我是为自己造谣。若为别人作传,开笔一句,当说我是替别人说谎。

现在有些人,张口就说贵族化或平民化。其实现今的教育,真是贵族化,以前的教育,真是平民化。现今非中产阶级以上的人,无力使儿女受充足的教育。中产以下的人,若使一儿一女,受得中等教育之后,全家的养生之资,就一扫而空了。

不要看一个青年学生,穿着一身漂亮的西服,而生羡慕之心,要知他父母,为他那身衣服,未尝没有了二亩田地。不要看他跳舞打球快乐逍遥,要知他的父母,为他筹快乐之资,未尝不正在抱头痛哭呢。

现在学校的课本改变得太快了。哥哥姐姐所用过的,弟弟妹妹不能再用。上季用的,这季便不能用。同级学校,这校用的,他校不能用。同一学校,甲教员用的,乙教员不肯用。换来换去,改进改出,只有卖书的商人,对这种改良的办法,歌功颂德而已。

我的朋友某甲,来信说:"小儿今已十岁,入学三年,所识之字,不及二百,除善开会外,制无所能……"我回信说:"……外人讥我为组织之国家,汝儿既能开会,必善组织,将来欲救中国,雪此奇耻,非此种人材不可。学问之有无,有何关系……"

研究科学是要明白它的理论,并非研究外国语可比。既有译本,且又经过审定,决不致有极大的误谬之处。然而有些教员,为使学生高看起见,必要选用洋文原本,而不顾学生的外国文的程度。结果,学生读一章书,须翻字典三小时。虚耗宝贵的光阴而得似明白似不明白的知识。可是学生还是以得读洋文原本为荣,教员不过如同讲文学读本。不用作多少实验,钟点一到,薪水就入了教员的口袋。

欲为学生节省宝贵的光阴,免除教员使用洋文原本的毛病,应由教育部,采定最好的洋文课本,设立专局,聘请有名且懂中国文的本科学者,分门译出,交书局印行,按最廉的价钱责成学校采用。如此,非但使学生节省购买洋文原本之费,更可免中国的金钱流入外洋。

读书愈多,阅历愈深,愈以为自己无知无识。读书愈少,阅历愈浅,愈以为自己多智多谋。欲知人胸中知识多寡浅深,须观察他的言行动作。他若张牙舞爪,趾高气扬,必是一个半瓶醋,必是一个纸老虎。

现今,好人多被人讥为无用的人。人所尊为有用的人,又多不是好人。

有名的医生,给人治好了病,人说他是医术精深。无名的医生给人治好了病,人说他是碰巧了。

学校的等级愈低,教职员的威风愈大,学生的服从性愈深,所学的愈实在。学校的等级愈高,教职员的势力愈小,学生的威风愈大,所学的愈懈松。这就如同——儿女小,父母管儿女;儿女大,儿女管父母。

小学教员,对学生如同严厉尊亲。中学教员,对学生如同和善的朋友。大学教员,对学生如同驯顺的雇工。

以前,学生呼教员为"老师"。现在,学生呼教员为"先生"。将来,学生呼教员为"小子"。文明愈进,教员的称呼愈卑。依此推测,到极远的将来,教员的称呼,或将降为"忘八蛋"。

以前,老师称学生为门徒,现在,老师称学生为"学员",将来老师称学生为"先生"。文明愈进,学生的称呼愈尊,依此推测,到极远的将来,学生的称呼,或将升为"大老爷"。

在野蛮的古时,教员坐着讲书,学生站着听。在文明的现在,教员站着说书,学生坐着看。到进化的将来,教员跪着背书,学生躺着"睡"。因为愈文明进化,教员的程度愈低,学生的知识愈高。

"少年老成"四字,现在被一般人,误认为污辱青年人的名词。其实是说少年人而有老年人的阅历。青年人,既有勇气与毅力,若再有老人的阅历与经验,作事自能少有失败。我以为,"少年老成"四字,正是青年人最好的荣誉。

人与其他动物,在幼稚时代,因被一种好奇心所驱使,最容易不顾前后而遭受欺骗,陷入苦恼,轻则受伤,重则丧命。

我在幼年,最喜欢用夹子与拍网捕鸟。所得的雀鸟,全是未脱黄嘴的,我问先堂兄:"为什么捕不着老鸟?"他说:"老鸟有阅历,小鸟不听话,所以被你捕住了。"

人若先将自己明白透了,世上一切物理人情,无不迎刃而解。若对自己还不了然,纵能读古今的书,观遍天下的事,也过是模模糊糊,得不着实在。世界就如同一本大书,自己就是全书的提要。

由书本得来的学识,不是真学识。由书本得来的经验,不是真经验。欲求真学识真经验,须抛开书本,对人情物理,随时随地用心考究。我愈读书,愈不会为人,不能作事。从今以后,我不再读书,我立志先读人。

俗话说"活到老,学到老",可见人生就是学。只要活着,就得学。学到死,也不过是逃学,并没有毕业。人若自以为学足了,那是妄自夸张。若说某人学成了,那是替人吹牛。若自以为学识过人,形骄气傲,那是恬不知耻。若讥人学识不足,那是不知自量。

人生就是学做人。可惜人生短促,费尽心力,朝夕研究,将要人做人的门径,就要变鬼了。这真是一件可憾的事。

我自二十岁以后,学问退减,只练成一个顽梗不化,不肯受骗的本领。无论人说得天翻地覆,我心自有一定主见。我只肯受妇人女子之骗,然而也是明知故受。男女之性,既根本不同,男子受女子之骗而为她们的奴隶,并不可耻。若男子愿受男子之骗而为他们的牺牲,实在可叹。

群众有了幸福,你既是群众中一个,你也是必有幸福可享。群众遭了祸害,你既是群众中的一个,你也必有祸害难逃。天下人全有连带的关系。一国扰乱,天下不安。只看中国的军阀,他们仅图营私肥己,苦害人民,因而民穷国乱,全国之中,找不到一个安宁之所,他们也因此东奔西逃,求庇于外人保护之下,而成了丧家之狗。

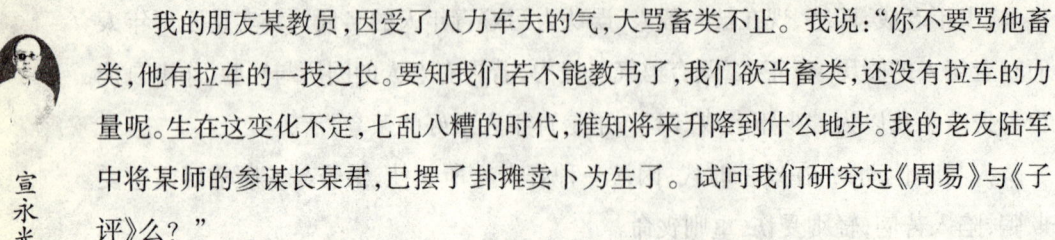

我的朋友某教员,因受了人力车夫的气,大骂畜类不止。我说:"你不要骂他畜类,他有拉车的一技之长。要知我们若不能教书了,我们欲当畜类,还没有拉车的力量呢。生在这变化不定,七乱八糟的时代,谁知将来升降到什么地步。我的老友陆军中将某师的参谋长某君,已摆了卦摊卖卜为生了。试问我们研究过《周易》与《子评》么?"

说实话则招人恨怨,说假话则受人欢迎,办实事则被人讥为无能,放空炮则被人称有志。生在这种时代,若讲天良就算落伍了。

日下,我中国现状,正如我国缠足妇女解放了的脚。在当初受束缚的日子,还有一个固定的形式,解放之后,变成奇形怪状,不方不圆,不尖不钝,七歪八拗,里勾外联。旧脑筋的人,极表反对,新思想的人,也不赞成。

妇女被人强奸了,向人哭叫喊闹,听见的人,还有时对她表同情,替她掉眼泪。国土被侵占了,若只以哭闹叫骂为止,不但无人表示同情,反招人大加讥笑。

我见两个人力车夫争吵。甲强乙弱。甲不善言辞,乙口齿伶俐,甲默不出声,乙跳叫不止。甲忽然伸出巨灵之掌,向乙的脸上连加攻击。乙连哭带骂,自指鼻尖说:"你……你……你敢打么?"甲不言不语,又恶狠狠地重打了乙几下。打完,拉着车走了。乙还站在那里,自指鼻端,大声喊叫着说:"小于啊,你……你敢打太爷么?"我实在佩服甲的手。我更佩服乙的嘴。然而甲的手是争强的手,乙的嘴是招辱的嘴。

若将我中国人,近几年来对外所说的大话记录下来,足可使拿破仑听了丧掉真魂,使大彼得听了吓破苦胆。

《鸿鸾禧》那出戏里的金松,本是一个乞丐头儿。然而嫁他的女儿,竟敢大言不惭地说:"要陪象牙床一座,闪缎褥子闪缎被七百二十床。"他的女婿莫稽,本是一个四等乞丐,居然也敢大吹其牛说:"备下凤冠一顶,白璧百双。"观戏的人,虽然知道是戏,但是也不能不加讥笑。可叹我国近四五年来,对内对外,也居然鸾禧化了。对剧中的鸿鸾禧,还可以解决了一个婚姻问题。我不知政治上的鸿鸾禧,要唱到什么结果。

欲语说:人怕恶人,鬼也怕恶人。又说:人善被人欺,马善被人骑。不但为人是如此,我看立国也是这样。亚洲出了两个恶国,一个是明坏,一个是暗毒。一个无法无天,一个暗枪暗箭。全球各国,无不受了他们的影响。可是对他们毫无办法。

《杀狗劝妻》那出戏里的焦氏,将她的婆母,打了一个肉绽皮开,她还大喊着说:"东邻家,西舍家,你们都来瞧啊。婆婆打儿媳妇呢。"这种大背良心的举动,本是泼妇的蛮行,想不到,在国际的舞台上,也有仿学的,可谓焦氏精神不死。

穷人以命换钱。阔人用钱换命。命可以换钱,可是钱终不能换命。足证命比钱贵。

近几年来,不知是谁发明一句"吃人的礼教",居然就有人,随声附和,吠影吠声。其实,礼教并不能吃人,能吃人的,是那些无"礼"无"教"的人。我们对与人有真害的礼教,理应设法铲除,对与人有益的"礼教"还当用力维护。

服从家庭的尊亲,服从适宜的师长,不是奴性。正如服从真理,不是盲从。

心服口服而后从之,是真正的服从。吠影吠声,不辨邪正而亦从之,是真正的盲从。

人生就是碰钉,碰一回钉子,长一分见识,增一分阅历,作的事愈多,碰的钉子愈多。没有碰过钉子的人,必是没有作过事的。不过,聪明人能因别人碰钉子,而增见识而长阅历。糊涂人虽碰了钉子,还不知是钉子,必待左碰右碰,碰得体无完肤,不知钉子的厉害。

老年人,遇事退缩,并不是生来畏缩,是因为被钉子吓怕了。青年人,遇事猛进,也不是生来勇杀,是因为还未受着钉子的教训。

学者的话不可靠,政治家的话也不可靠,外交家的话更不可靠,美人的话尤不可靠。

迷信神佛,是偶像的奴隶。迷信学说,是伟人的奴隶。大丈夫本着良心为人,守定正道作事,不拜神佛,不迷学说。

读书时,不可有己见。读书后,不可失己见。

我读书向来不存门户之见,尝将儒佛老庄回耶,合在一起研究。朋友对我说:"你这样滥读,永远成不了专家。"我回答说:"我因怕养成一派的信徒,所以不愿学成专家。到了专家的程度,就是一派的奴隶了。"

饮食是为养肉体。读书是为养心灵。饮食若专牢守一种,必要生病。读书若牢守一派,必要发颠。晋人的清谈,宋儒的顽梗,全是偏于一派的病症。

贩卖骗人的洋货,则被人呼为奸商,贩卖骗人的洋主义,则被人尊为学者。奸商仅图利而得恶名。学者名利兼收而获荣誉。我为奸商鸣冤。我替学者庆幸。

人说中国商人最能投机。其实,中国当今的学者更能投机。任什么主义(或学说)新鲜,他们就能贩卖什么。

贩卖洋主义(或洋学说)的人,未必全是诚心诚意爱那种主义的人。如贩卖马桶或便壶的人,未必是喜爱马桶便壶,不过是借以谋利而已。

有人说:"学者研究某种主义(或学说)是为作学理的研究,并非是为谋利。"我说:"这也不尽然,他们正如小贩,研究什么样的马桶,可受妇女的欢迎,什么式的便壶,可供男子的需要。小贩是为求利,学者也是为求利而且为求名。"

亡国之后,仅有一党——亡国奴党。仅有一系——亡国奴系,仅有一派——亡国奴派。仅有一团——亡国奴团。到那时,外国人只认定你们统统是亡国奴。统统一律以亡国奴待遇。决没有闲心,详分你们的系属。

现今我国的农村破产,并非起于农民的知识简陋,也不因为未经科学的训练,更不是因为他们的田地未经科学的改良。全是起于捐税繁苛与兵匪扰乱。只要军阀不作内争,减轻捐税,少为他们谋改革,少管他们的闲事,不必假装疯魔,为他们谋幸福,他们自能休养生息,安居乐业。农工商,全是专门的职业。他们只靠着经验进行他们的业务。外行的人不可越俎代谋。更不可妄用高深的学理,以他们作改良的试验品。

农工商,脑筋多是简单的,思想多是诚恳的,行为是忠实的,所以容易团结。读书的人,脑筋多是复杂的,思想多是变幻的,行为多是诡诈的,所以最不容易联合。

天下惟读书的人,最奸猾,最可怜,最可恨,最可羡,最可鄙,最明哲,最混蛋。

近几年来,失势的要人,屡屡大骂当权的人:如何摧残民意,如何箝制言论,如何倒行逆施,如何……其实,在他们当权之日,所行所为,也不好于他们所骂的人。正如娼妓,因生恶病,退捐之后,大骂未退捐的姐妹,不守贞操。一旦病愈上捐,重张艳帜,还是依旧地大作皮肉生涯。所以我常说:"唯人民始有说便宜话的权利,我国到了今日这样危亡的地步,凡是掌过大权的人,全不能推卸祸国的罪名。"

据我的推测,一般"学者"与摩登男女,所说的"改良农民生活",也不过是"洋化农民"多为外国推销货物。他们固然是洋商的功臣,可惜农民就要根本破产了。

穷人说大话,愈说愈穷。弱国说大话,愈说愈弱。

迷信神佛,是给木雕泥塑的偶像当奴隶。迷信学说(或主义),是给血肉之躯的偶像(伟人)当奴隶。

古时的宗教拜神。现在的宗教拜人。古人拜神求福寿。今人拜人求位置。神虽未必能使它的信徒得福得寿。可是人实在能使他的信徒升官发财。

士农工商四民之中,惟读书的人最阴险最可怕。农工商,若不得志或失了业,尚无大害。读书的人,若不得志或失了业,贻祸无穷。我以为学校所造人材,若一时无法安插,莫如竭力缩减学校的数目,因为人材如商品,若无销场,其害较任何出产过剩远大。

学问愈博大,思想愈精密的人,愈不易统一。就以大学教员与报界中的人而论,他们愈开会,意见愈多。人数愈众,隔膜愈大。议论愈久,嫉妒愈深。简直如同一群美妇人,永远不能相亲相爱。

现今,若本着良心说话做事,就有人说你不通人情,不达事理。你非昧起良心说话做事,反有人说你通权达变,习性和平。

我中国人,并非不知爱国。可叹在专制世代,国被帝王视为私产,人民欲爱而不敢。自共和以后,国又被强者霸占分割,人民欲爱而不能。

一国的要人,分立政府,叫不合作。一家的老少,各怀异心,叫不合作。一双夫妻,同床异梦,叫不合作。一商店的东伙,尔诈我虞,叫不合作。殖民地对宗主国,生叛离心,叫不合作。我国对日本,既没有以上种种的关系,岂可将三个字作抗日的口号?

什么是"学者"?学者,是不愿务农,不肯做工,不能为商,不敢当兵,肩不能担担,手不能提篮,善说大话欺人,最能谣言惑众,自命远能治天下,其实,近不能治一身的废物。

前年,我对某学院的学生说:"你们若学农,须实入农田,向老农讨教。若学工,

须实入工厂,向工人学习。若学商,须实入商店,向店伙追求。不可专向书本里钻寻,不可专听教授们的高论。要知纸上谈兵既不合于实用,那么,书本里种田,书本里制器,与书本里开铺子,也不能达到成功。高深的理论,往往不能合于实用,不过是教员谋生的工具而已。"

现在中国的法律,是阔人的护身符,是小民的绊脚石。

富人与穷人,多不能得天然之死。因为有钱的人,多是被药毒死的。无钱的人,多是为钱愁死的。

律师愈多,诉讼的人愈多。医生愈多,患病的人愈多。

俗语说:衙门口向南开,有理无钱莫进来。在黑暗的时代是有钱就有理。在文明时代,是无钱就无理。

从前有钱的人打官司,可以暗约讼棍。现今有钱的人打官司,可以明聘律师。反正钱愈多,理由愈充足。

从前的讼棍,据说是挑词架讼。现今的律师,据说是维护人权。依我的见解,全然为己,就是讼棍。十分之一为人,可称律师。

有钱的人犯了罪,大概是情有可原。无钱的人犯了罪,多半罪无可恕。

天下有无天理良心的官,决没有无天理良心的民。善治国者,治官,不善治国者,治民。治官则轻而易举。治民,则劳而无功。

生在人伦破产的今日,若因无儿缺女忧愁,未免是自寻烦恼。要知:有钱,路人也愿为儿女。无钱,儿女也便是路人。

对贫民施舍一枚铜钱,他们就认你是恩出格外。为子女遗留黄金万两,他们也认你分所当然。

一个父亲能养育十个儿子。十个儿子反不能奉养一个父亲。

现在愈是野蛮的父母,愈能生养文明的儿女。父母多是昏愦糊涂,儿女多是先知先觉。

现今我中国,不必忙于为青年男女设立学校。最要紧的是,先多多设立"父母传习所"。由政府通令全国,凡未经"父母传习所"改造过的旧式夫妻,不准再有生儿养女之权,以免一班优秀的小国民,受家庭专制的压迫,而终日恨天怨地,减少救国的能力。

从来娼妓多喜欢拜佛烧香,然而不能根本改变卖淫的念头,不能减轻敲竹杠的手段。从来要人也多喜欢诵经受戒,然而不能消灭作弊的恶习,不能去掉刮地皮的劣性。她们烧香愈多,他们念经愈勤,愈使旁观者多生讥笑。

世上愿"给儿孙做马牛"的人多,所以他们就贪得无厌。因贪得无厌,所以金钱集中,不能流通,遂致富的愈富,穷的愈穷。富者几代挥霍不尽,穷者一命维持不了,物不平则鸣,水不平则流,人不平则乱。

心即是佛。心即是上帝。若问心无愧,何必念经礼拜。若问心有愧,又何必念经礼拜。果有神佛,神佛决不受骗。果有上帝,上帝更不易欺。

打破遗产制或重征遗产税,或准父母任意处分家产,绝对不容子女干涉,不但可以减少社会中的害物(阔公子,阔小姐),也可以保持社会间勤勉与俭让的美德。

我的先父,穷困半生。临终,虽未给我遗下分文,可是留下破屋六间半,旧书数百部。我因是不孝之子,屋与书全经我卖了花了。现在我已悟悔,我若幸而有子,他也必遗传我的劣性。所以我发誓,我若有钱财有东西,决不给他留下分文,抛下一件,以免他替我卖了花了。我既能卖能花,何必劳我儿子的大驾。钱物经我而聚,自我而散。取之社会,还诸社会,正是名正言顺。又何必另经一个姓宣者之手。

满口谈爱国的人,未必是爱国的志士。满口谈爱民的人,未必是民众的救星。满口谈贞操的女子,未必是节烈的妇人。

我中国之所以日趋乱亡,并非起于人民不知要强,不守正轨。实在是起于多数掌权者,口甜心苦,缺少正大光明的目标,不能为民众的表率。

"青年"是最危险的时期,是将预备加入社会活动的初步。必须要在这血气未定的日子,立下坚强的志向,埋头预备他日谋生的知识。更须刻苦自修,不受外务的利诱。否则就要误入奸人的圈套,而因小失大,作了他们的牺牲。

青年人,多是心高志大,只贪虚誉而不重事实,只重未来而忽视现在。要知心高,是应追求高尚的知识。志大,是要培养伟大的人格。有高尚的知识,再有伟大的人格,才能做一番光明正大,轰轰烈烈的事业。

人生如种树,如建楼。青年正是培根筑基的时候。根深树必茂,基固楼自坚。我在青年时期,虽有远大的心志,然而因为忽视应预备的知识,忘了培养正大的人格,以致学问浅薄,品行卑污。所以蹉跎至今,一事无成,寸名未立,小不能维持一家的生活,大不能造福于社会。这不是环境的不良,确是因为当初我未肯在培根与筑基上做功夫。

娼妓为谋生卖淫,并不可恨。假若她们说:卖淫是调剂性欲,普渡众生,繁荣市面,那就可恨极了。

有人问我:"信仰什么主义?"我回答说:"我只信仰'吃饭主义',因为肚子若不饱,任什么好主义也听不入耳。"又问:"佩服什么学说?"我说:"我只佩服'吃饱了不饿'的学说,因为任什么学说,也不能治饿。"又问:"信奉什么宗教?"我说:"我只信奉'尽人事,听天命'的宗教,因为任什么宗教,若不尽人事,也是瞎捣乱。"又问:"赞成什么政体?"我说:"不论民主君主,我只赞成'能使人民安居乐业'的体,反正是'有治人无治法',任什么好政体,若无好人主持,也必祸国殃民。"

能责己的人,必成功。怨环境的人,必失败。责己则能振起精神,力求上进。怨环境,则失望忧烦,易趋下流。

我对某大学的学生说:"凡事以个人为主体,环境不过是四周的情形。主体不可为四周的情形所影响了。比如说:一盆桂花放在粪厂里,环境是臭的,而桂花仍不失其香。一块狗粪放在桂花林里,四周空气是香的,而狗粪仍不失其臭。我们当为臭环境里的桂花,不可为香环境中的狗粪。"

不合时宜的人,多是最好的人。善于趋时的人,决不是好东西。

救国,当救眼前这似亡似存的国。救民,就救目下这不死不活的民。不必大言不惭地高谈阔论,将来要如何建设什么样的理想国,如何训练什么样的理想民。要知眼前的小问题,若还无法解决;何必对未来的大方针,空唱高调。更要知,国亡之后再无国,民死之后再无民。纵有许多高明方法与远大政策,到国亡民死之后,再也无法施展了。一时的人言,固可防止;千秋的史评,实在可怕。

目下欲救中国,只在少有私见,少作内争,少设机关,少用私人,少添冗员,少增捐税,少养无用的军队,少为伟人举行国葬,少为伟人修饰坟墓,少干涉人民不关国政的习俗,少为外国推销文明的洋货,少破坏中国固有的美德,少谈不合中国人情的外国主义。少设专讲高深学理的学校,多立合于实用的工厂。少为死伟人开会,多替活小民设想。少谈改造农村的生活与经费,少干预人民的信仰与宗教。少唱《请清兵》,多唱《大保国》。少演《鸿鸾禧》,多演《南北合》。如此,则少为强邻制造瓜分或共管中国的机会。

人无私心,世界无进步。人多私心,世界无平安。

我对朋友谈话,向来不谈天气,不谈国事。因为天气是变换无定,人力不能更改的。国字中间是一个或字,或此或彼,远不定是谁的,小民无法预断。

人生就是苦恼。所以人一出娘胎,开口第一声就是哭。决没有一见天日,就大笑的。哭先于笑,是人生的途径。笑不过是偶尔的表示而已。假若一落生就笑,反要招起人怀疑,说他非妖则怪,或要将他置之死地。因为是违反了人生观了。

愈有不良的环境,愈能造成非凡的人物。中外历史里,这种实例,说不尽,写不完。仅以舜这个人而言,若非遇着不良的家庭,决不能使他成为我国自古以来的圣贤。他因为被环境所限,刻苦自修,不但使百姓受他的恩泽,他更能将他的万恶家庭感化好了。现今的多数青年,只知怨恨家庭,不知用正心修身的方法,去改善环境,所以日与恶环境同化,堕入不可救药的地步,而变成环境的牺牲。

人生就是吃饭问题。所以不论男女,贤愚,英雄,豪杰,帝王,将相,贩夫,走卒,一落生全感觉饥饿的痛苦,大哭特哭。乳一到口,啼声立止,因为是吃饭的问题解决了。

人民无食则为乱,小儿无食则哭啼。乱与哭全是求食的表示。人民所以以乱代哭,因为他们哭死也无济于事。小儿所以以哭代乱,因为他们还没有为乱的能力。焉知小儿的哭,不是代替吵闹叫骂的暴动呢?

饥儿不通情理,是因为他们还没有容忍的知识。饥民不通情理,是因为已过了他们所能容忍的限度。所以防民乱,须不夺民食。怕儿啼,须防其饥。

人说小儿爱母是出于天性。其实母亲若不能替他解决饮食问题,他也不爱。母子尚且如此,何况当权的人与小民呢。

当初,孟子在小的时候,问他母亲:"邻居为什么杀猪?"他的母亲因他问得心烦,对他说:"杀猪给你吃。"后来,她恐怕是对儿子说了谎话,于是特买些猪肉,给孟子吃,以免对儿子失了信用。母子之间尚须如此,假若多数的要人,对于民生,日日大唱高调,几乎没有一点实惠,临到人民身上,何怪人民对他们,失了信仰的心而大加咒骂呢?

某年,我的家乡(滦县)某处,屯驻了某省的军队。该省军队纪律之坏,为全球第一,亘古无二。驻了几个月,几乎路断行人,野无青草。开拔之日,还勒令乡民出钱登报,对某旅长颂扬德政。我听了之后说:"这就是应了俗语'杀了人还要手工钱。'"

我不怕鬼,我只怕人。我只见人害人,我未见鬼害人。我听说鬼害人的事,实在不如我亲见人害人的事多。

肯当面得罪人的人,无论如何,全是好人。

四川的军阀,将全省分割,作为防区。彼此重征田赋,有几区已征到民国六十八年了。民国自成立以来,有名无实似亡未亡,到了现在,仅仅二十三年。至于民国能否苟延到六十八年,还是一个问题。我不知该省的百姓,到那时还有孑遗没有。假若中国不到六十八年就亡了,四川百姓当向谁算这笔冤枉账。就令中国能延长到六十八年,我不知到那时,军阀们又预征田赋到民国若干年了。唉,生而不幸为中华民国的民,更不幸生而为四川的民。

世界上,只要一天有"爱国"这个名词,世界就一日不得安宁。一国中,只要一天有"爱民"这个名词,小民就一日休想太平。欲求世界的真正和平与小民的真正幸福,非打倒这两个阴毒损坏害人不利己的名词不可。

个人谋升官发财,利用"爱国爱民"。团体欲谋专政权,利用"爱国爱民"。学匪办学谋财,利用"爱国爱民"。商店集资营业,利用"爱国爱民"。四川军阀,预征田赋至四十四年以后,也利用"爱国爱民"。有些青年男女,不勤学业,专事游荡,也利用"爱国爱民"。我以为将来亡国灭种,也必亡于灭于"爱国爱民"。以我的一偏之见,欲求中国不亡,欲求国民不灭,须纠合一班同志,若遇人谈"爱国爱民",就对他痛加打击。这并非因噎废食,实在是拒恶于始。

现在,多数的志士,爱国,是爱国中所有之物。爱民,是爱国民所有之钱。

天下凡速成的东西,必不能耐久。芭蕉一年生长八九尺,松柏年生长一二寸。所以芭蕉不能经风霜,松柏则可以抗冰雪。一则一年一枯,一则千年不死。竹虽体质坚硬且生长得速快,然而内部全是空虚的,不能抵挡坚物之一击。速成之名与速成之学,也是如此。

没有多时的预备,决不能得一鸣惊人的成绩。爆竹虽小而能震人的耳鼓,雷声虽虚而能撼人的魂魄。一则因经多时的制造,一则生于多时的蕴蓄。陈涉本是一小卒,竟能一举留名,成为自古以来,以平民向专制帝王革命的第一个人。人全说他是时势所造的英雄,成名太速。然而若细查他在贫贱的日子,所发的言语,也可以明断他实在是用心深远且有多年的预备。

有坚强的政府,才有坚固的国防。政府摇摇不定,为政者尔诈我虞,若高谈国防,正如病夫妄谈决斗。

中国多数的学者,对春秋战国的情形,明明白白,对民国以来的经过,反模模糊糊。外国多数的学者,对希腊罗马的往事,清清楚楚,对欧美现今的实在情形,反隔隔膜膜。这种知古不知今,知远不知近的现象,真令人莫名其妙。

以前中国之所以衰弱,多是因为中国的要人,知内而不知外,知古而不知今。现今中国之所以扰乱,多是因为中国的要人,知外而不知内,知今而不知古。

现今,在中国为父母真难。对子女取放任的主义,则怕他们误入歧途。取管教的办法,又怕担家庭专制的恶名。不管,则将来对不住儿女。管,则现在得罪了儿女。不管,则于心不忍。管,则忤逆可怕。

各机关的参议,多是不参不议。顾问多是不顾不问。参事多是不参赞不办事。他们多是虚耗政费的蠹虫,是对付要人的陈设,是真正的冗员。我以为,为减政起见,裁去五十名书记,不如裁去他们一人。养他们是"锦上添花",裁书记是雪上加霜。

什么叫卫生?卫生是专为有钱阶级或有闲阶级讲究的一种理论。腹内无食,身上无衣的人,讲究不起。什么叫气节?气节是专为有钱或有势的人,应守的一种处世态度。腹内无食,身上无衣的人,欲守不能。

以前的教育,多是将人练成唾面自干的顺民。现今的教育,多是将人练成大言不惭的土匪。

不遇国难,人人全是志士。不逢强敌,人人全是勇士。不见金银,人人全是廉士。不遇美妇,人人全是正士。不经试验,人人全是名士。正如不见骨头,狗全是好狗。

自从北伐成功以后，三岁的孩子，也成了爱国英雄，也能高喊：打倒帝国主义。可叹，喊得愈欢，帝国主义来得愈猛。我才明白，他们是要喊打倒帝国主义，并没有打的勇气。否则，四万万五千万的人民，若实行打的举动，帝国主义决不能在我国根深蒂固。

对外战争，则兵单饷绌，噤若寒蝉。虽有中央的命令督催，也推诿不前，迟迟不已。对内混战，则士饱马腾，摩拳擦掌。虽经中央的命令阻止，也充耳不闻，竞进不已。这就是我们中国军阀，只知作内战，不知御外侮的特色。

因为没有权位，埋没了好多人材。因为没有钱财，低减了好多人格。

某学生对我说："我以为现在中国图强的希望，只在一班青年的身上。因为据我观察，现在只是青年人，富有爱国勇气。"我回答说："不错，不过我看多数的青年，是富于'爱外国'的勇气，因为他们浑身上下，言事举动，全'外国化'了。"

男子要竭力地男化，女子要竭力地女化，才是真正文化。男子日趋于女化，女子日趋于男化，才是真正的野化。

在官署与工厂里，真正卖力气的，全是些下级人员。上中两级，多是坐享其成。他们虽有指挥的微劳，然而使他们的微劳变成功劳的，仍是下级人员的血汗的成绩。

操用人之权的人，多不将下级人员看在眼里。岂知成事与败事，全靠这班人。比如被大风吹倒了的树少，被微虫毁坏的树多。

前清末年的亲贵与红候补道，是无所不能。民国以来的要人与他们的亲属，也是无所不能。他们可文可武，可农可商，司邮可电，可海可陆，可学可工。几乎除生儿养女之外，门门全会，样样皆通。可叹无出息的平民，只坐吃饭，只能造粪。

能开口大骂古人（中国的），就有人说你是文明巨子，文化先锋。能作文标榜几个今人（外国人），就有人说你是学贯中西文，坛健将。

现今我所最忧虑的，是多数的青年，在未养成高尚的谋生本领之前，已染成高等享乐的能力。

能用新奇的邪说愚惑人心，使人走入歧途的人，是现在许多盲昧之辈，所崇拜的"圣人"。肯用寻常的正言，劝化人心，使人返向正轨的人，是现在一班盲昧之辈，所讥骂的"混蛋"。

治国并没有什么神秘的妙法，只在掌大权的人，守定"中""正"二字做去而已。"中"则不偏，不偏则人心服。"正"则远邪，远邪则君子亲，人心服，则国靖。君子亲，则小人退。不为人心所怨憎，不被小人所包围，则威令可以施行，国事可以入了轨道。

治民，如同养鱼，必须听其自然，不可频加烦扰。只要除灭其中与鱼有害的东西，不竭泽而渔，鱼类自能繁殖滋长。

教子，如同种树，不可听其自然，必须随时注意。只要斩断旁枝枯节，除净种种害虫，自能长成良材。

少说大话，多办小事。少说空话，多办实事。少说废话，多办要事。少说远话，多办近事。少说死人的鬼话，多办活人的人事。是中国目下的救亡之术。

世界如同一棵玫瑰花。悲观的人，只想它的刺可怕。乐观的人，只想它的香可爱。

不能治国，而曰受帝国主义的阻扰。不会为人，而曰环境不良。这种人才是自暴自弃的人。

时时责己，不期然而然地就化为君子。时时责人，不期然而然地就变成小人。或为君子或为小人，只看你能反身自省不。

中国文字，具有世界各种文字的特长。无论平行直行，左行中行，均无不可。中国字，一字一音，所以组成文章，不但名段整齐，并且和声压韵。看几行名家的字，读一篇名家的文，真能增人美感，提人精神。无论什么国的文字，也没有这种特色。英国麦克乃路 Mcceit 先生说中国文章为世界最精美的，实在是一句公平话。

我以为文章不论古今，读完了，使人或长精神，或增毅力，或奋志气，或去贪鄙，或减邪心，或发悲悯，或生羞愧，或动哀矜，或起美感，全是好的。读完了，或生愤怨，或起杀机，或生懈怠，或动淫心，全是坏的。

我所见的英文原本文选或读本中，少有现代人的作品。纵或有一两篇，也是因为那些著作家，是世界所公认的。编选的时候，若稍不谨慎，轻则虚耗人的光阴，重则败坏人的心术。决没有像我国现今的国文教科书，竟将一些狗屁不通的今人作品,也滥选在里边的。

你的文章不论如何不通,不论如何下流,只要入了文选或读本里,就有人对你另眼看待。譬如一个破便壶或一个破马桶,若摆在供桌上,或陈列所里,参观的人,虽知道是盛尿装粪的东西,也必以为是大有来历的非凡出众之品。因为这个缘故,所以现代的"作家"们,对有关系书局无聊的编辑,拼命地运动,将他们的大作,胡乱编入文选或学校课本。读者阅后,虽觉臊臭刺鼻,然而还是莫名其妙,不敢下肯定的批评。因此,所谓现代的作家们,一登龙门,声价十倍,饭碗问题,就容易解决了。

报纸是民众的喉舌,是政府的良友。当为民众宣纾抑郁,指导明路,对政府要竭尽忠言,规正过失。不可为少数人宣传,不可替少数人泄愤。不可为吸引阅者而登肉感小说或新闻。不可贪图津贴而变作留声机,或应声虫。不可被威势所慑而颠倒黑白。不可为求新奇而大造谣言。永远要超然特立,使之成为完全的"营业化"。

论官吏的好坏,只看他贪与不贪。他若因做官,发了大财,他一定不是好官吏。论妇女的好坏,只看她淫与不淫,她若有许多男友,她一定不是好妇女。

现在某某要人,因见中国日趋危乱,又提倡恢复中国固有的道德。这真是抓着病源,对症下药的方法。不过,欲恢复固有的道德,必须严禁诱人为恶的外国邪说,除灭那些贩卖邪说的"学者"。更要紧的是赶快打倒非孝主义。因为孝是百行之先,是种种道德的根源。不孝之子,决不能为良好的公民,无良好的公民,国决不能存立。以我个人而论,我现在纵然愿为中国的良善的好人,总不能坚定不移,就是因为我当初未在孝字上,立下根基。

英国格言说"父母之心,永与儿子同在",意思就是父母的心,时时刻刻忘不下儿女。我们观察猫狗以及一切禽兽,对儿女亲爱的情形,也当想起父母的辛苦,答报父母的恩惠,对父母不忘恩负义,就是孝。

"精神文明"是根本的,是稳静的。"物质文明"是皮毛的,是争较的。精神文明发达,可以减少世界的乱源。物质文明发达,只可能增加世界的纷扰。求精神文明,既安且逸。追物质文明,劳而不济。

立志要如山,行道要如水。不如山,不能坚定;不如水,不能曲达。

轻视本国固有的文化的国必亡。吸收别国的文化,填补本国的文化的国必强。

东邻岛国，能吸收中国与欧洲各国的文化，补益本国文化的不足，所以能成为亚洲最强的国。非洲与亚洲的小国，只知吸收别国的文化，所以不能振兴。

"教育救国"四个字，我极赞成。然而要知道，中国的教育是要造就合于中国目下需要的人材，不是造就一些合于外国的人材。是要造就一些能为中国谋利的人材，不是造就一些善为外国推销洋货的先锋。现在中国学生，入了学校，学级高一层，为外国人销货的能力增一倍。全国若全受了教育，中国货就无人肯用了。

按公平的办法，对仇敌必须报复。然而仇敌若有好处，也应当效法。英国格言说："聪明人能由仇人身上得益，糊涂人能由朋友身上受害。"日本人对中国，不念同文同种，唇亡齿寒的关系，利用中国混蛋们闹内乱的时机，占我四省的仇恨，是不可忘的。可是日本人长处，是应当学的。第一，日本人的坏，是对外而施。甚至军人，也不肯向本国人发横。第二，日本人非本国货不用，甚至留学生，也不以用外国货为荣。他虽多穿西服不穿和服（日本服），然而也非本国货不穿，一根纸烟，也非本国货不吸，仅以"有威不向本国施展，用物不向外国购求"，就是我中国人所应取为模范的。

自"九一八"的真国耻出现之后，第一应当悔悟的是一些要人，尤其是军界的要人，应当扪心自问，你们救国救民，闹了二十多年，究竟是否争得外国一寸之地。是否为人民，谋得一线之福。国土既连年丧失，民数既逐日缩减，还有什么脸皮，彼此攻评。国土未复，国难日增，尚有什么心肝，阴谋捣乱。若说别人祸国殃民，试问你们当权之日，是否有较好的成绩。你们虽不自知，可是你们的骨髓，早被百姓们看透了。你们最好是设法"合班"多唱好戏。切不可固意"分包"大演闹台。中华这座舞台，挺不住了。看戏的小民，也受不了啦。

掌权的人，招仇敌的骂，是不可免的。权威愈大，招骂愈多。最怕是与你不仇敌的人民，也要骂你。仇敌的骂，是起于妒嫉。人民的骂，是生于憎恨。仇敌的骂，是一时的。人民的骂，是永久的。招仇敌的骂可喜，招人民的骂可怕。历史里所存的好人，全是当时曾招仇敌骂的。所存的坏人，全是当日曾招人民骂的。

同时的人，不认你为同乡，为国人，还是小事。就怕你将来的子孙，不敢认你为祖先。据我推断，在民国以来的要人中，将来有祖先资格的人，实在太少。

宣永光（1886—1960）

古时的好人，类如岳飞杨继盛，未必有后，可是现在仍有人认他们为祖先。古时的坏人，类如秦桧吴三桂，未必绝种，可是现在就没有人敢认是他们的子孙。可见人生几十年，富贵权势，不过是一时的荣华。若把将来为祖先的资格混丢了，实在是一件可惜可哭的事。

无论多么混蛋的人，也能遇见比他更混蛋的人捧他。混蛋再遇着混蛋来捧，他那混蛋的程度，就无药可医了。

以前中国是排外，现在中国是媚外。排外是有血性，媚外是无廉耻。以排外而亡国，亡了也光荣。因媚外而不亡，不亡也羞耻。以中国现在的国力而言，排外还办不到。以现在的民气而论，媚外尚可不必。

在家和和平平，彼此全有饭吃。倘若你争我夺，终到同归于尽。

你若想试验人的智愚深浅，最好是当面先颂扬他几句。他若不露喜色，不失常态，必是一个非常人。他若眉开眼笑，忘其所以，必是一个大混蛋。

吹牛的人，只能祸己。拍马的人，必能祸人。对于吹牛者，当置之不理。对于拍马，须严加预防。否则，在不知不觉之间，他将你拍舒服了，就能骑上你。

愿得人的欢迎——献谀词。欲受人的恨恶——进忠告。

你用金钱，有时买不动人心。用谀言，则人多难被你收买。千古的伟人与美人，多因谀言而败名失节。

令妖魔现原形，用符咒。使官僚现原形，用颂词。

你若愿瞻仰"混蛋"是什么形态，对人颂赞几声，立时就有一个"混蛋"，摆在你的眼前。

一国的语言文字与国民性若不亡，不算真亡。印度亡了将近八十年，然则她的语言文字仍然存在，将来印度必有复国的希望。犹太亡了二千五百余年，然而犹太人虽散居各国，至今还能不失国民性，所以犹太将来也有复国的机会。现在，犹太人在各国中的潜势力极大，隐然操持全球的经济，有统一世界的企图。这就是因为国民性未失，遂露出复兴的兆头。

蒙古与满清在当初，全是大有势力的民族。满洲人，因入主中国二百六十八年，期限太久，饱吸中国的文化，先失了"民族性"后亡了语言文字，所以大清国亡了，满洲民族也差不多亡了。蒙古操持中国政权八十九年，时期短促，未得多吸收中国文化，就跑出长城。所以民族性未失，语言文字，仍然存在。大元国亡了，蒙古人还能繁荣滋长。

我国的苗族，由四千年前，就屡受汉族的压迫，退居于西南几省的山林之中，到今日还能保持苗族苗语苗文，就是因为不肯吸收中国的文化，所以民族性未失。否则，苗族的名称，早就成了历史中的陈迹了。

我中国现今在国际间，虽是处于极危险的地步，然而若能保存"国民性"与语言文字，决不能亡，中国纵然亡了，中国的民族，也亡不了。可恨竟有一班自命为领导民众的"圣人"与"学者"，硬说"中国国民性"不能应合现代的潮流，中国的语言文字，不易吸收西国的文化。甚至要用外国语法，改革中国语，用"罗马音"，改革中国字。这样胡改乱革，我中国可真要从根本上灭亡了。

不必大骂古人，古人虽不好，他们全死去了，再没有为恶的机会。不必太捧今人，今人虽好，他们还活着呢，尚有为恶的可能。要知一百个死秦桧，实不如一个活要人可怕。

断定一家的盛衰，要看那家的子弟。评论一国的兴亡，要看那家的青年。看一看我中国现在多数的青年，中国前途的命运，就可以预断一个大概。

中国现在有两样人最可怕。一是老顽固，一是新顽固。老顽固是习非成是，妄自尊大。新顽固是削足适履，妄自菲薄。正如老八股是束缚人的性灵，新八股是祸害人的天良。

守旧与维新，全不可趋于极端。守旧趋于极端，就入于顽固。维新趋于极端，就入于盲从。并且无论守旧或维新，均须有鉴别的能力与选择的本领。只要见得正当，虽千万人向前，吾偏要退后。虽千万人退后，我偏要向前。这样，才配谈守旧与维新。

欲求国家长治久安，须要士不邪，农不惰，工不猾，商不奸，官不贪。其中尤以官不贪为要着。愚民政策实优于扰民政策。愚民政策之下的百姓，还可以苟且安生，扰民政策之下的人民，决难有安生的日子。

法律如同蛛网，它的能力，只能捕住弱小的苍蝇与微细的蚊蠓，强大的黄蜂与凶横的木蜂，虽有时触到网上，网不但捕不住他们，反倒被他们撞几个窟窿。从来一国的法律之破坏,不怨小民,而怨一些有大势力的人。

社会是一团散沙,道德如同黏胶。社会间,无道德决必不能团结牢固。今人日日研究改良社会问题而竟蔑弃道德,甚至欲推翻道德。他们将来所造成的新社会,焉能有好的希望。

欲造成良好的社会而用挑拨的方法,正如用滚水冲激散沙。不要看顷刻之间,就冲到一起,要知水干之后,散沙更不能合拢团结了。目下的某国所造成的新社会,也不过是等于被冲激的散沙。由外面看,仿佛是成了一团,要知将来还有一个大解体在后边呢。

世界上只要一天有人类,就不能无私心。有私心,决没有真大同。某国的大志愿,是要用甜言蜜语,引诱世上的人,化除国界,归入她现今实行的一个主义之下。这仿佛是要合为大同了。其实她不过是要将各国,收入她的版图,受她的支配。名之曰大同,其实还是不大同,她高喊打倒一切帝国主义,其实她是要实行最大的帝国主义。

人人想治己,国虽乱而必治。人人想治人,国虽治而必乱。

革命出于为公,就是吊民伐罪。所以孙中山先生,首先由《礼记·礼运》篇里,取了一句"天下为公",使人人存在心中,以免人于私之一途。因为革命若出于为私就是夺取政权。吊民伐罪,是因一部分人,不忍见人民所受的痛苦,对人民有吊慰的心,因而集合一团势力,打倒压迫人民的恶魔。

夺取政权,是因一部分人,羡慕权者的富贵,对当权者,欲取而代之,因而纠合一团势力,打倒当权的人,以便为所欲为。

真革命(或为公的革命)之后,人民必有重见天日的欣慰。假革命(或为私的革命)之后,人民必有以暴易暴的痛苦。

革命,须以本国人,施之于本国人。不当有外国人的背景,不可受外国人的蛊惑与利诱,不应受外国政府的指导与驱使,更不可尊外国政府为政府。否则纵能侥幸成功,也不过是将本国的政府,变成为外国的分政府。将本国的土地,变成外国的附属地。这种行为,正与卖国奴的行为相等。

自民国十七年以后,"立场"二字,成了我国最时兴的新名词。人不演说不作文章则已，只要演说一次或作文一篇，几乎没有不用"站在某某的立场上"的。依我看，莫如痛痛快快说，是"站在饭碗的立场上"或"站在洋钱的立场上"，倒是言无二价，童叟无欺的良心话。

现在最可叹的是：一些青年，不务正业，一面任意享乐，一面恨天怨地。他们的钱财不足浪费，就骂"经济制度不良"。对妇女不能随意交往，就骂"社会组织不良"。终日对"资本主义"，"封建制度"等等，骂个不休。自以为苏俄是青年人的乐土，中国若变成苏俄，就可以畅其所欲，用钱而钱到，想密斯而密斯来。岂知在苏俄，更有种种限制。在苏俄全国里，决找不出一个终日油头粉面，身穿着电影明星化的洋服，手挽着爱人任性游荡的青年，在苏俄，有学识有技能或有权势的人，还须努力工作，不能任意享乐，更不用提满肚草包的人了。

不要骂"环境不良"。先要问问你本人的天良，你是不是"不良的环境中的优良分子"。不要骂别人不爱你，先要扪心自问，你是不是一个可爱的人。不要骂别人不肯用你，先要自问，你是不是有过人之才。

有好货物，不怕没有买主。有好学识，不愁没有用处。货物若不精美，还少有人肯照顾，何况没有货物。学识不优良，还少有人肯聘用，何况没有学识。在这政治未上轨道的时候，固然有些酒囊饭袋，得到高官厚禄。然而他们若没有吹牛拍马的特长，或没有能生养美人的父母，也决不能走那样的好运。要知政治入了正轨之后，还是唯有学识或有技能的人，才指有饭吃。所以最要紧的是，赶快努力蓄养充足的学识或有用的技能，将来不愁没有你的用武之地。比如你若是美玉，终能遇着卞和。

法律是平等的，是普遍的，不能因人而施，亦不可因人而免。若只能施之于贫贱的人，那就不配称为法律，只可呼之为命令。

外国的要人，以守法为荣。中国的要人，多以守法为辱。中国的要人，若不痛改这种劣根性，中国的政治，永远不能上轨道。

某年某要人，在北平大运烟土，大贩白面，大开赌局。终日门庭若市，顾客往来不绝。某要人竟敢在大庭广众之间，大言不惭地说："我就这么办，看谁敢出一口气。"说完洋洋得意，真比征服外国，凯旋还朝，还觉得光宗耀祖。这种毁法乱纪的人，竟能高居民上，中国焉得不乱。

现今的社会,真令人莫名其妙。凡事只要加上一个好听的名目,人就立刻视为高超,并不在实质上追求。殊不知婊子改名称菩萨,她们实质还是婊子。将相姑改称圣人,他们的实质还是相姑。聪明人,因名而求其实。糊涂人,只重名而忘其实。

有人问我:"北平的各种民众团体全在哪里?"我回答说:"前几年,在天桥与'杠房'里。你若有什么爱国爱民的表示,或有示威的运动,或用团体名义,欢迎某伟人或有何请愿的举动,用二毛钱就可雇一个,至于现在他们在哪里,我就不知道了。"

君子得势以行其道,小人得势以扬其欲。道行则国治,欲行则国乱。

我最怕听人说:"我若想发财,早发了。"或"我若想做官,早做了。"我一听着这种自向脸上贴金假充神圣的话,就如遇见婊子对我谈贞节,我总是回答说:"我为我自己奋斗二十余年,总想发财,总发不了。总想做官,总做不成。"

什么叫清高?有钱,谁也容易清高。什么叫卑鄙,无钱,谁也容易卑鄙。我以为,有钱足够生活而能不再贪得无厌,就是清高。既有钱足敷一生之用,而仍贪求不已,就是卑鄙。

中国各省,我差不多走过一半。以我所见的商人而论。要以北方的商人——尤其是北平的商人——最会做生意。他们那种谦恭和蔼的言语态度,能使你不忍不照顾他们。最不会做生意的,要属武汉的商人,其次就是上海的商人。武汉的商人,因为受了湖北俗语"一品商,二品客"的毒,对顾客,态度傲慢,言语刻薄,使你买完一件物品,心里生起许多愤怒。近二三年来,武汉的商人,不知是受了什么影响,渐渐地和气化了。可惜北平有些大商店的店员,不知是受了什么传习,反又端起架子来了。在这市面萧条的日子,还要学染恶习,实在不是好现象。

责己的人多,国必兴。责人的人多,国必亡。欲断一国的兴亡,当注意国人的言论。

我在某学校教书时,我的学生们,要出去检查日货,问我有什么意见。我说:"你们这种爱国举动,我极表赞成。不过你们要知道,日本货俗称'东洋货'。你们检查东洋货之前,要先检查检查你们身上的'西洋货'。要知,用东洋货,是等于直接的卖国,用西洋货,也不过是等于间接的卖国。'不买东洋货,少买西洋货'是学生们目下人人做得到的一种爱国方法。"

说救国爱民的话的人多,肯自救自爱的人少。这全是舍本逐末,弃源寻流的恶风。此风不改,国与民全要归于灭亡。

治国的人,对外须不使刀生锈,对内须不使犁生锈,更不可使钱生锈。不使刀生锈,是勤于备战。不使犁生锈,是勤于耕种。不使钱生锈,是勤于流通。

对失势的要人,加以打击,是打死老虎。对走背运的平民,加以打击,是"落井下石"。

我中国人讲道德,有许多不合理的。比如对一个要人,不论他当权之日,如何倒行逆施,祸国殃民,只要他失了势,下了台,人就对他既往不咎。假若对他加以严厉的批评或正当的攻击,就要被人议为"打死老虎"。因此就养成一班怙恶不悛的要人,当大权在手之日,任意胡为,知道失势下台之后,决无人向他重算旧账。我以为:中国若想不亡,百姓若想安宁,全国人民,民心合力,非大打死老虎不可。如此才能使一些活老虎们,在当权之日,先存下怕日后挨打的恐惧。他们纵有为恶的野心,也就不敢任性施展了。否则对活老虎,既不敢打,对死老虎,又不忍打,中国的国土,必要亡于虎,小民必要死于虎。

打活老虎是政府的职责。打死老虎是人民的本分。若有强固的政府,决养不成活老虎。若有强横的人民,决不容死老虎复活。

有人问我:"中国换了许多派许多系,全要将中国统一,为什么全归失败,不但未能统一全国,反将他们的派或系全毁坏了?"我说:"他们根本就不知统一是什么。统一者,是统一人心。可惜他们误解统一是统一位置。以为将一切位置,尽量安插本派本系的人就是统一了。所以得了甲省,就将甲省视为征服地。得了乙省,就将乙省认为殖民区。只知为亲属同乡扩充地盘,不问贤愚邪正,竭力任用,只知我的本派本系本乡本省的人,全是龙生凤养的治人之材,他派他系他乡他处的人,全是驴生狗养的被治之货。所以他们占据一省,一省的人'全要与之偕亡'。安插他们亲属同乡愈多,愈显露他们的丑点。如此焉能平服人心,焉能使他们的派系不归于崩溃呢?"

我常对学生说:"财产有败,势力有倒,人情有散,父兄有死,这几样,全靠不住。只有学问或技能,是靠得住的。不过,无论有什么高超的学问或技能,全须以道德做基础。中外历史里,有许多学问出众,技能高超教员,反致身败名裂的人,就是因为他们那学问与技能，未曾建筑在道德上。"

不打倒古圣人，显不出新圣人。不排斥古文学，抬不高新文学。现今的许多学者并非对古圣先贤，有何深仇大恨，也非对古人的文学，深恶痛绝。不过，他们因为求名图利起见，不得不昧着天良，立异标奇。这个锦囊妙计施用之后，果然，新文圣，新作家，新文坛巨子，就如大雨后的雷蘑，一个一个地全钻出来了。他们或彼此标榜，或互相攻击，闹得乌烟瘴气，鬼哭神号。于是盲从之辈，心目中只知有他们，不知前有古人，后有来者。因此他们的新愚民政策就达到成功了。

以前我中国人将外国人，认为禽兽。现在，我中国人将外国人，看作天神。这全是一偏之见。鄙视外国人，应知道他们有美点，当"择其善者而从之"。崇拜外国人，当知道他们有缺点，应"择其不善者而改之"。如此，则不致陷于排外，也不致流于媚外。

现在是是非混淆，黑白颠倒的时期。所以作的文，愈令人不知所云，愈是合于时代的好文。作的诗，愈令人认不出是什么东西，愈是合于时代的好诗。穿的衣服，愈不中不外，不男不女，愈是合于时代的新人物。你若稍加批评指正，就有人说你是没有欣赏文学的天才，缺乏审美的眼光，是时代的落伍者。

聪明人不骗人，糊涂人不受骗，则天下太平。

我在"农学院"与"铁大"教英文的时候，学生们问我学英文应当怎么样学。我说："只按'不要脸'三字做去。无论学习什么学术技艺，若肯拉下脸皮，无不成功。学习洋文，只要不怕讥笑，敢说敢作，敢勤勤地向人请教，所学所习，就能日有进步。仅以梅兰芳而言，他本是堂堂的一个男子，他竟敢在广众之前，着起女子服装，扭扭捏捏，细声细语，装模作样，不怕羞耻，所以能炼成一个名伶。当初他若'要脸'，决得不到今日的美誉。他在学习之日，能不要脸，所以学成之后，反倒露了脸了。不过，天下的事，除了研究学术与技艺之外，若不要脸，那就是自寻失败，自找苦吃。

天本是虚空的，不能靠。人多是虚伪的，不可靠。世间惟有自己是自己最可靠的。

修官署，不如用人材，正如修外表，不如修内心。

所谓良好的教育，不是增加学生的优点，是使他们知道自己的缺点。不是造就

宣永光（1886—1960）

一些妄自尊大的圣人,是造就一些真有实用的凡人。

我只劝学生们几句话,就是:立定志向,稳住脚步。不为古人的奴隶,不作今人的傀儡。不要见异思迁,不可舍己耘人。不要拍人的马屁而替人摇旗,不可受人的利诱而代人呐喊。但有机会读书,不必早谋出路。若想为国奋斗,须先立下根基。要知现在是青年最危险的时候,稍一大意,就要赔了性命,切勿贪图一时的虚誉,徒为野心之辈,做了求富贵的阶梯。娱乐场所,全是陷人坑。父母生我一场,孝不孝,先可不论,若不能成名立业,才是胡混一生。死后若鬼魂有知,总要不使它痛哭流涕。

存愤世嫉邪的心,天下少有不可恨的。怀悲天悯人之志,世间少有不可怜的。

真正的北平人,有一样大毛病。人若没有学问,没有技能,他们并不讥笑。假若人不会说北平话,他们反以为是莫大的缺点,必要加以怯口或有口音等等无意识的讥评。

前几年,我常见要人所收的通电里,有一句"天祸中国",我实在为天呼冤。天是空虚的,岂有祸国的能力。莫如改为"人"祸中国。若再往确实里说,不如换成"我"祸中国。

北平的老住户,是最讲究说话的。可惜他们有时候说的话极无道理,太不客气。比如,说起自己的父母,总是说"我们老太爷"(或老爷子)"我们老太太"。说起自己的兄弟姐妹嫂嫂弟妇,总是说"我们大爷,二爷,姑奶奶,大奶奶,二奶奶",说起自己的女人,也称"我们大奶奶"。最无道理的是,说到自己的儿子,儿妇,竟敢自称"我们少爷,我们少奶奶"。并不细想,这种种称呼,全是尊敬之词,理应发之于别人之口,不可自上尊号。

我中国上流社会的人,说客气话,也时常不加思索,不合文法。比如,说起自己家庭的人,总是说"我们"家父(或家严)"我们"家母(或家慈),"我们"家兄,"我们"家嫂,"我们"家姐(或家姊),"我们"舍弟,"我们"舍妹。殊不知,"我们"二字是表多数的代名词。对人说话,若用"我们",就要将对谈的人,包含在一起了。然而若按孔子的话"四海之内皆兄弟也",将父母兄弟姐妹,模模糊糊,作为公有,尚无不可。惟独提起自己一个人的女人,也要滥称"我们"贱内或"我们"内人。在"公妻制"尚未施行的时候,未免放弃"所有权"了。

宣永光（1886—1960）

在远古的时候，并没有钱这种东西。人需要什么，全是用物换物。古时的聪明人，为求方便起见，才造出钱来。可见钱不是坏东西。然而因为一些爱钱如命与用钱为恶的人，将钱污辱妄用了。所以好讲面子的人对钱字，多不肯发之于口，行之于文。欧美人，在大庭广众之间，更以钱字为忌。这岂是钱的罪呢。

教育本是强国的要素，是清高的生活，可惜被一些"学匪"弄毁了。宗教本是治心的要素，纯洁的生活，可惜被一些"教匪"弄毁了。恋爱本是维系夫妻的要素，是互助的生活，可惜被一些"恋匪"弄毁了。

良心无愧，身体无病，胸中无累，户上无债，是最大的快乐。

能灭除人民的痛苦，就是能为人民谋幸福，并不在乎有什么远大的计划。现在人民所希望的，并不是将来如何可以穿绫罗绸缎，如何可以吃山珍海味，如何可以住高楼大厦，如何可行几十万里铁路。现在人民所希望的，是有破衣可以容他们安安静静地穿，有粗饭可以容他们安安静静地吃，有旧屋可以容他们安安稳稳的住，有土路可以容他们平平安安地走，有薄田可以容他们老老实实地耕，有苦工可以容他们安安然然地做，有小店可以容他们安安稳稳地开，有破书可以容他们安安静静地读，有小事可以容他们安安稳稳地作。

现在的人民，对当权的人不满意，不是怨人民，是怨当权的人"为人民谋幸福"，太好高骛远，不切实在。目下的中国人民，如同小孩子，隐在泥塘里，受尽鱼鳖虾蟹的钻噬，当然要哭叫喊嚷。你只要将他一把拉出来，他立时就能喜笑颜开，歌功颂德。假若你连一臂之力，还不肯用，反在泥塘边上，对他高谈《封神演义》，他耳里虽然爱听，怎奈他向上的痛苦，是无法可忍呢。你纵然舌敝唇焦，他也要说"你是口甜心苦"啊。

糊涂人的糊涂，有法可治。聪明人的糊涂，无术可医。有孝顺的儿子孙子，不如有孝顺的爸爸爷爷。孝顺的儿子孙子太少，孝顺的爸爸爷爷太多。

儿子孙子承受爸爸爷爷的财产，全以为是理所当然，并且爸爸爷爷，也多以为不如此，就于心不安。爸爸爷爷得儿子孙子的奉养，反多以为受之有愧，并且儿子孙子，也多以为若如此，就是莫大的恩德。因受遗产而感念爸爸爷爷的人，千百中未必有几个，因得儿子孙子奉养而感念儿子孙子的人，千百中，实在有千百。

寒带温带热带的社会情形，决不相同。甚至同在一个大洲，一个纬度里的各国的社会的情形，也决不能相同。就以中国五大族与中国西南的苗族的社会的情形而言，也不能相同。专以汉族而论，因所居的区域不同，社会的情形，也就不能一律。其所以有差异的情形，自然有种种的原因，一时无法详说。总而言之，不能照外国社会的情形，改良中国社会。更不可按外国人近来所造出改良外国社会的理想方法，改良中国社会。欲求改良中国社会，至少先须将中国五千年的历史，详细研究几遍。若仅仅读过一本高小国史教科书，竟要将改良中国社会的重责放在肩上，那是不知自量的。

糊涂人，多成功。聪明人，多失败。自以为聪明的人，必着着失败。

英国俗语说"天助糊涂人"，是一句迷信话。其实，是因为糊涂人多有自知之明，遇事只知循规蹈矩地做去，不敢存非分之想，不敢有出位之思，只知低头傻干，不敢行险取巧。如同登山一般，不问山的高低，一步一步爬去，自有达到极顶的时候。人看糊涂人那种傻头呆脑的情形，以为他必遭失败，岂知他的成功，就在眼前。他成功之后，人还疑惑不是他自己所成就的，于是，就造出一句"天助糊涂人"。

不能自治的人必被人治。幼年不受父母尊长训责的人，将来必遭社会的轻蔑，遭受国法的制裁。监狱中的囚犯（除了少数被人诬陷的人之外）全是不能自治或幼年不受管教的人。

未读透中国的古书，不配批评中国的古书。未深知外国人的优点，不配仿学外国人。

野心的军阀，以为别人全有死，我必永远不死；他人全有失败的日子，唯独我没有失败的时候。摩登女子，以为别人全有老，我必永远不老；他人全有不受人爱的日子，唯独我决没有不受人爱的时候。岂知他们骄满自恃的期间，光阴与环境就在他们的身上，做起工来。

人之一生，十分之九为己，十分之一为人，就是天下少有的极大的好人。百分之九十九为己，百分之一为人，就是好人。至于说某某伟人，一生专为民众生活，我决不相信。寻常人，若说"我立志终生专为人谋幸福"，那是等于放屁。我以为孔丘与释迦，至多也不过是十分二三为人而已。

人见了明娼与明娼寮，决没有什么批评，只认定是卖淫的人与卖淫之处罢了。假若遇到暗娼与暗门子，心里立时就要生起一种奇异的感想，必要指指点点，发些异论。假若暗娼再假充良家妇女，暗门子上再悬起一块"贞节牌"，那就是自讨没趣，自增羞耻，闹成极大的笑话了。我近几年来，因受这种经验的教训，所以我才不得不揭去我"假充好人"的假面具，痛痛快快地自认自供，我是一个自私自利的"动物"。

谀言（马屁）是一种骂人不带脏字的讥评。只因为是用柔和的语调与温顺的态度说出来的，所以入了人耳，就如同打了一下吗啡针，立时先使你微觉麻木，然后就觉得血液循环，肺叶颤动，周身舒畅，不知东南西北，忘了姓甚名谁。染了这种嗜好，与习成吗啡病相同。日染日深，前途决无好的结果。然而不肯近吗啡的人太多，不肯纳马屁的人简直没有。我虽是竭力拒绝，心里有时也是欢迎。

自从环境恶劣一句话，由野心的学者造出以来，为无数的青年男女，遮去了许多的罪名。然而给无数的青年男女，增添了许多不肯上进的理由。

在学校混文凭易，在社会混饭吃难。

老禽老兽，费尽辛苦，甚至舍死忘生，将小禽小兽养起来。到了小禽小兽能飞能走自己寻食的日子，便各奔前程，父母子女的关系，立时断绝。以后重逢，如不相识。我们替老禽老兽打算，它白费精神气力，未免太糊涂。然而因为它们不能返想，所以不知悔悟，仍是生生不绝，并不知研究任何避孕或堕胎的方法。

人是有返想的动物。假若将儿女养起来与他们没有一点益处，只知受养充分之恩，不知还报之义，人谁还肯操心费力，养育忘恩负义的害物呢。古圣先贤，惟恐人类将要断绝，所以创出一个"孝"字，使为父母的不致灰心。

孝字正是引诱为父母的一种钩饵。儿女虽不能个个全孝，然而为父母的，总以为他们必有尽孝的可能。心中存着这种希望，所以就甘心担负养育辛苦。全以为我们现在为儿女虽受尽苦劳，将来总有使我们快乐的结果。因有这种思想在心中鼓动，人就繁殖下去了。

禽兽不知尽孝，然而决没有对父母为仇的。中国的古语"枭食母、獍食父"，并不是实有其事。不过古人特意造出这种谣言，警戒不孝之辈，不要学禽兽而已。按《述异记》说，獍状如虎豹而小，生食其母。《汉书注》又称獍曰"契獍"，说它食父。它到底怎么样,我看论动物的书很多,也未曾查出来。枭,俗称猫头鹰,北平人称它"夜猫子"。我由种种方面考察它,决没有食母的恶行。只知它们有时同类相食。老的,因为力弱被强壮的吃了,剩下一些毛骨在枭巢底下,人就因此造出谣言诬蔑它们。

禽兽对儿女,只担负短期的义务。禽到了能飞,兽到了能走,能自己觅食,可自己独立的时期,父母对它就脱卸了养育的责任,决不肯再受缠累。人类则由生到死,只要有父母,父母就能对他们挂肚牵肠。禽兽为儿女打算,至多不过几个月,人类为儿女打算,无尽无休,甚至到两三代之后,人岂可不孝。

不祸国,不卖国,就是爱国。不骗民,不扰民,就是爱民。

"爱国"须要用心,不可用口。"抗日"须要用力,不可用舌。不可利用爱国二字,自相夸耀。更不当利用抗日二字,自相诛杀。

有人说:"中国现在所以不得安宁,是因为恶人太多,好人太少。"我说:"中国现在所以不得安宁,是因为坦坦白白的真恶人太少,遮遮掩掩的假好人太多。"

所谓慈善家,并不在乎典房去地,卖儿鬻女,节衣缩食,挨饿忍饥,周济穷人,一个人只要肯将他所用不了的,或所不能用的,分散于人,就是真正的慈善家。

前几年,北平某报征求"中国青年应读什么书",接到了许多的答案。其中某有名的学者的答案,是"应多读外国书"。我原以为那种"忘本"的谬见,必定有人驳斥。岂知因为他是一个"学者",竟得了许多人的赞助。我中国竟有这种"舍祖忘宗,是人非己",仅求知人,不求知己的现象,中国焉得不日趋于灭亡。

十年前,日本文学家某人,在某处对中国人演说。提到中国文字,他说:"十五年后,你们贵国人,若用国文教员,须到日本去聘请。"当时的听众,全都认为是笑话。岂知日本人,研究汉文的狂热,较我中国研究洋文,还格外的猛烈。在我国蔑弃国学的狂潮中,反给日本人造成搜罗中国古书的机会。我们所认为腐化落伍的典籍,他们全视作无价的珍品。再按现今我中国几个新圣人,竭力改良中国文字的情形推测,日本人那句预言,恐怕不久就要应验了。

据我所知,惯骂官僚与财主的人,多是愿做官而不成与想发财而发不了的人。

以先我中国用人,是先付工资,然后上工作事。自从染了欧化,一班新派的人用人,是先上工作事,到月底或下月初,再付工资。这种恶例一开,与用人的人,固然增

宣永光（1886—1960）

添了许多利益,可是使被雇用的穷人,受了许多的苦恼。因为他们谋得一个位置之后,还不算有了饭碗,只是有了可以吃饭的希望,必须东挪西借,典衣卖物,维持这一个月内的生活,工资到手,须先开发利息。这种损失,只有以身为业的穷人知道。

英国格言说"贪财是万恶之源"。我再补充一句"说谎是万罪之始"。

人有才识,正如商店有好货。纵然自吹自擂,若没有人代为宣传,也能有人肯来照顾。不过既得了宣传的效验之后,更当维持住了信用。否则,人上当只一回。不但人与商店是这样,一切主义学说,也是如此。

在国政已入轨道之后,书呆子可以有出路。在国政未入轨道之前,只有"书混子"能够寻出路。那似呆不呆,似混不混的人,无论在政治上轨道与否,只能到处碰钉子。

现今最可忧的是,多数的学子,入了小学,便自命为贤人。入了中学,便自视为圣人,入了大学,更自居为神人。留洋回来,便自以为是加料的神人。他们超凡的程度,既然一天比一天高,所以与社会的隔膜,一天比一天大。一旦置身社会,便觉两不相容,非常苦闷,因为社会是以凡人组成的!

愿得人的欢迎——献谀词。欲受人的恨恶——进忠告。

儿童喜奉承,是因入世尚浅。妇女喜奉承,是因阅人不多。老年人喜奉承,是因活得日子太久,碰钉子太多,到了残年暮景,愿听一些顺耳的话,安慰安慰已经失望的心。

谀言与美色,全能催动人的血轮,使人发生美感,振起人的疲倦。耳里喜听谀言,正如眼中愿见美色。也可以说,谀言是耳中的美色,美色是眼里的谀言。

有人问我:"你是否喜欢人对你拍马?"我说:"何尝不喜欢,不过我既无学识,又无财势,虽愿受人之拍,其如人之不肯白费气力何。"

现在救中国,不必骂中国的古人,也不必捧外国的新人,独一无二的好法子,就是人人要反照自己的天良。天良就是一个能使自己现原形的照妖镜。人人每日肯自照几遍,中国决不能亡,帝国主义也就不打自倒。

孝亲是报本,爱国也是报本。所以不孝之子,决不能真爱国。不爱国的人,也决不能真孝亲。

世界就是一个大学校。世上的人,不论男女,全是这学校的学生。一脱离母胎,就在这校里报名注册。活到老,学到老,永没有学成了的日子。"殃榜"与"死刑罪状",就是修业证书。善恶的声名就是成绩。自从这学校成立以来,修业生不知有几万万万。不论你在这学校里,如何聪明,如何愚昧,修业之后,同归"完事大吉"。孔子,释迦,苏格拉底,与穆罕默德等等的人,也不过是为学校里的高材生而已,他们也没有毕业。

什么是人生?人生就是"离了母腹向坟墓里进行的路程"。少亡的就是这条路短,老死的就是这条路长。所谓命好的,就是这条路平坦。命苦的,就是这条路崎岖。这条路上,老老实实走的,就是君子。在这条路争争斗斗走的,就是小人。不论你怎样走,你也不能不走入坟墓。

有人问我:"有一种新青年,凡事要随着新潮,为什么还要向腐化的爸爸要钱,为什么还吃腐化的爸爸的饭?"我说:"花爸爸的钱,吃爸爸的饭,是爸爸的义务。追随新潮流,是他们的使命,并且爸爸当初也是吃他的爸爸,花他的爸爸。旧潮流是如此,新潮流虽新,也不能例外。"

口强心弱的人,一生不能发达,并且要招出许多的烦恼。口强心弱的国,永世不能盛兴,并且必造出许多的国耻。

钱是好东西,然而须会用,书是好东西,然而须会读。正如水与火,全是人生所一日不可缺的,但是若用得失宜,却能与己与人有害。

诚,伪,公,私四个字,是分别君子与小人的试金石。君子必诚,小人必伪;君子必公,小人必私。

古人读书,一年之中,除了三节与"歇伏"外,并无所谓休息。可是那些读书的人,也未全学了颜回,短命而死。他们的学识,也并不劣于今人。今人读书,除去星期,寒假,暑假,春假,例假与种种纪念日,种种运动日,一年几乎读不到三个月的书。可是这些读书的人,也未全学会了彭祖,得享高年。他们的学识,也并未超过古人。

每七日休息一日,原是基督教传下来的习俗。教徒用这一天,作为礼拜上帝、休养疲乏的日子。在欧美各国,虽未必人人视为圣日,他们也多是利用这一天,作正当的消遣,以便恢复六日已经劳累的精神。休息一日之后,再奋力办理正当的职务,足可补足一日休息所耗去的光阴。我国自从采用星期例假之后,反给多数的人,造成放纵的机会。所以我常对学生们说:"一到星期六,你们的功课就糊糊涂涂,因为真魂,已经走了。每到星期一,你们的精神,必昏昏沉沉,因为真魂,还未回来。"

读书愈少,愈将自己认为圣人。读书愈多,愈把自己认成混蛋。近二十余年以来,我中国之所以日趋危亡,并非全是受帝国主义的压迫所致,最大的原因,就是多数的知识阶级,明于察人,昧于察己,自己卖淫偏要骂人为娼,自己为盗,偏要骂人作贼,自己生花柳恶疮,偏要讥人打"六○六"。

历史是已往的新闻。新闻是现今的历史。不过,历史与新闻,全是因坏人而起的,世上若全是好人,也就没有历史,也就没有新闻。纵有历史,纵有新闻,也必如同忠臣孝子烈女节妇的传记,枯燥无味。人读一二句,就要睡着了。因为,有奸盗邪淫,才能使读者发生兴趣。

不给父母招骂,是孝子。使父母增荣益誉,是最大的孝子。

求学如逛景,须自己时时刻刻一步一步地留心观察,才能得到真正的知识与阅历。徒读死书,不过如同读古人的游记而已。说得虽然热闹,当不了自己的经验。

古时是养儿防备老。现在是你养我小,我不养你老。

俗语说:"养儿不养俩,老了轮官马。养儿不养仨(读 sā),老了没有家。"又说:"好儿不要多,一个当十个。"这些话全是警戒那班对儿子不嫌多的人,造出来的。

某人说:"父母想得儿女的济,是没有道理的,因为生儿女的原因,是为图贪一时的快乐而起的。既然贪快乐,就当有代价。儿女就是快乐的代价。"他这话实在是追本溯源之谈,所以人为儿女操心费力耗财惹气,不必怨天尤人,只可怨自己当初太不老实。

在这文明进步的时代,生儿子的好处,就是你在临终的时候,若有财产,可以有所交托。生女儿的好处,就是在你活着的日子,多一门亲戚来往。

监狱收养一个无期徒刑的罪犯,以五十年计算,至少须消耗三千元,假若教育一个孩子,至多需费一千元。以收养一个与社会有害的罪犯的费用,至少可造就三个与社会有益的分子。可见政府对教育投资,较为司法筹费,重要得多,并且是利益无穷。不过,我所以认为教育者,最良好的教育,是与中国有实用的教育。若以现在多数学校所得的成绩而论,最好是多筹司法费。

古语说:"经师易得,人师难求。"因为读书不是为通"经",是要学做人。现今,是科学之师易得,人格之师难求。据我所知,现今校长娶学生,教员妍学生的事实甚多。以这种校长教员而论,他们虽能贩卖吓人的"科学",也不过多造就一些害人的匪类。欲为中国养成人材,不当由甄别学生入手,要先由校长教员动工。(注:"经师易得,人师难求"见《北周书·诞卢传》)

爱国心,是国民对国应尽的本分。爱国的行为,是如同国民对国应纳的一种赋税。既是本分,则不可视同一种功勋,而向人自夸。既同赋税,要当由自己牺牲,不可"拿野猪还愿"或从中取利。

"量入为出"四字,不但是居家之道,也是治国之法。

俗语说"王子犯法与庶民同罪"是真平等。孔子说"己所不欲,勿施于人"是真自由。因为在法律上平等才是真正的平等。自己的举动,不扰及别人的安宁,才是真正的自由。

律师是保护人权,替人办理的。然而自有律师以来,无钱的人,更无理可办了。

我不知什么是善恶。我只知与人有益就是善,与人有害就是恶。利于多数的人,就是善。只利于少数的人,就是恶。

我见阔人讣文内所附的"哀启"或"行状",我就为我国痛哭流涕。因为死去的,全是天生少有,地上无双的好男女。

这种好人既是全都死了,中国焉得不大糟特糟。

人生一世几十年,仿佛是岁月久长。若细一思想,也不过如同梦幻泡影,转眼就完。任何权位财产,也不能永久据为己有。所能永远占为己有的,就是学问与名誉。军阀强盗,能夺人之权位,杀人之肉身,分人之财产,而不能夺人之学问,不能灭人之名誉。历史中,这种证据说不胜说。

对公则敷衍,对私则认真。对内则张牙舞爪,对外则俯首贴耳,是古时中国人的大毛病,也是现今中国人的大缺点。老年人,向下看,想已过的。青年人向上看,想未来的。幼年人，向各方看，什么也不想。

青年人的思想，一天比一天新，正如他们的身体一天比一天长。人过四十，身体既不再长，思想也就稳定了。

文人的书案，与美人的妆台，是世上两种最可怕的东西。因为世间的不安，多是由这两件物上造的因。

依着我的小人之心推测，不可用花枝招展，扭扭捏捏的女教员，教授血气未定的男生。更不可用油头粉面，洋装革履的青年，教授及笄待嫁的女生。不论这种教员是由什么国留学而回，也要防微杜渐，拒恶于始。

大城市虽是文化的中心，也是各类罪孽的制造厂。就以北平而论，玉泉山的水，流入北平以前是清澈无味的。由北平流出之后，就变成混浊腥臭的了。乡里人入北平，也是如此。正如墨子所说染丝的地方，"所入者变，其色亦变"。所以我不以日本夺我四省为虑，我独以乡间的好男女，因避寇而逃入城市为忧。日本的武力，可以用武力驱除。乡民所染的恶习，几代也不易去净。

古人说"入山惟恐不深，入林惟恐不密"。古人还有深山可隐，密林可藏。自民国二十余年以来，我中国经一些不学无术的军阀，闹得民穷财尽遍地皆匪。山中有贼林中有盗。不但小民无法山居林处，甚至他们那些要人，若想山居几日，也非带几营卫队，不得安生。城市中，又经一些阴毒洋化的学者，闹得乌烟瘴气道德消亡人伦破产。不但良民无法修身齐家，甚至他们那些志士，若想宁静几天，也非维持一班爪牙，不得稳固。归终，是害人害己，杀人自杀，彼此同陷于焦灼忧惧之中。若想随处可居，四民乐业，只怕今生无望了。

人生是忧闷时多，欢乐时少。世界是扰乱时多，太平时少。否则人更不愿死了。

要学好，先学诚。欲学坏，先学伪。

人的名字，不过是一个区别于众的符号，固然是叫猫称狗，也与本人没有多大关系。但是既择一个名字，总当使人听了见了，不致生起不快或奇异的感想为是。可怪，有人择名，竟有用血、魂、仇、恨、冰、雪、霜、雹、耻、儿、球、剑、刀、点、胆、誓、击等字作材料的。尤可惜者姓王的起名，偏多连用国字。譬如王国仁三字，读起来，岂不是等于"亡国人"么。

男子的权是财,女子的权是色。男无钱,女无色,生于今日,不但没有人权,简直,就算没有人格。这种不平,是随着文明而增进的。世界愈文明改良,愈没有穷小子与丑女人的活路。

少年人最忌轻浮躁妄。老年人最忌暮气颓唐。一则无事可成,一则无步可进。所以中年人办事,多易成功。

不要轻视穷人,穷人虽穷,或有所不为。不要重视富人,富人虽富,或无所不为。

以先女学校,全有烹调与缝纫两门功课。近几年来,有人说那种功课是污辱女权,学成也不过是预备做家庭的奴隶,所以多被取消了,可是对于音乐唱歌跳舞,反大加提倡。我不知,衣服破了,唱一唱就能补上么?肚子饿了,跳一跳就能充饥么?做饭缝衣,若算污辱女性,那么给人唱着听,被人搂着跳,就是尊重女性么?

现今,有钱的人,有儿女,不易教养。无钱的人,有儿女,不能教养。将来,无论有钱无钱,若有儿女,谁也无法教养。

在国中危乱的时候,元首的位置,如同旗杆顶。乍一看,仿佛是高于一切,人人全愿意上去开一开眼界。及到费尽心力,爬上去之后,坐下去既不舒服,站起来又不稳固。稍微不加谨慎,就有跌落丧命的危险。

现在,富人是害怕,穷人是着急。不富不穷的人是又害怕又着急。

小人发财,他那俗鄙的样子可怜。小人得势,他那骄满的样子可怕。

古时的恶人,未必如传说的那样坏。古时的善人,也未必如传说的那样好。不过经历史家添枝加叶,描写的放大了几倍而已。正如人夸人之善或讥人之恶,总要过了实在的范围。所以子贡说:"纣之不善,不如是之甚也。是以君子恶居下流,天下之恶皆归焉。"可见人做一个好,不但在当时受人的崇敬,将来更必得人加倍或加几十倍的崇敬。当一个恶人,不但在当时受人的咒骂,将来,必更受人加倍或加几十倍的咒骂。我常说:"人若因无饭吃,当了恶人,还觉值得。然而现在一些要人们,既不少衣缺食,又何苦自往恶人群里瞎钻而取千秋万世的骂名呢?"

一个人全不易受骗,何况全国的人呢。一时的人还不易受骗,何况千秋万世的人呢。自古以来,那些骗子们,有几个不是骗了自己。

自作聪明的人,是世上最糊涂的人。历史中所载的奸臣大盗,全是当日以为自

已是最聪明的人。秦桧,严嵩,黄巢,李闯就是凭证。由现在说起,已被刺杀的几个要人与监狱里的囚犯以及已处死刑的盗匪,就是凭证。他们若不自以为聪明,何致作出种种的罪案。再以鸟兽虫鱼而论,凡落入陷阱索套钩网的,也全是自以为聪明的。

真混蛋,不致吃大亏。假聪明,始能惹是非。

婊子若能自认为婊子,强盗如能自认为强盗,则天下太平。

骄满虚妄,是伟人失败的第一步,戒慎恐惧,是伟人成功的第一步。

我中国原有君臣,父子,夫妇,兄弟,朋友五伦。自从民国成立,第一伦,已被打倒了。自从非孝主义一出,第二伦,将被打倒了。自从自由离婚兴起,第三伦,快被打倒了。因有财产的关系,第四伦,早就不成一伦了。自从某要人娶朋友之妻为妾,第五伦,将来也恐怕保不住了。

报纸的职责,不只是像一个"探子",专向民众报告消息。

最大的本分,是要像一个"义士"替民众诉冤屈,代民众鸣不平。据近二三年来,有几家报馆,对于奸诱妇女或遗弃妇女的恶徒,不但不施行攻击,且竟竭力地代为洗刷。更可恨的是将这些恶徒的罪名,强拉胡扯到"环境不良,封建遗毒,吃人礼教"之上。仿佛他们的恶劣行为,是无罪无辜的,是社会应当赞颂的,是政府应当奖励的。我真不明白是什么原因。

据近来几个报纸上的评论,仿佛处女膜是一件阻止文明进化的东西。以为若没有这种东西,男女就可以任意交通苟合。女子若以身体,随时供给男友消遣,中国就能一跃而为地球上第一强国。女子若能打倒羞耻,中国就可打倒一切帝国主义。

没有真正的道德,不配讲社交公开。没有嫁娶的真心,不配谈恋爱自由。

处女膜不是中国女子所独有的,也不是因中国腐化才生的,是天下各国妇女所同有的,也是天生的,若因此为女子鸣不平,只有对天实行革命。(在此,我因恐碍及我的《妄谈》的范围本不愿说到女性,然而因为屡屡使我不能不说的事故发生,不得不在此里略谈几句。)

富人得穷人之力,较穷人得富人之力为多。没有富人,穷人还可以生活。没有穷人,富人立时不能动转。

真正大英雄的胆最大,是勇于为善。真正大英雄的胆最小,最怯于为恶。

普通小民的悲愤,并非因无高楼,因无汽车,因无美妾,因无银行存款。他们所以悲愤,是因为有人将他们那一点的养生之资,强取了去,作为建高楼,买汽车,娶美妾,存银行之费了。欲免小民的悲愤,只有政府严惩贪污的官吏,禁绝非法的捐税。

名誉是人生最靠得住的财产。有名誉的人,虽穷决不致于饿死。因为有无形的财产带在身旁。

我国出名的商店,因防止冒牌起见,多用"假充字号,男盗女娼"的咒词,警告一些无耻之徒。这八个字,虽然类似村妇骂街,可是一些冒充之辈,因恐遭了养儿做贼,养女为娼的报应,居然减少了许多假充字号的行为。足见这八个字的威权,可以超过法律的效力。

无道德的商人,假冒别人的牌号,是为谋私利。无道德的坏人,假冒人民的牌号,也是为私利。商人冒牌,不过骗一些主顾。坏人冒牌,是骗全国人民。商店对冒牌的无耻之徒,可以用"假充字号,男盗女娼"八个字做警告。那么,我们人民,对伪造民意的野心之徒,也当加以"伪造民意,男盗女娼"的警告。有人说那些要人早将报应二字,抛到九霄云外,将迷信心理,化为无影无踪。他们对明骂,还无所动心,岂能怕这区区八个字的咒词呢。我说:"他们虽不信'果报',然而果报,还是如同影之随形,响之随声。你试看,自民国以来,那些假造民意的人的儿女,有几个能男良女洁的。现在的报应,比以前更速了。"

治国如同治病,须临症处方,随时用药。若预先开出许多方子,强使病人按方服用,即是以人命为儿戏。所以古人,将良医与良相并称。

人全喜爱金银。假若用金银造成一个笼子,将他关闭起来,他决不愿意。妇女全喜欢金手镯,若用金做成手铐,将她双手连起来,她也不赞成。因为金笼金铐虽好,怎奈束缚了他们的自由。然而有些人,因广有金银之故,全于无形之中入丁笼,加上铐了。

无钱财无权势的人,全以为有了钱财,有了权势,必然快乐。其实,达到这两种欲望之后,未必就能真正快乐。没有儿女的人,全以为有了儿女,必然喜欢。其实,有了儿女,也未必就能真喜欢。人生只是彼此羡慕而已,我以为,因没有而生羡慕,终比因有了而生烦恼的滋味好。

人一生的大毛病,多是对别人的事,看得明明白白,对自己的事认得糊糊涂涂。因为有这个毛病,所以世上闹得七乱八糟。假若能将这毛病反过来,世界必能风平浪静。可惜,人性既不能改,世界也就没有安宁的日子。

世界上的小百姓,原是统一的。国界,省界,以及一切的界限,全是少数的伟人强划出来的。一国之内,自相争杀,国际之间,攻伐不止,也是一些伟人闹起来的。

成吉思汗一出世,因他丧命的有六百万人。拿破仑一出世,因他丧命的有二百万人。中国的往史不提,单说中国的一个小军阀的一生,平均也能连累一两万人因他而死,我不知世上为什么生这种害物。

部下的人说你好,是一时的。百姓说你好,是永久的。可惜中国的要人,只顾讨部下一时的欢喜,惹下百姓永久的怨恨。

不求己而求人,不救己而救人,不知己而欲知人,不治己而欲治人,是目下中国多数青年的传染病。

良心胜私欲,则为君子。反之,则为小人。

中国的小民,肚量最大。否则,在今日的中国当百姓,早就当气死了。

有知识有道德,是人材。有道德无知识,是凡材。有知识无道德,是狗材。无知识无道德,是弃材。既无知识又无道德反自以为有知识有道德的,是杀材。

苏秦张仪,走遍六国到处受到欢迎。孔丘孟轲,行遍天下到处碰钉子。因为苏张所谈的,是合于一时的人欲。孔孟所谈的,是万古不磨的天理。一则如娼妓小人的甜言媚语,当然易惑人心。一则如节妇义士的冰言冰语,自必难入人耳。

钱是人人喜欢结纳的好朋友,可惜它的架子太大,最不易使你接近。你纵然费心力,将他请了进来,它也不愿永久与你同居。你略微不加谨慎,它就能脱逃而去。你若寻找它,恐怕不易了。你纵然发一恨心,将它锁起来,它也许运动你的子孙,将它放出去。

近几年所发生的许多的诱奸或遗弃案中的男主角,若在欧美,必成了社会中深恶痛绝的败类。必无人再肯同他们往来。然而在今日的中国,这些男主角,反因报纸宣传成了大名。甚至有一些摩登女子,给他们写信慰问,或躬亲跑到监狱里探望的。

这岂不令人莫名其妙。

前年我的朋友某君,有意创办大学,并且拟定几十条好的办法。第二条是"教职员任职,学生入学,皆须宣誓"。我对他说"你这理想的大学,将来恐怕就要坏在你这'二'上。他问为什么,我说"官吏就职,在外国也有宣誓的。办学读书何必要宣誓。宣誓当了什么,左丘明说'信不由衷,质无益也'。'质'还是白费,何况空言呢。"

我最欢迎资本家,因为中国就没有纯正的资本家。中国若多出几位资本家,多开几个商店,多立几个工厂,一些失业的苦同胞,就不愁没有吃饭的地方了。假若我中国,因多有资本家,一变而成为资本主义的国,再由资本主义,一变而为帝国主义,岂不更好么?

我最"欢迎"帝国主义,因为世上就没有真确的帝国主义。世上若多出几个帝国主义的国家,多派几只兵舰,多遣几架飞机,时常侵略中国的领土,中国的几个军阀东逃西窜,也就顾不得分立政府或割据一方,进行他们那爱国爱民的工作了,他们若不爱国爱民,几年之中,小百姓就可以恢复元气。小百姓一恢复元气,立刻就能安居乐业而发生卫护国土的观念。四万万人,若全有与国存亡的心,帝国主义也就不敢再将中国视为无人之境了。

治家与治国是一个道理,治家,若不能创业,就须能守业。若既不能创,又不能守,这个家决不能不灭。一个国若到既不能创,又不能守的程度,也不能不亡。

钱虽然好摆大架子,但是它是天生的贱骨头,生就的势利眼,最喜欢跑到富贵人手下为奴隶,决不愿真诚入穷苦人家里当祖宗。当贵人对它点手就来,有时它竟不请自至。穷人愈对它磕破头皮,哀恳号呼,它愈洋洋不睬。

钱是奴性的。只可供人的指使,人不可受它驱策。你若能善用它,它就是你的忠仆。你若不善用它,它就变成你的恶主。人若终日为钱用心,就变成财奴。财奴是世间最苦的奴隶阶级中的人。因为俗语说"奴使奴,使死奴",那么,财奴既是奴下之奴,焉得不苦呢。

人的一生,不只是当祖父的孙子,父亲的儿子,儿子的爸爸。这三样的程序,虽然全做到了,与普通动物传种的义务,也没有什么高超的分别。人总须在立德,立功,立言三件人生最大的职务上,做到一样,才不污辱这个人字。

宣永光(1886—1960)

人不论富贵贫贱,能尽力为人群办一件有益的事,作一篇有益的文,说一句有益的话,也未尝不算是立德立功立言。

人所共知的孔,孟,老,庄,程,朱,释迦,耶稣,苏格拉底,卢梭,韩愈,张骞,苏武,岳飞,秦良玉,马志尼,惠灵顿,华盛顿,富兰克林,南相格尔等等,也不过是立德立功立言的人中最有名的而已。

学校只能造就名义上的人材。真正的人材,全是靠自己肯用心,肯吃苦,肯耐烦,肯为人所不能为,所造就起来的。

四年前,我对民国大学的学生说:"有形的文凭不是吃饭的执照。真正吃饭的执照,是无形的学识技能。则大学毕业,不是就算学成了。文凭不过是一张转学证书,入了社会,才是肄业的开始。社会才是真正的大学。"

学校里许多的学科,不是为学生将来入社会谋生的利器。不过是学校中的教员,在学校里混饭吃的饭碗。学生学成之后,也不过是再入学校,将那种饭碗,传授与别的学生。所以讲台上讲说的人材日多,社会里需要的人材日少。

据一些文明的学者说,"中国是时代落伍的国家"。中国既是如此,那么,他们为什么又将超越时代,连文明的外国还用不着的高深学理,教授给中国学生呢?学生纵然学成了,也不过如荀子所说的屠龙之技高而无用,杀龙的把戏,既永无实现的可能,那么,他们那高深的学理,又有何可用。

满口谈道德的男子,多是伪君子。满口讲贞节的女子,多是丑妇人。

肉体不健康,必受疾病的传染。心思不坚定,必受邪说的诱惑。

我国的女子,事事不如男子。就以洋化而论,她们中最摩登的,也不过是穿洋衣,吃洋饭,用洋物,说洋话,唱洋歌,跳洋舞,交洋友而已。然而敢再文明一步而嫁洋丈夫的,还是如同凤毛鳞角,少见得很。若与我国敢娶洋太太的男子相较,未免是不进步,不彻底。

黑猫白猫,能捕鼠的就是好猫。中国学问,外国学问,能换饭的是好学问。

又吃鱼,又怕腥,又养汉,又抛清,是自古以来许多小人招痛骂的原因,也是许多要人不能成大事的根由。往史不论,单以某总统而言,他若直直爽爽地做皇帝,免去筹安会的洋把戏,不行三揖三让的假客套,他那称孤道寡的志愿,也就能达到了。

只因他半推半就，扭扭怩怩，所以未打住狐狸，反惹了一身臊。

中国现在所缺少的，只是任劳任怨，敢作敢为，不怕当恶人，不怕挨明骂的人。中国现在多出几个真小人，真恶人，中国的前途就有希望了。

天下行动最迟慢的，以蜗牛为第一。然而在一星期中，它若不止地上前爬，它可达三里之远。可见读书做事，不怕迟慢，最怕停顿。

有人问我："中国为什么总不能安宁？"我说："只因为一些要人，有福不会享，偏要生闲气。"

使小人无法生活的国，必乱。使君子不能生活的国，必亡。

按进化论，人是由猴类进化而成的。猴类既是兽类，人多少必要含有一点兽性。古圣先贤，知道这种情形，所以就创出道德，伦常，宗教作束缚兽性的无形利器，正如将野兽装入樊笼里，以免它们出来为害，使社会少生纷扰。现在有一些自命为新文化分子的人，不了解古人的苦心，以为道德伦常宗教，是妨碍文明进步的东西，竭力主张打倒推翻。这种恶见若不速加制止，将来的人类，就要日趋"兽化"而变成真正的野兽了。这岂是文明进步，简直是归本还原。

老学究喜欢恭维古人而轻视今人，说古人善而今人恶。岂知古人并不良于今人，今人也并不劣于古人。古人所以觉得比今人好，是因为古人有种种的限制，不能任意胡行，如同笼里的虎豹，并非不能吃人，是因为有笼的阻碍，使它们无法施展它们的原性。

"诚实不欺"四个字是人生秘诀。

专为别人打算，不为自己打算的人是混蛋。专为自己打算，不为别人打算的人是大混蛋。既不为自己打算又不为别人打算，一味任意而为的人，是最大的混蛋。中国这些年的扰乱，全是这第三种闹起来的。不但害得自己东藏西躲，家败人亡，更害得别人心惊胆跳，无法安生。

军阀祸国殃民，是一时的，至多二十年可以恢复原状。

"学者"乱国毁民，是长久的，至少一百年不能恢复元气。军阀死了，祸患就完了。学者死了，遗毒去不净。所以"有枪阶级"，实在不如"有笔阶级"可怕。

富人，怕人夸他有钱。妇人，怕人说她不美。

不新奇，不能动人。不怪异，不能惊人。不能动人，不能惊人，不能享大名。不享大名，不能招集信徒。无信徒，无人代为摇旗呐喊。无人代为摇旗呐喊，成不了"学者"。成不了学者，就成不了首领。成不了首领，则不能揽大权，立大业，因此，新学说，新主义，遂层出不穷。为学者为首领的，前仆后继。人民无所适从，大乱就由之而起。所以，学说不可滥，主义不可多。

对待人力车夫工会的首领，先使他拉一拉车看看。对待工会的首领，先使他用一用斧凿看看。对待农会的首领，先使他种一种田看看。对待商会的首领，先使他卖一卖货看看。

对待教职员工会首领，先使他教一教书看看。这样，才不致被人玩弄，才能表示真正的民意，才能谋一个团体的公共利益。假若外行的人，可以代表本行的人，那就是包办民意，强奸民意，以众人为傀儡。

你最大的过错，是你以为你自己永无过错。你最大的失败，是你以为你自己永无失败。

陆世仪先生说："天地犹是此天地，日月犹是此日月，山川犹是此山川，城郭犹是此城郭，时移世变，而古之人则不可得而见矣。其间庸愚之辈，汶汶焉，与草木同腐，奸邪之流，遗臭史册。惟有道德文章忠孝廉节之圣贤，耿耿焉，有英气常存。人亦何可不自勉也。"这几句话，真可以作人人——尤其是目下中国的要人——的座右铭。人人每日清晨，若肯诵读一遍，使国家社会，所得的利益，比背诵任何佛经遗嘱的效力还大。如此，不但东北四省可以收回，帝国主义也能不打自倒。

自古至今，我所认为最可惜可哭可叹的，就是有许多的要人，本有流芳千古的能力与机会，偏要遗臭万年。

为好人易，为恶人难。说实话易，说谎话难。为恶人，须大费心机。

说谎话，须大打草稿。我以为当一员秦桧，所耗的心血，较比当十个岳飞，所耗的心血尤多。只可惜古今一些要人，多费尽心机，模仿秦桧，多不肯坦坦白白，学法岳飞。

我平生最爱钱，因为钱能买人格，钱能维持生命。我平生最好色，因为色能悦人眼目，色能提人精神。我平生最爱书，因为书能增人知识，书能化人忧烦。我平生最好交友,因为友能谏人改过,友能助人进德。

对学识不如自己的人,有傲态,对学识高于自己的人,有嫉心,全是因为少读书少阅历。多读几篇好书,多经几番事故,自能化除这种小家气。

读书不难,难在选读。交友不难,难在择交。

有人说,中国的阔人,对于拜访的人,多不愿接见,未免是自高身价,实在可恶。这种批评,实在是不体谅他们,不肯为他们设想。中国的阔人,所以不愿见客,是因为客人太不知为别人节省光阴,一些求见的人,与他们会面,多不肯直接了当,干干脆脆将来意说明。偏要先谈一些毫不相干的废话。甚至等到谈完或送至大门,才将请托的题目,半吞半吐地说出来。阔人本来如同名妓,又岂能为一两人去大半的功夫。外国的名人会客,常限定谈话的时刻,实在可以减去许多不必谈的客气话。

中国这些年扰乱,所以此起彼伏,此伏彼起,成了走马灯式的现象,就是因为一些要人们的顾忌太多,心手不辣,以致敌方不能消灭,斩草除根,遗毒未去净,焉有安宁的日子。刘邦平定了全国,还不肯留下一个毫无实力的田横。乍一看,未免是残酷太甚。其实,欲求长治久安,就不能不下狠手。因为好少一分祸根,小民就能多一分安宁。少一分乱源,小民就多增一分幸福。

我对要人有两句话。第一,须要知己知彼。若有实力则不必调和。若无实力就不必捣乱。第二,假和平不如真武力,用武力不如正己身。用武力要使敌方无死灰复燃的可能。正己身要于无过中思有过。

国家使无知之辈,操持军政之权,如同纵容小儿玩弄快刀。结果不但伤了别人,并且要伤了自己。

为好人,生前受人爱慕,死后受人崇敬,何苦不为好人。

为恶人,生前受人讥评,死后受人咒骂,何必为恶人。

自民国以来,今日改,明日革,所得的成绩,只是"要人"造了无数的谣言,发了无数的横财,小民听了无数的好话,受了无量的活罪。

最危险的马屁,是属员的马屁。最可怕的批评,是人民的批评。可惜自古以来,一些要人的双耳,全被属员的马屁塞满了。人民的批评,简直达不到他们的尊耳。因此他们就一直走入遗臭万年的路途而不可挽救。

宣永光(1886—1960)

　　七年前,我在某军的参谋处供职的时候,曾因某军在前线,招得百姓怨声载道,特向某长官商议,请他设法转达各队,严整纪律。他说:"你不明白,军队到了前线,不能管束得太严。否则他们就不肯打了。"我说:"肯打不肯打是在平日的教练,不在到临时的纵容,收得一城一镇的事小,伤了人民的心事大。要知骄纵的儿子,不但给父母惹祸招灾,终久也必招他反噬。骄纵的军队,也不能例外。"

　　修身与养身不同。修身是修千万年不死的真身。养身是养几十年必死的肉体。修身是拒恶。养身是防病。然而能修身的,必能养身。能养身的,未必能修身。

　　无学识,并不可羞。无学识而偏欲彰显自己的渊博,才是可羞。无钱财,并不可耻。无有钱财,偏要表示自己的阔绰,才是可耻。

　　现今许多大学学生的知识,多是在小学或中学里培养起来的。我以为,现在若谈"教育救国",就竭力缩减大学的数目,省下费用,多办良好的小学或中学。

　　聪明不是福,善用之则为福。愚蠢不是祸,不善用之则为祸。

　　有人问我怎么才是律师,怎么才是讼棍。我说:"领了凭照,就是律师。不领凭照,就是讼棍。"

　　君子怕理而不怕法,小人畏法而不讲理。

　　人人能自制,一切的法律,监狱,警察,全是无用的。人人不能自制,纵然人人讲法律,人人住监狱,人人用警察监视,也是无效的。

　　我不提倡宗教。我不反对宗教。可是我以为,有宗教,终胜于无宗教。科学发达,固然可以缩宗教的势力。然而科学发达到了极点,宗教的势力,他就渐次地翻转回来。这话,读一读几个有名的科学家临终所说的话,就可以明白了。

　　宗教的好处是能使人心有所归宿,精神有所寄托,能于苦恼中,得着无形的安慰,能于愤恨中,消减许多的杀机。它的坏处,据说是"愚民政策",阻人进步。其实,全不是宗教本身的错处。

　　以前我国,将唱戏的,贬入娼优隶卒之中,将做官的抬到士家工商之上,实在是极大的错误。要知唱戏的,以品行而言,多能高过做官的。仅以他们对于艺术,全有"自知与知人之明"一事而论,足可愧死一些官僚。第一,他们决不敢贸然登台,决不敢演唱自己所不能唱的戏。第二,无论什么名角,决不敢将生,旦,净,末,丑,全由他一人包演，决不敢认定各种角色，全出在他的家里或他的亲友与同乡之中。第三，他们被人喊了倒好，若非在私下，大用苦功，演习好了，决不敢再登舞台。我国官僚，若全能如唱戏的有"自知与知人之明"，这座"中华舞台"决不致有将要倒闭的危险。

老子说："知人者智，自知者明。"苏格拉底说："人要自知，一切智慧，由此而起。"东西两个贤哲，全是以"自知"指示人。人果能自知，决不致把自己看作圣人，也不致将别人认为混蛋。军阀们层层捣乱，学者们时时骗人，全是由不自知三个字出来的。

说实话得罪人，是一时的。说谎话联络人，也是一时的。被实话得罪的人，将来仍必与你恢复已往的交谊。被谎话联络的人，终归必定发觉你的狐尾。

在留学生里，已死的，我最佩服辜鸿铭。现存的，我最佩服潘敬。辜先生，精通几国的文字，他居然不将洋人看作圣人。并且敢当面或作文，指摘洋人的过错，提倡中国的文化。他虽戴着大辫，穿着光绪元年的陈旧中服，外人对他，全都表示敬意。潘先生虽留欧多年，娶了外国太太，还能不染盲从式的洋化，还能不忘国语国文。并且能用国文著书，将中外的好坏，分得清清楚楚。

我平生有两件最认为荣幸的事。一是在东城椿树胡同，曾与终生不失个性的辜鸿铭先生住过街坊。一是在前外羊肉胡同，曾与伶界的"女圣"刘喜奎女士比邻而居。辜先生甘受穷苦，不肯同流合污，以至困顿而死。刘女士虽为坤伶，永不肯出风头，永不肯操副业。她嫁崔某之后，不幸守寡，至今仍是节励冰霜，甘为崔某抚孤。

我的脑筋是腐化的，思想是落伍的。我认定，男子一生，若能牢守个性不肯随人摇旗呐喊，就是男子中的模范。女子一生，若能严护身体，不肯任人辟为"公园"，就是女子中的圣贤。

我中国所以衰弱，并非因为不识字的文盲太多，是因为半瓶醋式的文匪太众。

以中国军阀泄私愤的坚心，去报国仇，中国可以称霸于亚东。以不良的军人，对待老百姓的勇气，向外而施，东北四省，不致被日寇"拾"去。

有真道德，必生真胆量，凡怕天怕地怕人怕鬼的人，必是心中有愧，必是品行不端。

不论你有天大的学问，你若没有准定见，见什么新鲜，你就投什么机，你纵然被人称为先知先觉,你到底是一个匹夫。不论你有出众的才能,你若没有准丈夫,见什么摩登,你就干什么事,你纵然被人呼作交际明星,你归终是一个娼妇。

我常对学生们说:"你们不必侈谈毕业后,如何救国救民。

先要扪心自问,毕业后是否自己有换饭吃的本领。"我在学校(汇文大学)读书时,屡屡高谈救国救民的梦话,常常抱定舍我其谁的野心,对于应学的功课,向不专心。以致到如今,穷愁潦倒,不能自拔于困苦之中。回想当年"救国救民,舍我其谁"的大话,真使我汗下如雨。所以我一听学生说大话,我的脸皮,就为他发麻。

国家将亡,学校所造成的,多是大言不惭的志士。国家将兴,学校所养成的,多是守分尽职的凡人。

对老年人拍马屁,足可以提一提他的精神。对青年人拍马屁,实在是要阻碍他的前途。老年人离死不远,拍他几句,使他欢喜一场,虽近于卑鄙,未尝不是道德。青年人后望无穷,拍他几句,易使他生起骄满之习,虽近于鼓励,未尝不是阴险。

我对某校学生说:"你们须用心读书,要知中国的前途,全寄托在你们的身上。焉知你们之中,将来不出一位国府主席呢?"他们立刻眉开眼笑。我又对他们说:"你们若不专诚用功,中国的将来,就许亡在你们的手里。并且焉知你们之中,不出几个人力车夫呢?"他们登时丧气垂头。可见许多学生的嚣张傲慢之恶习,全是教职员平日惯拍学生的马屁养起来的。

我劝青年在入学校前,要将自己认作混蛋,毕业后,更要将自己认作混蛋。如此,才能脱离混蛋的樊笼,虽处于混蛋世界中,而能不为混蛋。

以前那"打戏"式的教育,固不易养成伟大人格。现在这"哄少爷"式的教育,极容易造夸大的土匪。

地球是圆的。在圆的上进步,也就是退步。人既是地球上的生物,一切动作,全离不开地球。你无论如何自夸你进步,你终久还是要归到你的"出发点"。所谓"进化",也不过是由野蛮进化到文明。文明到了极点也就是达于野蛮的开端。现在一些文化过火的人,提倡"裸体生活","打倒家庭","消灭国界","非孝主义","多夫主义",也就是向"原人"的时代进行呢。

日本原是自己没有文化的国。她所以能成为世界六大强国之一,是因为她能吸收中国的精神文明，做她的筋骨，利用欧美的物质文明，做她的皮肉。

中国以维新而弱，日本以维新而强，是因为日本学得别国的长处，中国学来别国的短处。正如两个贫贱的人，同学富贵人。一个学得富贵人所以达到富贵的原因。一个学了富贵人所显露出来的富贵外表。

古学说是"调解"的，是使男女老幼贫富尊卑，相亲互助的。新学说是"挑拨"的，是使男女老幼贫富尊卑，相仇互嫉的。古学说若达于实现，必能使普世的人，合衷共济，大家全沾福利，和乐太平。新学说若果见诸施行，只能使少数的坏人得益，使多数的好人遭殃，并且你争我夺，大家同入于灭亡之途。

天理是人所共有的一个真理，良心是人所同具的一颗本心。天理，也可以说是自然之理。良心，也可以说是自然之心。

有人对我说："做县长的秘诀，是将县里的绅士维持好了。"我说："你若将绅士维持好了，县里的小民，可就把你恼了。"

现在中国的教育愈发达，洋货推销愈广远。由小学校起，学级高一年，所用的洋货增一倍。照这种情形推演下去，不用等待教育普及，中国就要宣告经济破产了。要知现在许多的教员就是提倡洋化的功臣。

人不可无疑心，读书无疑心，得不到实学。交友无疑心，得不着良友。并且天下的真理，全是存着疑心而求出来的。

有人说："中国现在，只有能'破坏'的人材，并无能'建设'的人材，只要狗材猪材，就能成就破坏的工作。譬如能工巧匠，费多少年的辛苦与无量的血汗造成一件东西，用一条狗或一口猪，片时之间，就能撞毁了。"

当初英国数学家及物理学家牛顿 Isaac Newton 费了二十年的苦心，作成一部书的底稿。经他的爱犬碰倒烛台，几分钟的工夫，就将那稿子变成纸灰。由此可见，古圣先贤耗费多少心血，所成就的事业，片时之间就可以被一两个混蛋，毁成一个七乱八糟。古语说："数君子成之而不足，一小人毁之而有余。"就是这个道理。

消弭祸乱，不必讲什么高超不切实用的外国主义，只在掌权的人，设法"正风俗，辨邪正，别男女"。风俗不正，决生不出好政治，邪正不分，决产不出真人材。男女七乱八糟，决产不出好国民。这三样是一而三，三而一。从着就治，违了就乱。

宣永光（1886—1960）

我从来就不信有真确的"民治"。到我的骨肉化为灰尘的日子，我还是不信有真确的"民治"。我愈读新旧政治讲主义的书，我愈不信有真确的"民治"。不但中国没有真确的民治，外国也少有真确的民治。甚至直到天末日，全球上也实现不了"言不二价，货真价实"的民治。

世界是，只有"官治"，并无"民治"，官虽是由民变化而成的，也不过如同由蛹变成蛾，蛹终是蛹，蛾终是蛾。人既不可呼蛹为蛾，又不能称蛾为蛹。那么，就不能称官为民。

英国格言说："小心你帽子里的蜂子。"那意思是不要防远，先要防近。自古至今，许多作大事掌大权的人，所以闹得身败名裂，遗臭万年，多是被身旁一二小人害了他们。只可惜他们专对小民处处严防，而不知祸就生于肘腋之间。

我读历朝的史书，看我中国，从来所遭受异族的轻蔑，没有较"九一八"更甚的。一时之间，失地之多，也没有如"九一八"所失之多。我不知将来作史的人，关于这段痛史，要如何下笔，将来读这篇痛史的人，要有什么样的批评。

彭祖寿长，也死了。颜子寿夭，也死了。石崇豪富，也死了。范丹清贫，也死了。秦桧害人，也死了。岳飞被害，也死了。吴三桂为泄私愤而请清兵，也死了。史可法为报国仇而抗清军，也死了。嫫母貌丑，也死了。西施色美，也死了。我才明白了，原来，人无论怎么，也必有一死，谁也不能长生万年。

非裁无用的队，不能救有用的良民。非铲除个人的军队，不能有国家的精兵。军队的实权，若不直操之于政府，国家对外决没有争胜的希望。

军队是为国家保疆土的，不是为司令占地盘的，军人若知为国牺牲的荣誉，是民族的英雄，为司令奋斗是耻辱，是个人的家奴，中国就有望了。

前年我在某司令部为少校处长时，某处长要调升某官。我的同事某甲对我说："我们同是某处长的人，反正我们当追随他。他到什么地方，我们也要不离开他。"我说："你不要擅用'我们'二字，我往大里说，我是我中国人的。往小里说，我是我宣家的人。再往小里说，我是我'宣永光'自己的人。"

中国若不打倒个人系属的恶风，任何事业，永远也上不了轨道。二十年前，一省若更换一个巡抚，藩臬两司全不致动摇，道府州县，更不受牵连。做官的能安于其位,不存"五日京兆"的心,所办的事才有进步。现在不但官场成了走马灯,甚至清高的教育界,也成了后婚婆带犊子了。中国的前途,还用问么。

生为男子,因报答知己,因维护公理,性命可以牺牲。假若只为吃饭问题,身体万不可属之于人,成了饭东的私有物。并且先要查一查,饭东所赏你的饭,是不是国家的。

以性命报知己,以性命护公理,是英雄豪杰的气节。以人格殉富贵,以人格换饭碗,是奴隶猪狗的行为。

有人问我:"为什么古今许多英雄豪杰,在困穷之日,肯投靠于不如他们的人?"我说:"英雄豪杰,心抱大志,打算作一件轰轰烈烈的事业,如同一个矮小的人,要登高墙,自必要寻一个'梯子'。假若一时寻不到梯子,那么,遇见一个'马桶'在旁边,未尝不可利用为进身的阶梯。假若嫌它臭,就爬不到高墙之上。当初,刘邦,就是张良、韩信的梯子。韩林儿,就是朱元璋的马桶。"

秋后的蚊子与天将亮时的臭虫,咬人格外厉害,可见凶狠暴戾,正是将要灭亡的先兆。不但恶虫如此,恶人与恶国,也是这样。

天下有两种人最可恨。一是有病不肯吃药。一是无病偏要吃药。前者是刚愎自用。后者是庸人自扰。

人的思想,是随年龄而变的。所以青年人与老年人,决不能成交。大姑娘与老太婆,永不能合作。

有人问我:"某有名的新圣人说:'四子书贻害中国。'你对他这句话,有什么感想?"我说:"他是要使一些青年,将古圣先贤所遗下的书,认为破铜烂铁。将他的作品,当作美玉精金。人人心里,若不崇拜古圣人,他那新圣人的荣衔,就可实授了。他所行的,正是一种新发明的'愚民政策'。好在他还没有秦始皇的威权,不配将一切古书付之一炬。并且他所以反对四书,是因为他当日未曾将四书读明白了。假若他肯将四书细读几遍,再请一位老先生,为他讲解三年,他就不敢讥评中国的古书了。"

古语说:"得人者兴,失人者崩。"古今中外的伟人,所以能成大事,全是能识人,能用人的。张良韩信,也曾投靠项羽。所惜项羽不能识人,不能用人。终归张韩二人被刘邦所利用,成了制项羽死命的利器。张韩如同蒙着灰尘的明珠,卖到两个小贩手里,一个不识货而向外推,一个识货而因此致富。

真正的幸福不是钱所能买到的。真正的名誉与学识,不是死所能泯灭的。

以前的学者,口里不提高农工,然而心中决不忍由他们身上谋利。现今的多数"学者",口中虽竭力推崇农工,心里却是要用他们为傀儡。我敬告农人工人,凡是对你们痛哭流涕,而高谈救助你们的人,百人中之九十九,是以为人们的脑筋简单,对你们要施行黄鼠狼给鸡拜年的险毒手段。

信好话,受实骗,是现今多数青年与多数老实农工的传染病。人生不幸,处于乱世,只有埋头读书习业,为将来打算,是青年人的安全途径,专心一意,靠筋力工作,养大豢小,是目下农人工人的稳妥办法。只要是有书可读,有业可习,有田可种,有工可作,就是幸福。未来的幸福靠不住。眼前的幸福莫牺牲。

去私心,才能办公事。能自爱,才能讲自治。

许多青年的摩登男女,以为他们的父母不懂恋爱。我不知他们是怎么来的。

我的一个老同学对我说:"现在的青年,真不得了。他们正事不作,专门恋爱'密斯'。"我说:"你不要'洗了尹之后,就不认作贼'。我们当初又何尝不爱密斯。不过,我们当初是爱在心里,他们现在是爱到外头来了。"

某新学家说:"《聊斋志异》那部书,文笔芜杂,取材鄙陋,谈狐说怪,不合现代潮流,没有一读的价值。"我说:"蒲松龄是现代的人么?阁下这种批评,如同说:'岳飞当日不该班师,就当先打一个电报或派一只飞机,去问一问宋高宗,那些金牌,是不是高宗亲自发的。'并且阁下若嫌蒲松龄的文笔不好,那么,就请阁下著一部比《聊斋志异》更好的。使我开一开茅塞,使新文坛也发出一点光彩。"

自从"不战而退"与"望影而逃"改为"战略作用"与"预定计划"以来,中国再没有"败将"。自从"寡廉鲜耻"与"奸盗邪淫"改为"经济压迫"与"环境不良"以来,中国再没有"坏人"。

非能辨别"是、非、邪、正",不配谈"改造"。非能"通今知古",不配谈"维新"。由之乎非眼光明了,不能别五色。非耳鼓灵敏,不能定五声。

凡事,有一利就有一害。自从交通发达,为人类往来或运输上,增了许多的便利。可是在不知不觉之中,各国各地也输出或流入许多的病症与恶俗。现在,甲国独有的病症,乙国也见了。乙国独有恶俗,甲国也有了。

弱国学强国,如同贫家学富家,如同乡下人学城市的人,必要先学了坏处。所以乡下毛孩子,一入城市读书或习业,多是先对享乐的地方注意,对消耗的恶习上用心。现在,甚至许多乡下的男女学生,入大城几天,回到乡里,就主持离婚。至少也要先弄上半截"洋服",显露所学的成绩。

现今有许多人,对留学生表示不满。甚至有人说他们是传播恶俗的媒介,是亡中国的先锋。这全是不肯用心详查的一偏之见。要知中国得留学生的利益也不少。如沟通文化,修整交通或发展实业,多是留学生的成绩。使中国受害的留学生,是那种富家资财的阔少爷与善能奔竞的"人情货"。他们到外国,是为混资格,并非是为求学识。目的与行为,既不正大,当然学不来外国的优点。

世界上的事物,是有循环性的。所以已往的优点成了现在的劣点。昨日的缺点成了今日的美点。那么,现今所认作坏的,将来未必不视为好。今日所赞为美的,明日未必不讥为丑。能明白这种情形,才不致是古非今或是今非古。现在多数的青年男女,全被"捉住时代"四个字或"捉住时代的轮子"七个字毁了。既然将时代看作轮子,当知轮子是会旋转的。时代的轮子,尤其是旋转的最速,你永远也追不上它。你将要捉住它的某一部分的时候,它那一部分,已经是过去了。并且它既不是稳定的,你如何能捉得住。

时代既是循环,它的某部分转过去,必定还要绕回来。你若是有定见的好小子,你当拿定主意等着它,不必随着它的屁股跑。要知,你跑得纵然"连喘带叫"力尽筋疲,你也不过吃它一些屁灰,反要使你发昏殆死,精神失了作用。

凡事,取乎中,是应付时代与任何事物的良法。中是不偏不倚,不左倾不右斜的。非中则不能正。非正则不能稳。非稳则不能久。

男子的思想,万不可学摩登女子的衣饰。她们为趋时起见,对于衣饰的肥瘦长短,今日改变,明日革新。愈想趋时,愈要落后。结果,枉劳精神,枉耗钱财,空惹一肚子气。

我以为,人的思想,必须如同做衣服,不管别人穿肥穿瘦穿长穿短,你总当做不肥不瘦不长不短的。别人穿有花纹的，你总要穿素面的，如此，你就总赶得上时兴。

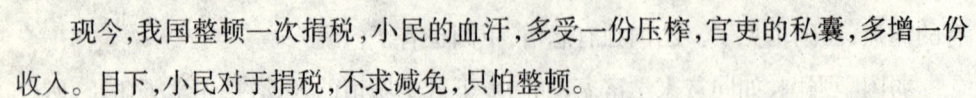

现今，我国整顿一次捐税，小民的血汗，多受一份压榨，官吏的私囊，多增一份收入。目下，小民对于捐税，不求减免，只怕整顿。

整顿捐税，只在剔除中饱，严防舞弊，不在敲骨吸髓，不在竭泽而渔。砸碎了骨头吸髓，固然可以将髓吸得一滴不留，但是下次，连骨头也吸不着了。淘干了水坑拿鱼，固然可以将鱼捉得一条不剩，但是下次，连鱼子也寻不着了。

自民国成立，二十三年以来，种种捐税，增了不只四十六种。所得的结果，只是四民废立，书不能读，田不能耕，工无从作，买卖无法做。究竟捐税所得的钱，是作何开销了。据理财的人说，十分之八九，是耗于养兵。卫护国土，不能无兵。那么，东北四省，为什么又让日本人"白拾"了去了。看起来，捐税的十之三四，只是入了经手人的腰包。十之七八，只是为军阀练了无数祸国扰民的家奴。

现今我民国小民，被民字骗惊了，被民字吓怕了。用民字骗民的时期，早就过去了，不时兴了。我认定，现在若有人想在中国作一番伟大的事业，最好是口中不提一个民字。民字之上，更不可再加一个爱字或救字。果能如此，人民必定箪食壶浆，表示热烈的欢迎。假若再玩弄民字的把戏，未免是自求失败。

现今中国的百姓，只求安居乐业，不贪高贵的名目。你若能使他们安居乐业，你纵然呼他们为草木小民，他们对你也是歌功颂德。你若不能使他们安居乐业，你虽然称他们为民国主人，他们也是骂你的八代祖宗。

由道德所生的胆量，是能维护真理的。这种胆量也就是孟子所说的"浩然之气"。

现在的主义，如同六月里的苍蝇。一天不知要产生多少，真有些使人无法应付。闹得人头昏眼花，意乱心烦。我以为，防止苍蝇的方法，只有扫除污秽，力行清洁。防止主义的方法，只有扫除私欲，力行正心。

《礼记》上说"四十曰强而仕"。那意思是说，男子年到四十，智虑气力强盛，可以做官了。可见做官不是"奶毛"还未去净的人，所可以充数的。各国掌大权的人，也没有二十来岁的人。近几年来，不知是谁，创出一句"打倒四五六"的话。据说，四十、五十、六十的人，思想陈腐，少有勇气，必须痛加铲除，才能文明进化。然而，我以为，进化退化文明野蛮,先不必论。我敢说,中国现在所以还未真亡,就是因为四十岁以上的人,还未死绝。

现在中国有些人,受了某国的学说的诱惑或金钱的驱使,对贫富上下父子夫妇之间,大加挑拨,闹得贫富相仇,上下相恨,父子相嫉,夫妇相怨,已经是大乱之端,近来又挑动老少之间的感情,不知是什么心理。人类结合,才成社会。各阶级互相爱助,社会才得安全。今将各阶级挑拨离间,还大言不惭地要创造"理想社会",岂不是南辕北辙隙行求前么。

《国语·齐语》上说:"老者之智,少者之决。"可见老少,各有优点,各有缺点。国家用人,理当老少兼用,以收互相辅助之益。

天下只有两种人。一是可敬的好人,一是可怜的坏人。好人所以可敬,因为他认清了人生应走的途径,专向光明的大道中前进。坏人所以可怜,因为他误解了人生的正路,偏向黑暗的死途急趋。

什么样的人是最讨厌的?最讨厌的人,就是在你正要自颂功德的时候,他先自夸其德了。

你所欢迎的人,是能向你献谀言的。你所厌恶的人,是能对你尽忠告的。

仿学皮毛的洋化,附和外国的新学说,不是救国之道。真正的救国之道,是"存天理,去人欲,守范围,尽本分"。

人失了自信力不能为人。国失了自信力不能立国。

学生在学校里,得随便的机会愈多,将来处社会,所碰的钉子愈大。

凡是一种学术,若没有存立的真理,决没有存立的可能。中国医术,我虽不敢断定是起于黄帝,然而我确信中国的医术,是集合四千余年以来,无数的古人的经验而成的。若说中国的医术不高明,可是中国人的死亡率也并不超过于外国人之上。若说中国的医术不科学,可是许多洋医,所不能治的病,竟被中医治好了。医术是为治病的,以治好为主。何必用科学二字吓人。

食物,不论精粗,不论中西,吃了之后,能解饿,能养人,就是好食物。学术,不论古今,不论中西,学了之后,能有实用,能换饭吃,能不害人,能不骗人,就是好学术。

世界上最有实用的,就是经验。最无实用的,就是理论。我朋友家里,有一个仆

人,无论什么电灯电话无线电等等,全能安装拆卸改造,他并没有读过一天书。他所能的,全是由经验得来的。我朋友的儿子,是理科出身,对电学学了三年,对那仆人竟甘拜下风。假若他们两人,同时出去换饭吃,一个必能入工厂服务,一个只能站讲台教书。

"誓死"与"牺牲"不是可轻于出口的,不是可以玩笑的。不肯舍命,不配妄谈誓死。不肯舍己,不配浪说牺牲。现今中国人,所以滥用这四个字的原因,是出于不了解这四个字重大的意义。

去年说"誓死不弃防地的人",现今多在一边养尊处优,作威作福去了。去年说"为国牺牲的人",现今多在一边安享富贵,倚翠偎红去了。可见,所谓誓死者,是让别人誓死。牺牲者,是使别人牺牲。这种言不顾行的愈多,国耻愈大,国亡愈速。假若自问,没有这种决心,最好是免开尊口。几个人丢脸事小,全中国人,随着丢人事大。

非有大胆的人,不敢说实话。非有决心的人,不敢行直道。可惜,说实话,行直道的人,不但不能处社会,甚至不善处家庭。

大智果能若愚,不但自己可以减少许多烦恼,社会也可以少生许多扰乱。大愚偏要若智,不但使社会日趋扰乱,自己也不能幸得安宁。天下所以多事,全是因为一些大愚若智的人捣乱而起的。

自从帝国主义伸入中国以来,中国的物质方面,所受的损失固然是很大,可是自从外国的"新学说"输入中国以来,中国的精神方面,所受的损失更大。前者,是起于国势衰微。后者,是起于人心盲从。前者,罪在外国的政府。后者,罪在中国的"学者"。外国政府侵略中国,是为使它们的国富强巩固。中国学者贩运学说,是为求他们自己名利兼收。所以我以为,救中国之道,第一须先打倒那些为洋人当走狗的学者。

老子庄子,全生于扰攘的时代。那时老实人,不得安生。

野心人,多存侥幸。老庄才不得不用他们那异众超俗的学说,安慰老实人,提醒野心的人。我国现在较老庄时代,还觉百倍的七乱八糟。世界各国,因竞争的原因与学说的蛊惑,全到将要破产的地步。我以为,欲救中国,救世界,非提倡老庄不可。

世界上五十几国，没有一个国与我国感情深厚的。不但以前是如此，现在更可怕。联日，联俄，联美，联……全是自趋灭亡。我中国男子，若有汉子气，要先由本国寻出中国所以衰弱原因，由自己设法医治，不必借助于人。依人者不久，赖人者难存。好汉子自己跌倒，当由自己爬起。人，不可靠人，国，更不可靠国。

我中国的东邻，是一个明抢明夺的恶汉，北邻是一个阴毒暗坏的贪夫。对东邻，当厉兵秣马，明耻教战。对北邻，当严防秘备，面和心违。

地球上没有新鲜的事，全是旧事重提。历史中也没有新鲜的事，全是旧戏重演。换一句话说，人事是仿学，历史是抄袭。我愈默察世事愈翻阅史书，愈知人事不过如此。

现今我中国，官贪民脊，一切奢靡淫荡的情形，正与宋末与明末的情形仿佛。强邻凶蛮阴狠，得寸进尺的情形，正与当日金人与清人的情形类似。

中国现今，圣人太多，凡人太少。先生太多，学生太少。好人太多，坏人太少。忧国忧民的人太多，自私自利的人太少。誓死救国的人太多，拼命搂钱的人太少。因为太少，所以将国闹得似亡不亡，将民闹得似活不活。痒的滋味比疼还难受。今日我国的现状，不是疼，只是痒。

按本分作去，自有幸福。候机会之来，少有成功。

古时，书少而精，所以能养成许多学者。现今，书多而泛，所以养成许多混虫。古时的书重克己，所以学者多正士。现在的书重责人，所以学者多恶徒。

外国人可以说"中国文化落后"，中国人万不可说。外国人可以轻视中国的文化，中国人万不可以轻视。外国人可以说"中国人是弱小民族"，中国人万不可自居为弱小民族。

向坑中急行，不是正当的进步。向安稳处退后，不是怯懦的落伍。

我最反对"迎合潮流"一句话，迎合潮流，是随着时代的思想奔驰，决非一个男子骨头的人所肯作的。生为一个男子，就应当有稳定不移的思想，不能因别人的思想，乱了自己方向。处在这邪说流行，思想颠倒的时代，非有男子骨头，不能做一堂堂正正的人。

我常劝学生们说："你们对于'潮流'要咬定牙关，牢守主见。在潮流正汹涌的日子,顶好是以一块'岩石'自任,要做一个中流砥柱。假若力量不济,须要做一根'芦苇'。千万不可自暴自弃,甘做一个'浮萍'。岩石决不是潮流所能移动的。芦苇遇着潮流,虽在水中摆摇,然而根子不动。浮萍并无根柢,只浮存在水面上,任凭潮流的趋势,随波逐浪,永远没有自己的准定向。"

后汉司马徽说:"识时务者,在乎俊杰。"这句话常被一些投机的人与趋时或盲从之辈误解了。要知投机不是识时务,趋时与盲从,也不是识时务。识时务是遇着一个时会,知所当行,抱定一个正大的目标,合理的见解应付当前所发生的事务与时机。

孟子说:"孔子,圣之时者也。"也不是说孔子善于投机,善于圆滑,是说孔子,在他当日所处的时代,应付当前的环境,能行妥善稳健的办法,能确然独立,不偏不颇,不右倾,不左倾,能超出凡俗之辈,思想言动,能为时代的中主,而不为时代的牺牲。

有人问我说:"某要人主张打倒宗教,用美术,代替宗教。你以为怎么样?"我说:"我只知宗教是正人心灵的,美术是 悦人耳目的。无耳目的人,也可受宗教的感化,然而决不能 有美术的欣赏。许多的美术,固然是由宗教发生出来的,但 是两样并不是一件事。假若说美术可以代宗教,那么,就可以说,吃屎可以代吃饭。"

人的一生,总是以为将来要比现在好。因为人人全有这种思想,所以才都愿意活着,以便看看将来究竟有什么好的实现。人人全希望将来比现在好,可惜到了将来,多是得到反面的结果。所以宗教家,就创出"天堂","净土"或"极乐世界"等等的名词,使人于无望之中,仍存着一个有望的思想,并且指示人,若能存善心,行善事,终能有好的将来。存恶心,行恶事,必有坏的结果。可见宗教的存在,何尝于人无益呢?

野心的学者,求名求利,政客军阀,争权夺利,也是利用人人总"希望将来比现在还好"的希望,所以就用于种种理想的学说与等等甜言蜜语,欺哄愚民,谋求将来的幸福。其实,他们所造的学说与所发的言论,更没有好的结果,反使坏人,多存侥幸的心,不但不能为善,还要引动杀机。

娼妇未见金钱,未必不大喊贞节。学者未入官场,未必不自诩清廉。

我喜欢研究科学,可是我最反对"科学万能"一句话。因为万能是无所不能的意义。科学家,到现在还不能造一个动物或一棵植物,简直连一个有生命的东西,也造不出来。我敢断定,到将来,科学家也不配享受这万能的荣衔。

一双混蛋夫妻,不费任何思想,就能造成一个"活人"。

聚一万有名的科学家,费一百年的劳苦,也造不出一只"死狗"。

大混蛋所以也能造活人,科学家所以竟不能造死狗,一是出于天,一是出于人。天,说一句新话,就是自然(或天然)。人力无论如何,决胜不过天力。

科学只能由有中造有,不能从无中造有。由无中造有是创造。从有中造有是改造。科学家口中所说的创造,不过是改造而已。

现今有一句流行话"改造自然"。我并不反对,因为我教历史地理两种功课,也常有用这句话吓学生,替人类吹牛。然而人类改造自然,也不过是只能改造一部分,改造一时期,决不能根本的改造,更不能永久的改造。

中国女人虽能将两足改造,成为圆锥形,她们所生的孩子,仍不是尖脚。非洲的妇女,虽能将头顶改造,成为斜坡式,她们所生的儿女,仍不是扁头。人工虽能掘地成河,多年不修,仍必淤为平地。人工虽能训练使猫鼠同眠,猫若饿了,仍必将与它宣布同居的伴侣,作为食料。

占卜与相面,虽有引人入于迷信的坏处,可是很有提人精神或安慰人心的好处。因为卖卜或看相的人,多是说一个人的将来,要比现在好。如此,就能使听信的人,于失望之间,增加许多前进的勇气,于苦闷烦恼之时,增添许多忍耐的决心。可见古人发明一种学术,也是大有用意的。假若卜相没有存在价值,欧美各国,早就禁止了。

自从我国提倡打倒迷信以来,最可惜的是将认命二字推翻了。岂知这两字的效力,比一切法律与命令还大。能使富贵贫贱,尊卑上下,各阶级之间,免去许多嫉恨与杀机。能使夫妇安乐和平,不致以离婚为儿戏。能使坏人不存侥幸之心,而生非分之想。在无形中,使社会的秩序与国家的安宁,增加许多的保障。

有人说:"认命是迷信,是阻碍进步的。"请问不认命不迷信,所生的利益,在何处呢?我以为往刑场里去的强盗与争风妒奸的凶徒,全是不知认命的。有人说:"这是因为社会组织不良才发生的恶果。"然而我认定,社会组织不论多良,也不如认命二字能化解人的恶心。

迷信中,最误人最害人的就是"风水"。有许多矿产,许多道路,因风水的原故,不容人开采,不容人修筑,许多的阳宅阴宅,因迷信风水的原故,被人修改了七乱八糟。某堪舆家(风水先生)对我说:"你所以不发达,是因为你府上的茔地不好。你应将先人的坟墓,掉换掉换方向。"我说:"我不能升官发财,是怨我一人不好,并非因我先人葬的方向不对。"

"异族的欺辱可忍,同寅的意见难消",是我国自古至今,官吏的劣根性。因为这种恶性,所以全国不能真正统一,外国人利用这种弱点,还能施行分段侵略与各个击破的政策。

自古以来,我国的普通人民,对政体与种族的思想,实在模糊。所以有"抚我则后,虐我则讐"的古语与"谁坐天下,给谁纳粮"的俗话。凡有能吊民伐罪的人出现,不论他是中国人或外国人,不论他行的是什么政体,甚至不管他是一个什么东西,只要他能安民不扰,人民就肯对他箪食壶浆,扯起顺民旗帜,并不以为是奇耻大辱。因为有这种麻木不仁的坏习,所以由晋朝以来,外族才能屡屡侵据中国的土地,统制中国的人民。欲除这种国耻,第一步先须鼓动起中国人民的种族思想。

种族思想,是民族的保障,是无形的国防,是不用枪炮的武力,是无需军费的设备。种族思想不是如同排外的义和拳,是要像努力自卫的义勇军(真的)。

种族思想若能坚固,不但可防异族的武力侵略与经济侵略,更可严防异族的文化侵略。要知文化侵略有害于种与有害于国的程度,较任何侵略,更为可怕。世界上有几种民族因受异族文化的熏淘,全已根本灭亡了,所以我认定我国现在几个竭力鼓吹尽量吸收外国文化的学者,不但是卖国奴,而且是亡种奴。

我在某教会女高中教英文时,曾对英文主任美国某女士说:"我国学习英文,是要造就些融汇中英学识的学者,不是造就一些美国化或英国化的中国人。是要造就一些与中国有用的中国人。"

现在某要人,屡屡提倡中国旧道德伦常,又翻印《康济录》分发各县,有人说他没有革命的勇气,没有现代政治家的眼光。我以为所谓革命者,是革除恶政,推翻专制。所谓政治家,是因事制宜,随时布政,全以利民为主,不必管什么现代不现代。

政治不是"官板药方",不是"代数公式",药方公式,也不能一成不变,政治也是如此。人是活的,政治是死的,假若墨守成规,遵古泡制,正是俗说所说的"活人让尿堵死"。不过,不可任意的"变本易常"就是了。

有人问我,政治二字怎么讲。我说:"政是为政的人'正己',治是为政的人'治己'。政治家能如此,就能有好的政治。否则,就成俗语所说'上梁不正下梁歪,中梁不正倒下来'。"

《大学》上所说的"修身齐家治国平天下",孟子所说的"修其身而天下平"全是对国家天下,先注重个人的修养。书经上所说的"垂拱而天下治"与老子所说的"我无为而民自化",全是指操政治大权的人,先能正己治己而发生的效果。

前年我的母校,开六十周年纪念,我送上一块幛子。幛文用孟子说的"正人心,息邪说"。现在在我国正可用这六个字为救国方针。假若人心不正,邪说不息,我国亡国灭种之祸,恐怕就在眼前。

我所最感觉痛苦的是,对政军二界,有话不敢说。对教育界,有话不忍说。对青年男女,有话不便说。对我自己的坏处,有话不肯说。

现今若要救国,须从实处着脚,由稳处下手。不是空空洞洞地开会、念佛所能安邦对敌的。若会议可以成功,念佛可以济事,南宋可以不亡,梁武帝可以保命。

宁可开倒车不可开狂车。守可落伍不可盲从。开狂车是不问前路如何,一味地猛进。盲从是不察是非邪正,一味地追随。前车已覆,后者若赶紧退行,不可讥为开倒车。众人已跑入泥塘,自己若立时止步,不可认为落伍。

随和二字最坏事。有许多人因为随和,以致身败名裂。我的亡妻怨我不肯随和,我说:"随所当随,和所应和,才是真的随和;假若一个女人,迁到花街柳巷,她可以因为随和而操皮肉生涯么?"

以诚信处世,无往而非康庄大道。以诈伪处世,无往而非崎岖险途。

你先将古书古史,读通透了,然后再评议古人。你先将时人时事,察清楚了,然后再附合今人。你先将中国人的风俗人情,认明白了,然后再追随在外国人的屁股后边跑。

轻视自己家族的人，决不是好子弟。轻视自己本国的人，决不是好国民。敬爱家族，才能兴家。尊崇本国，始可救国。

爱国，须先重国文，说国语，穿国服，用国货，依国俗，遵国法。

用药，须切乎病状。治国，须合乎民情。以人命试药者，是庸医。以国命试洋学说者，是庸人。病遇庸医，宁可不治。国遇庸人，宁可不救。唐朝陆象先说："天下本无事，但庸人扰之耳。"现在洋化的学者，野心的军阀与阴谋的政客，尽是一些庸人。

办公事须不怕得罪人。办公事若怕得罪人，则所办的事必然不公。

风雨晴阴寒暖燥湿，本是天气的运行，还不能尽满人意。

何况操持政权的人办公事呢。办公事若利于君子，必得罪小人。

利于小人，必得罪君子。然而眼光远大的人，办公事宁可得罪小人，不得罪君子。因为若怕得罪小人，自己也就变成小人了。

戏剧不是一个人唱的，政治也不是一个人行的。名伶须有好助手。名政治家，也须有好辅佐。自己虽好，用的若没有好人，决不能有好的成绩，屡次失败的某要人，并非没有要好之心。他所以受人议评，被人咒骂，就是因他所用的人，百个中有九十九是卑鄙小人。所以他的势力伸到何处，他的骂名也就散到何处。可惜他竟不知道。

以军政二界论，倚势欺人的是小人，依势作德的是君子。诏上骄下的是小人，谏上诚下的是君子。

纵容儿女，必招忤逆。与己不利，与人不利，更与儿女不利。纵容部下，必招骂名。与民有害，与人有害，更与部下有害。

我信运气，我更信有好学识，有好技能，最容易交好运气。

你作事，只要合乎天理良心，必能合乎世理人心。

青年男女，是国家的"后望"。中国前途的兴亡，全担负在他们身上。父母师长，不但要对他们应读的功课注意，更要加倍对他们不应读的书报注意。要知青年男女，对于书报，如同小儿对于食物，多不知选择。父母若容小儿胡吃乱吃，即是戕害他们的身体。父母师长若任青年男女胡读乱读，即是戕害他们的心灵。

穿西服，原不觉怎么讨厌。最讨厌的是一些人，穿上西服，立刻就自以为高人一等。

有些中国人穿上洋服,若有人说他像洋人,他立刻精神十倍,几乎连他的爸爸也肯认了。假若有人说他穿上洋服,还像中国人,他登时丧气垂头,仿佛是辱及祖宗,但是外国人穿中服,则反是。我不知这是什么心理。我只好谥之曰"忘国奴"。

我中国,原以丝、茶、瓷为出产大宗。可是现今经营这三项的人,几乎全歇业破产了。第一,是因丝的销路,被法国、日本所夺。茶的销路,被印度、日本所夺。瓷的销路,被法国、瑞典、日本所夺。第二,我中国所谓知识分子或文化先锋,多不肯穿中国绸缎,多不肯用中国磁器。摩登男女,甚至以喝中国茶为腐化,以为非饮咖啡不算维新。这种恶风不改,中国就不用等到外国人来瓜分,中国自己就会亡了。这皮毛忘本的维新就是中国催命符。

日本人穿西服,必用日本货。我中国人穿西服必求西洋服,必求西洋货。日本男子穿西服,只取黑白褐灰四色。我中国男子穿西服,必求五光十色,领带尤其漂亮。

权势愈大,位置愈尊,愈与人民隔绝,愈不能明通下情,正像人乘坐飞机,飞得愈高,愈对下界看不清楚。不但对人民的痛苦看不见,对人民的悲呼也听不着。

为善,是少有阻力的,正如白昼行于广大的平原,你尽可放心大胆努力进行。为恶,是多有妨碍的,正如黑夜行于岖崎的深巷,你必须提心吊胆瞻前顾后。

掌权的人作事,只可问天良,不必察民意。只要对自己的天良无愧,虽当时稍拂民意,日后人民也必对你歌功颂德。

看公孙侨(子产)治郑的情形,就是最好的先例。

你若以为自己是个好人,你一生一世也脱不掉小人的坯子。假若你以为自己是个坏人,你在不知不觉之间,就能走入圣贤的领域,不但为人是如此,求学与为政的也是如此。

先知道自己糊涂,才能有转成聪明的希望。先知道自己卑鄙,才会有化为清高的可能。总而言之,先知道自己不如人,才可以超过人。

以数十年必死之身,求千百年不死之名,骨中烂而名不死。以数十年必死之身,求不可必得之欲,欲未足而身亡。

道德是永久不坏的势力。信用是永久可靠的资本。也可以说,道德是无形的势力,信用是无形的资本。古圣先贤的尸骨,虽然早已化成灰尘,可是他们的势力,至今还能感化人心。有一些老商店，并无许多资本，然而竟能日增月盛，原因就是因为对信用二字，牢守不失。

愿得神助者，自助。愿得人助者，助人。

困难是欺软怕硬的。你愈畏惧它，它愈威吓你；你愈不将它放在眼里，它愈对你表示恭顺。古今中外一切伟人，所以能立下惊天动地的事业，留下永久不死的声名，最大的原因，就是起于不怕困难。

防人讥评，先自讥评。避人咒骂，先自咒骂。

古今许多聪明人，被一私字毁坏了。古今许多愚拙人，被一公字成全了。所以我常说："私念损人不利己，公心利己又利人。"

现今多数的青年，不向日后想，所以终日贪玩取乐，对应求的学业，不肯用心。现今多数的要人，不往身后想，所以终日尔诈我虞，对当尽的职务，不肯用心。一个是误了自己的前途，一个是害了个人的名誉。

历史是人类明镜，是人生哲学，是处世学理，是古人的经验谈，是今人的未来预知术，是善恶循环果报录。常读这种书，不但可以增加智慧，更可使你知道你无论有多大财产多大势力，你也脱不掉死。你无论如何足智多谋，无论如何神通广大，你死了之后，也是完事大吉。只有你那或好或坏的名声，是永久常存的。

在位尊权大的时候，不敢指摘你的人愈多，将来痛骂你的人愈众。你在当权之日，愈能罪己恕人，日后愈有人歌颂崇拜。

古人说："未归三尺土，难保百年身。既归三尺土，难保百年坟。"许多的恶人，正在为所欲为的日子，竟被人害了。许多帝王将相的坟墓，竟被人掘了。吕后生前是可怕极了，死后竟被赤眉污了尸。乾隆生前是威严极了，死后竟被土匪碎了骨。

将爬山看得难，永不能登峰造极。将求学看得难，永不能出类拔萃。

使猫看家，不是提高猫权。使狗捕鼠，也不是提高狗权。

它们各尽所长，才是不逆天性，不背物理。我以为，男女间的一切，也不当违反天性，背逆人情。

现在中国所谓"改造"者，据我观察，不过是"拆大改小"。如同拆了客厅改卧房，拆了卧房改厕所。拆了袍子改马褂，拆了马褂改裤子。愈改愈不合式，愈改愈毁材料,若再想恢复原状,是无法可施了。

捐税愈往上交,愈少。赈款愈往下交,愈少。一则政府担了恶名,小民受了实害。一则政府空耗巨款,小民难得实惠。最得利益的,是经手的官吏与放赈的人员。

慈善是人类最高超的美德,然而害于一些"慈善虫子"。爱国是国民最高超的义务,然而坏于一些"爱国虫子"。教育是国家最清高的事业,然而毁于一些"教育虫子"。所谓虫子者,是因它们生长于某种物体中,以物质为主,而反大有害于物体。任何物体中,一有了它们,只有日趋腐烂而已。

凡是甜香或多油水的东西,最容易生虫子。凡名美利厚的事业,最容易引小人。慈善,爱国,教育,原是有名无利的,而在我国人办起来,就能名利兼收,何怪贪名图利之辈,呼朋引类,独霸包办呢。

我虽无半间房产,租房居住,我最好种树栽花。但因生虫之故,去年我竟忍心砍倒三棵树,拔了许多花。我以为,凡培植什么东西,若无除虫之法,莫如根本不要,以免给虫子们造饭吃。

我岂不愿学好人呢,怎奈坏人也不能长命百岁,我何苦空费心机。我岂不愿升官发财呢,怎奈学识不足以谋求,我何必痴心妄想。

我不迷信神。我最迷信理。神是渺茫难凭的。理是妥实可靠的。理就是神,神就是理。神,是聪明人由理中想出来,用以警教不讲理的人。真讲理的人用不着怕神。不讲理的人,有时因怕神而讲理。

理如同人在地球上所定的经纬线。地球本是浑然一团,不易测度的。一有经纬线,就容易别寒暖,定远近。人世本是浑然一团,不易考究的。一有理字,就可以定是非,别善恶。

经纬线本是人假设的线。地球虽然未生出线来,可是你若研究地面的度数,就不能不用。理本是人假定的名,它虽然无形无像,可是你若考量世界的人事,就不能不遵。

地球既是圆的,所以经纬线也是圆的。圆的就必旋转。旋转就是循环。理既如同人世的经纬线,所以也有循环性。

盗贼恶徒,若能时时扪心自问,也可以一步一步地成为圣贤。圣贤若不肯时时扪心自问,也就必一级一级地降为盗贼恶徒。

有人问我,对"国历"有什么意见。我说:"我只知有阳历阴历或新历旧历。阳历是以太阳(日)为主体,所以称阳历。阴历是以太阴(月)为主体,所以称阴历。自我中华民国成立,议定以阳历为我国通行的历,遂有人称阳历为国历。阳历是全球多数的邦国所通用的历,不是我中国原有或独有的,自然不能与"国民"、"国语"、"国文"并称。因有在中国而言,非中国人(或入了中国籍的外国人),不能称为"国民"。非中国独有的语言,不能称为"国语"。非中国人独有的文字,不能称为"国文"。非中国独有的历,不能称为"国历"。

又问,阳历起于什么时候。我说:"若追本溯源,非几点钟所能例举。我只知在我国汉元帝初元四年(距今一千九百七十八年)西历纪元前四十五年,罗马统帅凯撒 Julirs Caesar 创太阳历,直至明神宗万历十年(距今三百五十二年),西历一千五百八十二年,罗马教皇葛瑞格利第十三世 Cregory XIII 又修正一次,沿用至今。现今欧洲一些学者,又高谈葛瑞格利所改的历,也不精当,且要定一年为十三个月,等等的提议。可见阳历,也并不是一成不变,完善无疵的。将来改成的时候,我国自然不甘落后,必将遵奉后改的阳历为'国历',将现在的阳历,又贬为废历了。"

又问,我国采用阳历为通行的历,有什么好处。我说:阳历比较阴历精确一点,并且是全球通行的。我国因国际间的关系,不能不与各国一致,而将原有的国历(阴历)作废了。至于富国强兵的希望,决非因为改了历,就可以如愿以偿的。当初洪秀全占了南京(咸丰三年,距今八十一年)也曾改用阳历(那时人称之为鬼子历),强令人民遵从,且认为是一件极大而不肯通融的要政。可是洪氏定鼎南京十一年的功夫就灭了的原因,是因为他手下的人,彼此争权攘利,给清军造成机会,决非因阳历未得通行。我以为改历如同改生日。人的富贵贫贱,只在个人勤惰善恶,并不关生日所占的时日前后。假若一个人,能立志要强,必能光宗耀祖,名显利达,他的生日,纵然在八月十五日(兔节),又有什么影响呢?"

又问,你究竟赞成阳历年或阴历年呢?我说:"我是无可无不可。不论阳历阴历,我全认为不关紧要。不过,我是以当教员当小官僚为本业,以作稿骗人为副业的。多有一个年,多放几天假,只要不扣薪水,我以为过年过节愈多愈好,多多益善。我所认为最重要的是,东北四省,不知何"年"何月,才能复归我国所有。"

又问,近二三年来,阴历年又有复兴的兆头,甚至一些事事学洋人的摩登男女,也受了潜移默化而大买大吃。连日鞭炮的声音,又阳奉阴违的,大放特放。究竟是否应当严加禁止。我说:"我国的农工商,终日终月终年地勤劳,忙了三百六十五日,也理当趁着新年休息几天,得一点娱乐。至于不能将这休息娱乐的日子,移到阳历年,是因为有种种习惯上的原因,一时不易革除的。要知'习俗移人,甚于法律'。'政以便民为主',当权的人,要向大处着眼。若说阴历年,增加人民的耗费,那么欧美到了'耶稣圣诞',彼此送礼,又何当不是耗费呢。"

又问,你是过国历年呢,还是过春节呢?我说:"我是避名求实,依从多数。过春节就是阴历年。若说过阴历年,在公事上就说不下去。说春节就是名正言顺,冠冕堂皇。在阴历年前,卖食品,卖神像与新年用物的,填街塞巷。若为推行阳历起见,本可将那些东西,付之一炬,对卖的买的,严加取缔,以为玩忽国法者戒。然而一些好心的当局,为调济金融,繁荣市面起见,就可不闻不问。正如现在各市,大卖裸体书。假若卖的买的,明目张胆说'买卖春宫',立时就要受警察干涉。假如说是提倡健美,或研究人体美,警察因爱护艺术的关系,也就不加吹求了。反正中国事,是'告示烂,官事散',难以认真,不易彻底。只要你先定出一个堂堂正正的名目,谁对你也是模模糊糊,不加深求。"

贺年的礼俗,各国全有,究竟始于什么时候,还没有确实的证据。依我推想,决非始于浑噩远世。因为上古的人,还没有分年计月的知识。只知遇食喜乐趋前,见灾悲哭逃避。并不知有相贺的礼节。他们在草堆土穴里住宿,最怕的除了容易防备的猛兽之外,只有隐藏在草里的毒虫。所以他们见面,彼此相问"无它乎"(没有毒蛇么)或问"无恙乎"(没有毒虫么)。那全是发于人类的同情心并非出于假客气。

世界一天比一天进化。虽然天灾一天一天减少,可是人祸一日比一日加多。天良日缩,人欲日长。诈伪日兴,为恶日甚。令人防不胜防,避不胜避。时时刻刻,月月年年,只在苦恼忧惧中度光阴。人类所以才希望,一年比一年减少一点痛苦。每逢度到新年,总盼着比旧年好。因此,新年的时候,人才彼此贺年。贺年的意义,就是预祝今年不要再像去年那样倒霉。不过人心一天比一天险恶虚泛,现今中外的贺年,简直成了例行的公事。真诚心少,应酬心多。若与上古的人,互问"无它乎"的情形相较,可就有实虚诚伪之别了。

世界一日比一日进化,人口一天比一天增多,物质一日比一日文明,奢华一天比一天猛进,物价一日比一日高长,生活一年比一年艰难。再加以机器日精,用的人力愈少,失业者自然逐年逐月逐天地激增。人生愈难维持,人格愈无法顾全。只有日趋于为恶之一途。法律虽然日渐精密,也不能防止已崩溃的天良。所以,我只见一年比一年可怕,毫无可贺的理由。可贺,是贺旧年居然混过去了。可怕,是新年还不知是什么滋味。

我国虽然处在这举世恐慌的时代,以我国土地广大,物产之丰多,人民之勤良,一切要人与一切"学者",若能趁时猛醒,稍减贪污,不为身后留骂名,稍存廉耻,不为外国作宣传,我国虽不能逃免世界的大劫,也可不致与各文明国同陷于不可挽救的绝境。否则我国将如老太婆照镜子一年不如一年。若再打算回复往日的容颜,只有徒劳梦想了。

君子不得志,道德治化的盛事,不能推行。小人不得志,祸国殃民的手段,不能实现。

我中国目下的救亡之术,不在高超的学理与远大的计划,而在一些要人,不背天理,不昧良心,不唱高调,不说空话。

国家以社会为基础。社会以道德为基础。道德以人伦为基础。人伦以人格为基础。人格以良心为基础。

良心虽是人人全有的东西,然而人若不肯扪心自问,就不能发见了,正如山中纵然有矿产,假若不肯掘挖,决不能现出来。

自从民国成立二十三年以来,只有一些骗子们,大行其道。官民互骗,长幼互骗,男女互骗,上下互骗。非骗不能升官发财,非骗不能扬名固位,几乎非骗不配称为民国的国民。一国之内,成了上下彼此互相行骗的局势。这种的国,若能幸存,不但不合理,且不合人情。

世上若没有信谎话的人,就没有说谎话的人。正如世上若没有嫖客,世上就没有妓女。我中国若欲灭亡则已,否则,人人须先不听谎话。

近几年来,邪说流行,以致多数人格破产,使我中国进了亡国灭种的途径。补救的法子,据一些有知识的人说"只有提倡道德"。又据一些人说"道德不是短促的时候所能养成的,实在是缓不济急"。据我的鄙见,道德并不是像什么高深的学理。良心就是道德的根源。提倡道德的秘诀,就是靠赖一些高居民上的要人先不要忤逆良心的事。

良心是人人全有的。良心是人人心中的明镜。私欲就是蒙蔽这块明镜的灰尘。人若肯扪心自问,就是肯拂拭这种灰尘。人若能时时扪心自问,良心自然日见光明,私欲自然无法可入。

强盗恶徒,虽然无法无天,他们有时也知敬爱好人。他们所以不能化为好人,就是因为他们的良心被私欲蒙蔽得太厚了。

《大学》上曾子所引证汤王的盘铭:"苟日新,日日新,又日新。"就是天天日日要拂拭这块明镜(良心),使它不被灰尘(私欲)所遮蔽。既肯天天日日勤加拂拭,不肯间断,自然一天比一天光明。一日比一日光明,就是一天比一天新。俗语说整旧如新,可见不整,就不能新。

圣贤与凡人不同的地方,就是因为不肯使私欲掩住他们的良心,时时勤加拂拭。恶人所以昏天黑地,是非颠倒,就是因为他们太疏忽懒惰,自暴自弃,不肯对良心稍加拂拭,私欲就日积日多,反客为主了。

我中国所以国土日缩,民生日困,全是我国人——尤其是中国的要人———自己闹的。怨不上帝国主义。孟子说:"国必自伐,而后人伐之。"荀子说:"物腐生虫,鱼枯生蠹。"苏轼说:"物必先腐也,而后虫生之。"俗语说:无有家贼,引不出外鬼。我中国人——尤其是一些要人——若再将祸国之责向外推卸,就是没有男子骨头。

自从有帝国主义这个名词,我中国的文官武将,无论如何倒行逆施,可以推为无过。自从有"环境不良"这个题目,青年男女,无论如何狂荡暴弃,也能够有理可说。

欲骂帝国主义,先要痛骂利己主义。中国人的利己主义不除,帝国主义不招就来。

有人说:"你不搂钱,别人也是搂。有钱的王八大三辈。有钱的人,到处受欢迎。

不搂是自愿受罪,不搂是大傻瓜,何苦不搂。"我说:"中国就坏在这班彻底的明白人身上了。"

近三四年来,我中国人,对于勉为其难四个字,发明一句新话:跳火坑。据我看,多数跳火抗的志士,全已腰金衣紫,名显利达。我以为不如将跳火坑三字,改为跳金窖。如此,则名正言顺。且可免去许多的讥评。

非有强固的政府,决不能有坚强的国防。非全国统一于一个政府之下,小民决没有安宁的日子。政府好,国民要诚心诚意地拥护他。政府不好,国民当实心实意地督责他。

官吏拥护政府,不在形式上的复电响应,是要在实质上的精诚合作。若仅仅照例行公事,敷衍面子,莫如省下电费,散给贫民。

地方政府对中央政府,必须如同太阳系中之八行星。不论自转公转,全要不离断与太阳的关系。否则,不但将太阳系毁了,自己也不能独存。

复兴农村,急切的办法,就是剿除零星的土匪,减免繁苛的捐税,将驻在各乡镇的军队,调往边远的防区,永不使他们接近人民。其次,就是严禁烟赌与一切含有诱惑性的娱乐。

"复兴农村,需要各种人材"一句话,是放狗屁。复兴农村,须乡农自己动手,万不可用一般"连米麦还认不清"的学者,与受洋化教育的人物。若用这些人,去复兴或改良农村,简直是要农民的苦命,是恐怕中国不赶快灭亡。

复兴农村,须先使农民可以有法活着,有法可以喘气。

复兴农村,先不可干涉农民的不关国政的习俗。要宽以时日,不可急于求效,要和平劝导,不可雷厉风行。须知官发一分威,吏发千分横,民受万分气。至于提倡天足,要专对新缠足的小女孩注意,不可对已缠成的老婆用心。否则,不是拯救妇女,简直是给官吏造成敲诈的机会。

害中国的,不是无知识的农工商,仍是一些有知识的官吏与读书人。政府与报馆,若欲挽救中国的危亡,须先由教化指导上中两阶级的人入手。这两类人若不好,农工商,万不能好。

人的善恶邪正,不在读书与不读书。要知善人因读书而更善,恶人因读书而更恶。王莽，秦桧，严嵩等人，若非因读书，决坏不到那般程度。

君子读书，如牛去角，小人读书，如虎生翅。

同是一本书，好人读完，学了许多好处，坏人读完，学了许多坏处。正如同是一棵花，蜜蜂能从中取蜜，黄蜂能从中取毒。

"教育救国"是一句时兴的话。然而据我看，现在的多数学校，所造就的，多是能毁灭中国的人物。仅就"皮毛的洋化"与"享乐的本领"而论，足可以灭种有余。

特立独行，是英雄的本色，随波逐流，是匹夫的行为。

学问，不能"躬行实践"不是真学问。文章，不关"国计民生"不是真文章。

若国府主席，犯了罪，就可住优待室，人力车夫犯了罪，就须住铁囚笼。那就不是"平等"。至于"要人"推牌九，运白面，还有卫兵守护，警察站岗位，小民斗纸牌吸鸦片，就得坐狱蹲监，处刑罚金，那更是毁法乱纪，惟我国所独有的怪现象。

将兴之国，严惩官吏，将亡之国，重办小民。换一句话说，"欲兴国，治官。欲亡国，治民"。

一国最失民心，最大的原因就是"法律失了平等"。

小民的偷盗行为，是由官吏的贪污手段，学了来的。

家财破败，可以复兴，人格破产，终生难复。

疯话第二部

宣永光(1886—1960)

朋友问我："你究竟是一个什么样的人？"我说："我对我自己，也是莫多知道。不过我立了三十二个'信条'，你看一遍，大概可以略知我是一个什么东西。不爱国，不卖国，不救民，不害民，不谈主义，不读学说，不结党派，不入系属，不拜圣人，不敬学者，不充信徒，不当走狗，不诵佛经，不守礼拜，不倡革命，不讲文化，不听口号，不看标语，不喊打倒，不说拥护，不嫖娼妓，不交赌徒，不阅小说，不谈诗文，不言鬼怪，不学科学，不求发财，不甘贫贱，不犯国法，不装好人，不愿吃亏，不占便宜，不迷于古，不惑于今，不假冒轻财，不否认好色，不畅言国政，不勉随潮流，不厌恶妇女，不崇拜英雄，不挑拨愚民，不煽惑青年，不替'苏俄'宣传，不受'日本'驱使，不看中国电影，不穿外国衣服，不发违心之论，不道顺耳之言，不敢紧握屠刀，不忍多伤物命，不避欲加之罪，不畏暗箭明枪，不羡圣人之誉，不避混蛋之名，不存南北之见，不别门户亲疏，不对女人逞刚强，不为儿孙作牛马，不以教书为清高，不以作官为浑浊，不认无后为不孝，不信无名为可耻，不望将来升天堂，不怕死后入地狱。"

我以为，天下的事，除了夫妻间的某种行为以外，没有不可公开的。清初，大理学家李某，作日记居然将"昨夜与老妻敦伦一次"也记入里边。有人说："李某不顾廉耻。"我说："你若顾廉耻，就当永远不娶妻。"李某既能将闺房的秘事，笔之于书，足见他一切的言行，没有不可告人的了。可知他的思想，比司马光的思想，还格外的彻底。可惜我们学不到。

以言语劝人，以文字化人，终抵不住以行为动人。古今中外的圣贤，全都在一个"行"字上注意。可见言语文字，是靠不住的。有人因我常在报上投稿，指斥奸盗邪淫，以为我必是一个好人。其实，是大错特错。我并非不是坏人，我不过是愿坏而坏不起来。要知，有许多坏人，因为没有为恶的能力与机会，而不敢为恶，竟侥幸被人错认为好人。

报上屡有"开发民智"的论调。我极不赞同。我以为,我国现今最要紧的是"开发官智"。因为官若有智,决不能贪脏枉法,决不能倒行逆施。他们若果有"智",决不能不顾生前的骂名,决不能不怕死后的史笔。

民无"智",国必不能强盛。官无"智",国必趋于灭亡。我读中外史书,只见先有亡国之官,后才有亡国之民。

老子所说的"绝圣弃智,民利百倍",所绝所弃的并非真圣真智。他所说的"绝仁弃义,民复孝慈",所绝所弃者,乃是假仁假义。他说这话,并非要违反人类进化的公例,不过是要彻底打倒那些骗子。

存心要如山海。行动要如江河。发言要如日月。

行正道,发直言,存好心,不必怕人,更不必怕神怕鬼。

我认识几个专门损人利己,贪污诡诈,见钱就使的人,每拜佛烧香,祷告上帝。他们的行为,还欺骗不了凡人,竟敢愚弄神佛。我以为并无神佛这种灵物。否则,早就不容他们装模作样假充善人了。

人类的不平是与生俱来的。人类的私心是生来就有的。世上只要有人类,就不能没有这两种缺点。这缺点既是天生的(或自然而有的),如同毒虫蚊蚤,无论如何凭人力也不能彻底消除。所以无论是提倡什么主义什么学说也是徒劳妄想。

见食物就吞吃,必致毒死为止。遇学说(或主义)就仿学,必致国亡而止。

非混蛋,决不肯以人命试药品。非大混蛋,决不忍以国命试学说。

我中国人是爱和平的。火药本是由中国人发明,仅仅用火药制为供人玩戏的鞭炮。火药的制法,被外国学去,就造成杀人的利器。

天道忌杀,所以鸷禽猛兽,决不善繁殖。好战的民族,决不能常存(天道就是自然之理,万不可视为迷信)。

中国古人的作品,我所以喜欢研究,是因为他们无论说些什么,归终不离"和平劝解"与"引人向善"的范围。甚至一些淫书艳史,我看过的最多。里边也含着"劝善"的用意。你乍一看,纵然眉飞色舞心动神摇,细一想,就令你如冷水浇背心惊胆落。

现今许多的书报,"诲淫"只能引人纵欲。"挑拨"只能动人愤争。并没有"开导长,若专靠薪俸生活,纵然将太太卖了,也不够他们的应酬费。

某要人,前年在南方提倡"紧缩政策",主张低减官吏的薪俸。我以为他是不明了中国官场的情形。假若他的妙策得以实行,最受影响的就仅是一些下级人员,他不知,官一到了中级就如同当了女招待。目的是在小费,决不在工资。

俗语说"儿的生日,娘的苦日"。我以为,长官的生日也是属僚的苦日。因为下级人员的饭,可以不吃,长官的寿,不能不贺。我当小官僚时,一见"福,禄,寿,喜"的"知单",我立时就出一身冷汗。我常说:"长官多做一次寿,当铺多生几分利。"

有人问我,现在小学,全将"修身"一门功课取消了,改为"公民",你以为怎么样?我说:"这就是舍本逐末,倒行逆施。不能修身,决不能成良好的公民。在幼小时代,应先当将古人的嘉言懿行,灌入脑筋。然后再谈什么'开会,组织,自治'等等的大问题。先要使儿童学成循规蹈矩的好孩儿,不可先将他们练成大言不惭的假圣人。"

现今中国所需要的知识,是"能在中国使用"的。可惜现今留学生,到外洋留学,如同猴子与狗熊,被人捉了去,教给一些"翻筋斗、戴鬼脸、扛木枷、玩铁叉"等等的把戏,一旦回到山林,所学来的技能,不合猴子与狗熊实际上的生活。

现今使我最痛心的是多数的学生,愁将来无出路而不知对眼前的学术用苦功。要知俗语说"有货不愁卖"。你只要学成一个"社会所必不可少的人材",社会里一定有你吃饭的地点。

不要恨怨人不肯用你,只怕你没有供人需要的技能。要知有好货,终有识货人。你在学校,虽然能混一张或买一张文凭,须知在社会,实不易混一个或骗一个饭碗。

学校不过如同一座"镀金炉"。社会确实如同一块"试金石"。你镀的金愈薄,愈抵不住试验,不久就要露出你原来的"胎子"。

现今,校长和职教员是靠学生为生的。因为人浮于事,谋生艰难,潮流所趋,校长和职教员,不能不将学生视同饭碗,认作饭东。既成了这种情形,学生也就以饭碗饭东自居,自尊自傲而不服管教了。这不怨学生们不服训导,是怨校长和职教员不敢认真。学生在学校,愈无拘无束安乐逍遥,毕业后愈无门无路,痛哭流涕。我是由学校出身的。这种实例我见得太多了。

我在学校，受的是严酷的教育。我曾发誓说："我有朝一日，当了教员，我必反其道而行。"岂知因此一念之差，我教书十八年，连陆军在内，竟误了害了青年男女，不下四千人。

他们现在见面对我虽无恶感，可是更使我的良心不安。不但对不住学生，更对不住他们的家长。可见宽容学生，不是正当的教育方法。

广东对政府的态度，虽多可议之处，然而该省的当局，据报上所载，竟能令学校读"孝经"，竟能禁公务员着洋装，这实在是能由根本上，维护"人伦"，能从官场中，提倡"国货"。

自古没有不亡的国，不败的家，不死的人。人若想长生不死，永久立于不死不亡不败的地位，须在人格与声名上注意。

人的一生有三个成功。第一，是对国有功。第二，是对社会有功。第三，是对家族有功。若做不到第一，须做到第二，做不到第二，须做到第三。若一样也做不到就是枉度一生，对不住所耗的粮米。倘再与国有害，更对不住所见的猫狗。只可惜民国以来的要人，不但对不住猫狗，甚多是对不住蝎蛇的，因为这两种小东西，还可以做药材用。

有人驳我说，许多要人积下数百万的家私，位置了无数亲属同乡，岂不是有功于家族和社会么。我说，只因为积下数百万不义之财，才给祖宗招了痛骂。才给子孙造下大孽。只因为位置了无数亲属同乡，才害得他们失了原有的可靠的生活，染成了许多不可挽救的恶习。俗语说"一人得道，鸡犬升天"，现今是一人失势，鸡犬也随着坠地。坠地之后，欲再为鸡犬而亦不可能了。

有些要人，眼光浅陋脑筋昏聩。他们只顾讨少数的私人一时的欢喜，扩充地盘，筹画位置。结果，私人全都脑满肠肥饱载而归。自己却留下万代的骂名。要知争利时，有他们分肥。挨骂时，只有自己担过。

得百姓的歌颂易，得私人的感念难。对私人费万般心，不如对百姓施一分惠。私人的感念是一时的。百姓的歌颂是永久的。私人受你的好处，以为是分所应当。百姓受你的好处，认为是天高地厚。究竟是那样合算？

在外国，警察指挥开车的，在中国，开汽车的指挥警察。

宣永光(1886—1960)

文明的国,只讲法律不重势力。纷乱的国,只重势力而不顾法律。换一句话说,国家将兴,法律可以裁制势力。国家将亡,势力必定操纵法律。欲知我国,究竟能亡不能亡,先看一看"法律与势力"的强弱。

法律与势力,如同白黑不可混淆,薰莸不可同器。是非不可颠倒,正邪不可并立。有法律,决不容势力滋长。有势力,则不容法律进行。

"契约、规则、法律"全是本着公意而定的公同遵守的条件。这三样的范围与尊严,一样比一样大。只要有二人合作一件事,必须有契约。一团体合作一件事,必须有规则。全国之人,虽行业不同,也不过如同分工合作一件事,所以必须有法律。那么,这三样既不是可以由私意而定的,也万不能由私意而变更,更不能由私意而破坏。

自由与放肆的分别,如同狗与狼的分别。外形固然仿佛,性质则大不相似。一个是有拘束,守范围的。一个是不受拘束,不守范围的。

有人问我:"自由的解释"。我说合乎理法(或礼仪)而不妨害(或扰乱)别人的行动是自由。譬如你自己一人,独居在一个围墙之内,你纵然不穿裤子,也必无人干涉,那就是你的自由。只要另有一人与你同居,你若再不穿裤子,那就不是自由,而且是放肆。再譬如你走进厕所,寻到尿桶,你尽量便溺,那是你的自由。你在大街小巷,无论白昼黑夜,不论有人无人,你若略行便溺,不但不是自由,并且是违法。

自由有文明与野蛮之分,文明的自由是本乎"人道"的。

野蛮的自由是近乎"兽欲"的。中国古书所说的"慎独"与"主敬"全是真正由根本讲起的文明自由。慎独,是虽独居孤处也不敢放肆;主敬,是一时一刻也不能放肆。

"轨道"就是自由之路。八大星,遵循自己的轨道,绕着太阳走,各不相犯,那是八大星的真正自由。因为他们个个遵守着真正自由,所以走了几万万年,还未失了秩序,也未碰到一齐。否则,早就没有宇宙或世界了。

个人的真正自由,如同火车电车的铁轨,是不容人任意侵占的。火车电车的司机,撞死人物所以不按杀人罪抵偿,是因为他遵守一定的铁轨。人物入了它的铁轨,就是阻妨它们的真正自由,遇有伤害的咎由自取。假若司机将火车电车开出铁轨,伤害铁轨以外的人,就当以杀人论,因为他们出了真正自由之路。

在公共团体之内，不能容个人的自由发展。所以政府，局所，军队，党派，商店与家庭，万不可有个人的自由，学校是养成守法的人格，造成合用的人材之处，更当限制自由，以免染成放肆的恶习。

古时雅典的大贤兼立法者梭伦 solon 说："能服从人者，始能管理人。"那意思是说"能为人下，始能为人上"。"能先服从指挥，将来才能充当首领"。现在许多青年，全有"首领欲"，然而在家庭，不肯受父母管教，入学校，不容师长管教，他们将来如何能成良好的首领。正如不守铺规的学徒，决成不了好铺长。不守纪律的兵士，决成不了好将官。

有人问我，为什么现在出了教育破产一句评语。我说：破产是失了存立的资格，无法维持。教育坏到这步田地，由根本上说不怪学生，而怪办教育的人。现在国立的学校多是官僚化。私立的学校多是商业化，统而言之，多是"分赃化"，焉能不大糟特糟。

学生若想养成换饭吃的本领(恕我不说，养成救国救民的能力)，必须专心一意，注意应学的课程。最忌的是务外旷课。然而有些国立学校的首领，为养成个人的势力起见，私立学校的当局，为节省经费打算，惟恐学生不务外不旷课。

外国人在中国设学校，多是含着文化侵略的用意。在别国，对这种学校多加以严苛的限制。而在我中国，外人所办的学校，反格外的发达的原因，就是外国人所办的学校，能使学生少有务外与旷课的可能。家长所以肯使儿女入外人的学校，并非出于媚外，不过是使儿女多念一点书而已。

据报载，近来北平歇业的商店，以入商会的计算，已达八十余家。不在商会而关门的，尚不知确数，我以为，若照这市面的实在情形而言，当歇业的，足占全市三分之二。多数的商店，所以苟延对付，是因为债务的关系而不敢停止营业。换一句话说，是"愿关门而无法，想歇业而不能"。

我认识的商人，以书行与古玩行为最多。书行，因中国的新人物，不肯买中国书。旧人物，愿买而买不起，日本人因备战的原因，现在也不来收买。图书馆的生意更不好做。所以书行里的人，多是愁眉不展。古玩行，因懂古玩的买主，已死尽逃光，新发户的要人，又将古玩，认为腐化而不合时代的潮流。西洋人因欧战后，经济枯

187

窘，又不来采购。日本人，虽肯购买几件，然而若不大赔血本，又抢不上去，所以古玩行里的人，多是叫苦连天。

我只见小饭馆生意兴隆座客常满。这大约是因为中国人全想开了。反正，生在这个有朝无夕的时代"吃一口是赚的"。

我的电影嗜好已经成了癖。有时，饭可以不吃，电影则不能不看，可是对于国产的片子——尤其是合于时代的——我宁可害一场大病，也不肯开一开眼福。因为那些明星(?)百分之九十九是"东施效颦，沐猴而冠，邯郸学步，婢学夫人"。简直是一味的追在外国人屁股后边，捡拾洋人的唾馀，一点"国民性"全都没有。我以为不如看"琳丁丁"(美国演电影名犬)或看耍猴的。因为多少还有一点天然的狗性与猴习。

许多的所谓中国电影明星，是应受外国政府奖励的。因为他们是传布外国恶俗的功臣，是推销洋货的媒介，是间接麻醉中国青年男女的先锋。我认为检查电影片子的重要，过于审定教科书。电影使人受影响的能力，远驾乎一切书报之上。仅以现今的青年男女而言，不肯读书的太多，不爱看电影的太少。

理财，以养民为先。为政，以正己为先。练兵，以训将为先。对外，以调内为先。治民，以治官为先。

欲正人心，先正风俗。欲正风俗，先禁不良的"洋化"。欲禁不良的洋化，须先对一些由外洋留学回国的博士硕士学士，严加取缔，以免鱼目混珠。要知这几年，所发生的轰动全国的"贪案"与"花案"，多是曾经留学而学来的。我并非反对"留学"，我是反对那些专能学"坏"的留学生。

《中庸》上说"国家将亡，必有妖孽"。不但灾异是妖孽，反常的服饰玩好，也是妖孽。北宋将亡的时刻，妇人的鞋底，用两种颜色，名为"错到底"。金末，男子好穿尖靴，叫做"不到头"。我以为现在的妇女，披头散发，赤脚光腿，与青年的"背头"也不是国家将兴的预兆。甚至我看各商店张贴"电磨冰刀"的广告，而不说冰鞋。我也以为要成"兵刀"的现象，刀兵本是人人全怕的，何况再加"电磨"呢。

前清光绪末年，日本人在中国各处，大售"清快丸"。西太后因那个药名近于清快"完"，曾大哭了一次。但因国弱未肯因小事引动外交，竟无法禁止。民国成立，满清退位之后，清快丸也竟随着清运告终不见踪影。这虽近于迷信，也未尝不是先兆示警。古时中外明君贤相,发现凶象,无不惊心动魄,悔罪修省,励精图治。归终,凶象反成吉兆。假若凶象已现出,反认为迷信,怙恶不悛变本加厉,虽不认为凶象,必真成了不祥之兆。古人创出吉兆凶象,不过是勉人作德,阻人为恶而已。若一味认为是阻碍进化的迷信,那么就认定"放荡邪淫"是进化的象征罢。

人能责己,立刻就觉得风平浪静,海阔天空。人若责人,登时就现出愁云惨雾,荆天棘地。

有人问我,怎样作事才算是合乎天理国法人情。我说,只要作事不放纵,就是合乎天理国法人情。若能合乎人情,也就能合乎国法。若能合乎国法,也就能合乎天理。因为这三样是一件事,正如耶教所说的"三位一体"。

小民所发的悲声,有害于国的程度,较强敌的枪炮还大。治国的人,若能不使小民发悲声,则可不惧强敌的枪炮。小民的悲声,若不能止息,你纵能兵坚甲锐,善固边防,也无济于事。

专为身家打算的人,决成不了伟人。能作出惊天动地的事业的伟大人物,全是能忘了身家的人。你若能忘了身忘了家,千秋万世的人,决不能忘了你。

政治是什么?政治是以"正"而"治"。用不"正"的方法,决不能达到"治"的结果。

有人说"政治家,须要有手段"。这话我极不赞成。因为政治家是治国的人。治国是光明正大的事务,只可本着中""正"二字做去。治国既不是偷摸鬼祟的行为,用不着一毫手段。以前我国的政治家所以失败,全是因为用手段用坏了。

科学家所说的"人类征服自然"就是人对天革命。老子所说的"天地不仁,以万物为刍狗"就是天对人革命。人对天革命,不过是一时的,是片段的。天对人革命,是永久的,是普遍的。人类不论如何机巧能干,终不能脱离天地(自然)的玩弄。

现今摩登女子,全讲究曲线美。我以为刚正的男子,当提倡直线美。我所说的直线美,并不指身体而言,是指说话行事立论。男子要直直爽爽,不当曲曲折折。要痛痛快快,不可遮遮掩掩。要坦坦然然,不当扭扭怩怩。

我的亲属的小女孩,欢喜烫头发。她有一天问我说:"怎么,我的发,烫得弯弯的,过几日又直了呢。"我说:"那因为你的父母,是直发种。假若他们是卷发种,你虽将发烫直了,不久也必曲过来。这是人种的关系无法改良。你若未读过人种学,也可以先看一看人文地理。"

最好的为己是为公。最好的利己是利人。

俗语说聪明反被聪明误,是一句不合理的话。因为真有聪明的人,决不能被聪明所误。凡说自己被聪明所误的,决不是有真正的聪明。

自己不是好人,偏要假装好人,固然是不容易。自己明明是好人,偏不愿使人知道他是个好人,更是加倍的不容易。

讲天道,不可失人道。处人世,不可忘天道。

读千遍弥陀,不如行一件善事。修十座神庙,不如救一个活人。

占课相面的,令人靠天求福。风水先生,令人靠地求福。这仿佛想天上掉馅饼,想地下出金窖,全是徒劳妄想的。最好的求福之法,是靠良心。只要良心不坏,纵或享不到大福,也必受不着大罪。

求"远大"的,失"近小"的。求"虚空"的,失"真实"的。求"身后"的,失"眼前"的。求"未来"的,失"现在"的。所以明白人,只在"近小,真实,眼前,现在"的事上注意。

人,前半生,费尽心思,将自己练成一个混蛋。后半生,又费尽心思,研究自己为什么是一个混蛋。

"迷信神鬼",不如"迷信天理,迷信道德"。

"为好人而贫贱,为恶人而富贵"是不合天理的,是偶然的,是例外的。世间的事,凡背逆天理,违反自然,出乎定例的现象,决不能长久。

《易经》上所说"自强不息,恐惧修省,惩忿窒欲,迁善改过"十六个字,不但可以压倒欧美的一切人生哲学,并且是"希圣希贤"、"成佛作祖"的必由之路。

买卖能否兴隆,专靠货品是否精良。俗语说:"人叫人,千声不语。货叫人,点首就来。"只要本着货真价实,童叟无欺八个字的老套子作去,自能招来主顾。用不着减价,赠彩,宣传,鼓吹。更用不着修饰门面。然而买主永是拥挤不断,究竟是因为什么。

有人说现在宣传的效力最大。无论做买卖,办政治,倡主意,讲学说,以及一切事业,全仗宣传,才能引人注意。我说:宣传须以事实为本。若没有良好的事实,徒靠巧妙的宣传,虽能引动一时的人心,终久必要露出马脚,较不宣不传的损害尤大。因为受骗只一回。

现今平津的商店——尤其是绸缎布铺——也学了上海的商店的恶习，离开做买卖的规矩，不重内容，专讲外表，不求实际，专赶虚伪。现在，竟由"减价"而进化到"白送元宝，牺牲血本，含泪减价，忍疼牺牲"等等的奇异宣传。将来还不知要发出什么惊心动魄的吸引顾客之法。负管理之责的，应从速干涉，以免多出笑话。

北平女招待正走红运的时候，饭馆为吸引顾客起见，对于夸示所雇的女招待的方法，竭力立异标新，甚至以为"本馆添设美丽的女子招待"还不新鲜，东安市场某饭馆竟敢大书特书"本馆聘用女学生招待"。假若无警察取缔，恐怕"本馆聘请某某小姐，某某夫人，某某阔人的姨太太招待"的牌子，也要挂出来了。

俗语说："精明不过买卖人。"可见为商，不是糊涂人可以干的。他们既不糊涂，焉肯做赔本的生意。不要看"老尺加二"，"买一尺送一尺"。要知俗语所说的"扁担量布，价上取齐"是一句至理名言。

不但商店所说的"白送"是胡说，甚至"折扣"也是谎话。开张减价，也是不可靠。去年，我到一家新开张大减价的铺子，买了一双一元二角打八扣的手套，同日又到一家永不减价的老商店买东西，见着同样牌号一丝不差的手套，仅售八角。我因一贪便宜，多耗一角六分。事情虽小，也是一个警教。

俗语说："从南京到北京，买主不如卖主精。"又说："会买的不如会卖的。"你买东西不要找算占便宜，要知不上当，就是便宜。不要因某商店悬灯结彩，唱留声机，雇人化装游街，耍狮子，抓彩，赠奖券，就是牺牲血本的表示，要知那种种的开销，全要由照顾者担负。

商店除非决心关张歇业，决不能甘心赔着本向外卖。纵或真赔本出卖，也是"便宜不出当行"。当行就是同行的人。若真将便宜让给外行的人，那就是不重同行的义气，休想在本行再活动了。

有人说："商店利用以上种种的手段，吸引顾主，是起于同业者竞争，也是一种商战的办法。"我说："货真价实是最利害的商业竞争。物美价廉是最有效的商业战术。"

有人说："中国商人，日趋虚伪，研求骗术，是环境所迫。因为人多是信假不信真,不得不如此,以维持一时的需要。"我说:"这还是沉不住气,不善应付环境。要知,人愈讲虚伪,你愈讲真实,终久你必得着最后的胜利。不但为商是这样,为人也当如此。我以为,处在这时代,商人也当读一读老子,看一看兵法,以免随人乱跑,自陷绝境。"

我对某绸缎商店的东家说:"你将一切宣传费,加在购货的本钱上,力求精良,少贪利息。要求细水长流,不可想'一口就吃成一个胖子'。然后再竖起一个招牌,写明'顾主不糊涂,小号不疯狂,所以永不减价,决不白送。不赚钱不卖,赔本更不卖。怕上当的,莫进来。求便宜的,别家去'。看一看有什么结果。"

急于发财者,发财之术决不正当。急于立名者,所立之名决不稳固。急于成学者,所成之学决不可靠。我以为,世上的事,除了救人救灾与捉跳蚤之外,不必求速。

处理困难的事,如同整理乱丝团,愈着急愈找不着头绪。只要耐着烦忍住性,必能不被困难所胜,而且能战胜困难。

真有治事之才的人,遇着难决的事,如同有名的"数学家"遇见难解的算题。非但不生畏缩之念,反要因而发生兴趣。

君子不羡人之富贵而羡人之名节。不羡人之高龄而惜自己空耗的光阴。

位高,得人尊敬是一时的。德高,得人尊敬是永久的。位高,只能动小人。德高,始能动君子。人因你的位高尊敬你,是有所为而为之,全是出于假意。人因你的德高尊敬你,是无所为之,全是出于诚心。

据一些受洋毒的中国人观察,中国处处全是劣点,没有一样好的。据一些有知识的外国人观察,中国处处有些优点,是外国人所学不到的。

我中国的文化,已有三四千年的历史。所有古人传下来的学问艺术的优点,现在我国的洋化之辈,竟看不出来。不但不知勉力研求,发扬光大,反要随在一些新圣人之后,对古人的学术,大加盲目的讥评。及至洋人指出某种学术的优点,他们又大惊失色,起而盲从,研究讨论。这种没有自信力的流行病,足可亡国灭种而有余。

我恨不能连中几个航空券的头奖,使我有几百万元,去运动一些外国的无聊学者,令他们竭力推崇赞扬中国的经史子集。果能达到我的志愿,我中国的洋式圣人,也就不致于"数典忘祖",时时追在外国人的屁股后边,捡拾人的干屎橛,而一味的贩运不合中国民情国势的洋学术了。

现今,日日给中国丢脸的,不是在三家村里的老学究,也不是穷乡僻壤的缠足女子,正是一些洋装革履,不懂外国习俗,忘了中国礼仪的男子与一些不明白家政,不服务社会,只能串饭店进舞场的摩登女子。他们在外国人中间,摆来摆去,以为是莫大的光荣。其实,外国人对他们这些不中不外,沐猴而冠的人,何尝看在眼里。不过拿他们耍戏着解闷而已。最大的国耻,尤其是他们愈当着外国人,愈不肯对中人说中国话。

我认识几位留学多年,学贯中西,现在大学充当教授的留学生。他们不但没有洋习,并且外表好像三十年前的买卖人。我常对他们说:"你们这样的留学生,才是中国所需要的。"

现在中国所缺乏的,不是高等的教育,而是高等的人格。现在中国所需要的,不是能高谈阔论的博士硕士,而是肯实践力行的凡夫匹夫。

三年前,我在北大误人子弟时,第一次上堂,曾对学生说:"……教育的主要目的,是修养人格,学问还在其次。在小学,须养成初等人格。在中学,须养成中等人格。在大学,须养成高等人格。学级升一步,人格须要进一级。我们入学校,一面修养人格,一面勤学求学问。那么,出了大学的日子,不但学问要高出人上,品格也必超人一等。要知,有高超的品格,学问纵然稍差,也能立足于社会。学问纵能超出凡众,若无超人的品格,作为基础,也不能幸存于人群。"

有人问我:"为什么国立大学的学生,反较任何私立学校的学生,穿洋装的少,并且俭朴得多。"我说:"国立学校,学费少而考取严,一些少爷小姐,不易钻进去。无论什么学校,只要成了少爷小姐的俱乐部,那个校的学生,惟有日趋于皮毛的洋化。至于学问与品格,更必趋日下了。"

男学生,将来未必全当老爷。女学生,将来未必全作太太。可惜他们所受的多是"贵族化","老爷式,太太式"的教育。我以为,教育当注重"平民化"或"劳苦化",才能养成有益于家有益于国的人材。

我对某学生说:"你的享用与西服,足可驾乎外国的贵族。你的学识与品格,简直不如外国的乡农。你要知,外表的衣饰,只能动无知的男女,不足以动有思想的人物。洋服革履,若是凭自己的本领换得来的,也未尝不可趾高气扬。假若是用革命的方法,吵闹打架,以父兄的血汗而得的成绩,未免是害己祸人,实在于良心上说不下去。当学生时如此阔绰,将来毕业之后,谋生之日,若'难乎为继',我看你怎见乡中父老。"

我当日到北京读书,校中并无夫役。一切洗衣服,补裤子,擦地板,净玻璃,扫院子等等的事,全由学生亲自动手。每日仅吃粗米黑面,非到星期日,菜里见不着一个油花。见校长畏若上帝。对教员敬如天神。那虽是"奴隶式"的野蛮教育,然而我与一切同学,能养成劳动的精神,到如今不改,所得的知识也并不弱于今日受文明教育的学生。

现在多数的公寓,实在是"魔窟",是使青年男女,入于放纵,趋于堕落的"传习所"。种种的现象,我真不忍详说。住宅若近公寓,几乎难得一时的安静。外乡的学生,到城市读书,住在不良的公寓,简直如同将白布送入染缸。

我以为,学校全应设备足用的宿舍。否则,当由教育机关限制该校招收外乡的学生的额数。纵然有充足的宿舍,学校当局也不可专知"收学费,讲义费以及其他种种的费",更要注意学生的德育。要知,人家儿女的前途是交给你们了,警察检查公寓,须当严于检查小店。要知,小店固然容易窝藏小贼,学生所住的公寓,若不善良,极容易养成大盗。

在我中国,无论什么事业,只要一经官办必大糟特糟。明明是一种大利的,反致大赔本。据我推断,假若邮政与盐务,将洋势力完全铲除,不但没有盈余,简直就要有盐亏,邮亏,这并不是中国人全要不得,是因为多数的中国人,一做了官心就变黑了。

韩非子说:"左手画圆,右手画方,则不两成。"就是说,欲将一件事物办理完善,须将全副的精神,用在这一件事上。可惜我中国政府用人,多不明此理,以致施行兼差的恶风。

兼差的恶风,由清末起到袁政府时代,一天普大一天。北伐成功之后,这种恶风仍未停息。在易某的势力正盛的日子,他的姑爷竟兼差十三处之多,仅天津某局一处,每月竟坐领纹银一千两。现在身兼六七处差的,一时更无暇详说。他们既是人类,并不异于凡人。我不知他们有什么特长的精神,偏能兼筹并顾。

有人说:"兼差是人材问题。为事择人,不得不使他能者多劳,以便事成功举。"我说:"既是为事择人,必是非他不可。那么,我见兼差最多的人,死亡之后,他兼的事务,并不发生'人亡政息'是什么道理。既是人材主义,能者多劳,他们当然能将事办好了。那么,中国事,为什么又愈办愈糟呢?"

有人说:"现在兼差并不兼薪,不过领'车马费'以酬劳累而已。"我说:"原来如此啊。那就不怪兼差的阔人,家中汽车成队,肥马成群了。"

法国首相克里蒙梭 Georges Clemenceau 退职之后,两袖清风。竟因无钱,欠下房租,经房主提起诉讼。他在欧战时,操持大权,威震数国,竟未搂下养生的费用,真比我国宋朝的名将曹彬,还加倍的糊涂。若再与民国以来的官吏相较,更足证他是一个傻小子。

欧美的官吏,多是精于公务而昧于私谋。我中国的官吏,多是拙于尽职而巧于刮搂。就为这种原因,所以东北四省,入了日本的掌握,滦东国土,也岌岌可危。内政民情,更不堪问了。

我以为,天下最可怕的,只是自己的女人。你若得罪了她,她能使你不死不活。归终,你还得奴颜婢膝,亲递降书顺表,心服口服。至于得罪了要人,我认为是一件小事。他们若不辨是非,至多也不过要你的命,给你一个痛快,而无需乎再递顺表降书。到底,心也不服,口也不服。

孔子说:"邦有道,危言危行。邦无道,危行言孙。"(孙是逊顺)又说:"宁武子,邦有道,则知。邦无道,则愚。其知,可及也。其愚,不可及也。"我中国现今,只是"言孙"的人多,而"危行"的人少。至于,能学宁武子的官僚,简直没有。不过多是如孔子所说"邦有道,杀。邦无道,杀"的人。他们多是在平安的时候,不能行正道,处乱亡的日子,也不能守大节。

"尽人事,听天命"不是一句迷信话,正如"不问收获,只问耕耘"不是一句虚妄语。因为,先尽人力而为,多半有如意的结果。至于成与不成,或好或不好,只有听其自然而已。

现今的青年学生,分为两派。一是痨病式的呻吟派。一是疯颠式的激烈派。这两种不良的现象的成因，不怪脑筋薄弱血气未定的学生，而怪多数的当局，用人只重"文凭"，不查真伪。只问人情，不别贤愚。我以为，不打倒"文凭制"的虚套，学生不能用心求学。不铲除"人情制"的恶风，学生不肯甘心求学。

文凭不过是一张含有"魔性"的废物。实学是一件具有"神力"的武器。

中外的大学问家，大政治家，大发明家，大演说家，与一切伟大的人物中，百分之九十九，全不是大学毕业生。

有真正技能的工人，对国家是有益的。有名无实的大学毕业生，对国家是有百害无一利的。

我是一个河北省的人。前几年，因屡受某某省某某派的气，恨不立时亡国。及至想起各租界所用的多数的中国巡捕，对待中国人的气焰，我又惟恐中国亡了。

我读"汉人学得胡儿语，高据城头骂汉人"两句话，我奇怪。汉族为什么，经过四五千年，屡遭外族的侵凌，居然还能苟活支持直到今日呢。

中国的事，全坏于一些要人包而不办。现在国民所希望的，就是他们能施行办而不包。包而不办，必致因循误事。办而不包，才能手到功成。

我以为，我中国民穷财尽，外患丛生，还不足忧虑。所可忧可虑的，是一些高据要津的要人中，少有能肩负国家大政的人。纵有一二仿佛能励精图治的要人，要负起责任来，又必有一些要人，因妒嫉之念，造作谣言而在暗中拆台。

英国大儒赫胥黎 Thomas Henry Huxle 说："国家之最不幸，不在贤者居下位而无由升，而在不肖厾居上位，而无由降。"这话正是中国现在的写照。在这人民还没有罢免权的时候，欲免去这种不幸，惟在政府能当机立断，对一切不肖之辈，不分亲疏，实行罢免，以解人民的痛苦，而救国家的危亡。

目下我中国的知识分子，张口就说要合乎时代。依我的糊涂思想，须要合乎良心。因为若只求合乎时代，而不问良心，就如娼妓，只知对时髦的衣饰上用功，以便讨人的欢喜，而求淫业的发达。

中国的要人中，有许多是可要可不要的。有许多是要不得的。更有许多是万不可要的。

报载，北平市政府议定，所属各机关职员，此后须穿长袍马褂。详细定章，我虽不得而知,我实在觉得是一件提倡国货的好消息。凡事若能先由官吏做起,百姓自必愿步后尘。

人的一生,只是在奔忙、恐惧与希望中过日子。至于安逸、快乐与满意不过是例外的事。总而言之,是乐不抵苦。

希望是维持人生的。它虽无形无像,可是它的潜势力极大。上自圣贤豪杰,下至匹夫匹妇,全都受它的支配。有它作主,你活着就有精神。它若离开你,你生活就无趣味。

希望是世界进化的原动力,是催人前进的"吗啡针"。人之所以求学习艺,奔波劳碌,熙来攘往,争名夺利,生儿养女,拜佛求神,以至于创主义,讲学说,全是被希望所驱使的。

希望,随着人的年龄与体力而增进,也随着人的年龄与体力而减退。青年男女,所以活泼嬉乐,富于进取的心,并非因为他们全是天生的圣哲,是因为他们的希望,正在生长的期间。老年的男女,所以萎靡唐颓,富于退缩的心,也并非因为他们是天生的混蛋,因为他们的希望,正是衰残的时候。所以谁也不应当讥评谁。

人生如同登山。平均以生活六十年计算,前三十年是走上坡路。后三十年是走下坡路。所以三十岁以前,觉着时间过得慢。三十岁以后,觉着光阴过得快。

孔子所说"三十而立,四十而不惑",这"而立"与"不惑"两样称谓,是极有意思。再用登山作比方,三十以前,一步高一步,见识也一步广一步。到了三十,如同达到绝顶,登山的情形与所见的景物,也阅历过了。人若将登山的事向他陈述,无论如何玄妙,再也骗不了他了。

人生如同草木。须经过一种"发芽,猛长,成熟与枯萎"的阶段。

人的一生,如同四季。由初生到二十是春。由二十到四十是夏。由四十到六十是秋。由六十到八十是冬。春种,夏耘,秋收,冬藏。平均起来,人只能活三个季而已。

人生最快乐的,就是孩提时代,不过这种快乐,当时觉不出来。愈往前活,愈增后悔。可是只能老了,不能小了。

人生,当学生的时候,想当孩子的时候。当教员的时候,想当学生的时候。当爸爸当妈妈的时候,想当儿子当女儿的时候。当老头儿当老太婆的时候,又想当小伙子当大姑娘的时候。向回里想,仿佛食橄榄。向以后想,如同嚼腊头。

欲望是随着知识而增长的。知识愈大,欲望愈多。欲望愈多,烦恼愈甚。所以我曾对某女学校的学生说:"你们的享用,固然是村姑乡女所梦想不到的,可是你们所感觉的痛苦,也是她们所梦想不到的。"

在白种人未到非洲之先,非洲人并无需要。自白种人到了以后,非洲人的需要一天比一天增加。可见物质文明是使人感觉缺乏的。

自从世界发明文字以来,人生就减少了许多快乐。自从有书籍以来,人生就增了无数苦恼。据说,仓颉造字而鬼夜哭,古腾堡 Gotenberg 发明印机而妖争辩。这虽是近于怪诞的老话,然而实在是古人的先见之明。

乡里的人,环境简单,诱惑力小,所以快乐多而烦恼少。城市中人环境复杂,诱惑力大,所以快乐少而烦恼多。

城市是恶魔制造厂,是毁人炉,是使人脱离自然生活而入于机械生活的诱惑所。城市愈大,罪孽愈多。城市愈繁华,人格愈坠落。人口愈多,人心愈狠。

社会中,将人类分为阶级,只以有钱与无钱而定,并不注意于有德无德,这实在是一件可叹的事。

马桶摆在供桌上,仍是马桶。便壶放在宝座里,终是便壶。正如小人,虽居高位,到底不能去净恶味而化为君子。

小婆子,在需要的时候装病,或能得老爷的爱怜。要人,在国难当前的日子,托病辞职,只能招国民的恨恶。

武人骗人,只能骗乡愚。文人骗人,且能骗学者。武人为害是一时的,至大不过亡国。文人为害是长久的,至甚足可灭种。

下级人员的正邪好坏,全是上级人员养成的。你若喜欢纳谏,他们就能尽忠言。你若喜欢恭维,他们就能献谀词。总而言之,你若好谈嫖赌经,他们决不敢向你说忠烈传。

对内,要学日本人。对外,也要学日本人。对内若能团结一气兵精械足,对外就可以横行逆施不顾一切。要知本国人,全是同气连枝休戚相关,只要开诚布公终无不可解之仇。国际间,尽是势同冰炭欺软怕硬,虽是唇齿之邦,也必要严防密备。

常人不讲信用决交不着良友。官吏不讲信用决遇不着良民。

愈精巧之物,愈不能耐久。愈精明的人,愈不能发达。

一时之誉易得,千载之名难求。常人愿得一时之誉,圣贤愿立千载之名。不重一时之誉,不惜千载之名的人,只可称之为行尸走肉。

君子得势,所行所为怕得罪小民。小人得势,所行所为怕得罪上官。

不要轻视人,要知一村夫乡女,也能知道许多你所不知的事,也能给你一个你所梦想不到的教训。

我中国多数人的大毛病,据我看只有四样。一,私心太重。二,苟且图存。三,不顾公安。四,随地吐痰。为所欲为,不是真正的自由。为所当为,才是真正的自由。

国家最要的职务,是限制国民的野蛮自由。我国之所以国弱民贫不得安静,全是因政府软弱,不能限制少数有势力者的野蛮自由。

一国的法律,若只能为小民的绳索而不能为大员的羁绊,那一国只有日入于灭亡之途。我国近二三年,所发觉的几件贪污大案中的主谋者,全都消遥法外安享幸福。何怪效尤者,层出不穷。又何怪小民恨天怨地。更何怪外人讥我为无组织的国家。

在我中国,严办小盗的人,多是逼迫良民为盗的大盗。重惩赌徒的人,多是导引良民赌博的赌魁。严办烟犯的人,多是诱惑良民贩烟的烟土大王。

你若能立志永不为恶,世上就少了一个坏人。你若能劝人永不为恶,世上又多了一个好人。

人的一生,只用"出入"两个字,就可以包括了。譬如,吃喝是入,拉撒是出。死是入,生是出。娶是入,嫁是出。受是入,施是出。一出一入,循环不停,直到入土为止。因为人的来源,也是由出入而起的,所以一生就办出入的事。不但人是如此,一切植物的一生,也不能脱开出入的轮回。

人的一生,也可以说是"捣乱"。求学习艺,娶妻嫁女,养生送死,奔波劳碌,东往西来,你恭我敬,你争我夺,尔诈我虞,钩心斗角,争权夺利,吃喝嫖赌,送往迎来,悲欢离合,杀人放火,奸淫穷盗,念佛烧香,等等一切,一切等等,总而言之,统而论之,也不过是"捣乱"而已。

宣永光(1886—1960)

世界上的扰乱,不是无衣无食的贫贱之人所酿起来的,是少数既富且贵,穿不了吃不了而偏不知足不知止的混蛋们酿起来的。

新生活运动,须先铲除一切因袭而成旧恶习,须先打倒一切盲从而得的新毛病。

新生活运动,须先罢免一切尸位素餐的旧官僚,须先严办一切欺师灭祖的新圣人。

新生活运动,须先由官吏作起,先由官吏以身作则,认真实行。不可令认为是等因奉此的公事。更不可将开会演说,通电响应,即认为完事大吉。尤不可借题呈报许多的开支,向政府索款而增人民的担负,饱自己的私囊。

不去贪婪的恶习,不除官僚的架子,不配施行新生活运动。乘坐一九三四年V式汽车的官僚政客与穿着二十五元一双丝袜的太太小姐,不配高谈新生活运动。

前几年冬天,平津提倡清洁运动,仿佛是一件惊人的大事。其实,也不过是几个身穿貂皮大衣的要人,由汽车里走出来,扛起一把扫帚,随着参加的民众(?)出一出风头。结果,官府多开一种报销,使卖扫帚的多得一点微利,与国与民没有一点的益处。风头出完,街巷之中纵然成了粪坑尿池,那些要人也不肯再加注意。因为出一次风头之后,公事算交代了。

重形式,失精神。重外表,失内心。重虚伪,失真诚。

中国的文官,自古以来多是巧于营私,拙于奉公。中国的武将,近几年来多是勇于对内,怯于掠外。

上求实,下认真。上求贤,下修德。上好货,下贪利。上近色,下行淫。总而言之,上梁不正下梁歪。歪字就是由不正二字积起来的。

以前,愚昧的人以为拜佛求神,死后就可升天堂。现今,愚昧的人以为仿学外国,人生就可得幸福。其实,全是妄想 胡猜。果有天堂,升天堂的,未必是拜佛求神的人。果成外国,享幸福的,未必是老实安分的人。

做官如同上梯子,须要步步踏稳,才能避免跌落的危险。不可仅知向上爬。要知高处不是可以久恋之地。愈向高里升,固然愈得拍马屁的人喝采助威,可是明白的旁观者,未免就要讥你,只知进而不知退。正在洋洋得意的时候,或者就是噩运临头的日子。

人一做了官,地位立刻超出平民之上。如同在群众中一个身长体大的人。他的身躯愈高,愈为群众所注意。他的美丑肥瘦,一举一动,愈不容易瞒过了群众的眼目。所以一个不学无术的人,做得官愈高,招得羞耻愈大。

无权无势的平民庸庸碌碌,一生仅以吃,喝,传种三件事为目的。所以生而无闻,死而无名,与一切兽的一生相差不多。留好名或留坏名全不容易。惟独做了官,就有了流芳百代或遗臭万年的资格。

做官的,若目光远大见解超俗,以公正的心办公共的事,就能流芳百代。若目光浅小见解卑污,以偏私的心办公共的事,就必遗臭万年。

近二十几年中,我中国死去的要人,十个之中有九个半以上是遗臭万年的。不过因他们,或余威尚在,或子孙未绝,国民还不敢为他们"铸铁像"就是了。他们若死有知,也当在九泉之下愧悔痛哭。因为他们当初执掌大权之日,若稍一转变,未必不可流芳百世。

为恶,若能安享幸福长生不死,未尝不可为恶。为善,若必时遭苦恼短命夭亡,人又何必为善。世上所以劝人为恶的少,勉人为善的多,就是因为,为恶迟早终有恶报,为善迟早必有善缘。

俗语所说的"修桥铺路双瞎眼,横行霸道有马骑"仅是一句气愤的激烈话,并不是为人的正当方针。要知子路所说的"为善者,天报之以福。为不善者,天报之以祸"是亘古不变的座右铭。因为天就是自然之理,循环之道,正如种瓜得瓜,种豆得豆并不是迷信之谈。

能辨别善恶正邪才是真知识。能通达人情物理才是真学问。若只求新奇,不问是非,纵然留学万国,著书千卷,也不过是一个能言能写的禽兽。

对阴险的人,不必恼恨他。他自己就能在不知不觉之间,走入阴暗险恶的途径里,正如一个人蒙着眼向悬崖进行,他的前途是可以预断的。

社会如同一个身体,一部分若感觉痛苦,也必要牵累全身为之不安,损人利己,仿佛是占了便宜,其实正如剜肉补疮。只看我国几个害国殃民的军阀,搅得人民不能安生,究竟他们能得到真正的逍遥快乐么?

宣永光（1886—1960）

近几年来，有些报纸上，几乎天天有摩登妇女乘人力车打天秤(翻车)的新闻。每逢记载，必要加上"两足朝天"或"曲线毕露"等等的描写。仿佛成了公文中的等因奉此。真令人莫名其妙。男子若翻了车，是否皆"双脚踏地"或"直线深藏"。

生在这个时代，又不幸又可幸。不幸，是精神上受尽千辛万苦。可幸，是耳目间历尽千奇百怪。

能"先天下之忧而忧"必能免忧。能"后天下之乐而乐"必能长乐。

处治世，为好人易。处乱世，为好人难。处治世，生活容易，环境安和，纵然不去为恶，也算不了一个好人。正如一个女子，衣食不缺，且日与一群贤妇女同居，而能不卖淫，那还能称她为贤女么？处乱世，生活艰难环境恶劣，偏要努力学好，才真算一个好人。正如一个女子，衣食两缺，且日与一群娼妓荡妇同处，而能清白自守，那才配称她为贞女呢。

贪名的人，不顾利。贪利的人，不顾名。贪名，虽为古人所戒，我以为，贪名的人，容易改邪归正，弃恶从善。

身，可为人奴。心，不可为人奴。身虽为人之奴而心却不甘为人之奴的人，可敬。身虽不为人奴而心却甘为人之奴的人，可怜。

守旧的人，多崇拜神佛仙鬼。维新的人，多崇拜外国政治名人。崇拜前者，就被人讥为迷信腐败。崇拜后者，就被人尊为进步文明。我以为，只要有"崇拜"的心思与行为，全含有几分奴性。大丈夫只崇拜万古不变的真"理"，决不崇拜渺茫无凭的物，更不崇拜男女合造的人。

读书的人，才知道读书人的苦况。为农的人，才知道农人的苦况。做工的人，才知道工人的苦况。为商的人，才知道商人的苦况。所以本行的人，描写本行的苦况，才能合乎实情。本行的人，谋求本行的幸福，才能得到实在。外行的人，若要替他们描写苦况或代他们谋求幸福，就是有野心，就是要包办。

对学问道德上，热心追求，如同闻兰桂，愈闻愈香。对富贵享乐上，热心追求，如同闻尿粪，愈闻愈臭。

英文短篇故事中，有一段记载一个小儿，一天读书愈读愈不会。他的母亲问他是什么原因。他说一个酱油瓶将我害了。他的母亲听完，更觉莫明其妙。他说：我因你将那个东西,误放在我的书桌上。我读书时,不断的有它在我心里扰乱我,我如何能读得好。可见读书是最忌分心的。一个酱油瓶,还有那么大的牵引力,何况比酱油瓶更有魔力的呢。

现今多数的青年,所以不能安心求学,不全是他们不知要强。是因为薄弱的心灵,抵不住强大的诱惑。在学校以外,有种种动人怀念欲的娱乐。在学校以内,又常有花枝招展的女生。他们既是血肉之躯,焉能不受影响。

以前的婚姻,多是成于父母之命,媒妁之言,三言两语,一纸庚贴。可是夫妻之间,也未见怎么苦恼,并且多是如胶似漆,白首偕老。现今的婚姻,多是在于亲选自择,直接商定,试而又验,立约定盟,可是也未见如何快活。并且多是你疑我防,中途仳离。

以前,买卖房产,典当地亩,只凭中人说和,立定白字一张。双方各守信用,不必经官过府。现今虽经种种手续,样样定章,条条登记,蓝图白图,也未必能准免纠葛。可见,人事纵然按科学方法,条分缕析,依合理的定章,防前虑后,只能增加纷扰而已,只能使人多研求种种应付的方法而已。

手续愈多,所生的麻烦愈多。防范的方法愈精密,作奸犯科的手术愈奇巧。

我的朋友某君,在某大学出版部,寄售几册书。算账回来,对我说:"我因得了几元钱,将来我非早死几年不可。我收回了五元钱,经了三个'股',走了几千步,着了许多急,出了满身汗。我若再往该处寄卖书,我非得脑充血不可。"我说:"你还未到东城某大医院诊过病呢。你若前往求诊一次,你立刻就得住疯人院。因为他们那种'合乎科学'的手续,登时就能将你气疯。"

据现今许多书报的记载,以前的人类,不是人类。以前的生活,不是生活。以前的男女,不是男女。以前的夫妻,不是夫妻。以前的社会,不是社会。以前的国家,不是国家。以前的幸福,不是幸福。以前的学问,不是学问。以前的艺术,不是艺术。总而言之,统而言之,简直干脆,古人全是极品的混蛋。今人——尤其是受过新文化洗礼的人——全是超等的圣人。

有求学养志的机会而偏不肯读书用功,是目下我中国多数青年的大毛病。有立名为善的机会而偏要倒行逆施,是现在我中国多数要人的致命伤。一是贪一时的逸乐,误了前途的幸福。一是求一时的私利,毁了千载的名声。这两种人的将来,只用痛悔两字,就可以包括了。

改良是个好名词,然而须在"良"字上注意。进步是个好名词,然而应在"步"字上留神。

无论什么国体,若使安分守己的良善之人无法苟活,使奸险邪恶的僭越之辈高车驷马,土地虽大,人民虽众,出产虽多,也必日趋于国亡民绝。

现今人民所求的不是高升到三十四层的天堂,而是莫再入十九层的地狱。不是想在世界强国间并驾齐驱,而是求再勿失长城内一片国土。

我用种种的方法侦查,我敢预断,现今喊嚷(环境不良)的人,将来若得着势力,所造的环境,必更加倍的不良。现今高唱"解放妇女"的人,将来若得着权威,所解放的妇女,决不是贤德的妇女。

求治的善法,诛杀千个盗匪,不如罢免一个贪官。

俗语说"理直气壮,理亏气馁"。理就是良心。气所以壮,是因为有良心作护符。气所以馁,是因为失了良心的援助。

得人民的爱助者,虽弱必兴。失人民之爱助者,虽强必亡。我国历史中,这种先例极多。入民国以来,这种例子,更特别的显著。

贪字是人生的大敌。万般罪恶多是因贪之一念而起的。种种苦恼也多是由贪之一念而生的。

真能对外的军人,决不肯对老百姓发横。专能对老百姓发横的军人,必不能对外。

宋朝立功最大的名将曹彬,在冬季不忍拆修墙壁,因为是恐怕伤害了里边的蛰虫。美国内战时的南军司令李将军 Gen.Robert Lee 行军不忍践踏田间的鸟巢。他们能对无罪无辜的小物,还有不忍加害之心,所以他们才能对真正的强敌,争杀的勇气。因为战争的原义,就是抑强扶弱的。

去年夏天某日,我在东华门一个小饭馆吃饭,忽听外边,汽车吼叫和狗哀号的声音。又听有人说"轧死了,轧死了"。少时进来个凶威的军人笑着坐下。我出门一看,见一只将死的狗,还在辆汽车的轮下压着呢。并且知道那位军人就是凶手。我转头对他说："你将车再倒开一步，那只狗或可以活了。"他怒目横眉，怪我多管闲事。及至他不得已，挪开车之后，那狗早已丧了命了。这事虽小，可以见大。在这连年内争之间，老百姓死得不如那只狗的，还不知有多少呢！

军人是国家的干城，不是私人的鹰犬。警察是民众的护卫，不是私人的家奴。前几年，某派当权之日，许多上级官长逛胡同，竟用卫兵站汽车，守窑门。他们的太太游市场，竟用军警抱孩子，携东西。这全是轻蔑军警的职责，不明白国家设立军警的意义。因为这种缘故，所以才养成不良的军队，才发生为私人战争的内乱。

据报载北平将要建立"抗日阵亡将士纪念碑"。我以为，这是自民国成立以来，最有价值，最当建立的纪念物。因为这些阵亡将士，才是真正有功于国，有功于民的英雄豪杰。至于革某军阀以前所立的阵亡将士墓或碑，不过是哄骗他们部下的傻小子们，为他们卖命的诱惑物而已，不过是他损阴丧德的纪念品而已。

军人，能占领本国几省土地不算光荣。若失去本国一寸之地才是羞耻。

一国之兴隆，是少数要人的功勋。小民不能分功。一国的衰亡，也是少数要人的过失。小民不能担过。国有亡于内乱的，然而内乱，也是少数的要人逼起来的。国有亡于外寇的，然而外寇，也是少数的要人招进来的。无论国兴国亡，小民没有兴亡的责任可负。

一国之中，少数的要人，若存公心，国就可兴，多数的小民，也就随着享安乐。少数的要人，若怀私意，国就必亡，多数的小民，也就随着受痛苦。

《淮南子》上说："猛兽不群，惊鸟不双。"英国俗话说："猪羊群处，熊虎独游。"我以为，生成一把男子骨头，也当特立独行，超脱于群众之外。冻死也好，饿死也可，决不可加入什么派或什么系。

"其性与人殊"一句批评人的话，人全以为是耻辱。我以为殊不过是差别，不同，并无避忌的必要。不过，为人应与恶人殊，与小人殊。要与善人同，与君子同。

作文写字，意到笔随，写将下去。不必拘守成法，不必顾及体式。只要令人看得懂，使人认得出，就可说是文，就可说是字。何必效颦古人，更何必学步今人。

作文之法，多读古人的好文章。写字之法，多看古人的好碑帖。不必成心仿学，不要劳神刻摹。随时济览，遇机考究。经得多见得广，自能下笔不俗。

《文章轨范》那部书,将名文分为"放胆文,小心文"已经是多此一举。《作文百法》将文又别为"一字立骨,反正相生,题前着笔,对面写景"等等,更是画蛇添足。依法读作,只能使人陷入歧途,披枷带锁,矫揉造作,掩闭灵机,不合自然。

我劝我的学生某甲,多读古人的文章,少看今人的作品。他说:古文思想陈旧,不合现代潮流。我说:文章只论香臭好坏,不论今文古文。文章含有道德劝戒的成分,就是香的,就是好的。文章含有淫邪挑拨的成分,就是臭的,就是坏的。譬如珠玉在古时是宝物,现今仍不失为珍品。古时的瓦砾是弃材,现在仍然是废料。更要知,古时的狗屎虽臭,若以臭的程度而论,还抵不住新狗屎呢。

古人的臭文章坏文章,多经不起后人的淘汰而灭绝了。所余下的,香的多,臭的少,好的多,坏的少,所以可读。今人的臭文章坏文章,还在灾梨祸枣的期间,大行其道的日子,无人敢惹的当儿,层出不穷的时候,所以不可读。

对于字,我最爱草书。对于画,我最爱写意。至于小楷,工笔,我以为仿佛是涂脂抹粉的乡女村妇。远看无神近观无韵。愈端相愈不耐端相。

去年报上的广告,有"一九三三的大衣"与"一九三三的汽车",以及一九三三的这个那人,已经闹得头昏眼花。现在居然又登什么一九三三的文学,一九三三的小学。更令人不知所谓。莫非说,文学也是如同女人的衣饰或富人的用器,专在新字上追求么。要知,在一九三三的东西,到一九三四就不时兴了,竭力求新,反要落后,这岂不是庸人自扰。

人在贫贱的时候,若不能安分守己,到富贵的日子,必定祸国殃民,追查几个已死与未死的军阀的身世,就可证明他们那骂名千载的成绩,全是自幼养成的。

物质发达,只能增少数人享乐的范围,减少多数人生活的安宁。仅以汽车而论,究竟有多少人,能得着它的利益,自有汽车以来,路上的行人,增了许多危险,肺中吸了无量的毒尘,耳内受了屡屡的震动。

美国,以汽车的辆数而论,占全世界第一。可是每年被汽车撞死的人数,也占世界第一。现在造汽车的人,仍然不止地研究速率的增加。将来人类死于汽车的,必较死于瘟疫,刀兵,水火,疾病的,日增月添而岁加多。穷苦的小民一出门,就得预先留下遗嘱处分后事。并须在身上写名姓住址,以便家人领尸。

物质文明,本可增人类的便利。可惜人心日恶,偏将与人有益的发明,变为杀人的利器。譬如飞机,原可增加人类输运的范围,减少旅行的时日。然而狠心的人,竟将飞机用为轰城灭敌的东西。使无辜人民,添了一种"正在家中坐,祸从天上来"的危险。

欧美的人说"人是能笑的动物","人是能用器的动物","人是能群的动物"与"人是政治的动物"。其实,以上几样特点,在别的动物中,也有能表现出来的,不必详说。我以为,人不过是能进步改良的动物而已。譬如,一万年前的什么鸟筑什么样的巢,吃什么物。什么兽掘什么样的洞,吃什么食。到一万年后,它们也必不能有改变的思想。人类独能变古易常,对衣食住行四件事,永是研究改革的。

人类因为能知进步改良,人类的苦恼,也就因此而增。别的动物,因为不知进步改良,它们的苦恼,也就因此而减。我终以为"茹毛饮血,穴居野处"那时代的人,较这二十世纪的人,多有快乐。

直木才可以作栋梁,直人始可以当大任。弯曲之木只可成小器,邪曲之人只可任微职。

圣人不是如同蘑菇,经一阵雷雨之后,就能由土里钻出来的。也不是可以经一班信徒或一系一派一党的人,于短促的时间所能捧起来的。

圣人须有超凡脱俗的个性,有迈众超群的天才,有勤勉刻苦的修养,有博古通今的学识,有富贵不能淫,贫贱不能移,威武不能屈的道德与精神。又须得一些志同道合的信徒的辅佐与继成之力。

孔子,释迦,耶稣,穆罕默德,在当日,也决无人肯将他们认为圣人。并且他们也曾屡受凌辱,大遭疑嫉。他们虽有极顶绝巅的个性,天才,修养,学识,道德与精神,假如他们的信徒不能诚心诚意团结一致,恪遵遗教而行,孔释耶回的道理,也决不能流传普遍。只因他们的信徒能不违遗教,所行所为超凡脱俗,能不"宣真方,卖假药",所以能引起别人的推崇佩服向往倾慕。历年愈久信仰的人愈多,深入人心牢不可拔。圣人的荣名,遂成了他们的专利。可见,虽是天生的圣人,若非有好的信徒,也不过是昙花一现,人亡道息而已。

自从新文学兴起,"文圣","文坛健将"与"作家"钻出来不知多少。自从白话诗走运,"诗圣","诗哲"与"诗人"钻出不知多少。自从天足受欢迎,"美人"钻出来更不知多少。古人成名难,今人得名易。我替古人叫屈,我替今人庆幸。

有人问我,什么是个性。我说按心理学,人全有一个特异与人不同的性质。这不同的性质,就叫个性。不但人有个性,甚至除了人以外的动物,也全有"个性"。

个性有善恶邪正直曲之分。人若能牢守善的正的直的个性,就是君子。人若坚持恶的邪的曲的个性,就是小人。

《吕氏春秋》说:"石可破也,不可夺其坚。丹可磨也,不可夺其赤。"任子说:"水可干而不可夺湿。火可灭而不可夺热。金可柔而不可夺重。石可破而不可夺坚。"於陵子说:"良金百锻而不失其采。美玉百湿而不渝其洁。"这不可夺,不失,或不湿的特点,就是个性。大丈夫,当学"石之坚,丹之赤,水之湿,火之热,金之重,玉之洁"。

我对学生讲英文文法里的"物质名词",说物,分之于极微极细,而仍不失原名的就是,譬如木可以做成桌椅。你若由其中任何部分取下一块,就不能称所取下来的为桌椅,而得称之为木。纸可以制为书报。你由其中任何部分撕下一方,就不能称所撕下来的为书报,仍须呼之为纸。木与纸二字,就是物质名词,我以为男子也应如此,任经如何改造,也不失原名原性。

个性是为人的资格。人若没有个性,不但不配称之为人,简直是有愧于物。

不但为人应当有个性,作文写字,也当有个性,没有个性的文,纵然作得好,也不能成名。没有个性的字,纵然写得精,也不能传世。

文章与书法,决不可随着人鼻孔出气。不可专一的婢学夫人。固然,在初学乍练的时候,须以一二名家为模范,然而到了相近的程度,必须冲出范围去。

韩愈,柳宗元,欧阳修,三苏(洵、轼、辙),王安石,曾巩,所以能经人公认为唐宋八大文家,就是因为各有个性。老苏,大苏,小苏,虽是父子兄弟,而文章的气派,各具特点。他们八位,虽各有所宗学,各有所摹仿,而能跳出墙垣,使所得者与己同化,不露偷窃的痕迹。

作文写字,须自成一家。欲自成一家,不可专学一人或一派。否则纵然学得一丝不差,也不过成了一人一派的奴隶。受了麻醉,终生不能表显个性。

教育的目的,是为发展良好正大的个性,消灭恶劣邪曲的个性。

人身如同钟表。四肢五官五脏六腑,正如钟表内外的机件。命,正如钟表的主要机关(发条)。人吃喝,如同钟表须上弦,人得病,如同钟表须擦油泥。人死,如同钟表断了发条。不过钟表的发条,还可以接,可以换。人的发条一坏,只有完事大吉。市上可以寻得到二百年前的钟表,然而找不着一百年前的男女。

"人五百年身,枉作千年计"一句俗语,是极应牢记在心的。人若能时时想到这句话,世界上就能风平浪静,家给人足。

不必"怕饿死"。你守定正道而行,看看饿死饿不死。不必"羡富贵"。你妄行险路而求,看看有祸没有祸。

前年,我由小市上买了一个牙制的骷髅,到今日还摆在书桌上。我对它敬如师长,尊若神圣。我每逢因贫贱着急,我就看一看它。想一二十年后,我的本像也不过同它一样,我何必贪求。我每逢因愤怒恨人,我就看一看它。想到一二十年后,我的本像也不过同它一样,我何必烦恼。

以书法而论,专以满清说,王铎学柳,刘镛与何绍基学颜。然而人不能称王的字为柳,不能呼刘字何字为颜。必说"这是王,是刘,是何"。朱家宝学黄,虽学得升堂入室,而仍不过是黄庭坚的忠仆,不能取消奴籍,被人称之为"朱"。钱南国学颜,露的形迹虽多,然而所能以传,是因为人格,并不是因为书法。

将文章作好了或把字写好了,虽不署名,而能令人一见,就认出是谁的文,是谁的字,那才算到了名家的程度。不但文章与字是这样,一切艺术,若想成名也当如此。

文章或一切艺术,纵然好到绝顶,也须用人格作护卫,作先锋,才能经人宝爱传流久远。曹操、秦桧、严嵩等人,全是文章能手,书法大家。他们并非不爱作文,不好写字,然而竟不能流传的原因,全是被当时或后世的人毁灭了。王安石虽被一些学者所恨恶,他的文章竟能传流至今。原因是他那顽固不肯随和的个性,至死不改,他的文章,又非三功所及。

现在,我最以为可忧的,是我国与古时相较,事事物物,无不退步。仅以人而论,所谓好人也好不及古人。所谓坏人,也坏不过古人。现今在我国坏的要人中,若寻一个像曹孟德的,竟寻不到。纵有一二要学他的,又没有他的学识。有人将已死的某总统比曹孟德。我当时大加反驳,说:"他哪一点配。"

文章本是自由的。是一时兴到随手记出来的,不必分析什么派别。可恨我国现在所自命为文坛健将之辈,竟吃洋人的屁灰,将文又分为什么"浪漫主义,象征主义,表现主义"。尤奇怪的是"未来主义"。愈分愈乱,令人或读或作,全要加上桎梏。

现在的人心,慢慢全要变成虚,浮,躁,伪,阴,狠,险,毒。所以制造的东西,也渐渐表现这种恶劣的现象。再求坚实耐久,是妄想了。我看拆毁北平东安门的石桥与宣武门的瓮城时,所费的力气与时间,知道古人做事,全有万年的计划。

我想现在若将故宫里的三大殿拆成平地,所用的时间,比建筑九大殿的时间还要多。

拆毁若反比建筑还费力,那么,耐久不耐久,就可想而知了。

我乍到北京读书时,北京各商店并无华丽的门面与辉煌的电灯。然而内部是充实的。铺伙的穿戴简陋朴素,可是日有存蓄。现在商店的门面,只求壮观,铺伙的衣履只求漂亮,也不过是应了俗语所说的"驴粪球儿,外面光"。

去年年底,有人送我十匣点心,五匣挂面。装潢美不可言。堆积一起足达三尺之高。及至打开瞻仰,点心不足一斤,并且难以入口。挂面不足四两,并且糟不可言。我对我的她说:"他们全在外表上注意了。"这大概如同北平丧事所用的"饽饽桌子"欺人骗鬼,根本就不是为吃的。

用文治,可以立国。用武功,也可以立国。亘古以来,决没有用骗术可以立国的。用整旧之法,可以强国,用维新之法,也可以强国。决没有整个贩运外国的文化可以强国的。

某报登载某青年的来函,大意说,他生在不良的家庭,不能容身。处在污浊的社会,难谋职业。投入机械式的军队,度牛马式的生活,受种种惨酷的待遇,前途黑暗异常……等等的话,并求指示明路。某报编辑,劝他存正大的志向,努力自修,做一个好军人。某青年虽染了现在青年的毒,然而还怕误入歧途,实在是可造之材。某编辑那种答覆,实在是因势利导,对症下药。假若遇见野心的编辑,也必要随某青年,大骂环境,未免就要将那位青年引入愁云惨雾里去了。

某青年要知,不良的家庭,正是鼓励有志者的兴奋剂。自古以来的伟人,多是由不良的家庭,激迫起来的。不易谋求职业,是怨自己没有真正的本领。真有本领的人,少有真饿死的。军队原是机械式的,原是牛马式的,待遇原是惨酷的。不但中国的军队是如此,甚至目下青年们,所认为天堂的外国的军队生活,也不能例外。俗语说,"不经苦中苦,难为人上人",威震环球的拿破仑,乍入军队时,也不是总司令。中国的名将,也多由小兵演进而成的。

一个青年,若居家,就怨恨家庭。处社会,就怨恨社会,或到一处,就怨恨一处,我管保他一生也没有成功的希望。不但不能有所作为,简直心中一时也不能安宁。纵然将他送到他所羡慕的外国,他也要喊革命。纵然将他送到天堂,他也要向下跳。

我对我的学生某青年说:"人处于不良的环境中,如同身落泥塘里。决不可乱嚷乱骂,或呼求救援。必要奋力爬出来,才是好小子。若能在爬出之后,再设法将泥塘填平了,才是大英雄。"

世上种种的困难,决不是少爷式的人所能战胜的。世上种种的劳苦,也不是少爷式的人所能忍受的。少爷式的人纵然赶上"天雨金",他也不愿费力拾起来,他还恨上天不替他送到银行里去。纵然天上掉洋服,他还嫌式样不摩登,颜色不如意。纵然天上掉面包,他还嫌无果酱缺黄油。这虽近乎笑谈,然而现在一些挑拨性质的书报,多能将大有后望的青年,练成这种少爷式的废物。

英国格言说"平静的海面,养不成精练的舟子"。我以为,安乐的境遇,造不成伟大的英雄。

哈兰德 J. G. Holland 说:"上帝为鸟造食,然决不送至其巢内。"他那话正是为那种怨天尤人,不知进取的人说的。

现今的青年,并非异于古时的青年。也非是甘心自愿争先恐后地跑入歧途。他们所以沉溺日深,是因为没有真正引导他们走入光明之路的人。并且一些受外人豢养或野心的"学者",用各种钩饵,诱惑他们猛力地向歧途里盲行。我常说:"现在若想为一个好青年,比当初修成一个神仙还难。"

青年正是不小不老的人,应当守定中道而行,不顽固,不趋新,顺中正之路,谋求将来应世的学识。可惜他们多被两种极端派的人——老顽固与新野化——害了。

老顽固既不能对青年加以正当的指导，青年们遂不由得被新野化吸收了去。青年人如同鱼鸟。新野化如同钓翁与猎者。老顽固就是驱鱼上钩，驱鸟入网的人。

有人问我："为什么在前几年的一些新圣人，现在竟被一些青年，讥为落伍了。"我说："因为那些新圣人，又多活了几年，思想慢慢地入了轨道。并且回国的日子多，作的文也可以使人懂了。思想若入了轨道，作文若令人可懂，这不是落伍么？"

我中国现在的男女老少，所以不能相安共济，是因为守旧的太旧，维新的太新。双方分道扬镳，各趋极端，中间断了连系。并且缺少不旧不新的折中派沟通新旧两派的隔膜，调停两派的偏见。

日本维新，在中国之前。可是日本的摩登男女，摩登的程度远在中国之后。日本到现在还不准演接吻的电影。我中国的摩登男女，在公众的地点，就敢亲嘴抱腰。日本国民现今还主张保留古代遗风，我中国摩登男女，竟提供打倒旧日的伦理。日本的阁员，尚肯乘坐电车，我中国官至司长，就以为不乘汽车是不合身分。何怪日本岛民日强，何怪中华民族日弱。

人说："新加坡是各种民族的展览会。"我看我中国，仅就北平一处而言，是一个"新朝旧代的陈列所"。北平有不知民主共和的乡民，有高谈社会主义的学者。有三寸金莲的姑娘，有烫发光腿的小姐。有讲三从四德的女子，有破伦常灭宗教的"密斯"。有十八世纪的土房，有立体式的洋楼。有康熙元年式的轿车，有一九三三式的汽车。甚至一个家庭的人口，以思想新旧而论，相差足有三百多年。

用马车与汽车作比方，足可证明中国守旧与维新的现象。守旧的人维新，才达到马车的程度。维新的人进化，已超过汽车的速率。一个太慢，一个太快，中间接不上气。

有人问我："中国近几年来，为什么愈文明进步，愈见危亡。究竟有没有补救的方法？"我说："中国所以到了这般地步，是因为一些有势力的要人与学者，合着眼，昏着心，随着洋人胡趋乱跑，跑进了泥塘。现在救亡之术，不是上前猛进。是睁开眼目，先在泥塘里，寻求一条出路。"

现在北平的当局，又要提倡举行大扫除了。真是一件可歌颂的善政。不过，我以为，定期限日的大扫除，实在不如实施天天日日的小扫除。若仅在大扫除的特典上用心，恐怕就要学了四年前，北平的清洁运动。

若欲使城市整洁，一切通街大道，须由官吏督率清道夫勤加工作。胡同僻巷须由官吏责成各住户，每日认真扫除。若有一家门前污秽不洁，就加以严重科罚。不可信靠自治的机关，总当由公仆（官也）时时注意。

中国人中有许多是不能自治的。非由官吏督催认真巡视，决不能有良好的效果。仅以清洁而言，庚子年，洋兵分段治理北京，连贫穷的大杂院中的小孩子，也不敢在门前开拉屎展览会。并且住户不论身分，若不将门前洒扫洁净了，就有挨打受罚的羞辱。经洋老爷管教之后，果然达到了卫生的表现。

我终以为，在我国未亡之前，由各住户将门前自加洒扫，较亡国后由洋鬼子用皮靴督催而施行清洁的运动，体面得多。

使我大感痛苦的，就是我中国多数的人不讲公德。我无论在任何城市居住，我每日必亲身将临近我的门口二三丈内洒扫清净了。然而常遇着街坊任意的作践，使孩子们用为厕所。我屡加劝导，他们多用"你管得着么"一句回答。这种陋风，只有将来洋老爷可以管得着。

在中国——尤其是北平与天津——住杂院公寓旅馆，实在能使讲理的人，气破了肚皮。你正要安寝，有人就大唱二簧。你方要合眼，有人就大打麻将。只顾他们的自由，不顾别人的安宁。他们竟认他们的举动为当然，你的干涉为非礼。至于唱小曲，泼脏水，倒炉灰，光膀子，出怪声，骂大街，还是小焉者。所以中国有一句话说"修八代，修一个好邻居"。

愈是公众的所在，愈不能有个人的自由，更不可将放肆误认为自由。在公共的所在，任意自由就是扰乱公安。在公共的所在，任意放肆就是破坏秩序。

茶楼饭馆戏园以及一切娱乐场所，虽是寻乐开心的地点，然而不能自治，不知礼貌的人，不当容他有放肆的可能。我中国有一部分人，专为在以上各处，扰乱公安，破坏秩序，为光宗耀祖。你若稍加规劝，他必说："我是花了钱的。碍不着你，你不配过问。"

饭馆是公共吃喝的地方，理应保持相当的安静。若高声谈笑，足能扰乱大众的神经。

宣永光（1886—1960）

在外洋各国，进入这种地点，必低声细步，无异进入礼拜堂与神庙。这并非怯懦不敢自由，这正是重己敬人的君子之道。

在饭馆，高声谈笑已经是失礼的蛮行，然而还有人喊破喉咙，拼命似地猜拳，扯开嗓子歌唱。为劝酒起见，小声猜拳还不失为欢宴的一种方法。至于饭馆之内，既非舞台又非旷野，何必大显腔调高唱二簧。要知，正在你山嚷怪叫声震屋瓦之时，正是邻座皱眉蹙额掩耳心烦之候。你固然是花了钱了，别人也不是免费来吃的。

我在饭馆用饭，菜将摆上，常见邻座的饭客，在桌旁拍身上或脚上的灰尘。我将要取菜入口，邻座的饭客，竟在桌旁大吐黄痰。前后有空地方有痰盂，他们竟不肯亲劳玉趾多行几步。我每加干涉，所得的答语，总是"我也是花钱的，你管不着"。我想，中国民族道德之衰亡，多坏在"你管不着"一句话上。

在戏园剧场，喝采鼓掌是为鼓励演员的。然而我中国有些人，竟将这种扰乱公安的举动，扩张到电影院里。我不知他是有什么目的。

开饭馆的若想生意兴隆，必须饭菜精美，价钱公道，房屋雅洁，器具整齐，伺应周到。一切设备，务要合乎卫生。不在乎刀杓乱响，山摇地动，狂喊助威。可惜北方一些饭馆，皆以为不如此，招不来财神顾客。不这样显不出生意发达。

我每逢上一次饭馆，出来之后就觉耳中尚有吵嚷的恐怖，心里许久不能定神。他们那些堂倌，每叫一个菜，必要大逞喉咙夸示嗓音。每报一次账，账房先生也必随声接喊。山嚷怪叫，惊人耳鼓，刺人神经。我遍游十几省，只在北方——尤其是平津二处——才见着这种扰人的恶例。

我虽是中国人，是北方人，我最爱吃南饭馆，吃西餐。因为无论客座多少，多么忙乱，决听不着堂倌在饭馆练嗓子，更听不着厨师用刀杓作音乐。

东安市场有一家饭馆子，在开张不久，我曾去探险一次。饭菜粗劣，价钱奇昂。可是以能喊叫而论，足可列全球第一。堂倌上下楼梯的声音，足可使雷公退避三舍。我对他们的堂柜说："请你们以后，多在菜饭上注意，不可仅在喊叫上研究。要知发财，不是由喊叫得来的。"现在那个"喊叫传习所"早就关门大吉了。或者他们的老板，还以为是因为喊叫得未到家呢。

北平有几家饭馆，并不在饭菜上用心，反竭力搜罗嗓音洪亮，善于嚷叫的堂倌，

214

以便声惊四座。这正与学校不在功课和体育上注意，而专门礼聘几名选手增光助威，滥出风头，是一样的离了正轨。

前年我的朋友某甲给我写信，介绍两位新到中国的美国人，请我招待。我请他们在东安市场某饭馆用饭。他们吃到半途，即告辞而去。说："你们中国的菜真好吃，可惜我们的耳朵受不了。"

孔子说："食不语……"他并不是说，见了饭菜就低头猛吃，连话全不肯说。他是说，不可说不当说的话，不可任意喧哗以免扰乱同座的人。外国不论，单以北平的洋饭店说，无论一个饭厅有几十桌坐客，决没有高声谈笑的。并且小孩也知注重公安，保守秩序，对于吃饭的礼仪，应当牢守古化并要仿学洋化。

我中国人——尤其是阔人——对于宴会，多不肯按时出席。尤可恨者，是以为到得愈晚，愈以为光荣。到得愈早，愈认为可耻。因为自己端架子，使别人陪着耗光阴，这是何苦。现在我同朋友约定，有人约请宴会，要提前十五分钟到场。宁可候主人，不让主人候客。

十年前正在某派走运之日，某阔人在北平某外国饭店宴客。原定下午六点。九点客才到齐。客气寒暄一小时之久。然后让座。让至半个钟头，不能解决。将一座饭厅，几乎变成猪市。饭店洋老板气极，连息了三次电灯，他们才入了轨道，闹了一个不欢而散。洋老板遂发誓，再不接待中国人。

中国固然是个礼仪之邦，但是礼仪应适可而止。并且主人应预先用红纸小条写明诸客座次，以免争执而省光阴。

西半球某国，当初曾用感化的方法，处治撞伤人物的开汽车的。将开汽车的与所撞伤的人物，关在一起。使他看一看残肢断骨的惨状，感化他的良心。岂知释放之后，开汽车的仍不改草菅人命的恶性。可见感化之法，不是慎重人命之道。

在交通发达车辆繁多的城市，行路的人须前瞻后顾，时刻留意。横穿街道时，更要详看左右，不要低头慢行而大迈四方之步。既有行人的便路，不必在马路中，摆摆摇摇。

近几年来，常常发生军用汽车撞人毁物的消息。原因多是开车的仗赖军用二字，开足马力横冲狂驰。军事运输，若在战时固当以速快为是，以免迟误军机。拿破仑因他的炮车出发晚了五分钟，竟致一蹶不振。然而，若在平时，为慎重民命起见，军用汽车，若缓开一点也误不了军国大事，行路的小民，也就感德无涯了。

有勇将，决不能有弱兵。有贤父，决不能有逆子。有爱民的将官，决不能有扰民的士兵。正如有贞洁的婆母，决不能有卖淫的儿妇。

军人是保卫国土的，不是对国民示威的。真正的良好军人，对敌国要威如猛虎，对国民要柔若绵羊。如此，才能使敌国畏服，才能使国民爱护。

岳武穆所以能使金人破胆，背地里还称他"岳爷爷"，就是因为他专心对外，纪律严明。他所以得人民的信仰，就是因为他的兵，能冻死不拆屋，饿死不掳掠。某省的军队，所以受敌人的轻蔑，受人民的恨怨，就是因为一部分的官佐目兵，反逆岳飞之道而行。

某省的军队驻在我的故乡滦县时，军中对老百姓，有一种歌谣："打是饺子，骂是面。不打不骂，小米饭！"军队行有行饷，驻有驻饷。百姓没有直接供给的义务。他们的长官既胡征给养，他们又明扰居民。然而他们的司令，深居简出，又焉能知道人民的痛苦。结果，少数的贪将劣兵得了便宜，某司令担了恶名。然而他还不知道呢。

耘田要除害苗。养马须去害马。治国治军，以至办学校，开工厂，设商店，也离不开这种原则。若将其中的坏的去了，才能保全好的。否则就要应了俗语"一木杓坏一锅"。

民国元年十月，我入武昌陆军学校充当教员。武汉一带的人民，因曾受北兵骚扰，甚至见着北方人，全有愤恨之意。湖北驻防的旗人，因平日仗势欺人之故，武昌起义时，不但将旗人杀尽诛绝，且连累一些不是旗人的北方人。那不怪武昌人无礼残酷，是因为少数的北兵与少数的旗人，种下了恶因，使无辜的北方人也受了连累。

当一个要人，修坟地，建宗祠，不是光宗耀祖。做一个好人，不给乃祖乃宗招骂增羞，才是真正的耀祖光宗。

为好人，只要一个良心。做恶人，须费千条妙计。

青年人，多为将来的事作梦。老年人，多为已过的事后悔。中年人，不但为将来的事作梦，又为已过的事后悔。人之一生，也不过是作梦与后悔而已。若能将眼前的事尽力而为，就可以不为将来作梦，也可以避免为已过的后悔。

合理和恒久的生活目标是志向。非理与变动的生活目标是妄想。也可以说,志向是定见。妄想是作梦。

志向是专一的。妄想是复杂的。伟大的人,一生只能有一个志向,所以能成大功立大业。平凡的人,一生存无数的妄想,所以必多失败少成功。

志向如正路,只要一心一意地走去,虽途径长远,终必能达到目的。妄想如歧途,纵然东奔西驰而求,虽途径短近,终必不能有所成就。我半生所以寸名未立,一事无成,就是因为错将妄想,当了志向。

我曾求朋友将"寸名未立,一事无成"写为对联,悬在我的寝室。有同学老友见了说:"这对联仿佛挽联,你何必悬挂。"我说:"我生与家庭无益,与社会无补,与国无功,与世无利。活着与死了,毫无分别。你说是挽联,实在合情合理。我寿终之日,你若能将这八个字作挽联,才真是我的知己。假若你用'典型犹在','哲人其萎'或'老成凋谢'等等的词句送帐子,那才是骂我呢。"

为人与立国相同。为人只靠自己要强,不存损人利己的念头。纵然发不了大财,做不了大官,然而也受不了大穷,招不了大祸。立国只靠整理内政,不做侵略的行为。纵不能扩张领土,威镇环球,然而也不致大遭惨败,民乱国亡。

为人若到无人敢惹的程度,就是到了寿终的日子。立国若到无国敢惹的范围,就是到了灭亡的时候,人为日本人高兴,我替日本人担忧,势不可作尽,篷不可扯满。招白种人之嫉,事小,伤同种人的心,事大。

贪人不能长富。贪国不能长强。人因贪而败。国以贪而亡。

狮虎天性凶暴,残生害命。然而种类,不能发达。牛羊天性温良,屡受摧残。但是子孙,日加繁殖。可见"强者荣华,弱者消灭"之说是不合自然现象的话。

自然之理,是抑强扶弱,奖善惩恶。人若背逆自然之理,自逞聪明,自显强横,就是对自然革命。迟早就要被自然之理淘汰了。我所说的自然淘汰,就是循环果报。

自然之理是损有余而补不足的,是戒满忌盈的。高大的山与深长的河,尚且日渐缩小。人的寿命,既不如山河,就当不求有余,力避盈满。

"强存弱亡"一句话,是扰乱世界的根源,是已过的。世界第一大战的成因,是未来的世界第二大战的种籽。

人类的不平等,是自然而然养成的,不是忽然改变的。正如高山因积土粒,深海因汇水点而成的。人既不能平山填海。也必不能使社会各阶级化为一律。更不能用一种学说,于一时之间,除净阶级的存在。

古圣前贤用"愚公移山"持久耐烦,和平稳妥的办法,劝化世人的恶行。劝了几千年,尚未能达到"天下为公,世界大同"的边际。今人竟想施用揠苗助长急迫躁猛,相仇互斗的手段,强使人类的阶级,于少时之间,化为相等,岂不是徒劳的妄想。

人力纵能移山填海,也不过只能移只能填一小部分。归终还是要望山流汗,望洋兴叹,空耗气力达不到目的。那么,利用"阶级斗争,混合贫富",才能发生效力,也不过是"一部分"的,也不过是"一时"的。

我为己奋斗二十余年,到现在没有半间的房产,并无一百元的存积。我岂不愿向富者斗争,平均产业,平均劳逸。怎奈人事是复杂的。或贫或富或劳或逸,各有原因。决非是一夜之间,就可以化为一律的。要知学说终是学说,它的势力决打不倒事实。

人类有富贵贫贱的阶级,我以为正是鼓励人自强上进的梯子。你若羡慕人的富贵,你就勉力向上攀登。若只坐在梯子底下怨天尤人,梦想有人把你抱上去,那是徒劳妄想。你纵然将梯子打倒了,仍必有人将它扶起来,再往上爬。

世事就仿佛一个梯子。人生就如同爬梯子。在这梯子前后左右,你争我挤各不相容。若得到梯子的正面,就费力小而成功易。若得着反面或侧面,就费力大而成功难。你若爬不上去,只可怨你的心志不坚,脚根不稳,不能怪人推你挤你。

劳资之间,并没有什么分界。工人若勤恳耐劳,积有盈余,也可以变成资本家。资本家若奢侈不节,怠惰放肆,也能降为工人。今日被人雇用,明日就能雇用人。我见这种的实例很多了,所以劳、资不过是个有时间性的名词。

人人骂资本家。人人骂官僚。但是,谁不愿为资本家,谁不愿为官僚。我只望惯骂资本家,惯骂官僚的人,一旦走了运,变成资本家的时候,若能为工人想,变成官僚的日子,若能为百姓想,就不致于再招人的骂了。

劳资虽有贫富劳逸之分,实在是互做一件事。劳方出力,资方费心。劳心者获利多,劳力者获利少。无工人无资本家。无资本家,工人无工作。双方应互相谅解,和衷共济。和则两利，仇则两伤。万不可苦待工人。万不可轻于罢工。

我是由学校出身的。我深知学生头儿管学生，甚于校长教员。我入社会二十余年的经验，更使我知道，工头管工人，甚于资本家。妇女管妇女，甚于坏男子。二房东对房客，甚于大房东。我也当过二房东，我对于催索租金，比大房东还不客气。可见"奴使奴，使死奴"与英文中说"弱者之间的专制，过于强者"两句话是至理名言。

朱熹说："肯为别人想，是第一等学问。"现在各国所以不安，中国所以不安，就是坏于不肯为别人想的人太多。

国际之间，甲国若肯为乙国想，就不能侵略乙国的领土。一家之内，父子夫妇兄弟叔侄姐妹姑嫂，若肯互相为别人（对方）想，就不能起家庭革命。社会之中，富贵贫贱老少尊卑，若肯为别人想，就不能有阶级斗争。

肯为别人想，就是《孟子》上所说的"不忍之心"。不肯为别人想，就是《诗经》上说的"忍心"。不忍之心是慈祥的。忍心是狠戾的。不忍之心就是仁。忍心就是不仁。仁就是善，不仁就是恶。

英文所说的 Consideration for Others 就是"肯为别人想"。所说的 Conmiserating Mind 就是"不忍之心"。可见洋圣洋贤，也是与中国的古圣先贤，同想到一条路上去。这种思想，若能普及人群，世上就是天堂，用不着拜神求佛，祷告天主，歌颂耶稣。自己的心，就是上天堂之路，就是入地狱之门，何必向外面去寻。

天堂与地狱两个名词，本是人造的，假定的名词。可是人也能将世界造成实在的天堂地狱。自古以来，一些君子，就是造天堂的。一些小人，就是造地狱的。自我民国成立，人民日处于刀山剑树碓捣磨研之间，就是因为造地狱的人太多。

良心就是上帝。背逆良心，就是得罪上帝。

俗语说"为人不作亏心事，半夜敲门心不惊"。心所以不惊，是因为有"良心"从中作主。

据我多年的观察，无论如何贫穷卑贱的人，全有发达的希望。惟独好占便宜的人，永远不能有发达的可能。因为好占便宜的人，是生就一身穷骨头。他无论算计得如何精巧，到底还是外面拾进来一升，家中反失了八斗。

精于算计别人，必疏于为自己计算。人所最容易受欺骗的时候，就是正在他用心欺骗人的日子。

小学教科书的良否,关系人一生的成败。在小学若打不好根基,入了中学大学,也不能有良好的希望。

现在中国所需要的人材,是知己知彼的。若不先将真正知己的知识,灌入脑中,决不能追求真正知彼的学问。我国许多的留学生,回到中国之后,竟不能使中国得着他们的利益,就是因他们多能知彼,不能知己,对外国的事明白,对本国的事模糊。

日本的留学生,回国之后仍不改国民性,仍是日本人。我国的留学生,回国之后多失了国民性,多变成外国人。日本的留学生回国,多服务社会。中国的留学生回国,多钻入官场。看一看现在我国的文职大员小员,有几个不是挂着英美大学博士硕士的头衔。

我的学生某甲,为将来没有出路大着其急。我对他说:你将眼前的功课,预备好了,将来自有出路。若只在吃喝玩乐上注意,仅在衣饰上讲求,将来不但没有出路,简直只有死路。

当初乡间的人,卖去三亩田,可以造出一个秀才。现今乡间的人,卖去三亩田,不足给儿子做一身洋服。当初造出一个秀才,至不济还可以慢慢地收回三亩田。现今造出一位学匪,多是把产业也光了,把儿子也毁了。

天下惟中国的百姓最老实,最怕官,最容易治。当权的人若不能治中国,天下再没有可治的国了。

中国的百姓,并不求参预政治,并不求官吏保护。只要官吏对他们不敲骨吸髓,他们就心满意足,歌功颂德。

各国军队,屯驻防区要塞,对百姓无所需求,且竭尽保护之责。开拔调防之日,百姓也无若何感谢的表示。因为卫国卫民,是军人的天职。百姓既为国尽了纳税的义务,当然应享保护的权利。

我国的驻军,只要不加搔扰,百姓就认为是恩出格外,受宠若惊。除了制造万民伞万民旗之外,还要登报颂扬德政。这种老实可怜的实例,全球几十余国中,除中国外再也寻不出来。

在中国当老百姓,最好是不住在"用兵所必争"之地。仅以近三百年以来,仅以我滦县而言,连遭吴三桂、李自成、清兵、军阀、外寇、匪军的蹂躏,屡屡不得安生。但是滦县的百姓,虽在水深火热之中,仍不愿逃出龙潭虎穴之地别寻乐土。我若有养身之道,仍要转回故乡。可见居住险要之地的人民,并非不怕遭劫,只是故土难离。

有人说:"在已往的二十余年中,我国的政客军阀,只能在'中华舞台'上演唱《双天师》。他们互相排挤,彼此攻击。究竟谁是真,谁是假的,我们小百姓,实在无法区别。"我说:"真天师能降妖捉怪,假天师也能唤雨呼风,他们哪能比得上。他们不过是瞎唱《五花洞》而已。纵然证出谁是真武大郎,谁是真潘金莲,又有什么价值。"

我极愿做官。朋友问我愿意做官的理由。我说:"在中国千行百业之中,惟做官最容易。并且愈大愈好做。文的,我不敢做书记,传达。武的,我不敢做连长,排长。至于主席,司令,我敢立刻走马上任。因为官愈大,愈用不着学问。"

在满清将亡的时候,有不会写"军"字的陆军部尚书。在袁政府的时代,有认不清自己大名的督军。假若他们是书记或秘书,不但掌不了大权,发不了大财,简直保不着饭碗。

各行之中,据我看惟有唱戏与教书最难。因为挑眼的观众最多,决不是可以模糊对付的。唱戏的,若是大草包还可以下降而跑龙套,充扫边。教书的,若是半瓶醋,在学校内决无滥竽充数之余地。我所以竭力要跳出教育圈子,就是因为在学校里,不易谋生。

近一二年来,连连发现贪污大案。案中的要犯,或远逃国外,或匿避租界。当局若果肯拿办他们,他们怎能安然出国,焉得稳居租界。纵然他们托庇于洋人宇下,既不是政治犯,又为何不肯交涉引渡。若能赶紧将他们明正典刑,非但可以制止贪污,且可以使小民消解愤怨,也可以使外国人少说闲话。因亲属关系,容留一二奸贪,固然是人情之常,但是若为全国设想,为自己的声名打算,则万不可稍存姑息。

刘邦所以受人民的欢迎,是因他能先除苛法。朱元璋所以得人民的悦服,是因他能先诛贪官。

苛税不除,民生无望。贪吏不诛,国命不保。

定国不在奖善,只在去恶。因为去恶,就是奖善。对善者,要听其自然。对恶者,须痛加诛戮。我中国的政治，所以屡改屡革，永未上了轨道，只是因为掌权的人，对"公私"二字分别不清。其实，事关个人或少数的人，就是私。事关国政或多数的人，就是公。

掌权的人，对私字上用心，不过养成一群胁肩谄笑的小人。对公字上注意，才能助成一些光明正大的君子。日与君子相亲，必定公心日长，私心日退。公则人心归服。私则民心离散。

宋朝名将曲端，为泾原教统的日子，他的叔叔为他部下的将官。因为打了败仗，曲端就不顾叔侄的关系，立刻将他叔叔在军前正法，并且作了一篇祭文说："呜呼，斩副将者，泾原统制也。祭叔者，侄曲端也。尚飨。"他这种办法，既能全公，又不废私。焉能不得全军的敬畏，怎能不受人民的歌颂。

明朝名将戚继光，因为他独生爱子临阵回顾，竟不念父子之情，斩了他的儿子。不怕当了绝户，断了香烟。他能不因私害公。所以他才能东平倭寇，北卫边疆。今日掌权的人，多因私废公，不但对亲属力加庇护，甚至因同乡的关系，也能毁法乱纪。何怪东北四省，被岛民白白拾了去。

外患不足以亡国。内乱不足以亡国。惟国法不能推行必致亡国。并且法律若得推行，国政才能入了轨道。国政入了轨道，自然不能发生内乱。内乱不起，自然不能招起外患。

无论行什么政体，讲什么主义。反正是，法行于上则治，法行于下则乱。我中华前途之兴亡，只看掌权的人，能否却除人情面子，能否因公不顾私。

俗语说"法律本乎人情"。所谓人情者，不是一二要人的私情，是全体国民的公情。以私情行法，必招人心怨愤。以公情行法，必能上下禽服。

太平天国的名将陈玉成，守安庆时，对部下临阵退缩的将官，不分亲疏，一律用点天灯之法处治。东王杨秀清，对部下败将，全处以凌迟之刑。他们那等行为，固然是惨无人道。但是太平天国，所以能支持十六年的原因，未尝不是对大员能行法的效力。以后太平天国所以灭亡，就是因为姑息顾忌，不敢严惩大员，只能对小民身上用法了。

我国的扰乱，就是因为两个原因。一是操持大权的人，对于犯法的文武大员，多讲情面而不忍处治。二是对于犯法的文武大员，多所顾忌而不敢处治。其实若能光明正大认真办理，虽亲友亦不能怨你刻薄。若能将他们的罪状宣布全国，虽大员亦必无法反抗。

若想中国不亡，须振起监察院的胆量，施行"闻风即奏"的办法，由该院直接派人暗中澈察。不必另派大员使大员们增加额外的收入。如此，不但可以减少公费，也可免得大员们，因吃酒席太多而拉稀便秘。

严办犯法的人，才能保护守法的人。宽纵犯法的人，必致守法的人也因不平之故，起而犯法。

古人说"家庭之间，只可论情，不可论理"固然是大有阅历的话。然而只可限于一家人，对一家人之间的私事。只要一关涉家庭以外的人，就只可论理，不可论情。家庭是邦国的基础，若为护庇私情，由家庭先将理字破坏了，一国之人，彼此之间，更不能讲理了。

我常见一些未受过教育的夫妇，因孩子在外招生是非，反因舐犊之念，向被害者大打大骂而惹大祸。全是起于只顾私情，不顾公理所致。假若他们对自己的孩子，只论曲直不加偏袒，不但不致惯坏了自己的孩子，也可以免得招人的愤恨。天下小事大事全是一理。国中若有贪污的官吏，全是因掌大权的人念私情而纵起来的。

用太阳系作比方。太阳与八大星之间的吸力就是情。八大星的轨道，就是理。它们若不能守着一定的轨道走，太阳也就无法施用吸力，宇宙必立时分崩碎裂而化为无有。人犯了法，就是出了应守的轨道，也就是不循理的举动，是破坏人类的系统，是群众间的败类。所以不可因情牵扯，而将理毁了。

法律是为讲理而设的，是专对不讲理的人而施的。当权的人，若只顾情而不顾法，就是毁法背理，国政不但永远上不了轨道，并且必致民乱国亡。

国际间，保护政治犯，是因为政治犯是对一国的政府叛逆的。并不是在一国的社会之间，因为私欲而杀人放火诈欺劫盗的。一国的政府，时常被一些人霸占而倒行逆施，才引出政治犯来。当权的人为泄私愤，可以施用势力，对反逆者加以惩处而不顾公理。国际间因维持公理起见，才对政治犯力加保护。

我国近二三年来，所发生的邮款，鸦片，盗宝，卖官，舞弊几件大案中的男女罪犯,虽然全顶着委员官吏的头衔,然而与寻常窃盗诈欺的罪犯相等。岂可容他们远居乐土逍遥法外呢。当权者若不将他们赶紧"引渡"过来,他们就要造谣攻击政府,而掩盖他们的私罪,假冒政治犯了。

司马迁论商鞅,说他"刻薄寡恩"。其实,若欲使法律推行,决不可"宽厚多恩"。太子犯法,他还敢认真处治。因太子不能加刑,而惩办太子的师傅。商鞅不知有所顾忌,不肯模糊敷衍,所以才能使秦国盛强。中国现今若有商鞅那么一个不避权贵,不拘私情的人,何致贪污的案子层出不穷呢。

前年我问某侦缉队长说:"你们终日缉捕盗贼,假若他们被释出之后,对爷爷报仇怎么办?"他说:"我们办的是公事,无所偏袒。不贪赃枉法,盗贼并不同我们结仇。可见按法而施,公事公办,盗贼还知公理而无人可怨。假若当权者用光明正大的手段,重办几个贪污的官吏,将他的罪公布全国,也必招不起私仇与私怨来。"

据报载,某省当局,枪决了三个见匪攻城弃职潜逃的县长。这真是一个大快人心的事。因为官吏受了人民的供养,有守土之责,理当城存俱存,城亡俱亡。然而细一想,未免要为他们呼冤。因为县长多是文人,没有防守的武力。没有武力,因失城逃走,还须处以死刑,那么身拥数万之众的将官,若因敌进攻,轻弃防地的人该当何罪。

管子说:"草茅弗去,则害禾谷。盗贼弗诛,则伤良民。"唐太宗说:"养稂莠者,害嘉谷。赦有罪者,贼良民。"这两句话,当权的人若顺着走,就能保权位,定国乱。否则,不但害了自己的声名,也要缩短国家的寿命。

操持国中大权,不在乎有什么高明的学识,只在乎能否"除恶"。所谓除恶者,只是"除恶税,除恶法,除恶人,除恶俗,除恶习",这五恶若不能除,任何好的政策,也不过是谈谈而已。

怨天尤人是匹夫匹妇行为。自怨自艾是圣贤英杰的本色。

近两三个月中,我看人力车夫的脾气,多是大改旧日柔顺的常态,而化为凶横的现象。我详细考查,才知道是起于市面枯涩,坐车的人太少。他们劳苦终日,度牛马的生活,除去必交的"车份"之外,几乎得不着一顿饭的余资。所以因饥饿所迫,而化为暴烈。英国格言说"饥人就是凶人"。当局若欲保持和平秩序,应当速谋补救的方法。

北平一处，拉人力车的不下三四万人。以一人一家四口计算，将达十余万人之多。为防患起见，应设法减免他们的车捐，增高自用汽车的捐款，以作抵补。要知有自用汽车的人家，每月多出十几元，不过九牛一毛。穷人每月出四五十枚的捐税，就必减少一日生活的代价。捐税固然是向开车厂的主人征收，然而直接担负的还是人力车夫。我不是对有自用汽车的人有恶感，我是为他们谋稳妥的享乐方法。

救济穷人，只在小惠，不在大德。只在目前的切要之图，不在高远的伟大计划。近几年来，一提救济贫民，就是一些聪明过度的人，乱喊"设立工厂"，实在是屁话。纵然言顾其行，也不过是收容少数的贫民。最好是重征奢侈品的捐税，对米面煤油等等的苛捐恶税，认真的竭力减除。

现今就北平一处说，没有一辆不纳捐的人力车。可是不纳捐的自用汽车则不知多少。正如少有不出房捐的贫民，可是常有不纳房捐的阔人。我以为，若用征人力车捐与收贫户捐的精神，转移到汽车与巨室上去，每月必可多收十几万元。

我国的汽车，行路有优先权。停放有占地权，有骂人打人（老实人）之权。在街上有警察代为开路之权。有防碍交通之权。汽车主人愈阔，权威愈大，其致有打骂警察（租界与东交民巷的除外）之权。既享得权利多而且大，当然所纳的捐税，应重而且巨。如此才合乎公理，如此才可平止愤怒。

中国有些阔人，不纳捐税，并非不知应纳，也非无钱可纳。他们是以为，若纳捐税，就失了自己的面子，丧了自己的锐气，减了自己的声望，灭了自己的威风。不但见不起亲友，简直见不起自己的太太。这种恶习，只有中国地图变了颜色之后，洋老爷可以代为除根。呜呼，中华"民"国。

前几年，我在某机关当小官僚。我的一个旧日的学生某甲，也在一起办公。某日他到我家拜访，说："先生，为什么不安电灯。买几盏电灯和几丈引线，再用一根铁丝搭在电灯线上，就行了。你若办，必无人敢管。"我说："某派的势力倒了，我怎么办呢。"他说："再取下来。"我说："取下来容易，然而再点我的煤油灯，就不合眼光了。莫如用我的老法子，终久是稳妥的。电灯公司虽是大资本家，是吸收市民膏血的，然而我没有白用的权利。"

前几年，在机关任职的要人的自用汽车，没有一辆纳捐的。那么依此推断，在机关服务的小要人的自用人力车，也可以不纳捐了。但是我看他们的车上也有捐票。可见在目下的中国，做的官愈大，享得权就愈多。并且愈对国家，有不纳税的义务。何怪人人愿做官而且愿做大官呢。

不必讥骂古人。不必拍捧今人。要立定志向做一个好人。

现今"学校商业化"已经成了一个普遍的名词。我的朋友某校长，认为是奇耻大辱，打算作文驳辩。我说："你不必辩。办学校若果能真正商业化，教育就不致愈办愈糟了。"因为商业是以公平交易为正轨的。学生花一份钱，必要设法使他得一份真货。他们虽年青，不识货，也必要使他们换了真的走，万不可用劣货蒙骗他们而行奸商化。

教书是好汉子不做，赖汉子作不了的一种行业。人当了教员如同钻了牛犄角。愈往前钻，愈没有光明的前途。人说教书是清高，我以为教书是昏暗。

人的两只眼，全是平行的，所以应当平等看人。人的两耳，是左右并列的，所以不可偏听一面之词。人的鼻端，共有两个孔，所以不应当随着别人一个鼻孔出气。人只有一条舌，所以不能说两面话。人虽只有一个心，然而有左右两心房，所以作事不但要为自己想，也当为别人想。

真恶人，如同明枪明刀，容易使人躲避。假善人，仿佛暗枪暗箭，令人无法提防。所以，被真恶人骗了或害了的人少，被假善人骗了或害了的人多。

真小人是蒙虎皮的狼。伪君子是蒙羊皮的虎。

动物中，惟狼最不知爱惜同情，然而非到饥饿无法忍受的时候，决不自相搏食。可惜生为万物之灵的人类，愈是衣食不缺的人，愈要损人利己。

民变起于争食。官反起于争权。争食因为饿。争权因为贪。民的肚子容易饱。官的欲念永不足。所以，民变常少，官贪常多。

现在的"新生活运动"，是中国再造复兴的引子。惟最要紧的第一步，是先须使百姓能够生活。百姓有生活的可能，才有心肠分别什么是新生活。欲使百姓有生活的可能，先须严办贪污的官吏，痛剿扰民的军匪，速裁无用的机关，减免害民的恶税。

今日不较昨日好,就是苟活一日。今年不比去年好,就是虚度一年。所谓好者,不是增加财富与权势,是增加学识与道德。

有人说:"中国将来不亡于东方某国,就要亡于西方某国。中国目下不联东,就得连西。"我说:"东方某国是凶狠的强盗。西方某国是阴毒的恶妇。亡于强盗是家破人伤。亡于恶妇是家败人亡。联前者,如同交匪类。联后者,仿佛娶婊子。全不能有好的结果。"

有人问我:"为什么书呆子的性质多方正,不合时宜。"我说:"书全是'方'的。你看见过'圆'的书么。"

中国当初用的制钱,全是圆的,中间有一个方孔。颇与我国古人,处世要"外圆内方"的学说相合。可见古人做事,虽小的东西,也颇能给人一个教训。

《颜氏家训》上说"夜觉晓非,今悔昨失"。我中国的人——尤其是些高出小民之上的要人——若能施行这句话,国中就可真正统一,东北四省,终久是中国的领土。

生活是工作,不是游戏。是为别人,不是为自己。是牺牲,不是享乐。认清了,就能随遇而安。误解了,就必怨天尤人。

世上人,共分三等。第一等人,是与世有益的。第二等人,是与世无害的。第三等人,是与世有害的。人的等级,不可由职业上分。我以为,人力车夫与倒马桶的,若存心公正,就是第一等人。大学者与委员长,若存心偏私,也是第三等货。

旧的不一定全坏。新的不一定全好。旧的也不一定全好。新的也不一定全坏。能分辨良窳,邪正,才配谈守旧与维新。某要人所以屡起屡仆,成事不足,坏事有余,就是因为他,只以为新的就是好的。

中国人学外国人,或外国人学中国人,决学不到其中美点,必先要染成了坏习。所以久居中国的洋人,回到本国多不受人欢迎。中国人留洋几年,回到中国得了权势,作弊的技能更特别的精巧。要知近三四年内,贪污大案中的罪犯,个是由外洋学来的。

"教育救国"实在是一句皮毛的话。真正的救国之法,是"良心救国"。欲施行良心救国,须先毁灭现今一些"责人"的学说,施行"克己"的教育。

某女士留学数国,通晓四国文字,对于政治法律,极有研究。外国女子对她也甘拜下风。论她所受的教育不为不深，知识不是不大。然而她得了权位不久，贪赃枉法的程度，竟超乎一切旧日的官僚。可见无论男女，若心术不正，纵然有天大的学问，只能与人群有害。

我最恨现今有些要人，对中国民穷财尽的现象，不说是"前人遗下的祸"，就说是"受了帝国主义的剥削与压迫"，一毫也不承认自己的过错。

现今那位惯说便宜话，惯将自己认作圣人的某要人，又跑在一边大说便宜话蛊惑愚民，假充正经，假冒贤德去了。岂知中国这几年中，人所受的苦恼祸害，实在沾了他的光不少。

只要中国的要人，不肯自认自己担负了一部分殃国害民的责任，中国永远不能复兴。只要中国人民肯受人骗，中国前途必不堪设想。只要中国青年，自视为圣人，中国教育必根本破产。只要中国摩登妇女，误认放荡为自由，中国人种必归灭绝。

亡中国的，不是洋鬼子，正是中国人。不是中国下层社会，而是中国上等社会与中等社会。尤其是一些读书识字的官僚与有名的学者。他们互争权利，互逞才能，才将中国弄毁了。

《潜夫论·务本篇》上说："为国者，以富民为本，以正学为基。"所谓"富民"者，不是用科学方法，改良农田。也并非礼聘一些讲堂上的人材，干涉农工商的职务。是不行扰民恶政，轻减人民所担的恶税，少设不切实用的机关，剿除人民中的土匪，令人民能安心自理他们的职业。所谓"正学"者，不是采取四二制或三三制，也不是效颦欧美日本。是慎选有学有品的教职员，是施行"教育纪律化"，是编定合乎中国民族性的教材，是养成学生出了学校，有在中国谋生的本领，是排除一切"外国顺民"所作的毁坏欺骗青年的邪说。

现在，我国的青年，原是白璧无瑕的良好国民，全是些大有后望的人物。可惜受了野心的学者蒙骗，将他们引入歧途迷路之中，导进愁云惨雾之内。欲救这些陷溺的可怜的孩子，教育部应赶紧编选"鼓舞"的课本，使他们多读富有民族性的文学。在教科书中，竭力铲除为外国宣传的材料。对于时人的作品，务要彻底肃清。用各省耗于留学的经费，奖励辅助勤苦的学生。

中国现在所以衰危，是因为未曾学到外国的美点，反将中国原有的美点失去了。正如庄子所说的"寿陵余子,学行于邯郸。未得国能,又失其故行矣,直匍匐而归耳"。

有一个笑话说:一个乡下人,娶了城市的姑娘。某日他进城给他岳父贺寿。得了他女人的命令,一举一动,仿学同席人。同席的某甲,见他那事事学人的举动,大笑一声,立刻从鼻中喷出一根面条。乡下人连忙仿学,不但未曾喷出面条,竟喷了满桌鼻涕。他回乡之后,说城市中的人,全容易学,只是学不到他们那喷面条的技术。我中国人学洋人,也不过将将学到乱喷鼻涕的程度。

救我中国,只靠我中国人,自己寻求自己的病源,自己用自己药品。徒靠外国人,专吃外国药,是不能"立起沉疴"的。

亡在日本人手里,是日本的顺民。亡在俄国人手里,也是俄国的顺民。反正,决不能与他们本国的人,享受同等的待遇。真正自认为是中国父母生养的志士,若要救中国,决不可求助于异族。石敬瑭骂名千古,吴三桂遗臭万年,就是最好的鉴戒。

"要人"犯了显显然然的大罪,本可立正典刑。偏要另派大员亲临检查,惟恐屈枉了他们。"小民"犯了似实似虚的小罪,本可设法详查。偏要立时捕拿下狱,竟无人代为剖白。专制时代也少有这种现象。岂知要人是人生父母养的,小民也不是猪生狗养的。同为一国的人民,不可有两种的待遇。

"匿名信"本是不敢负责的怯懦之夫的卑鄙行为。寻常人接到这种东西,还要认为鸡鸣犬吠置之不理。然而近四五年来,我听说官方竟凭这东西,任意逮捕人民。假若此风一行,人民就无时无刻不在忧惶恐惧中度日子了。

官方对于匿名信,不可认作升官发财的机会。应先设法详细追查他们的人。一面对于被告发者,慎加调查暗行监视,在无真赃确据之前,万不可轻施逮捕。一则可免无辜者含冤,二则可保官方的名誉。

五年前,北京某机关,因得匿名信一封,竟不加详查将某校教员某甲,捉拿而去,非刑审问,使他承认是共党的首领。至终,打掉了他三个脚指。及至证明他是被人陷害,才将他释放出来。某甲虽未丧了性命,但是两支脚全残废而成了瘸子。这种黑暗,只可在我中华民国寻得出来。

去年我由地安门用铜元四十枚雇人力车到灯市口。匆忙付了钱票一张。进门之后，车夫敲门，说我所给的是一张六十枚的，要退还我二十枚。我见他的举动奇异，问他为什么不占便宜。他说："富贵，天给的，瞒心昧己，发不了财。"可见下级社会的人，若存一点迷信的心理，也不肯做背逆天良的事。从来阴狠奸恶之徒，全是些毫无信仰的。

人民迷信太深，固然是防碍国事的进步，然而"要人"所办的"金刚时轮法会"，也不是推进国事之良谋。

古语说："国将兴，听于人。国将亡，听于神。"所谓听于"人"者，是靠赖一群要人，化除私欲专心国事。所谓听于"神"者，是一群要人，尔诈我虞放弃责任而专在他们所拜的神上用心。这两句话并不是指着无官无职的小民说的。

所谓"要人"者，是要办"要事"。所谓要事者，是军国当前的大事。只要"要人"能将"要事"办好了，小民那种种不合科学的陋习，先不必管他。

我听说某省，苛捐恶税层出不穷，土匪遍地。某省的要人竟熟视无睹，偏大用精神，拆毁庙宇，严催放足。这是倒行逆施，这就是轻重不分。

《新序》上说："圣人不易民而治。"汤武所治的人民，就是桀纣当日所治的百姓。然而前者扰乱，后者安稳。不是人民改良进化了，是当权的人正大光明了。

不必向人详说你的苦恼，要知人人全有自己的苦恼，谁有闲心听你的唠叨。不必向人高谈你的功德，要知人人全有要自颂的功德，谁有耐性闻你的牛气。

地球的表现上有崇山深谷的不同，有凸凹高下的分别。地球上的生物，当然也不能平等一律。同是人，就有坐轿抬轿的，有坐车拉车的。有使用人的，就有被人驱使的。同是狗，就有稳居狗窦，肥头大耳的，就有终日奔驰，骨瘦如柴的。同是老鼠，就有生在仓库里，就有生在厕所中的。

不但动物中有显明的不平等的现象。甚至无识无知的土石草木，也享不到平等一律的待遇。同是一块土，就有人将它塑成神像，受人跪拜。就有人将它烧成夜壶，受人便溺。同是一条木，就有人将它做成佛龛，受人供奉。就有人将它制为马桶，盛粪装尿。同是一朵花，就许被美人插在鬓边。就许被毛驴，饱了馋吻。只可说是有幸有不幸而已。

天下的事，往上比，则心烦意乱，怨天尤人。向下比，就心定意定，无所怨尤。

宣永光（1886—1960）

为人,有应向上比的,有当向下比的。对于道德学识,须向上比,才能不为小人,不为混蛋。对于财产职位须向下比,才能不为贪夫,不为官奴。前者,只要努力刻苦,人人可以办得到。后者,纵然奋勉追求,有时竟空费心机。一是凭人力的,一是靠机会的。人力,随时可施。机会,终于难遇。

人是一个奇特的产物——有时是圣人,有时是贤人,有时是君子,有时是凡人。可是常常做了小人。

生在这只重言,不重行的时代,你若愿人呼你为善人,你就常常大骂恶人。你若愿人称你为贞女,你就常常痛骂淫妇。

《汉书》引古谚说:足寒伤心,民怨伤国。自古以来,善治国的人,不惧外患之迭起,而怕民怨之骤兴。民怨之所以起,是起于赋税之繁苛,官吏之贪暴,兵匪之滋扰,能将这几项人民之害,彻底扫除,民怨自息,外患也就无隙可入。

近二十年来,中国的乱源,是因为没有巩固的政府。没有巩固的政府,是因为政府中没有能统治的人材。没有统治的人材,是因为纵然有一二可以统治全国的人材出现,就必有一些嫉贤妒能的要人,竭力在暗中掣他的肘,扯他的腿,拆他的台,使他不能安于其位,不能尽其长。

现今是日本可以随时随意危害我中国的日子,不是当权的要人与在野的要人,自颂功德或彼此攻讦的时候。

人民说便宜话,是出于望治心切,是督催政府。要人说便宜话,是妒嫉心深,是要拆政府的台。

一人所表示的意见,或许是妄言。多数人所表示的意见,就是舆论。拿破仑说:"随舆论行事,何事不成。舆论所向,天下无敌。"管子说:"民别听之,则愚。合听之则圣。"法国古语说:"人民之言,神言也。"可见舆论是不可抵抗的。

现在我国一些无系无派不受津贴的报纸上所表示的意见,就是代表多数人民的意见。当权的人若能对这种报纸多加注意,以定行止,决不致身败名裂,遗臭万年。

姜子牙(姜尚)说:"以天下之目视,则无不见也。以天下之耳听,则无不闻也。以天下之心虑,则无不知也。"天下就是指人民说的。古今中外的伟大的人物,所以能得流芳万代的成绩,就是因为他们能以人民之耳目为耳目,以人民之心为心。

国亡,决不是亡于或用"武力"或用"经济"侵略的帝国主义。是亡于用"文化"侵略的帝国主义。

中国百姓全是好的,只是缺少好官。百姓中纵有坏的,也是跟官吏学了来的,或被官吏逼出来的。中国兵士全是好的,只是缺少良将。兵士里纵有坏的,也是上梁不正下梁歪。我以为,与其训民,不如先训官,与其练兵,不如先练将。

好主义或好演说,也不过如同千里马。非有千里人,不能得它的效用。

宝剑不能使怯懦之夫,化为勇敢之士。名笔不能使涂鸦孺子,变成书法大家。

你若将你自己认做非凡出众的人物,你一生也不过是群众里的一个凡人。

磨盘不论运转的迟速,全不离磨心。人的思想言行,无论如何转变,也当不离良心。磨离磨心,不能工作。人离良心,不配为人。

吃苦是人类进化的动机,是种种事业的根本。道德因吃苦而成立。天良因吃苦而保存。学生不能吃苦,必成流氓。农工不能吃苦,必成土匪。军人不能吃苦,必成盗寇。妇女不能吃苦,必成下流。官吏不能吃苦,必成民贼。

我国民族——尤其是汉族——自古以来,只是勇于对内,怯于对外的。只有同化异族之能,并无对外之力。所以能同化异族,是因善于孳生。不能对外,是因不善于团结。略读中国历史,就可发见汉族这种劣点。

朱元璋所以能驱出蒙元,武昌起义所以能打倒满清,并不是汉族之力盛强,是因为蒙满二族消失了他们原有的民族性。

中国的领土,所以慢慢地推扩,多不是用武力夺取而得的。是异族入了中国而赔嫁过来的。中国正如一个多病而寿长的男子,屡被一些壮妇们所霸占,她们一个一个的用尽心力,为他经营家政。慢慢地也受了他的传染,变成多病的弱妇。他因得着她们的补养,每一恢复元气,就不念夫妻之情,略一举手投足,将她们一个一个的或打死或逐出,将他们由娘家带来的东西,全据为己有了。

前年某洋报,议评中国人,如同无知无识的微生物。我以为这并不是恶意的。不过该报并不知中国人不但如同微生物,而且如同病菌,孳生之能力极大。任用什么科学方法,也不能使之灭绝。他们那科学之力,穷尽之日,就是中国人布满全球,吐气扬眉之时。

现在青年人,所痛骂的人,多是将来他们所感念的人。现在青年人,所崇拜的人,多是将来他们所痛恨的人。

大前年,我因求升官发财,也买一部某书朝夕研究。我朋友某小"要人"问我说:"怎么?你也要投机。"我说:"许你们偷狗,还不许我偷鸡(投机)么。你们偷大的,还不许我偷小的么?"

一些要人,若欲替人民谋幸福,只有本着天良,凭着权势,脚踏实地,一步一步地做去。不必大唱高调,乱发宣言。以免再使人民失望,而怀"与汝偕亡"的怨愤。

我的亡妻活着的日子,因缺柴少米,时常愁锁双眉。我劝解着说:"你不要因家境忧伤。你耐烦等着,将来总有汽车给你坐。"她说:"我受你的欺骗太多了。你有好听的话,不必向我说。我恐怕我死了,连寿衣还穿不上呢。"果然,她死去十八小时,我才借到朋友的钱,将她身上的旧衣,换下来。对妻应许的太过,还能使她失望而死,使自己的良心抱愧,何况要人对于小民呢。对妻说大话,若办不到或能得到她的原谅。对百姓说大话,若办不到只能受他们的咒骂。

爱国救国的事,是富贵人的专责。不当强加在贫苦的人民身上。贫苦的人,爱命爱身还不能苟全,当然提不到"国"字。所以我不恨贫苦的小民出关谋食,我独恨一些丰衣足食的阔人,出关投伪。没有官吏削剥,小民决不致困贫。没有阔人认贼作父,国命必不能濒于危笃。

你不要骂父母腐败。你到做父母的日子,你的儿子还要骂你不合时代呢。你不要自命为新文化先锋。将来,你所生的儿女,还要骂你开倒车呢。因为现在你所认作新化的,到你过了三十岁以后,也是腐化了。

苏俄,德,意,日四国,所以能转弱为强,是因掌国政的人,能以身作则。是因国中的要人,肯牺牲己见,捧起一个肯负责的人来做首领。中国所以日趋危弱,是因掌国政的人言不顾行,是因国中的要人,私见难除,各怀首领欲。

不要羡恨富人,他们的钱,若不由正道得来的,他的子孙就能给他"散"。不必羡恨贵人,他们的权,若不是用正道得来的,他的妻女就能给他"现"。这并非迷信之谈,正是循环之理。

行善的人，家有坏子孙，也能变好了。为恶的人，家有好子孙，也能变坏了。这是感应之理，也是必然之道。

我最重视古人。我极轻蔑今人。古人的功罪已定，不必再骂他们。今人的是非难断，不必瞎捧他们。

古人所说的"信天命"与"畏天命"，不是信畏虚空的天，是信畏万古不变的"自然之理"。果能本着自然之理行事，不必跪拜玉皇大帝，也不必祷告天主耶稣。

真聪明的人，不致失败。真糊涂的人，也不致失败。失败的人，全是些混蛋而自认为聪明的人。我中华的危乱，全是由这第三种人招起来的。

能克己，才能克人。能自胜，才能胜人。自己是自己最大的仇敌。你若不能先将它克服了，征服了，你永久要受它的驱使，永远没有安闲宁静的时候。自己也就是一个我字。大圣大贤，全是些能先在自己身上作工夫，首先能打倒我字的，千古的小人，全是些我字的奴隶，全是些我字的牺牲。

人怨恨人，多是真的。人敬爱人，多是假的。所以人怨恨人的时候多，敬爱人的时候少。

至大而不可变易之理，为天理。至明而不能掩闭之心，为良心。

《孔子家语》上说："汤武以谔谔而昌。桀纣以唯唯而亡。"当权的人，若欲国事兴隆，不可不广开言路，使人民有敢进直言的可能。若愿国势危亡，只有箝制人口，强使人民歌功颂德。

《史记》上说："千人之诺诺，不如一士之谔谔。"民国以来，一切失败的要人，全是被诺诺之声而毁坏了的。他们部下，虽有时有一二特出的人员，对他们竭尽忠言，怎奈他们听不入耳。不但不肯采纳，且必力加摈弃，使中正之士不能展其所长，尽其所能。

欧阳修说："士不忘身不为忠。言不逆耳不为谏。"现在，有志有胆的明达之士，纵然不避斧钺之诛，愿粉身碎骨对当权者直言劝谏。不但要触当权者的震怒，并且社会间也要说他是个疯子。假若他对国事毫不关心，终日混吃混喝麻木不仁，社会间还说他是识时务的俊杰。人情如此，国事焉得不糟。

吕坤先生说："庙堂之上，以养正气为先。海宇之内，以养元气为本。能使贤人君子,无郁心之言,则正气培矣。使群黎百姓,无腹非之语,则元气固矣。"庙堂就是政府,海宇就指民间。政府之内,若多为小人霸占,纵有贤人君子,正气也无法发挥。国中的言论,若受无理的箝制,纵有真正的舆论,也无法上达。民意既无法发泄,元气就保不住了。正气不能存,元气不能养,国命就是到了尽头了。

一党须先统一党员的心,一党才能站立得住。一国须先统一要人的心,国政才能进入轨道。人说,治国须先统一人心。我以为所谓人心者,是"要人"之心。只要"要人"们能统于一,人民自必风行草偃。因为人民向来就是统一的,不过被一些"要人"们,强加上不统一的恶名而已。

人民自古就有互助之心,所以容易统一。要人从来就有猜嫉之念,所以惯于彼此分立。

现在我国的大患,是党干党的,官干官的,民干民的。彼此隔绝,不能串通一气,而变成三截了。乍读几天书,最容易将自己认为圣人。多读几年书,才知道自己是个愚人。

读书愈少,对环境愈不满意。读书愈多,对自己愈不满意。现今,大骂环境的人,一天比一天多,就是因为真读书的人,一天比一天少。

镜明,才可以照物。心明,才可以察理。欲得镜的效用,不可不常常拂去上面的灰尘。愿求心的效用,不可不时时消除其中的欲念。

镜虽明,若旋转不停,照物必不能清晰。心虽明,若妄用不休,察理必不能精确。所以,镜须定心须静。

人生是什么?人生就是妄想。一知人事,就是妄想的发端。一断气息,才是妄想的完结。所谓妄想者,包括一切不必存的希望与不必费的思索。人能少存妄想,就能多安乐而少忧愁。

军阀因妄想,而抢夺地盘,而苦害人民。大员因妄想,而贪赃枉法,而剥削百姓。土豪劣绅因妄想,而欺孤侮寡,而鱼肉乡里。学者因妄想,而创造主义,而牺牲青年。妄想既是不合理的,所以他们纵能将妄想做成事实,达到一时欲望,然而也不过是昙花一现转眼就完。不但苦了自己,并且害了别人。

某军阀当权之日,浪耗了无数的民脂民膏,毁坏了无数的青年妇女。结果,他白白的被人诛杀,较寻常的小民,还无处诉冤。这本是为恶无不报的循环之理。然而他的母亲,竟对人哭喊着说:"我儿一生,未尝为恶。天之报施太不公了。"她原是一村女乡妇,不能辨别善恶,不必深责。可惜现今,竟有一些饱受教育的人,也缺乏辨别善恶的能力。中国焉得不危不乱。

有人对我说:"故宫盗宝案中的罪魁祸首,至今稳居租界逍遥法外。偷鸡盗狗之辈,反铁锁郎当坐狱蹲监。这种的不平,真令人气破肚皮。"我说:"他们不过凭借一时的人情势力,得以幸逃国法。然而决不能避免千载的公论。并且他们内受良心的谴责,外受人民的痛骂。纵然苟且偷活,也没有人生的滋味了。你何必为这个不平呢?"

人民的咒骂,较死刑尤为痛苦。人民的歌颂,比金冕更为光荣。

"要人"居高位,如同一个人站在高处。他的优点或劣点,最容易被人看出来。他的一举一动,决瞒不了众人的耳目。所以要人留好名或留坏名,全比寻常的人格外容易。寻常的人想留名,如同由深井里向外爬,除非爬到井口,才能被人看见。所以或好或坏,多不为众人注意。

人的两眼生在上边,所以惯向上看。人的两眼生在前面,所以不惯向后瞧。人的学问或位置高了,若肯向下看,决不致栽筋斗。若肯回头看,决不致遭失败。

近几年来,北平各坛庙中的古柏,屡次发生监守自盗的恶风。我望有管理北平古柏之责的大员,对于"斩伐枯树"这一条,必须改为"不论死枯,永远不准砍伐"。否则一棵一棵的古树,全要变成枯萎了,人让人死还不为难,何况让树死呢。若嫌枯树有碍观瞻,最好仿中央公园的办法,将枯树全作为藤萝或"爬山虎"的架子。

人说,砍伐老树之后,可以补种小树。我说,老树是经数百年的光阴养起来的。我们对于大的国土,若不能保存还有可说。假若连区区几棵老树,还不能使它们存在,未免太对不起古人了。

我大胆包办民意,替农工说,向要人们说:"你们老爷们,只要能让我们可以苟活,我们自己就会改良我们的生活与经济。我们也知住洋楼好于住茅屋。吃西餐好于咽粗粮。喝咖啡好于吞凉水。坐汽车好于骑毛驴。穿洋装美于着粗布。我们若能有钱,也知存银行,也不愿藏炕洞。你们老爷们愈讲科学,愈升官发财。我们愈讲科学愈典妻卖子。由着我们的不科学，我们还可以丰衣足食。顺着你们的科学化，我们立刻魂归天国。"

以"老实易治"四字而论，中国的百姓，可谓全球第一。以"贪赃枉法"四字而论，中国的官吏，可谓环球无二。因为百姓老实，所以容易养成官吏的贪污。因为官官相护，所以官吏的罪恶永远不能除净。

中国的百姓之所以老实易治，是因为怕官怕势。官吏之所以官官相护，是因为朋比为奸。若有严正的政府，自不能容留官官相护的恶风。百姓的痛苦若能有上达的可能，自不能养成怕官怕势的心理。

不必高谈革命。中国的革命若不能首先由官吏革，中国的革命永远不能成功。政府若不能破除情面，严惩贪污的官吏，无论什么法式的政府，永远不能根深蒂固。

我读历史得了一个判断。从来伟大的人物，所以招起天怒人怨，身败名裂，多不是他们本身所引出来的，多是因为护庇少数的私人而生出来的。

治田，只在勤于耕耘。治国，只在勤于惩劝。耕，就是疏通上下。耘，就是铲除恶苗。惩，就是诛罚贪污。劝，就是鼓励良善。治田与治国，全是一理。上下之气，若不能流通，民心永不能稳固。贪官污吏，若不能肃清，民生永不能繁荣。

人民服从官吏之心，甚于服从家长。属僚服从上官之心，甚于服从父兄。所以治国，易于治家。驭下，易于训子。

有人说："古时的人民易治，现在的人民难治。你不可将治民看容易了。"我说："古今的时代，虽然不同，但是古今的人民，全是一个心念。古时的人民所求的，只是安居乐业。现今人民所求的，也是乐业安居。正如三千年前的人，喜欢吃饭，三千年后的人，也不能喜欢吃屎。"

古时人民，所以易治，是因为骗他们的人少。现今的人民，所以不易治，是因为骗他们的人多。古时为政的人，多是治民。现今为政的人，多是骗民。所谓治民者，是惩治莠民。所谓骗民者，是欺骗良民。人民肯受治，决不愿受骗。若误认骗民之术，为治民之法，当然得不到好的效果。

我读古人的言论，少见"为民众谋幸福"的话，而人民反多得幸福。我读今人的言论，天天日日时时刻刻，见"为民众谋幸福"的话，而人民反无法安生。我愿我中华

的老实百姓,大家立定志愿,每逢听见"为人民谋幸福"的话,不论是谁说的,大家要同心合意地静骂他三分钟。如此,虽不能使他得"千夫所骂,无病宴驾"的效果,也可以使他心神不安,多打几个嚏喷。这并非迷信之谈,这正是感应之理。

对穷苦的人尽一分心,比等他们饿死之后,施舍花棺彩木好。使悲苦的小民,减客观存在一分担负,比等他们愁死之后,为他们谋成极大的幸福好。我所以痛恨现在的外国学说,就是因为他们要用现今的人民,作试验的牺牲,专专为未来的人民打算。他们纵或能使未来的世界变为天堂,然而等到那时候,不幸的小民早已化为枯骨了。

我只信农工可以救国,因为他们肯低头苦干用力专心。我决不信学者能够救国,因为他们只会舞文弄墨鼓唇摇舌。

现今多数的要人,若肯将考究汽车的心,考究自己的声名,国事决不致大糟特糟。现今多数的学生,若肯将考究洋装的心,考究自己的本领,学问决不致日趋日下。

宋朝苏轼说:"国家之所以存亡者,在道德之浅深,不在乎强与弱。历数之所以长短者,在风俗之厚薄,不在乎富与贫。"德国路德 Tartinn Luther 说:"一国之盛强,不在岁人之繁多,武备之坚利,而在有教育之人特多,有品行之人迭起。"美国爱墨森 BalphW. Emerson 说:"一国文化确定之标准,非其户籍之繁稀也,非其市府之大小也,亦非其出产之多寡也,乃其国人之品格耳。"英国斯迈尔 S. Smiles 说:"一国之强弱,视人民之德行。"我们读这几句话,再反照我国的现状,我中国的前途,就可推想而知。

近几年来,我中国人——尤其是一些要人——多养成了一个亡国败家的陋习。凡事怨天尤人,不知痛自反省。纵然亲自将国事毁了一个七乱八糟,反在一边恨天怨地,大骂张三李四。自己不负分毫的责任,而昧着良心大说风凉之话。寻常的人有这种恶习,一生休想发达。国中要人有这种恶习,国命决不能持久。

人,坏得连自己也不知道,那还不是真坏。坏得连自己也知道,而偏不肯向好里转,那才是真坏呢。

有人问我:"现在我国有许多人——尤其是许多青年——全彻悟了。他们已认清中国所以危弱的原因,是因为外受帝国主义的侵凌,内受封建势力的压迫,与经济制度的不良。他们若有朝一日掌了大权,是否能使中国起死复生,转弱为强?"我说:"他们中的大多数,也不过是悟出了一半,不能称之为彻悟。因为那一半,就是他们本身。他们若连自己还认不清楚,他们纵然大权在握,也不过徒唱高调而已。这种不知己反求诸己的恶习不能去净,中国只有走入灭亡之途。"

外国对中国所施展的帝国主义固然可怕。中国人对中国人所施展的帝国主义,更加可怕。外国的帝国主义,是强横之国对弱小之国而施。中国的帝国主义,是有权势的人对无权势的人而施。

旧的专制,是寡头专制。因为只有皇帝,可以行专制。新的专制,是多头专制。因为你若有权势,就可专制。旧专制,是皇帝自以为受命于天。新专制,是"要人"自认为受命于民。旧专制下的百姓,是皇帝的家畜。新专制下的民众,是"要人"的傀儡。

"有强权,无公理"一句话,自从由外洋传入我国之后,已经被许多人误认为是人生的金科玉律。其实,这句话只可行于禽兽世界,只可行于天下将乱的国际之间。一国之人对于一国之人,万不可施用。中国人对中国人,更不可施用。

人,要与人同——与善人同。人,要与人殊——与恶人殊。

某青年,在某报登载一段痛骂当铺的文章。内有"当铺的老板同店员,对当当的人,横眉立目,施出资本家的面目。淫狠地压榨穷人……"他并不知,当铺颇有救人之急的好处。我是常与他们交往的。我每到无处求借之时,就用衣物同他们通融。他们既然有求必应,当然不能远接近送,当然要取三分的利息。愿者上钩,岂能认作骄横,岂能认作压榨。某青年若开了当铺,也未必对当当的人恭维奉承,也未必肯白借与人钱。并且当铺里应柜的,全是些每月挣几元钱的穷光蛋,怎配称得起资本家。真正的资本家,还是那些终日在家吃烟打牌的。店员若配称资本家,那么,肩挑贸易的小贩,也全是资本家了。

在无权位的日子,不可擅骂当权的人。要先自量,你得到有权位的时候,你能否好于你所骂的人。在失位下台之后,更不可轻骂当权的人。要先回想,你掌权的日子,你是否好于你所骂的人。平民说便宜话,讥骂要人,还觉情有可原。现今的要人,说便宜话,讥骂要人,未免是不知自反。

宣永光（1886—1960）

中国现在是个黑白混淆，是非颠倒，里勾外连，阴错阳差的时代。欲救这个危局，须由知识分子先定一定神，睁开两只眼。用心研究什么是黑白，什么是是非，什么是阴阳。这些若分辨不清，大可不必合着眼睛，争前猛跑乱唱高调。善用欺骗之术而得成功的人，也必因屡用欺骗之术而遭失败。这就是古语所说的"善骑者坠，善游者溺"。某军阀所以屡起屡仆，不能成事的原因，就是他屡以为他所施的骗术，别人全看不出来。

真聪明的人，不敢骗人。真糊涂的人，不会骗人。骗人的人，全是些"自以为聪明"的人。古今中外那些生前受人咒诅，死后受人讥骂的人，全是这种自以为聪明的人。

《左传》上说"失信不立"。人所以得存立于人群，就是一个信字。信字是用人言二字合成的。言若不是发于天良，纠然悦耳动听，也不过等于禽言兽语。其中既然没有人的成分，当然不能存立于人的社会。

《说苑》上说"巧伪不如拙诚"，实在是一句处世最好的良言。因为伪字是人为二字结合的。纵然用尽心机，想尽巧妙的人为方法，终抵不过以逸待劳的拙诚。正如一块玉石，经能工巧匠雕成一件美术品，终不如一块天然的璞玉耐久延年。

在中国各处，多有开设二三百年的商店。在外国就少有这种例子。因为我国一些老商店，全是能守至诚无欺的老规矩。外国的商店，多是重视宣传竞赛的投机术。一个得利如同细水长流，滋田润物。一个得利仿佛山洪暴雨不能久长。

自从商战二字流入中国，将我国多数商店的商业道德几乎毁灭了。不独新开的许多小商店不顾信用，甚至有些有名的老商店，也染了欺骗的恶习。专在两片皮（嘴）上研究，而不在货品上留意。

前天我由鲜鱼口西口外路东，某有名的老糕点铺（姑隐其名），买了二十块玫瑰饼。店员的架子不下于法院的法官。我因抱着信仰的心，所以也不敢查看他给我包了些什么东西。到家一看，每块之上全加了一层灰土的装饰，馅子坚硬的程度，至少有两星期的年龄。钱虽然用了二百零八枚。可是，使我气得身上的体温增到二百零八度，我只好认定上当只一回。

所谓商战者，是与同业的商店，在货品与价格上而战。不是店员们大端架子，使顾客见了,吓出一身冷汗。也不是店员们善用花言巧语,哄骗买主,将坏货强充好货卖出去。

买卖人,固然应当先练成一片好嘴,但是更要预备一些好货。端大架子,固然不是生意规矩,假若能像北平□□堂,货真价实,也能招进买主。买主虽不愿看冰冷傲慢的面目,然而为购货要紧,也能忍气吞声。假若货既不良,架子又大,买主当然望而生畏,不敢登门。

欲语说"和气生财"。做生意的人,当知生意二字是活泼亲切,使人喜欢照顾的意思。假若使买主入门,如同进了阎罗殿,谁有勇气瞻仰一些鬼脸呢。

有些商店的货品并不精良,可是男女顾客往来不绝。他们那些主顾,所以肯去上当受骗,就是因为店员和蔼可亲。他们那种远接近送,敬烟捧茶的情形,能使买主甘愿上钩。假若他们再能货真价实,更必财源茂盛。

顾客花一分钱,要买一分货,当然要挑剔检选。这并非要占便宜,多是恐怕吃亏。因为顾客若不是血迷心窍,也必知道无论如何精明,决斗不过做生意的人。店员遇着这种顾客,要竭力耐烦忍气。要知能将货卖出去,才是好手。能吵嘴,善打架的店员,确是买卖人中的败类。

在日本,商人最以谦和为主。顾客挑选半天,纵然一物不买,他们也能和声柔气地鞠躬施礼,送到门前。这样态度,能使顾客感发良心,不忍不照顾他们。

最可恨的是有些店员,专对顾客的衣饰与性别上注意。要知俗语说"包子有肉不在褶儿上"。穿着好西装的,未必就是好主顾。漂亮的妇人女子,未必就是活财神。

自爱二字,不是爱数十年必死的肉身,是爱千万年不死的令名。

钱财是人生的羁绊。人若被钱财捆住了,一生不能脱出它的势力范围,一生也要受它的驱使。若将他看轻了,只求足用,不求其多,无功不可成。古今中外的圣贤豪杰中,只有许多好色的,决无半个贪财的。

钱财之所以可爱,是因为它能助你提高你的身份,能助你得着你所愿得的东西,能助你办理你所要行的事务。可见钱财,不过是个助手,并不是个主人。可惜我常见一些努力弄钱的人,只知堆积,不知花用。这种人无论存储多少钱财,也不配称之曰财主,只可呼之为财奴。

"要人"为老婆孩子牺牲声名,还觉值得。"要人"若为几个私人败名丧节,未免是愚不可及。可惜我国失败的"要人"之中,十之八九是因为使几个私人的欢喜,而得了全国的骂名,结果,一些私人发了大财做了大官,而自己反无立身之地,岂不可叹。

财与色是人生两个最难过的关口,是人生最难破的阵线。能不被这关口与阵线阻挡的人,才可称得起超凡入圣的人物。

我的老友张君说:"人生四惑(酒,色,财,气)的次序,是一个比一个严重普遍,并不是一个比一个轻微狭隘。"他这话极有道理。因为酒,有不饮的。色与财则比酒有引诱性,然而也有不贪不好的。惟有"气"是人人当犯的。并且"气"能伤人的身体,促人的寿命,较酒、色格外容易。

贪应贪之财,不为贪财。好应好之色,不为好色。应贪之财就是薪俸与利息。对这两项,丝毫不必谦让。应好之色就是自己的妻妾,除这两人,无论如何不可妄动。

古人称蓄钱的瓦器为"扑满",是极有意思的。因为这种东西有入无出,积而不散,到了盈满的程度,也不能取出分文。所以必须将它扑打碎了,才可以将它的存储发现出来。人若只知存储而不知分散,也必要发生破碎的危险。不但钱是忌盈戒满,一切声名权势,也当以盈满二字为戒。

我半生没有做过阔事。当初最好的时候,每月收入不出二百五十元。最坏的日子,每月分文没有。并且是一天打鱼九天晒网。以入社会二十年合计,每月收入不过三十余元。可是我的生活程度,虽月入百元的也不敢同我相比。有人见我不知储蓄,对我说:"你上无父兄,下无子嗣,如此牛活。将来如何归宿。"我说:"你计虑得太远了。中国将来还不知归何结局,我不过一个小民,何必作久远的计划,我留下盈余是孝敬谁。"

朋友又问:"将来假若你有了儿子,也当为他留下生活费。"我说:"世界所以扰乱,就是因为对子孙的心念太重了。有一些人,不但为子孙,不顾一切,拼命搂钱。甚至连重孙子媳妇,将来用的马桶,全要预备好了,岂不是糊涂么。我的先父,没有给我留下生活费,所以我才得苦活至今。假若留下生活费,恐怕我早就乐死了。"

朋友又问:"你可以不为子孙谋,然而也当为自己谋。你若不存下几个钱,死了谁埋葬你？"我说："我若死了,没钱棺殓,自有公安局与卫生局拿出款来,替我办丧事。岂不是还落一个'国葬'么？"朋友大笑着说："你一个小民,有何功德,配消耗国家的钱呢？"我说："自民国以来,得享国葬的'要人',全是真正有功于国,有德于民的人么？"

专会讨老婆孩子喜欢的人,固然是好丈夫好父亲。然而决成不了大业,享不了大名。我读中外大圣大贤英雄豪杰的传记,才知道他们多是些享不到家庭快乐的人。因为人心不能二用。若专对一个私而小的范围内耗费精神,对于公而大的社会与邦国中,就不易有伟大的成绩。

人夸奖你,你不必快活。你若一起快活的感想,就如同别人砌了一堵墙,将你圈起来,你再不能有进步的可能。人讥笑你,你不必忧烦。你若一起忧烦的念头,就仿佛别人掘了一眼井,将你推下去,便更不易有出头的希望。

恭维的话,是愚夫愚妇的麻醉药。毁谤之言,是英雄志士的再造丸。

遇着恭维之言,先要自想配受不配受,听了毁谤之辞,先要自问应得不应得。自己是自己的天平,自己是自己的明镜,自己的轻重与美丑,自己应当明知确断。

人若能时时扪心自问,反躬自思,就能不因外人的谀言而喜,也能不因外人的谤语而惧。

人所以好多言,全是起于自以为学识道德高于别人。殊不知这种行为最容易显示自己的浅陋。

在大庭广众之间,真有学识的人,只觉无话可说。真无知识的人,才敢叨唠不止。

在你高谈阔论的当儿,大众若对你静默无声,不加反驳,你最好是立刻止住谈锋,强闭尊口。要知这未必就是对你心服口服的表示。

在你高谈阔论的时候,若有人对你提出抗议,你不必以为他是你的仇敌。你正当引他为你的同志。因为他若是一个深沉的人,他决不肯打断你的话头,他反要听你到底要说些什么。

与人谈话,你若愿讨他的喜欢,最好是用他的事务作资料。你若愿招他的憎恶,只有以你的事务作题目。因为人找你谈话,不是要卖弄他的学识,便是要向你求指教。决不是要为你作传记。你何必将你的详详细细向人说。谁有闲心耐性听你自颂功德。

无知的妇女向丈夫说话,爱加小注,好绕大弯。这种不肯简捷,直爽的说话方法,实在令人厌恶。然而,丈夫是为避免吵闹起见,不敢不听。所以只好用十二分的耐性,听她从头至尾,远征博引地说个详细。至于男子对男子说话,总当直直爽爽,干干脆脆,三言五语立刻说完。千万不可"拉丝,剥茧"。

男子说话,最忌附加小注。冗长拉扯的言语,最易使听者厌倦心烦。耗费的光阴,更觉可惜。

有些人说话,不知求要,只知求详。甚至一件小事,也必掰开揉碎,从根到底说个不休。譬如你问他:"你到上海去了一次么。几时回来的?"他决不简捷地说出来。他反要将他到上海的原因,临行以前的预备,何时雇汽车到车站,几点几分开车,买的是几等票,车中乘客多寡,男有多少,女有若干,男客的老少,女客的美丑,沿路有几个车站,车中有座位宽窄,以及车中的温度如何,全要预先说给你听。甚至要说火车是谁发明的,是用什么东西造的,是什么时候中国才有火车,全要源源本本,一五一十说个彻底。说了半天,也不过是一去的情形。至于到了上海,以及回来的情形,还未说到十分之一。你若任他说完,恐怕一天也没有了结。这种的说话方法,详细固然详细,但是详细得无用。

人的寿命是短促的。光阴是宝贵的。寿命既是由光阴积合而成,那么,浪费光阴就是轻视寿命。古今中外的伟人,有不爱惜金钱的,然而决没有浪费光阴的。

与其出去同人闲谈,不如在家里闭户自修。谈论国事既干禁令,谈论天气更觉无聊。国事是要人所包办的,谈论起来也不过是白费唾沫。天气是随时转变的,谈论许久,也不过空耗精神。与其谈说许久,讨论半天,还是以没有办法作一个归结,何如收心养气,听天由命,先对自己的本分上用功夫。

去年,有一位爱国商人,屡次来见我讨论救的事,并且有意呈递救国的条陈。我说:"你的条陈,是否确切先不必说。凭你这一个毫无声望的人,居然要'伏阙上书'就是不知自量。并且每一个要人,必有几层的包围。你的条陈又岂能达到他的尊目。与其白耗精神,空生闲气,何如安分守己,做你的买卖。要知救国并不在乎干政。

各尽本分就是为国家谋富强的唯一之法。譬如,你的贵行是买卖米面,你只要不屯积居奇,不大斗买入,小斗卖出,不向米面里掺东西,不劝人吃'西贡'吃'爷光',遇到善士捐舍米面票,你真能给穷人准斤十六两,就是救国,也即是救民。"

又问:"顾炎武说'天下兴亡,匹夫有责'。我虽是个匹夫,岂能放弃责任,不管国家的兴亡。"我说:"顾先生的意思,并非指定邦国危亡之日,匹夫匹妇全应舍弃当尽的本分而去救国。他所以提出匹夫匹妇来,正是激励一班要人。匹夫匹妇尚须负救国救天下的责任。至于一班要人,更是责无可卸了。"

帝制国的君臣,向来负亡国之责。因为帝制国的人民,是处于奴仆的地位。譬如,主人若将家弄败了,只有主人负责。民主国的公仆,永远不负亡国之责。因为民主国的人民,是居于主人的身份。譬如,奴仆若将家弄败了,人也必是要将责任归到主人身上。况且,以我中华民国而言,这四万万多位主人,既有这个权,那个权,所以公仆们,可以永远立于无过之地。

公仆这两个字是由英 Public sevant 译出来的,是首先经华盛顿发明的,是专指民主国的官吏而言。因为民主国的官吏,是人民选举的,是为人民办事的,是服从民意的,是不敢独行己见的。所以,我以为民主国的官吏,若没华盛顿那种为人民鞠躬尽瘁,大公无私的心志,就不配妄用公仆这个名词。

富家的主人,若对于家务不关心,必至养成一班恶奴。专以北平一处而言,有一些旧日的富家的主人,现今多已成了乞丐。至于他们仆役,多已变了富翁。我详查他们败家的原因,多不是因他们吃喝嫖赌,多是因为过于信任仆役,以致"太阿倒持,大权旁落。主人日瘦,仆役日肥"。甚至反奴为主,上下颠倒。民国的人民若对于国事不加注意,只容一班公仆们任性而为,将来所得的结局,恐怕还不如北平富家的主人,所以,孙中山才提倡"民权"以防公仆们存私作弊。

富家的仆人,并非全是没有良心的。有些主人败家之后,反可依赖仆人为主。甚至有些发了财的仆人,不但能维持主人的生活,并且对主人能尽旧日的礼节。至于不入轨道的民国的"公仆",多是高居万人之上,作威作福,平日既不将主人看在眼里,亡国之后,他们必跑在一边安享快乐,更不管主人是死是活。

仆只是私的,并没有公的。愈是一个人之仆,或小家庭之仆,愈能尽为仆之责。

宣永光（1886—1960）

假若是大众所用的仆人，必然没有专诚的忠心，所以仆字之上，若加一公字，实在是不合情理。

凡事须求实惠，不可只贪虚名。贪有名无实的名，反要被名所累而有苦无处去诉。

凡事须顾名思义。有其名就当有其实。民国的官吏，既以公仆自居，就当细想仆字是怎么讲。假若住必洋楼，衣必华贵，食必精美，出必汽车飞机，而对于国事，成则居功，败不认过，未免是名卑实尊。如此，我宁愿生生世世为民国之公仆，决不愿名尊实卑而为民国的主人。

我是求实不求名的。我常说："当犬马之名目若能享祖宗的待遇，我甘愿为犬马。得祖宗的名目，而受犬马的痛苦，我决不当祖宗。"

假若民主国的公仆不肯尽公仆之责，将来公仆二字，就要成了字典里最恶劣的名词。譬如救国救民四个字，岂不是可尊可敬可钦可佩的好话。然而为什么，老百姓现在一听这四个字，就要长吁短叹，皱起眉头。

私仆若忘恩负义，营私肥己，就是恶奴。然而，其罪只关系一姓一家。公仆若忘恩负义，假公济私，便是民贼，其罪关系全民全国。前者，仅招一生一世的讥评。后者，则受千秋万代的唾骂。

中日两国，变法的时期，相差不远。然而，一则因变法而弱。一则因变法而强。我中国所以得到相反的结果，只是因为一班执政的人，专能在法上变革，而不在自己的心上改善，徒有良法而无良"心"，焉能得到良好的成绩。

不会变法的国，如同"沐猴而冠"的猴。纵然日日薰浴，天天更衣，到底还是贼头贼脑。不改良进化，还不失本来面目。一向人里打扮，反倒格外难瞧。

孔孟纵然披上猴皮，还是圣贤。猴子纵然穿起蟒服，仍是兽类。内心未变，外表的变更，毫无关系。

法制不过如同器械。徒有精良的器械，而无干练的工匠，也是无济于事。徒有完美的法制，而无公正的人员，也是有害无利。所以，重法制不如重人格。各项的工匠，若仅凭技艺，不讲道德，还可制成有用的物品。办公的人员，若仅凭'才能，不讲道德，决不能做出利民的政绩。 怕得罪小人，就是小人，肯扶助君子，就是君子。

中国古时重德化。西国今日重法治。化是温和的,是无形的,是静而不扰的。治是强暴的,是露骨的,是勤而多变的。施德化,则须勤于修己。讲法治,则须劳于防民。德化,是出于情。法治,是生于术。情之用,无尽。术之用,有穷。情专能感人内心。术精仅可帛外体。

为政的人,勤于变法,不如勤于正心。对于自己的一颗心,若不能将它放在腔子里,而欲使人民的行为,不出轨道,焉得能够。正心二字虽然是化的名词,但是无论那一国的要人,若不能先由这二字做起,纵然天天变法,日日改制,也是只能扰民,不能利国。

革命,不只是革除专制者所受的天命,而是革除专制者所行的弊政。假若旧弊虽除,又生新弊,就是反革命。如若旧弊未清,又增新弊,那么,连反革命三字,还不配担承。

罗洪先说"圣人居危临变,莫不省躬改过"。现今我中国全国,已到危急变乱的境地。我国的要人,纵无希圣之心,也当为惜名着想。凡是一个要人,就有历史里的位置。若肯为千秋万世的令名预计,目下的当务之急,须先省躬改过。这样,才能息止人民的愤怨,才能感发同僚的天良。如此,才能精诚团结,才能上下一心。

我国当前的急务,不在追着学科的尾巴赛跑,而在设法挽回已失的人心。若仅知在物质上讨论,而不知在精神上考究,纵然将欧美的物质文明,完全搬运过来,也不过如同穷儿学富,自取速亡。并且要知,现今欧美各国因为专在物质上用心,已成骑虎之势了。我以为,凡是现今颂扬欧美物质文明的人,全是眼光太短。

救国先救党也罢,救党先救国也罢,无论施行那一种方法,也必得先由救心入手不可。心若沉沦下去,自己先失了做人的资格。人若失去做人的资格,就成了行尸走肉。行尸走肉自身尚且不能保全,何况身外的国事党事。

"精诚团结"一句话,说着容易作着难。这个难字,不在外人而在己心。当权的要人,若能先从己开诚布公,难事也成了易事。因为所谓精诚团结者,是须由自己首先去向人求团结,并非端起架子,坐在家里等候别人前来向你尽精诚。

"斯人不出,如天下苍生何"是从古以来,朝野上下对于真有救国的本领的要人想望之辞。若自问真有救国的能力,并日在全国苍生的渴望之下,就当俯顺民情,不顾己私，立刻出山，负起救国的责任。万不可躲在一边大唱高调，而辜负四万万苍生之心。否则，莫如支领一笔巨款，出洋去作寓公，以免惑乱人心。

国内的政敌，毫不足畏。身边的小人，实在可怕。从来我国的要人，所以不能成功，多不是因为受了政敌的攻击，而多是受了小人的蒙蔽。要人若把消除全国政敌之心，用于肃清身边的小人，我以为，决不致走下失败的路途。

有人问我："在专制的时代，一些圣帝贤王名臣良将多是起自田间，深知人民痛苦，所以能得到民富国强的成绩。我民国的要人，也多是由贫贱出身，为什么竟得到相反的结果。莫非他们全是些毫无知识的坏人么？"我说："其中颇有几个有知识的好人。不过略一得志，就被身边几个小人，用'米汤'给灌糊涂了。"

小人善能窥察长官的心意。掌权的人，若以公正的心办理国事，小人决不敢以偏私的言语，欺瞒诱惑。小人固然可杀可诛，而以偏私办理国事的要人，更是可耻可恨。就以民国的"皇帝总统"袁某而论，他若不想背叛民国，他那身边的几个小人，决不敢假造"顺天时报"，助长他的私愿。

小人全是眼光太短，只愿一时的富贵。君子全是目光远大，肯虑千载的荣辱。小人惟恐他的主上，不为莽曹。君子惟恐他的主上，不为尧舜。在俗人的眼光看来，小人未尝不是通达时务的俊杰。君子未尝不是顽梗不化的匹夫。

历史中所载的小人，在当日全是自以为聪明之辈。历史中所载的君子，在当时全是被小人所讥为不达时务的人。小人，在当日权威愈大，到后来挨骂愈多。君子，在当日遭讥辱愈多，到后来受颂赞愈甚。

什么叫随和。自重的人，决不随和。什么叫顽梗。自重的人，必要顽梗。水性杨花最随和。盘石砥柱最顽梗。结果，随和的，乱流乱飞，不知达到什么所在。顽梗的，不摇不动，永远不失固定的根基。

后汉，仲长统说："天下士，有三可贱。慕名而不知实，一可贱。不敢正是非于富贵，二可贱。向盛背衰，三可贱。"这三可贱中，若犯了一样，纵然高居显职，也是一个贱人。

怕死怕穷的人，永远立不成高超的人格，永远创不出伟大的勋业。看一看古今中外那些流芳万代的伟人，有一个怕死怕穷的没有。

有一时之死,有万古之死;有一时之生,有万古之生。英雄豪杰,因不怕一时之死,所以得到万古之生。匹夫匹妇,因恋一时之生,所以得到万古之死。

魏禧说:"古人教人做好人,只十四字,简妙直切,曰:'君子落得为君子,小人枉费做小人。'"在太平之日,这是至理名言。处危亡之时,这更是金科玉律。现今我中国人,若将这十四个字,视为稀松平常,我国的前途,更不堪问了。

死后的荣誉,是由生前的困厄所培起来的。死后的骂名,是由生前的快意所养起来的。

《下学堂札记》上说:"千虚不能敌一实,千邪不能敌一正。"你只要实只要正,纵然全国的小人对你下攻击令,我管保,你也必能得到最后的胜利。

若是一国的要人,抱定"许我们任意唱高调,不准你们凭心说实话",就如讳病忌医的人,永远也不能有身强体健的希望。病人讳病忌医,所害者,不过一身一家。要人饰非拒谏,所害者,普及全民全国。

薛瑄说:"进将有为,退必自修,君子出处,唯此二事。"

近二十余年以来,我国的要人多是进而不思为国家谋福利,退而专想为自己泄私怨。可为之时,不知所应为。可修之时,不知所当修。否则,决不致内乱不止,决不致外患层出。

刘向说:"智而用私,不若愚而用公。"有治国之责的人,若能将这话记在心里,我以为,国事并不难办。只怕是"愚而用私"反将别人认作了愚人。

人有老少,物有新旧。老少互助,新旧并存,才是人生最好的办法。人既不能长少,物既不能长新,就不当专视少的新的,而独对老的旧的,加以排斥轻视。

我中国向来主张敬老,怀幼。这正是最好的美德。人之一生,谁也不能免这两个时期,在老年需要人的扶助,正如在幼年需要人的照管。老迈时,无人加以诚恳的扶助,必不能得到安闲。幼小时,无人加以慈爱的照管,必容易趋于坠落。若讲人道主义,须先对于老幼这两项人,施行亲切的爱护。

牛犊是老牛生的,马驹是老马产的。若无老牛,牛犊从何处而来?若无老马,马驹从何处而至?人既不能因牛犊马驹活泼可爱,而打倒老牛老马。那么,稍有思想的人,也不能因为青年人强健多力,而责骂老年人无能。

宣永光（1886—1960）

古谚说："若要好,问三老。"俗语说："家有老,是个宝。"所以应向老人求教,应对老人尊重,是因为老年人,阅世日久,富有经验。服从他们的指导,才能走入人生的正轨。

古老的,何尝未经过新奇的阶段。新奇的,将来也必有达到古老的时期。老太婆也曾是个大姑娘,老头儿也曾是个小伙子。假若专知尊重大姑娘与小伙子,那么,当将老太婆与老头子置之何地？我中国因为敬老遵古,所以才能老少相安,新旧并存。假若反其道而行,改为轻老蔑古,不但人类活着没有希望,就是器物留存也失了价值。

欲养自己的势力,必须吸引信徒。势力的大小,全以信徒的多寡为决断。世上是老年人少,青年人多。老年人多有阅历,不易诱惑。青年人少有经验,易受麻醉。老年人判断力强,自信力坚,决不肯空空为人牺牲。青年人判断力弱,尝试欲深,最容易白白替人卖命。野心的学者看出这种特点,所以专对青年人大灌米汤,大送秋波,大献狐媚,大拍马屁。青年人经此一捧,遂进入了他们的圈套,甘为傀儡,而不觉悟；甘做徒孙,而不自知。

青年人全是喜新厌故的。野心的学者遂利用这种心理,对古的、旧的、老的、陈的大施攻击。青年人以为是得到了知己。于是乎,一唱百合,专以新的、奇的是求。这种习性日长日增,以至不但对大国的古书古物,认作万不可留的东西,甚至将生身父母,也视为"理应改造"的废物。

古为今之基,旧为新之本。老是新之趋向,陈是新之归宿。古有成规,亲无准则。古,朴实而少改革。新,奇巧而多变化。守古朴,身安意闲。尚新奇,心劳力拙。

有人问我什么是"摩登"二字最好的解释,我说最好的解释,就是俗语所说的"老赶"二字。因为摩登与新奇相等。你若专意追求新奇,你永远也追赶不上。你今天所认为新奇的,明天就许不摩登了。你若以为非求新奇不可,我管保你终生也没有宁静安闲的时候。

在我小的日子,我的先母还可以穿她出嫁的衣裳。从先母出嫁时,到我能记事,已经有二十余年的光景。足见那时妇女,衣饰的改革,是很缓慢的。所以,经济可以不感觉怎样的缺乏。现今,因为文明进化之故,妇女的衣裳,恐不能应用到十个星期之久。如此，焉能不使摩登妇女感受经济的压迫。

现今，以妇女的衣服而言，足可使中产阶级的人，趋于破产的途径。据衣商所谈，十元所置的旗袍，每件至多值钱两角。并非衣商故意与摩登衣服作对，只是因为尺寸窄小，无法拆改。材料虽是好的，只是这种"不留后步"的做法，惟有一槽烂而已。

不但现今摩登妇女的衣服是一槽烂是没后程，甚至外国洋圣人与我国新圣人所著的文明书和所写的进化文，也是短命鬼话。所以，他们去年的作品，今年就没有过问。今年的大作，明年就没人肯读。这样的左变右变，改去改来，究竟于国利民福有什么益处，凭我的陋眼，实在看不出来。仅将民国初年的小学国文教科书与现今的做一个比较，已足可以使我欲哭无泪。

《韩诗外传》记载，有一次，孔子出游，遇见一个妇人在野地里大声哭。孔子使门徒去问她所以悲痛的原因，据说是因为割蓍草，将一根用蓍草做的簪子丢失了。门徒问道："为这一根草簪，又何必痛哭呢？"那妇人回答说："我并非为失了一根簪子而哭。是因为那根簪子，经我戴了多年，不忍割舍啊。"孔子听了，对那妇人，很表同情，大加夸奖。这本是一件极小的事。然而，所以能感动圣人，所以能载入古书流传后世，只是因为那妇人能不忘故。

不忘故就是俗语所说的念旧。念旧，是我中国民族的一种天性，念旧，最易养成敦厚的美德。若不念旧，就必喜新。

喜新，是西方民族的一种心理。喜新，必致养成浮薄的恶习。人对小事，若肯念旧，对大事更不必说。这种美德，若发展起来，就是全人类的福星。人对小事，若专喜新，对于大事，更不必言。这即是全人类的祸害。

富于念旧心理的民族，容易安于故常不喜变动。因不喜变动之故，所以被人呼为保守性的民族，或被人讥为不易进化的劣等民族。然而这样的民族，是和平的，是安善的，是肯为别人想的，是与人群有益无害的。富于喜新心理的民族，容易见异思迁最喜更改。因专奸更改之故，所以被人称为进取性的民族，是竞争的，是凶险的，是有己无人的，是与人群有害无益的。

我中国以先，对古时的文化，肯加保爱。对祖遗的成法，不肯变更。对年老的男女,肯加敬重。对原配的夫妻,不忍分离。对老迈的仆婢,不忍逐遣。对旧亲故友,不忍弃绝,对邻邦旧属,不忍侵略。我以为,这全是因为依从念旧的美德而起的。近几年我中国,对于古时的文化则主张打倒。对祖遗的成法,则任意推翻。对年老的男女,则妄加蔑视。对原配的夫妇,则任意仳离。对老迈的仆婢,则随便斥逐。对旧亲故友,则视同路人。对邻邦旧属,则不是不忍侵略,只是因为还未能养成此种能力而已。我以为,这全是因为染了不念旧的恶习所生的。人说这是中国的进步,我说这正是中国的退化。

一个人若忽然改了脾气,必是到了要死的先兆,一个国若忽然变了特性,必是到了将亡的时期。

念旧,是守常。喜新,是好奇。守常则久安。好奇则多扰。以前我国的人民,所以多能得到安居乐业的幸福,就是因为受了在上者守常的好处。现今所以得到不能安生的痛苦,就是多受了在上者好奇的牵累。

有人对我说:"现今欧美列强,应在演变之中,所以入了进化的途径而达到盛强的地步。我中国欲求生存,只有急起猛追,岂可甘落人后。"我说:"进化这个名词,并不一定是愈化愈好。进化也不是一件可以骤然达到的改变,进化,有时是劣点的发达,是美点的缩减。现今,你所说欧美的进化,依我看,正是人类的劣点的发达,这种的进化只能将人间造成地狱,决没有幸福的实现。我中国,为谋人生真正的幸福起见,正当牢守我国原有的美点。万不可误认欧美的现象是进化的典范。"

进化,是一种极缓慢的程序,并不是可以急切追学的东西。我中国的新圣人所谈论的进化,只是一种突变,并不合进化的原理。进化,是顺应自然的,并不是一时人力可为了。

专以人类而言,进化是不知不觉的,是不感痛苦的。

我国因为误解进化,竟致厌故,喜新,轻老,重幼。这种偏见,若普遍起来,新的幼的,固然得以独霸称尊,但是也不过是只有一时的幸运,不久,时过境迁,又必被别的新的,幼的取而代之。这样推演下去,谁也得不到安乐的归宿。

我中国以先,只讲劝孝而不讲劝慈,全是极有研究的良法。因为,人对老年的人,容易厌恶,所以不得不主张敬老。人多是厌故喜新,所以不得不提倡遵古。人对子女,全知宝爱,所以不得不竭力劝孝。人既不能永远不老,物既不能永远长新,子女既有为父母的日子,可见古人所以敬老,遵古,劝孝全是出于前后照顾的苦心。现今的人,以为古人敬老是轻视青年的人,遵古是不知进化的理,劝孝是不顾子女的人格,全是只知一面的混蛋思想。

长流的水,必是有源。繁茂的树,必是有根。水流,得泉源的接济才不干涸。树木,爱根本的滋养才能发荣。老年人之对少年人,正如水的泉源树的根本。泉源若不经人毁坏,水流纵然被人浪用,终必有新水涌出。根本若不被人掘挖,树木纵然经人砍伐,终必有新枝发现。

无论什么成群的动物,全是由年老的领率,才能防避危险,维持生存。人类欲求平安稳妥,也不能违反这个定例。当初,罗马盛强之日,国中的大权,全是操在老年人的手里,古时,虽尊为太子,也必专以年老的学者为师傅。甚至现今各国掌大权的,也是一些老年的人。苏俄虽是最趋新的邦国,也不能打破定例,将大权全交付一班新青年掌管。因为世间的定例是"老制少,则治。少制老,则乱"。正如"文辖武,则治。武辖文,则乱"。这种定例,无论如何进化,也是不能变易的。

有人问我,对儿童节,有什么感想。我说:"我国自三代以来,就有'敬老,怀幼'之说,历朝所以只有敬老的盛典,而无怀幼的成例,是因为古今中外的人,知道对老人施敬重的少,能够对儿童行爱护的多。前者,非提倡不能引人注意。后者,不待鼓吹人也能够尽心。"

儿童节,不过是在一九二五年(民国十四年)才由"国际儿童幸福促进会"提议而起,民国二十年才经我国努力奉行。足见洋人也不是从古以来就文明。不过,我以为,我国最好是于每年某日再举行一回隆重的"老人节",才不致使老年人叹气流泪。近几年,我国虽有"敬老会",然而并不像儿童节那样热烈普遍。

儿童节的成因,是由于以前为父母的,对儿童的教养,多不合宜,对儿童的权利,多不维护,对儿童与国家的关系,多半轻忽。所以,儿童节的标语,有一条说"儿童是未来的主人"。不过,这一条须由家长,或师长详加解释。否则,若被儿童误解,必至养成他们的骄气。儿童若有了骄满的毛病,将来决没有伟大的前途。

"儿童是未来的主人"一句标语,是由威德卫斯 Wordsworth 所说"稚子者,人类之父"与底斯拉里 Disraeli 所说"一国之青年,是后代之主人"两句话,拼凑而成的。所谓"未来的主人"者,是说儿童担负将来国家兴亡的责任。是提醒儿童们,必须预先追求学问,蓄养道德。现今若能为一个好儿童,将来才能为一个好公民。并不是因为有了"主人"二字的头衔,就变成了"儿童神圣",一切言行就可以不受干涉。所谓"儿童权利"者,是说为父母或为师长的,对儿童不可任意虐待欺凌,并不是儿童有了"权利"就可以不服管教。

自从"劳工神圣"一句话传入我国,有些农工,就发生了误会,以为自己就成了神圣。岂知所谓"神圣"者,是指行业而言,表明劳工并不比人卑贱。自从我国有了"恋爱神圣"一句话,也被摩登男女误解了,所谓"恋爱神圣"者,是说恋爱那件事实,若在法律范围之内,不应受人干预强迫。并非男女两人一发生了恋爱,就变成了神圣。

鸟兽虫鱼,可以度独立的生活。人类是以互助而生存。当初,鲁滨逊所以能在一个孤岛上,独处几十年,也是因为先得了许多器具食物。否则,决不能支持长久。我们吃一餐饭,穿一件衣,读一本书,阅一张报,全是经过几百或几千士农工商的心思才力而得的成绩。家庭社会邦国,一时一日也离不开这"四民"的合作。这四民正如一个身体的各部,全是彼此相关,互相牵连。部位虽有内外上下左右单双之别,但是并无贵贱尊卑之分。去了任何一部,身体立刻就必受了影响,不能健全。那么,一国就不当专重农工而轻士商,或专重士商而轻农工。

我常说:士农工商,各尽职责,就是救国的唯一之法。俗语说"隔行如隔山",你是某一行的人,只可专心一志办理某一行的职务。除某一行的事务之外,全不是你所当分心干预的范围。孔子说:"君子思不出其位。"你若是读书的,你就好好地埋头读书。你若是务农的,你就好好地努力耕田,你若是做工的,你就好好地低头工作。你若是为商的,你就好好地谨慎经商。行业就是轨道,火车若不遵守轨道,决无安稳的前途。士农工商若存出位之思,也决没有得意的结果。

勤苦能助长人的安乐。奢侈必毁坏人的品格。我的先父说"乡里有一个肉铺,如同有一个贼窝"。这话含着许多的深意。

治国的正道,只是清静无扰。亡国的原因,多因胡改乱革。改革之见,若出于大公之心,尚须详加考虑。假若发于偏私之念,当知一动不如一静。要知,百姓若不得安生,你们也不能独享幸福。

世界上,人类虽然众多,以性别言,只有男女。以前后言,只有老少。以职业言,只有士农工商。男女不过是生理上的区分,老少不过是年龄上的不同,士农工商不过是谋生方法上的差异。既然同是人类,其间就没有尊卑的疆界。

子不专是男子养的,女子也不专是女子生的,老年人不是生来就老,青年人也不是永久长青。士商的祖先,未必全是士商,他们的子孙也未必不改业而为农工。农工的祖先,'未必全是农工,他们的子孙也未必不改业而为士商。男女老少士农工商,全是维持人类社会的一分子,谁离开谁也不能度圆满的生活。既然说是"循环互助,更相为命",何必强分阶级,又怎可彼此排挤?可见中国古时老学究"重男轻女"的习俗是不合理,现今新圣人重幼轻老与重农工轻士商的理论是不应当。

我国古时虽有重男轻女的习俗,并非专是对女子有意摧残,是因为女子生来就有一种制服男子的魔力。古人由种种经验阅历上考究,惟恐养成女权高于一切,才创出重男的言论,消灭女子权势,以求两性平等。在言论上虽是轻女,在事实上,男子多是甘受女子的驱策而心悦诚服。并且,愈是熟读古书、口唱重男轻女的男子,心里愈是对女子甘拜下风。虽有不重视女子的男子,然而也不过如同凤毛麟角,少见得很。

无论想用什么方法推崇男子,也不过是名义的高调。男子纵然翻十万八千个筋斗,也翻不出这"女神"的手掌。你纵然能翻出去,你的"心"还是要留在她的掌握之中。这就是天造地设一物降一物的定例。正如,你无论如何提倡"重鼠轻猫",结果,鼠还是猫的口中之食。现今,欧美虽名为提高女权,也不过是将女子推入凶险淫狠的社会,使她度那不合天性的生活。名义上虽然是提高,实际上反给她们添了无穷的苦恼,将男子爱护女子的天性,渐渐地要变成排挤与一时利用的行为。

我国自古以来,虽有敬老与养老的成例,并非对幼年人,独不关心。以前各州县多有育婴堂与义学的设备,可证我国对于儿童的性命与教育并不忽视。现今的孤儿院与国民学校也就是育婴堂与义学的大同小异的别名。孟子说:"老吾老以及人之老,幼吾幼以及人之幼。"将老幼谈在一齐,并且认为是人所应当常久遵行的道理。

这岂不比偶尔举行一回的"敬老会"与一年一次的"儿童节"格外的深切。不过，儿童节是由洋人发起的，所以才能被中国认为是"进化"的表现。

进化，常是一部分的发展，一部分的收缩；或一部分的盛强，一部分的衰弱。所发展的部分，未必就是好的；所收缩的部分，未必就是坏的。专以人类的身体而言，将来进化的结果，因为惯用脑筋，头部必格外的发达；因为少用腿脚，下体必日渐收缩，仅仅变成一个硕大的的头颅，化成两只细弱的腿脚。身体既失了均衡，必将站不稳立不牢，既不能走，更不能跑，这岂是人类之福？

再以人类行为中的政治而言，据说是日益进化。岂知若照现代的政治，加以预测，将来的政治必致专利于奸险诡诈的恶人。老实安全的好人，反要受了淘汰而无法生存。并且，政治是以人伦道德为基础。若以打破人伦道德，为施政的方针而断，将来的政治，必然日近于兽道。兽道一兴，即无所谓政治，只蛮力的支配，与蛮性的发挥。这样，恶人因适应环境，也必进化而更恶。最恶的人，就居于优胜。次恶之人，就处于劣败。结果，最恶的人，也必互相竞争，彼此吞食，以至同归于尽，人类灭绝。这岂不是人类之祸。

人类所以有文明进步，是因为有欲望。人所以有欲望，是因为身体的各部健全。假若因进化之故，身体某一部分失了作用，全体必然发生影响。人既全成了病夫，欲望也必因之减少。欲望既日渐减少，焉有文明的进化可能。所以，我认定进化之极，就是退化之始。

据洋圣人说，人类是由"细胞"cell 进化而成的。那么，人类进化不停，身体必日渐收缩衰弱，终将反本还源，化成细胞为止。慢慢再由细胞，进化而变成人类。看起来，进化也不过就是循环的别名，我以为，天下只有循环并无所谓进化。可惜人类的寿命太短，一般高喊进化的人，不能看见未来的结果。

新名词，多是由外国文字翻译而来的。文字一经翻译往往不能与原字的意义切合。若欲引用一个新名词，须先知道它的来源。由那一国传来的，最好是查一查那一国的字典。若专以译文的字面为根据，必致发生误解。譬如进化这个名词是由 Evolution 一个字译得的。若仅按"进"字"化"字解释，以为"愈进愈好，愈化愈良"，那就错了。

《何氏公羊解诂》里说:"去恶就善曰进,舍善就恶曰退。"现今一班新人物,所崇奉的"进化"之说,据我看,全是惟恐人类不向恶里猛学,惟恐人类不向兽中仿摹。假若人类以为"强存弱亡,适者生存"是人生的大道,人类只有日学日恶,以至背逆天良,离弃大道,而化为禽兽。我以为,这种的学说,与其名之曰"进化",不如痛痛快快地改为退化才是名副其实。鹥子说:"人化而为善,兽化而为恶。人而不善者,谓之兽。"人类若不肯向善里走,而偏向恶里学,不是退化是什么?

英国达尔文说:"人与猿,同出于一个祖先。人就是兽。"我国某新圣人说"人与猴子是表兄弟",这种自卑自贬的说词,虽然出于实验,虽是合乎科学,可是足以引人趋向下流。我国古书与犹太古史所载"人类是神所创造",这种自尊自重的说词,虽然发于猜测,虽是近于迷信,可是足以引人立志向上。

下流就是学恶。向上就是为善。我以为,凡是能引人为善的学说,纵然近于迷信,也当设法保存。凡是能勉人为恶的学说,纵然合乎科学,也当努力消灭。

鸟兽虫鱼的身体是横的,人类的身体是竖的。鸟兽虫鱼的头,没有定向。人类的头总是向天。猿猴的头,虽然有时向天,可是,不能支持长久。以人的身体而言,决与鸟兽虫鱼不同,岂可与他们列为一类。我中国将恶人比为禽兽,只是由存心上分别。人类,头向天脚踏地身居乎中,就当发"天地生物之心"为心,努力为善,以自别于禽兽,以免辜负这个异于禽兽的身体。

徐守揆说:"人生而为人,则宜为人。"那么,就不必考究"人是由什么东西变的"。纵然是神造的,现在既不是神而是人,就当尽人道。纵然是兽化的,现在既不是兽而是人,就不应当学兽行。

孟子说:"恻隐之心,人皆有之。羞恶之心,人皆有之。恭敬之心,人皆有之。是非之心,人皆有之。恻隐之心仁也。羞恶之心义也。恭敬之心礼也。是非之心智也。"他既说人皆有之,而未说兽皆有之,可见,人若没有"仁义礼智"就不是人类。

竞争固然是鸟兽虫鱼维持生存之法,但是人类维持生存之法,决不是竞争,而是仁让。仁让是屈己。竞争是屈人。人人屈己,才能彼此相安。人人屈人,必致互相仇恨。彼此相安,才是人生真正的幸福。互相怨恨,埋伏下无穷的杀机。

学者著书立说,总当面面照顾,前后设想。万不可只逞一时的偏见,而惑乱人心，遗毒后世。人，为恶易，为善难。纵欲易，屈己难。导人为恶，引人纵欲的奇论，固然容易受人欢迎，但是也当为天下后世预计，纵不为别人打算，也当为子孙顾虑。所以，著书立说，总要使它无弊，万勿使它成了祸根。

仁让，不只是利己，并且是益人。竞争不仅是害人，而且是祸己。就以戏园或工厂以及一切聚会的场所做一个比方。

每次发生危险，必致损伤许多的人命，所以有这种结果，只是起于不能逃出。所以不能逃出，只是因为人人向门口竞争，各不相让，以至将门路挤住，谁也不能转动。假若从容忍让，挨次而出，决不致同归于尽。再以在车站买票而言。若顺序前进，并不耽误时间。假若堆挤一齐，彼此争先，反致耗时费力。我以为，世上一切的事，全是如此。人己兼利的幸福，决不是用竞争之法所可得到的。

现今竞争与奋斗，在我国已然成了最流行的名词。几乎三岁的孩子，也能将这个名词，挂在嘴上。这两个名词，所以容易受人的欢迎，只是因为误将竞争认为打破拘束的方法，妄将奋斗认做谋取权利的门径。拘束是人人所应遵守的轨道，权利是有功德者所应处的地位。假若人人有越轨之思，无功无德的人也怀非分之想，社会岂能不乱，国家怎得不亡？

据一些新人物说，"有竞争才能有进化"。然而，我以为须先认清了对象，这个对象，不是别人，正是自己。所谓竞争者，是以自己的良心，同自己的私欲竞争。你若能将私欲打倒，你就是文明了。所谓奋斗者，是以自己的学问道德，同别人的学问道德奋斗。你的学问道德，若能高于别人之上，你就是进化了。

我国古时的言论，多是劝人"克制人欲，学法圣贤"。人纵然不能进到圣贤的地步，也能变成一个"有所不为"的好人。我国近代的学说，多是诱人"放纵人欲，学法禽兽"。人虽不致化成禽兽的身形，也必变成一个"无所不为"的坏蛋。

竞争是为利己，斗争是为损人。利己损人的行为，仅可行于鸟兽鱼虫之间，因为它们少有复仇的思想，禽兽中，虽有能复仇的，只是能施行于当时，少有能存记永久的。人则不然，人的复仇之念，可以牢记终身，可以传之子孙。正所谓"杀人之父者，人亦杀其父。杀人之兄者，人亦杀其兄"。循环果报的定理，纵然利用科学，也是不能免避的。

满清入关以后，恃强欺弱。在扬州杀人十日，对嘉定实行三屠。真可谓"优胜劣败，适者生存"了。到民军起义的期间，已过了二百余年。可是长江一带的汉人，居然得了复仇的时机，大戮满人。祖宗种祸，后人遭殃。这样的前例，历史里记不胜记。可知"优胜劣败，适者生存"那两句话，只是浅陋之徒的一时之见，万不可因为是洋人说的，就认为金科玉律。

洋圣人所讲的竞争，只是偏于武力一方面。你若迷信这种竞争，你世世代代必须保存你的"优胜"，别人也必须世世代代不变他的"劣弱"。否则，不必徒逞一时之强，而贻日后之悔。

鸷禽猛兽，生来是食肉的。它们为生存起见，不能不杀生害命，不能不恃强凌弱。并且它们的子系，也能不改她们的凶威。人虽是万物之灵，他是决无能力，使自己的后嗣"克绳祖武"。何必只顾一时的私欲，而不念别人的死活。

日本佐藤一齐的《言志录》上说："凡事有真是非，有假是非，假是非，谓通俗之所可否。年少未学，而先习了假是非，迨后欲得真是非，亦不易入。所谓先入为主，不可如何耳。"依我看，竞争或斗争的学说，全然是假是非。若欲保存我国自古立国以来的美德，万不可以外人的邪说偏见，毁了我国青年人的心田。

我国若能不变祖先所遗留的"仁让和平"的美德，决不致灭亡到底。要知现今几个强国，因为受了竞争的麻醉，已然疯狂了。他们若非改取"仁让和平"的途径，决不能支持久远。

战争原是不得已的举动，只可施之于敌对的兵卒，万不可牵累无辜的百姓。欧美在前些年，对待敌国，还分"战斗员"与"非战斗员"Noncombatant，对非战斗员，向不加以作害。最近几年，科学发达，机械进步，专以毁灭后方的老百姓，为取胜的门径。这种残忍的行为，尤甚于洪水猛兽千百万倍。人类的文明，若专以能杀人为断，那么，人类还不如倒退数千年，去度那穴居野处茹毛饮血的生活，反能免去许多的恐惧。

《尉缭子》说："凡兵不攻无过之城，不杀无罪之人。夫杀人之父兄，利人之货财……此皆盗也。"严实说："百姓未尝敌我，岂可与执兵刃者同戮。"吕祖谦说："后世用兵者，以黄石公一书，无与比者。不知黄石公未出之前，三代之兵，一举而无敌于天下,兵书何在,黄石公有一秘法在人间,人自不识。三代之得天下,亦不过此道,惟'仁'一字耳。"汪氏《兵学三书叙》里说:"兵者,逆得顺守,全军保民为上,无取禽猕草雉也。"我中国名将名臣,无不以不杀无辜为是,全是以仁存心。不嗜杀人正是文明时代的标准。欧洲列强自命为文明进化,竟肯发展毁灭敌国人民的狠心,岂不是退化野蛮的现象。

某要人解释人生的意义说:"在于吃饭,在于生小孩,在于招呼朋友。"他这话,虽是出于玩笑的口吻,未免是将人类比为禽兽。人类的生活,固然离不开饭食传种,可是除了办理这三件自私的大事之外,尚有许多对人类应尽的义务。马牛羊鸡犬兔的一生,除了饮食传种之外,还能有益于人。人类的生活的意义,若仅以做到这三件私事为止,又怎配称为万物之灵?至于"招呼朋友"不过是社交之一道,禽兽之间也有这种行为,又岂是人类所独有的特点?

英谚说"人是宇宙间的灵魂",又说"人是造物中的王"。

这两种说法,与《书经》上所说"万物之灵"的意义相同。按字面讲,即说是魂灵,人就当对这个"灵"字注意。即说是王,人就当对这个"王"字用心。假若不辨邪正,不明是非,就不配称"灵"。假若胸无主见,随人转移,就不配为王。既不能灵于万物,又不能超于万物,虽生成一个人形,不过是一个两足的动物,或能言的禽兽而已。

英文说"人是社交的动物 Socialanimal"。又说"人是政治的动物 Politicalanimal"。有人说"人是有五性(仁义礼智信)的动物",又有人说"人是知八德(孝弟忠信礼义廉耻)的动物"。前两种说法,决不能将人类的地位抬高。因为社交不过是友谊的往来,鸟兽鱼虫何尝没有这类行为。政治不过是维持秩序保护性命资产的团体组织,鸟兽鱼虫中,也颇有类似的举动。后二种的解释,也不能将人类尊为万物之灵。因为禽兽中,也颇有些能尽五性行八德的成例。

我以为,最好是说"人是能辨别是非的动物"。人对于五性八德,是知道应当常久尽行的。能尽能行就是"是",不尽不行就是"非"。禽兽只知尽行,并没有"为何当尽,为何当行"的理性。

自从邪说侵入我国以来,许多知识阶级,尤其是一些奴化的学者,已经不肯展布天赋的官能辨别是非。并且偏要背逆天良,违反人情,而颠倒是非。以至于阴阳易位,内外不分,亲疏莫辨,上下错乱,黑白混淆,香臭不知。他们全是民众的表率。全是领导百姓的指针。他们既然乱了方向,又何怪无知识的人民,为非作歹的日众,犯法乱纪的日多,我以为,现在欲救中国的危亡,不在乎添置飞机大炮,须先要使这些知识阶级,不能假借吸收文化之名,散毒种祸。

人类所以与禽兽不同的地方,就是一个是非之心。人若失了是非之心,就是自入于禽兽之列。人的思想与行为,若与禽兽相同类似,就是退化。据我观察,禽兽对于阴阳内外亲疏上下黑白香臭也能辨别。人若故意混乱这种事实,不但是愧对禽兽,简直就是退化到了木石的地位。

我并不反对文化。我所反对的是蒙着文化皮子的野化和蒙着进化皮子的兽化。并且,我以为,我中国在努力追求科学化或时代化的当儿,更不可不赶紧讲求"人化"。

《龙溪子》说:"学者,学所以学为人而已。此外更无余事。"你学会了科学也好,游遍了外国也好,得到十个博士的学位也好,但是万不可因为学了科学游了外国得了博士,而不肯学为人。古人说"为做官把人丢了,实在不值"。自古为做官,而丢了"人"的很多,万不可因求学,也将"人"丢。现今外国利用科学,灭人之国,毁人之家,害人之命,就是因为未学为"人"而失了人性。

学为"人",不是学八面玲珑的圆滑人,而是学天真不变的正直人;不是学有大学问的人,而是学未失"人"格的人。我所说的人格是人与兽不相同的地方。

有人问我:"现今的新人物,几乎人人张口就说'要为人类谋幸福',为什么人类的幸福反因之日灭,人类的痛苦,反因之日增?"我说:"这全是因为他们只将自己当作'人类',不肯将别人当做'人类'看待,并且他们根本就不知道'人类'是什么。"

外国某学者说"人类是能说话的动物"。这句话并不能提高人类在世界上的地位。我国俗语说"人有人言,兽有兽语"。这句话也不能表示人与禽兽的分别。因为言语不过是为传达思想交换意见的。禽兽的话,固然不如人类的话精细完备。可是,我以为,不能由言语的精细完备与否,判断品格的高低。正如乡间的愚民说话,虽然不如城市的绅士咬文嚼字,可是以人格而论,恐怕愚民还要高于绅士。由此可知,所谓人类者,并不是因为能说人话,乃是因为能办人事。

261

能说人话，并不足贵，能办人事，才是可尊。鹦鹉与猩猩，所以仍然脱不掉禽兽的名称，只是因为它们仅能说"人话"。现今，世界上所以七颠八倒，民不聊生，也就是因为肯办人事的人少。专能说好听的人话，而偏做损人利己的兽行，言行不顾，也就等于猩猩鹦鹉。猩猩鹦鹉，并不明白她们所说的人话是什么意思。所以，它们的言行相违，还觉情有可原。

人类的来源，按"神造说 Creation Theory"，上帝造成万物之后，才造人类；据"进化论 Evolutionism"，猿人 Apeman 进化而为"人"，也是在万物进化之后。这两种说法，固然有"不合乎科学"与"合乎科学"的差别，但是"人类在世界上出现最晚"是不容否认的。万物如同士卒，人类如同将帅。士卒虽然先行，将帅虽然后到，可是统制之权，仍是操于将帅。将帅的知识，必须高于士卒，才能指挥士卒而不为士卒所制。人类的知识因为高于万物，所以才能为万物之灵而超出万物之上。

将帅所以能运用士卒，是用心灵，而不是用蛮力。人类所以能支配万物，也不是用蛮力而是用心灵。以奔驰杀砍的本领而言，将帅未必高于部下的士卒，以飞走搏噬的能力而论，人类实在不如万物中的禽兽。将帅仅用蛮力，决不能无敌天下。人类专施蛮力，也不能有进化与文明。可惜，人类现今偏不向心灵上追求，而只向蛮力上注意。尤可惜，人类更将心灵与蛮力合用于自残同类，反不如禽兽专以蛮力对异类竞争。

禽兽对异类竞争，只用天赋的爪牙。人类对同类竞争，专用人造的利器。爪牙杀伤之力有限，利器杀伤之力无穷。爪牙口角，同时不能杀伤二命。飞机大炮，同时可以杀伤万人。禽兽还能爱护同类，人类偏能与同类为敌。人类这种恶行，实在过于禽兽万倍。所谓"文明进化"者，是为人类谋安全，求幸福。现今既专在杀戮的能力上用心，反说是文明进化，岂不是有愧于禽兽。

孟子将当时流行的邪说，比作洪水猛兽。现今的邪说，较洪水猛兽，残酷到几千万倍。杨墨之道，纵然行到极端，也不过仅只无父无君。洪水还能使人有处可逃。猛兽也可使人有法可避。自从"竞争"的邪说，深入欧美的人心，杀人利器，逐日有发明，日益精巧，实在令人无术可避，无法可逃。炸弹可以炸到高山之巅，毒气可以毒到深海之底。现在的人命，已经不如虫蚁了，怎么还配妄谈"文明进化"？

现今,几乎是每个人都要谈"科学"。其实,科学正如金钱,用之得当,就能于己于人有益。用之不当,反要祸己害人。现今借科学之力而救援人类的人太少,用科学之力而杀害人类的人太多。正如浪荡公子,专以有用的金钱,去做损阴丧德的坏事。科学家若再不洗心革面而研究有益于人类的事务,即是杀人自杀,害人自害。不但是现今人类的公敌,简直是千秋万代人类的罪犯。

法国有一个人,名叫盖鲁定 J—Guillotin,是一位医生兼政治家。看用刀斧斩人,太不便利,且费光阴,乃独出心裁,创造了一架断头机。因为是他所发明的,所以人也称那机为盖鲁定 Guillotine(与他的名字,只差一个字母)。当时死于那机下的人,真是不可胜数。不久,盖氏因为犯了罪,竟被他所创造的凶器砍断了头颅。以后,又有一人,以为那架凶器还不灵便,特意费心费力,大加改良。可是,过了些时,他也因犯罪,而死于他所改良的断头机之下,可见这正是作法自毙,制刀自杀。"种豆得豆,种瓜得瓜"这话固然是句老生常谈,然而科学,既不能种瓜得豆,也不能种豆得瓜,所以也脱不开因果循环的定例。

发明断头机的盖鲁定,在断头机上丧命,算到今年已经过了一百二十一年了,可是用那惨刑,处决重大犯罪的定例,至今还未经法国废除。在这一百二十一年里,又不知有多少人,因而身首异处,将来还不知有几多人,要变成断头机下之鬼。盖氏因为一时妄显聪明,不但自己种下恶因,收了恶果,并且他的名字,竟成了一个杀人利器的代名词,岂不可叹。盖氏假若鬼魂有知,也当痛自悔恨,不该多此一举。

当初创造捕熊铗 Brar-trap 的马洛替 Morraf 因此发了一笔小财,可是,他的小儿,竟因误踏熊铗,挟断了双脚。我所认识的某甲,专好玩鹰,每逢抓住野兔,他必砸断兔腿,以免她们脱逃,并且击破兔头,取脑喂鹰。他未到四十,两腿就不能动转,后来竟觉头中如同针刺,哀号而死。

又有某乙,专好捕蛙养鸭,将蛙剁成碎块,做为鸭食。后来生了两子,手脚全是连皮,并且全是在新婚未久,就短命而死。这全是我眼见耳闻的事实。至于史书中的记载,和父老的传述,更是无法详说。

从来,当屠户的,当鸟贩的,打猎的,捕鱼的,以及一切杀生害命的人,据我所知,决无福寿安乐的结局。与人无害的禽兽,还不可残害,何况是圆颅方趾的人类。

多人设法不能"生"一人，可是一人随便可以"杀"多人。由父母操心费力，经疼苦，耗钱财，养成了一人，是何等艰难。随随便便了结一人的性命，是何其容易。一秒钟之间，用科学的利器，可以杀几万人。可是要知道几万人，是经了多少光阴，才能养起来的。

司马迁说"三世为将，道家所忌"。我们细察父子为将的人家，有几家能得到好的结果。为名将也不过因为多杀人。为国家，多杀人，还不可行。何况是仗强横，为私欲。

当日某甲为袁某的私欲指使，杀人无数，后来被某乙所捕杀。某甲临刑，对绑他的人说："你们何必如此之忙？"以后某乙被人捉住枪决的当儿，也是说："你们何必如此之忙？"这段事实，据新人物想，不过是"偶然凑巧"。其实，这正是"报应循环"。他所害的人，临死所说的话，他临死也照样重说一遍，更可见天理之公。

有人问我："《山堂肆考》上说……放下屠刀，立地成佛，岂不是勉人为善的话么？为什么军界某要人，既已忏悔，皈依我佛，还不能得到善终呢？"我说："放下屠刀，不过表示改过之举。人若改变恶从善，全有成佛之望。并不是说屠儿立刻放下屠刀，登时就可上升莲座。某要人纵然未曾亲手害民，焉知他的数十万部卒，不假借他的威势，作出无数伤天害理的事。正如你将枪刀给人，人若用去杀人，你能说'不负责'么？"

《果斋日记》上说："人为万物之灵，亦为万祸之本。"我以为，人的行为，若肯依从天理良心，就是万物之灵。人的举动，若反背天理良心，就是万祸之本。换一句话说，人的行为举动，若肯替别人设想就配称万物之灵。人的行为举动，若专求自己得意就变为万祸之本。现今，世界所以多乱，人心所以不安，只是因为有些人，受了邪说的诱惑，不信天理，不问良心，只知有己，不知有人。

天理，是万古不变的理。良心，是人类应有的心。也可以说，天理是大公至正的理，良心是为善不为恶的心。

顺着天理，本乎良心，才肯替别人设想。肯替别人设想，决不致侵人之国，毁人之家，害人之命。国不侵人之国，家不毁人之家，人不害人之命，人类中才能有相爱互助，共享和平安乐的希望。欲达到这种的希望，决不是用竞争或斗争所可成就的。

我以为，顺应天理而行就是"道"，依着良心而为就是"德"。行为不违天理，不背良心，就是道德。

据说，科学与革命，全是为群众谋幸福的。既是如此，讲科学也罢，谈革命也罢，全须先在"心"上用功夫，全须以道德为根基。科学的研究与施用，若不本乎道德，不但无益于人群，反要有害于人类。革命的行为与目的，若离开道德，不但不能利民福国，反要祸国殃民。

我常说：不必讲什么"科"学，"神"学，"佛"学，以及这个学，那个学，先要讲"人"学。纵然讲遍了各种学，而独忘了自己这个"人"学，实在是得不偿失。这样，不仅误己，而且误人。我的朋友某君有一句自勉之辞"用科学方法办事，本圣贤之道做人"。实在是补偏救弊之术。

据最近外国的人类学者科学的推断，"人类出现于世界上，至少有二万七千年之久"。世上有科学这个名目，至多才过二百年的光景。可见人类决不是经科学家用科学方法造的。人类孳生了二万六千多年，也不是依仗科学家的指导，才得以维持生存。人类所以能由小团体结成大团体，也全不是因为学了科学，而是因为人人有一个异于禽兽的人心。人类所以争杀险狠，是因为失了人心而坠于禽兽之列。所以欲谋人类长久的幸福，必须先由"救正人心"下手。

救正人心，不是去正别人之心，而是先正自己之心。以一国说，不是去正全国百姓之心，而是一国的要人与知识阶级，先由正己之心，为初步功夫。正心并不是翻山倒海的难事。只要先将自己认做一个人而不肯将禽兽的行为，施之于别人，那就够了。现今，人类中相杀之祸日众，国际间侵害之祸日多，全是因为不肯将自己当人看，也不肯将别人当做人。

最初，人类争斗有用拳脚，以后，人类争斗用棍棒。据历史家说"这是进化了"。在前，人类争斗用刀枪，以后，人类争斗用枪炮。历史家也说"这是进化了"。以前，人类争斗用潜艇飞机。现今，人类争斗用流火毒气。历史家更说"这是进化了"。由用拳脚起，直到用毒气止，愈进化，杀人的方法，愈速快愈普遍。我以为这种的"进化"是愈进化，愈失了"人"性，而化成较比鸷禽猛兽还残狠万万倍的怪物。

当初，我国发明火药，仅仅制造花炮，供人的玩乐。火药传入欧洲，就因此制成毁灭人命的枪炮。当初我国富家公子,有斗鸡的玩好,只用公鸡与公鸡相斗。这种玩好传入欧洲之后,竟有人在公鸡腿后绑上尖刀,增加鸡与鸡相残互杀的能力。我看,科学家假借爱国之名造出最新式的杀人的器物,付给军人,使他们互相争杀也就如同欧洲人,对待斗鸡的行为相似。我以为,人类若凭藉科学的器物自残同类,未免有愧于公鸡。因为公鸡是没有灵性的。

我中国,惯将伤天害理自私自利的人,比为禽兽。英美国,惯将这类的人,比做Beast(兽类)。这种比方,不但不正确,并且,我实在替禽兽叫屈。因为禽兽是无灵性的东西,禽兽之为禽兽,并不可恨。若因恨怨恶人而累及无罪无辜的禽兽,未免是将清白无辜的禽兽,当作罪大恶极的东西。我以为,骂恶人不如禽兽则可,将恶人比为禽兽则不可。

披毛戴羽的禽兽,纵然可恨,但是决不会假充圣贤。它们虽不会说"为人类谋幸福"的大话,可是它们颇能做人类衣食的来源,也可做出许多于人类有补助的事。惟独圆颅方趾的人类中,不如禽兽的人,偏能口是心非,大喊"为人类谋幸福"的高论。所以,他们为人类谋到如今,只见幸福日减,苦恼日多,自由日少,专制日甚。这种"人其形,而心不如禽兽"的人,或已成了圣人,或已变了富翁。然而依赖他们的人类,或已被试验而死,或已无法聊生。试问披毛戴羽的禽兽中,有这种欺骗同类的大骗子么? 我们的远祖,生在洪荒时代,日与禽兽为伍,能有时时受骗的恐惧么?

科学家最好类推,所以达尔文因为鸟兽鱼虫之间是弱肉强食,适者生存,遂以为人类维持生活之术,也离不开这种定例。殊不知"取法乎上,仅是得乎中;取法乎中,不免为下"。人既高于万物,自当以圣贤为法则,才能维持这个"人"。人既高于万物,若自甘卑下而取法于鸟兽鱼虫,岂不要变成不如它们的动物。达氏虽未曾明言劝人学法鸟兽鱼虫,可是,人若成了他的信徒,就必日趋退化了。

科学家的原则是"凡根据许多事实,所得到的科学观念,应该假定她是真的,等到发现新事实,不能适用的时候,再去修正它。这种寻求真理的热诚,若以草木鸟兽做研究的对象,未尝于人类没有利益。假若以国政民命供这种试验,实在有极大的危险。

自从我中国人,被外国的"手枪炸弹、飞机大炮、奇技淫巧、邪说诈辞"吓昏了脑

宣永光(1886—1960)

筋,诱迷了心窍以来,几乎是个名人,就大唱"科学救国"。甚至不知科学为何物的野老村夫,也就随声附和。并且以为我国只要有了科学,就能"呼风唤雨,撒豆成兵"。在大庭广众之间,只要能说出科学二字,就可光宗耀祖。学生回到家乡故里,只要说学了科学,就能以神圣自居。这种对科学疯狂热烈的情形,几乎和当初三家村里的老学究,认定学会了"八股"就可以治国家,平天下,是一样的舍本逐末。所以,以前的中国愈揣摩八股愈糟。现今的欧美愈研究科学愈乱。所谓"本"者,就是自己的"心"。对于这个小东西,若不肯先加注意,任凭你八股做得天好,无论你科学讲得多精,也是庸人自扰,也是画蛇添足。

"八股"不过是一种文章的体式。认实质,原是稀松平常。科学不过是有系统或有组织的知识。说实了,也不是神奇鬼妙。八股虽然误尽苍生,有时还能略收束缚人心的效用。科学虽然自称万能,有时反能加增放纵人欲的危险。当初我国只讲八股而忘了"正心",所以未能得到国利民福。现今欧美,只讲科学而忽略"正心",所以闹得杀气冲天。

我国精神文明的好处,是能使人时时返照天良。种种的善念,可以由此而生。欧美物质文明的害处,是能引人日日扩大人欲。样样的恶行,必然因此而起。"科学发达,机械进步,人人必有幸福可享"的高调,只能欺骗一些醒着作梦的书呆子。

人类的苦恼中,最大的只有两样,一是天灾,一是人祸。天灾并不常有,人祸逐日增多。天灾中最大的不过水患,瘟疫,地震。人祸最大的就是战争。水患瘟疫地震,固觉可怕,然而以损伤生命财产的能力而论,决不如战争之大之甚。以历史中所载,天灾所损伤的数量与历次的人祸所损伤的数量相较,天灾实觉渺乎其小。现今欧美的科学家,一边努力研究防止天灾的方法,一边又大费苦心发明助长人祸的武器。这种救人而又杀人的行为,可谓只见其小,而忽略其大。结果,天灾减少了不过十之一二,人祸反倒增加了十之七八。这种倒行逆施,为善不足,为恶有余的趋向,实在是科学家自掘坟墓的愚行。

科学是为寻求真理的。只要它不拿人命做试验品,人人不当稍加反对。革命是为人民减少痛苦的。只要它不被恶人利用了,人人应当竭诚欢迎。

科学家若想发达,革命者若想成功,须要存着仁慈的心念,保持谦和的态度,放大了眼光,去净了偏私。万不可有包办的行为,更不可自认自己是科学的,是革命的。凡是与自己意见不同的人,就是不科学的,就是反革命的。假若只知有己,不知有人,秩序与谐和,就永不能到达了。

科学这个名词,原是日本人由英文 Science 一个字译出来的。在前清光绪年间,我国还译之为"格致",是由"格物致知"而定的名称。比较起来还是"科学"二字最为贴切。因为我国的格物致知,是偏重"心灵"的。外国的科学是偏重"物质"的。也可以说,一个偏于"正心",一个偏于"逐物",一个是向"内"寻安乐,一个是向"外"求满足。向内寻,愈寻愈觉满足。向外求,愈求愈感失望。

聪明人的乐处是由于"正心",愚昧人的苦闷是起于"逐物"。由正心而生的乐,是天然的。因逐物而生的乐,是人造的 artificial。天然的乐,无止无休。人造的乐,有穷有尽。所以,人人正心,人世就是天堂。人人逐物,天堂也能化为地狱。

为善为恶,全是一颗心。劝人骂人,全是一个口。援人打人,全是一支手。"为善,劝人,援人",既不比"为恶,骂人,打人"费力,为什么偏不作些与人有益的事?科学家研究杀人的奇物,并不较考究益人的方法少费心思,为什么偏要甘为军阀的走狗,发明流火,毒气,助长他们杀人的能力?要知,发明飞机、潜艇、毒药弹、坦克车的傻小子们,到如今并没有得到"铜像"的报酬。可是,那班利用这些武器,毁灭人类的大将们,早已成了各该国历史里的英雄了。自己损阴丧德,为别人争名增誉,岂不是糊涂已极。

我不以禽兽为可怕。我只知人类最可畏。人类可为善,可为恶。禽兽中,善的常善,恶的常恶。善的虽有时发露一点恶性,不过是出于一时的自卫。恶的虽有时发露一点善性,不过是极少的例外。所以对待禽兽,接近也容易,防避也不难。惟独对人类,接近中,有时还须加以提防。防避间,还须加以谨慎。人类所以有这样危险性,只是因为反逆天理良心,能以伪善掩真恶,能于媚笑里藏尖刀,能当面说好话,背后下狠手。

鸱鸟决不肯因为惹人厌恶而变化自己的恶声,虎豹决不肯因为招人嫌恨而改自己的凶态。人类若肯以本来的声调与本来的面目对人,世界上总可减少许多的扰乱与苦恼。

宣永光(1886—1960)

禽兽因不知进化,反能保住了一个诚字。人类口谈进化,反多生出来一个伪字。因此,种种损人利己的罪恶,就假借"为人类谋幸福"的好话,而行出去了。现在,就想将以上的好话,达于实现,只有两个方法。一是去伪存诚,一是不受欺骗。

我恨我对去伪的功夫,还未能做到万一。可幸我对不受骗的决心,已然练到了十足。我以为,世上只要不受骗的人数多起来,人类才能有真的解放与真的幸福。

我所最不愿听的一句话,就是"为人类谋幸福"。我只要一听到耳里,一看到眼中,就仿佛要气炸了肺管。这句话,并非不好。只是唱这种高调的人,据我详查,足有百分之九十九以上,全是些"口吐人言,而行为反不如禽兽"的人。现今,人类所以又受了新的专制,添了新的痛苦,全是因为上了这种"嘴甜心苦"的怪物的大当。英国格言说"白的手套,可以遮掩污秽的手指"。人类若肯爱护天然的自由,若愿保住真正的幸福,第一不可仅在白的手套上注意。要知这二十世纪,正是"骗子世纪"。中外的骗子们,正在钩心斗角,施展骗人的法术呢。

有人问我:"自从前清末年,我中国几乎是每个有名的人,就会说'救国救民'的话。为什么国愈救而愈危亡,民愈救而愈无生路?"我说:"国,是人立的。民,是人的别名。国与民,也必须用人救,才能转危为安,才能死而复生。那么若真想救国民,自己必得先是一个人。这初步功夫,若办不到,自己先不是'人',如何配谈救国救民的事。只会说'人'话,若可做到这种的大事,鹦鹉与猩猩,早就可以造成强盛的邦国了。"

唐朝郑义宗的妻卢氏说:"人之所以异于禽兽者,以其有仁义也。"《孟子札记》上说:"仁义之于天地,为人类生活之原理。无仁义,则禽兽食人而乾坤几乎息矣。"日本贝原笃敬说:"仁义者,人道之大本,犹天地之有阴阳。天无阴阳,则造化之道熄矣。人无仁义,则伦理灭,与禽兽何异乎?"这种"以仁义之有无而定人类与禽兽的差别"的话,古人说了不知多少。其实,禽兽之间,也时常有"仁义"的表示,岂能说仁义是人类所独有的特点。古人知道人类不愿得禽兽之名,所以就以仁义之有无,儆教人类,以免人类将仁义二字,视为可有可无。这正是古人愿意提高人类的苦心,并非古人不知禽兽也有仁义的行为。

禽兽能行"仁义"的证据,在中外的书里,说了很多,一时不能详谈。甚至愚笨的鹅和横行的蟹，也颇能行出仁心义举的事。在德国曾有一位老妇人救了一支小鹅，以后那妇人，因为患病双目失明，以乞讨为生，给引路的就是那只鹅。它天天用嘴衔住那妇人裙角，经过几条崎岖的险路，永远不肯离开那老妇人的身边。我曾亲眼见着两只螃蟹，驮着一只无腿的螃蟹爬行。所以，若以为仁义的有无，是人类与禽兽的分别，我极不认为是确论。

据我想，人类所以能行仁义，是因为知道"信天理，问良心"而生出来的。人所以高于万物的一点可贵之处，就是在这一点上。人类若反逆天理，背叛良心，简直就是不如禽兽，甚至不如虫鱼。

近来，在报上，时常有人对"天理良心"发表驳斥的言论。有的说："讲天理是有意提倡迷信，谈良心更是空洞无聊。"有的说："时至今日，拼命地追求科学，已觉着落人马后，若遭到懵然的妄论天理良心，未免是没有思想。"我以为，他们全是出于误解。因为谈论天理良心，并不妨碍科学发达。科学家若离弃天理良心，也决做不出真正有益于人类的事。并且，在太平的日子，注重天理良心，才能长治久安。在纷扰的时候，注重天理良心，才能拨乱反正。

天理良心并不是荒谬难解的妖术魔法。天，并不是神。天，是无知觉的高空，并不能降福降祸。惟独"天"字之下，若加上一个"理"字，就有神圣不可侵犯的尊严。因为，天理是"至大至高，无所不包，永久如一"的真理。顺之则吉，违之则凶。世界有变，国政有变，学术有变，风俗有变。惟独天理，始终不变。至于如何才是不违天理，那就得先自问是否不背你的良心。并且，天理良心，是息息相通，无法分离的，简直就是一个不讲天理，就是没有良心。不问良心，即是不顾天理。所以中外全将这两样，合称之为"天良"。

天良，译英文为 Conscience，原是由拉丁文"我知"Conscio 二字，组织而成的。按字典上的定义，天良是"人心中最隐秘的思想"，是"辨别是非的感觉"The sense of right and wrong。鸟兽鱼虫，决没有隐秘的思想，更没有分辨是非的感觉。它们自己是"是"、是"非"、是"善"、是"恶"、是"正"、是"邪"，它们也决不能自知，可见，天良是人类所独有的美点，人若守住天良，才是一个人。背逆天良，偏要瞒心昧己，滥唱高调，假借救国，救民，为国，为民的名义，利己损人，不但不是人，简直连草木土石不如。

不但替自己唱高调是如此,甚至背逆天良,向要人的脸上"贴金",替他们伪造功德,也是这样。

英国瓦尔顿 Isaak Walton 说:"人若失去天良,一身再无可存之物矣。"我以为,一个人纵然威加海内,富有天下,若是不由天良而得,也是得不偿失。因为自己什么都有了,只是自己把自己这个人味丢了。

英文格言说:"好的天良,就是好的靠枕。"又说:"有天良,就有尊严。"又说:"天良不愧,闻雷不畏。"又说:"一个天良,等于千个证人。"又说:"天良时时开庭,罪犯就是自己。"人若不问天良,固然可以占一时的便宜,可是不能避免天良那长久的谴责。外来的指骂,以充耳不闻。内生的拷问,实在无法逃免。

假若真有上帝神佛,我以为,天良就是上帝神佛所派常驻人心中的代表。它不但是你的顾问,也是你的卫兵。你若听它的忠告,它就能使你心安意定,无所畏惧。你若违逆它的指导,它就能使你心烦意乱,肉跳心惊。

本着天良说话,言简而意明。背逆天良发言,话多而无序。

顺合天良的话,如同蒙尘的明珠,终不能掩住光辉。背逆天良之言,仿佛金漆的马桶,到底要泄出臭气。

一个人说话作文行事,只要合乎自己的天良,也必能激动别人的天良,因为天良是人类所共有的。并且天良具有一种奇妙的吸引力。你能发露你的天良,别人的天良也能随之感应。凡不起感应的人,他的天良必是因被私欲所蔽而失了作用。

依着自己天良所说的话,所做的文,不但在当时有感应,甚至千秋万世之后,仍必有同等的效力。诸葛亮死去已经一千七百多年,他的尸骨早已化为灰烬,可是他那《出师表》,仍能使现在的人读起来落泪。因为他那篇文章,是由他的天良发出来的。在民国这二十余年中,许多要人的演讲与通电,无不刻章琢句,典雅堂皇。然而老百姓听完读罢,毫无所动于衷。这全是因为他们那些好话,全不是本着天良而发。并且他们那损人利己的行为,早已在老百姓的心里留下了底案。

专以要人而言,天良就是公、诚。公则正,诚则实。正,可以服人。实,可以感人。若不能服人感人,必是不公不诚。不公不诚,就是私,就是伪。私必偏倚,伪必空虚,偏倚即不能自存,空虚则无所依据。并且私字伪字之音与死字危字之音相近。这

虽是有些强拉硬扯,可是,我以为,私是死征,伪是危兆,私与伪决不能支持长久。民国以来许多的要人,所以不能成事,只是因为缺乏公诚。所以不能公不能诚,只是因为先将天良丧尽了。

现今我国,因为外患紧近,"团结一致"的标语,又成了一时的口号。几乎是一个要人,就必拿这四个字作口头禅。其实,无论在那一国,团结全国的小民易,团结当权的几位要人难。要人若肯团结,小民自然一致。

要人所以不易且不能团结,只是因为他们不肯以公、诚相待。所以不肯开诚布公,只是因为误将别人全当作愚人。于是乎专以诈、伪相向,不肯吐露真实。用这种方法以求团结,岂不是南辕北辙。《说苑》上说"巧诈不如拙诚"。古语说"智而用私,不若愚而用公"。要人若果有团结的志愿,不可不先将这两句陈腐话记在心里。自己若本不巧、不智,用诈、用私,更是自寻烦恼。

据《韩诗外传》里记载,当初楚国熊渠子,夜晚行路,见着一块石头,错认为虎,逐弯弓发箭射了去。及至临近一看,才知是一块大石,可是箭头已经射入石内,几乎没了箭杆。可见人的行为,若发于至诚,石头全可以他裂。据《列子》里说,在海边曾有一人,喜与海鸥相亲,每日有成百的海鸥同他游玩。有一天,他听了他父亲的吩咐,要捉住一只。及至他又到海边,海鸥全都远走高飞,不敢同他接近了。这并非海鸥有未到先知之能,乃是他先存下了机诈的心,纵有和善的面容,也不能遮掩他的欺诈。赵氏《孟子章句》上说:"至诚则动金石,不诚则鸟兽不可亲狎。"可见人若以巧诈之术团结人心,正是"心劳日拙"。

社会间,所以多有纷扰,国际间,所以不能和平,全是因为有些人,自作聪明,不守本分。所以不守本分,所以自作聪明,全是因为利欲熏心,错将别人与别国当作愚昧可欺,以为别人或别国,决不能看出自己的诈伪。岂知国人与别国,早已看透了你的肺肝。这种"掩耳盗铃"的行为,施之于社会,则失自己的人格。施之于国际,则失自己的国誉。人失了人格,虽生而如死。国失了国誉,虽强而无威。

《袁子政书》上说:"凡有国者,患在壅塞,故不可以不公。患在虚巧,故不可以不实。患在诈伪,故不可以不信。三者明,则国安。三者不明,则国乱。"这"有国者"三字,并非专指帝王而言,只要是执掌一国大权的人就是有国者。我国虽名为民国,我国的要人,虽自称"公仆",可是,要人无论如何客气、自谦,我国的命脉,仍是操之于他们之手。自从我民国成立以来,所以一日不如一日,并非百姓不堪造就,乃是怨一些要人们,十之八九,不肯尚公,不肯崇实,不肯重信。

程颐说:"以诚感人者,人亦以诚而应。以术驭人者,人亦以术而待。"王艺说:"使诈,则能愚人。推诚,则能感人。

感人者,可久。愚人者,不常。感人者,动以情。愚人者,用其术。然情之用不竭,而术之用有穷。"某总统因为小有才,目中无人,一生惯用权术。竟不知,权术还不可常常用之于粗鲁的大兵,何况屡屡施之于精明的人士。到底,他的私智用尽,露出马脚,不但未能满足自己的私欲,甚至气愤羞愧而死。他若肯以诚待人,秉公治国,何至身死名辱,留下千秋万代的笑话。

张栻说:"至诚可以回造化。"造化,在这里,就是"天"。古时以为大乱是有"天意的"。现今还有人说,我国人民所以因贫苦惊慌,不得安生,是因为遭了"劫数"。劫数,也有人认为是出于天意。这不但是迷信之词,并且是移过于天。大乱是人造的,劫数也是人造的。所谓人者,不是小民,乃是要人。虚空无知的天不能负祸国殃民的责任。现今要人所应办的要事,不是挽回天意,是要先挽回民心。所谓挽回民心者,是要先挽回自己的良心。若失去了良心,决不能有诚的表现。若无诚意,纵然学尽了科学,用尽了智力,大乱还是不能止息,民生还是无有指望。

刘行简说:"天下之事,下合人心,上合天意,中合大道,惟有一言,公而已矣。"公则可免壅塞之患,公则可杜虚巧之谋。公则可消诈伪之机。一国之中,若没有这三种大害,帝国主义虽然狠毒,也必无隙可入。莠民盗匪虽然喜乱,也必化为善良。因为,只要国中的要人能以公为心,国中的一切全能上了轨道。如此,外患也就可以防止了。

《孟子》说:"国必自伐,而后人伐之。"自伐的原因,也就是因为有一个私字在要人的心中作怪。

专制国的兴亡,帝王必须负责。民主国的兴亡,要人必须负责。譬如,你若管理一件事务,不论你出于自愿,或出于推举,你既担承起来,就是责无旁贷。纵然民国的要人,是被"人民"所选的,人民也不能负成败之责,因为无论那一个民国,人民也不能强用武力,将一位要人推到台上去。好比你若不肯唱戏,谁也不能拉你玩票。你既上了舞台,披上戏衣,开了尊口,唱得好坏,他人再不能担功担过。假若一个民国的要人,不是出于民选,那么,国若亡了,要人之罪,更必无可推卸。(并且,稍有一点思想的人,决不信天下真有"民选"这么一件事。)

中国圣贤的学说,所以可作万世的典范,就是因为论齐家治国平天下,全是由修已入手,并将责任向上推。"三纲"虽然仿佛将为君的为父的为夫的地位抬高,可是这三项人,须负了"国亡、家败"的责任。地位好听,担承太重。空空戴上一顶硕大无朋的高帽子,然而,说真了,那挨压挨骂的滋味,并不好受。

古时为帝王的须负"父、师"之责,不仅担亡国之罪。所以有些人,类如巢父、许由等等,虽遇着可以为君的机会,而亦不愿一尝滋味。前几年,中美洲某国,曾有五个总统争位,就是因为该国纵然因乱而亡了,自有人民作挡箭之牌,他们还可以败不担过。

我中国"三纲"之说,并不是只责下而不责上,甚至,多是责上而不责下。我只听说"正君心",并未听说"正臣心"。我只读过"君明臣忠,父慈子孝,夫义妇顺","君、父、夫"必先能"明、慈、义",才能收得"臣、子、妻"的"忠、孝、顺"。并且,只以《论语》《孟子》两部书而言,孔孟二人,全是对在上的人指明了责任,使他们戒慎恐惧。据一班新圣人所说"中国的书籍,全是颂扬主子的东西",这是因为他们被欧美的学说先入为主,而不肯对中国古书略加注意。

民国的要人,虽没有"君相"之名,然而也是做君相的事。他们虽客气自谦而取"公仆"之名,可是既办理国中大事,公仆之名虽卑而且低,然而公仆之实则高而且尊。我以为,任何民国,若想国富民安,一班要人,万不可将兴亡之责,向百姓身上推卸,百姓虽不能辩诘诉说,可是千秋万世之后,功罪自有分明之日。我从来未见历史里有责骂百姓的记载。或者外国的新历史是专骂人民的,可惜我因读书太少,还未看到。

古时的专制国,因为是"家天下",帝王责无旁贷。若遇着好的君主,往往因私而全了公。现在的共和国,因为是"公天下",要人责有可推。若遇着坏的要人,往往因私而害了公。所以,共和国的要人,也必须责无旁贷,才能有好的希望。

李世民说："王者无私，故能服天下之心。"在古时，王者本来被人民认为真龙天子，并且人民也将邦国认为他一人的私产。现今，民国的要人既被人民认做"一个凡人"，并且人民也将邦国认为人民所公有。王者若不大公，还不能安服天下之心。要人若尚偏私，岂不是不知"民国"的意义。

《素书》上说"败莫败于多私"。这句话的含意，就是"成莫成于尚公"。多私，则劳而难成。尚公，则轻而易举。我读中外的史书，见许多的小人，所以遗臭万年，全是因为上了私的当。许多的伟人，所以流芳千载，全是因为得了公的益，这个定例，不但已往的几千年中是如此，将来再过几百万年也出不了例外。

私，必有己无人。公，则人己兼顾。有己无人，必将招人的妒恨，人己兼顾，才能得人的同情。妒恨心一生，你的私念愈大，人对你所施的破坏力愈坚。同情心一起，你的公心愈切，人对你所尽的辅助力愈多。

古语说："独力难成，众擎易举。"独就是私，众即是公。私，则势孤力单。公，则势强力厚。古语说："得道者多助，失道者寡助。"所谓得道者，是因为得到了一个公。失道者，是因为失去了一个公。道，也不过是公罢了。

《书经》里称纣王为独夫，就是说他失了公心，只知有己，不知有人。不但帝王独行己意是独夫，就是民国的要人，若不以公为心，也算独夫。某总统因为欲将全中国人的中国，变成他一人的私产，以致成了一个众叛亲离的独夫，遂闹得身败名裂。

《冰言》上说："做官都是苦事，为官原是苦人。官职高一步，责任便大一步，忧勤便增一步。"现今的人，十之八九，所以都竭力向官场里钻挤，只是因为将做官认为乐事，把官认作乐了。并且，以为官职高一步，势力便大一步，欢乐便增一步。这并非因为观察点错误，实在是因为，现在做官愈大，愈可以自由行动，愈可以不负责任。

有人问我："现今我国既然将民尊为'主人'，将官贬为'公仆'，为什么还是愿做官的人多，愿为民的人少？"我说："人全是愿得实惠，不重虚名。做官若能真享幸福，纵然将'官'改称'孙子'，人也是愿当孙子。为民若真受活罪，纵然将'民'唤作'祖宗'，人也怕当祖宗。区区名称上的高低，毫无考究的必要。"

在以前，做官做到一个大将军，还不敢为所欲为。到而今，升官到一个小旅长，大可以宣布独立。做官做大了，政府可以不遵，责任可以不负，并且有民意可以任意

275

强奸。成了,是自己的功劳,可以据扰一方,独霸称尊。败了,是人民的主使,可以向外洋一跑,大开眼界。既有这种便宜的勾当,莫怪人人愿向官途里奔跑。

某总统实行帝制的日子,说:"我只以民意为从违。人民愿我做皇帝,我就做皇帝。"我曾对朋友说:"哪一个□□蛋愿他做皇帝?"后来他在取消帝制的时候,又说:"我只知服从民意。人民愿意我做总统,我就做总统。"我对朋友说:"哪一个□□蛋愿他做总统?"大丈夫作事,只凭天理良心,为公只说为公,为私只说为私,岂不光明磊落?

朱熹说:"居官不可作受用想。天之生我异于众,予以治世之职,是造福于世之人,非享福之人也。"居官的人若肯将这句陈腐的话记在心里,较比熟读一切的欧美政治学,还能使国沾光,使民受惠。人人若果明白做官的原义,现在宦途之中,决不致被人堆挤得见不着天日了。

《鹿门子》说:"古之官人也,以天下为己累,故己忧之。今之官人也,以己为天下累,故人忧之。"已所以忧,是因为要尽职责。人所以忧,是因为怕受刮扰。以天下为己累,是因为尚公。以己为天下累,是因为行私。

陈惕龙说:"大智兴邦,不过集众思。大愚误国,不过好自用。"大智所以愿采纳多数人的意见,是因为怕自己的私见妨害了邦国的公务。大愚所以愿施行自己一人的计谋,是因为怕众人的公意阻碍了自己的私图。

公是政治的灵魂。由君主专制直到无政府主义,一国无论采用那一样,若离开一个公字,也不过如同无根之木,无源之水,决不能支持长久。

高大的山,是一粒一粒的沙土所堆积起来的。深广的海,是一滴一滴的水所团结而成的。可见,合则虽弱可强,公则势难独存。顾炎武说"合天下之私,以成天下之公",正是公私兼利的方法。黎元洪说"化小团为大团,除私党为公党",也正是为小团为私党谋长久的利益。明末那些党派,若不彼此排斥,决不至给满清造了机会。以后马士英、阮大铖之辈,若不因私害公,明朝的国祚,未必就会一亡到底。

越谚说:"家不和,防邻欺。国不和,防外欺。"家和是生于公心,不和是生于私见。国之和与不和也是如此,家不和,多是起于长舌的老婆。老婆一和,立刻意见全消。弟兄总有手足的关系,决不至自残骨肉。国不和,全是起于无知的要人。要人一和登时风平浪静。国民总有种族的情分,决不愿互相争杀。要家和,先不可听信老婆的枕边私语。欲国和,先不可听信要人的冠冕文章。

前年五月三十日下午两点,我在米市大街,遇着一个披发赤足的道人,唱着悲惨的调儿,向北疾走。他的年岁不过四十,满口河南土音。我只听着两句"中华到了头,家家要发愁"。我当时并未追着听个究竟,因为我向来不迷信这种歌谣。可是到了今日,我见我国的情形,又听西南的谣言,我想起那个道人,真使我心惊胆跳。在太平的日子,内战还能促短国命。何况在这危急的时候,还有什么政见的不同。固然"安内才可以御外",试问还有多少的时光,可容我中国再起革命?

要知已往二十余年中,军阀们"爱国爱民"的成绩,不过使中国多添了无数的坟墓。时到今日,假若还是对内就摩拳擦掌,对外则大气不出,未免是太无羞耻。我敢"包办民意"而言,我们百姓们不管你们内争的理由,是"是",是"非",我们只求你们不可再在国内大造坟墓。

有人问我:"何为君子?何为小人?"我答道:"简单地说,君子只是尚公,小人只是重私。小人只争一时的私见,不顾邦国的兴亡。君子只重千秋的令名,不顾自己的生死。结果,因私害公的小人,也不能长寿万年。废私存公的君子,则必能流芳百代。看一看,马士英阮大铖史可法黄道周四人的结局,究竟是谁得了永久的便宜!"

吕坤说:"两君子无争,相让故也。一君子一小人无争,有容故也。争者两小人也。"又说:"两悔无不释之怨,两求无不合之交,两怒无不成之祸。"常人不明此理,还能家败人亡,要人不明此理,必将民奴国灭。

在一个病人病到垂危的当儿,万不可轻动他的心脏。心脏一发生强烈的变化,病人准死无活。在一个弱国弱到将亡的时候,切不可擅改他的政府。政府一起了非常的动摇,非亡不可。

愈是广土民众的邦国,愈当实行中央集权的制度。在我国这人心缺乏公德的日子,万不可滥唱地方公权的高调。前几年,滥唱这种高调的人,多是有割据自雄的思想。并非出于真正的民意。我国人民的公意,,全是盼望有一个巩固统一政府。政府若愿迎合民意,得到号令全国的威权,必须先由组织政府的要人,化除私心,清廉自矢,树起一个大公至正的模范。

政治，并没有绝对好坏之别，执政的人则有实在的好坏之分。孔子说："其人存，则其政举。其人亡，则其政息。"荀子说："有治人，无治法。"专制国在名称上听固然刺耳，可是，有了好的君主，也可以国富民安。民主国，在名称上听，仿佛悦耳，可是，没有好的要人，也能够民穷国乱。正如做中国饭或外国饭，合在乎厨子手艺高低。同是一样的鸡鸭鱼肉，手艺好的厨子做出来，就能使吃主适口充肠，手艺坏的厨子做出来，就能使吃主拉稀跑肚。

专制国的"君臣"也罢，民主国的要人也罢，全是如同厨子。百姓也罢，民众也罢，全是等于吃主。厨子做得了饭，只合厨子的口味，那还不是厨子的能为。必须使吃主点头咂嘴，那才见出厨子的本领。吃主虽然不能做饭，可是舌头全能分得出苦辣香臭酸甜咸。厨子做得顺口，纵然脾气刚暴，吃主为吃饭起见，也能勉强对付。厨子做得太糟，纵然态度柔媚，吃主为生活打算，也必碍难将就。

专制国，若君主懦弱无能，不理朝政，必要养成权臣。民主国，若人民懦弱无能，不问政事，必致惯成政匪。权臣挟天子之命以弄大权。政匪借人民之名而施大骗。不过，专制国若君主无能，是怨他自己"太阿倒持"，有权而不肯用。民主国若人民无能，是怨政匪霸占，人民徒拥虚权而无法可施。

按我国军阀已往的成绩而言，虽然打了一个七出七入，张三并未铲除李四，李四也未打倒张三，所铲除的只是人民的生机。以他们将来的成绩预断，纵然再打一个七入七出，刘五也未必能推翻王六，王六也未必能消灭刘五，所推翻的只是邦国命脉。战来战去，张三与李四结为秦晋，刘五或与王六交了朋友，他们战也有理，和也应当，只是国民该死，国命该亡。

孔子说："始吾于人也，听其言而信其行，今吾于人也，听其言而观其行。"寻常的小百姓，若"言不愿行，行不愿言"，还要招社会的轻视。堂堂的大名将，若竟"食言而肥，说了不算"，岂不要引起各国的议论。百姓言行相违，不过关系一身一家的荣辱。名将言行相反，岂不要牵涉全国全民的成败！

美国方龙 Hendrik VanLoon 说："委员会，任何事也作不出来。譬如，一会中有若干名委员，若想有一点成绩，必须其中有一名不到，有一名病假。"他这话与我国俗语所说"一个和尚提水吃，两个和尚抬水吃，三个和尚无水吃"的意思相差不多。人数过了三人，假若没有一个主持的人，永远也不容易将事务办到好处。

人权虽然不等，事权万不能相同。无论一个家族的私事或一个团体的公事或一个邦国的政事，必须有一个指挥的人，然后才能成得系统。若在事权上，互相争夺，意见庞杂，谁也不服谁，私事或公事或政事，必致闹成一团糟。在欧美，纵然是三四人组成的旅行团，权限也是分得很清，必公推一个，做为首脑，大家一致服从。决不容自由行动，免误了公共的事务。

我国自从共和成立，所以闹得家不成家，国不成国，就是因为误解了自由平等，将事权当作了人权，于是乎子弟不服从父兄，官吏不服从政府，以家长的管教为压迫，以政府的治权为专制，譬如太阳系中的八个大星，必须向心力与离心力并存，才能有"私转"与"公转"的可能。假若失了向心力而独发展离心力，公转既转不了，私转也转不成，岂不是要将一个宇宙毁灭了？

《左传》上说："一国三公。吾谁适从？"仲长统说："夫任一人则政专，任数人则相倚。政专则和谐，相倚则违庆。和谐则太平之所兴也，违庆则荒乱之所起也。"我国近二十余年，民心所以终日惶惶不安，国势所以"危如垒卵"，全是因为我国政治紊乱，事权不专。有专责的人，不肯尽职，遇事互相推倚。无专责的人，偏要越俎代庖，甚至设法在暗中拆台。

《礼记》上说："天无二日，土无二王，家无二主，尊无二上。"说话的古人，并非生成奴隶骨头。这正是因为他们用长久的经验与普遍的阅历而得出来的定理。假若天上有两个太阳，热度必太强烈，人物全都不能生存。假若一国之中，两王并立，必定互不相容，国事永远不能太平。假若一家之中，有两个主人，必定时相吵闹，家务永远办不到好处。假若一尊之上，再出一尊，必定彼此争夺权限，永远不能秩然有序。当初，皇帝是一国的至尊，太上皇虽然高于皇帝，但是主事之大权还是归皇帝一人所有。《文子》说："一渊无两蛟。有，必争。"也是这个道理。

凡是成群的动物，必得尊奉一个首领。团体愈大，行动愈得服从一个首领的指挥。蜂群的分子最多，所以只有一个蜂王。古人"师蜂蚁，立君臣。师蜘蛛，立纲罟。师拱鼠，制礼。师战蚁，置兵"。可见古人能由微小的东西上，得到一些有用的教训。

君也罢，王也罢，皇帝也罢，大总统也罢，政府主席也罢，人民政府委员长也罢，名称虽然不同，可是全是一国的元首。国体不同，元首的名称，自然不能一致。"元"是"第一"的意思，"首"作"头脑"讲解，只能有一，不能有二。一人不能有两个头颅，一个国也不能有两个元首。一个人，长得头颅愈多，愈不能生活。一个国，愿为元首的人愈多，灭亡得愈速快。我国以先扰乱，是因为屡屡有人要做皇帝。近二十余年的争夺，是因为常常有人要当总统。我常说："在民主国，人人虽然有做总统的希望，可是，人人全不可存做总统的欲念。"

"君"字是"群"的意思。一国的人民也不过是个大群。蜂群为谋全群的统一，所以必特意喂出一个蜂王。古人为谋全国的统一，所以特意公举一个君长。蜂群有了蜂王，才可以有了秩序。有了秩序，才可以合谋全群的利益。人群立君的原因，也是如此。在蜂群里，并非是一个蜂，就可以为王。在人群中，并非是一个人，就可以为君。在民国里也并非是一个人就可以为总统。

以前，君主政体所以愈行愈糟，是因为君位常为一人所霸占，成了一家的私产。一家的子孙，既不能人人全好，所以治日常少，乱日常多。现今的民主政体，所以好于君主政体，是因为总统出于选举，正和古时公举君长的用意相同。足证，由根本上说，非才识道德出类拔萃的人物，不配为一国的元首。

古时所以尊君，并不是古人生来下贱。因为尊君，才可以使国中少生篡夺的危险，才能使人民有安居乐业的可能。所以尊君正是爱群，爱群也就是爱国。蜂群既不可屡屡更换蜂王，人群也不可常使君长的位置摇动。至于历史家，常将开国帝王，说得神乎其神，常说帝王降生的时候，有何等的祥瑞，并非是提倡迷信，也不是有意拍马，乃是为使人对君位不敢有侥幸尝试之心。假若人人以为一国的元首是人人可做的，国中必永远也没有安宁的日子，百姓必永远成了垫马脚的东西。可见这正是古人用意深远，想出种种的计划，如此才能避免扰乱的祸根。

项羽看见秦始皇东游，他说"可取而代之"。他那句话固然是富革命性，但是那种自私的革命性，就成了破坏秩序祸国殃民的引子。以民国而言，假若人人想尝一尝做总统的滋味，有钱的人，就可以贿选，有兵的人，就可以强夺了。

一个地方，如若有一只猛虎，总胜于一个地方有许多饥狼。一只猛虎虽然可怕，但是害人的能力是有限的。许多的饥狼害人的范围是普遍的。人防备一只猛虎或攻击一只猛虎,并不甚为难。人防备许多饥狼或攻击许多饥狼,则不易成功。

一只猛虎势孤,许多饥狼势众。一只猛虎出没有常。许多饥狼踪迹无定。所以,一人专政,人民受害还小。多人专政,人民受害最大。在这二十五年之中,我国人民所以不得安生,只是因为赛猛虎的皇帝,虽然被打倒了,可是赛饥狼的要人,竟产生了无数。虎患虽除,狼祸又起。欲求民命,必须将大权集于中央,不可再容地方官吏自由行动。

一盘磨,更换一个轴心,就得停止工作一二小时,一个国,更换一个政府,决非一二月所能稳定。磨不应时常更换轴心,正如国不可时常改组政府。欲使磨不停顿,应在最初就拣选好了轴心,万不可用朽坏的材料,苟且对付。欲使国不受害,当在起首就组织好了政府,切不可任用不良的人员模糊敷衍。任何事物,若到中途胡改滥更,决不是正当的办法。何况改组政府,与国命民生大有关系呢。

自从我国进步改良以来,"组织小家庭"的风气,已经普遍了全国。摩登男女,所以要分家另过独树一帜,多是因为不愿受父母的指导,不愿尽晨昏定省的天责。那么,分立政府的人,所以要另辟门户,也不过是避免中央的监督,以便独霸称尊,为所欲为。至于摩登的男女所说,组织小家庭是为维护天赋的人权,野心的要人所说,另设政府是为实行民主政治,全是掩耳盗铃,掩目捕雀,瞒不住人,骗不了鸟。

在四川未统一的时候,该省的军阀到处皆是,个个被首领欲的思想所迷,互争尊长,人人欲为全省的第一人。甚至一个小小团长也敢割据一二县,独霸一方,招兵买马,要坐全省第一把交椅。于是乎,凡有一两营人的人,就可征收田赋,擅委县长。有些地方,田赋预征到民国七十六年。人民典妻卖子之后,还得敲骨吸髓,滴血不容存留。一省足可代表一国。一省不统一的害处,已可使人民家破人亡。全国不能统一的害处,更不必详说。

英雄美人,正如猛兽毒蛇,实在是可少不可多的害物,所以天道限制他们的繁衍。春秋战国以及三国的时代,所以扰攘不休,全是因为那时英雄美人最多。单以现今我国而言,所以祸乱日多也就是因为一些英雄美人在里边作怪,尤其几乎是一个受过两天教育的男子,就以英雄自居。几乎是一个有鼻有眼的女子,就以美人自命。真英雄真美人,还能乱邦国毁人群,何况是假充的英雄,何况是冒牌的美人？我只求女同胞们，多养愚人，多生丑女，但愿她们所生的男子比我还愚，所养的女子比鬼还丑。

曹操说："使天下无孤，不知几人称王，几人称帝。"他这话，实在合乎当时的情形。本来，天下是一治一乱，由分而合，由合而分。当初，天下所以乱所以分，是因为小"私"发达，所以治所以合，是因为大"私"专政。小私发达，各据一方，百姓就不得安生。大私专政，混合一统，百姓才可以喘气。曹操是一个大私，吞灭了许多小私，正是"以毒攻毒，用贼捉贼"。我中国，在这二十几年中，若有曹操那么一个人材，一些假仁假义而谋小私的人，决不至毫无畏惧。在民国中，若再能以大"公"灭小"私"，更可手到功成。

在云贵深山中的苗族，善于制造一种毒药，叫作"蛊"。若涂在箭头或枪尖之上，伤了人立刻发狂，或登时丧命。制蛊的方法，是将各种毒虫放在一器之中，使它们彼此吞食，所剩下的最后一个，就成了最毒的药品。我以为，一国之中若想达到统一，使内安外静，也必得使英雄们彼此吞食。去一个英雄，少一个乱源。看各国历史，所以能得到国泰民安的原因，也全是因为一个大英雄吞尽了一切小英雄。

以大公心行独裁制，也可以国富民强，以偏私心行委员制，也必能民穷国乱。不可只在名目的好听与不好听上注意。也当在事实的利民与不利民上考究。在这二十世纪，若被"人民的这个府、那个会"，迷住了心数，我敢断定你，只有上当，决无便宜。

当初，君主国的制度是最好的，可惜多被暴君毁坏了。现今，民主国的制度，更是最好的，可叹多被政匪假借了。我不知，究竟实行什么政策，采用什么主义，老百姓才可以不受虐待，不被欺哄？

自古，土豪劣绅最能揣摩风采，联络官吏，走动衙署，句办民意，假公济私。一乡一县之中，只要有一两个土豪劣绅，一乡一县的安善良民，就成了他们的俎上之肉。不过，以前因为有严刑峻法的限制，他们还有所畏惧，不敢明目张胆，为所欲为。自从"民治"时兴以来，人民虽然未能得到一点利益，可是给他们造了许多机会。

自从民国成立以来，"救国"二字是最好听的名词，然而应当知道，只要你那救国的行为，是发于你的天良，你虽不说是民意，人民也自认是真正的民意。假若你利用时机,争权泄愤,那就是违反你的天良。你虽说是出于人民的要求,人民也知道,你所说的民意是出于伪造。要知人民并不是全瞎全聋,人民只能装糊涂,并不真糊涂。

以先我国的人民仿佛糊涂,自从受了二十多年的欺骗,现在全都精明了。凡是一位要人,若有什么举动,最好坦坦白白,直出直入。你若要争权,你就痛痛快快地说"我要争权"。你若要谋利,你就干干脆脆地说"我要谋利"。这样,成功,也光明磊落,失败,也磊落光明。

我敢决断,专以我中国而言,以后无论是谁,若愿意在中国做一件惊天动地的事,千万不可再用"国"字"民"字作招牌。你的心志,纵然是为国为民,只可存之于心,不可发之于口。否则,我管保你决没有成功的希望。

俗语说:"弄混了池水,好摸鱼。"每逢我国将要有统一的指望,必有外人设法在我国挑拨是非,弄起风波,以便施行瓜分的计划。我不恨外国人设计吞灭我国,因为这是国际间的常情。我独恨我国的要人,偏要愿意上这种大当。

非中正廉明的人员,不能组成强固有力的政府。非强固有力的政府,不能制止地方当局专横跋扈。非地方当局专横跋扈,一国决不能四分五裂。非四分五裂,决不能给外人造成瓜分零吞的机会。现今,我国已到千钧一发的时期。正是我国上自政府的要人,下至地方的当局,各自悔过的时期。百姓不向你们清算旧账,你们也当问心知愧。

纪律为军队的灵魂,服从是军人的天职。拿破仑说:"军人以勇耐守法为本,胆力尚在其次。"日本伊藤芳松说:"军队之得以指挥运用者,惟赖纪律。军纪者,所以矫正群众心理之弱点,而务达其建设之目的者。"某某要人,虽可包办该省的政事,然而既不肯交卸兵权,根本还是军人。既为一省的军人首领,若先违抗政府,破坏军纪,叫部下如何服从,自己若先暴露弱点,如何能为一省军人的模范。军人无论有什么理由,若对政府不知尊重,无论在甚邦国,全是犯了叛逆的罪名。

现今我国的军人,是中华民国的卫士。不是一人一系的户下家奴。军人的衣食,是出自全国人民的血汗,并不是出于一人一系的私财。服从全国全民的公意,是军人的光荣。听从一人一系的指使,是军人的羞耻。时至今日若还是"为军长而战,为司令而争",就是轻视自己的人格,就是污辱军人的名目。若不知前思后想,不知世界大势,不顾国家现状,只听一二要人的一面之词,既认为天经地义,实在不配为二十世纪的军人。

俗语说"一子走错满盘皆输"。所以自古作战,全是行动一致,勇者不能独进,怯者不能独退。周处说:"军无后继必败,不徒身亡,为国取耻。"岳飞说:"勇不足恃,用兵在先定谋。"何承矩说:"无虑而易敌者,必擒于人。"古时的战争,尚不可以鲁莽从事,何况今日?

春秋战国的时代,一国的面积,不过等于现今一两省之地,所用的武器也不过是些拙笨的干戈。然而,管子还说"计先定于内,而后兵出于境"。就以兵法之祖孙武而言,对于用兵,也认为"国之大事"。他的《十三篇》,且将"始计"列为第一,先谋之于朝廷的庙堂之上,而后用兵于四境之内。庙堂为朝廷最尊严之地,谋于朝堂,表示尊重戒备。一切计划定为庙堂,如水之发于一源,以免有滥流枯竭之患。

自我民国成立以来,每次的内争,双方必全有理由。甲方说乙方是罪魁祸首,非打倒乙方,中国决不能好。乙方说甲方是祸首罪魁,非消灭甲方,中国决不能强。战了二十多年,争了二百多月。所谓罪魁祸首,已被打倒了许多,消灭下若干。可是我中国不但未能日盛日强,反倒大衰大弱。这个缘故,就是因为他们由甲到乙,以至于丙丁戊己庚辛壬癸……各方,全是一丘之貉。

一群娼妇婊子,自夸贞节,自报贤良,互相指骂,彼此撕扯,固然令人难分谁是谁非。其实,他们的行为,正是八两等于半斤。她们若混不起来,在私下暗吃,还不敢明目张胆。一旦淫运亨通,搭班树帜,更必无所顾忌。所以,娼妇甲打倒了婊子乙,或婊子乙打倒了娼妇甲,无论胜利归谁,也不过是权能吸取金钱,布散毒菌,只能与社会有害,决不能与人群有益。我以为我国军阀的争斗,也是如此。

我国近二十余年所以内争最多,第一是因为权势多入了军阀的掌握。在专制的时代,大权若归了军阀,还要发生篡夺的祸乱,何况在这"自由平等"的民国。试看古时所谓的创业之王,有几个不是由军阀出身?第二是因为组织政府的分子不良,偏私狭隘,倒行逆施,不能表率群伦而做全国的模范。试问历来的政府所以不能稳固,有几个不是物必有腐,而后虫生?

固然,照民国的成例"若愿得良好的官吏,人民须选举良好的人员"。但是,依我的一偏之见推断,在四五百年以内,我国未必真能发现真正的民选。英国大政治家西德尼 Sidney 说:"政礼之最恶者,权归于少数人,而不知其所自出。"自我民国成立以来,就是这样。试问前前后后一班要人的权位,究竟是怎么得来的?从上到下,直至一个小小的县长,有一个是真正人民所选的没有?既然如此,我们不必谈既往,不必管将来,不必考究一切要人以及一切官吏的来由。我们只望他们这班有位的人,能够为自己的生前死后的声名设想,既在其位,必尽其责,做出一点好事来,平一平人民的怨气。

新闻记者,是依赖民众为生的,不是依赖政府或任何党派团体的津贴支持而存的,民众就是主人。新闻记者,能本着民众的心理发言,才配称人民的喉舌,才能得民众的信仰,新闻事业才可以永远发达。要知政府以及党派团体是时常更变的,人民是长久如一的。报纸若有党派的色彩或政治的背景,决定站立不住。

别的职业可以存偏私的念头,惟独新闻,日日与民众会晤,万不可违反了大公的原则。新闻记者,既不是深居简出的大员,当然对人民的真正情形并不隔阂。既如此就应说人民所要说的话。

我国人民,在这二十余年之中,饱尝内争的滋味,所怕的就是这件事。现今新闻记者的任务,就是对一班军阀政匪,加以猛烈的攻击,使他们不敢畅所欲为。

从来野心好乱、篡窃割据之辈,所以敢流毒造祸,倒行逆施,全是因为有人对他们摇旗呐喊,捧场帮忙。王莽若非因为有几十万人的歌颂,他决不敢进行他的奸谋。魏忠贤若非因为有人对他竭力恭维,他决不敢诛杀忠良正士。现今报纸有左右舆论的效能,若以公正为志,虽可利国。若以偏私存心,足可丧邦。可这国乱民危的时候,若为个人的关系,或左倾靠,偏为小私用心,不为大公打算,未免愧对人民喉舌四字。

俗语说"有向东的,有向西的"。私人的事业或可以如此。惟独新闻事业,虽是私人谋生之一途,然而所办的是公共事务,无所谓向东向西,只是一个向公。不能因私仇私怨而骂人,也不可因私恩私惠而捧人。

有人说:"现今的报,就是现今的史。"我以为,现今的报不仅是现今的史,更是将来编史的人的资料。古时编史的人，若记载得不确实，今日我们读史，就要受了欺骗。现今作报的人，若编辑得不确实，不但现今的人受了欺骗，更要骗到将来的人。所以，作史贵乎据直书。唯据事直书的史，总算信史。唯信史，总有阅读的价值。那么报既与史的性质相同，也当以据事直书为贵。编史，须要信今传后，作报也不可违反了这个原则。

宣永光（1886—1960）

作史，是为专信于后。作报，于传信于今之外，更要传信于后。报社的记者，既负双重的责任，对于记载与言论，更当本乎事实，发乎天良，以免蒙了今人，骗了后人。

"史"这个字，依篆书写，是史。是用"中"与"又"合起来的，中是正的意义，又作持讲解，表明作史的人，记事发言，须本乎中正。欧美的历史的皮面上，时常书着一个手持天秤 Scale 的人。天秤是以中正公平为本。作史的人，对于所记载的，也必须本着天秤的样子来下笔。天秤若有偏左偏右的毛病，就成了无用的废物。作史的人，若有左倾右倾的恶习，就失了史的标准。我以为作报的人，在可能范围内，也应当将一个天秤的影子，放在心里。固然在纷乱的时代，有权有力者，是不依着天秤的。但是天秤这种东西，只要有世界，就不能铲除它的存在。所以，报社的记者，记事发言若以天秤为法则，纵然受屈于一时，终必伸张于永久。

北齐的魏收，所作的《魏书》，在当时就大遭恶评。人称他所著的魏书，为"秽史"，因为他作史专以他的爱憎为主，他对他所喜爱的人，就捧得上天，对他所憎恨的人，就骂得入地。这实在是失了史家的身份。古人说"作史要三长"，三长就是识、才、学。识，必须超。才，必须深远。学，必须广博。最要的更须先正自己的心。报纸，既与史的性质类似，作报的人，记事发言，也当本着中正而行，不可以爱憎的私情，颠倒是非。不可受任何人的利用，混淆黑白，以免走入魏收的覆辙。

正史，固然不可不读。野史，更是不可不看。正史是官方所修或奉诏所纂。野史是私人所暗记的。正史，因为改朝换代，历经修订的缘故，其中难免有造谣或隐讳的缺点。野史，因为作者不为权势所支配，所以内容多是诚实可靠的记录。当初，秦桧所以禁野史，所以保存他妻兄王唤的儿子孙子，为国史修撰，就是恐怕野史或外人所撰的史，不能掩盖他那卖国的事实。我以为"机关报"就如同正史，往往因私害公，可信之处太少。私人所办的报，若无背景，就仿佛野史，往往据事直书，极少隐讳或造谣之处。

周德恭说:"史者,公天下后世之是非者也。岂以一人之私,而能灭众人之公论哉?"吕祖廉说:"史官,万世是非之权衡。公是公非,举天下莫之能移焉。"报,既与史的性质相同,也必须做到"公天下后世之是非"的标准,时时以众人之公论为依归。报社记者的任务,既与史官类似,也必须与万世是非之权衡。所是所非,不可搀入一毫党派或国人的私意。所是所非,只要不违背自己的天良就成了公是公非。因为天下虽有十七亿人之多,种族虽然差异,而天良并无不同。

天良就是公理。本着公理所发的议论,就是公论。公论中所认为是的,就是公是。所认为非的,就是公非。人类的常情,固然捧胜不捧败,轻弱而尊强,但是这也不过是一时的蒙昧。如同明镜之上,盖了一层灰尘,只要稍加拂拭,立刻就放光如故。就以意阿之战而言,世上多与惨败的阿国大表同情。而对于胜利的意国,反不肯稍加夸赞。这就是由天良中所表示的公是公非。公是公非,既合乎天下人的天良,所以具有广大无穷的威力。

外国称新闻记者,为 Nucrownedking(无冕之王)。王有生杀予夺之权,新闻记者的一字褒贬,也可关系一人的荣辱生死。王者发号施令,稍有偏私,既可祸及全国,新闻记者发言记事,稍存私见,也可祸及人群。李世民说:"王者无私,故能服天下之心。"我以为,新闻记者无私,才能得人民之助。可惜在乱国里,无冕之王的笔,实在是斗不过有冕之王的权。

"言论自由"四字,是最好听的一句话。其实,更是最不易实现的一句骗人之语,并且成了我国的要人预备谋权夺位的招牌。前者,某要人对政府提出的四个要求,第三条就是主张实行言论自由。可是,在他的势力范围之地,新闻记者的言论,反大受了箝制。我敢决断,只要世界有人类,"言论自由"就没有实现的日子。究竟如何才是言论自由,我以为,只要发言的人,本着天良说话,当权的人,本着天良不加严禁,就是言论自由。只可惜,本着天良发言的平民还多,本着天良容纳的要人太少。

人在崎岖的路上行走,滑脚的少。人在平坦的路上行走,失足的多。一个人处得意的日子,较处屈辱的时候,更容易发生危险。一国的要人,在政敌消灭以后,对于国事,更当加倍的小心谨慎。要知,顺境未必不是祸,逆境未必不是福。

《通鉴纲目》上说:"与国之君,乐闻其守。荒乱之王,乐闻其誉。闻其过者,过日消而福致。闻其誉者,誉日损而祸日至。"民国之中,虽没有君,然而掌大权的要人,也就是处于君的地位,他们在言语上,虽然自轻自贱,可是在事实上,权威并不少于古时的君王。在掌大权的人的心里,最喜欢造成青一色的势力。其实,这种志愿若能达到十之五六,耳中就仅能闻到其誉,决不闻到其过。甚至外边的公论,全主张刨你的祖坟,而身边的群小,反要说人民正要给你建立铜像。

范镇说:"集群议为耳目,以除壅蔽之奸。任老成为心腹,以养和平之福。"《身世金箴》里说:"用一己之聪明,虽圣人不能智。用六合之耳目,虽众人不能愚。"集群议为耳目与用六合为耳目,也不过就是依纵天下的公是公非。所谓老成者,就是中正刚直,谨慎持重,不甘随声附和,不肯轻举妄动之辈。也可以说,就是不肯向你拍马屁、灌米汤的人。

曾国藩说:"位愈高,则誉言日增,箴言日少。位望愈重,则责之者多,怒之者少。"本来,人达到高位,就如同上了飞机,升得愈高,愈听不着下边的人言。只有那'推进机'的嗡嗡之声,不断的送进耳鼓。人执掌了大权,就如同在戏台上做了主角,愈是重要,愈被台上台下所注意。简直是只许好,不许坏。观众对于配角,还肯模糊原谅。惟独对于主角,专好吹毛求疵。

从来,民气之通与不通,民情之达与不达,最关系邦国的兴亡。民气不得上通,民情不能上达,就如同一个得了"下痿"的病。人,得了这个病,就仿佛半死人。国,得了这个病,就成了半亡国。所以,古时的明君贤臣,无不主张"开放言路"。现今的文明邦国,无不提倡"言论自由"。

薛瑄说:"为政,通下情为急。"又说:"天下大患,惟下情不通为可虑。昔人所谓,下为危亡之势,而上不知也。"现今,我国的民怨,所以不能消弭,只是因为在上的人与人民之间,起了许多隔膜。上下之气不能通达。以至在上者的设施,与人民的心愿毫不相干。这种毛病若在专制时代,还有可说。因为帝王日处深宫,不易知晓民间的疾苦。现今民国的要人,既是由人民出身,又有各报纸所登民间的情形可做参考。在上者的所做所为,岂不能与人民的心愿趋于一致。

姜尚说:"以天下之目视,则无不见也。以天下之耳听,则无不闻也。以天下之心虑，则无不知也。"陆贽说："统天下之智，以助聪明。顺天下之心，以施政令。"现今，中正的报纸就是天下之目，天下之耳，天下之心。在上的人，若肯对这种报纸多加注意，足以统天下之智，而不被身边的群小所惑。所施的政令，足可顺合天下之心，而不致与人民作成两截。固然，报纸上的言论记载，不是治理国事的金科玉律。但是中正的报纸，较比亲信的人的报告，还觉妥实可靠。当初，某总统，若不是专听身边几个亲信人的话，决不致在史书里留下一个极大的污点。

张居正说："自古顺耳之言易从，逆耳之言难听，于逆耳之言，难听之言，能曲容之，乃为盛德。"唐尧本是完全无疵的人物，然而还怕听不着他的过错，所以特意安设"敢谏之鼓"，使人民声述他的过错；安设"诽谤之木"，使人民记载他的短处。可见他是专能领受逆耳难听之言，所以成了自古以来的帝王中的模范典型。商纣既不肯容纳逆耳难听之言，并且善能饰非拒谏，所以成了自古以来帝王的罪魁祸首。

当初，舜尊为天子，富有四海，还能忘了自己的权位，而向小百姓探问民间的情形。他的设施，当然不能违反了民意。现今的官吏，差不多做到司长，就要自命不凡，决不肯向人民有所垂询，惟恐失了身份。他们的设施，当然不能与民意恰相吻合。

《龙溪子》说："乐闻过，而后直者亲。"寻常的人，若肯乐闻己过，就能交结正直的朋友。当了一个要人，若专好誉目，岂不要将属下养成一班小人。

《淮南子》说："刺我行者，欲与我交。訾我货者，欲与我市。"从来劝人纳谏的言语，惟这两句最可使人猛醒。前一句，用后一句作陪衬，更觉贴切明了。俗语说"挑剔是买主，喝采是闲人"。你每逢遇着人指摘你的过错，你就是如同商人，遇着好挑剔的主顾。不过，商人对于货物，因为巧于辩护，或能将劣货出手。你对于过错，若善于遮掩，必致将大过养成。

《春秋繁露》上说："匿病者，不得良医。"我冒昧附加一句："讳过者，难交益友。"

献誉辞，固然能受人的欢迎，但是，君子决不欺昧天良苟且求容。进忠言，固然易招人的厌恶，但是，君子必行心之所安一吐为快。

当初西西里岛Sicly的王，本来没有学识，可是偏爱作诗，并且好得人的夸赞。所以每逢他作完一首，他的群臣，全都高呼万岁，认为是空前绝后的好诗。那时，在国里有一位极著名的学者，王以为若得到他的好评，定然更觉光荣。可是那学者，见

了王的大作,连连摇头,大喊"不通"。王听了登时大怒,将那学者押在地牢之中。过了许久,王将他提出来,说道:"你再细读一遍,究竟我的诗好不好。"那学者读完,对禁卒说:"还是将我送回地牢去罢。"王问他是什么原故,他回答道:"还是不通。"我以为,这种因说良心话而蹲监坐狱的人,较比因拍人马屁而升官发财的人,更觉光宗耀祖。

我的老友某甲对我说:"现今的人,认假不认真,重言论,不重事实。若说良心话办合理事,反要得到傻瓜或废物的恶评,若说虚伪话办屈心事,且能得到志士或干员的美誉。生在这个是非颠倒、黑白混淆的时代,简直是不容人学好,只催人学坏。"我回答道:"你还是胸无主见,只看见一时的现象,未想到将来的归结。譬如,你是一个女子,现今最摩登的女子,多以正式结婚为野蛮的遗俗,以胡滥姘度是进化的标准,那么,你也就不为将来打算,而赶紧随便与人宣布同居么?"

现今虽然是以真为假,以假为真,以虚为实,以实为虚,但是,是真的假不了,是假的真不了。实的总是实的,虚的总是虚的。真实与虚假相较,正如香与臭之比。世界上的人,既不能永远喜爱臭的,那么,香的到底还是受人欢迎。一个人,若能牢守真的实的,不被一时的好恶所牵动,至终也不能被人打倒。

颜元说:"治世之民愚,愚,正其智也。乱世之民智,智,正其愚也。"国民不怀出位之思,不存非分之想,各守轨道,各尽本分。看起来,这仿佛是国民无知无觉,麻木不仁,不求进化。然而,惟独这种平静无争的生活状态,总可以达到真正国泰民安的途径。你以为他们真糊涂?其实他们是真明白。现今我国的人民,因为受了骗子们的诱惑,几乎人人全有出位之思,全有非分之想。甚至三岁的孩子,也要治国安邦,打爹骂娘奸盗邪淫之辈,也敢大言救民救国,士农工商,多以低头尽职为羞耻,以高谈阔论为光荣。看起来,这仿佛是民族进化,思想高超。然而事业由此而衰,争端因此而起。你以为他们真明白,其实他们是真糊涂。

治世的人民,埋头办理自己所应办的事,不存出位之思,不怀非分之想,不但因私全了公,并且不至于给大骗子们做傀儡。乱世的人民,不甘埋头办理自己所应办的事,偏存出位之思,偏怀非分之想,不但废私害了公,并且白白地给大骗子们当了牺牲。

前几年，北平举行选举，有人劝我登记。我回答说："我是天生被治的人，决不想争选权，更不想得被选权。并且，我所要选的人，未必就有被选的资格，我既无财产，又无声望，也决没有半个人选我。既是如此，我何不低头教书，安分作稿。假若学校不容我误人，报馆不容我惑众，我空有选权，又当何用？至于宣誓，我更不愿做。因为大丈夫办理关于国政的事，决不在乎两片嘴皮的一开一翕。"

自从我民国成立以来，宣誓就成了官吏就职和选民登记的例行公事。近七八年来，宣誓更是应时当令。它的重要性，几乎与敬拜某伟人的仪式相同。简直有此一举，就是奉公；无此一举，就算犯私。甚至反叛政府的英雄就职，也必须宣誓，总算是名正言顺。其实，一切贪官污吏以及叛逆之徒，全是曾经宣过"清廉尽职，服从政府"的大誓的人物，可见宣誓不能防止官吏的违法贪污。

贪官污吏所以敢违背他们的誓词，只是因为他们宣誓，仅是给别人听，并未向自己心里去。只是将誓词认为一种虚伪的仪式，并未认为是一种最庄严的契约。我以为，若要避免官吏的贪赃枉法祸国殃民，最好是使他们在就职之日，依照古人，对天宣誓，并且学法村女乡妇的口吻，说："我若违背誓词，叫我世世代代，养儿做贼，养女为娼。"固然，现今的贪官污吏，全都文明进化了，决不信天，可是，他们多是野蛮退化的人养的，他们多少总有一点遗传性。纵然他们不肯如此办理，我们小百姓，为求国利民福起见，也当在暗中替他们代宣。

《皇极经世书》上说："天下将治，则人必尚行也。天下将乱，则人必尚言也。尚行，则笃实之风行焉。尚言，则诡谲之风行焉。"我中国前途的兴亡，在我国人的尚"行"或尚"言"。

《果斋日记行》里说："盛世之民，不能言而能行。衰世之民，不能行而能言。"自近七八年来，我国事事退化，惟独"说话"，是天天进步，尤其是，许多要人和学者的嘴，简直成了铁唇铜舌。什么好听，他们就说什么。什么利己，他们就行什么。将字典里的好字，全用完了，将世间的坏事，全做尽了。我以为，我国的兵力微弱，还不足以亡国，可是我国的嘴力盛强，足可以覆邦。

《琐语》上说："为上者行过乎言，则民作实。言过乎行，则民作伪。"欲使人民忠实，为上者必须在事实上着力。欲免人民虚伪，为上者，不可在言语上骗人。李固说：

"表曲者,影必斜。源清者,流必洁。"戴德说:"上者,民之表也。表正,何物不正?"若欲避免利口覆邦的危险,必须由政府中的要人起,先对人民、对同僚说实话。

我从来发言持论,永远尊重政府以及地方官吏,并且永远将治国治民或救国救民的责任,推到他们身上。有人说,我不懂现代的政治,不知民国的国事须由人民负责。我说:"我固然未读过现代的政治学,可是我敢断定,邦国的兴亡,全在乎少数的官吏。多数的人民,全是这少数人的傀儡。这种定例,再过一百万年,也不能改变。纵然有'九民主义'出现,人民还是被治的东西。并且,政治上用得民字愈多,人民愈无法安生。我所说的是万古不变的政治学,你所说的是欺人骗众的政治学。"

我对某朋友说:"你不必愁'出路'。现今,你只要会投机,再会说好听的话,会找正大的题目,我管保你必能名利双收。譬如,开发文化,救济农村,研究学术,发展教育,整理古物,抗敌救国等等,全是最好的题目。你抓住一个题目之后,若再认识几个要人,立刻就能手到钱来,而名声大振。因为这些题目,既正大而又好听,谁也不敢反对。"

不但"学者"会抓题目,土匪也会抓题目。前者,福建西部出了一伙土匪,居然打起"救国军"三字的题目,对人民大加掳掠烧杀。他们虽被剿灭,可是为首的几个人,已经成了富翁,跑到海外去享幸福,并且还可以对人说是"因救国而遭失败"。

不但人会投机,兽也会投机。据某笔记上说,在前清咸丰末年,四川某外国教堂,势力最大,无人敢惹。某次,一家大闹狐仙,经术士作法,将狐仙收在一个瓶里,那狐仙在内大声喊叫说:"我是某教堂的教友,你们若不赶快放我,我就禀告外国□□,使你们吃官司。"那术士因为不敢得罪外国□□,立刻就撕开封条,将狐仙放了。我虽不信鬼狐,可是这段笔记,颇有深意。

无论什么团体,全是被几个人所霸占,所包办,所操纵。对外,用团体的名义,对内,施专制的行为。你若是一个无名小辈,你只有是是权,决无否否权。换一句话说,你只有举手赞成权,决无发言反对权。这种恶例,不但已往是如此,现今是如此,再过五百万年也是如此。不但中国如此,外国也不能不如此。

团体是什么?团体就是几个人施行专制手段的一个组织。也可以说,是多数的傻小子,为少数野心人谋权利的一种集合,你若是个老实人,又是个无名小辈,最好是任何团体也不加入。与其白做别人的傀儡,还要惹一肚子闷气,白给别人抬轿,还要闻一鼻子臭屁,莫如安常守分,低头认命。

我天性刚愎孤僻,永远是我行我是,永不愿加入任何团体,尤其是对代表这个名词,深恶痛绝。并且,我认定,一百个代表之中,有九十九个半,是包办民意,假充字号。据我的经验,某种团体所举的代表,全是某种团体的发起人。自从代表时兴以来,最使骗子们走了旺运。于是乎,未曾出过国门一步的人物,也敢代表华侨。乍到北平几天的南方旅客,也敢代表北京市民,几个摩登妇女,也敢代表全国女界。

既称代表,理当经过各该团体的公举,决不当由几个人,假借一种团体的名义自上尊号。然而,据我所知,许多的代表,全是私自内定。各该团体的分子,连一个影儿也不得知晓。这种包办、假借的行为,简直是将别人全认作混蛋。这种恶风,若不严加取缔,以后必致猫可以代表狗,鸡可以代表鸭,男可以代表女,人可以代表鬼。我早已发下大愿,永不参加选举运动,永不选代表,永不做代表。我所代表的只是我宣永光一人。我纵然当了扒手,我也是独往独来。

一国的官吏,若无爱名之心,无论是什么政体的邦国,只有灭亡的归宿,决无盛强的希望。现今,就以我国而言,若想起死回生,我国政府先不必在最新的政治学理上寻方法,当前之务,是要在官吏的人格上谋解放。我国国民不要考究官吏的来由,不必管他们是否出于民选,最要紧的,是要求政府凭天良,除情面,严惩贪污。须知愈是不爱名的人,愈怕死。假若政府重姑息,讲情面,纵然将全球最新的政治学说,全都整个的搬了来,也是庸人自扰。纵然日日宣誓,天天谒陵,人人改名"孙文",也不能挽救我中国的危亡。

自古以来,有名的男子中,好人太少,有名的女子中,好人更少。因为循规蹈矩的男女,只是安分守己,所以不易使人知晓。奸盗邪淫的男女,专好滥出风头,所以最易惹人注意。

我所以对现今的选举制,大抱悲观,就是因为我中国的好人,向来不肯出头,肯出头的人,又多不是好人。这并非因为我国的好人,全都是冷血动物。是因为好人纵然愿意出头,也必要大受小人的排挤。好人既然势孤力单,只有小人,可以声应乞求。选举之权,若落在他们手里,经他们包办垄断,那么,所选出来的人物的好坏,也就不问可知。

单以我中国而言，若想使选举制有良好的效果，必须施行"连坐"的办法。假若所选的某甲，做出任何非法行为，凡是选举某甲的人，全要受某甲所应受的处罚。寻常保荐一个学徒或一个仆役，若发生窃盗的行为，保人尚须担负赔偿之责。何况被选人的好坏，关系邦国的兴亡。要知，选举与保荐，不过是名称上的不同。保荐既须负责，选举更当负责。

现今，有许多报纸里的言论，对于独善其身的人，大加攻击，说这种人没有功德。并且说，一个人纵然私德完备，若没有公德，也是于社会没有利益。说这句话的人，不但是忘了孟子所说那句"穷则独善其身"的"穷"字，也忘了下边那一句"达则兼善天下"的"达"字，并且不明白私德与公德是什么东西。

私德如同根本，公德如同枝叶，公德是由私德而生。若无私德，决不配讲公德。独善其身，就是讲求功德的第一步。

独善其身，就是勉强做一个好人。一个人在不得志的日子若不能先做一个好人，到了得志的时候，决不能做一个好官。譬如一位姑娘，在娘家就七乱八糟，嫁到人家，也决不能循规蹈矩。

一国不过是一个大群。无论实用什么政体，全是要为这一个大群的群体，谋利益求幸福。自己既是这一个大群里的一个分子，自己若先不好，而想为全群谋幸福求利益，正是舍本逐末，倒行逆施。现今，最使人气愤恼怒的，就是谈公德的人多，修私德的人少。换一句话说，高唱兼善天下的人多，实行独善其身的人少。

天良是人类所独有的特点。天良的有无，也就是人类与禽兽所不同的差别。社会由天良而成，邦国由天良而存。天良不失，民族虽弱而可以不灭。天良一去，邦国虽强而不可以长久。对外，若不讲天良，已经是亡国的先兆。对内，若不讲天良，简直是到了灭种的尽头。

我国在满清末年，多数人的天良已经是失了十之七八。自近十几年来，多数人的天良简直是枯树枝焖点滴不存。于是乎，上之对下，下之对上，彼此之间，相互之际，无不以虚伪为是，以真诚为非。只尚口，而不讲心。只趋外表，而不求内容。欧美皮毛的文明，仿学了一个十足。本国固有的精髓，早被摧残了一个罄尽。我以为一切高明的主义,以及一切的最新的科学,决不能救中国的危亡。当前的要务,是先寻找已经失去的天良。寻找天良,并不是耗财费力的事。只要肯扪心自问,天良立刻就反本还元。

人欲是天良的大敌,这两样决不能相存并立。天良战胜了人欲,就能成为圣贤,就能成人取义。人欲战胜了天良,就可以为盗为奸,就能祸国殃民。

天良是人人所全有的,是与生俱来的,只要人类不死尽亡绝,天良必永不消灭。人欲是习染而成的,是一时侵入的,只要一加猛醒,人欲就立刻瓦解冰消。人若想得到万年不死的美名,就当爱护固有的天良。人若想满足几十年必死的肉身,就可以追求习染的人欲。

天良是原有的,人欲是后起的。天良是主,人欲是宾。只要是一个人,决不能不起人欲,不过君子的人欲,随起随消,不容它喧宾夺主,生根长叶。小人的人欲,一经发现,就反客为主,继长增高。

盗贼娼妓,也知道尊重忠臣孝子烈女节妇。在中外历史和笔记小说里,这种成例说了不知多少。这就是古今中外,人人都有天良的证据。人之为非卖淫,乃是因为一时受了人欲的蒙蔽,或受了人力的威逼。他们的天良,遇着时机终有发现的时候。因为天良如同日月,人欲如同云雾,云雾无论如何浓厚,决不能长久遮掩日月的光明。

人欲,是有习惯性的。人只要一次被人欲战胜了,就渐渐地成了人欲的奴隶,譬如男子第一次为盗,女子第一次卖淫,必定感觉面皮发热。面皮所以发热,就是因心血上冲。心血所以上冲,就是因为天良在心里起了抗拒的作用。及至为盗日久,卖淫日多,就视为固然,并不起什么愧耻的感觉。这就是因为人欲在胸中加以消化,使天良不能发生冲动了。然而,盗贼决不愿终生为盗,娼妇决不愿永久为娼,这就是天良不能消灭的缘故。

秦桧谋杀岳武穆,朱棣屠戮方孝孺,以秦桧与朱棣的行为而言,固然是狠毒已极,可是若问他们的天良,他们何尝不尊重他们所害的人的人格。秦朱二人,以后屡屡设法掩盖自己的恶行,也就是因为天良又在他们心里复活,向他们痛施攻击。

假若人类是上帝造的,我们不能不钦佩他的手术精巧,因为他能给人类,装入天良这个奇妙的东西,不但能做人的良师益友,更可做人的侦探法制。天良能动人为善拒恶,天良也能发露人的罪过。人若听从它的忠告,就能勇气充足,无所畏惧。人若违反他的忠告,就必忐忑不安,疑鬼疑神。古今中外的罪犯,所以不能逃出法网,并不是因为官方侦探之术高明,而是因为他们的天良能替他们泄底。

俄国皇后加特林第二Catherine II谋害她的丈夫和太子伊万之后,屡屡见他们两人鬼魂向她苦笑,世间究竟有无鬼魂,还未经科学家的证明。我也未曾见过,不敢妄断。可是我敢断定加特林是受了天良的谴责,就以为冤魂向她索命。猫吃了老鼠,鹰害了野兔,决不起鼠鬼兔魂向它们要求抵偿的感想,因为禽兽是没有天良的东西。人若为恶害人,而不起天良的反应,也就是与禽兽同类。

我中国自从受了外洋武力的压迫和文化的侵略,就如同一个人被碾子压了一遭,不但将身体压得失了原形,并且将魂灵也压出去了。我所说的魂灵,就是指责天良而言。我中国自古以来,是最讲天良的国。一切道德纲常伦理,全是由天良而生。没有天良,孝弟忠信礼义廉耻,全然存立不住。我国所以能屡次跌倒复起的原因,也是因为未曾将天良丧尽了。

可叹近三十年来,因为日日斫丧的缘故,除了乡野的农民之外,几乎不知天良是什么东西。否则,我国何致愈救愈糟?否则,何致愈革命小民愈无法生活,何至愈革命而革命的人愈升官发财?

俗语说贼人胆虚,胆所以虚,是因为贼人先受了天良的打击。俗语说理直气壮,因为天良就是以真正为是的。人只要理直,天良就在心中助威。

天良是善,人欲是恶。天良是公,人欲是私。天良是正大光明,人欲是偏狭邪暗。儒佛耶三教,所倡的仁义、慈悲、博爱,也不过是为劝人导守天良的指遵而生活。正如三条大路,人生无论顺着任何一条进行,归终全是达到天良这一个目标。古今中外的圣贤著书立说,也离不开天良这一个归结。各国发展教育的主要目的,也是为使人存天良,去人欲。因为不如此,决不能为人类谋真正的幸福,求永久的和平。

有人说,欲救中国,必须发展科学。有人说,必须全盘洋化。有人说,必须施行读经。有人说,必须提倡道德。有人说,必须普及教育。有人说,必须施行三民主义。反正,依赖吃饭的人,必以什么为救国唯一无二的利器。但是,我以为,无论用什么方法救国,也必须先有天良。否则,全是等于画饼充饥。画得无论如何像饼,也是治不了真饿。

讲天良,是由自己做起的,所以容易施行,并且决不费力,决不吃亏。只要自己以天良待人,人也必以天良相待。古语说至诚感人,至诚也就是天良。天良无不诚,不讲天良无不伪。至诚可以通天地之秘,至诚可以开金石之坚。用天良感化人,终能得到人的同情。甚至,本着天良责骂人,也不能招起人的怨恨。

讲天良是顺应自然,不讲天良是庸人自扰。讲天良才能"老吾老,以及人之老。幼吾幼,以及人之幼"。才能"爱己之国,以及人之国"。才能"不独为自己谋,也肯替别人想"。才能"护真理,拒邪说"。才能"说实话,办实事"。天良,是天赋予人类的无价之宝,人所以得称万物之灵的原因也是在这一点上。欲谋人类的安和,除了发展天良之外,再无旁的方法。

人,一味的责人,无处不是荆天棘地。人,一味地责己,无处不是舜日尧天。人生的进步与成功,全是由责己而生。人生的退化与失败,全是因责人而起。

人生种种烦恼,多是因善于恕己而不肯恕人。恕己,无时不觉受了愁云惨雾的笼罩。恕人,无时不受了光风霁月的吹拂。现今,要人的斗争,青年的烦闷,全是由恕己、责人而起。要人是因为受了小人恭维,青年是因为受了邪说的愚惑。大有作为的要人与大有后望的青年,全然被恕己责人四个字毁了。

人,若想求快乐,只有责己,人,若想寻恼烦,只有责人。换一句话说,人若向自己吹毛求疵,人品必日高,学识必日进。人若向别人吹毛求疵,人品必日低,学识必日退。你若愿判断一个人前途的命运,不必求签问卜,不必推命看相,只留心他是惯于责己,或是惯于责人。

我在前几年,因为惯于责人,所以时时错误地将自己认为好人,时时妄将别人当作坏蛋。不但因此生了满肚子气病,并且得罪了许多至亲厚友。近几年,我忽然起了悔悟,知道我这种恶习,实在是等于操刀自杀。于是乎,反其道而行。行了不久,不但肝气日渐减轻,亲友对我,也日渐亲密。我才明白,我若先以横眉怒目待人,人也决不肯以和颜悦色对我。我若先以和颜悦色对人,人也不忍横眉怒目相待。愿生快乐,原是先由自己生。愿起烦恼,也是先由自己起。责己,天下无烦恼。责人,天下无快乐。

　　我现今日以作稿为生，而作稿又日以"责人"为事。我每次作完一稿，就觉得脸红耳赤。我以为这种职业，足可以引我进了一个"长于责人，而短于自修"的绝路。并且，我时时起了一个万目所视，万手所指的恐惧。只怕偶而行为失检，辱污了新闻记者神圣的命名。新闻记者，既以指导社会的人物自居，且以民众的喉舌自任。若言与行远，我岂不是等于捕盗的人做贼，岂不是如同劝节的人卖淫。我想到这里，只觉汗流浃背，心惊胆落。

　　我以为，古今中外，只有"好人政治"。一切的主义，无论说得多么悦耳动听，若无好人实行，全是等于废纸。并且，政治里最坏的，是一班掌权的人，专在名目和形式上考究。我常说：一国的要人，果能每晚，在床上施行一次自问天良，较比每天在众人面前，"静默"一千四百四十分钟，还能有利于国，有益于民。

　　我在几年前，将我祖遗的房产卖出之后，并将我祖父母和父母的灵牌请到北平。逢年遇节，必上供烧香，叩头示敬。

　　近几年，我已不再行这种仪式了。我并非不肯追念先人。我只是因为既不能为祖先争光露脸，又不能恢复我所卖去的祖业，还有什么脸皮装模作样，在我祖先之前显魂。我以为，在我这不肖之子叩头烧香的当儿，未必不是我的祖先在九泉之下，痛哭流涕的时候。所以，我立志，在不能赎回祖产之前，再不敢举行这种与祖先毫无实用的祭祀。

　　人类无论如何高谈进化，也出不了这奉宗教，祭祀祖先，崇拜伟人的范围。所以，苏俄虽然打倒宗教，不敬祖先，可是对于列宁，还要竭力的尊重。于是乎，拜列宁就成了苏俄的宗教，列宁也就成了苏俄的祖先。反正，人类一生，不给宗教当信徒，就给祖先当信徒。不给祖先当信徒，就必给伟人当信徒。一生一世也去不净当信徒的心理。至于这三种信徒，何为文明进化，何为野蛮退步，实在是无法区别。

　　或信奉宗教，或祭祀祖先，或崇拜伟人，全是崇德报本的表示，且是一种信仰。这三者之中，以我国自古传来的祭祀祖先为最切合人情。以西北某国，近十余年所兴的崇拜伟人为最强制人性。

　　祭祀祖先，所以合乎人情，是因为祖先是人的根本。无论何人，若非得着祖先的抚养教育，谁也不能存立生活。正如树大自根生，水由源发。不敬祖先，正是忘了身所从出。崇拜伟人，必须该人生前，有功于全国，有功于全民。更必须是全国民众，所公认的伟人。假若该人，只于少数的人有功，只是少数人所私认的伟人，而竟强令全国的民众一体崇拜，就是极大专制。

在二十多年前，我正荒唐的时候，在花街柳巷，常遇着妓女们"烧包袱"。我问我所认识的某可怜虫说："你是给谁磕头烧纸？"她回答，是给她的爹娘。我对她道："你只要赶紧从良，回复清白的身子，比烧纸磕头，还使你的父母欢喜。"她回答说："我就是为求他们保佑我，早早脱离火坑。"我说："死鬼对自己的尸体，还不能保护，焉能管活人的事？你若愿跳出火坑，你就当做从良的预备。你若想将这件事，托靠死鬼，我管保你一辈子，也不能由火坑里跳出去。"妓女们这种愚行，固然可笑，但是因为不是做出给人看，所以还有一点价值。

信奉宗教，祭祀祖先，崇拜伟人，全是人生所不可少的。鱼虫鸟兽，出现于世界上，较比人类早几万年或几百万年。然而它们直到如今，并没有宗教的组织，对于它们的祖先以及祖宗中特出的鱼虫鸟兽，也毫无追念的感想。因为或信宗教，或拜祖先，或敬伟人，都是由天良而起的。鱼鸟虫兽既然没有天良，所以除了饮食、传种、防敌这三个问题之外，再无别的思想。人，若对于宗教、祖先、伟人毫无一点尊奉的念头，简直就与鱼虫鸟兽没有差别。

人类既然有天良，所以才知道崇德报本，饮水思源。人类所以创宗教，祭祖先，拜伟人，也全是因为崇德报本饮水思源而生出来的。人类所以得称万物之灵，所以能够勉力上进，也未尝不是因为能信宗教、拜祖先、敬伟人。

"信仰"如同"恋爱"，毫不能出于强迫。一双男女若从心里不能投缘，纵然勉强撮合为一，决不能和谐到老。一个人若从心里不敬重某伟人，纵然用权力迫他崇拜，决不能心服口服。

宗教，若不以大公博爱为主，决不是良好的宗教。主义若不以大公博爱为主，也不是良好的主义。我说这话，是因为打倒迷信之后，主义就几乎要替代宗教了。

人生总去不净拜偶像的心理。讲宗教是以神为偶像，讲主义是以人为偶像。神的言行，渺茫难以考究。并且，人的恒性，愈对渺茫难凭的，愈容易迷信。人的言行，无论如何玄妙，也不能永久瞒得住当时或后世的人。所以，以人为偶像，全是庸人自扰。由这里看起来，无论如何主张打倒宗教，宗教决不能永久灭绝。无论如何推崇主义，主义决不能永久存在。

宗教是无时间性的。主义是有时间性的，无时间性的，万古不变。有时间性的，一过就完。若说，将来到了文明进化的时候，只有主义，并无宗教，我决不认为确论，至于蔡某所说"将来，可以用美术代宗教"，更是想入非非。不过，因为他是一个有名的学者，他所说的话，就被人认为金科玉律。其实，学者若糊涂起来，比糊涂人还要糊涂万倍。学者若一念之差，足可祸己，害人，毁家，乱天下。

我国在古时，虽然没有宗教的名目，可是我国自古所讲的祭天，祀祖，尊贤，也就能将以前所说的三种信仰，包括在内。因为，无论如何信奉宗教，无论如何崇拜伟人，也出不了敬天与尊贤的范围。敬天，是要学法天的大公。祀祖，是要追念先人的恩泽。尊贤，是要学法前贤的德行。这三样全是修身正己的实在功夫，不尚繁琐的仪式。并且我国对于任何宗教，决不加以排斥，所以决无宗教的战争。对于崇拜伟人，也决不用权威逼人勉强施行，所以决不能招起国人的愤怨。

我国现今的宗教，因为道正人邪，因为专在仪式上讲求，因为多是做出来给人看，所以多遭了不白之冤。我国现在的崇拜伟人，也是因为信徒们，犯了以上的弊病，所以使已死的某伟人，蒙了不洁之名。各教主创教的原因，是为普救世人，并不贪图教徒的烧香礼拜。某伟人创主义的原因，也是为利国利民，并不贪图信徒的静默鞠躬。

烧香礼拜，静默鞠躬，是虚礼。守道施德，确行遗教，是实功。虚礼多一件，实功少一件。虚礼少行无碍，实功须求其多。假若内无诚心，外行虚礼，不但是欺神骗鬼，简直是将自己认作毫无思想的行尸走肉。

六年前，我的一个穷朋友陈某，在某机关当一名小职员。每周，他必陪同一班大人先生，鞠躬三次，静默三分。我问他："你在静默的当儿，心里想什么？"他回答道："我的内人，现今病在床上，无人做饭，我每天上衙门之前，就蒸上一锅窝窝头。每逢静默三分钟的时候，我就思念我那一锅治饿的宝贝。"我说："你这人真肯说良心话。"去年我那苦朋友，竟因失业忧伤而死，家属也不知去向了。现在，天不保佑说实话的人。假若他能专发违心之言,善装虚伪之貌,或者他可以老而不死,富贵荣华。

英国俗语说"穿袈裟的人,未必就是真和尚"。又说"宗教重行,不重言"。拜伦Byron说:"只因歌颂天堂,竟将人间造成地狱。"培根Bacon说:"恶人假充圣人最可怕。"宗教是不重外而重内,不重言而重行。主义,现今既有代替宗教的趋势,若不重实功,而专重虚礼,恐怕更不能支持长久。宗教是以神道设教的,然而因为传布宗教的人言行相违,还能惹起人的轻视,何况是人创的主义。假若宣传主义的人言不顾行,岂不更要惹起人的攻击。反正,道虽是好道,人若不是好人,断然推行不开。

俗语说:"卖什么吆唤什么,干什么说什么。"那么,要人办理国政,也只是办理邦国的要政,不必加杂一些与要政毫无关系的闲事琐务。

子孙若不知要强,徒知日日拜祀祖先,并不能光宗耀祖。子孙若不能克绳祖武,纵能时时修理坟茔,也不能富贵荣华。子孙的命运,全是子孙自己造的,与死去的祖先毫不相干。只知日日拜祀祖先,反倒误了良好的光阴。只知时时修理坟茔,且必耗去有用的钱财。祖先,并非不当祭。坟茔,并非不可修。只是当祭时必祭,当修时则修。仅仅祭祖修坟,并不算对祖先尽了当子孙的义务。只要立志行些好事,不给祖先丢丑,招骂,就算对得起祖宗。假若子孙是秦桧那样的坏蛋,纵然天天祭祖,日日修坟,也不过是只能使祖先在九泉之下,捶胸跺脚。

《论语》上说:"祭如在。祭神如神也。"因为祭祖祭神,是根本的行为,既不是搪塞差事,也不是虚应故事,所以必须发于天良,出于诚敬。孔子说:"吾不与祭,如不祭。"据古人解释,"吾不与祭"是"委人代行祭礼"。甚至英译的四书,也将这全句译为 I consider my not being present at the sac—rifice as if I did not sacrifce。我的愚见"吾不与祭",并非是"自己不亲行祭礼",乃是说:我在祭祀祭神的时候,若不存诚意,正和不祭相等。并且,祭字是包括祭祖祭神。祭神,虽可请人代行,祭祖,焉有请人代行之理? 俗语说"祭祀贵诚",可见"吾不与祭"正是指着没有诚意说的。

祭祖或祭神,必须觉着祖先或神佛,仿佛是就在自己的头上,如同是正在自己的身旁。这样,才能发生真诚的念头。

身静意专,才合乎祭祀之礼。假若毫无诚意,纵然仪式隆重,也不过是等于对祖对神,大开玩笑。

我在少年的时候,最好诙谐。我有一个朋友,以惧内出名,我每逢遇着他的太太,必大鞠三躬。她必大骂我一顿。她所以骂我,是因为我施体虽然必恭且敬,可是毫不出于一点诚意。行礼诚与不诚,还瞒不了人,何况是对祖对神。我们若以为祖先与神佛无灵,就不必祭。若认为有灵,祭祀的时候,就必须本乎诚意。

自从民国以来,我国新兴了纪念死伟人的典礼。据说,纪念死伟人,较比祭祖祭神,格外文明,并且含义深远。我以为,文明也罢,深远也罢,也不过是由祭祀鬼神之礼脱胎,并没有什么文明野蛮深远浅薄的分别。既然也是一种祭祀,也就当以真诚之意实行。万不可将鞠躬静默的仪式做成公事化或戏剧化。否则,就是耗时伤财,多此一举。不但与死者无益,且与活人有害。公事化是搪差事,戏剧化是给人看。

犹太国摩西所传的"十诫"有一条说:"不可妄称你的主上帝的名。"那意思就是,祷告上帝,必须发于真诚。否则,口中虽然喊得"上帝,上帝"之声震耳,也不过是拿上帝开玩笑。不但对上帝及一切神佛,不可假装亲热,就是对于死去的伟人,也不当假充信徒。设若心中并无"总理",纵然总理二字刻不离唇,也不过是以总理作招牌,徒使死者呼冤,徒使生者疑虑。宗教所以衰微,主义所以不振,全是因为一些教徒与信徒,仅知在口头上和仪式上用功夫。

人,应当有节,如同树必须有皮。皮,保护树的生存。节,维持人的尊严。人失了节,正如树掉了皮。我以为,所谓失节者,不只是通敌卖国,不只是被人奸淫。凡行一种举动,若勉强追随别人,而并不是出于自己的本心,也可以失节论。譬如,别人诵经礼拜静默鞠躬,你也就装模作样附和雷同,而并不审查是非,并不自问是否合乎你的天良,你也就是失节。人,对于小事,若有假装疯魔,对于大事,当然肯于倒行逆施。

大丈夫的行动,只以自己的天良为法则,决不以众人的行动为标准。性命可以牺牲,天良决不肯于断送。勉强随和众人,就是出卖自己的天良。人若先肯出卖天良,身家妻女,无不可卖。至于出卖国王,出卖民族,不过是附带的条件。

不与众人相同,不是自甘退缩。勉强随和众人,不是努力前趋。我常说:"大丈夫须敢在众人之中落伍,须敢在圣贤之后争前。怕追不上众人,是无耻。怕追不上圣贤,是无志。"

众人的举动,是一时的变态。圣贤的举动,是千古的常规。众人的举动,只是反常。圣贤的举动,只是顺理。学众人,必须装模做样,扭扭捏捏。学圣贤,只是安常守分,坦坦然然。并且,学众人,是学人。学圣贤,是修己。学人,是不敢违逆别人的行动。修己,是不敢违逆自己的天良。

所以圣贤者,并非得天独厚,也非三头六臂,也非能一餐斗米,也非能饮露吸风。圣贤所以与众不同之处,也不过是戒慎恐惧。事事务求顺合自己的天良。尧舜能不失天良而成圣贤。人只要对天良加意保守,尧舜并非不可学。

国,是人立的。国,是人亡的。邦国兴盛是人的功勋,邦国败亡是人的罪过。邦国的危亡,决不是天意。人民的困苦,决不是劫数。说天意,是委过于天。说劫数,是推罪于命。大丈夫,凡是以人事为主,凡事只出于自己的天良,所有一切拜佛诵经祷告上帝,崇敬死的伟人,也是无济于事。反正,若不实行人力,若不改正人心,纵然释迦重生,耶稣复活,中山还阳,也是爱莫能助。现今,欧美的牧师教徒与我国的僧道居士,求祷和平,全是耗财误事,白费光阴。我并不反对神鬼,我只是反对专靠神鬼而不尽人事。

《中庸》上说:"行远自迩,登高自卑。"人必须先将近小的做到了,然后才可以谈到远大的。舍人事而谈天命,舍事实而谈玄理,舍中国而谈外洋,舍现在而谈未来,全是舍本逐末,倒行逆施。

喀来鲁 Carlyle 说:"人生最大的职务,不是应做远而不明白的,是当做近而清楚的。"可惜人的习性,多是对远而不明白的事,大耗精神,对近而清楚的事,偏不注意。这里舍近求远的毛病,耽误了许多应尽的本分,耽误了许多当前的要务。譬如有些人不敬活着的父母,而偏拜渺茫的佛神,不施行眼前的要政,而偏筹划未来的建设,这全是远近错乱,轻重颠倒的恶例。

现今,使我最莫名其妙的就是一些善男善女,多是有钱修佛像,无钱济穷民。有钱买鸟放生,无钱恤孤怜寡。尤其是一班要人,多是有钱给死的伟人铸像,修坟,立纪念堂,办纪念会,无钱为活的小民保命,救灾,开生路,立工厂。将有用之钱,耗于不急之务。并且,神佛是以救人为心,你果能尽力救人,就是替神佛行道。

专以崇拜死的伟人而言。他们生前若果真有功于全国,真有德于全民,国民自然而然的要崇拜他们。在这民贫国弱的日子,纵然将他们箔卷席埋了,千秋万世的人,也必能崇德报功,为它们修坟立庙。否则,纵然将坟修成了天宫、将像铸遍了全国,后世的人,也必要报怨泻愤,起而拆毁掘挖。岳武穆的墓,自从秦桧死后直到如今,年年有人接修;而那拉氏的陵,在她死后,不出二十年,就已被人炸毁,究竟是什么原因?现今,若有人拆毁了岳墓,全中国的人必对他群起而攻;假若有人发现秦桧的坟,将他的骷髅作成便壶,全中国的人反要对他同声感谢,这又是什么原由?

一个要人死后,盖棺论定,他是伟人或是小人,天下自有定评,史家自有公断。他若没有实功实德,一时的少数人,虽然竭力地捧他,也是捧不起来。并且一时捧得愈高,将来跌得愈重。他若真有实功实德,一时的少数人,虽然竭力地贬他,也是贬不下去。并且一时贬得愈甚,将来起得愈高。正如,一女子若生得奇丑,少数的人强说她极美,是不行的。一个女子若生得极美,少数的人强说她奇丑,也是不行的。

善男信女,对神佛烧香还愿,是用自己的钱财,别人毫无干涉之理。要人官吏,对已死伟人锦上添花,是用人民的血汗,人民实在难于屡次牺牲。我以为,神佛若果有灵,你们只要存佛心,行佛事,纵然不诵经叩头,神佛也必使你们增福增寿。死伟人若果有灵,你们只要真爱国,真爱民,纵然不铸像修坟,死伟人也必能认你们为志同道合。否则,我就不忍说了。

现今是拜佛的人多,学神佛的人少。拜耶稣的人多,学耶稣的人少。拜死伟人的人多,学活伟人的人少。神佛也罢,耶稣也罢,死伟人也罢,全不是愿人跪拜的偶像,是愿得人仿学的标准。你只要按着他们的遗范做人,就是他们真正的信徒。如此,不但他们喜欢你,别人也是敬重你。

心中若没有神佛,不必到庙里找神佛。心中若没有上帝,不必到礼拜堂去拜上帝。上帝与神佛是无处不在的。你只要将心打扫清洁了,你的心就是上帝或神佛的宝殿。我给某居士,写了四字"心即是佛"。我以为,他若时时刻刻将这句话,记在心里,不但与他自己有益,且能使别人沾光。

见佛就下拜,遇庙则烧香,则愚夫愚妇的行为,也就是真正的迷信。所谓迷信者,是认不清而信。我常见许多村女乡妇,对佛像大叩其头,火烧其香。假若问她们所拜的是谁,是为什么烧香磕头,她们也回答不出。这种行为,不但是迷信,而且是盲从。不但可怜,而且可笑。

在清满世代,某省有一个盐大使,一日出门拜客,忽然有一个妇人,向他拦舆告状。他接过状子一看,才知道那妇人是告她的丈夫宠妾灭妻。他对那妇人说:"本官只管民间吃盐,不管民间吃醋。"这不过是认不清官吏的笑话。我以为,认不清神佛,就加以信奉,正和那妇人相等。

不但认不清而信是迷信。不必信而信,不当信而信,不可信而信,也是迷信。不但对神佛是如此,对死的伟人,也是如此。

放生是出于一时的不忍之心,也是我国自古就有的一种善举。善男信女,释放羁禁生物,正是仁慈的行为。然而仅可私自偶而施行,不可定期当众买放。我常见一些善男信女,在庙中定期放生,僧道也在一旁诵经转咒。他们这种举动,不是行好,简直是造孽。

《聊斋志异》上说:"有心为善,虽善不赏。无心为恶,虽恶不罚。"古语说:"善欲人知,便是假善。恶恐人知,便是大恶。"我以为"定期买鸟放生"这一种举动,就含着"有心为善"与"善欲人知"的心意。前者,决不能得神佛的喜悦。后者,且必得神佛的惩罚。买鸟放生,并不是为恶。所可恨的,只在"定期"而放。

定期买鸟放生,不但不是善举,而且是雀鸟的极大的劫数。鸟贩一听某善士定于某日放生,必预先用力搜捕鸟类,将数十以至数百小鸟,困于一笼之中,既不喂食,又不给水。等到某善士施德行仁之日,小鸟全已疲敝不堪,放出之后,既无力远飞,又无力速跑,不是便宜了顽童,就是便宜了鹰鹞。假若巢中再有雏儿,则又不知饿死了几多。这种似行善而实为恶的行为,不但僧道不当提倡,官方也应竭力禁止。

在外国并非没有鸟贩,然而只准售卖善鸣与美观的鸟类,供人蓄养玩好。此外则禁止贩卖,以免残害生灵。我中国,尤其是平津两地,常有人成大笼售卖麻雀一类的小鸟,供人放生或供人薰食,这实在是残忍的现象。麻雀一类的小鸟,虽有啄食谷麦的恶行,但是颇有除灭害虫的能力,有益之处多,有害之处少。善男信女,若有好生之心,最好请求官方,严禁售卖。

我对最好买鸟放生的某大善士说:"你若真有为小鸟谋解放的心,莫如收买鹰鹞,将他们煮熟了或薰透了,散给饥民。因为鹰鹞是专能杀害小禽小兽的恶物,你若能除恶,也就是行善。"

买鸟放生的善士愈多,捕鸟售卖的小贩愈众。这种举动,不是为善,正是奖恶。在前几十年,欧洲的慈善家,最喜欢周济残废的乞丐。于是就有许多乞丐,或懒惰之辈,故意打断了手脚,以谋不劳而得的生活。甚至有等恶人,专门诱拐人家的小儿女,用人工将他们做成残废,使他们眼瞎口哑折臂断足,以便更能引动慈善家的心。(这种惨无人道的恶行,以先我中国也有)以后各国查觉这种秘密,就将残废的乞丐收养起来,不准他们沿街乞讨。于是这种骗人行善的恶丐,缘由根本铲除了。所以我认定买鸟放生也不是真正行善的方法。

最好的善行,是不给恶人或骗子造机会。许多善士,只是以尽了当时的心愿为主,并不留心查考以后的结局。且不注意自己一时的善行,是否要发生不良的影响。因此就养成一些"慈善虫子"专门靠赖办慈善为生。甚至有人假借慈善发了大财。善士们若欲不白白地给"慈善虫子"进贡,最好是自己秘密地施行善举。否则,不可仅以尽了心愿为止,更当详查穷苦的人,是否得到实惠。

俗语说:"救得了急,救不了穷。"我们只可周济人的一时之急,不可周济人的永久之穷。济一时之急,如同从坑边救人,用一臂之力,可以将他拉上干岸。济永久之穷,正如《论语》上所说的"从井救人"。所以,欧美的人,多肯周济乍一落难的穷人,而不肯施舍给职业的乞丐。所谓职业的乞丐,是身无残疾,专以乞讨为生的人。对这种人若一味施舍,不但养他的惰性,且恐误了他的前途。古今中外,有许多乞丐,因受人的激刺,努力要强,而成了名将伟人。

我在山东、河南、湖南等省的名山之上,会见许多以乞讨为生的职业乞丐,他们各据一段地盘,甚至搭盖小房,终日跪在山路一旁,向香客狂呼乱喊。不但以乞讨为职业,且以乞讨为世袭。这种人中,实在埋没了无数的人才,而养成寡廉鲜耻依人为生的天性。不但香客不应施舍,官方也当向香客酌收香捐,设立工厂,使那些"寄生虫"习学一点正当的职业。

东城有一个半瞎的乞丐,经过讨饭多年。去年,我忽然听不到他那"老爷太太"的哀号了。可是我又常听一个小贩的声音,和那乞丐的韵调如同出于一个琴谱。我出门探查，才知道他已收了行业，贩卖糖果花生。他的面色较以前光润，衣服也见整齐了。像这种乞丐，决不是自暴自弃的人。我以为好运就在他的前边。焉知他将来不能由一个小贩，而变成一个富商。

自从民国九年，我由京北清河镇，迁入城内之后，屡屡有人到我门口，向我"化棺材钱"。据说，某某胡同，某某人死后，无钱装殓，全家挨饿。说得那种苦况，真使人闻之心酸，听之落泪。最初几次，我曾资助一点。以后我见向我化棺材钱的，总是那一个人。不过他所带的孝子孝女或孝妇，随时更换罢了。我对他说：你真是一位大善家。不过，这样替人沿门告帮，也不容易凑棺材钱。我同你到丧家先查看一次。我再向施棺材的善士，为死者领一口棺木。我竭力要去，他竭力阻拦。我不过是假意试探，他竟信以为实。于是向我哀告道：无君子不养小人。您何必对我们认真。说完，抱头鼠窜而去。我对看热闹的人说：有钱可以喂野狗，决不可以给骗子。

前年，我接到某青年一封告帮并求应事的信。内容详说他如何爱国，如何爱民，如何为国奋斗，如何受了环境的压迫，如何努力的上进，如何被困在故都。我照内开的住址将他找着。我见他全身西服，满脸绿气，手指焦黄，桌边烟头与痰沫甚多，及至接谈之下，他又向我大表功德。我本来痛恨中国人穿洋装，更恨他那怨天尤人的言语。于是对他说：我并无力济人，更无处为人谋事。我们素昧平生，纵然遇事，也不敢冒然推荐。我设或有钱，也不能帮助你吸抽毒品。我自从那次受骗之后，凡遇告帮求事的信，一概置之不理。不是我毫无仁心，我只是不鼓励骗子。

前几天，一位美国朋友曾对我说："现今的世界是个 Crazyworld（狂妄的世界）。"我回答道："我很以你这话为然。不过，各国的小民并不狂妄。犯狂妄的，只是各国的一些要人与学者。他们若不狂妄，他们对于政治与学术，决不能舍近求远，决不能倒行逆施，决不能牺牲眼前的民命，而求未来的幸福，决不能蔑弃前人万古不易的成规，而考究今人随时改变的空理。并且，若论他们的原心，也并不狂妄，只是要假借这种狂妄的行为，谋权攘利。小民因不肯狂妄而倒霉，他们因善于狂妄而得势。"

人生最大的愚昧，是对于眼前所能看得见的本分不尽力。而对于将来未必靠得住的幸福苦用心。这种毛病，现今全球各国的人，尤其是我国的要人与青年，多已受了传染。于是乎，一些要人，眼见无数的小民饥馑而不肯立施救济。许多青年，对自己应习求的学业而肯于迁延敷衍。结果，不但当前的要务未办得好，未来的计划也谋不成。所以，我常向学生们说："做你们眼前所当做的，将来才能得到你们所愿得的。"

人与人不相同，国与国不一样，人与国全是各有所长，各有所短，各有所能，各有所不能（这是因为有种种的原因，一时无法详说）。无论如何，不能化为一律。一国的民性，南北还不能相同，东西也不能类似。山地的居民，决不能长于捕鱼。沿海的居民，决不能长于猎兽。各保原性，各守所长，才能与己有益，与人无害。中国不当弃其所长而强学外国，犹之乎外国也不当弃其长而强学中国。

现今，我国有一派人，一听守旧二字，就视同蛇蝎。一见维新二字，就尊如神圣。这全是因为不知如何是守旧，如何才是维新。真正的守旧，是守己之长。真正的维新，是学人之长。无自信力决不配谈守旧，无鉴别力决不配谈维新。自信力，是由深知自己的长处而生出来的。鉴别力是由熟查别人的长处而生出来的。守旧与维新，全须在长处上守，在长处上学。

无自信力的守旧，如同没有防御的城，决然守不牢。无鉴别力的维新，仿佛没有缰绳的马，决然走不好。换一句话说，不知己而守旧，如同讳疾忌医的病夫，决无康健的希望。不知人而维新，如同人尽可夫的流娼，决无正当的归宿。

我中国，在道光以前是误于妄自尊大，自宣统末年，是坏于妄自菲薄。以先，是忘了世上还有外国。现今，是忘了世上还有中国。以前是强人后己，而今是强己从人。以前是不知自己有劣点，而一味地保守。现今是不知外国有劣点，而努力地仿学。闹到今日，旧病未除，新病又生。新旧之病，聚在一身，焉有不病入膏肓之理。我常说："中国若因自尊自大而亡，亡了还有一点骨气。若因自轻自贱而亡，亡了实在太无骨头。"

前清宣统三年，胡思敬奉请停止新政，并且说，若不速罢新政，必致有"三速"的结果。所谓三速者，就是使中国速贫、速乱、速亡。他见清廷不以他的见解为然，立时离宫回了原籍。胡某并非天性顽梗，他是看出那时朝野上下，对于维新如疯如狂的情形，惟恐我国人急不暇择，弃了自己的长处，而学了人家的短处。他因为预防弊病，而竟主张停止新政，固然是因咽废食。而满清那不能守旧，不会维新的行为，正是速贫,速乱,速亡的缘故。

合理的维新是去旧弊,背理的维新是添新病。合理的维新是因病求药,背理的维新是用药找病。日本的维新,是吸收别国的文化,加以改造,使之适合本国而成一种新文化。我国的维新,是吸收别国的文化,生吞生拉,使之适合外国而成一种洋文化。也可以说,日本维新是按脚买鞋,我国维新是削足适履。结果,日本得了新鞋的益,我国受了新鞋的害。一个是日行百里,而不觉其苦。一个是寸步难移,而把着脚哭。我常说:"对日本人,有一事可学,可学的就是他们那维新的方法。"

日本自吸收西洋文化之后,对于由我们中国所吸收的文化,还是竭力地保存,对我国古圣前贤遗书,还是视同金科玉律。我中国自吸收西洋文化之后,对于固有的文化,反要竭力地铲除,将本国古圣前贤的遗书,竟主张投在茅房坑里。这种"忘本"的行为,不但可以亡国,而且可以灭种。

没有旧的,决生不出新的。正如没有父母,决不能有儿女。自从我国几个新圣人,传布"忘本"的思想以来,旧的一切,已被人视同粪土。老的人物,已被人认作弃材。于是乎,只要加上"新"的美名,中国人可以甘为别国的顺民,而不知羞耻。只要加上"旧"的恶谥,生身的父母,也无妨打倒而不念恩德。忘本,岂可配谈维新?忘恩,岂能妄言进步?所谓维新进步者,也不过是违心的程度增加而已。

知道自己有一种与众不同的优点而竭力地保存,就能生出自信力。有了这种力,就能遇困难而不灰心,处纷扰而不乱步。

英国伯威斯 WmBoyce 说:"不自信,是人生失败的总原因。"然而,须知自信与自大不同。自信是由于明察而生。自大是由于愚妄而起。人真能自信的少,流于自大的多,无自信力,必将归于失败。有自大心,也不能有所成功。能将自信与自大,分析清楚,才能特立独行而不孤,才能超乎凡众而不危。自古以来,因自信而成功的,指不胜屈,因自大而失败的,比比皆是。满清以前所以弱,是因为过于自大,以后所以亡,是因为太不自信。

人处于众人之间,国立于众国之中,非有自信力,定难支持久远。人所以能特立独行,国所以能巍然独存,全是以自信力为争存的基本条件。以欧洲各国而言,立国数十,连疆接壤,犬牙相错,强弱悬殊。然而弱者所以能危而不亡,强者所以能败而复起,也就是因为甲国未失去自信力,遗弃自己的长处而强学乙国,乙国未失去自信力,遗弃自己的长处而强学甲国。

我中国自晋朝以后,遭受异族的侵略蹂躏统制宰割十余次之多,统计共有千余年之久。所以屡屡能死而复苏、跌倒复起的原因,也就是因为我国的自信力,未曾由根本消失。

据新圣人们说:"以前,我中国虽屡次亡于外族,还能亡而复兴的原因,是因为那时外族的文化,实在低于我国。现今欧美的文化,实在高于我国。我国若再亡于欧美,必将一亡到底,永世不能翻身。"欧美文化是否真高于中国的文化,我因未曾到过外洋,不敢妄下断语。可是,我敢决断,我汉族的文化,实在高于我国的苗族。苗族与汉族相持四五千年,所以能不灭不亡,只是因为他们对自己的文化,未曾失去自信。若起了怀疑的心而竭力追求汉族的文化,恐怕在三千年前,苗族这一族,早就灭绝了。

我国的文化与欧美的文化相较,无论如何低下,也决不至于像苗族的文化与汉族文化之比。苗族因有自信力,不肯沾染汉族的文化,还能由黄帝以来,支持直到今日。我中国对自己的文化,若不失自信力而竭力保存,焉知我中国不能与欧美列强,东西对峙,力争生存。

有人说:"我中国苗族,所以能够存留至今,是因为汉族对待他们,因循放任而不干涉。假若汉族能实行欧美对待殖民地的办法,不但苗族不能存在,甚至蒙藏民族,也早就成了历史上的名词。假若中国受了欧美人的掌握,他们决不能容许中国人,模模糊糊地仍度那旧式的生活,守那传统的习俗。所以,中国若不对欧美现代的文化急起直追,决无侥幸存在之理。"我说:"外人以文化亡我,几百年未必能达到成功。我国人若对自己的文化起了怀疑,而对欧美的文化猛追急学,不出几十年,世上就无真正的中国人了。与其失了自信力而速灭,何如暂守故常而迟亡。"

"文化低的民族,必亡于文化高的民族",这句话,是不可凭信的。文化低的民族,若不羡慕文化高的民族,决不能亡。他们所以亡的原因,是因为自轻自贱,因为眼光太浅,因为没有骨头,因为沉不住气,因为水性杨花,因为东施效颦,因为邯郸学步。北美洲的红色人种与夏威夷的灰色人种,所以要归灭绝,不是白色人种不容他们蕃衍,只是因为他们先失了自信力,习染白色人种的文化。

西洋的文化,与我国的文化,颇有"方枘圆凿"之处。我中国若勉强效颦,也不过如同村女乡妇,走进城市,专学摩登。结果,染得一身新毛病,失了原有的旧美点。以至手忙脚乱,失身丧节。久居城市,既因怯头怯脑,难得摩登男女的欢迎。回返乡间,又因妖形妖态,难得老亲旧友的容纳。以至进无所据,退无可守。若再想回复旧日的本色,就不能了。

借来的衣服,不合身体。借来的文化,不适国情。衣服之合与不合,仅仅关系一身。文化之适与不适,且必牵涉全国。一个人在借用别人的衣服之前,还须打量自己与别人身体的肥瘦长短。一个国在借取别国的文化之前,对本国与外国的国势民情,岂可不细加考核。西洋的文化,并非全无可取。我国自吸收西洋文化以来,所以只得其害而未获其利,就是坏于徒知吸取而不知斟酌。

维新,不可失了主见。投降式的维新或顺民式的维新,全是奴性的。这种的维新就是自求灭亡。

英国俗语说:"乞丐不可当选主。"因为乞丐生了两只穷眼,看见新奇的东西就以为全是好的,并不能辨别美恶精粗。我国自道光二十二年以后,尤其是近十几年来,对于吸收外洋文化,简直是如同乞丐当了"选主",胡滥选了一大堆,全不是实在能救饥寒的东西。

《伊索寓言》里说:"一匹驴子,听着草虫鸣叫得悦耳爽心,就问草虫道:"你叫得这样好听,请问你是以吃什么东西为生?"草虫回答说:"也不过吃露水。"驴子因为要学草虫,于是不肯再吃草料,专吃露水。不久竟致饥渴而死。他在将要断气的当儿,叹道:"可惜露水太少,否则,我叫的声音,必能引动幽人雅士的心灵。"有一只乌鸦,见着天鹅的羽毛洁白可爱,大生羡慕之心,他以为天鹅所以洁白,是因为终日在水中游泳。于是他也日夜在水里翻腾,不肯上岸寻食。不久,因为受了饥寒,也就一命归阴,失望而终。我以为,一个国若羡慕别国的富强,不知考究所以富强的原因,就勉强仿学,也就是与那驴子和乌鸦相等。这种国,亡了也不可惜。

日本维新之元勋西乡隆盛说:"广采各国之制度,宜先定我国之本体,张风教,然后徐斟彼之所长。不然而欲效彼,则国体衰颓,风教萎靡,不可匡救,终受彼之制

311

矣。"假若西乡隆盛同当初的一些维新志士,也将欧美看做天国,也将洋人尊为圣贤,对本国一切也主张推翻,对欧美的一切努力效颦,我想日本也早就受了维新之害了。

真文化是孝弟忠信礼义廉耻与种种道德的实现,真野化是大炮潜艇毒气流火与种种邪说的发明。

自古,东方的文化,是向人上追求,所以主张正心。现今,西方的文化,是向物上考究,因而趋于纵欲。正心,才能使安贫乐道,以增人类间的和平。纵欲,必至使人竞争排挤,而增人类中的纷扰。

古圣前贤,目光远大,知道人欲有害于人类的生存,所以对人欲,竭力主张克制。今圣今贤,思想偏狭,错认人欲是人类所以能进化的原因,所以对人欲,竭力提倡解放。古圣前贤,并非与人类有仇。他所以主张克制人欲,正是出于大公之心,而为人类谋永久的平安。今圣今贤,并非有爱于人类。他们所以主张解放人欲,正是出于偏私之念,而为自己谋一时的权利。前者只是为公,反被浅见之徒视为仇故。后者只是为私,竟被狂妄之辈尊为恩主。是非颠倒,黑白混淆,以现今的人心,遭现今的劫数,正是咎由自取,理所当然。

人,不可急于求富贵。国,不可急于求富强。人若急于求富贵,必至无所不为,因而丧失人格,国若急于求富强,必至颠倒错乱,因而摇动国本。

人格,是一个人所以可称为人的凭照。国本,是一个国所以可称为国的根基。人失了人格,国动于国本,纵然仿佛有些进步,其实也不过如同回光反照,决不能支持长久。

天下事,误于因循畏缩的人,固然不少。但是败于鲁莽浮躁的人,实在太多。只有谨慎沉稳的人,才能走进成功的路途。

有些因循畏缩的人,反自以为是老成持重。有些鲁莽浮躁的人,反自以为是奋发有为。前一种人,为患尚少。后一种人,造祸无穷。从来误国殃民之罪,全是由这两种人所做出来的,我中国现今所以国乱民穷,尤其是受了这后一种人害。并且,持重须先能辨轻重,有为须先能考是非,持所当持,为所应为,才是合乎为人处世与救国救民之道。

一时的现象,是"强存弱亡"。万古的定理,是"弱存强亡"。对浮躁的人,说这种话,就如同对夏天的飞虫,而谈冬天的冰雪。

有人对我说:"人若要安贫乐道,人类就不能有进步的希望。"我说:"真正的进步,是使人类减少杀机。人若能安贫乐道,不但可以使他自己不存妄想,也可使他不肯破坏别人的安宁。人己相安,就是人类的极大幸福,也就是人类进步的真凭实据。你若以为欧美现今那种竞争的情形,是人类的真正进步,就如同见着一伙强盗互相撕杀,而生羡慕之心。"

圣经贤传,化人最难。淫词浪语,惑人甚易。然而稍有天良的人,决不能因为淫词浪语受人的欢迎,而废弃圣经贤传。讲道德说仁义,必被人认为顽固迂腐。讲解放说自由,必被人捧为时代前锋。然而稍有天良的人,决不能因解放自由可以笼入人心,而蔑视仁义道德。

真知自爱的人,对于一时的荣辱,可以不计,对于千载的是非,在所必争。若自甘随众摇旗呐喊,就是情愿与草木同朽。

我的朋友某君说:"天下虽乱,我们胸中,不可再乱。天下虽然无定,我们胸中,必须有定。"

因私怕得罪人,是好人。因私不怕得罪人,是恶人。因公怕得罪人,是懦夫。因公不怕得罪人,是豪杰。

为公要胆大,为私要胆小。为公若胆小,必至无所能为。为私若胆大,必至无所不为。

大丈夫不怕身死,只怕名辱。不怕掉头,只怕失节。不怕子断孙绝,只怕玷宗污祖。

有人问我:"自从我国变法维新以来,对于外洋的新法新制,总算搬运了一个无一不备,并且又努力截趾适履,舍己从人。那么,为什么只见其乱,而未见其治?"我回答道:"薛瑄曾说过:'圣人论治,有本有末,正心修身,其本也。建制立法,其末也。'我国既然仅仅知道在法上制上追求,而忘了在人上心上注意,法制虽然日渐完备而人心已是东倒西歪。本末既已颠倒,焉能有好的成绩?"

我所最忧伤的是,现今谈科学的人太多,讲人学的人太少。在我中国的新人物

313

中,全是这种的趋向。我以为科学与人学并重,才能使人类减少痛苦而增加安乐。否则,不但与人类无益,而且有害。前次世界大战的残酷,只是因为人心兽化而又妄用科学的缘故。假若再不讲求人学,而一味地研究科学,不久就要使人类尽亡而变为禽兽世界。

以中国的坏的与外国的好的相比,中国自然是比不上。以中国的坏的与外国的坏的相比,外国未必不较中国坏。以中国的好的与外国好的相比,中国未必准在外国之下。能明白这一点,然后才能谈得到守旧与维新。

国名可改,国体可改,惟国"性"(也可以说国民性)万不可改。正如一个人的名号可变,职业可变,独个性万不可变。

国的文化,如同人的灵魂。一个人的灵魂只要不离躯壳,身体纵然被病魔所缠,必不至于死亡。一个国的文化只要不被毁灭,国土虽然被敌所吞,终有复兴之望。所以轻视祖国文化之罪,较比盗卖祖国领土之罪还大。然而,轻视祖国文化的人,则成了新圣人,而大出风头。盗卖祖国领土的人,则成了卖国贼,而藏头露尾。我以为,我中国人若稍有国民性,若稍有爱国心,对这两种人,必须一例相等。

旧的未必就是野蛮,新的未必就是文明。现在所谓文明的,再过几年,未必不被讥为野蛮。古时所认为野蛮者,又何尝不被现在的人认做文明。并且,在甲国所认为文明的,到乙国何尝不认为野蛮,乙国所谓野蛮者,到甲国何尝不认做文明。文明与野蛮,因时因地,就有变易,何尝有一定的标准。

纱罗绸缎羽毛绒呢狐貉羔獭,固然是美好的衣料,但是须分出季节,配合穿用,假若不辨春夏秋冬,将这种种,做成一件衣裳,穿在身上,不但穿的人,觉着冷热不均,而旁观的人,也以为是希奇怪异。我中国讲求全盘西化之辈,纵然能吸取西洋各国的美点,假若不加考量,一齐施于我国,也不过如同将以上的衣料制成一件衣裳。所以我以为,维新的人物,欲将中国英国化也可,美国化也可,以及任何国化也可,若全盘西化则不可。譬如一个女子,生在这文明时代,自由任性。嫁姓张的也可,嫁姓李的也可,若同时与张王李赵……发生密切关系,则实在不可。

追各强国的屁股赛跑而求与强国同化,固然仿佛是发奋图强的表示,但是须先睁开眼睛看一看现今几个强国是什么情形。他们正如一伙强盗,互相杀砍之后,直到今日，元气还未恢复过来，而又从事于下次交锋的预备。稍有脑筋的人，也能预断她们决无良好的结局。跟着人学也罢，与人同化也罢，学，就当以正人为标准，化，就不当以盗强为模范。要知，现今几个强国，如同全都骑上了老虎，正在心惊胆跳，不知如何是良好的当儿，我中国若求与他们同化，正是等于要寻虎骑。

有人说："现今几个强国之中，颇有与我国感情深厚，愿对我国加以援助的。我国若学法他们，正如蝇附骥尾，不用费力，就可得一日千里的进步。"我说："他们这些强国，纵然对我国愿加援引，焉知不是别有用意？他们对于同种的人，还要钩心斗角，利用科学的武器，彼此残杀，又岂能对我中国人有所爱惜？至于蝇附骥尾一句话，不过是说一个苍蝇若落在快马的尾巴上，也能达到快马所到之处。然而苍蝇必须留心观察那快马是向什么地方进行。假若快马发了疯狂而向深海里奔驰，苍蝇若不猛醒，速逃活命，必要与快马同遭灭顶之祸。"

现今，欧美各强国中的有心人，对于各国明竞暗斗的情形，以及奇技淫巧的状况，已经是疾首蹙额，无法挽回。可惜我国的傻小子，还要急起直追，惟恐落后。这正如有眼的人，偏要紧随瞎子们，向深坑的边上赛跑。西洋文化已经到了日暮穷途的绝地了。世界第二大战之后，就是欧美各国，自怨自恨迷途知返的日子。我中国人只要立定脚跟，明睁二目，就能见着他们那呼天喊地的时候。到那时，他们才能深信东方的文化，是他们的救星。这就是鹖冠子所说的"物极则反"的公例。只有轻浮躁妄，眼皮太浅的人，才能被一时的现象吓坏了脑筋。

维新如用药，用药是为去病，不是为添病。维新是为图强，不是为求亡。药，虽然对症，也必须随着人的年龄体质区域，谨慎加减。新，纵然相宜，也当按着国的程度资格环境，详细斟酌。该加的，不可减。应减的，不可加。该缓的不可急，应急的不当缓。藏红花虽是妇科常用之药，然而对八十岁的老太婆，则极不妥当。腽肭脐虽是健肾壮阳之品，可是对二十岁的小伙子，更不可妄用。以我中国的经济现状而言，若仍竭力吸收奢侈的洋化，就好比强使老太婆日服八钱藏红花。以我中国社会的现状而论，倘再尽量提倡新奇的思想，就如同劝诱小伙子日服十具腽肭脐。

一个女子，愈追求男化，愈失去女子的天然美。一个邦国，愈追求洋化，愈失去邦国的独立性。阴，不阳化，才能与阳对立。华，不洋化，才能与洋并存。自保特异之

315

点,与人对峙,是争存的条件。自弃特异之点,与人化合,是求亡的途径。

猫不求化于狸,狗不求化于狼。所以世上猫不断种,狗不绝根。狸虽凶狠,不能阻碍猫的蕃衍。狼虽贪暴,不能减少狗的孳生。因猫不与狸同化,而替猫悲伤,是不明弱存强亡的定理。因狗不能与狼同化,而为狗忧惧,是不明优败劣胜的准则。

唯强者,才受"自然的淘汰"。唯弱者,才能保"永久的延续"。唯耳食之徒,才肯深信一时的现象。唯浅见之辈,才敢轻忽万古的定理。

我中国,若想以夏变夷未免是骄气太深,若想用夷变夏实在是骨头太软。人的天性,不能不好新奇。在这海禁大开,交通便达的今日,虽远隔重洋,如同近在咫尺。若对于新奇,一毫不加沾染,未免是强人所难。不过,我以为若些微洋化尚可,若全盘洋化则万万不可。个人些微洋化,只是他个人的自由,外人无法阻拦。少数的人,若欲对祖国实行全盘洋化,则关涉民族的存亡,凡是国民,即当群起而攻。

英国阿灵顿 Arlington 说:"中国衰弱之罪,不在其固有之文化,而在中国人不能遵循产生其文化之遗教之精神。"可见,我国求强之道,不必在我国的文化上寻瑕疵,而应在人心上找毛病。正如子孙若不知要强,而偏指摘祖宗的缺点,实在是舍本逐末,倒行逆施。况且,只要是一个稍有思想的外国人,还不敢轻蔑我国的文化,我中国人,又何必自轻自贱,自认是没有文化的国家。

自从民国八年,我国的新人物中,出了一班自骂祖先的人。他们因为要竖起西洋文化的旗帜,造成新势力,以便包办中国的一切,于是乎狠命地对中国固有一切,加以猛烈的攻击,甚至胆敢污骂中国人是半开化的民族。他们祖先既未入过外国籍,并且纵然入过外国籍,而骨血还是中国的骨血。他们污蔑中国人,请问他们那文明的遗体是由何处而来。譬如,一个人自骂他的父亲作贼,他的母亲为娼,试问与他自己有什么光彩? 这不但不能提高自己的声价,反要增添自己的羞辱。

骂一个国或一个宗教中的某一部分或某一个人,原不是大罪。若骂一国或骂一宗教,就是罪不容诛。因为这是污辱那全国的人民,污辱了那全教的信徒。一国的文化是一国国魂之所寄托,有神圣不可侵犯的尊严。若骂一国的文化,简直就是骂及全体全国的国民。只因我国衰弱,外国人虽对我国国民,加以种种的欺凌,可是直到今日,还不敢对我的文化胡批乱评。我中国人,只要有廉耻有血性,对于污辱中国文化的外国人，必须以热血与他拼一个死活。假若我中国人中，再有自骂中国文化的人，我中国人，更当认他是外人之后，将他"屏诸四夷，不与同中国"。

罗素 PerandRussell 说："中国人，一伟大国民也，不能久受外人之压制。彼不欲采吾人之恶，以增进其兵力。但欲采吾人之善，以增进其智慧。予意世界国民，惟中国人能真信智慧较真实尤可贵。而西洋人，凡以中国人为野蛮。"罗素是英国人，他既是全球知名的人物，当然不是故意邀买中国人的好感。他若不是对中国有深切的研究，也不能发出这样确实的评论。外国人，只要对中国留心，还能看出中国特有的美点。假若中国人对本国古圣先贤的遗书稍加研究，我想他决不忍讥评中国人的文化。

前年，我听一个朋友对我国人说："我恨耻为中国人。"那外国人对他说："你为什么耻为中国人，中国无论多么不好，你既是中国人，就不能耻为中国人。正如英国人不耻为英国人，美国人不耻为美国人。"我以为他这话是对的。只要我中国人不以当中国人为羞耻，我想我中国永远是中国人的中国。

古谚说："狐向穴嗥，不详。"狐之大穴，如同人之有国。穴是狐的藏身之处，国是人的寄命之所。狐无穴，不能避危险。人无国，不能竞生存。狐若非疯狂，决不肯轻视自己的巢穴。人若不癫痫，决不忍污蔑自己的祖国。

古诗上说："胡马嘶北风，越鸟巢南枝。"胡地在北，由北方来的马，遇到刮风时候，还要触动故土之思，而发悲恸。越国在南，由南方来的鸟，建筑窝巢，还要寻找向南的树枝，而示依恋。禽兽尚且如此，人若一味地羡慕外洋，而任意地轻视祖国，他的思想，岂不是在禽兽之下！

威伯思德 DanialWebster 说："我既生为美国人，我生，要为一美国人；我死，要为一美国人。"我中国人，若能将他这话，改为"我既生为中国人，我生，要为一中国人；我死，要为一中国人"。那么，活着就对得起全国的同胞，对得起所吃的粮米，对得起已死的祖先，对得起将来的子孙。假若我四万万五千万国民之中，有四分之一，有这种决心，纵然我全国地图的四分之三变了颜色，也不过是一时的现象。

孟子所说的立国三宝"土地，人民，政事"，孟德斯鸠 Montesquieu 所说的立国三要素"土地，人民，主权"，全是东西相同、中外无异的名言。主权与政事，名称虽然不同,意义全是一样。不过,我以为人民,尤其是不改国民性的人民,最为重要,国不过是家的放大,土不过如同一家的产业,事或主权,不过如同一家对内的规则与对外的方法,人民不过如同一家的子孙。只要立志坚强,不背祖训,纵然产业被人侵占了去,终有物归原主的时候。并且好的子孙,还能在外添置产业。否则纵有极大的产业,也是保守不住。

一国的文化,是一国立国的精神。它的重要性,较比国土还重要到千百万倍。我以为传扬本国的文化之功,大于开疆拓土。毁弃本国文化之罪,尤甚于割地称臣。

我中国,向来被人称为文弱的国。我常想这个原因,只是因为我国素以"自守"为主,不愿扰害别国的和平。我国对于开疆拓土的汉武张骞之辈,并不怎样的恭维。这就是我国人不愿扰害别国的和平凭证。纵然因此得到文弱之名,我以为,我国正可以"文弱"二字自夸。因为这种何人怎样待你,你也怎样待人的思想,正是人种真正文明进化的表示。

据新圣人某甲说:"中国素以'儒'道立国。儒是'懦弱无能,苟且图存'的意思。我中国所以危弱,只是受了儒道的毒……据我所知,'儒'字的意义,决不是像他所说的那样卑鄙。仅以《韩诗外传》对儒字的解释,儒就是"不易之术"。所谓不易之术者,即是可行于古,可行于今,千古不变的准则。以儒道而言,当然以孔孟为代表。但是孔孟二人,决不是任人欺凌而自甘忍受的人。他们对于强者,未当有一点屈服的表示。

世上的人,不能全善,也不能全恶。世上的国不能全强,也不能全弱。既有善恶强弱的不同,恶必欺善,强必凌弱。就以思想单纯禽兽虫鱼而言,还有这种的现象。人类的欲望复杂,这类恶行,当然格外的繁多。不过,我以为,人类既然比禽兽虫鱼,多有一个能辨别是非的天良,就当对得起万物之灵这个名称,竭力地不使禽兽虫鱼间的现象,表演于人类的世界。在几万年前"原人"的时代,人类的思想与行为,原与禽兽相差不多。人类彼此残杀,互相狠斗,还有可说。在这二十世纪的今日,若仍不能改变几万年前的老套,还配谈什么文明与进化。

现今所谓"文明进化"者,据我观察,不过是杀人的利器日多,祸人的方法日毒,骇人的主义日巧,诱人的学说日精,人类的恐惧日加,人类的寿命日短,人类的烦恼日增，人类的凶狠日甚。照这样"文明"下去，必致将人类变为"紊"乱无序，"冥"顽不灵。照这样"进化"下去，必致将人类"尽化"为禽兽。

真正益人之道，并不十分神秘。真正有用之学，并不异常新奇。真正养人之食，并不特别香甜。

去伪存诚，实事求是，是修己、治人的八字箴言。

现今，使我国不能富强的病根，只是虚伪二字。由在上的起，若将这个病根去不净，无论讲什么高明的主义，论什么惊人的科学，也是只能趋于乱亡。

"生吞活咽"的新文化，是削足适履的文化，是舍己从人的文化，是用夷变夏的文化，是反客为主的文化。总而言之，是奴性的文化。

中国古圣前贤的书，是主张克己。克己是难事，所以不受人的欢迎。外洋新兴的学说，是提倡责人。责人是易事，所以容易受人的接纳。

"环境"只能影响匹夫小人，不能更变英雄豪杰。有志之士，要使环境适应自己，不可使自己适应环境。

现今流行的书报，多是教争，教乱，教残，教忍。这全是亡身，败家，祸国，乱天下的先锋。

青年人喜欢听什么，就讨着他们的心意发言。这种杀人的不见血的罪行，非有铁石心肠的人决不忍为。看见别人的孩子，想一想自己的儿女，也当知所警惕。

光绪二十六年以前，老学究的教育，是给本国皇帝造顺民。民国八年以后，新圣人的教育，是替外国学者造奴隶。

有人对我说：现今的人，知识开得太早了。六七岁的孩子，几乎比当初六七十岁的老人还明白。你以为是好是坏？我说：这是不祥之兆。人的知识，如同草木的籽粒果实，成熟须有一定的期限。熟得太早，决不是好的现象。繁荣得太快，凋谢得必速。

现今，说话作文若用上君、后等字，人必说是顽固腐化，受了封建的遗毒。但是，若提到电影皇帝、剧界大王、影后舞后、女王，人反以为是时髦摩登，合乎现代潮流。这是什么原因，真令我莫名其妙。

人生最苦是有书无暇读，有钱不会用，有子不敢教。

愈是人浮于事的时候，愈闲不住真有本领的人材。愈是货压街头的日子，愈剩不下品质精良的货物。

果有真才,不愁没有识主。果有好货,不愁没有销路。旧学虽不时兴,旧学真有根底的,各处还是抢着任用,古玩虽不摩登,古玩真有特色的,各处还是抢着收存。人谋位置,货求买主,其实,位置何尝不寻找人材,买主何尝不寻找货物。

北平的医生,据说有三千余名。可是其中有几个医生,终日车马临门,应接不暇,对求诊的人,推也推不出去。有二千多医生,终日门可罗雀,独坐无聊,对有病的人,请也请不进来。可见,愈是那一行的人多,真有高超本领的人,愈能大走旺运。

平凡的人,只为人多事少发愁。有志之士,独为才能不足焦虑。

庸医不多,不能显名医,凡材不多,不能显奇材。

我常对学生们说:"怨天尤人,是无志。责骂环境,是无耻。自从新圣人们提倡'责人'的学说以来,误尽我国无数大有后望的青年,使他们只知高谈'这个不良,那个恶劣'而忘了在自己的'正心修身'上注意。"

我看见一位青年所作的文,只要其中有"在这残酷无情的世界里"、"在这组织不健全的现实社会中"等等恨天怨地的话,我就可预断他将来必是个决无成就的废材。这种的人,可给军阀去卖力,给银行家、大财主去当子孙,坐享幸福。因为真有志气的人,只知刻苦自励,努力自修,决无闲暇在"社会"或"环境"上找毛病,费心思。

我常细想新圣人们,所以提倡"责人"的邪说,正是因为他们看出人类,尤其是青年人的弱点。他们为迎合人心起见,所以故意将种种罪过,向环境或社会上推卸。这种"将自己认作无过"的邪说,入于人心之后,人就认他们为知己,拥他们为圣人,并且承认他为改良环境、改造社会的领袖。于是乎,他们名也成了,利也有了。其实,他们并非真有救世爱人之心,不过是利用傻小子们,做他们那"登墙、爬房"的梯子。

不必骂环境不良,先要问你自己良不良。不必骂人不肯用,先要问你自己是否真有被人聘用的本领。不必骂"社会组织不良",先要问你自己是不是社会中的一个良好分子。

《果斋日记》上说:"子弟无专长,便是家之累。亦是国之累。"我常对学生说:先不必高谈救国救民的大事,先要将自己养成一个真有实在本领的好儿子好国民。

青年人好奇,是因为阅历少。老年人不好奇,是因为经验多。

四十岁,是"开倒车"的时期。你若不信,你到了这个年龄,你就知道你的思想是要"向后转"。

为恶如同欠款。你借钱之后纵然能忘了,可是借给你钱的人总能记得住。你为恶之后纵然能放在脑后,然而受你害的人必能存在心里。

抓住了时代,不如保住天良。若失去了天良,纵然抓住了时代,也是时代中的败类。

无知之辈,信假不信真,信虚不信实。信一时的浮说,不信永久的定理。

人,立身不可有色彩,求学不可有臭味。人派人系,左倾右倾,是失了自立性。大丈夫当超然自处,中立不倚。大丈夫要做松柏,不做藤萝。人是能直立的动物,禽兽虫鱼决无这种天赋的特能。猿虽然像人,但是立起来也不能直,纵然能直一时,也决不能支持许久,所以猿猴终不能脱出兽的范围。人若将自己当人看,就当挺然直立,决不可左倾右倾。

德国俗谚:"捕野兔,用猎犬。捕愚人,用谀言,捕妇女,用金钱。"据我所知,猎犬未必准能捕住狡兔,金钱决不能引动贞妇,惟独谀言,不但能迷惑愚人,甚至极聪明的人,一听人奉承一两句,也必骨软筋麻,在不知不觉之间就入了人的圈套。

走运时,不可趾高气扬,以免惹人怨恨,穷困时,不必愁眉苦脸,以免招人嫌恶。

现今多数的青年,对于自由平等,愿按新式的,对于依赖父兄,愿守旧式的。

在无论施行什么政体的国里,全是官吏少,人民多。以少数的官吏要欺骗多数的人民,岂不是自找败露。败露之后,若还继续行骗,岂不是恬不知耻。俗语说是"好贼不偷二回"。官吏骗术,既经人民发觉之后,官吏若不痛自改革,他们的知识,岂不是在盗贼之下。

治病须临时处方,不可预先拟下若干方案。治国也是如此,不必预先定下几年的计划。与其以后乱加改动,使人民增加许多的纷扰,遭受许多的损失,不如到一个时候,办一个时候的当务之急。

离开应走的正道,当然入了不当入的歧途。现今,听许多青年所说的话,看他们所作的文,全有"彷徨十字街头"的言词,足见他们是迷失方向。他们所以陷入欲进不得,欲退不能的地步,并不全是他们的过错。过错的责任十分之九,是在一些野心的"作家"。你只要查一查现今许多青年所爱看的书报杂志，就可以查出使他们真诚入了歧路的罪魁祸首是谁。

包办民意最易，附和民意最难。因为，前者是为利己，后者是为利民。利己的事，虽禽兽也能办得到。利民的事，非圣贤不能做得成。

一种政治若失了人民的信仰，就如同行尸走肉，只能令人躲避，不能令人亲近。

有好民，无好官，有好兵，无好将，如同有好的身体，没有好的脸面，也能使全身体受了挂累。

真有学问的留学生，言行动作必像中国人。毫无知识的留学生，言行动作必像外国人。愈是洋气十足的留学生，愈是金漆的马桶。

军人所以可贵，在能阻止外洋武力侵略。学者所以可敬，在能传布本国固有的文化。

对活人，万不可捧他过甚，因为不知他将来还要变一个什么东西。对死人，还可以说几句好话，因为他已然失去了为恶的能力。

行得通，是大道。分得清，是正理。

人生是苦劳，不是安乐。不但人是如此，一切活物无不如此。现今许多的青年男女，因为受了邪说的欺骗，以为生成一个人，就当享幸福，以为受了几年教育，就当有位置，这全是极端的错误。苏俄的情形，据宣传固然仿佛是人世的天堂，其实，不劳力不劳心的人，还是没有生活的门路。

现今，在街上挽着"爱人"出风头的青年，百分之九十全是将来在僻巷里抱着"瓦盆"哭嚎喊叫的乞丐。

麦克欧 MarkOyer 说："若将扯谎的人全都禁锢起来，世界登时就冷静了。"他这话的意思，就是说"世界上少有说实话的人，世界上所以热闹，只是因为互相用言语骇人"。我以为，古今各国的学者和伟人，尤其是善于说谎者，他们的名与利全是因为不说实话而得到的成绩。可幸上天生人，仅使每个人长了一个嘴，否则，世界还不知要热闹到什么景象。

人的一生，真仿佛是一个梦境，自己对于梦中的情形与种种稀奇古怪的穿插，一毫也竟不能自主，只有顺着梦境做下去，做到哪里是哪里，着急是无用，欢喜也是白费,一醒全完。人生,一切的遭遇与种种悲欢离合的事故,又何尝准能由着人的心意发生。只好顺着天良活下去,活到哪里是哪里,着急,急不上三万六千日,欢喜,也喜不了一千二百个月,一死全了。

以"精神文明"而言,我中国在各国间,实在居于老祖的地位,以"物质文明"而论,我中国与欧美相较,尚在孩提的时代。图一时之强,我国可以求教于人。图万世之安,欧美还当求教于我。

卖洋货的,当然不喜欢售古玩的。卖洋装书的,当然不喜欢卖木板书的。那么,依此类推,新圣人当然与旧文化势不两立。卖洋货的与卖洋装书的和售古玩的与卖木板书的,并无仇怨,不过因为夺生意起见,不能不立于敌对的地位。

为求书法进步,虽花重价,购买好碑贴,并不算妄费钱财。然而在未能将字"写成个"之前,就用顶好的笔墨纸张,实在是暴殄天物。我每逢见着小学学生使用极品文具,我就以为他们的家长或他们的教员,故意使他们毁害东西。

我的亲戚的小儿女,在某小学读书。所用的文具,务求精美。仅以记事簿一项,每册就用钱三角以上。我问是什么原因,据说奉教员之命买的。我对我的亲戚说:这种教员,足可养成小学生奢侈的恶习。这种教员只可到富贵族的宅里,去教公子小姐,指导他们如何"败家"。至于像我们这等小户人家,实在难以供应。

现今,不但学生所用的美术化的文具,是妄费钱财,而所谓的教科书更是极大的消耗品。我国为求救国,救民,文明,进化起见,对于教科书,今天改,明天换;我们既不愿亡国灭种,对这种"朝改夕换"的良法,当然不敢表示反对。惟独教科书的昂贵,实在使当家长的真有一点担负不起。现在,普通的家长,每逢开学,对于学费已经咬牙,对于书费更是裂嘴。一家若有三个孩子,同时入小学中学大学,这笔买书的费用,简直足可使当家长的上吐下泻。

平均,现今的小学教科书,每科每本就需大洋一角八分,中学的每科每本就需大洋七角之多,至于大学用书,每本至少超过二元以上。仅以上海某大书店的小学教科书而言,一印就是千万多本。有几种已经印到一百四十几版。我对印刷事业,并不外行,这种一角八分一本的教科书,连版税在内,每本成本用不了五分大洋。每本可获利一角大洋以上。若加计算,岂不是一本万利。做生意是为得利,自然无可反

323

对。但是，要知消遣用的书，贵一点也不妨，因为是愿买则买。教科书的定价，必须特别低廉，因为不买不行。某大书店，只为自己得大利。可是全国有子女的人，就受了大害。教育当局，果肯为人民设想，就当对这种包办教科书的大商，痛加惩罚。

近一二年来，市上出了许多"一扣打八扣"的书，其中颇有极有名的著作。虽然全有错字，大体并不误谬。这实在是为穷苦的读书人，增了无量的便利。我以为，印刷这种书的书店，实在有传布文化的效能。应当优加奖励。有人说：这种廉价的书上市，上海几家大书店全都受了极大的影响。我说：与其在出版界中，养成一两个包办文化的托拉斯（Trust），实在不如使穷小子多得一点买书的机会。假若我国的教育当局，能特编教科书，也按这种廉价的办法卖给学生，实在是功德无量。较比每年遣派无数的官费留学生，还能真正有益于国，有利于民。与其用中国钱，造就一些"外国式"的高等中国人，实在不如造就许多能认中国字的下等小百姓。

天下决没有废物立足之地，决没有闲饭养闲人。我以为"等候某种主义成功之后，人人就有幸福可享"这样的话，全是欺人惑众之谈。纵然某种主义成功之后，人人就有幸福可享，而所谓人人者，也是指着有用的人人而言。你若一无所长，无论什么主义成功，也是与你毫无利益。有志之士，决不在任何主义上费精神，只有在学问与事业上尽心力。近几年来，有许多青年，高谈各种主义而不肯专心一志的求学习艺，实在是自寻苦恼的政策。

你果有高人一等的本领，你就不必为久居人下着急。你做的工若比别人好，你占的位置必比别人长。你卖的货若比别人高，你的主顾必比别人多。不必怕别人打倒你，只怕你自己站不牢。

现今，许多学生对于功课，全说不感兴趣，这是极大的错误。许多教育家因为要提高学生的兴趣，竭力迎合学生的心理，这更是极大的错误。因为使学生欢喜的教材，决不是将来真正与他们有益的东西。所以，我以为教育，必须"反心理学"，才能与学生有实用。那些主张"教育须合学生心理"的教育家，全是将教育看做哄少爷的手段了。

现今有一句最摩登的话，就是"有竞争，才有进步"。这句话，也能益世，也能乱世。人若能在学识上不肯让人，就能于世有益。人若在权势利禄上不甘落后，就必与世有害。因为在学识道德上竞争,并不妨碍别人。在权势利禄上竞争,别人必将受了损害。你如何损害别人,别人也必设法对待。一还一报,两败俱伤,岂能说是进步?依我看,现在所讲的竞争,全是向死途里猛进的竞争,不但不能进步,且必同归于尽。

人生最大的光荣,是超然自主,人生最大的羞耻,是随声附和。在圣贤豪杰中,决寻不着半个随声附和之辈。在凡夫俗子里,决打不出半个超然自主的人。

你生活一切,若不愿与草木同朽,你必须养成一个不受人牵动的坚心,练就一身不随人转移的硬骨。

不敢与众人异,就必与众人同。与众人同,就是一个凡人。敢与众人异,就必不与众人同。不与众人同,就是一个超人。

在群众抢先的时候,你须要退后。在群众竞争的时候,你须要冷静。在群众呐喊的时候,你须要沉默。因为群众是一个极无价值的名词,是没有脑筋的集团,是被大骗子所玩弄的傀儡。你若以群众的思想行动为标准,你就要化为群众中的一个,而失了独立性。你若将你自己看重了,你须敢跳出于群众的圈子之外。这样,你不但可以不受群众的连累,你还可以使群众受你的引动。

曾国藩说:"除自强之外,无胜人术。"人若想不被别人所打倒,只是在自己的身上用精神,国若想不被别国所灭亡,只有在自己的国内用功夫。人,追着别人乱跑,决不是自强的方法。国,随着别国乱学,也不是自强的门径。所谓自强者,是竭力发展自己的特长,使之达到一个完美的地步。是要用这样特长,应付别人的所短。不是效法别人的特长,而遗弃自己的所长。要知,与人不同,才有胜人之望。与众强同,正是取败之道。

人善使刀,他善使枪。你要想胜人,不可丢下你的枪而学使刀。他若想胜你,也不当抛弃他的刀而学使枪。你苦苦地练枪,才是最好的自保之法。他勤勤地练刀,才是最好的自卫之术。

现今欧美的文明,只要稍有思想的人,就可以知道他们那种文明,是疯狂的文明,是酒醉的文明,是打"强心针"的文明,是服"春药"的文明,全是一时变态的恶现象,全不是自然的真精神。有心人,见着他们这种情形,只是为他们的前途担扰。唯独混小子,才能见他们这凶野的行为而生羡慕。

325

目下欧美各国的现状,正如目下平津的商店。欧美的各国,已经失去了治国的正道而讲究竞争,平津的商店,已然失去了营商的旧规而注重比赛。欧美各国忙于对外的设备,使人民的脂膏日枯。平津商店忙于外表的装设,使自家的血本日亏。欧美各国如此竞争下去,不待敌国动手,自己必先要民乱国亡。平津商店这样比赛不停,不等同业排挤,自己必要关张倒闭。

邦国若真知"竞争"之道,须先在人民上注意。商店若真知"比赛"之术,须先在货品上用心。人民富庶,国势自张。货品精良,利源自广。军备的扩张,不能防止真正敌国的野心。外表的装备,不能吸引真正买主的光顾。我见平津两处新近倒闭的商店,多是把门面修饰好了的,我预测,不久就要灭亡的邦国,也必是把军备筹设足了的。

以武力谋国的富强,正如以赌博谋家的兴旺。俗语说久赌必输。所以好赌的人,到底必倾家荡产。赌得愈凶,败得愈猛。刘向说"好战必亡"。所以好战的国,至终必民乱国亡。战得愈狠,亡得愈快。好赌的人,若能有好的结局,我就信好战的国,能有好的归宿。

好赌的人,若是到了自以为手术精巧,来者不拒的时候,就是到了他的末日。好战的国,若是到了自以为军备充足,天下无敌的日子,就是到了他的尽头。好赌的人与好战的国,若一现出骄气,决不是好的预兆。我在民国十八年,著了一本《治兵箴言》(分十五章)。第二章就以"戒慎"二字为题,对于骄字,痛不砭。不但赌与战不可骄满逞强,人生一世,谁不是因戒慎恐惧而成功,谁不是因骄满逞强而失败?

赌博与战争,全是赔本的举动。好赌者,虽有时侥幸可以赢些钱财,然而所耗的精神,决不是钱财所买的回来的。好战者,虽有时侥幸得些土地,然而所耗的元气,决不是土地所挽的回来的。可见赌博不仅是输者吃亏,战争不只是败者受害。何况是输者还要捞本,败者还要复仇,因果相乘,循环不绝,任何一方,也没有便宜可占。

我每逢一进中央公园,我必对那座"公理战胜"牌坊,冷笔一次,因为它实在是一座"武力战胜"的牌坊。假若它真是"公理"的成绩品,世界第二大战决不致又在酝酿之中。只有到了第二次世界大战之后,好战的国,全都力竭筋疲,民世财尽,再不信武力万能而深信仁义万能的日子,公理才能露出本来的面目。

几年前我在日本人大岛隆吉所编的一册《英文译》里,读这一段关于战争的话,大概是说:"延长的战争,是痛苦,是流备,是经济的消耗。其比例是继续增加的。十八个月的战争所生的损害,与六个月的战争所受的损害相较,不仅是三倍而且是十倍。"现今各强国之间危机,已到箭在弦上,引满待发的当儿了。我们替全球的人类设想,只盼这世界第二大战,早早爆发,速速完结。否则,如同疔疮,若非快快破头出脓,必将愈套愈大,愈不易医治。

古语说:"善保国者,戒用兵。善居家者,戒争讼。"我们远考历史,好战的国,有几个不遭惨败的?近查社会,好讼的人,有几个不归破瓣?因战争而获利的,只是军火商人。因诉讼而生财的,仅有律师讼棍。英谚说:"律师的房屋,全是建筑在愚人的头上。"我以为,军火商的宝库,全是创设在愚国的领域。然而,鼓动战争的军火商与挑讼架的大律师,又有谁能得到好的结果?反正,无论如何高谈文明进化,也不能除灭了循环果报之理。

目下,我国对于为人民谋幸福的机关愈多,我国人民愈无幸福可享。现今当前要务,是主权的要人,先扪心自问,寻找自己已经失去的天良。只要自己的天良能够归还原处,人民的一切,全都有了办法。否则,多一个为人民谋幸福的机关,人民多一层剥削的痛苦。

我国人民现在所怕的不是水旱,也不是害虫,所怕的只是贪官污吏。水旱与害虫,并不年年发生,贪官与污吏,时时能吸人民的膏血。设些机关用科学方法,固然能调解水旱,捕灭害虫。但是若不能用你们那科学方法,诛除贪污,纵然连人民拉屎撒尿,全设一个机关,也是仅能替人民增害,而不能与人民有益。

朱元璋说:"治民犹治水也。治水者,顺其性;治民者,顺其情。"在上者的设施,岂可与民情相连。

凡不宜于中国之现状、不合于中国人民之设施,不妨从缓举办。否则,就是多事。多事就是扰民。现今救国救民之道,不在机关的增添,而在官吏天良之发现。

将中国治成"现代的国家"这一句话,是极易说出,可是极不易做到。因为不但我国十分之八的人民,还不够现代国民的资格。并且我国官吏中的百分之九十以上,还不够现代官吏的程度。要知,徒有洋式的建设,只会洋式的享乐,并不能算现代的国家。

有人说:"民意二字,最无凭证,最无把握。顺合民意而为,究竟由何处下手?"我说:"人人全有一个天良。天良就是民意。一国的官吏,虽然高居人民之上,但是他们还未曾出了人类的范围。只要是人,就有天良。本着天良办国家的事,就能合乎民意。并且,我国的官吏,多是由寒贱出身,他们在寒贱的时候,希望官吏如何尽职,如何为民想。他们高起来之后,对于所做所为,若还能照他们当日所想望的施行,就不至与民意做成两截。"

官吏是由人民转变而成的。人民是本,官吏是末。人民是源,官吏是流。有世世代代为民的民,无世世代代为官的官。为官是一时的,为民是永久的。民有为官的日子,官也有为民的时候。官的祖先未必不是民,民的子孙也未必不为官。官与民既是一体,一旦做了官,若不念人民的痛苦,岂不是舍源忘本。水与源断绝,必日趋干涸。本与末隔阂,必日渐萎枯。官不与民一致,岂不是自入绝境。

扬雄说:"政之本,身也。身立,则政立矣。"郑康成说:"政,正也。政,所以正不正也。"《盐铁论》上说:"善为人者,能自为者也。善治人者,能自治者也。"使我气破肚皮的,就是我国的为政者,多不能立身,不能自正,不能自治,而偏在法上考究,而偏在民上注意。譬如,自己已经生了满身的杨梅大疮,仍不停止宿娼行为,而偏在药方子上讲求医治之法,岂不是南辕北辙。自己已经"杨梅升天",臭气扑人,而偏在路人身上找毛病,岂不是舍近求远。

凡事,急则治标,缓则治本,不急不缓,才可标本兼治。目下我国,命在呼吸之间,还谈不到治本。也顾不及标本兼治。当前的问题,只有从治标下手。凡不是关切国民生死的当务之急,一钱不可妄费。譬如一家,已经无米为炊,无衣遮体,苟有一点钱,须当治饿御寒,万不可先买脂粉,先置陈设。可惜,专以我国近几年的建设而言,多是等于乞婆买脂粉,花子置陈设。涂上脂粉,不但治不了肚子的真饿,反令人多起疑心。摆上陈设,不但掩不住自己的真穷,且叫人多加讥笑。

朱熹说:"足国之道,在务本而节用。"又说:"国家财用,皆出于民。如有不节而有用度有阙,横赋暴敛,必有及于民者。虽有爱民之心,而民不被其泽矣。是以将爱民者,必先节用。此不易之理也。"李邦献说:"用不节,财何以丰?民不苏,国何以安?"现今我国当前的急务,不是要聚合一些专家,研究如何增加国家的收入,而是在一些要人,用心计算,如何缩减国家的支出。假若不能在节字上考核,纵然将全球最新的经济学家,统统的请了来,也是不能救国救民。

张居正说:"治国之道,节用为先。耗财之源,工作为大……于不容已者而已之,谓之陋。于其可已而不已,谓之奢。二者皆非也。"他这话,正是用与节的分别。我国现今的要人,若能知道如何是陋,如何是奢,何者当缓,何者当急,我国就能免去国困民穷的危险。譬如,国防的设备,堤岸的修整,沟渠的疏掘,工厂的建立,只要切合现今的实用,就是"不容已者"。若不肯用款,就归于陋。譬如修饰死人的坟墓,国葬所谓的伟人,建设华丽的衙署,筹设高谈学理的机关,增设摩登的娱乐场所,纵然合乎时代化,正是"可已而不已"。若不惜用款,就流于奢。

有人问我:"现今某省用三十万元培修黄帝陵。你有什么感想?"我说:我中国人谁不是黄帝的子孙。黄帝既是中国人的共祖,为这大家的祖先修陵,凡是个中国人,当然表示同意。为一位"国父"的陵,还可用四百七十九万七千一百十六元五角(据民国二十二年,傅焕光所编《总理陵园小志》载入),若培修一位"国祖"的陵,仅用区区三十万元,实在为数不多。并且为一位革命伟人谭某之陵,还费了二十余万。为一位我国自有史以来第一大伟人黄帝的陵,才多用十来万元,尤其是不觉其多。

又问:"黄帝死去已经四千多年,连骨头渣滓也没有了。给他培修坟陵,与国计民生有什么益处?"我说:我国的国土日缩,我国的国民日困,只是因我们这伙子遗孙,实在不知祖先争气,不能继武先人,并且也是因为大家将这位露脸的祖宗忘在脑后了。假若将他老人家的陵,培修起来,一些有钱到西北去逛的人,看见这座光荣的祖坟,因而发奋图强,不再自私自利,我中国的前途,岂不是大有后望焉。

当初,太甲不曾做王,伊尹就想了一个方法,在太甲他爸爸坟茔那里,建了一座宫殿,请太甲去住了三年。太甲天天见着先人的埋骨之所,因而想起先人创业的艰难,果然改过自新,成了商朝的好王。这次将黄帝陵重修起来,我中国的要人,每逢到西北去,看见黄帝的陵,若追念他老人家的文治武功,因而励精图治,清廉自矢,未尝不可变成好官。并且,我中国现在,名虽民治,其实还是官治。假若这班治国的人,于谒中山陵之后,再谒黄帝陵。谒黄帝陵之后,复谒中山陵。每谒一次,就追怀先人的功德，就反躬自思一次，我中国的前途，岂不是更"大有后望焉"。不过，我以为，假若修了等于不修，谒完如同不谒，未免是多此一举。因为，两个月前，据报载兰州通信，兰州城里就饿死一千多人。与其费三十万元培修死伟人的坟墓，实在不如用三十万元救济活小民的性命。

后人要强与不要强，发达与不发达，和先人并无关系，和先人的坟墓，更无关系。若因为先人有功有德，自己才肯要强，若因修饰了先人的坟墓，自己才肯学好，实在不是真有志之士。真正有志之士，决不管先人的个什么东西，决不管先人的坟墓修与不修，自己总要先努力争求上进，自己总要先在举动行为上耀祖光宗。

纵然有孔孟那样的先人，自己若只能误国殃民，不但不能给自己遮罪，反要给先人丢尽了脸皮。纵然将先人的坟墓修饰得亚赛天宫，自己的先人假若鬼魂有知，也是要在里头气得乱蹦乱跳。

先人若果然有功有德，后人纵然不好，别人追德念功，还不致骂及他的先人，只有替他的先人悲叹。假若先人原来就无功无德，后人又是变本加厉，别人必然连活的带死的一齐骂。这样，将先人的坟墓修饰得愈好，挨得骂愈多。费得钱愈多，将来的人，刨得越凶。我以为，后人若想不挨骂，若想使先人的尸骨得平安，只有自己在自己的品行上用功夫，不可专在先人的坟墓上费财力。

曹操与秦桧，毕竟还能自知其恶。他们的子孙，也真有先见之明。因为曹秦两人的坟墓，隐隐秘秘的直到今日，还未确实被人发见。假若在当时就辉煌美备，恐怕早就和魏忠贤的生祠，走了同样的命运。我以为，人生一世，只要光明正大，死了纵然箔卷席埋，躲在九泉之下，也是坦坦然然。假若一生只是祸国殃民，死了纵然金井玉葬，躺在九泉之下，也是心惊胆颤。

现今，在我国这危机四伏、民穷财尽的日子，用一个钱，当得一个钱的实用。不但对于修陵、铸像、立纪念碑、修纪念堂一些不急之务可以停止，至于重修杨贵妃墓与薛涛井一类的工作，更可以缓而又缓。固然有些工作之费，是出于要人的"捐廉"。然而有这笔款项，不如移作紧急国防或贫民教育的费用。修黄帝陵，还可以说是培植民族精神，修杨妃墓与薛涛井，不过只能供有钱的人去逛。杨薛两人，固然是最有名的美人，但是这种美人，只能祸国，只能迷人，有何功德值我们纪念？

推崇前贤,不在乎形式上的敬拜与物质上的表扬,只在精神上的追随,天良上的效法。他们在史书里已占了万古流芳的位置,用不着我们一时的锦上添花。死人果有真功在国,实德在民,自有千秋万世的人,替我们花钱修坟、铸像、立纪念碑、修纪念堂,用不着我们现今费钱费力,我们何必急不能待?试问一些名贤名宦的纪念物,是当时修筑的么?

俗语说:"吃不穷,穿不穷,打算不到才受穷。"歌德 Goethe 说:"生财之道,与其注意不利,不如注意小费。"一家用度费于柴米油盐者,并不甚多。只是不会打算,才能倾家败产。若以为任意支出一些小费,无关重要。其实,积少成多,足以家败人亡。家与国的情形相同。若以为这里用十万,那里费二十万是小事一段,不足计议。然而若用之不止,也足可使民乱国亡。只要稍读史书,就可以知道各朝乱亡的最大原因,就是取之于民,一毫一厘不放松。用之于官,成千成万随手去。

吕坤说:"今之用人,每恨无去处,而不知其病根在来处。今之理财,每患无来处,而不知其病根在去处。"他这"来、去"二字,将明朝以及前朝后代,所以亡国的总原因,说了一个罄尽。

古语说"量入为出",虽然是一句陈腐的话,但是足可行于万代而无弊。最新经济学纵然说了一个天花乱坠,著的书虽然数千万册,也出不了这四个字的范围。可惜,现今的人多是在外国的经济学上找方法,专靠一些经济学者寻门路。

韩非子说:"与死人同病者,不可生。与亡国同事者,不可存。"我读宋元明几朝将亡的时候的情形,再一反观我国的现状,我真怕亡国奴的衔名,不久要临到我国人的头上。时至今日,我国的要人,若不愿负亡国之责,我国的富人,若不愿尝乱亡之苦,最要紧的就是将有用之钱,用于有用之地。

国家的岁入,全是人民的脂膏,外债的低借,全是人民的担负,天下各国,无不如此。然而既取之于民,就当用之于民。譬如用之于国防的设备,用之于生产的建设,一则可以使人民得保障,一则可以使人民增利益,人民当然表示同情。假若取之于民,而用之于不急之务,用之于消耗之品,人民当然大生反应。有治国之责的人,对这种的支出,若不详加考虑,就是显然与民意为敌,不是要促短自己在政治上的寿命,也是要促成国家的灭亡。

横征暴敛是亡国的根源，滥用轻支是亡国的引线。既然横征暴敛，而又滥用轻支，就是到了国命的尽头。《穀梁传》上说："财尽则怨，力尽则怼。"人民一生怨怼之心，就必丧其乐生之念。人民若不以生为乐，国家决没有还可以存立的道理。

不只家败出不了一个奢字，国亡也出不了一个奢字。

家败，多因购买不急需的物品，多因讲求无益的应酬。国亡，多因滥施不急需的建设，多因耗于无谓虚文。

李绘先生说："家贫而结豪贵，无钱而喜多事，速败之道也。"不独居家如此，是速败的原因，立国如此，更是速亡的定理。

贺琛说："事省则民养，费息则财聚。"在上者若能静不多事，人民就不致多增烦扰。在上者若朝改夕革，不但钱财多所损耗，而人民也不得安居宁处。要知，加损增税，人民还可忍疼贡献，惟独多烦多扰，百姓实在忍受不了。假若既向他们搜求，又催他们改良，他们实在支持不住。

李恭说："俭之自下，则涓滴。俭之自上，则邱山。"假若在上者"成大篓的撒油而向车辙里捡芝麻"，财政永远是要入不敷出。

李邦献说："上节下俭则用足。"我国自维新改良，习染洋化以来，上不知节以为倡率，下不知俭以顾身家。这种现象，已是不祥之兆。

官吏用自己的钱，如同抽筋剥皮。用国家的钱，等于扬沙洒土。一有这种现象，纵然没有敌国外患，也必民穷财尽，民乱国亡。

我问一位朋友说："一家若已经到了无米为炊，典当度日的时候，有修饰坟墓的没有，有修建花园的没有？"他答道："天下决没有这种不会打算的愚人。"我国现今，对于恭维死人的消耗和对于摩登建设的支出，是不是就等于这不会打算的愚人？

在我国现今这危急的日子，决无办理"颂扬死人"的余力，若在这民不聊生的当儿，大耗财，表扬死人，非但不能振起民族的精神，反要惹动人民的怨愤。要知，人民的怨愤，较敌人的攻击更为可怕。并且，纵然将死伟人的铜像碑祠，立遍了全国，外人也不能因我的伟人众多，肃然起敬，而奉表称臣。纵然将死伟人的坟墓遗迹，全都修整一新，外人也不会因我的建筑辉煌，诚加保爱，而不忍摧毁。总之，国土若保持不住，连一切现代化的建设，也是徒为外人耗财费力。

国是全国人的国,如同家是全家人的家。家长以血统之尊严,还不能任意妄用家资。要人不过为一国的"公仆",岂可滥支国币。前者,某大学校长本来穷得无米下锅,他领到薪水之后,竟敢买了一个紫檀的书桌,闹得全家向他起了冲突。不但他低头认罪,邻居也派了他一身不是。他用自己的心血换来的钱,还不能购买不急的东西,何况国家的钱财,全是出于人民的血汗。要人又岂可背逆国民的心理,而随便开销,去办一些不急需的事务?若说我是强奸民意,阻扰建设,我决不惜粉身碎骨。因为我决不忍亲眼看见我中国的灭亡。

钱,是国家平时的筋骨。钱,是国家战时的血脉。在平时滥用,决站立不住。处战时妄耗,是自求速亡。

我所最不明白的是,自民国以来的要人用钱,就一掷几万或几十万万而不知爱惜。既然是由平民出身,为什么不了解民间的疾苦?对区区几万元,固然以为渺乎其少,岂知这几万元之中,有若干是人民卖儿卖女的代价!

专制国所以不如民主国,是因为下情不能上,皇帝生长深宫,不知民间疾苦,浪费妄用,还有可说。民国要人,既然来自田间,为什么居然"好了疮,就忘了疼?"

英谚说:"用钱买你所不急需的物件,将来必要卖你所必需的东西。"我以为,国家若好办不急之物,不是奋勇图强,正是努力求亡。

钱,如同火炭,聚合起来,就能用以做饭烧茶,假若抛在各处,立时就必化为灰烬。以我国的岁入而论,并不为少。

所以屡觉不足,就是坏于随时随地胡乱抛掷。这些年来,只要有人能与要人接近,只要他能创出一种好听的名义,就能支领一笔款项。"研究学术"也罢,"整理文化"也罢,"复兴农村"也罢,经常费若干万元,至于成绩如何,只要你"朝中有人",管保无人过问。反正是大家心照不宣,你不可揭穿我的黑幕,我也不必探查你的内容,所以只见领钱,不见出货。滥支妄费如此,国库焉得不空,民生怎能不困?

所谓一国的圣贤,一国的伟人,必须是全国人民所公认的,而不是极少数的人所可以勉强捧起来的。极少数的人,在有势力的日子,固然可以硬将一个龟奴或一个婊子,捧得高与天齐,说他们如何有功于国,有德于民。但是在多数人的心里,还是要认定他们是龟奴是婊子,而决不肯认他们是圣贤是伟人。我以为,这种圣贤,这

种伟人,只可称之为"蘑菇式"的圣贤,"蘑菇式"的伟人。因为他们是在昏黑的时候,突然钻出来的。只要阳光一射,立刻化为几滴臭水。本质既不实在,当然不能持久。

要人全是"圣贤豪杰",小民全是粪土毫毛。要人因试验政策,弄死几百万民命,也是为人民谋幸福。小民为维持生命,偷窃半升粗粮,也是有害于人群。要人善于假借国字民字,享尽荣华,受尽富贵,死了也是"为国为民"而死。小民不敢利用国字民字,受尽痛苦,遭尽颠连,死了也是为私为己而亡。所以,要人死了全是"殉国",小民死了全是"殉私"。前者,就应大耗国币,举行国葬,铸像修坟。后者,就当箔卷席埋,弃在郊野,喂狐喂狗。

报纸,固然可以称为民众的喉舌,固然可以称为代表民意的东西。但是任何报社也不能说,我这报是"民众喉舌",我这报是"代表民意的东西"。因为民众这个名词,是指全国的人民而言,民意这个名词包含全国人民之意。苟有一毫偏私的念头,牵涉到私利、私图、私恩、私仇、私愤、私怨,就不可滥用民众或以民意做为题材。

一个报社的编辑,学识无论如何高超,观察无论如何通透,也不配说他的言论就是民意,他的批评就能代表民众。一个编辑,既不能以私意为民意,以自己为民众,那么,也不可以少数人之意为民意,也不可以少数的人为民众。所以一个编辑,每逢要写到"民众"或"民意"的当儿,必须详加考虑,自问天良。否则,就是包办民众,包办民意。

办报的人,若犯了包办民众或包办民意的罪恶,无论靠山如何高大,无论资本如何充足,也决不能支持长久。因为民众就是一个大公,民意就是一个天理,包办民众,就是违背大公,包办民意,即是拗逆天理。天理与大公,岂是可以任意假借的!若是可以随便假借,某某总统,何致贻议千载。某某军阀,何致身死名辱,以威风凛凛的总统,以杀气腾腾的军阀,还以包办民众,包办民意而遭失败,手无寸铁的办报的人,更不应擅违大公,妄逆天理。

孔子说:"众恶之,必察焉。众好之,必察焉。"人,若想做一个真正的人,必不可模模糊糊的与众人同好恶。报,若想做一个公平的报,必不可模模糊糊的与众报同好恶。要知,众人或众报所排斥的人,未必不是一个光明磊落,心口如一的大好人。众人或众报推崇的人,未必不是一个媚世谐俗,欺人惑众的大骗子。

有人说，这二十世纪是进化最速的时代。依我看这二十世纪，正是一个骗术最精的时代。以前的骗子，只能骗个人骗社会。现今的骗子，专能骗民族骗天下。

以前的小骗子用诡计诈术，现今的大骗子用主义用学说。以前的小骗子，只能使人倾家荡产。现今的大骗子，专能使国亡民奴。以前的小骗子，骗了人之后，被骗的人，还能切齿咬牙，谋图报复，将骗子送至官衙，治以应得之罪。现今的大骗子，骗了人之后，被骗的人，还要心服口服，甘愿牺牲，将骗子尊为圣贤，敬以非常之礼。以前的小骗子死了，人全说是除了一害。现今的大骗子死了，人反说是典型犹存。世上既以受骗子的玩弄为文明进化，骗子就层出不穷，骗术乃日新月异。大骗子前引，小骗子踵接，八仙过海，各显神通。于是乎全人类全世界，就笼罩于骗术的迷雾之中，没有天光可见了。

办报的人，或一党一派一系的人，若捧某一个伟人、要人、名人、诗人、作家或文学家，万不可专凭自己的或一党一系一派的私见，将他捧到三十四层天以上。万不可说他是前无古人，后无来者的人物。尤其是不可将全国的或全世界的等等形容词，任意强拉硬扯，加在所捧的人的身上。要知道这种包办民意的恶习，不但不能给所捧的人特别增光，简直是给所捧的人格外招骂。

我中国在这二十几年里，所以国乱民贫，现今各国所以民不聊生，全是坏于极少数的人，背逆天良，欺人骗世，以私心私念，施行包办民意的政策。这包办民意的骗子们，若得了势力，小则骗社会，大则骗国家骗世界。这包办的流毒，若不能洗除，世上决没有太平的日子。若想不用武力而去净包办的政策，最好是将他们一班骗子们所说的包办的话，认作鸡鸣犬吠，由着他们胡喊，我们小民，偏不听他们那一套。

有权势的要人，可以不顾声名，掩耳盗铃，障目捕雀，包办民众，包办民意。办报的人，即操言论之责，万不可对"民众、民意"等字，强拉硬拉，模模糊糊。譬如，若说"某人和全体民众，欢迎某某要人"，"某处的全体民众赞成某种团体"，办报的人，必须身临其境，亲见某处多数的人民，真有这种举动，才可用"民众"二字，必须人人参预，一个不剩，才可加添"全体"二字，以为形容。

做买卖，为销货起见，或可以张大其辞。办报的，为报告消息，只可据事直书。譬如，说某要人或某学者之死，参加送殡者，若干万人。只可以按执绋者的人数计算，

疯言乱语

切不可将看热闹的人,也算在其内。这样固然给死者锦上添花,但是就犯了包办民众或包办民意的罪恶。

前者,某人死了,某报竟敢说"□□先生之死,实在是全中国的不幸,也是全世界人类的不幸。中国失去了一个这样伟大的'导师',全中国的民众,当然也没有一个不掉泪的,也可以说,全世界的人类,没有一个不悲痛的"。这个报社,不仅是以己之心,度人之心,且是以极少数人的私心,揣度极多数人的公心。不仅包办中国的民众与民意,尤且扩大那包办的范围,连全世界也敢包揽无余。我以为,这种"包办专家"实在是胆子太大,脸皮太厚。因为,他如何能断定"全中国的民众没有一个不掉泪的",他怎么能推测"全世界的人类没有一个不悲痛的"?

一个不读书认字的寻常人,无论如何善于言谈,他的话在一时之间,仅能传入几个人耳里,受影响的范围太小。他的话或善或恶,也积不了大德,也作不了大孽。惟独一位学者或一家报社,一动笔墨,一发言论,不仅在一时之间,影响百千万人的心田,并且可以传遗到天下后世,受感应的范围太大。若持论公正,就能为人群生无穷的福利,若发言偏邪,即可给人群造无限的罪恶。正所谓,一言兴邦,一言丧邦。学者与报社所负的责任,既然如此之大,发言立论,岂可只顾一时的私利而不详加考虑。

现今,有名的学者与有名的报社,既被人称为群众的"导师",学者与报社,就当顾名思义,尽"指导"的责任。所谓"导师"者,必须自己先能辨清了方向,将群众引导着走入光明正大的坦途,万不可学瞎子引瞎子,一齐行进斜曲不平的险路。所谓坦途,就是平平常常的直正安稳的大道。这个大道已经被我们的先人走了几千多年,显然万无一失。所谓险路,就是奇奇特特的右倾的捷径,这些捷径才由一二外国的学者发见,未必妥实可靠。有名的学者也罢,有名的报社也罢,既然处于"导师"地位,就不当自显聪明,以身试验而连累群众一同踏入不可挽救的绝境。

群众的"导师"这个尊衔,岂是可以随便胡乱使用的。极少数的人,认定任何一个人,是他们少数人的导师,并不致招起反感。因为那是他们的自由。假若笼统地说某人是群众的导师,那就是任性包办民意,包办民意,就是极大的专制,以孔子而言,别说是中国多半数的人所尊崇的至圣,然而因为有人主张定孔教为"国教",还有人提出抗议。何况是极少数的人,硬将他们所崇拜的称为"群众"的"导师"。

皈依一种宗教是一种信仰,尊崇某一个人为导师,也是一种信仰。既是一种信仰,信与不信,仰与不仰,万不可包办民意,强人从己。也不可心无定向,舍己从人。况且"信仰自由"四字,是世界国家所主张的,也是我国约法所载入的,你不能强令我信你所信仰的神,我也不能强令你尊崇我所尊崇的人。不但用强力,使人信仰使人尊崇,是侵犯别人的自由,就是不得着许可、承认而擅自将别人算入信徒以内,也是违犯了民主国家的条例。耶稣教徒既不能说人人全是耶稣的信徒,那么,极少数的人,更不应当随便乱说他们所尊崇的某人,就是"群众"的"导师"。

王嫱那样美,还有人说她不美;黄巢那样恶,还有人说他不恶;岳武穆那样精忠报国,还有人对他斩草除根;魏忠贤那样险恶狠毒,还有人为他修建生祠。一时的颂扬,岂足为凭;一时的毁谤,岂足为据。白玉上涂抹狗粪,不能污了玉的本质,至终仍必发见玉的光辉。狗粪上涂抹香粉,不能增了粪的价值,到底还要泄出粪的臭气。所以,知道自爱的人,决不以自己一时的私见或随着少数的人的一时之见而捧人,也不以自己一时的私见或随着少数人的一时之见而骂人。

孔子那"万世师表"的尊衔,孟子那"功不在禹下"的美誉,决不是在他们将死之后,就被人喊起来的。全是经过数千百年,经过无数人的考究,才下的断语,才成了无可反驳的定评。在孔子将死之后,孔子的门徒并没有大喊"我们的先师是万世师表",孟子的朋友也没有乱喊"我们的孟轲的功不在禹下"。那么,现今的少数人,又何必努力呐喊,说"我们的□□是中国民众的导师","我们的□□是全世界人类的救星"。要知,现在若将他"捧得太高了,捧过了火",并不是真爱他。

近十几年来,我国骂人的艺术并没有进步,惟独捧人的手段真是超绝千古。就以前年新月书局那广告而言,足可以给他们所捧的人,招生许多不利。因为某学者在那书局里发售一本大作,那书局就大吹大擂说"中国文父"某先生近作某某书出版……"我看了之后,几乎使我气破了肚皮。因为,"父"者,母之丈夫也,自己之爸爸也。什么恭维之词不可使用,为何竟因捧人而自处于儿子之辈。他们呼某学者亲爹活祖是他们的自由,为什么硬给中国的文上加上一个爸爸。

我中国,现今固然有极少数的人不认亲爹,但是也不可随随便便用父字作捧人的材料。所以，用父字恭维人之前，应当首先查一查字典，翻一翻辞源，以免吃亏。在古罗马，虽然有称元老院议员为父的前例，但是那个父字，正与我国古时称年高有德且执掌教化者为"父老"的意思相同。罗马教徒虽然称掌教的人为父，但是那个父字译中文必为"神父或教主"，用洋文写且必须以大字母起首，以为区别。古罗马人，虽然称低伯河 Tiber 为父，古伦敦人，虽然称晤士河为父，那是因为他们将这两条河，认作人民的保障。也并不是可以随便将一个父字，加在任何一人或一物之上。

有人说某书店称某学者为中国的"文父"，是因为他是首先提倡白话文的人。并且按英文父字（Father），有"创始者"Founder 或"起始者"Originater 意义，譬如美国称华盛顿为国父，中华民国称孙中山为国父，因为美国是华盛顿创建的，中华民国是孙中山创建的。我说在华盛顿以前，并无美国，在孙中山以前，也无中华民国，美国由华盛顿而生，国民党由孙中山而起，所以华盛顿被称为美国的国父是可以的，孙中山被尊为国民党之父（简称国父），也是可以的。但是中国文，决不是某学者所创出来的，他怎么可称为中国的文父？

中文既不是由某学者所发明的，那么，就不可将他呼为中国文父。不但文言不是由他开创，白话文也更不是由他发起。若说白话文是他提倡起来的，那么，在前清末年，创办白话报的那些人，岂不是比他还早。他若可以称为文父，那些创办白话报的人，又当称为什么？宋朝那些用白话作语录的人，更当称为文什么？我以为若称他为"新式白话文的文父"还可以将就得下去，若强呼他为"中国文父"，未免是数典忘祖，未免是只知有孩子，不知孩子有爸爸。

假若，某学者的文章作得好，就得称为文父，那么，凡是某一行某一艺中的出色的人物，就当得着一个父字的尊称。譬如，做官做得出色，就当称为"官父"。拉车拉得出名，就得称为"跑父"。做贼做得神奇，就得称为"偷父"。依此类推，极有名的婊子，就当称为"淫母"。极有名的舞女，也就当称为"跳母"了。这个恶端一开，岂不是爹妈太多。

天良是能分辨是非的一种感觉。世上的活物虽然繁多，只有人类独具这种感觉。所以说，人类独有天良。也可以说，惟人类有是非之心。人类所以称为万物之灵，并不是因为知道高于万物。乃是因为有这种能分辨是非的感觉，使人类超出于万物之上，而不与禽兽虫鱼合群为伍，相提并论。

知道自重自爱的人，对于捧人或骂人，对于拥护或排斥一种学说（或主义），自己必先详加精细的考查，缜密的研究。不可仅看一面，而忘却了多方面。不可只顾一时，而忘了永久。不可只为一部分人着想，而不为多数的人关心，只要自己的天良认为是，虽然天下人全骂一个人，全排斥一种学说（或主义），而自己偏要捧他，偏要拥护他。只要自己的天良认为非，虽然天下全捧一个人，全拥护一种学说（或主义），而自己也偏要骂他，偏要排斥他。

是就是善，非就是恶，是就是正，非就是邪。人能分辨善恶正邪，就是有是非之心。人不能分辨善恶正邪，就是无是非之心。无是非之心，也就是没有天良，也就是失去了做人的资格，简直是对不住人字的名称。

现今，我国有一班知识阶级的人，因为失了分辨是非之心，遇事只以名人的言论与观察为标准，只要有几个名人捧谁骂谁，自己也就不问是非，瞎跟着捧，乱随着骂。至于为什么捧，为什么骂，应捧不应捧，该骂不该骂，自己也莫名其妙。不过以为捧某人的名人多，我若随着捧，我就可以被人挤入名人之列。不但对于捧人骂人，是如此，甚至对于一种学说（或主义）的迎拒，也是以名人的趋向为转移。这种人，未尝不以为自己聪明绝顶，其实是昏聩已极。

"天良"永远时兴，"真理"永不落伍。天下有不同的人种，无不同的天良。天下有不同的事务，无不同的真理。人类虽然进化，化不了固有的天良。科学虽然神奇，变不了永存的真理。

你的言行，只要本乎天良，就合乎真理。只要合乎真理，就能打动人的天良。凡不能被你所感应的，他的天良必是一时受了蒙蔽。然而我们不要着急，因为他只要是一个人，他的天良终有发现的时候。

不要怕不合别人的心意，先要怕有愧于自己的天良。不要怕别人跟你作对，先要怕你的天良向你谴责。你若这样支持下去，别人的心意，也必能慢慢地对你表示同情，跟你作对的人，也必慢慢地成了你的同志。

是非之辨，如同白黑之分，并没有什么神奇奥妙。因为合于天良，不背真理，就为是。反背天良，违逆真理，就是非。可行于永久的就为是，只可行于一时的就是非。

平平常常认为是,奇奇怪怪就是非。尊重本国文化,顺合本国民情,就为是。破坏本国文化,背叛本国民情,就是非。

肉眼不瞎,必能认黑白。心眼不瞎,必能辨是非。肉眼瞎了,不过成为人中的残废。心眼一瞎,就必化为人中的禽兽。山林中的禽兽,还知爱惜自己的巢穴和自己的同类。人类中的禽兽,反能毁坏自己的国家和自己的国人。尤可恨的是这种禽兽,肉眼与心眼,并非真瞎,而愿意要行瞎心瞎眼的事。

在我国四万万五千万人里,得受教育的,不过百分之二十。在这百分之二十里,受过充足教育的恐怕不足千分之二十。在这千分之二十里,肯于著书立说的,恐怕不足万分之二十。在这万分之二十里,能够成为一个名闻全国的学者,也不过只有几十个人,在这几十个人里,能够成了被中外皆知的学者,也不过十几个人。这十几个人,对国家兴亡所负的责任,我以为比全国的要人和全国的官吏,所负的责任还大。

我国全国现今仅仅有十几个名闻中外的学者,足见是产生不易,按理,我国人民对他们,应当视如无价之宝,力加重视。然而,事实竟适得其反。我国百分之九十以上的人民,不但不对他们力加重视,并且甚至要"食其肉,而寝其皮"。这个原因不是我国百分之九十以上的人民,全都有目无珠。乃是因为这十几个名闻中外的学者之中,多是不知自爱。他们所以成名,不是因为学优识超,行端履正,而是因为标奇立异颠倒是非,崇拜外洋,蔑视祖国。

古谚说:"美女入市,恶女之仇。"美女并不妨碍丑女的出入,他们所以"仇",不过是起于嫉妒之心,在无知无识的禽兽之中,还不能免除。何况在人类之间,你若假造谣言,向丑女挑拨,说"美女有毁你之意",丑女听到耳里,当然要和美女势不两立。

挑拨鼓动的言辞,最易入人耳。劝解调和的话,最难动人心。现今中外的新圣人,所以容易成名,就是全由挑拨、鼓动人的嫉妒之心下手。

古人说"一时劝人以口,百世劝人以书"。这第一句,凡是一个人,全能做得到,这第二句,惟有读书的人,才能做得来。或惜我国自从染了洋毒以来,不读书识字的人,多以为"一时劝人以口"是最好的处世之法。读书识字的人,多以为"百世劝人以书"是最好的成名之术。甚至你发言立论,愈是背乎真理,反乎自然,叛逆伦常,颠倒是非,愈有人捧你为民众"前进"的明星,尊你为人类"解放"的导师。

世上的人,全有私心,全有弱点。你若能看出这个私心之所趋,弱之所向,然后再迎合这个私心恭维这个弱点,发言作文,你立时就可以得到多数人的同情。你若再能假借好听的名目,发些瞒心昧己的学说,创些口是心非的主义,你不久就可以被人尊为"伟大的导师"。甚至,你虽遭了天诛,人还说你的"精神不死"。然而,你不必因羡慕而欲追学。当知这种"成名"的方法,不过如同做贼养汉"发财",来路既不正常,享受也不能长久。

古时中外的学者,所以流芳千载,只是因为传布平平常常的真理,劝人为善,导人修己。现今中外的学者,所以名显一时,只是因为创造奇奇怪怪的邪说,引人纵欲,诱人责人。以古人的真诚,劝化人心,而谋人类的安和,还不能完全成功。以今人的虚伪,诱导人欲,而求人类的幸福,岂不是南辕北辙。照这样诱导下去,也不过是使人类退化为毫无理性的两足动物,彼此互杀相食而已,岂能再有幸福二字之可言。

读书的人,有两条命,有两个嘴。不读书的人,仅有一条命,一个嘴。读书的人,不但嘴可发言,笔也可以说话。不但生在世上是活着,躺在土里还是活着。因为他的著作,若得传流下去,他的骸骨,纵然化为灰尘,他的文章还能替他宣讲。可见,读书的人的第二个嘴,能永远不烂,第二条命,能永远不死。

读书的人,既然比不读书的人多有一个嘴,多有一条命,就当善用这个嘴和这条命。发言,就当本乎天良,要为有益于世道人心之言。著书,就当认清是非,要为有益于世道人心之书。不要为一时的富贵权势,讨人的欢喜。不要为一时的贫贱屈辱,灭自己的天良。一个读书的人,尤其是一个著作家,果能这样坚持到底,活着就可得到自己精神上快慰,死了也可以对得起那块埋尸的黄土。

现今所谓"文坛健将",所谓"前进作家",据我研究,他们所以被青年人所欢迎,多是因为善于迎合青年的心理。譬如,青年人多"好异喜新",他们就大骂古人古书。青年人知识将开,性欲正盛,他们就提倡社交公开。青年人多好玩乐放荡,他们就主张平等自由。青年人多不满现状,他们就鼓吹改造社会。青年人多以为国文难读难学,他们就主张文学革命。青年多好写别字,他们就狂言改革字体。青年人多富于进取的心志,他们就提倡"站在时代的前端"。总而言之,统而言之,总统而言之,凡是青年人所欢喜听的,他们就努力倡说,凡是青年人所不欢喜的,他们就主张打倒。青年人未尝不将他们认为"知己",岂知在不知不觉之间,就给他们当了求名谋利的"梯子"。古人说:"顺吾意而言者,小人也,急远之。"青年人若不愿受欺骗,若不愿生后悔,最好是将这句话牢记在心里。

儿女,惯认父母为专制。媳妇,惯认婆婆为严苛。仆役,惯认主人为凶暴。店伙,惯认店东为刻薄。青年人,惯认老年人为顽固。劳力者,惯认劳心者为闲逸。农工,惯认士商为安乐。

在上者,疑在下者的少,在下者,怨在上者的多。得意者,疑失意者的少。失意者,恨得意者的多。用"挑拨"的方法,使在上者或得意者,对在下者或失意者发生恶感,八九不能成功。用"挑拨"的方法,使在下者或失意者,对在上者或得意者发生怨恨,自然百施百中。

天下,为儿女的多,为父母的少。为媳妇的多,为婆婆的少。为仆役的多,为主人的少。为店伙的多,为店东的少。

总而言之,居人下的多,居人上的少。青年人多,老年人少。

无产阶级多,有产阶级少。劳力者多,劳心者少。农工多,士商少。统而言之,不如意的人多,如意的人少。然而,这也不过是一时的现象。因为,儿女、媳妇、仆役、店伙,未尝没有为父母,为婆婆,为主人,为店东的希望。青年人、无产阶级、劳力者、农工,也未尝没有为老年人,为有产阶级,为劳心者,士商的时候。人生是变动的,世事是循环的。居下,又何必怨。失意,又何必恨。然而,居人下的人和不如意的人,多不明此理。所以,大骗子们就利用这弱点,创出一些诱人惑世的邪说,将这种人下的人与不如意的人,玩弄于股掌之间。

在上者少,在下者多,如意者少,失意者多,这是天下不能避免的定则。居下,则怨。失意,则恨。这是古今难变的人之恒情。古往的圣贤,知道在上,在下,得意,失意不是一成不变的定理。所以创出"安分"与"认命"的学说,力加化解,以保家庭的安宁,以维社会的秩序。现在的大骗,也知道这种情形,可是,为谋自己的权势,故意发明"竞争"与"奋斗"的主义,力加挑拨以毁家庭的和谐,以破社会的安宁。结果,化解的方法,不易成功。而挑拨的手段,反大得其效。这就是大道正理,虽入人耳。邪说浪语,易迷人心。世道如此,焉能不乱?

迎合人的心理是发财成名的"不二法门"。做生产的,若善于迎合买主的心理,货物就能畅销。属员若善于迎合上官的心理,职位就可以超升。报纸若善于迎合阅者的心里,销路就可月增日进。著作家若善于迎合读者的心理,作品就能风行一时。专以著作家而言,处于这人欲横流、天良破灭的今日,若讲道德,说仁义,不但不能发财成名,反要闹得怨声四起。假若倡人欲,导淫邪,不但可以成名发财,且必可以被人称为文坛健将。

按人的恒情,贱则想贵,穷则思富,劳则想逸,困则思通。满意的少,失望的多。能随遇而安的少,欲改造环境的多。低头苦干的少,妄求一逞的多。这固然是人类所以能进步的原因,也未尝不是人类所以遭失败的根由。然而,我以为守分尽职,才是成功的捷径,急躁侥幸,是人失败的绝路。任自己一时的躁妄,而遭了失败,还不足为耻。受别人一时的引诱,而陷入死途,实在是可羞。前者,还有汉子气。后者,只是奴隶性。

大丈夫为改造环境,做贼也可,为盗也可,千万不可为大贼手下的小贼,千万不可为大盗手下的小盗。传骗人的主意也可,布惑世的学说也可,务必要为主动人,千万不可为被动者。

孟子说:"待文王而后兴者,凡民也。"是说人贵自主,不贵因人。假若必得受了文王的教化,才能发奋做一个好人,也不过是一个凡庸的人。学好尚且以"自动"为贵,何况是学坏,那么,随大盗而起者,岂不是一个"凡盗"?

叔苴子说:"狎兽者,乃欲掩兽者也。骗鸟者,必非罗鸟者也。"这个比喻,颇有哲理。现今青年的人,全应当牢牢地记住,以免上当。要知猎兽捕鸟者,全是对鸟兽假装亲近的人。欲利用人,欲欺骗人的人,也全是对人假装亲厚之辈。野心的学者或野心的作家,所以对你们大送秋波,大施媚态,所以专讨着你们的心意而言,全是老虎戴佛珠的现象。若被那慈眉善目,念经专用的佛号而迷,必定变了虎口之肉。

人的一生,所以能显亲扬名,达到成功的地步,多是由于自己的奋勉。人的一生，所以辱名丧节，归于失败的结局，多是因为别人诱惑。交友，投师，固然是人生所不能免的，但是，若交不到益友，不如不交，投不到良师，不如不投。不但交友投师是如此，读书阅报，也是如此。假若不查作者学术的邪正，而仅以作者的名声才艺为阅读的标准，在不知不觉之间，就能受了不良的影响，误了自己的前途。

读书阅报，比交友投师，还容易受感应被传染。交友投师，对师友的言行，还可以当面质问。读书阅读，只能听作者的一面之词，而无法分诘。因为交友投师，如同观戏，唱戏者的"唱"与"做"，必须一致，才能受人的欢迎。阅报读书，如同听留声机，唱得好坏，可以判断，至于唱戏者的做派如何，则无从考查。阅报读书，只能听到作者的言，并不能见到作者的行。所以唱戏的无法骗人，而著书与作报者骗人则非常容易。

受了师友的诱惑而为非作歹，惹祸招灾，还可将罪过向师友身上推卸，别人也怨恨他的师友。受了书报的诱惑而行恶作乱，招灾惹祸，只有自己担承，著书与作报的人，还可在一旁看热闹。从来不读书识字的愚人犯罪，多是因为受了狐朋狗友的牵累，现今读书识字的青年犯罪，多是因为看了邪书谣报的影响。

人生本是一件苦恼的事，详细一想，简直是一点滋味也没有。不但为自己想一想是苦多乐少，替别人想一想也是乐少苦多。我以为，只有一个求乐之法，就是竭力使别人减少痛苦。人类虽有种族之分，国籍之别，但是全人类都是息息相关，正如一个身体一部分若感觉痛苦，全身各部分也不能感觉舒服。

俗语说"为善最乐"。为善也就是使别人减少痛苦的方法。你若不以这话为然，你就可以亲自试验试验。你周济一个苦人之后，心中觉得如何。你打骂一个苦人之后，心中感觉怎样。这不过是一个浅显的比方，别的较大的好事坏事，也是如此。可是，别人快乐了，你也能快乐。别人烦恼了，你也生烦恼。这就是人类息息相关的凭证。

人类的真幸福，决不是可以用"相杀相斗"的方法所能谋到的。这种拙劣恶狠的行为，只可行之于两翼之间。头向天脚踏地的万物之灵（人），万不可与鸷禽猛兽趋于一致。禽兽以残杀的恶行，谋自己的利益，是因为它们没有能自反、自责的天良。人既比禽兽多有一个天良，若欲谋人间的真幸福，也非由自反、自责入手不可。

人类中的痛苦，多是起于不知自反、自责的人。国际间的战争，全是起于不知自反、自责的国。人，能自反自责，才肯为别人想。国，能自反自责，才肯为别国想。肯为别人想，就不致因求自己的利益，而扰害别人的安宁。肯为别国想，就不致因谋己国的盛强，而破坏别国的安全。肯为别人想，别人也肯为你想。肯为别国想，别国也肯为你国想。这样才能谋到人类的真幸福，才能谋到国际的真和平。

人，决不能靠打架斗殴求生存。家，决不能靠欺邻霸里求兴旺。社会，决不能靠你排我挤谋进步。国，决不能靠你争我战求富强。人欲谋生存，必须刻苦自励。家欲谋兴旺，必须各尽职责，社会欲谋进步，必须相爱互助。国欲求富强，必须亲仁善邻。

前天，我正作稿，忽然听到一阵唧唧的惨声，由窗外的榆树上发出来。我立刻跑出查看，才知是一个小家雀，被一只鹞子抓走了。我因此以生三段感想：第一，假若生物是上帝造的，上帝未免太不公平。第二，我悔不早一步出去。第三，我的住所，既是租赁的，我不该种许多的树木。我不种树，当然招不了小鸟来。既无小鸟，当然这种惨事决不致在我的眼前发生。我若早出一步，或能不给鹞子留下为恶的功夫。上帝在造物的起头，若详加考虑，决不致有以杀生为生的鸷禽猛兽。可是，我又一想，上帝之有无，还不得而知，何必将不是向他身上推。我不种树，小鸟若落在地上也免不了被鹰鹞杀害危险。我纵然出去早一步，我既不能飞，也救不了那小鸟的性命。追原祸始，还是怨那一只鹞子，残忍不仁。我又细一想，鸷禽猛兽，既生成勾嘴利齿，不能以植物为食，当然必须吃肉，肉既不能像草那样由土里出生，鸷禽猛兽不得不以杀生维持自己的存活。并且，禽兽既无分辨善恶之心，虽觉残暴不仁，也不能说他们是有意为恶。人本是能分别善恶的万物之灵，有时比鸷禽猛兽所行的恶，还要恶狠万倍。若只知责骂禽兽，岂不是见小忘大，舍近求远。

鹞子若此替家雀想，它必不忍贪一时之饱而害了家雀的一生之命。并且，家雀也有配偶或有雏儿。伤了一命，毁了一窝，岂不是世间最残忍的事。但是，鹞子不是不肯替家雀想。它是不会替家雀或任何小鸟想。它所以不会，是因为它没有辨别是非的天良。假若它能有天良，我想它也能发现不忍之心。

鸷禽猛兽，杀生害命，维持自己的存活，虽然残暴不仁，可是弱小的禽兽，并不见绝根断种。第一，是因为有天然的限制，使鸷禽猛兽的种类不能特别蕃衍。假若虎

豹像麋鹿那样多，麋鹿早已绝了踪迹。假若鹰鹞像燕雀那样多，燕雀早已断了根苗。第二，是因为鸷禽猛兽，只以当时果腹充肌为度，并不知为将来预备，并不想为子孙图谋。由这两点看来，造物之王，于不仁之中，还有一个极大的仁理。鸷禽猛兽，于残恶之内，还有一个不贪的美德。

人骂残暴恶狠的人为禽兽，实在是攀得太高。人骂乱伦无耻的人为禽兽，也是比得太重。禽兽虽残暴恶狠，它们并不能自知。禽兽虽乱伦无耻，它们也不能自晓。本着"无心为恶，虽恶不罚"的道理，禽兽本是无过无罪的。人既有辨别是非之能，偏要背逆天良，故意残暴狠毒乱伦无耻，岂不是有心为恶。以"有心为恶"的人类与"无心为恶"的禽兽相提并论，我实在是替禽兽不平，实在是替禽兽呼冤。"

人若不愿退处于禽兽之下，最好是善保这个唯人类所独有的天良。只要天良不失，永远不致专为自己想而不替别人想。永远不致专求自己如意而不管别人死活。自从邪说畅兴以来，人已不知为人想，国已不知为国想，足证是天良已经与人分了家，眼见人类就要彼此相食了。可叹一班知识阶级，还以为这就是进化的现象。照这样向前进化，也不过是只能"进"为禽而无两翼，"化"为兽而少两足，简直是似禽而不够资格，像兽而不够程度。

你自己胸中的天良，若能战胜你胸中的人欲，你就能发现真正的快乐。真快乐也就是金钱所买不到的真幸福。你胸中的人欲若战胜了别人胸中的人欲，别人的人欲也必要向你图谋反攻，你纵能得着一些幸福，你胸中的天良，也必不容你安安稳稳的享受。人既向你反攻，你的天良又向你挑战。你就要发生金钱所解不了的真痛苦。

"有竞争，才有进化"这一句话，也有两个竞争的方向。一是在学术道德上，不肯落于人后。一是在权势利禄上，不肯容人占先。本着第一个方向走，上则可"进"为圣，中则可"化"为贤，不及也可以成为一个于己有利，于人无害的好人。本着第二个方向走，上则可"进"为民贼，中则可"化"为盗匪，不及也必能变成一个徒具人形，徒以人言的禽兽。

附录一　戏赠摩登男女"缺德文"

　　两性遇合,是大问题,稍一不慎,祸患随之。恋爱如深井,跳入则易,爬出最难!男友性多不常,女友亦不可靠。自从社交公开,爱情已不坚固。男友多是"拆白",女友惯施"打虎"!一则拐卖堪虞,一则卷逃可虑。女结男朋,应先照照镜子,男交女友,尤当摸摸钱囊!财产本易花光,容颜不能常保!金钱少,不能"吊"美人,年貌衰,无法系浪子!莫看卿卿我我,翻脸即变路人,莫羡雨雨云云,转身立成冰炭!公园"钻山洞",既湿且潮,旅馆"开房间",人多嘴杂。前者有碍卫生,后者易遭官事!纵或幸而苟免,难防报纸宣腾!即或密秘"交通",当思隔墙有耳!设若粗心大意,一怀"冰激凌"即可丧命,倘再不加小心,半盏"果子露"亦可送终。跳舞场内,殊少淑女,电影院里,难觅情夫!校内结"恋人",必遭师友窥查。家中会"性友",定为父母不容。双恋殊不多见,单恋太不经济!三角恋爱,原非人道之常,四角同盟,更觉近于儿戏。一男被众女纠缠,乃鹿豕举动,一女为众男追逐,实野狗行为!金穴不足供女友之频刮,玉体尤不可为男儿之耍物!禽兽尚顾传种,人类只为行淫!一则按期交尾,一则随便宣淫。密室中,尚可以颠鸾倒凤,大街上,实不当揽腕抱腰!休怪鄙人吹毛求疵,只恐摩登变本加厉!大街若可随意"自由",百业势必登时停顿,工农商士,将奋勇争先,加入战团,军警官吏,定不容后我,弃其职守。通衢畅演"性的问题",固成"禽兽乐园",到处举行"妖精打架",立变修罗地狱。今日无聊者,只怕野性难发,盛提打倒一切;古时有心人,惟恐人趋兽化,所以创出伦常。摩登女倘无夏姬武曌之特长,应即乘时择人而嫁!摩登男纵有邓通嫪毐之特点,亦当赶紧择配为婚!年年昏昏沉沉,将来成何结果?时时游游荡荡,他日归何了局?走红运时,不肯蓬收舵转,处失败日,必致屁滚尿流!故非有结成秦晋之心,男女最好免除交际。倘存临时性质,何必造此孽因!假使性欲难熬,一咬牙,多饮冷水!设或不能制止,三跺脚,亦可收心!"女王明

347

宣永光（1886—1960）

星"各有面首若干,癞蛤蟆休想天鹅肉！阔少齐桓,必有恋人无数,傻姑娘莫存奢望心！失恋本稀松平常,正好悬崖勒马！绝望应另打主意,何必短见自杀！要知天下多美妇人,只怕尔无财无势！当思世间多好男子,但凭你有貌有德！未定婚姻以前,务须用心考察,既成配偶之后,须当认命到头！此非陈腐邪说,是乃恋爱哲学。切莫再怀妄念,将第三者,存于胸中,尤当互相爱怜,休把局外人,放在眼里。纳小老婆,必坏夫之专诚,偷干汉子,有伤妻的贞操。世间公例,一阴一阳,人伦定则,一夫一妻,诱娶少女,须防你绿帽高悬！妍嫁小白,当虑他良心突变！离婚最属无情,分居大背人道。虽得官厅判决,试问汝心安否？若已生"恋爱结晶",当合尽父母天职,不可只知有己,再言离婚！妻虽不美,较胜于单枕独眠。夫纵无能,终妙于空帏孤守！俗语说"息灯大瓦房",王嫱与监女之曲线美,本无差别！英谚云"灭烛猫尽灰 When candles be out all cats be grey",吕布与武大郎之模特儿,大致相同！与其妄想佳肴,终难到口,何若勉哝鹿粝,先顾了饥。若肯模模糊糊,亦足以得保安宁,即使挑挑捡捡,未必能准达目的！生存不过百年,性命有如朝露。缘何碌碌忙忙,争妍斗媚？为什扰扰攘攘,选瘦择肥！帝尧与巢父,同化灰尘！东施共西子,均成枯骨！枉耗尽热心血千升,只换得土馒头一个！贵贱安在！丑美奚存！幸勿苦中寻苦！亦莫圆里求圆！摩登果能三复斯言,或可免无穷烦恼！（注）英人猫谱以灰者为上色。

以上为不佞所作关于两性之游戏文之一,曾登载民国二十年七月十六日北洋书报,因与"妄谈"性质相类,录之以博阅者一乐,知我罪我非所计也！

附录二　对于"采菲录"的我见

我对于妇女,向来没有研究。虽有时在报上,对她们妄吠几声,也不过是等于瞎子谈五色,愈谈愈糊涂。我只知她们的一根汗毛,也比男子的一条大腿有价值。一班男子们(我也在内),多是令人望之生厌,谈之可恨。他们只能捣乱,专会破坏,不想修己,专想修人。只能说大话,不肯问良心。天下本无事,他们偏要救国爱民。将全国救了一个七乱八糟,神嚎鬼哭。将小民爱了一个鸡犬不宁,野无青草!惟有妇女,多是性情温柔,存心和善。举动文雅,态度安详。知"修"己,不愿"修"人。生来爱说爱笑,不喜动刀动枪。全如和风甘雨,好比景星庆云。惟独她们是世上的盐梅,是暗室的明灯。能化解男子的粗恶,能点染世界的和平。

她们若不失了"原性",世界就是人间的天堂。她们若染成"男习",世界就要变成人间的地狱。惟独他们有讨论的必要,有研究的价值!

"采菲录"虽是仅仅对她们身体的一部分(脚)而作,可是据我看,实在较比全部廿四史与一切的哲理学,还能动我的兴味,提我的精神。我本想借着采菲录,作一篇屁文,发挥发挥我的感想出一出风头,骗一个(脚学博士)的荣衔。无奈我对她们(下体)的关念,一向是囫囵吞枣,没有细细品评过滋味。她们的脚怎样才算好,如何才算坏,我实在没有审美的标准。我只知她们身上,从发尖到脚根,无一不可爱,无处不美观。天足固好,缠足也好,缠了又放也好。放了又缠也好。莲船盈尺也好,足小如拳也好,穿上鞋也好,脱光脚也好,行路东倒西歪也好,举足山摇地动也好!

我以为四寸高的高跟鞋,固能扰乱摩登男子的脑筋,使他们屈服于旗袍之前,三寸长的红丝履,也能断送腐化男子的性命,使他们拜倒于石榴裙下。虽然二者,有今古的不同,我认为全是打倒男子们的一种武器,古今男子,牺牲在这两种武器之下的,较死于刀枪之下的,还要超出数十倍。不过从来没有人做一个统计,致令他们空做了妇女脚下的无名英雄罢了！

有人说：灵犀作采菲录，必是患了"拜足狂"，生了"爱莲癖"。我在先，也存这种的怀疑，并且会与姚君去信劝阻。以后我细查采菲录里，也有许多反对小足的稿子，我才知道灵犀的用意所在，并不是如某国之鼓吹主义，不容纳不同的意见，灵犀是要趁着缠足的妇女，未死尽妄绝之前，作出一种"风俗史"。若以为"采菲录"是提倡缠足，那么，研究古史，就是想做皇帝了，贩卖夜壶，就是喜欢喝尿了！这不是妄加揣测，胡批乱评么？我敢断定，研究学说或者是要骗人惑众，以谋争权发财，而编辑采菲录，决不是鼓吹缠足，以图复古还元。况且小足，已过了它的黄金时代，到了一个没落的最后阶段，纵然竭力鼓吹，也不过是回光返照。中国土地虽大，将来也不容有三寸金莲立足之地了！

我以为缠足的陋俗与迷信相同：养成了的年限，既很久远，决非在短促的时间，所可扫尽廓清的。提倡固属不当，严禁大可不必。提倡是残忍，是诲淫，是不顾人道，严禁是专制，是压迫，是不体人情。若收集一些关于缠足的作品，为将来的人，作一种考古的资料，为现今的人，作一种"数典不记祖"的研究，有何不可？这种用意，只当赞成，不应反对！

至于古人爱金莲，今人爱天足，也并不是有什么落伍与进化的分别。古女皆缠足，今女多天足，也不是有什么野蛮与文明的不同。不过"俗随地异，美因时变"而已。

若说缠足的妇女，全是愿为"玩物"，那么，家家坟地里所埋的女祖宗，有几个不是玩物？现今的文明人，有几个不是由那些玩物肚里爬出来的？我们追本溯源，不当对不幸的她们，妄加污蔑！

如谓天足的妇女，全是天生的"圣人"，那么，处处所见的新妇女，若早出世三十年，能不能立志不缠足，她们的祖父母，是不是因为他们家中的妇女脚不小，视为奇耻大辱？我们依古证今，更不当对侥幸的她们，妄加推崇！她们也不过是幸而生于繁华的城市罢了。若生于穷乡僻壤，未必一个个不是三寸金莲。若按他们那种盲从爱美的情形推断，假若异时异地而生，她们的尊足，恐怕还要不盈一握呢！

以古人的眼光议论今人的是非，固是顽梗不化，用今人的见解，批评古人的短长,更是混蛋已极!我以为这全是一偏之见。正如寒带的人,骂热带的不该"赤背",热带的人,讥寒带的人不当"衣皮",全是不肯"设身处地",细加追思的愚行!

我常说:孔老二若生在现代,他未尝不研究社会主义,未必不讨论阶级斗争。马克思 Karl Marx 若生在中国,且值春秋时代,他未必不赞成"民可使由之,不可使知之"!因古人的言行,有一二不合现代的潮流,就吹毛求疵,热骂冷嘲,自鸣得意,自认为先知先觉,那就如同说:"岳武穆未乘过汽车,不配为名将,华盛顿未坐过飞机,不配称伟人"了!

芸芸众生,殊少先知先觉,茫茫人海,多是后觉后知。先知先觉,千万人中,未必有一个,后觉后知,未免十人中,就要有九人零一人!李鸿章本是当日我国最摩登的人物,也是东亚最有名的政治家。他升到总督的日子,某次,他的属僚,参见他的太夫人,他因她的脚大,竭力在一旁,用袍袖掩盖她的双足。李鸿章尚且如此,至于别人,还用问么?可见风俗严于法律,既成之后,任何有力的人,一时也变转不过来,并且无法抵抗。宋元明清的学者,熟读孝经,对于"身体发肤受之父母,不敢毁伤"一句话,无不奉为金科玉律。然而对他们的女儿的双足,竟不惜她骨断筋折。他们岂不知那是毁伤。毁伤即是不孝,怎奈习俗移人,就视为当然了!若能如宋朝的车若水老先生,在前六百六十九年,就反对缠足,那才称得起是赞成天足的先知先觉呢!

时至今日,才知道反对缠足,奶毛还未脱光,也要大骂小脚,那不但够不上后知后觉,也不过是拾人唾余的应声虫而已!

若说缠足的女子,是矫揉造作,失去了自然的美,这话是最相当的批评,因为"自然的美,才是真美"。然而现今妇女,烫发,拔眉,束胸,又何尝不是反逆自然呢?不过烫发拔眉是由外洋传来的,外国既然盛强,所以我中国甚至以学法外洋的恶俗为时髦了!假若中国是世界第一强国,安见得外国妇女,不学缠足呢!若谓外国妇女,全有知识,决不肯自伤肢体,步中国妇女的后尘。那么,就是尊崇洋女为神圣,轻蔑华女为野蛮了!要知北平城外东北一带现今还有高丽旗兵的苗裔:他们随满清人入关的日子,他们中的女性,决是天足。可是移入未久,也慢慢的缠足化了。总之,美的观念,并无一定的标准。随一时多数人的习俗眼光就是美。看熟了,就是美,看不惯,就以为丑而已。在十年前,我们若见一位剪发女子,未尝不说她是疯子是怪物,现今我们见着梳发的女子,又说她是顽固是落伍了!几年的时间,我们眼目,还是我们的眼目,然而看法就不同了。自己的两只眼还靠不住,何况旁的事物呢?若以前者为非,后者为是,那么,就可以说,以前的眼是混蛋的眼,以后的眼是圣人的眼了!

有人说,缠足妇女的脚,全都奇臭。这话与元明两代的浪漫文人所说,小足如何"芳香",全是不合情理的话。要知"世无不臭之足"。足之所以臭,是因为行走之时足指磨擦的原因。磨擦就生热,生热就有臭味,两手磨擦,尚发臭气,何况两脚又负全身的重量呢?并且两脚有鞋袜包盖,臭味不能发散,所以脚比手臭。缠足妇女的脚,包裹的东西既多,容易发臭,自在情理之中。天足妇女既不能终日赤足,她们的脚的香臭,也就可以推想而知,若说天足女子的脚皆不臭,我们当先查一查,男子的脚是不是皆香?男子的脚决没有香的。那么,天足妇女的脚既与男子的一样,也决不能不臭。不能说因脚的主人,是男是女,就有香臭之别!缠足妇女,若脱去鞋袜,固有令人掩鼻的,然而天足妇女,若脱了鞋袜,也有薰人作呕的。岂可一概而论!并且臭与不臭,是在她们洗得勤与不勤。勤则虽缠足而不臭,不勤虽天足也不能不臭。岂可妄下肯定的批评呢?

我详查以前的男子,所以喜爱金莲的原因,并不是起于封建制度,也不是出于资本主义,更不是生于妇女失去"女性中心",是发于"好奇"的心理。两性所以能互相吸引,是因为生理上的差别。一切动物,无不如此,两性的生理上的形状,既根本奇异,人类中的女性,又能额外加上一份人工的修饰,所以她们吸引男性的能力,较一切动物尤大。而以前中国的女性,于涂脂抹粉描眉画鬓之外,又将双足,改了天然的形态,于不同之上,复增奇异,所以吸引男性的能力,更特别的大了。可见女子缠足,正是诱惑男子的一种手段,是增加男子欲念的一种媒介。所以在正重的图画与戏剧中的女子,决不加小脚。并且缠足的女子对于两足,认作不可示人的东西。以前,妇女既重贞节,所以将金莲,也视同神秘,以为是应代丈夫保护的私产。甚至亲如父兄子侄,对她的脚与鞋,也避如蛇蝎,不敢挨近。一些缺德的男子们,也以为摸着某女子鞋脚,如同与那女子发生了深切关系,仿佛得了极大的便宜!妇女的脚,若被丈夫以外的男子摸着,或是她的鞋袜被人偷了去,即如受了人的奸淫,较比现今的摩登妇女,被人吻了,还要加倍的羞耻。摩登妇女,或以嘴唇被人吻,是特别时髦,而缠足妇女,甚至以失掉袜鞋,为奇耻大辱。以前的妇女,所以不易参加社会的工作,不能社交公开,不能任意结交男友,不能跳舞溜冰,全是因双足作祟。可知缠足是使男女不易接近的极大障碍,是阻防侵略的万里长城。她们的三寸金莲,好比两扇千钧重的铁门,将两性内外隔绝了!欲打破这种难关,除非设法劝导她们不再缠足,别无他法。为要提倡男女交际公开,为要使女子服务社会,而希望女子不可缠足,还是小事。最要紧的,是因缠足使无罪无辜的妇女,受一种肉刑,使她们的双足,不但不能得天然的发育,反要断骨伤筋。听见小女儿因缠足而起哭泣,想到"小脚一双眼泪一缸"的俗语,也当闻其声而不忍见其小。我们若脱去她们的足布,看看她们那足指圈曲的样子,足跟与足心合拢的情形,也可以断定所受的痛苦。男子的心,纵然是生铁铸的,也当设身处地,为之毛骨悚然,淫荡的欲心,也当减少十之八九!男子一握纵然觉得"消魂",岂知她当日为使人消魂,几乎哭断性命,疼断肝肠。在现今文明国里,对罪大恶极的凶犯,还要停止刑讯,为什么对老老实实的小女孩,加以酷刑呢?固然缠足三年可以成功,然而对于刑讯罪犯,能不断的使之受刑三年之久么?现今执行罪犯的死刑,在文明国里,还要使之减短痛苦的时间,为什么仁慈的父母们,将三年的痛苦,施之于亲爱的小女儿身上呢? 缠足是立时直接影响于被缠的女子,使她受当时的祸害。至于间接影响于"国"与"种",还不是显著的问题。劝人不缠,应当以天理人情为题目。不必高谈阔论离开当前的事实,用虚而且远的"强种"或"强国"做招牌!说着固然是冠冕堂皇,好听已极,怎奈打动不了愚夫愚妇的心坎!

若说缠足与强种有关系,我并不反对。然而我看北平及各处的天足妇女所生的儿女,并不比缠足妇女所生的,特别健康。缠足妇女的死亡率,也不高于天足的。天足妇女的疾病并不少于缠足的。北平及各省旗人的妇女,过了五六十岁,多半是驼背而大犯脚病,岂是起于缠足的原因呢?若说天足,容易强国,我也表同情。但是我以为国的强弱,在人民的智愚勇怯,在内心而不在外形,更不专专在妇女的两只脚上。非澳二洲并太平洋各岛上的妇女,体格之强健,决不是欧美日本等国的妇女所可及的。为什么二洲与各岛上的人,不能立国,反成了强国的奴隶,且将有绝种的危险呢？我国历代的耻辱是怨我国的男子们怯懦呢？还是怨我国天足的女子不多呢？从来的名将全是天足的女子生养的么？明初山东蒲台县的女子唐赛儿，能起义兵，为建文帝复仇，使燕王手忙脚乱，几乎不能应付。明末浙江萧山县的女子沈云英，杀贼立功，替父报仇，代父镇守道州，得封为游击将军。清嘉庆间，湖北襄阳的女子齐王氏（教匪首领齐林的女人），能接统她丈夫党羽，报杀夫的仇恨。她的部下增到十万人，全俯首听她的命令。二年之中，扰遍了豫楚川陕四省，清帝为她，惊慌失措，调动三十余万大兵围剿。她们三位，全是金莲三寸，然而能冲锋陷阵，杀敌斩将，并未曾因为缠了足，减少活泼的勇气与革命精神。能说缠足的妇女，全是男子的玩物，受男子压迫，为男子的奴隶而富有亡国奴资格么？妇女若仅能倚在爱人的怀抱里，徒发大言，坐在饭店里的洋床上，大唱高调，在离强国八千里之外，狂喊打倒帝国主义，纵然足长三尺，也不过等于村妇骂街。不但招惹世界各国的讥讪，反要使唐沈王三位小足女子的在天之灵，哭干了鬼泪，笑掉了鬼牙呢！

　　专以齐王氏而言，她因败自杀，年才二十二岁，这样一个妙龄小足的小寡妇能遣将调兵，闹得惊天动地。我国讲求体育三十年了，试问能寻一个齐王氏不能？

　　近二三十年来，我国人长了一个疯狂无耻的恶习。无论什么屁大的事，他们多要妄加"国"字作陪衬，强引"种"字助威风，滥用"民"字装门面，甚至连跳舞、恋爱、吊膀、溜冰、开房间、钻狗洞、营私、卖淫、打麻将、贩鸦片、拉屎、撒尿，全要以"为国为种为民"做幌子！

　　国，种，民，这三个神圣不可侵犯的字，已经被他们用得一文不值，太随便了！这种邪风是全球各国所无，正如缠足的陋俗，惟我国所独有。此风不改，我国在国际间，决不能幸存，正如女子若再继续缠足，决不能与男子争求平等！

　　欲革除缠足的陋俗，唯一的办法，当斩草除根，要从小女儿入手，万不可矫枉过正，专对老太婆注意！如此则可免去小女儿的刖刑，保全老太婆的颜面。当八十年前，洪秀全入了南京，为提倡天足，竟强迫小脚妇女，赤足担水。他自以为那是彻底解决，岂知妇女因羞愤之故，投江跳井的有一千数百人。前年某处，强使缠足妇女，在大街当众放足，将弓鞋足布，悬在闹市示众，大加讥嘲，几至招起民变。那两件事，全是矫枉过了正！现今在通都大邑里，到处还见有新缠足的小女儿，皱眉咧嘴，盘跚

宣永光（1886—1960）

而行，反无人加以查究。在大城中尚且如此，在小乡间，不问可知。这件事，就是斩草不由根，正如查拿鸦片烟鬼而容任种鸦片的人，严办赌博之徒，而不禁制赌具者。这种倒行逆施，舍本逐末的政绩，正是扬汤止沸，抱薪救火！莫如听其自然，使之自消自灭，反觉省事，而不扰民。

总而言之，须要知道，天下古今的妇女，全是爱美成性，全是时髦的奴隶。她们只要能得获"美"的称誉，纵然伤皮破肤，断骨折筋，在所不辞。男子所不能受的苦楚，她们全能甘之如饴。当日"楚王爱细腰，宫中多饿死"就是最好的先例。以前女子有因缠足而丧命的；然而缠者，并不视为前车之鉴。现在，女子有因穿高跟鞋而跌折腿的；但是穿者，仍变本加厉。在她们心目中，对于或死或伤，毫不关切；惟对"不美"之见解，尤甚于死。对于"增美"的修饰，无不拚命追求，绝不知"卫生"是甚么东西！并且她们对于"美"，也没有一定的主义。只要有一二妇女"作俑"于前，必要有无量数的妇女，接踵于后；较无知的男子，盲从一种学说，更要踊跃千倍。不过妇女发明一种自伤骨肉的修饰，与男子创出一种惑乱人心的学说不同。男子创出学说，是先以别人为试验；女子发明修饰，是要以自己为牺牲。男子创出一种学说，是唯恐别人不盲从，然而有知识的男子们，决不盲从；妇女发明一种修饰，是唯恐别人仿效，但是有知识的妇女们，必定仿效。妇女这种行径，不过是出于争艳斗媚的心理。她们为这种心理所驱，遂想尽种种方法，刻苦修饰，标奇立异，迈众超群；以便出类拔萃，骄其侪辈。我由种种的考究，敢武断说，"缠足"决不是起于南唐李后主之令窅娘以帛束足（见《辍耕录》）；而是起于窅娘之自愿吃苦，自炫新奇，以便引动李后主的视线。她不过是出于一时的野心，岂知遗害当时，祸及后世；连累得千万妇女，受了她的影响。正如不良的学说，由一个野心者，创造出来，使千秋万世的人，全蒙他的祸害！再以现今的妇女，在滴水成冰的时候，还暴露玉腿而论，不知是由甚么野心的妇女作俑，竟连累得无量数的妇女，跟着受凉。发明露腿的女子，或已死去多年了；然而他的遗毒，还 正在大行其道，不知何日始能除根呢！

人提起缠足的陋俗来，全骂李后主不顾人道，摧残女性。岂知窅娘是罪魁祸首，后主不能负"作俑"的责任。充其量，他仅仅是一个从犯。后主若是死而有知，必定高声诉冤说："当日我并未曾创意命窅娘缠足；是她甘愿自伤骨肉，发明一种修饰的新

355

法,要打倒她的同类而夺别人的宠爱;与我何干? 当日我不过看着新奇,说了一个"好"字,安慰她的辛苦而已! 纵然她缠足是为讨我的喜爱。那么,以后的妇女缠足,也是得了我的圣旨么? 你们如果明白妇女的心理,不但不肯骂我;连育娘也不当骂! 她缠足固然是她一时的无知,她并没有劝导别的妇女,跟她学呀!"

我敢断定,不但缠足是由妇女所发明;现今的束胸拔眉露腿烫发露肘高跟鞋硬高领,以至缅甸 Burma 的长颈,印度的穿鼻,红人 Am. Indians 的扁额,日本虾夷的刺唇,中非的鸭嘴(英人称之为 Duck—bill)种种自残的修饰,无一样不是由妇女们,争艳斗媚,矫揉造作,无事生非而创出来的。创出之后,行之既久,就成了一种根深蒂固,牢不可破的习俗,视为一种必要的修饰。不如此,不但不摩登,甚至被人认为不够妇女的资格。任何智勇的妇女,也必甘心遵照办理,无法反逆了! 前廿几年,我的乳母对我的先母说:"若不裹脚,怎能分别男女?"就是"袭非成是"的一个凭证。男子们虽然身大力强,蛮横专恣,阴险狠毒,诡诈多谋;他们决没有闲心,替妇女们乱出主意,使她们怎样修饰。并且天下古今的妇女,对男子,全是不听话的。她们肯任意设法修饰以引动男子喜爱。男子若出主意,请她们如何修饰;她们决不听从。她们认定男子们,不会修饰;所以决不肯容纳男子的意见。男子们若反对妇女的某种修饰,惟一的妙策,就是给她们一个"不注意";她们就要慢慢的,另换花样了! 不过任何伤肌毁肤的修饰,经妇女发明之后,男子们就以此为喜爱与选择的标准。甚至她们对身体某部分摧残的愈厉害,愈能使男子们,爱之好之,如疯如狂! 这并不是怪男子心狠,是怨她们自寻苦吃。男女间这种情形,并不关甚么帝国主义,封建制度,也不关甚么材产私有或共有,更不关"经济独立"或不独立,尤其不关甚么人格堕落与不堕落;全是由男女的天性不同而引起的。世界进化无论到甚么地步,男女的天性是变不了的。科学纵然万能,也不能化男为女或化女为男;犹之乎不能变狗为猫或变猫为狗。现在有一种狂妄的人,在男女两性之间,竭力挑拨,惟恐男女不失去固有的天性。这就是违反"自然",庸人自扰! 因为天性就是自然而生的性;人力决不能改造。纵然绞尽脑汁,也不过只能改造于一时;"自然"归终仍能战胜了人力。不但天性改不了,就是外形的改变,也不能支持长久。譬如缠足的女子所生的野蛮的孩子,决不是尖足;烫发的女子所生的文明结晶,也决不能是卷毛。现在的文明人,自称改造"自然",向"自然"革命!其实空费了许多辛苦,还是要被'自然'改造了,被"自然"革了命!若详细说这个道理,恐再用两三万字,也谈不透彻。统而言之,十万年前的男子爱女子,愿得女子的爱,百万年后的男子,也是如此;十万年前的女子爱男子,愿得男子的爱,百万年后的女子,也不能不爱男子,也不能不愿得男子的爱。男女求爱的方式,因为天性的不同,也决不能一致。专以女子而言,无论文明到甚么程度,也必是要因袭她们的高曾祖母的爱美的天性,吸引男子的爱情。就以施行文明主义的某国而论,该国的女子们,也决不能不用修饰而改用武力,使男子们屈服(我这话并不是轻视妇女;因为男女,各本天性,互相求爱,是维持人类于不绝的天职。方式虽然不同,并无轻重高下尊卑之分。男女互为因果,彼此相生。谁也不比谁贵,谁也不比谁贱。这个理由,我在拙著"疯话"里,已说了许多,不便再谈)。那么,由此推断,已往的女子,是以修饰为战胜男子的工具。查古可以知今;既往可以知来。以后的女子,对吸引男子,战胜男子,也不能有例外的办法!

缠足不过是我国妇女修饰的一种手术。我所以主张"听其自然"的原因,是看这种陋俗,已到日暮途穷,再无继续发展的可能。因为预断一种任何"修饰"的前途,离不开"贫学富,富学娼"一句俗语!现在的富女与娼妓(太太,小姐,少奶奶,姨太太),既然不以缠足为美,竞尚天足;那么,乡下妇女与小家姑娘,自必争先仿效,从风而靡!四五十年之后,若想再见一位扭扭捏捏,前摇后摆的三寸金莲,恐怕要比"三九天寻虾蟆(蛙)"还难了。又何必自作聪明,妄加干涉,扰乱公安呢?若说怕外人讥笑,不得不雷厉风行,立行铲除;那么,我国受外人讥笑较缠足尤甚的,还有许多!最大的就是"勇于对内;怯于对外;贪赃枉法;不讲公德"。这种变本加厉的劣根性,若不赶紧严加革除,纵然立将可怜的小足妇女,投诸东海;中国人种,也不能不灭,中国国祚,也不能不亡,何必注意于微末的小节呢?况且妇女,如同渔翁;男子如同饿鱼;修饰同钓饵(俗名"鱼食")。金莲也不过是钓饵之一种。现今的鱼(男子)既不喜吞吃这种东西;那么,渔翁们,自然要施行一种有效的方法,另换鱼食了。又何必多管闲事,替渔翁们着急操心呢?

男子喜欢甚么样的修饰,妇女尚且不惜断骨伤筋,残皮毁肤,吃苦忍疼,挨冷受冻,以迎合之。现今若费尽心力,受尽折磨,缠成小足,反招男子的厌弃;她们既不疯

357

不颠,且又最能侦察男子们的心理;岂能不通权达变而求舒服呢?前几年,天足会所以不易推行,就是因不易婚配。现今青年男子与各级学生,一听要配一位缠足之妻,即如受了死刑的宣告;可见不天足,反不易婚配了。缠足譬如一种商品;市场上若没有销路,还有肯制造这种货物的么?

　　天足妇女,现在既正走红运,到了她们的黄金时代。我们也不必趋炎附势,特别恭维。缠足妇女,现在虽交了败运,到了她们的没落时期。我们更不当摧枯拉朽,落井下石。当向普遍里观查,不当拘于一隅。当为多数人着想,不当仅对少数人留心。要知我国现今的天足妇女,尚不及全国妇女中三分之一;还有一万万以上的妇女,是不幸而缠了足的。我们不当仅为这少数走运的天足妇女筑金屋,尤当为多数倒霉的缠足妇女寻出路。假若二万万男子,全惟天足是求,不但男子将有"过剩"的恐慌;这一万万以上的小足妇女,必将无所归宿,陷于悲惨的境地。并且若按"物以罕而见珍"的成例推断,天足的妇女,因为供不应求,也必趾高气扬,自视为天之骄子;使男子们可望而不可即了。摩登女子中,虽多有以一嫁二嫁以至十嫁二十嫁为文明的;但是男子们既多,若等遇缺轮流递补,恐怕机会也不均匀。再者丈夫的名分若被她们任意的取消;男子们若没有固定的女人,未免要皇皇然若丧家之狗!一个女子身旁,若有若干后补的丈夫,也实在不成事体!我这话并非玩笑。我详查现在自命为文明的男子们,不但不肯娶缠足的女子为妻,甚至对已婚配多年或已生有子女的缠足太太,视如眼中之钉,肉中之刺;几乎有"屏诸四夷,不与同中国"的趋势。固然,缠足是野蛮之风,是不人道的表现。受过新文化洗礼的人,不爱这种违反自然的修饰,也是理所当然。但是行之在婚娶之前,尚无不可。若婚娶之后,木已成舟,再加反对,就是只知有己,不知有人,那不但不是新文化,反成了新野化了。不但失了人类的同情心,简直是不如禽兽。因为在禽兽的配偶之间,决没有因为对方失去一点羽毛,与群中不能一致而施行仳离,别觅新欢的!即使缠足是犯了罪,也当念她并非咎由自取,是因受环境的压迫而成。按法律的眼光判断,也当认为情有可原。若忍心将一个同床共枕的妻,因她不合现代潮流,竟造作原由,强词夺理,弃在一旁不闻不问;或发给她少许的生活费,死活由她,那就是人道的盗贼,冷血的动物!如此残酷,还讲甚么改造社会,改造国家,改造世界?充其量,也不过是改造他自己的环境,只为他一人合适,将别人置之死地而已！这种人正是悬贞节牌而大买其淫;存魔心而大说神话。社会国家世界,若操在这班文明人手里,不但腐化的老实人,不能生存,社会国家世界,在"人类进化的寒暑表"上,就要降落到零度以下了;人类的世界,必要返古还元,归到地学史最下的"无生代"了！

我听说,现在居然有一些受过高等教育的摩登少女,挑拨诱惑所爱的男子们与缠足的妻离婚;以便鹊巢鸠占,取而代之。这种行为可谓不顾同类,无思想已极。要知这种男子,既对前妻无义,也不能对后妻有情。自己既不能常保摩登,将来也不免有"秋扇之捐,推位让国"的苦恼！

前某大学的同事某甲的夫人是缠足的。某甲因为她不合时宜,不准她出头露面。他的夫人对他抗议说:"你当初因我脚小,喜欢我;而今因我脚小不喜欢我。你爱,则恨再不小;你不爱,则恨不顶大。往日你认我为宝贝;今日看我像怪物;便宜让你一个人包办了！你的眼光是见异思迁;我的脚是一成难变的。你不要忘了当初的你,只顾现在的你。我嫁你的时候,你若没有辫子,我还不下轿呢！你不要跟我装孙子啦！"这件事,足可代表现今三十岁以上的文明男子,对待缠足夫人的情形。好在某甲的夫人,还敢对文明的丈夫抗议;多数走背运的女人,只有哭泣,恨不早早死了,给天足妇女预备位置而已！要知他们那些文明男子,所嚷嚷的提倡"女权",也不过是专指摩登妇女说的;正如现在所谓提倡"人权",并未曾将老实安分的人,括在里头！

我生来顽梗不化,日积月累,已变成了天字第一号的混虫。我虽读过教过几年洋书与科学,也曾因投机,看过几种新主义;可惜资历鲁钝,至今还不知甚么是适应环境,随合潮流。我决不替孔丘,释迦,耶稣作宣传,也不给中外的新圣人为工具。无宗教,无党派,永远做我原有的良心的信徒,更不确知甚么叫文明,甚么叫野蛮。我只知与多数人有益,就是文明;仅与少数人有利,就是野蛮。开倒车,若不伤人命,就是文明;开正车,若不顾人命,就是野蛮。我不想援助被压迫的民众;我更不想将他们援助起来受我的新压迫。我向来不以人所共捧的人为圣人;我专认不合时宜而被打倒的人为同志。我以为,与其做一个昙花一现的圣人,不如当一个终生不变的混蛋！

在以上种种废话之中，我本想加上许多这个主意，那个学说，这个制度，那个阶级，这个资产，那个经济，这个虐杀，那个铁蹄，这个立场，那个印象，这个辩证法，那个唯物论，提一提人的精神，证明我也是一个普罗塔利亚 Proletariat；可惜这些文明的名词，无论如何强扯硬拉，实在对妇女的两支脚，是"风马牛不相及"！

宣永光（1886—1960）

图书在版编目（CIP）数据

疯言乱语/宣永光著.王晓枫整理—太原：三晋出版社，2012.6
ISBN 978-7-5457-0557-7

Ⅰ.疯… Ⅱ.①宣…②王 Ⅲ.①杂文集—中国—民国 Ⅳ.① I266.1

中国版本图书馆 CIP 数据核字（2012）第 109038 号

疯言乱语

著　　者：宣永光
整 理 者：王晓枫
责任编辑：落馥香
出 版 者：山西出版传媒集团·三晋出版社（原山西古籍出版社）
地　　址：太原市建设南路 21 号
邮　　编：030012
电　　话：0351-4922268（发行中心）
　　　　　0351-4956036（综合办）
E-mail：sj@sxpmg.com
网　　址：http://sjs.sxpmg.com
经 销 者：新华书店
承 印 者：运城市凯达印刷包装有限公司
开　　本：890mm×1240mm　1/16
印　　张：24
字　　数：380 千字
版　　次：2012 年 9 月第 1 版
印　　次：2012 年 9 月第 1 次印刷
书　　号：ISBN 978-7-5457-0557-7
定　　价：48.00 元

版权所有　翻版必究